VALERIO EVANGELISTI

# Dunkles Vermächtnis – Nostradamus

*Buch*

Nostradamus, mittlerweile ein angesehener Arzt, Philosoph und Astrologe, hat sich mit seiner zweiten Frau Anne de Ponsarde und seinen Kindern in Salon, einem kleinen Städtchen in der Provence, niedergelassen. Regelmäßig veröffentlicht er seine Prophezeiungen, die vom Volk begeistert aufgenommen werden und seinen Ruhm täglich mehren. Aber Nostradamus genießt nicht nur die Aufmerksamkeit der französischen Bevölkerung, sondern auch die der Königin Katharina von Medici, die ihn häufig am Hof in Paris empfängt. Auch ein anderer mächtiger Gönner, der Baron de la Garde, hält schützend seine Hand über ihn – und diesen Schutz benötigt Nostradamus dringend, denn in Frankreich herrschen bürgerkriegsähnliche Zustände. Die Hugenottenkriege toben, und die katholische Kirche, allen voran die von den Jesuiten geführte Inquisition, kämpft gegen alles, wofür sich Nostradamus zeit seines Lebens einsetzte: Glaubensfreiheit, wissenschaftlicher Fortschritt und die Selbstbestimmung von Mann und Frau. Besonders der Jesuitenpater Michaelis hat sich zum Ziel gesetzt, Nostradamus' Einfluss zu beschneiden, und scheut weder vor Intrigen noch vor Erpressung zurück, um seine Pläne zu verwirklichen…

*Autor*

Valerio Evangelisti, geboren 1952 in Bologna, studierte Geschichte und ist Autor zahlreicher wissenschaftlicher Veröffentlichungen. Später befasste er sich vorwiegend mit phantastischer Literatur, bis er 1994 selbst zum preisgekrönten Fantasy-Schriftsteller wurde. Seither werden seine Romane vielfach aufgelegt und in mehrere Sprachen übersetzt. Mit seiner Nostradamus-Trilogie wurde er zum internationalen Bestsellerautor. Einige seiner Werke werden bereits für das italienische Fernsehen verfilmt.

*Von Valerio Evangelisti sind bereits erschienen:*

Nostradamus. Die Prophezeiung. Roman (35263)
Der Verrat. Nostradamus. Roman (35264)

# VALERIO EVANGELISTI

# Dunkles Vermächtnis

Nostradamus

Roman

Deutsch von Bruno Genzler

BLANVALET

Die Originalausgabe erschien 1999 unter dem Titel
»Magus – il romanzo di Nostradamus. L'Abisso«
bei Arnoldo Mondadori Editore S. p. A., Milano.

*Umwelthinweis:*
Alle bedruckten Materialien dieses Taschenbuches
sind chlorfrei und umweltschonend.

Blanvalet Taschenbücher erscheinen
im Goldmann Verlag, einem Unternehmen
der Verlagsgruppe Random House GmbH.

Deutsche Erstausgabe September 2001

Umschlaggestaltung: Design Team München
Umschlagfoto: AKG Berlin
Satz: Uhl+Massopust, Aalen
Druck und Bindung: GGP Media, Pößneck
Verlagsnummer: 35256
Lektorat: Julia Eisele
Redaktion: Sigrun Zühlke
Herstellung: Heidrun Nawrot
Made in Germany
ISBN 3-442-35256-8

1 3 5 7 9 10 8 6 4 2

*Arbor mirabilis,* Blatt 74, Vorderseite

# *Abraxas. Das Absurde*

*Es gibt kein unwandelbares Schicksal«, rief der junge Priester. »Es gibt kein vorherbestimmtes Schicksal!«*

*»Das ist wahr«, antwortete Ulrich. »Es gibt jedoch ein Schicksal, das zu ändern niemand die Kraft hat. Das würde einen Willen erfordern, den alle teilen, was aber der Egoismus der Menschen nie zulassen würde.«*

*Nostradamus wurde mit Schrecken gewahr, dass er immer noch nicht gegen die Ausstrahlung des alten Magiers gefeit war. Der gesamte Kosmos schien ihn zu achten und zu fürchten.*

*Die Missgeburten hatten sich unterwürfig verneigt und bildeten mit ihren Leibern einen gigantischen Teppich aus Menschenhaut, der die Vegetation fast vollständig bedeckte. Nur hier und dort schauten die grünlichen Schuppen der Reptilien daraus hervor.*

*Der fünfzackige Stern am Himmel hatte sich in einem zarten, angenehmen Licht aufgelöst, ein Licht, das diese Leere wieder wie ein Firmament aussehen ließ. Allein die unerbittliche Kälte erinnerte die beiden Männer und die Frau daran, dass sie sich noch im Reich des Wahnsinns aufhielten.*

*Nostradamus atmete die metallisch schmeckende Luft tief ein. Er starrte Ulrich hasserfüllt an und bemühte sich, die grenzenlose Liebe, die er für diesen Greis empfand, zu unterdrücken.*

*»Du selbst hast mir damals im Grab des Triumviren verraten, dass sich der König des Schreckens nur durch ein Bündnis zwischen Feinden aufhalten ließe. Nun, hier sind sie. Die drei hier neben mir waren meine Feinde. Diego Domingo Molinas, ein Agent der spanischen Inquisition. Caterina Cybo-Varano, eine Frau, die Rachsucht und Furcht vor körperlichem Verfall in den Wahnsinn trieben. Und Pater Michaelis, ein Jesuit, der mich wegen meines Glaubens an ein vorgegebenes Schicksal verab-*

*scheute. Niemand hat mich mehr gehasst als diese drei. Dennoch stehen sie nun, wie du siehst, alle drei an meiner Seite.«*

*Ulrich kniff die Augen zusammen, so als versuche er, sich weit zurückliegende Ereignisse ins Gedächtnis zurückzurufen. Der Kosmos folgte der Bewegung seiner Pupillen und schien sich zusammenzuziehen. Ein Windstoß wirbelte Sand auf, der im Nu die Rücken der missgestalteten Kinder bedeckte und sie unter einer buckeligen Wüste mit bebenden Dünen verbarg.*

*»Ja, ich entsinne mich meiner Todesstunde«, hob Ulrich zu sprechen an. »Du warst in Begleitung zweier Gefährten, doch in den Schacht hast du nur dich selbst hinabgelassen. Du fandest mich ausgestreckt auf jener Grabplatte, die der dreifachen Gottheit geweiht ist. Und du fragtest nach unwichtigen Dingen.«*

*»Unwichtig für dich«, erwiderte Nostradamus. »Ich habe dich nach meiner Gemahlin gefragt, die ich suchte.«*

*»Und ich habe dir geantwortet, dass ich nicht weiß, wo sie steckt und dass es mir auch einerlei ist, weil ich mich nicht für Frauen interessiere.*

*Deine Frau hättest du früher oder später schon irgendwo wieder gefunden.«*

*Nostradamus zuckte mit den Achseln und versuchte die Gefühle, die die Erinnerung an seine Frau in ihm weckte, zu verbergen.*

*»Es ist sinnlos, sich an so weit zurückliegende Zeiten zu erinnern. Kommen wir lieber zu uns. Wie du siehst, habe ich deinen Fehdehandschuh aufgenommen, und ich werde den Kampf gewinnen. Die Liebe wird über den Hass triumphieren.«*

*Ulrich schürzte die Lippen zu seinem typischen einschmeichelnden Lächeln und schüttelte den Kopf.*

*»Wie einfältig du doch bist, Michel. Vielleicht hassen dich deine früheren Todfeinde nicht mehr, aber sie lieben dich auch nicht. Ihre vereinten Seelen sind sicher wenig geeignet, mir Furcht einzujagen und den König des Schreckens aufzuhalten.«*

*»Du kannst uns nicht täuschen, Hexenmeister!«, warf der Mann mit dem schwarzen Umhang zornig ein, indem er einen*

*Finger drohend gegen Ulrich ausstreckte. »Der König des Schreckens bist du, und Satan ist dein Herr.«*

*Bei der Erwähnung des Satans schien der ganze Achte Himmel vor Entsetzen zu erschauern. Die missgestalteten Kinder begannen, aufgeregt im Sand zu wühlen und sich noch tiefer in die Dünen einzugraben, bis sie ganz verschwunden waren. Gleichzeitig erschien wieder Parpalus' Säuglingsfratze am Himmel. Klein und weit entfernt, erinnerte sie an einen Stern mit einer runzligen Oberfläche.*

*Ulrich blieb völlig unbeeindruckt und murmelte nur:*

*»Diego Domingo Molinas, Ihr habt Eure Begriffsstutzigkeit tatsächlich mit ins Jenseits genommen. Auf Erden herrscht längst der König des Schreckens, oder er wird in Zukunft herrschen, oder er hat in der Vergangenheit geherrscht. Na, was ist? Es kann doch nicht so schwer sein, das zu begreifen. Michel, hilf doch mal deinem törichten Freund auf die Sprünge. Was kann den Lauf der Geschichte umkehren? Was kann die Menschen an ihrer eigenen Identität zweifeln und in einen urzeitlichen Wahnsinn zurückfallen lassen?«*

*»Ich weiß es nicht«, antwortete Nostradamus.*

*»Natürlich weißt du es. In all deinen Büchern hast du darüber geschrieben. Oder hast du am Ende gar nicht wirklich verstanden, was Parpalus dir eingeflüstert hat? Tausende Male hat er dir den Namen genannt und tausende Male hast du den Namen niedergeschrieben.«*

*Parpalus in der Ferne brach in so lautes Hohngelächter aus, dass das durchscheinende Gewölbe des Achten Himmels Risse bekam. Nostradamus dachte eine Weile angestrengt nach, winkte dann aber ab.*

*»Nein, ich weiß es wirklich nicht«, murmelte er niedergeschlagen.*

*Ulrich nickte.*

*»Nun gut, ich will dir ein wenig entgegenkommen: Denke an die vier apokalyptischen Reiter. Wer ist der zweite? Er ist für Regression und Wahnsinn verantwortlich.«*

*Nostradamus verstand sofort. Er wollte gerade antworten, da tat sich das Absurde vor ihnen auf. Seine Augen füllten sich mit entsetzlichen Bildern. Es ertönte das ohrenbetäubende Stampfen von sechzehn Hufen gigantischer Schattenpferde auf dem Boden der Finsternis. Das Erste war weiß, das Zweite rot, das Dritte schwarz und das Letzte grünlich. Goldene Schwerter wurden in die Höhe gehalten, blutgetränkte Klingen glänzten auf. Menschliche Rippen klapperten und schlugen gegen eherne Harnische, und unter den Visieren bizarrer Helme funkelte es rötlich aus leeren Pupillen in dunklen Augenhöhlen.*

*Vielstimmiges Geschrei, das durch Mark und Bein fuhr, erscholl aus allen Richtungen. Das Absurde beherrschte das Universum, und mit ihm herrschte der Schrecken.*

# Das Heer Gottes

Der Herbst des Jahre 1555 war in Rom außergewöhnlich mild, und die Stadt erstrahlte unter der nachsommerlichen Sonne. Das Ausbleiben der herbstlichen Regenfälle machte sich in den Armenvierteln auch unangenehm bemerkbar, dort, wo düstere und verfallene Häuser sich aneinander lehnten und eines über dem anderen miteinander zu verwachsen schienen. Sie teilten nicht nur Treppen, muffige Hinterhöfe und Balkone miteinander, sondern auch die alles beherrschende bittere Armut. Ungehindert breitete sich der Gestank in den Gassen aus, wo sich an manchen Stellen Unrat und Exkremente derart häuften, dass es schwierig war, überhaupt noch hindurchzukommen. Die verpestete Luft zog auch in die Häuser der Adligen, die hier in Rom, anders als in den übrigen europäischen Städten, nicht einzeln standen, sondern sich mitten aus diesem Gewirr der Hütten erhoben und mit ihnen auch den alltäglichen Lärm teilten.

Wer von der ungewohnt warmen Herbstsonne profitierte, waren die prachtvollen Gärten jenseits der Stadtmauer und die ruhigen vatikanischen Gärten. Durch die überlange Trockenperiode hatten sich Blätter und Gräser gelblich verfärbt, aber ein Spaziergang über die kunstvoll angelegten Gartenwege versprach immer noch Erholung und Erfrischung. Aus diesem Grund zogen es viele Geistliche vor, ihren eigenen Palästen den Rücken zu kehren und, vom frühen Morgen an, ihre Geschäfte im Schatten der päpstlichen Gebäude abzuwickeln.

Manchmal waren darunter auch Kardinäle, die man an ihren mit weißen Quasten verzierten Hüten aus dunkelroter Seide erkennen konnte, die so breit waren, dass sie wie ein Sonnenschutz aussahen. Eine solche Kopfbedeckung trug auch der für sein Amt sehr junge Kirchenfürst, der gerade an diesem Morgen Ende September neben einem anderen Prälaten, den er untergefasst hatte, durch den Garten spazierte. Jener war ebenfalls noch recht jung, hatte langes, blondes Haar und war ganz in Schwarz gekleidet. Zwei türkische Sklaven folgten ihnen in gebührendem Abstand.

»Heute habe ich zum ersten Mal mit einem früheren Dominikaner zu tun, der zu den Jesuiten übergetreten ist«, sagte Kardinal Alessandro Farnese in einem routiniert verbindlichen Ton, der typisch für ihn war, zu seinem Begleiter. »Ich muss gestehen, Pater Michaelis, das ich Euch so etwas nie gestattet hätte. Man merkt, dass Kardinal Tournon etwas freiere Ansichten hat als ich.«

Sebastien Michaelis zog es vor, den Tadel in den Worten des Kardinals zu überhören.

»Seine Eminenz, Kardinal de Touron, hat eben meine Beweggründe verstanden«, sagte er nur.

»Darf man erfahren, welche das waren?«

»Das lässt sich nicht mit wenigen Worten sagen. Im Wesentlichen geht es aber darum, dass die Dominikaner wenig oder nichts von den Lehren Calvins oder Luthers verstanden haben. Sie betrachten sie fälschlicherweise immer noch als eine neue Spielart der verschiedensten Ketzerlehren der vergangenen Jahrhunderte und begegnen den so genannten Reformierten mit derselben Brutalität wie einstmals zum Beispiel den Katharern oder den Brüdern des freien Geistes.«

»Die Jesuiten hingegen...«

»Wir Jesuiten hingegen haben begriffen, dass es sich um ein völlig neues Phänomen handelt, das nur mit neuen angemessenen Waffen bekämpft werden kann. Nicht umsonst war unser Gründervater Ignatius von Loyola früher Offizier in Diensten des spanischen Königs. Die so genannten Reformierten sind eine ungeheure Gefahr. Um sie niederzuwerfen, braucht es eine gut durchdachte Strategie wie für eine Schlacht.«

Alessandro Farnese zog eine Augenbraue hoch.

»Nun, was die Gewalt betrifft, wenn wir das der Einfachheit halber einmal so nennen wollen, so macht den Dominikanern darin wohl so leicht niemand was vor. Seit drei Jahrhunderten sind sie Träger der Inquisition. Sicher, die Franziskaner gehören auch dazu, doch die Geschicke der Organisation leiten immer noch die *Domini canes:* Die Bluthunde Gottes.«

»Bluthunde? Nein, wohl eher Dalmatiner – schwarz und weiß.« Pater Michaelis kniff seine blauen Augen etwas zusammen. »Und es ist eine Schlacht, bei der es vor allem um die Eroberung der Gewissen geht. Auch ich war lange Zeit Inquisitor, neben Mathieu Ory, dem Leiter des heiligen Offiziums von Lyon. Bornierte Brutalität habe ich selbst zur Genüge miterlebt und auch selbst ausgeübt. Meiner Ansicht nach ist es nun an der Zeit, anders vorzugehen. An Stelle der Indoktrinierung müssen wir Erziehung und Kultur setzen. Klugheit an Stelle von roher Gewalt. Läge die Inquisition in den Händen der Jesuiten, würde sie endlich zu einem wirklich effektiven Werkzeug im Kampf gegen die Ketzer.«

Der Kardinal seufzte.

»Das ist durchaus möglich. Nur sehe ich nicht, wie ihr den Predigerorden die Leitung des Heiligen Offiziums entreißen könntet.« Er machte eine ausladende Geste. »In der Tat ist die Inquisition eine ineffektive, veraltete Organisation, die ein erbärmliches Bild abgibt. Die spanische Inquisition ist in erster Linie ein Werkzeug der Krone, die römische ist schon seit langem kaum noch wahrnehmbar und jene in den katholischen Gebieten des Deutschen Reiches ist derart besessen von den Hexenverfolgungen, dass sie darüber den Kampf gegen die Ketzer im eigenen Haus vollkommen vergisst.«

Pater Michaelis nickte.

»Da kann ich Euch nur zustimmen. Aber die Jesuiten sind die neue Macht, auf die die Kirche sich stützen kann. Und wir sind gerüstet. Macht Euch dies zu Nutze, Eminenz. Die Jesuiten wären hervorragende Inquisitoren.«

»Durchaus möglich. Aber wenn ich nicht irre, ist es Ignatius von Loyola selbst, der seine Ordensbrüder nicht im Dienst der Inquisition sehen möchte.«

»So ist es«, musste Pater Michaelis einräumen. »Aber keine Regel ohne Ausnahme. Unter außergewöhnlichen Umständen lässt er durchaus mit sich reden. In Rom zum Beispiel würde er sich einer Beteiligung an der Inquisition nicht entgegenstellen und auch sonst überall, wo die calvinistische Gefahr besonders groß ist.«

Alessandro Farnese deutete ein Lächeln an.

»Es würde mich nicht wundern, wenn Ihr hierbei an Frankreich dächtet.«

»So ist es, Eminenz«, gab Michaelis unumwunden zu. »Mathieu Ory ist ein alter Mann, der für die Vergangenheit steht. Meiner Ansicht nach müsste unbedingt ein Jesuit sein Erbe antreten.«

»So wie Ihr zum Beispiel.«

Michaelis bemerkte den spöttischen Unterton, gab aber nichts darauf, und erklärte:

»In Frankreich werden die Hugenotten immer stärker. Gut organisierte Banden von Bilderstürmern dringen in die Kirchen ein und schänden oder zerstören alles, was uns heilig ist. In Paris hat sich ganz offiziell eine calvinistische Kirche gegründet, bereits die dritte nach Straßburg und Meaux. Und in Lyon wird es wohl auch bald so weit sein.«

Alessandro Farnese wollte gerade antworten, als einer der Sklaven, ein groß gewachsener bärtiger Araber mit intelligentem Gesichtsausdruck, auf ihn zutrat und sich leicht verbeugte.

»Ich bitte um Vergebung, oh Herr, aber ich sehe einen Diener des Papstes, der in unsere Richtung winkt. Vielleicht wünscht der Heilige Vater Euch zu sprechen.«

Der Kardinal runzelte die Stirn. In der Tat erblickte nun auch er an einem der Zugänge zu den päpstlichen Privatgemächern einen ganz in Schwarz gekleideten Mann, der mit ausgebreiteten Armen auf sich aufmerksam machte.

»Unverschämter Flegel«, murmelte er. »Die Leute in der vatikanischen Verwaltung glauben auch, sich alles herausnehmen zu können. Jetzt wagt es schon ein einfacher Diener, mir ganz dreist zuzuwinken, anstatt persönlich zu mir zu kommen und mich zu unterrichten.« Er wandte sich an seinen Sklaven. »Sag diesem Mann, dass ich gleich komme. Und trage ihm auf, um fünf in meinem Palast zu erscheinen. Dort soll er die Hiebe beziehen, die er sich verdient hat.«

Mit gleichmütiger Miene verbeugte sich der Sklave und eilte davon. Pater Michaelis war angenehm überrascht vom strengen Gebaren Alessandro Farneses. Hinter seiner aufgesetzt wirkenden Freundlichkeit, seiner jugendlichen Erscheinung und den ein wenig zu sanften Gesten schien sich eine außergewöhnliche Festigkeit zu verbergen.

»Ich muss mich jetzt verabschieden, Pater Michaelis«, erklärte Farnese, wieder so freundlich wie zuvor. »Ich habe Euer Anliegen verstanden und werde sehen, was ich für Euch tun kann. Aber damit die französische Inquisition wirklich in die Hände der Jesuiten übergehen kann, brauchen wir einen Aufsehen erregenden Erfolg gegen die Ketzer, einen Schlag, der den Papst davon überzeugt, dass er gut und gern auf die Dominikaner verzichten kann.«

»Einen Erfolg? Welche Art Erfolg?«

»Darüber solltet Ihr nachdenken«, antwortete Alessandro Farnese. »Ich nenne Euch nur einen Namen: Piero Carnesecchi.«

Michaelis legte die Stirn in Falten.

»Carnesecchi? Von dem habe ich schon mal gehört. Aber in welchem Zusammenhang bloß? Erzählt mir mehr über diesen Mann, Eminenz.«

Der Kardinal schüttelte gut gelaunt den Kopf.

»Es tut mir Leid, dazu habe ich jetzt keine Zeit mehr. Darum müsst Ihr Euch schon selbst kümmern. Sind nicht die Mitglieder der Gesellschaft Jesu bekannt für ihre Fähigkeit, sich jedwede Information beschaffen zu können? Zeigt, was Ihr könnt«, sagte er und entfernte sich mit großen Schritten.

Pater Michaelis verbeugte sich tief und beobachtete, als er sich aufrichtete, wie der Kirchenfürst das Gebäude betrat. Der Diener des Papstes, der auf der Schwelle wartete, kniete nieder und faltete die Hände, doch Alessandro Farnese ging achtlos an ihm vorüber, seine Sklaven hinter ihm her. Michaelis überkam ein Gefühl tief empfundener Hochachtung vor diesem Kardinal.

Über einen schmalen Weg gelangte er, hier und dort einen anderen Geistlichen grüßend, zum Ausgang. Der Name Piero Carnesecchi klang ihm noch in den Ohren. Aus irgendeinem Grund brachte er ihn in seinen Gedanken mit Pietro Gelido in Verbindung, jenem Mönch, der zum Calvinismus übergetreten war und wenige Monate zuvor in Mailand gestorben war. Gelido war ein herausragender Vertreter der hugenottischen Partei in Lyon gewesen. Vielleicht gehörte dieser mysteriöse Carnesecchi ebenfalls zu dieser Gruppe. Ganz dunkel war ihm, als habe er in Zusammenhang mit einem der seltenen Freisprüche der Inquisition von ihm gehört. Doch es war sinnlos, sich weiter den Kopf darüber zu zerbrechen. Im römischen Haus der Jesuiten würde er alle Informationen finden können, die er suchte.

Er durchquerte die stinkenden Gassen mit den verdreckten, düsteren Behausungen, vor denen überall Wäsche in undefinierbaren Farben zum Trocknen aushing. Rom war eine Stadt, die sich keine Mühe gab, ihr Elend zu verbergen. An jeder Straßenecke streckten Scharen von Bettlern die Hand aus, manche lallten unverständliche Melodien, andere verschanzten sich in verbittertem Schweigen, wieder andere boten irgendwelche, meist illegale Dienste an. Doch zwischen Armen und Mächtigen gab es hier eine Art augenzwinkerndes Einverständnis, als würden beide Seiten einander versichern, dass sie im Grunde derselben Gemeinschaft angehören, einer Quelle von Vorteilen für jede von ihnen. Die Adligen knauserten nicht mit Almosen und waren sich auch nicht zu schade, Vertreter des Volkes und wichtige Personen aus dem Leben der Straße in ihren Palästen zu empfangen. Für die Armen ihrerseits war es selbstverständlich zu beobachten, wie des Abends Scharen von weltlichen und kirchlichen Würdenträgern die Behausungen nicht nur der stadtbekannten Kurtisanen, sondern auch der billigen Huren in den Tavernen aufsuchten. Es herrschte eine augenzwinkernde, ironische Toleranz gegenüber den menschlichen Schwächen, die in krassem Gegensatz zur calvinistischen Strenge stand. Und ebendies war es, was Rom immun gegen den Einfluss der Reformatoren machte.

Michaelis wusste, dass dieses Klima etwas Besonderes war. Es widerstrebte ihm, es gutzuheißen, aber er spürte, dass es der ideale Nährboden für das Wachsen und Gedeihen der Gesellschaft Jesu war. Die Jesuiten verstanden den Gedanken der »Dreifaltigkeit«, der für sie besonders bedeutsam war, als die Fähigkeit Gottes, auf die Erde herabzukommen, um sich unter die Menschen zu mischen und sie auf den rechten Weg zu bringen. Ein solcher Gedanke war den Dominikanern fremd. Sie vertraten die Ansicht, dass das Schicksal vorherbestimmt sei, ähnlich rigoros wie die Lutheraner und Calvinisten. Für sie lag das Schicksal der Menschen unabänderlich in der Hand Gottes. Die Jesuiten hingegen betonten den freien Willen, die Freiheit eines jeden Menschen, sich zwischen Rettung und Verdammnis zu entscheiden.

Diese Einstellung erlaubte es den Jüngern des Ignatius von Loyola, sich in die weltlichen Angelegenheiten einzumischen, ohne Angst davor zu haben, sich die Hände schmutzig zu machen, aber auch ohne zu versuchen, die eigenen Ideale mit Gewalt durchzusetzen. Nicht durch Druck von außen, sondern durch Belehrung und Erziehung sollten die Menschen zu innerem Wachstum angeregt werden, angeleitet von Männern der Religion, die bereit und fähig waren, auch den Alltag der Menschen zu teilen und sie so auf den Weg der Rettung zu führen. Auch wenn dies bedeutete, Tür an Tür mit der Todsünde zu leben und sie bisweilen sogar, zum guten Zweck, selbst zu begehen.

Das römische Kolleg, zu dem Michaelis unterwegs war, war vier Jahre zuvor von Ignatius persönlich gegründet worden. Es sollte eine Schule sein, in der junge Männer zu unbeugsamen, vollkommen gehorsamen Jesuiten geformt wurden. Es hatte nicht lange gedauert, bis sich die Anstalt einen derart guten Ruf erworben hatte, dass viele römische Adlige versuchten, ihren Sprösslingen hier eine erstklassige Ausbildung zukommen zu lassen. Nach einigem Zögern ließ sich Ignatius darauf ein. Schließlich lag es im Bestreben des Ordens, sich der Welt zu öffnen. Umso mehr, wenn es darum ging, junge Menschen zu formen, die einmal Macht und Einfluss besitzen würden. Diese im eigenen Verständnis vom Christentum zu erziehen bedeutete einen erheblichen Zuwachs an Macht für den Orden.

Das Collegio Romano war ebenso wie das kurz darauf gegründete Collegio Germanico in einem weitläufigen Gebäude mit einer nüchternen Fassade und einem schmucklosen Portal untergebracht. Michaelis fand es geschlossen vor und läutete. Er hatte die Schnur noch in der Hand, als sich ein Fensterchen öffnete und misstrauische Augen ihn musterten. Gleich darauf wurde eine kleinere Tür im Portal aufgezogen. Ein Mitbruder mit weißem Haar forderte ihn auf einzutreten. Er schien in heller Aufregung.

»Pater Michaelis, Ihr kommt gerade recht. Ignatius geht es sehr schlecht. Es ist wieder ein Anfall, aber es scheint viel ernster zu sein als sonst!«

»Ist jemand bei ihm?«

Der alte Jesuit schüttelte den Kopf.

»Im Moment nicht. Er will keinen Besucher, bis auf Pater Diego Laínez, der so oft es geht bei ihm wacht. Aber Euch wird er sicher empfangen. Seit Eurem Eintritt in den Orden betrachtet er Euch wie einen Sohn.«

Michaelis fühlte sich geschmeichelt. Dabei wusste er natürlich um die Sympathie, die Ignatius von Loyola, Gründer und Oberhaupt der Gesellschaft Jesu, für ihn hegte. Sein Übertritt vom Orden der Dominikaner zu den Jesuiten war ein immenser Schritt gewesen. Praktisch bedeutete er die Entscheidung für eine sehr spezielle theologische Ausrichtung und eine bis dahin unbekannte Form der Verbreitung des Christentums. Mit anderen Worten: eine Entscheidung fürs Leben.

Der alte Mann ging ihm voraus durch ein Tor, das zu einem Innenhof führte, und dann über die Stufen einer der beiden Freitreppen zum ersten Stock hinauf. Alle Geistlichen und Zöglinge, die ihnen begegneten, wirkten bedrückt und unterhielten sich nur gedämpft. Ignatius' schwere Krankheit, die sich nunmehr schon über ein Jahr hinzog, blieb nicht ohne Auswirkungen auf die gesamte Gemeinschaft. Kein Jesuit, der nicht eine tiefe Zuneigung zum Oberhaupt des Ordens gehegt hätte, eine Zuneigung, die dem blinden Vertrauen von Söldnern für ihren Heerführer ähnelte. Dieses Gefühl übertrug sich offensichtlich auch auf die jungen Schüler. Sie waren so stolz darauf, zum Kolleg zu gehören, dass sie gegen die für ihr Alter typischen Versuchungen immun schienen.

An der Tür der bescheidenen Zelle, in der der Meister lag, traf

Michaelis auf Jérôme Nadal, der einige Monate zuvor zum ersten Generalvikar ernannt worden war. Der war ein kräftig gebauter Mann, ganz im Gegensatz zu dem dünnen, feingliedrigen Pater Laínez, dem zweiten Kronprinzen des Ordens.

»Gut dass Ihr kommt, Pater Michaelis«, rief er auf Französisch. »Ich wollte Euch gerade rufen lassen. Es gibt wichtige Dinge zu besprechen.«

»Ja, gleich. Zuvor möchte ich aber noch Ignatius begrüßen, falls er in der Lage ist, mich zu empfangen.«

»Ja, selbstverständlich. Ich werde Euch ankündigen.«

Der alte Jesuit betrat die Zelle und kam kurz darauf wieder hinaus.

»Tretet ein, Pater Michaelis«, flüsterte er. »Aber fasst Euch kurz. Der General braucht Ruhe.«

Mit bangem Herzen steckte Michaelis den Kopf in die Zelle, aus der ihm ein unangenehmer Geruch nach Schweiß und Feuchtigkeit entgegenschlug. Er schenkte dem keinerlei Beachtung und begann, sich umzuschauen. Es dauerte einige Augenblicke, bis sich seine Augen an das Dämmerlicht im Schein der einzigen Kerze gewöhnt hatten, die vor einem Kreuz an einer sonst kahlen Wand brannte.

Da lag er, Ignatius von Loyola. Obwohl er die Decke fast bis zum Kinn hochgezogen hatte, erahnte man, welch abgemagerter, gebrechlicher Leib darunter verborgen lag, der immer wieder von heftigen Schauern ergriffen wurde. Das knöcherne Gesicht des Spaniers aber, belebt durch tief liegende, schon früher stets etwas fiebrig wirkende Augen unter einer außergewöhnlich hohen Stirn, zeigte noch immer dieselbe Entschlossenheit und Härte, die typisch für ihn war. Wie schlecht es ihm tatsächlich ging, verrieten nur die blassen Lippen unter dem breiten Schnurrbart. Dieser Schnurrbart war, wie der kurz geschnittene Kinnbart, Ignatius' einziges Andenken an seine weit zurückliegende Vergangenheit als spanischer Edelmann, in der er sich in zahlreichen Schlachten und Duellen bewährt hatte.

Michaelis lief zum Bett, kniete nieder und versuchte, die durchscheinende Hand des Generals zu ergreifen. Doch dieser zog sie zurück und bedeutete ihm, sich zu erheben. Dann lächelte er ihn mit überraschender Warmherzigkeit an.

»Danke, dass du gekommen bist, mein Sohn«, murmelte er in fehlerlosem Französisch. »Wie du siehst, schicke ich mich an, diese Welt zu verlassen.« Er hob ein wenig die Rechte, um einen möglichen Einwand abzuwehren. »Ich weiß es. Und der Gedanke schreckt mich nicht. Das Einzige, was ich fürchte, ist, dass mein bescheidenes Werk im Dienste Gottes unvollendet bleiben könnte. Aber es beruhigt mich, zu wissen, dass Männer deines Formats unsere Sache fortführen werden.«

Michaelis fühlte sich geschmeichelt, bemühte sich jedoch, die Sünde des Hochmuts zu unterdrücken. Es gelang ihm, und so hob er mit ehrlicher Bescheidenheit an:

»Ihr verwirrt mich, Maître. Ich habe keine besonderen Verdienste, und sollte ich einige Tugenden besitzen, so sind sie nur der Widerschein jenes hellen Lichts, das Ihr ausstrahlt, Ihr und die gesamte Gesellschaft.«

»Jedes Licht kommt von Gott«, antwortete Ignatius mit einem erschöpften Lächeln. Schweißperlen standen ihm auf der Stirn, und das Sprechen schien ihm große Mühe zu bereiten. »Wir haben nicht mehr viel Zeit, und ich muss über eine wichtige Angelegenheit mit dir sprechen. Wie man mir berichtet, bist du bestrebt, den Dominikanern die französische Inquisition zu entreißen und selbst die Leitung zu übernehmen, obwohl unsere Gesellschaft kein Freund dieser Institution ist und sich nur in Ausnahmefällen dazu herablässt, dort mitzuarbeiten.«

Michaelis zuckte zusammen. Es lag ihm auf der Zunge, den Kranken zu fragen, woher er das wisse. Aber es gelang ihm noch rechtzeitig, sich zu bremsen. Wie töricht von ihm: Alle Jesuiten schrieben fortwährend Berichte über ihr eigenes Tun und das ihrer Mitbrüder. Nicht um jemanden zu bespitzeln oder zu denunzieren, sondern weil der General jederzeit über den Zustand seiner Organisation auf dem Laufenden sein musste. Die weit verzweigte Streitmacht Gottes sollte doch ein einziger großer Organismus sein, dessen einzelne Organe alle vom selben Blut gespeist wurden.

Ignatius schien seine Gedanken zu erraten, denn sein Lächeln verbreiterte sich etwas.

»Keine Sorge, ich weiß sehr genau, dass dich kein persönlicher Ehrgeiz antreibt. Schon als Dominikaner warst du Inquisitor, und früher oder später hättest du den Platz von Mathieu Ory eingenommen. Meine Frage ist eine andere: Glaubst du wirklich, dass unsere Gesellschaft das Ruder der heiligen Inquisition in Frankreich übernehmen sollte?«

Michaelis dachte kurz nach und sagte dann ehrlichen Herzens: »Ja, das glaube ich. Frankreich ist das Land, das von den Anhängern der so genannten Reformation am unmittelbarsten bedroht wird. Tag für Tag steigt die Zahl der Hugenotten, und die Krone scheint nicht in der Lage, ihrem Treiben Einhalt zu gebieten. Die Inquisition der Dominikaner und Franziskaner glaubt, sie mit Gewalt zähmen zu können, aber sie erreicht nur, dass die Ketzer noch mehr Zulauf bekommen. Man bräuchte ein Heiliges Offizium, das auf Vorbeugung und Erziehung setzt. Doch außer den Jesuiten scheint von diesen Ideen niemand etwas wissen zu wollen.«

Ignatius, aus dessen Gesicht das Lächeln verschwunden war, nickte.

»Das ist wahr. Nun gut, einverstanden, wenn dies der Wille des Herrn ist, ermächtige ich dich, dein Vorhaben in die Tat umzusetzen. Ich werde meinerseits versuchen, meiner schwachen Stimme vor seiner Heiligkeit Gehör zu verschaffen. Wir haben das doppelte Glück, einen Papst zu besitzen, der einst Inquisitor war und der dem Orden der Theatiner entstammt, der dem unseren in vielerlei Hinsicht ähnelt.« Ein hässlicher trockener Husten schüttelte ihn und zwang ihn innezuhalten.

Michaelis nutzte die Pause, um die Hand des Kranken an seine Lippen zu führen und sie voll Ergebenheit zu küssen.

»Danke, Vater«, flüsterte er.

Ignatius ließ sich die Geste gefallen, zog seine Hand aber rasch zurück und beeilte sich, Michaelis zu verabschieden.

»Geh nun, mein Sohn. Sei unbarmherzig mit allen, die die Kirche bedrohen, aber vergiss nie, dass unser eigentliches Ziel die

Liebe ist. Sollte eines Tages der Hass in deiner Seele die Oberhand gewinnen, wirst du dich selbst verlieren und unsere Sache gefährden. Doch ich baue darauf, dass du deine Leidenschaften zu beherrschen weißt.«

»Ihr könnt mir vertrauen, mein Vater«, antwortete Michaelis und erhob sich.

Als er den Raum verließ, standen ihm Tränen in den Augen. Den ersten Generalvikar hatte er ganz vergessen, Jérôme Nadal ihn dagegen nicht. Mit der ihm eigenen mürrischen Miene trat er auf den Mitbruder zu.

»Pater Michaelis, so werdet Ihr nun wohl nach Frankreich zurückkehren. Oder?«

Der Jesuit fuhr sich einmal kurz mit dem Handrücken über die Augen.

»Ja, ich habe eine Mission zu erfüllen.«

»Das ist mir bekannt. Doch gibt es da eine zusätzliche Mission, mit der ich Euch zu beauftragen habe. Ich hoffe, Ihr nehmt sie nicht weniger wichtig.«

Michaelis riss überrascht die Augen auf.

»Worum handelt es sich denn?«

Anstatt direkt auf die Frage einzugehen, ereiferte sich Nadal plötzlich.

»Ihr wisst doch genauso gut wie ich, was uns von den Dominikanern unterscheidet: die so genannte Prädestinationslehre. Sie vertreten die Ansicht, das Schicksal eines jeden Menschen sei von Anfang an durch den göttlichen Willen vorherbestimmt. Für uns aber bewegen sie sich damit in gefährlicher Nähe zu den Lehren Luthers und Calvins.«

»Daran müsst ihr mich wirklich nicht erinnern.«

»Vielleicht doch.« Nadal hob das Buch, das er in Händen hielt. »Seht hier. Solcherlei Werke schießen jetzt in ganz Europa wie die Pilze aus dem Boden, Bücher mit Orakeln und Prophezeiungen, die für sich in Anspruch nehmen, die Zukunft bis ins Detail vorhersagen zu können, so als sei diese schon unwandelbar festgeschrieben. Darüber seid ihr doch unterrichtet?«

Michaelis zuckte etwas missmutig die Achseln.

»Und wenn schon? Das sind doch bloß Ansammlungen von Torheiten, um das leichtgläubige Volk hinters Licht zu führen.«

»Ich hielt Euch für weniger naiv«, sagte Nadal ein wenig spöttisch. »Versteht Ihr denn nicht? Solche Schriften gehen doch alle von der Lehre der Vorherbestimmung aus, die wir bekämpfen. Ja, schlimmer noch, sie bringen sie unters Volk. Es mag Euch übertrieben erscheinen, aber meiner Ansicht nach werden durch solche Lektüre, die schon an jeder Straßenecke feilgeboten wird, die Glaubenssätze der Lutheraner auch beim einfachen Volk verbreitet.«

Michaelis war beeindruckt, hielt aber noch dagegen und erklärte mit skeptische Miene:

»Aber das ist doch billiger Schund aus der Feder geldgieriger Scharlatane. Der Pöbel lässt sich davon unterhalten, aber er weiß die Sache doch instinktiv richtig einzuschätzen.«

»Da mögt Ihr Recht haben. Doch es gibt eine Ausnahme. Diese hier.« Nadal klopfte mit seinem wurstigen Zeigefinger auf das Buch in seiner Hand. »Das sind Prophezeiungen eines gewissen…«, er blickte auf den Einband, »…eines gewissen Nostradamus. Der Erfolg ist beängstigend. Zwei Auflagen innerhalb weniger Monate und mehrere Übersetzungen sind geplant. Sogar am französischen Königshof ist der Mann populär. Stellt Euch nur vor, was passiert, wenn sich Katharina von Medici, die ohnehin schon viel zu sehr unter dem Einfluss von Magiern und Astrologen steht, von der Leugnung des freien Willens überzeugen ließe. Oder, schlimmer noch, ihr Gatte. Das würde dem Einfluss der Hugenotten in einem der wichtigsten christlichen Königshäuser Tür und Tor öffnen.«

Michaelis nickte nachdenklich.

»Da ist was dran«, murmelte er. »Von diesem Nostradamus habe ich auch schon oft gehört. Doch was könnte man gegen ihn tun. Oder besser, was könnte ich tun?«

»Im Augenblick vielleicht gar nichts. Aber ich weiß ja, dass Ihr den Vorsitz des heiligen Offiziums in Frankreich anstrebt. Solltet Ihr Erfolg haben, müsstest Ihr einen nicht unerheblichen Teil Eurer Kraft darauf verwenden, diesen Nostradamus und die anderen Hexenmeister zu bekämpfen. Es wäre doch paradox, wenn sich eine Lehre, die wir beim Konzil in Trient gegen den Widerstand der Dominikaner so hartnäckig bekämpfen, sich nun auf anderem Weg im Pöbel oder gar am französischen Hof durchsetzen würde.«

Michaelis verstand, dass sich hinter Nadals massigem Leib und seinem fast brutalen Gehabe ein außergewöhnlicher Scharfsinn verbarg. Eigentlich hätte er sich das denken können. Schließlich war er nicht umsonst der Generalvikar von Ignatius. Demütig beugte er das Haupt.

»Ihr habt mich überzeugt. Und ich verspreche Euch, diesen Nostradamus, sobald ich Gelegenheit dazu habe, mit all meinen Kräften zu bekämpfen.« Er hob den Blick. »Aber darf ich Euch noch eine Frage stellen, Pater?«

»Selbstverständlich. Sprecht nur.«

»Habt Ihr schon einmal von einem gewissen Carnesecchi gehört? Piero Carnesecchi, ein Florentiner, glaube ich …«

Der Generalvikar lachte auf.

»Ob ich von dem schon gehört habe? Und ob!« Er fasste Michaelis freundschaftlich unter. »Kommt, ich werde Euch ein wenig von dem Halunken erzählen. Und von der größten Schmach, die die dominikanischen Inquisitoren je erlitten haben.«

# Die brennende Spinne

Die elegante Kutsche mit dem Wappen des Grafen von Tende bog in eine breite, etwas holprige Straße ein, die von einigermaßen gepflegten Häusern gesäumt war. Der Kutscher verlangsamte die Fahrt und beugte sich zu seinem Fahrgast hinunter.

»Hier gibt es eine Reihe von Gasthäusern«, rief er, ein wenig erschöpft vom langen Umherfahren. »Das Beste ist dieses hier vor uns, die Auberge Saint-Michel. Sie trägt Euren Namen. Was haltet Ihr davon?«

Trotz der starken Schmerzen in seinen Beinen war Michel eingenickt. Unliebsam geweckt und erneut den Schmerzen ausgeliefert, streckte er schlecht gelaunt den Kopf zum Seitenfenster hinaus und warf einen Blick auf die Häuserzeile mit den zahlreichen Gasthäusern. In der Tat wirkte das Haus direkt vor ihnen weniger heruntergekommen als die anderen.

»Einverstanden«, rief er. »Lasst mich aussteigen. Vielleicht ist es nur wegen des Namens, aber diese Unterkunft scheint mir besser als die, die ich bis jetzt gesehen habe. Ich nehme diese.«

Der Kutscher stieg vom Bock, öffnete den Schlag und fasste seinen Gast unter den Achseln. Mit schmerzverzerrtem Gesicht setzte Michel seine Füße auf den Boden. Dann ließ ihn der Kutscher stehen, lud das Gepäck ab und ging, den kleinen Koffer an den Griffen links und rechts haltend, gemächlichen Schritts auf das Gasthaus zu.

»Noch nicht mal einen Diener, der sich um Pferde und Gepäck kümmert, haben sie hier«, grummelte er. »Man merkt, dass wir in Paris sind.«

»Wohl wahr«, pflichtete ihm Michel bei, der dem Mann hinkend folgte. »Aber ich bin die Sache leid. Die anderen Gasthäuser sind alle viel zu teuer oder noch schlimmer als dieses hier.«

Michel war alles andere als glücklich, in der französischen

Hauptstadt zu sein. Bei dem Vereinigungsritus, der die Pläne Ulrichs von Mainz zumindest vorläufig vereitelt hatte, war seine Frau Jumelle schwanger geworden. Und er wäre so gerne bei ihr geblieben. Er vermisste jetzt schon das muntere Lärmen seines kleinen César, den er vergötterte. Trotz der Eile, zu der ihn sowohl der Kurier des Königs als auch Jean Fernel gemahnt hatten, hatte er die Abreise so lange wie möglich aufgeschoben. Als sich schließlich mit dem Grafen von Tende, Claude von Savoyen, der mächtigste Mann der Provence in die Sache einschaltete, war die Abreise nicht mehr hinauszuschieben gewesen. Ironie des Schicksals: Kaum hatten sie Salon hinter sich gelassen, da ereilte ihn ein heftiger Gichtanfall, der ein prächtiger Vorwand für einen weiteren Aufschub der Reise hätte sein können – dass es sich um die Gicht handelte, dessen war er sich mittlerweile sicher.

Von Paris hatte er bisher einen denkbar schlechten Eindruck gewonnen. Vor allem des Klimas wegen: Anders als in der Provence mit ihrem kristallklaren Himmel war es hier trübe und bewölkt und auch jetzt im Juli keineswegs sommerlich warm. Darüber hinaus war die Stadt entsetzlich chaotisch, laut und voller Bettler und, so vermutete er, Diebe. Zunächst hatte er eine Unterkunft in der Gegend des Châtelets gesucht, in der fälschlichen Annahme, die dort postierten Gendarmerieeinheiten würden die Gegend sicherer machen. Doch das Gegenteil war der Fall: Um den Turm herum, wo die Gendarmen und einer der vielen Pariser Kerker untergebracht waren, hauste der Abschaum der Stadt. Und die Gasthäuser waren um nichts sicherer als die Gassen selbst, bis auf jene, in denen eine Übernachtung einen Monatslohn kostete. Hinzu kam noch der allgegenwärtige Dreck, die aufgerissenen Straßen, die unflätige Sprache und die allgemeine Unhöflichkeit der Leute. So zumindest hatte sich Paris Michel präsentiert, der an die adretten Bürgerviertel seines heimischen Salons gewohnt war und an die liebliche Hügellandschaft der Provence, in der sich das zarte Gelb der Getreidefelder mit dem kräftigen Grün der Weingärten mischte.

In der Vorhalle des Gasthauses stellte der Kutscher den Koffer ab und machte Anstalten, sich zu verabschieden.

»Der Graf von Tende hat mir Anweisungen für die Hinfahrt gegeben, nicht aber für die Rückfahrt. Wann soll ich Euch abholen kommen?«

Michel zuckte mit den Achseln.

»Ich weiß es wirklich nicht. Aber das muss Euch nicht kümmern. Ich werde mit einer öffentlichen Kutsche zurückfahren.«

»Dann wünsche ich Euch einen angenehmen Aufenthalt und eine ebenso angenehme Rückreise.« Der Kutscher hob die Hand zum Gruß und entfernte sich hastig, so als fürchte er, noch einmal zurückgerufen zu werden.

Michel blickte sich um. Das Erdgeschoss des Gasthauses war ein Schankraum mit langen Holztischen und einer Decke aus schlecht eingepassten, rußgeschwärzten Balken. Der Wirt war damit beschäftigt, unterstützt von einer aufreizend zurechtgemachten Magd, seinen einzigen Gast zu bedienen. Es war ein junger Mann mit langem Haar, der Michel den Rücken zugewandt hatte. Ganz in gelbe, reich verzierte Seide gekleidet, war er ohne Zweifel ein Adeliger von hohem Stand. Er schien sich jedoch ausschließlich für sein Mahl zu interessieren.

Als der Mann endlich versorgt war, trat der Wirt zu dem Neuankömmling. Er trocknete sich die Hände an einer Schürze ab, die vor langer Zeit wohl einmal weiß gewesen war, und fragte:

»Was wünscht Ihr, Monsieur? Eine Übernachtung oder braucht Ihr auch etwas zwischen die Zähne? Wir können Euch hier beides bieten.«

»Und ich möchte auch beides«, antwortete Michel. »Was verlangt Ihr für eine Nacht?«

Der Wirt zischte einen maßlos überhöhten Preis. Michel zuckte zusammen.

»Ihr beliebt wohl zu scherzen. Ich gedenke, längere Zeit zu bleiben, aber ich möchte kein Vermögen bei Euch lassen.«

»Das müsst Ihr selbst entscheiden. Hier wird jedenfalls nicht gefeilscht«, entgegnete der Wirt barsch und musterte sein Gegenüber. »Ihr werdet bemerkt haben, dass es hier in der Straße eine ganze Reihe von Gasthäusern gibt. Ein jedes bietet Euch für weniger Geld ein verlaustes Bett und einen wässrigen Eintopf.«

Verärgert durch das wenig entgegenkommende Verhalten des Wirtes, war Michel versucht, den Mann einfach stehen zu lassen. Doch ein erneuter stechender Schmerz im rechten Bein brachte ihn zur Besinnung. Unmöglich konnte er sich in seinem Zustand mit dem schweren Koffer wieder auf den Weg machen.

»Also gut. Ich bleibe«, erklärte er mit betrübter Miene. »Zumindest für einige Tage.«

»Könnt Ihr Euch das auch leisten?«

»Aber gewiss. Die ersten Nächte zahle ich sogar im Voraus.« Michel spürte, wie der Zorn in ihm hochkam. »Mein Freund, ich bin kein Habenichts. Aber Ihr seid ein Halsabschneider. Wenn es Euch interessiert, mein Name ist Michel de Notredame, Arzt aus Salon-de-Craux, zurzeit in Paris, um …«

Ein überraschter Ausruf aus dem hinteren Teil des Raumes ließ ihn innehalten.

»Nostradamus? Das ist doch nicht möglich!«

Der junge Mann mit den langen Haaren war aufgesprungen und eilte herbei.

»Habe ich recht verstanden? Seid Ihr tatsächlich Michel de Notredame?«, fragte er aufgeregt.

»Ja«, antwortete Michel verwundert.

Das Gesicht des Mannes in den gelben Seidengewändern wirkte gefällig, und das trotz einer ziemlich langen Hakennase. Er verneigte sich übertrieben tief.

»Erlaubt, dass ich mich vorstelle. Mein Name ist Jean de Morel, Herr von Grigny und Plessis, Oberstallmeister und Fourier der Königin, und, wie ich hinzufügen möchte, ein großer Bewunderer von Euch.«

»Sehr erfreut. Aber …«

In einem Ton, der keinen Widerspruch duldete, wandte sich Morel an den Wirt.

»Ich verbürge mich für Doktor Nostradamus. Falls erwünscht, leihe ich ihm jede Summe, die er benötigt. Aber ich verlange, dass man ihn mit dem gleichen Respekt behandelt wie mich selbst.«

Der Wirt war offensichtlich eingeschüchtert.

»Gewiss, Monsieur de Morel. Ich konnte ja nicht ahnen, wer dieser Herr ist. Hätte ich gewusst…«

»Nun wisst Ihr es. Lasst sein Gepäck auf das beste Zimmer schaffen und bereitet ihm ein Abendessen zu, das seiner würdig ist.« Er wartete, bis der Mann mit dem Koffer verschwunden war, und sagte dann: »Kommt, Monsieur Nostradamus. Gönnt mir die Ehre Eurer Gesellschaft. Wir wollen ein Gläschen trinken, bis das Essen kommt.«

Er geleitete Michel zu seinem Tisch und half ihm, als er sah, dass der sich kaum noch auf den Beinen halten konnte, auf der Bank Platz zu nehmen. Dann setzte er sich ihm gegenüber und deutete für die Magd, die die Szene ein wenig amüsiert verfolgt hatte, auf sein Glas und seinen Krug.

»Noch einen Krug Wein, Françoise. Aber wieder den guten.«

Michel bemerkte flüchtig, dass der Kragen des sehr anmutigen, wenn auch etwas zu dicken Mädchens bis zum Hals zugeknöpft war. Ja, die tiefen Dekolletés, die ihm das Studentenleben versüßt hatten, waren in ganz Frankreich im Verschwinden begriffen. Verdienst oder Schuld Katharinas von Medici, die für ihre strengen Gewänder bekannt war, aber auch eine Auswirkung des wachsenden Einflusses der Hugenotten, den eingeschworenen Feinden der freien Sitten, die die Epoche der Valois gekennzeichnet hatten.

Doch im Moment hatte Michel andere Dinge im Kopf.

»Monsieur, ich danke Euch aus tiefstem Herzen für Eure Großzügigkeit«, sagte er lächelnd. »Wenn ich Euch richtig verstanden habe, seid Ihr ein Bewunderer von mir. Darf man fragen, warum?«

De Morel sah keine Veranlassung, seine Begeisterung zu zügeln.

»Seit Jahren lese ich Eure Vorhersagen, die mich immer schon in ihren Bann gezogen haben. Aber vor einem Monat habe ich Eure *Prophezeiungen* in der Lyoner Ausgabe gelesen. Und hier fand ich bestätigt, dass Ihr wirklich über herausragende Fähigkeiten verfügt. Euch ist es gegeben, in eine andere Welt zu blicken, in die sonst kein anderer Mensch sehen kann.«

Das war kein Thema, das Michel sonderlich gern mit einem Fremden besprach. Und so antwortete er ein wenig verlegen:

»Nun, das was Ihr für eine Gabe haltet, kann sich auch als Fluch erweisen. Es macht nicht automatisch glücklich, über die Grenzen hinauszublicken.«

»Das kann ich mir vorstellen. Überall seht Ihr Kriege und Katastrophen.«

»Dazu muss man nicht erst die Zukunft erforschen. Es reicht vollkommen, sich in der Gegenwart umzublicken.«

Françoise trat wieder an ihren Tisch, mit einem Glas und einem frischen Krug Wein in einer Hand und einer Servierplatte in der anderen, die sie flink auf den Tisch gleiten ließ. Darauf ein Berg jener mit Fleisch und Gemüse gefüllten Teigtaschen, die in Italien Ravioli genannt wurden, und einige dicke Scheiben Rindfleisch, die mit Petersilie und gekochtem Spinat bedeckt waren.

Michel nahm sich mit den Fingern ein paar von den Teigtaschen und verschlang sie. Morel tat es ihm nach und fragte nach einer Weile:

»Ist die Königin über Euren Aufenthalt in Paris unterrichtet?«

»Nein, bisher noch nicht. Ich wollte einen Freund von mir, Gabriele Simeoni, bitten, mich bei ihr anzukündigen. Aber jetzt habe ich die Gicht und weiß nicht, wann ich ihn werde aufsuchen können.«

»Simeoni? Ihr meint den Astrologen? Oh, den kenne ich gut.«

»Tatsächlich?« Michel war angenehm überrascht. Die stechenden Schmerzen in den Beinen ließen allmählich nach. »Er lebt doch am Hof, nicht wahr?«

»Im Moment leider nicht. Er hat sich dem Heer des Königs angeschlossen und wird gerade in Richtung Piemont marschieren. Bei Hofe hat er aber die Frau zurückgelassen, mit der er zusammenlebt, eine gewisse Giulia. Kennt Ihr sie? Sie ist Italienerin, eine Frau von außerordentlicher Schönheit... Aber was ist Euch? Ihr seid ja kreidebleich.«

Michel hatte die Augen geschlossen. In seinem Geist war plötzlich, äußerst lebhaft, ein Bild aufgetaucht: ein enger, staubiger Keller mit einer Decke voller Spinnweben. Eine Hand versuchte im funzligen Schein einer Lampe eine durch Verkrustungen fast nicht mehr lesbare Inschrift zu entziffern: *D. M., Dis Manibus*. Ein auf den Grabmälern der alten Römer häufig verwendeter Spruch.

Gleich darauf wurde diese Vision durch eine andere, ebenso klare abgelöst: Er sah ein absonderliches, Furcht erregendes Firmament mit gasförmigen Spiralen in tausenden von Farben, an dem sich das gigantische Gesicht eines Säuglings mit vollen Lippen und glatten Wangen zeigte. Die Augen aber waren die einer Katze, mit schmalen senkrechten Pupillen in einer gelblichen Iris. Der Dämon raunte ihm etwas zu.

Früher hätte sich Michel vor solch einer Halluzination gefürchtet. Doch nun gelang es ihm ohne weiteres, obwohl er immer noch aufgeregt war, sie zu beherrschen. Er lauschte auf die Worte, die ihm die Erscheinung zuflüsterte, um sie dann jedoch entschlossen zu verscheuchen. Der Dämon schien überrascht, gehorchte aber beflissen. Der vielfarbige Kosmos verschwand mit ihm.

»Was sagtet Ihr?«, fragte Michel, sich aus seinem Wachtraum losreißend. Er war erfüllt von dem Gefühl eigener Stärke. Die atavistische Zeremonie, in der er sich einige Monate zuvor mit Jumelle vereinigt hatte, schien ihn in Einklang mit den geheimen Kräften des Kosmos gesetzt zu haben. Es war noch zu früh, um zu jubilieren, aber er vermutete, dass er nun endlich den Zustand eines *Magus* erreichte: eines Menschen also, der an einigen der göttlichen Geheimnisse teilhatte.

De Morel war besorgt.

»Ich fragte, ob Euch nicht wohl ist. Ihr seid ganz blass.«

»Doch, doch. Mir geht es sehr gut.« Michel blickte sich nach der Magd um. »Bringt mir Papier und Feder«, rief er ihr dann zu. »Das habt ihr doch da, oder?«

»Aber gewiss«, antwortete das Mädchen. »Bei uns steigen nicht selten Advokaten oder Notare ab. Ich bin sofort wieder da.«

Kurz darauf erschien sie mit Feder, Tintenfass und einigen Seiten unbeschriebenen Papiers sowie einem dicken, schlecht gebundenen Verzeichnis.

»Mein Herr hat nicht daran gedacht, aber auf Anweisung des Châtelet muss jeder, der in einer Pariser Herberge übernachtet, seinen Namen angeben. Wahrscheinlich wegen all dieser religiösen Unruhen in letzter Zeit.«

Michel trug kommentarlos seinen Namen in das Verzeichnis ein, wartete, bis das Mädchen es zur Theke zurückgetragen hatte, griff zur Feder und schrieb unter den verblüfften Blicken de Morels:

*Quand l'escriture D. M. trouvee*
*et cave antique à lampe descouverte,*
*loi, Roy & Prince Vlpian esprouvee,*
*pavillon Royne & Duc sons la couverte.*

Es blieb ihm nicht verborgen, dass Morel zu lesen versuchte, was er geschrieben hatte. Doch lächelnd faltete er das Blatt zusammen und erklärte mit einer gewissen Genugtuung:

»Nun habt Ihr also persönlich der Entstehung einer meiner Prophezeiungen beigewohnt. Aber ich möchte Euch bitten, keine Interpretation von mir zu verlangen. Häufig verstehe ich selbst nicht alles, was ich da niederschreibe. Manchmal weiß ich nicht einmal, um was es geht.«

Es war nur zu offensichtlich, wie gern ihn de Morel mit Fragen bestürmt hätte, doch Michels Bitte hielt ihn davon ab. Um sich ein wenig zu beruhigen, goss sich der junge Mann Wein nach.

»Einverstanden, ich werde Euch nichts fragen. Nun, wir sprachen eben über Simeoni und die Frau, mit der er zusammenlebt. Da er nun in Italien weilt, könnte ich selbst die Königin über Eure Ankunft unterrichten und eine Audienz vereinbaren.«

»Dafür wäre ich Euch sehr verbunden. Allerdings sollten wir noch warten, bis die Gicht mich ein wenig zu Atem kommen lässt. Sagen wir ein paar Tage.«

»Wie Ihr wollt«, antwortete de Morel. »Unterdessen genieße ich Eure Gesellschaft. Eine größere Ehre hätte mir nicht zuteil werden können.«

Der Rest der Mahlzeit verging mit eher oberflächlichem Geplauder, zum Beispiel über das schwierige Zusammenleben von

Katharina von Medici mit der Geliebten ihres Gatten, der verführerischen Diane de Poitiers. Die beiden Tischgenossen wollten sich gerade von der Tafel erheben, als drei Männer des *guet bourgeois*, der zivilen Gendarmerie das Châtelet, die spöttisch auch »die Schlafwache« genannt wurde, den Raum betraten. Schon an ihren allzu unauffälligen Gewändern, in den grauen Umhängen, unter denen die Degen verräterisch hervorschauten, waren sie leicht zu erkennen. Nur Adeligen, und auch nicht allen, war es gestattet, in der Stadt Waffen zu tragen. Es war undenkbar, dass sich ein Bürger mit einer Scheide am Gürtel in der Öffentlichkeit sehen ließ.

Die brutalen Gesichtszüge der Männer und ihr hochnäsiges Gehabe sprachen für sich. Sie marschierten geradewegs auf den Wirt zu, der jetzt nach der Essenszeit damit beschäftigt war, die letzte Glut im Kamin zu verteilen und zu löschen. Als die Männer ihm die Hand auf die Schultern legten, schrak er so heftig zusammen, dass er gegen den Bratspieß stieß und die letzten wohlduftenden Fleischstücke in die Asche fielen.

De Morel berührte Michels Arm.

»Tut so, als würdet Ihr sie gar nicht bemerken«, flüsterte er. »Es ist hier ein unguter Brauch, dass die Gendarmen von den Wirten einen Teil der Einnahmen einstreichen. Früher geschah das noch heimlich. Aber wie man sieht, sind sie dreister geworden. Es ist ihnen ja auch nie etwas passiert.«

Doch es ging um etwas anderes. Die Gendarmen führten den Wirt zur Theke und ließen sich dort von Françoise das Gästeverzeichnis zeigen, das sie hastig durchsahen.

»Kein Grund zur Sorge«, wandte sich de Morel wieder beruhigend an Michel. »Die suchen nach spanischen, schweizerischen oder deutschen Namen. Spanier hält man leicht für Spione, die anderen für mutmaßliche Hugenotten, die nach Frankreich gekommen sind, um hier ihre Lehre zu verbreiten. Die Zahl der Calvinisten nimmt in Paris beständig zu. Auch wenn der eine oder andere anständige Mensch unter ihnen sein mag, in der Mehrheit sind das Aufrührer, denen das Ansehen der Krone vollkommen gleich ist.«

Michel zog es vor, sich jeden Kommentars zu enthalten. Offensichtlich teilte de Morel den Standpunkt der Herzöge von Guise, die im Lande am eifrigsten gegen die Reformierten zu Felde zogen. In seiner eigenen religiösen Überzeugung mischten sich hingegen, obwohl er katholischen Glaubens war, Überreste einer vielfach vergessenen christlichen Lehre, in der einem Schöpfergott eine ganze Reihe kleinerer und untergeordneter Gottheiten beigesellt war. Himmel und Erde waren von mal gutwilligen, mal böswilligen Dämonen bevölkert. Nicht nur wurde diese Überzeugung aus eigener Erfahrung gespeist, es war auch das, was Ulrich von Mainz ihn vor langer Zeit gelehrt hatte, der einzige Glaube, der einem sonst unverständlichen Kosmos einen Sinn geben konnte. Abgesehen davon hatte ja selbst der orthodoxe Katholizismus Gott in drei Wesen aufspalten müssen, um sein Wirken unter den Menschen zu erklären.

Er wartete etwas bang darauf, dass die drei Gendarmen endlich gehen würden, und wagte nicht, sie direkt anzusehen oder auch nur zu sprechen. Auch de Morel schwieg. Michel naschte von den letzten Teigtaschen, die auf der Platte liegen geblieben waren. Um sich abzulenken, heftete er den Blick auf eine fette Spinne, die zwischen Decke und Wand ein perfekt achteckiges Netz gewoben hatte. Einige Minuten verstrichen. Es mussten recht viele Namen in dem Verzeichnis stehen, aber vielleicht hatten die Wachen auch nur Schwierigkeiten, die verschiedenen Handschriften zu entziffern.

Mit einem Mal bemerkte Michel, wie sich de Morel verspannte. Einer der Männer in den grauen Umhängen marschierte direkt auf ihren Tisch zu, und einen Augenblick später legte sich eine Hand auf seine Schulter. »Seid Ihr der Mann, der sich als Notredame eingetragen hat?«, fragte der Gendarm mit eintöniger Stimme.

»Ja«, antwortete Michel, während ihm das Herz bis zum Hals pochte. »Folgt uns, der *Lieutenant général* wünscht Euch zu sprechen.«

De Morel erhob sich geräuschvoll und erklärte mit blitzenden Augen:

»Messieurs, ich bin Oberstallmeister und Fourier der Königin. Und dieser Mann hier ist ein Freund von mir. Er ist eben erst in Paris eingetroffen und noch erschöpft von der Reise. Gebt ihm Zeit, sich ein wenig zu erholen. Morgen früh werde ich selbst ihn zum *Lieutenant général* begleiten.«

Der Gendarm deutete höhnisch lächelnd eine Verbeugung an.

»Keine Sorge, Monsieur, wir wollen den Mann ja nicht verhaften. Man will sich nur mit ihm unterhalten. Nach der Unterredung werden wir ihn wieder wohlbehalten hier abliefern.«

Michel stand auf. Seine Beine schmerzten wieder, und seine Stimme klang ein wenig brüchig, als er mit Entschlossenheit erklärte:

»Macht Euch um mich keine Sorgen, Monsieur de Morel. Ich werde bald wieder hier sein. Aber tragt doch bitte dafür Sorge, dass meine Kammer dann bereit ist.«

Der junge Mann bebte vor Empörung.

»Ich werde unverzüglich zur Königin eilen und sie von den Unannehmlichkeiten, die man Euch bereitet, in Kenntnis setzen.«

»Nein, Monsieur.« Die Stimme kam von einem der beiden Gendarmen, die an der Theke stehen geblieben waren, einem untersetzten Mann mit finsterer, herrischer Miene. »Auf höheren Befehl muss unsere Maßnahme geheim bleiben. Wer dagegen verstößt, macht sich selbst strafbar.« Sein Ton wurde ein wenig sanfter. »Beruhigt Euch wieder, Monsieur. Man wird Docteur de Notredame in allen Ehren in dieses Gasthaus zurückbringen.«

Obschon ein wenig verstört, nickte Michel und wandte sich mit einer beschwichtigenden Geste an de Morel.

»Ihr habt es ja selbst gehört, mein Freund. Also macht Euch um mich keine Sorgen. Wir werden uns schon bald wieder sehen. Bis dahin jedenfalls vielen Dank für Eure Unterstützung.«

Leicht humpelnd ging er am Wirt und der Magd vorbei, die wie versteinert vor dem Kamin standen. Die drei Gendarmen nahmen ihn in die Mitte und gingen auf den Ausgang zu. Sie hatten die Schwelle schon erreicht, als plötzlich ein gellender Schrei ertönte. Erschrocken drehten sich alle um.

Die Spinne, die das achteckige Netz gesponnen hatte, war in Françoise' Haare gefallen. Nach dem Schrei schüttelte sie in heller Aufregung den Kopf, und das Insekt landete im Kamin auf der noch glühenden Asche. Einen Augenblick später war es der Falle entwischt und krabbelte geschwind die Wand hinauf. Unglaublich aber war, dass seine Beine Feuer gefangen hatten und wie acht lange Strohhalme lichterloh brannten. Einen Augenblick später kugelte es sich zusammen und fiel auf den Fußboden. So lag es da, im Tod zu einem kleinen dunklen Krümel geworden, von dem noch kurz ein zartes Flämmchen aufstieg. Dann erlosch auch dieses.

Allen standen die Haare zu Berge. Der Wirt bekreuzigte sich, und Françoise brach in Schluchzen aus. Als Erster hatte sich der Anführer der Gendarmen wieder gefangen.

»Los, raus jetzt«, zischte er mit heiserer Stimme und schob Michel auf die Straße hinaus. Seine Männer folgten ihm mit blassen Gesichtern.

Vor dem Gasthaus stand eine schwarze Kutsche mit geschlossenen Vorhängen. Man stieß Michel unsanft hinein. Die Schmerzen in den Beinen waren jetzt wieder so stark, dass er fürchtete, die Besinnung zu verlieren. Ein Gendarm nahm neben ihm Platz, die anderen beiden ihm gegenüber.

»Ich muss Euch die Augen verbinden«, erklärte der untersetzte Anführer, bevor er den Schlag schloss, und zog unter seinem Umhang ein schwarzes Tuch hervor.

Michel ließ es geschehen, und schon fuhr die Kutsche an. So saß er da, umfangen von der Dunkelheit, während ihm die verschiedensten Gedanken im Kopf herumschwirrten. Angst war nicht das vorherrschende Gefühl. Er brauchte nur an Jumelle zu denken, um sie im Zaum zu halten, denn alles, was er wirklich fürchtete, betraf nicht ihn selbst, sondern sie. In seinen Gefühlen überwog am ehesten die Verwirrung und mischte sich mit der immer noch lebendigen Erinnerung an die brennende Spinne.

Er versuchte seine Gedanken zu ordnen und konzentrierte sich ganz auf die Bedeutung dieses Bildes. Acht Beine hatte die Spinne. Acht Ecken ihr Netz. Acht war die Anzahl der Himmel.

Acht die Zeitalter der Welt, von denen das letzte katastrophale… Nein, die Schmerzen waren einfach zu stark, er schaffte es nicht, sich zu konzentrieren. Er ließ sich in den Sitz zurückfallen und dachte eine Weile an gar nichts mehr.

Nach einer ganzen Reihe von Schlaglöchern und Erschütterungen wurde ihm klar, dass das Châtelet unmöglich ihr Ziel sein konnte.

»Wohin fahren wir?«, fragte er und fügte, einer plötzlichen Eingebung folgend, hinzu: »Nach Saint-Germain-en-Laye, nicht wahr?«

»Das geht Euch gar nichts an. Schweigt«, fuhr ihm der Anführer der Gendarmen über den Mund. Das Pflaster unter den Rädern der Kutsche hörte auf und wurde vom steinigen, holprigen Untergrund einer Landstraße abgelöst. Nach einer Weile folgte knirschender Kies und schließlich das Schaukeln über den weichen Untergrund von Gartenwegen.

Als man ihn aus der Kutsche aussteigen ließ, stieg ihm der Duft frisch gemähten Grases in die Nase. Um sich her vernahm er leise Stimmen und das Geräusch von Schritten. Schließlich, nach einem langen Weg über eine Fläche aus kleinen Steinen, die seine ohnehin schon schmerzenden Beine noch mehr plagten, drang wiederholtes Knarren an sein Ohr. Offenbar ließ man ihn eine Schwelle überschreiten.

Die wohlriechende frische Luft wurde von warmer stickiger Luft abgelöst, in der ein schwerer Wachsgeruch lag. Die Männer in den grauen Umhängen schoben ihn vor sich her durch eine ganze Reihe von Fluren, dann lockerte sich der Griff der Gendarmen auf seinen Oberarmen, und eine nervöse Hand riss ihm die Binde von den Augen.

Michel musste blinzeln, bis sich seine Augen an die plötzliche Helligkeit gewöhnt hatten. Im hinteren Teil eines Raumes, dessen Wände ganz in Blau und Gold ausgekleidet waren, erblickte er das auffällig unschöne Gesicht einer Frau, unregelmäßig und fast ohne Kinn. Ihr Körper dagegen, umhüllt von einem äußerst eleganten schwarzen Kleid, war wohlgeformt: Der Busen wölbte sich anziehend vor, und ihre Hüften, die sich unter dem silberverbrämten Rock erahnen ließen, schienen ausladend, aber nicht fett zu sein.

Seine Schmerzen vergessend fiel Michel, dem es vor Aufregung fast den Atem verschlug, auf die Knie.

»Meine Königin«, murmelte er.

Katharina von Medici trat auf ihn zu und berührte mit den Fingerspitzen seine Schulter.

»Erhebt Euch, mein Freund«, sagte sie leise. »Ihr könnt Euch gar nicht vorstellen, wie sehr Wir auf Euch gewartet haben.«

# Der Magier und die Königin

Obwohl den weltlichen Genüssen nicht grundsätzlich abgeneigt, war Pater Michaelis doch empört über das ausschweifende Bankett, das man im gigantischen Saal des Schlosses Saint-Germain-en-Laye feierte. Schließlich waren es harte Zeiten für die Untertanen der französischen Krone. Die ständigen Erhöhungen der Abgaben, die König Heinrich II. und der Herzog von Guise zur Finanzierung der Italienfeldzüge und der Verteidigung der Grenzen im Norden verlangten, beutelten gleichermaßen wohlhabende Bürger wie das einfache Volk. Sogar der Klerus hatte sich damit abfinden müssen, einen beträchtlichen Teil seiner reichen Einkünfte an die Krone abzuführen. Allein der Adel blieb vorerst von den Kriegsabgaben verschont, musste aber seine Sprösslinge zum Kriegsdienst zur Verfügung stellen.

Ein beträchtlicher Teil der auf diese Weise eingenommenen Gelder hätte für dringend nötige Maßnahmen zur Verfügung gestanden, würde nur einen Monat lang auf diese absurden Bankette verzichtet. Aber niemand, außer Pater Michaelis, wagte auch nur daran zu denken. Im Gegenteil, es schien für alle vollkommen natürlich, drei Stunden am Tisch zu sitzen und die meisten der Speisen, die ständig neu aufgetragen wurden, aus Überdruss zurückgehen zu lassen.

»Jetzt kann ich aber wirklich nicht mehr«, platzte die blonde Dame zur Rechten des Jesuiten heraus. Michaelis wusste, dass sie Giulia hieß und die Geliebte eines florentinischen Astrologen war. Mehr nicht. »Seht, Pater, nun werden die Rebhühner und Kaninchen gereicht. Wahrscheinlich werden sich die Ersten gleich übergeben. Und dabei ist der Fisch noch nicht einmal aufgetragen worden.«

In der Tat war gerade der Haushofmeister mit einer ganzen Heerschar von Pagen und Mägden vor Katharina von Medici getreten, um ihr nun nach dem Schinken, den Fleischbällchen, den Würsten und dem Singvögelfrikassee ein weiteres Fleischgericht zu präsentieren. Die Königin aber unterhielt sich angeregt mit einem bärtigen Mann zu ihrer Linken und ließ mit ihrer Zustimmung auf sich warten, sodass die Bediensteten mit gesenkten Köpfen und den dampfenden Servierplatten in Händen eine ganze Weile vor ihr stehen mussten. Endlich nickte sie, und die Platten wurden auf einem Tischchen abgestellt, das zwischen den langen Tischreihen mit den Bankettteilnehmern stand. Daran, wie einige Diener das Gesicht verzogen oder die Finger rasch an den Samtlivreen rieben, ließ sich ersehen, dass das Geschirr heiß war. Das Warten auf das königliche Kopfnicken musste recht schmerzhaft gewesen sein.

Nun traten die Tranchiermeister mit ihren scharfen Messern vor und zerlegten kunstgerecht die Braten, während auf anderen Platten schon die Fleischscheiben angeordnet wurden, von denen sich die Gäste bedienen würden. Unterdessen schenkten die Mundschenke kühlen Weißwein aus, oder Mandelmilch und gezuckertes Rosenwasser. Doch nur der Wein, sowohl weiß als auch rot, fand allgemeinen Zuspruch. Die anderen Getränke waren wohl eher für die drei Kinder der Königin gedacht, die brav zur Rechten ihrer Mutter saßen. Ein kleines Orchester bei der Tür spielte allgemein beliebte Stücke von Jannequin und Claude le Jeune.

Mit einer ausladenden Geste deutete Giulia auf die Tischgesellschaft und bemerkte zu Michaelis:

»Allmählich werden hier alle beschwipst. Aber wie soll man sich auch sonst noch etwas Appetit bewahren? In den Zeiten der Valois wäre man jetzt zu anzüglichen und verdorbenen Tänzen übergegangen. Aber zum Glück hat Eure Königin einen erleseneren Musikgeschmack und verabscheut alles Vulgäre.«

Pater Michaelis blickte die junge Frau, die seinen Abscheu zu teilen schien, voller Wohlwollen an. Sie hatte ein längliches Gesicht, makellose Gesichtszüge und schmale blaue Augen. Zweifellos konnte keine Frau im Saal mit ihrer Schönheit wetteifern. Darüber hinaus schien sie auch noch tugendhaft und bescheiden zu sein, ignorierte sie doch schon eine ganze Weile hartnäckig den Monsignore ihr gegenüber, der ihr schon ein etwas gewagtes Kompliment gemacht hatte. So war der Kirchenmann nun gezwungen, es bei Hélène d'Illiers zu versuchen, einer für ihren freizügigen Lebenswandel bekannten Freundin der Königin. Giulia trug ein schlichtes Kleid mit einer hohen Halskrause und auf dem Kopf eine bestickte Haube. Ihr blondes Haar war zu einem Zopf geflochten, der ihr lang auf den Rücken fiel. Nichts, außer ihrem natürlichen Charme, machte sie zu einem Objekt der Verführung.

»Warum sagtet Ihr, *Eure* Königin?«, fragte Michaelis jetzt, der normalerweise eine Unterhaltung mit einer Frau als reine Zeitverschwendung betrachtet hätte. »Seid Ihr nicht aus Frankreich?«

»Nein, ich bin Italienerin, aus Camerino in der Toskana gebürtig.«

»Dürfte ich Euren vollständigen Namen erfahren? Dass Ihr Giulia heißt, weiß ich ja, was in der Tat ein italienischer Name ist. Aber Euren Familiennamen habt Ihr mir noch nicht verraten.«

Sie lächelte sanft, erklärte aber in festem Ton: »Erlaubt mir, Pater, ihn weiter zu verschweigen. Aber meinen künftigen Namen will ich Euch gerne sagen. Sobald mein Verlobter zurückkehrt, werden wir heiraten. Dann werde ich Simeoni heißen.«

»Euer Verlobter ist also nicht in Paris?«

»Nein, in Italien. Oder genauer, in Piemont. Er nimmt an der Belagerung von Volpiano teil. Ich kann es gar nicht erwarten, bis er endlich zurückkehrt.«

»Das kann nicht mehr lange dauern.«

Die Bemerkung kam von einem Tischgenossen zu Michaelis' Linken. Der Jesuit blickte ihn streng an, und der Fremde hielt es für angebracht hinzuzufügen:

»Verzeiht, dass ich mich eingemischt habe. Aber ich kam nicht umhin, die Worte der Dame mit anzuhören.« Er verneigte sich vor Giulia. »Ich kann Euch beruhigen. Volpiano wird der Belagerung nicht mehr lange standhalten. Kaiser Karl V. hat sein Interesse an Kriegen und Eroberungen verloren. Er ist alt und krank und hofft nur noch, in Würde zu sterben. Das kaiserliche Heer hat jetzt schon keinen Anführer mehr, obwohl es sich noch so wild wie ein waidwundes Tier benimmt.«

Michaelis musterte den Mann, den er bis dahin gar nicht beachtet hatte, mit Neugier und Respekt. Er mochte um die fünfzig sein, hatte langes dunkelblondes Haar, das ihm von den Rändern seiner Halbglatze auf die Schultern fiel. Er hatte zwar dunkle Ringe unter den schwarzen Augen, aber seine Augen waren lebhaft und glänzend. Er trug ein unauffälliges dunkles Gewand, an dem sich schwer ablesen ließ, ob es sich um einen gewöhnlichen Priester, einen höheren kirchlichen Würdenträger inkognito oder um einen Mönch eines noch nicht zugelassenen Ordens handelte.

Der Fremde merkte, dass der Jesuit ihn einzuordnen versuchte.

»Mein Name ist Piero Carnesecchi«, stellte er sich vor. »Ich komme aus Venedig, bin aber gebürtiger Florentiner.«

Pater Michaelis zuckte zusammen. Das traf sich ja ausgezeichnet. Schließlich war er nach Saint-Germain gekommen, weil er in Erfahrung gebracht hatte, dass sich der von ihm gesuchte Mann bei Hofe aufhielt. Und jetzt saß er plötzlich neben ihm.

Noch bevor er etwas erwidern konnte, rief Giulia erfreut aus:

»Ach ja, Ihr kamt mir doch irgendwie bekannt vor. Erinnert Ihr Euch denn nicht an mich? Wir haben uns letztes Jahr in Lyon kennen gelernt.«

Carnesecchi nickte.

»Aber gewiss! Ich erinnere mich noch sehr gut an Eure Mutter, die Herzogin…«

»Schweigt! Meine Mutter ist tot. Aber es könnte immer noch gefährlich sein, ihren Namen zu nennen. Lassen wir sie in Frieden ruhen. Ich weiß nicht, ob sie im Leben Respekt verdient hat, gewiss aber im Tod.«

In diesem Moment traten die Diener, die das Fleisch verteilten, heran. Sie legten vor jeden eine große Scheibe schwarzen Brotes, das als Teller diente, und begannen dann, fein zerteiltes und sorgfältig entbeintes Rebhuhn- und Kaninchenfleisch darauf zu häufen. Giulia lehnte angewidert ab, die anderen beiden nahmen nur winzige Portionen mit würzigen Soßen.

Pater Michaelis war nun sehr zufrieden mit dem Verlauf, den

dieser Festschmaus nahm. Da die anderen beiden jetzt schwiegen, versuchte er, das Gespräch wieder in Gang zu bringen.

»Seid Ihr auf Einladung der Königin hier?«, fragte er bemüht beiläufig, an alle beide gewandt.

»Ich ja«, antwortete Giulia. »Bevor Gabriele in den Krieg zog, gehörte er zum Kreis der Astrologen, von denen sich Katharina beraten lässt. Luca Gaurico, Jean Fernel, Cosma Ruggeri ...«

Carnesecchi nickte und deutete auf den Tisch in der Mitte des Saals.

»Der berühmteste von ihnen sitzt gerade neben ihr. Der Mann mit dem viereckigen Hut, dem rötlichen Gesicht und dem langen Bart.«

»Der ist mir schon aufgefallen«, sagte Michaelis. »Ich hielt ihn aber für einen Hofarzt.«

»Nein, nein, das ist der berühmte Nostradamus, der diese prophetischen Jahrbücher verfasst. Seit einigen Monaten spricht man in ganz Europa von ihm.«

Wieder zuckte der Jesuit zusammen. So viel Glück war ja nun wirklich nicht mehr zu fassen. Beide Männer, zu denen er Nachforschungen anstellte, hatte er zufällig bei ein und demselben Bankett gefunden. Als Dominikaner hätte er dies noch als Wink eines schon vorherbestimmten Schicksals aufgefasst. Als Mitglied der Gesellschaft Jesu aber sah er darin schlicht einen Beweis göttlicher Gnade. Doch egal wie, jetzt galt es, den glücklichen Umstand für sich auszunutzen.

Er musste zunächst einmal Zeit gewinnen, um sich einen Plan zu überlegen. Er wandte sich an Giulia:

»Wie kommt es, dass Gabriele Simeoni für Frankreich in den Krieg gezogen ist? Normalerweise gilt Patriotismus doch eher dem Heimat- und nicht dem Gastland.«

Die Frau nickte.

»Ich verstehe, worauf Ihr hinauswollt. Doch Gabrieles Vaterstadt, Florenz, hat ihm nichts als Enttäuschungen bereitet. Er ist jetzt Franzose, mit allen Rechten und Pflichten. Aber das ist nicht der eigentliche Grund, weshalb er sich dem königlichen Heer angeschlossen hat.«

»Welcher dann, wenn die Frage nicht zu indiskret ist?«

»Nun, ich glaube, Katharina von Medicis Leidenschaft für die Antike hat ihn darauf gebracht. Es mag Euch seltsam erscheinen, aber bei Volpiano gibt es irgendein römisches Grab, das die Königin besonders interessiert. Nicht um zu kämpfen, ist Gabriele mit nach Italien gezogen, sondern um dieses Grab zu suchen. Aber nun dringt nicht weiter in mich. Mehr kann ich Euch nicht darüber sagen.«

Michaelis kam die Erklärung reichlich abwegig vor, verstand aber, dass die Frau ihm keine weiteren Einzelheiten der Geschichte verraten wollte oder konnte. Aber das war ihm einerlei. Er nahm einen Schluck und wandte sich an den Tischnachbarn zu seiner Linken.

»Ihr tragt einen Talar, der schwer einzuordnen ist. Seid Ihr eigentlich Priester?«

»Oh, sehr viel mehr. Oder zumindest war ich es. Dann aber hielt es die Inquisition für angezeigt, mir sämtliche Vorrechte zu nehmen.« Er sagte das in ruhigem Ton, so als handele es sich um ein ganz alltägliches, kleines Missgeschick.

Michaelis zog die Augenbrauen hoch. Er wusste, worauf Carnesecchi anspielte, wollte es aber nicht zeigen.

»Die französische Inquisition?«

»Nein, die römische, unter dem Vorsitz von Bruder Michele Ghisleri, ein Eiferer, der mich mit blindem Hass verfolgt hat. Aber wie Ihr seht, bin ich immer noch frei. Kardinal Juan Alvarez de Toledo hat sich für mich eingesetzt, ebenso Cosimo de' Medici und sogar der verstorbene Papst Julius III.«

»Sehr interessant«, murmelte Michaelis. Er riss sich ein Stück vom Rebhuhnflügel ab und steckte es in den Mund. Versonnen kauend dachte er über die Sache nach. Ein Detail passte nicht. Er fragte nach: »Pater Carnesecchi, … ich darf Euch doch Pater nennen …? Wenn zu Euren Freunden auch Cosimo de' Medici zählt, kann ich mir Eure Anwesenheit hier bei diesem Bankett kaum erklären. Es ist doch allgemein bekannt, dass die Königin mit Cosimo verfeindet ist und all jene Florentiner Bürger unterstützt, die sich gegen seine Diktatur auflehnen.«

Carnesecchi nickte.

»Ihr habt Recht. Doch ich bin auch sehr eng mit François Ollivier, dem Großkanzler des Hofes, befreundet. Seht, dort drüben am Eck sitzt er, der dunkelhaarige elegante Mann mit dem langen Schnurrbart. Bedenkt darüber hinaus, dass Cosimo mittlerweile unangefochten über die Toskana herrscht. Siena ist unterworfen, und ein neuer Gegner ist weit und breit nicht auszumachen. Das heißt, die florentinischen Flüchtlinge dürfen sich hier zwar noch moralische, aber keinerlei konkrete Unterstützung mehr erhoffen.«

Michaelis nickte und fragte nicht weiter nach. Alle Informationen, die ihm dienlich sein konnten, hatte er beisammen. Er blickte zur Königin und dem bärtigen Mann an ihrer Seite hinüber. Katharina war wirklich alles andere als eine schöne Frau. Der Jesuit hatte nur einmal Gelegenheit gehabt, Diane de Poitiers zu sehen, aber es schien ihm nur allzu verständlich, dass König Heinrich dieser seine Gunst schenkte. Diane war eine faszinierende Frau, was nicht so sehr an ihren körperlichen Vorzügen lag, sondern vielmehr ihrem Auftreten geschuldet war. Obwohl sie die fünfzig schon überschritten hatte, war Diane noch in der unbedeutendsten Geste verführerisch. Darüber hinaus hatte sie eine volle, etwas raue Stimme, die, mehr noch als ihr attraktiver Körper, den sie zweifellos auch besaß, auf viele Männer sehr erregend wirkte.

Nun wurden die Seebarsche, Goldbrassen und Seezungen aufgetragen. Die gierigsten Tischgenossen schlangen rasch die letzten Fleischbrocken hinunter, um beim Fisch nicht leer auszugehen. Die ganze Gesellschaft war in ausgelassener Stimmung. Zu Zeiten Franz I. wäre dies nun der Moment gewesen, da die männlichen Gäste die Hände nach den Damen ausgestreckt und sich an ihrem empörten, aber allzu offensichtlich zustimmenden Kreischen erfreut hätten. Nun lief das Spiel der Verführung diskreter ab. Da wurden viel sagende Blicke gewechselt und gewagte Worte geflüstert, meist gefolgt von einem Lächeln, das sich verlegen gab, um noch einladender zu wirken. Das Leben ging auch unter Heinrich II. weiter, nur musste sich jetzt das Verlangen als Tugend tarnen, um eine Heimstatt zu finden.

Pater Michaelis beugte sich zu Giulia vor. Ihm gefiel ihre blendende Schönheit, aber darüber hinaus gehende Gedanken versagte er sich. Sein Verzicht auf leibliche Freuden war zwar schwer erkämpft, aber auch unumstößlich.

»Ich nehme an, dass Euer Freund Simeoni Nostradamus kennt, nicht wahr?«

»Ja, sie sind sogar eng befreundet. Auch ich habe ihn kennen gelernt, wenn auch nur flüchtig. Wahrscheinlich hat er mich schon vergessen. Ein paar Mal hat er zwar in meine Richtung geschaut, aber ich glaube nicht, dass er mich erkannt hat.«

»Was für ein Mensch ist er denn so?«

Die junge Frau breitete die Arme aus.

»Darüber kann ich mir kein Urteil erlauben. Dazu kenne ich ihn zu wenig. Aber er kommt mir heute gefestigter vor als noch vor einigen Jahren. Damals war er misstrauisch und gleichzeitig unterwürfig, wie man es bei bekehrten Juden ja häufig erlebt. Heute scheint er etwas selbstbewusster zu sein. Wäre da nicht sein komischer Hut, man könntc ihn für den König persönlich halten.«

In der Tat schien sich Michel de Notredame an der Seite der Königin vollkommen wohl zu fühlen. Nur selten richtete er von sich aus das Wort an sie, doch wenn sie ihn ansprach, antwortete er ihr ungezwungen und ohne Hemmungen. Seine Miene wirkte ernst, nachdenklich, zuweilen gar ein wenig betrübt. Michaelis bemerkte, dass zwar das Haupthaar des Propheten noch immer rabenschwarz war, sein Bart aber schon hier und dort weiße Strähnen aufwies.

Giulia fuhr fort:

»Er behandelt Katharina von Medici mit einer Vertraulichkeit, die ihre Hoheit bei jedem anderen als Dreistigkeit empfinden würde. Um ihn an den Hof zu locken, musste die Königin Himmel und Hölle in Bewegung setzen. Auf ihre Einladung hin ist er zwar nach Paris gereist, hat sie dann aber fast einen Monat warten lassen und angebliche Gichtanfälle vorgeschützt.«

»Ihr seid gut informiert, aber ich weiß noch mehr«, warf Carnesecchi ein. »An dem Tag, als Nostradamus in Paris eintraf, hat man ihn heimlich hier nach Saint-Germain gebracht. Das weiß ich aus erster Hand von Großkanzler François Ollivier. Und seitdem besucht er sie fast jede Nacht. Deswegen wirken die beiden auch so vertraut.«

»Für diese Geheimnistuerei wird es doch wohl einen Grund geben«, bemerkte Michaelis, eine Augenbraue hochziehend. »Um was geht es denn in ihren Beratungen?«

»Um die Kinder der Königin«, antwortete Piero Carnesecchi in sicherem Ton. »Nostradamus soll ihr gesagt haben, dass sie alle drei regieren werden. Versteht Ihr, was das bedeutet?«

»Gewiss.«

»Nein, wenn alle drei regieren, werden zwei von ihnen früh sterben.«

Michaelis' Blick wanderte zu den Kindern, die an einer Ecke der Tafel saßen und sich bei dem stundenlangen Mahl ganz offensichtlich langweilten. Um sich die Zeit zu vertreiben, bewarfen sie sich mit Stücken vom Seebarsch, der gerade serviert wurde und den sie gar nicht angerührt hatten.

Dabei war der in Essig gekochte Fisch wirklich exquisit. Michaelis kostete davon, denn das herrliche Aroma hatte einen Hauch von Appetit bei ihm geweckt. Er kaute genüsslich und wandte sich wieder an Carnesecchi.

»Wisst Ihr vielleicht, worauf dieser Nostradamus seine Vorhersagen stützt? Die Astrologie kann es doch wohl nicht sein. Damit lässt sich der Tod eines Menschen nicht vorhersagen.«

»Das dürft Ihr mich nicht fragen. Ich glaube, dass das Schicksal eines jeden von uns vorherbestimmt ist, und dass Gott es in allen Einzelheiten kennt. Wer etwas darüber erfahren will, muss sich also an Gott wenden und nicht an die Sterne.«

Unwillkürlich blickte Michaelis Carnesecchi feindselig an, was dieser aber glücklicherweise nicht zu bemerken schien. Giulia sagte:

»Aber ich kann Euch etwas über Nostradamus' Methode verraten. Mit Astrologie hat das tatsächlich wenig zu tun. Gabriele meint sogar, dass er ein schlechter Astrologe sei und sich besonders mit Berechnungen schwer tut. Nein, Grundlage seiner Prophezeiungen ist die Magie.«

Michaelis blickte die Frau interessiert an.

»Natürliche Magie?«

»Nein, zeremonielle Magie. Soweit ich weiß, hat er die Zukunft der drei Königssöhne mithilfe von Spiegeln vorhergesagt. Doch er soll sich auch auf Geomantie und die Künste der alten Ägypter verstehen. Früher war er einmal der Lieblingsschüler von Ulrich von Mainz.«

»Ulrich von Mainz? Wer ist das ? Der Name sagt mir nichts.«

»Das ist vielleicht auch besser für Euch. Ulrich…«, setzte Giulia zu einer Erklärung an, wurde aber gezwungen abzubrechen. Katharina von Medici hatte sich erhoben und schickte sich an, den Saal zu verlassen. Alle Gäste standen auf und verabschiedeten ihre Königin mit einer tiefen Verneigung. Gefolgt von den Prinzen, entfernte sie sich von der Tafel. Diener, Pagen und Edelleute hinter ihr her.

Die Tischgenossen hatten noch nicht wieder Platz genommen, als Michaelis beobachtete, wie Nostradamus um den langen Tisch herumging und lächelnd auf Giulia zukam. Ihm fiel auf, dass er leicht hinkte und bei jedem Schritt das Gesicht etwas verzog. Aufmerksam betrachtete er ihn. Er war ein Mann von mittlerer Größe mit angenehmen, regelmäßigen Gesichtszügen. Die Wangen waren wohlgerundet, und nur sein langer, grau werdender Bart verlieh ihm jene Strenge, die ihn zuvor schon beeindruckt hatte. Seine grauen Augen wirkten gütig und ehrlich, was durch das ein wenig melancholische Lächeln noch verstärkt wurde. Er war mit einer langen schwarzen Gelehrtenrobe bekleidet und trug den Doktorhut, den er, wie es die Etikette verlangten, das ganze Bankett über aufbehalten hatte, nun in der Hand. Vor Giulia blieb er stehen.

»Vielleicht erinnert Ihr Euch nicht mehr an mich, aber ich kenne Euch. Und ich weiß, wie sehr mein Freund Simeoni Euch liebt. Schon während des Essens hatte ich Euch bemerkt, konnte aber nicht an Euren Tisch kommen, um Euch zu begrüßen.«

Michaelis stellte fest, dass Giulia den Kopf ein wenig neigte.

»Monsieur de Notredame, Ihr seid wirklich zu gütig. Eigentlich müsstet Ihr mich hassen. Schließlich habe ich in früheren Zeiten meiner Mutter oft genug dabei geholfen, Euch Schaden zuzufügen. Auch in ihrem Namen bitte ich Euch um Vergebung.«

»Dazu besteht kein Anlass. Das tragische Ende Eurer Mutter hat sie von jeder Schuld befreit. Und was Euch betrifft, Ihr wart damals schon unschuldig und seid es heute umso mehr. Darüber hinaus genießt Ihr die Zuneigung eines Mannes, dem ich sehr verbunden bin, und das allein reicht schon aus, um auch Euch zu meinem Freund zu machen.«

Beim Anhören dieser Worte spürte Michaelis, wie ein ganz und gar unpassendes Gefühl in ihm aufkam. Es war Eifersucht auf Simeoni, und vielleicht sogar auf Nostradamus. Und so überfiel ihn der Verdacht, dass er an der faszinierenden Frau größeren Gefallen fand, als er durfte. Zornig auf sich selbst verscheuchte er den Gedanken. Das angemessene Gefühl wäre Gleichgültigkeit gewesen, aber gleichgültig war er ganz sicher nicht.

Um sich abzulenken, wurde er fast ein wenig unverschämt.

»Mademoiselle, wollt Ihr mich Docteur de Notredame nicht vorstellen«, sagte er und setzte sich zu den beiden. »Ich habe schon viel von ihm gehört und würde ihn gern kennen lernen.«

Obschon ein wenig verwundert, ließ Giulia sich darauf ein.

»Dies ist Pater...«

»Pater Sebastien Michaelis, von der Gesellschaft Jesu«, ergänzte jener.

Nostradamus musterte ihn aufmerksam.

»Ein Jesuit? Interessant. Ihr seid der Erste, den ich kennen lerne. Ich weiß, dass Euer Orden die Kirche von Grund auf erneuern möchte.«

Michaelis suchte noch nach einer passenden Antwort, als Giulia plötzlich einen erstickten Schrei ausstieß.

»Mein Gott!« Entsetzt deutete sie auf die Scheibe Brot, die sie auf dem Tisch hatte liegen lassen. Sie wimmelte buchstäblich von schwarz glitzernden Skarabäen. Carnesecchi wandte erschaudernd den Blick, Hélène d'Illiers sank ohnmächtig in die Arme des wollüstigen Prälaten, der gerade damit begonnen hatte, den Auszug der Königin nutzend, ihr mit zitternden Händen das Korsett aufzuschnüren.

Nostradamus blickte Michaelis aus nun plötzlich kalten Augen an. Giulia aber klammerte sich an seinen Arm, so als wolle sie einem Wutausbruch seinerseits zuvorkommen.

»Er ist es nicht«, flüsterte sie ihm zu. »Zuvor haben wir Ulrich von Mainz erwähnt.«

Die beiden wechselten einen kurzen Blick des Einverständnisses, dann entfernte sich der Prophet hinkend wieder. Währenddessen liefen Hofdamen, Höflinge und Diener herbei, um mit eigenen Augen diese schauerlichen Vorzeichen anzusehen.

# Das römische Grab

Mir fällt es immer schwer, eine Frau hinrichten zu lassen«, erklärte mit gespieltem Bedauern der Gouverneur der Provence, Claude de Tende, während er den mit Orangenstücken gewürzten *Hypocras* schlürfte, den ihm Michel angeboten hatte.

Jumelle, die mit dem Tablett in der Hand auf dem Weg zurück in die Küche war, blieb auf der Schwelle stehen und warf dem Gast einen empörten Blick zu.

»Warum habt Ihr es dann getan, wenn es Euch so schwer fällt?«

Michel sprang dem Gast, wenn auch nicht sehr überzeugt, bei.

»Aber Liebling, der Graf wendet doch nur die bestehenden Gesetze an. Erst letzten Monat erging der Erlass, nach dem eine Unterbrechung der Schwangerschaft mit dem Tod zu bestrafen ist. Und ein Gouverneur hat die Aufgabe, den Willen des Königs auszuführen.«

Claude de Tende nickte so eifrig, dass sein rabenschwarzes, nur an den Schläfen ergrautes Haar hin und her flog.

»So ist es, Madame. Außerdem genießen ja weibliche Verurteilte besondere Vergünstigungen. Man hängt sie nur, und das war's. Ihr müsstet mal der Hinrichtung eines Ketzers in Paris beiwohnen, so wie ich vor drei Jahren in der Fastenzeit. Es dauert immer mindestens eine Stunde. Zunächst hat man ihm mit glühenden Zangen das Fleisch aus dem Leib gerissen, dann mit einem schweren Hammer die Glieder zertrümmert und ihn dann aufs Rad geflochten. Wir hier in der Provinz sind da sehr viel barmherziger.«

Ohne weiteren Kommentar verließ Jumelle den Raum, doch in ihrem Blick war der Ekel klar zu erkennen. Michel hielt es für angebracht, Partei für seine Gattin zu ergreifen.

»Verzeiht, Monsieur, aber Ihr müsst meine Frau verstehen. Ihr selbst findet es ja abstoßend, eine Frau zu hängen. Und das Mädchen war auch noch so jung, erst neunzehn Jahre, wenn ich mich nicht täusche. Ich war nicht zugegen, aber ich kann mir ausmalen, wie entsetzlich ihr Todeskampf gewesen sein muss.«

Die Gesichtszüge des Gouverneurs verhärteten sich ein wenig.

»Kindstötung, und darum handelt es sich ja hier, ist eine Plage, die ausgerottet gehört. Wisst Ihr eigentlich, wie viele junge Mädchen sich unter dem Vorwand, zu arm oder gar vergewaltigt worden zu sein, ihrer Leibesfrucht entledigen? Die sind zehnmal zahlreicher als die Hexen. Und dennoch hat man bis voriges Jahr nur Letztere verbrannt, während man die anderen am Leben ließ. Das Edikt vom Februar 1556 sorgt hier für Gerechtigkeit.«

»Schon. Aber in diesem Alter…«

»Warum nicht? Die Inquisition überstellt uns ja auch junge Burschen, die sich der Ketzerei schuldig gemacht haben. Ich wüsste nicht, warum wir Frauen gegenüber duldsamer sein sollten.«

Trotz der Sonnenstrahlen, die den Schnee draußen und die Eiszapfen vor den Fenstern glitzern ließen, war die Atmosphäre im Salon frostiger geworden. Michel versuchte die Stimmung wieder ein wenig aufzulockern, indem er seinem Gast vom *Hypocras* nachschenkte.

»Na, was haltet Ihr von diesem Likör«, erkundigte er sich. »An Stelle von Zimt habe ich es mal mit Orangengeschmack versucht.«

»Höchst delikat«, bemerkte der Graf, indem er das Glas absetzte und sich genüsslich die Lippen leckte. »Was Elixiere angeht, seid Ihr ein wahrer Alchimist. Irgendwann wird es Euch auch gelingen, flüssiges Gold herzustellen, so wie Denis Zacharie am Hof von Navarra.«

Unwillkürlich schrak Michel zusammen.

»Davon habe ich auch gehört. Ja, ist das denn wirklich sicher?«

»So viel ich weiß, ja. Außerdem soll Zacharie nicht nur flüssiges Gold hergestellt haben, mit dem sich jedwede Krankheit heilen lässt. Nein, man erzählt, er habe sogar Bleibarren in festes Gold verwandelt. Und das könnte dramatische Folgen haben.«

»Warum?«

»Weil Jeanne de'Albret, die Königin von Navarra, Hugenottin ist und die calvinistische Partei unterstützt. Bisher standen ihr nur die kärglichen Mittel ihres kleinen Königreiches zur Verfügung. Aber malt Euch die Situation in Frankreich aus, wenn die Hugenotten plötzlich auf unbeschränkte Goldreserven zurückgreifen könnten.«

In diesem Moment kehrte Jumelle in den Raum zurück. Sie ließ sich in einem Sessel nieder und spreizte ein wenig die Beine, eine leicht unschickliche Pose, die aber durch ihre Schwangerschaft zu entschuldigen war. Sie und Michel hatten beschlossen, den Säugling entweder Charles oder Charlotte zu nennen.

»Könnte man Gold so nach Belieben herstellen, wäre es bald schon nichts mehr wert, oder glaubt Ihr nicht?«

Der Graf blickte Jumelle fassungslos an. Es war schon empörend genug, dass eine Frau in einem Raum, wo Männer ein Gespräch führten, einfach so Platz nahm. Aber dass sie es auch noch wagte, das Wort zu ergreifen, war eigentlich nicht hinnehmbar. Er überlegte, ob er sich verabschieden und das Haus auf der Stelle verlassen sollte. Dann rang er sich aber zu einem Lächeln durch und sagte:

»Ihr habt ganz Recht, Madame. Monsieur de Notredame, Eure Gattin ist die klügste Frau in ganz Salon.«

Michel nickte stolz.

»Das kann man wohl sagen. Und sie hat einen anderen Menschen aus mir gemacht. Ohne sie könnte ich nicht mehr leben.«

Jumelle, die sich vom hohen Rang des Gastes keineswegs einschüchtern ließ, erwiderte dem Grafen in höflichem, aber trockenem Ton:

»Ihr würdet noch mehr kluge Frauen finden, wenn Ihr es Ihnen erlauben würdet, den Mund aufzumachen.«

Die Bemerkung war kühn, aber der Graf hatte sich mittlerweile vorgenommen, die Sache von der heiteren Seite zu nehmen.

»Vielleicht habt Ihr Recht. Untadeligen Frauen sollte man vielleicht tatsächlich häufiger zuhören.« Er wandte Michel den Blick zu. »Apropos Frauen, die etwas zu sagen haben. Welchen Eindruck habt Ihr denn von unserer Königin gewonnen? Sechs Monate sind seit Eurem Besuch am Hof vergangen, und Ihr habt mir immer noch nicht alles über Eure Gespräche dort berichtet.«

Michel legte die Stirn in Falten.

»Monsieur le Comte, habe ich Euch nicht schon erklärt, dass man mir diesbezüglich strengste Geheimhaltung auferlegt hat? Aber zu Katharina von Medici kann ich Euch sagen, dass sie mir stets ziemlich ernst und bedrückt vorkam. Sie macht sich Sorgen um die Zukunft ihrer Söhne und wegen der wachsenden Spannung zwischen Katholiken und Protestanten. Die Angst vor einem Bürgerkrieg ist groß.«

»Vielleicht leidet sie ja auch darunter, dass ihr König Heinrich weiterhin Diane de Poitiers vorzieht.«

»Mag sein. Aber darüber haben wir natürlich nicht gesprochen. In Paris hörte ich allerdings, dass sie sich auch nach so langer Zeit noch nicht damit abgefunden hat. Heinrich sucht ihr Lager nur auf, wenn Diane ihn lässt. Und das soll höchstens drei- oder viermal im Jahr vorkommen. Für Katharina muss das furchtbar erniedrigend sein.«

»Ich an ihrer Stelle würde mir auch einen Liebhaber suchen«, warf Jumelle unbekümmert ein. »Ja, ich wette, sie hat schon einen.«

»Das glaube ich nicht«, lachte Michel verlegen auf. »Die Königin ist eine sehr tugendhafte Frau. Aber vor allem, man möge es mir verzeihen, ist sie furchtbar hässlich, besonders das Gesicht, weniger der Körper.«

»Bei Kerzenschein zählt das Gesicht, bei gelöschtem Licht vor allem der Körper«, erwiderte Jumelle, so als lege sie es darauf an, ihren Gast zu reizen. »Außerdem kann Katharina jederzeit irgendeinem jungen Höfling befehlen, ihr auf angenehme Weise die Zeit zu vertreiben. Wer wollte es ihr verbieten?«

Damit war sie zu weit gegangen. Als Statthalter der Krone konnte der Gouverneur solch respektlose Äußerungen nicht hinnehmen. Hastig kippte der Graf den Rest seines *Hypocras* hinunter und sprang auf.

»Es ist spät geworden«, erklärte er. »Ich muss fort. Danke für die Gastfreundschaft.«

Michel erhob sich ebenfalls.

»Ich habe für Euren Besuch zu danken. Vor allem aber für die Gunst, die Ihr mir und meiner ganzen Familie zuteil werden lasst. Wie ich hörte, habt Ihr meinen Bruder Bertrand zu Eurem Oberstallmeister ernannt.«

»Bertrand ist ein tapferer Mann. Man bedenke, letztes Jahr hat er mit allen Mitteln versucht, zur Belagerung von Volpiano ausgesandt zu werden. Ich musste ihm den Wunsch abschlagen, denn Leute wie ihn brauche ich hier in der Provence. Auf alle Fälle wird er einen hervorragenden Offizier abgeben.«

»Davon bin ich überzeugt«, antwortete Michel. Er wartete, bis sich Claude de Tende von Jumelle verabschiedet hatte, und brachte ihn dann zur Tür. Auf der Straße, wo die Schneeberge unter der strahlenden Sonne allmählich zu Schmutzwasser schmolzen, wartete ein halbes Dutzend Soldaten zu Pferd auf ihren Herrn. Eine Kutsche mit geöffnetem Schlag stand bereit. Der Gouverneuer hielt mit großen Schritten darauf zu.

Michel schloss die Haustür hinter ihm und ging in den Salon zurück. Hier hatte Jumelle sich schon daran gemacht, den Tisch abzuräumen. Als sie ihren Mann hörte, hielt sie, die Karaffe mit dem *Hypocras* noch in der Hand, inne.

»Ich nehme an, du willst mir jetzt eine Strafpredigt halten«, sagte sie in liebevoll spöttischem Ton. »Oder mich schlagen, wie es jeder gute Bürger von Salon bei solcher Gelegenheit tun würde.«

Michel lächelte. »Ich denke nicht daran. Wenn überhaupt, müsste ich dir den Hintern versohlen, wie einem unartigen kleinen Mädchen. Aber ich weiß schon, wenn ich dich übers Knie lege und dein Hinterteil entblöße, geht mein Verlangen, dich zu bestrafen, rasch in anderen Gelüsten auf. Deshalb lasse ich es lieber.«

»Was ist eigentlich mit dir los, Michel? Hast du schon vergessen, wie du mir vor gerade mal einem Jahr versprochen hast, genau dies 365-mal hintereinander mit mir zu tun? Ich habe ja nicht genau mitgezählt, aber über die Zahl zehn oder höchstens zwölf sind wir bisher nicht hinausgekommen.«

»Schließlich bist du damals gleich schwanger geworden.«

»Und wenn schon? Es geht doch trotzdem. Auch jetzt zum Beispiel. Die Kinder sind bei Christine, und unser Schlafzimmer ist frei…« Jumelle schlug sich mit der flachen Hand gegen die Stirn. »Ach nein, mein Gott, den haben wir ja ganz vergessen.«

Auch Michel war aufgeschreckt.

»Oje, der arme Marc. Der wartet da schon fast eine Stunde!«

»Ich hole ihn.« Jumelle trat noch einmal zum Tisch und stellte den Krug ab. »Ich schicke ihn dir runter und sehe dann mal nach den Kindern.« Sie lief hinaus.

Als er allein war, begann Michel, das Feuer im Kamin zu schüren, und dachte dabei darüber nach, dass Jumelle ihm schon seit einiger Zeit vorwarf, dass er ihr zu wenig Aufmerksamkeit schenke. Er musste zugeben, dass sie mehr als Recht hatte. Für ihn war Jumelle immer noch eine wunderschöne, verführerische Frau, aber diese Einschätzung war im Laufe der Jahre immer abstrakter geworden. Es ließ sich nicht leugnen, er begehrte sie immer weniger. In dem Maße, wie sich ihre Beziehung vertiefte, vertrauter und kameradschaftlicher wurde, hatte die körperliche Anziehung abgenommen. Der Vereinigungsritus vor einem Jahr war der Höhepunkt, aber auch der Endpunkt ihrer sexuellen Beziehung gewesen. An ihre Stelle war eine andere Form der Liebe getreten, eine sehr tiefe Freundschaft auf vielen verschiedenen Ebenen, in der leider die erotische Komponente fehlte. Vielleicht wäre es besser gewesen, mit einer dummen, lüsternen Frau zusammenzuleben, einer Frau, wie Aretino sie besungen und Rabelais in seinen Werken erbarmungslos verspottet hatte. Aber wollte er das wirklich, eine Frau, die ihm auf geistiger Ebene rein gar nichts bieten konnte? Er überlegte, ob Monogamie eine natürliche Lebensweise des Menschen war. Sogleich verscheuchte er diesen sündigen Gedanken. Ebenso wie den ungeheuerlichen Verdacht, Jumelle könne sich die gleiche Frage stellen. Wehmütig erinnerte er sich an seine Studentenzeit, als er bei den Tavernenmädchen sein Vergnügen gesucht und gefunden hatte…

Der Eintritt eines Augustinermönches, nicht mehr ganz jung, aber kräftig, riss ihn aus seinen gefährlichen Gedanken. Ein wenig verlegen trat er auf ihn zu.

»Verzeiht, Pater Richard. Ich hatte Euch vollkommen vergessen.«

Der Geistliche winkte ab.

»Schon gut. Das kann doch passieren, Michel. Und nenn mich doch ruhig Marc, wie früher in Saint-Rémy.«

»Einverstanden.« Lächelnd deutete Michel auf das Sofa. »Nimm doch Platz. Und dann erklär mir mal, warum du nicht mit dem Grafen von Tende zusammentreffen wolltest. Schließlich bist du in seinem Gefolge nach Salon gekommen. Oder irre ich mich?«

Tief in den Sofakissen versinkend, hob Marc Richard zu einer Erklärung an.

»Es ging mir nur darum, dich nicht zu kompromittieren. Es stimmt, ich reise in seinem Gefolge, aber nur, wenn es sich nicht umgehen lässt. In seinen Augen bin ich verdächtig.«

Michel war stehen geblieben.

»Das möchte ich genauer wissen«, sagte er barsch und fügte dann, um seinen Tonfall ein wenig abzumildern, hinzu: »Wie wär's mit einem Glas Orangen-*Hypocras?*«

»Nein danke, ich bin nicht durstig… Aber Michel, deine Verwandten in Saint-Rémy werden dir doch erzählt haben, welchen Ärger ich mit der Inquisition hatte. Der stellvertretende Inquisitor, der alte Louis Rochet, hat deinen Bruder Bertrand und deine Schwester Dauphine sogar in meinem Fall als Zeugen vorgeladen.«

Obwohl Michel das Thema eher unangenehm war, konnte er es schlecht umgehen.

»Ja, das weiß ich alles. Und ich weiß auch, dass du dich großartig aus der Affäre gezogen hast und nun sogar wieder dem Kloster Saint-Pol-de-Mansole vorstehst. Unberechtigte Anschuldigungen sind eben auf Dauer nicht aufrechtzuerhalten.«

»Das stimmt. Nur sind die Anschuldigungen gegen mich keineswegs unberechtigt.«

Michel erschrak. Sein Blick wanderte zu dem Krug mit dem *Hypocras*, dann griff er zu einem der benutzten Gläser, füllte es bis zum Rand und nahm einen tiefen Schluck.

»Du meinst…«

»Ja. Ich gehöre der reformierten Kirche Frankreichs an. Ich bin Calvinist, und sogar ein sehr überzeugter.« Die männlichen Gesichtszüge Marc Richards hatten sich verhärtet, doch seine braunen Augen strahlten Wärme aus. »Für mich ist das die wahre Religion. Der Papst ist nichts weiter als einer der zahlreichen Tyrannen, die in Europa um die Macht buhlen.«

Michel kippte den Rest des Glases hinunter und nahm auf dem Hocker vor dem Kamin Platz.

»Ich verstehe. Also, was willst du von mir?«

»Vor allen Dingen möchte ich wissen, wie du zur Religion stehst.«

Wäre die Frage von einem Fremden an ihn gerichtet worden, hätte Michel ihn aus dem Haus geworfen. Einem alten Freund war er eine Antwort schuldig. Und er wollte der Frage auch gar nicht ausweichen. So holte er tief Luft und sagte:

»Ich will versuchen, ganz offen zu sein, auch wenn ich dazu etwas weiter ausholen muss. Jedermann steht der Sittenverfall in weiten Teilen der katholischen Kirche klar vor Augen. Auch für mich ist er empörend. Und als ebenso empörend empfinde ich die Erbarmungslosigkeit, mit der die Kirche euch verfolgt, und mit euch die berechtigten Fragen, die ihr stellt. Auch was eure eigene moralische Haltung betrifft, seid ihr über jeden Zweifel erhaben.« Michel machte eine kurze Pause und fuhr dann fort. »Doch auch ihr tragt zur allgemeinen Intoleranz bei. Gewiss, ihr seid weniger grausam als die Papisten, und der Eifer eurer Bilderstürmer ist auch nicht vergleichbar mit dem Fanatismus eurer Verfolger. Dennoch frage ich mich, was kommen wird. Werdet ihr euch nicht, so wie eure Stärke zunimmt, immer mehr wie jene verhalten, die euch heute bekämpfen? Schon jetzt brennen im Deutschen Reich und in der Schweiz zahlreiche Scheiterhaufen, die von Protestanten entzündet wurden. Und im reformierten England arbeitet der Henker ohne Unterlass. Auf theologischer

Ebene würde ich ohne weiteres anerkennen, dass eure Religion dem Wort Christi näher ist als die katholische und eure Werte die Ideale der Freiheit sind. Nur ist die Theologie eine Sache der Theologen, während ihre Umsetzung in die Praxis eine Sache von Menschen ist.«

»Wie denkst du in der Frage der Vorherbestimmung?«

Michel war überrascht und murmelte unwillkürlich:

»Nun, das Schicksal eines jeden Menschen ist vorgezeichnet. Dächte ich anders darüber, könnte ich keine Prophezeiungen schreiben.«

Marc Richard lächelte.

»Dann gehörst du also zu uns. Hab ich's mir doch gedacht.« Er wurde wieder ernst und machte eine ungeduldige Bewegung mit den Schultern. »Hör zu, Michel, ich bin nicht zufällig hier. Die Religion, an die ich glaube, egal ob es auch die deine ist oder nicht, wird erbarmungsloser verfolgt als je zuvor.«

»So verfolgt siehst du mir gar nicht aus«, warf Michel etwas gereizt ein. Er mochte dieses Thema nicht und scheute sich, Partei zu ergreifen. Sein persönlicher christlicher Glaube unterschied sich von beiden einander bekämpfenden Parteien. »Das gesamte Königreich Navarra steht hinter euch, und zahlreiche Mitglieder des Hofes sympathisieren mit eurer Sache. Gewiss, König Heinrich hasst euch, aber Königin Katharina bemüht sich, seinen Zorn zu bändigen. Und was das übrige Europa anbelangt…«

»Nein, nein. So rosig sieht die Lage keineswegs für uns aus.« Marc Richard schüttelte den Kopf. »In Frankreich bereiten sie sich schon vor, uns zu vertreiben und damit dem neuen Papst zu schmeicheln. Wahrscheinlich weißt du, wer die mächtigsten Kardinäle des Königreichs sind.«

»Nun, an erster Stelle sicher de Touron. Er macht die französische Außenpolitik. Und der ist ganz sicher euer Feind.«

»Ja, aber nicht er allein. Da gibt es noch Kardinal D'Armagnac, seinen würdigen Helfershelfer, und natürlich Alessandro Farnese. Man glaubt es nicht, aber er hat von allen den größten Einfluss. Er war es, der die Papstwahl so beeinflusst hat, dass ein früherer Inquisitor in den Vatikan einziehen konnte, der dazu noch Frankreich freundlich gesinnt ist.«

»Das mag ja alles stimmen. Aber keiner dieser Kardinäle scheint tatsächlich etwas gegen euch Hugenotten zu unternehmen.«

»O doch. Alle drei nämlich, im Verbund mit dem Kardinal von Lothringen, unterstützen die so genannte Gesellschaft Jesu. Hast du von der schon gehört?«

»Nun ja, dem Namen nach.«

»Dann weißt du vielleicht nicht, dass dieser Orden unser erbittertster Feind ist. Anders als die Dominikaner oder die Franziskaner wenden sich die Jesuiten vor allem an Laien. Sie gründen Schulen und Kongregationen, um fromme Katholiken in ihrem Sinne zu erziehen. Kein anderer Orden ist heute schon derart mächtig. Obwohl sein Gründer todkrank ist, breitet er sich immer weiter aus. Sogar schon bis nach Brasilien!«

»Aber das kann euch doch gleich sein.«

»O nein. Hast du nichts von der Expedition von Nicolas Durand de Villegagnon nach Brasilien gehört? Ziel ist es, dort eine hugenottische Kolonie zu gründen, die unserm Erdteil als Vorbild dienen kann. Leider sind uns die Jesuiten nun zuvorgekommen. Darüber hinaus sind unsere Mittel sehr beschränkt. Von Admiral Coligny, der uns bisher finanziert hat, können wir nicht noch mehr verlangen. Es war schon mehr als großzügig, dass er unsere Flotte ausgerüstet hat.«

»Nun gut, aber was habe ich damit zu tun?«, wandte Michel ein, der immer nervöser wurde. »Finanziell kann ich euch nicht unterstützen. In Paris musste ich mir selbst Geld leihen, und die Königin hat mich für meine Mühen nicht eben königlich entlohnt. Darüber hinaus habe ich schon zugesagt, ihr Geschenk für den Bau des Craponne-Kanals zu stiften.«

»Aber ich will doch keinen Sou von dir. Nein, es geht um etwas anderes. In deinen Prophezeiungen sprichst du häufig von einem verborgenen Schatz.« Marc Richard nahm von einem Tisch neben dem Sofa ein Exemplar der Lyoner Ausgabe der Centurien. Mit sicherer Hand schlug er es auf und begann zu lesen:

*Dessoubz le chaine Guien du cîel frappé,*
*non loing de la est caché le trésor*
*qui par longs siecles avoit esté grappé:*
*trouve mourra, l'œil crevé de ressort.*

Marc Richard klappte das Buch zu.

»Es scheint dir Spaß zu machen, deine Leser ein wenig zu verwirren. Aber mir ist der Sinn klar. Guien muss Guyenne, also das von den Herzögen von Guyenne beherrschte Aquitanien sein. Unter einer vom Blitz getroffenen Eiche liegt ein vor Jahrhunderten gestohlener Schatz. Wer ihn findet, wird sterben, mit ausgestochenem Auge, wegen einer Lücke im Visier.«

Missmutig zuckte Michel mit den Achseln.

»Ach, es ist doch immer wieder das Gleiche. Immer wieder muss ich beteuern, dass ich die Bedeutung meiner Weissagungen selbst nicht kenne. Sie entspringen keinen klaren Überlegungen, sondern entstehen auf Grund von Visionen, oder weil bestimmte Sternenkonjunktionen meine Phantasie anregen. Diese Phantasien werden schon einen realen Hintergrund haben, aber genau kann ich es nicht wissen. Nur wenige haben sich bisher erfüllt.«

»Eine hat sich aber erfüllt, und genau diese interessiert mich am meisten«, antwortete der Augustinermönch, ohne zu bemerken, dass er allmählich lästig wurde. Er schloss die Augen und trug aus dem Gedächtnis vor:

*Quand le sepulcre du grand Romain trouvé,*
*le jour apres sera esleu pontife:*
*du senat gueres il ne sera prouvé:*
*empoisonne son sang au sacré scyphe.*

Michel blickte seinen Gast verwundert an.

»Was findest du denn so Besonderes daran? Mir jedenfalls ist das alles vollkommen unklar.«

Marc Richards Miene verfinsterte sich.

»Langsam frage ich mich, ob du mich auf den Arm nehmen

willst. Bekanntlich wurde der letzte Papst, Marcellus II., gegen den Willen vieler Kardinäle, seines ›Senats‹ also, gewählt. Und sein Tod gut drei Wochen später war mit großer Sicherheit Mord. Man hat ihm Gift in den heiligen Kelch, den *schryphus*, getan, aus dem er während der Messe trank. Wie hast du das alles nur vorhersehen können? Diesen Vierzeiler hast du doch schon vor Jahren geschrieben.«

Michel war mit seiner Geduld am Ende.

»Ich weiß es nicht, Herrgott noch mal, ich weiß es nicht!« Teilweise log er, teilweise auch nicht. Jedenfalls hielt er es für unklug, seinen Gast tiefer in seine Techniken einzuweihen. »Und außerdem, was interessiert dich das überhaupt? Was hat das mit der Hugenottenverfolgung zu tun?«

»Es geht um das römische Grab. Zahlreiche deiner Verse beziehen sich darauf, und alle weisen unweigerlich auf einen verborgenen Schatz hin. Es liegt nahe, diesen Schatz mit der eben erwähnten *chaine Guien* in Verbindung zu bringen. Nur ist es keine Eiche aus Guyenne, sondern ein mit *gui*, also Misteln, überzogener Baum. Ich hab's erraten, nicht wahr?«

Michel begann allmählich, seinen Freund zu hassen.

»Mag sein. Aber, ich sag's dir jetzt zum letzten Mal: Ich weiß es nicht!«

Marc Richard sprang vom Sofa auf. Er wirkte erregt, ja wütend.

»Das glaube ich dir nicht! Es gibt diesen Schatz, und du weißt auch wo! Eine mit Misteln überzogene Eiche, ein römisches Grab, das kurz vor der Wahl Pauls VI. als Nachfolger von Marcellus II. entdeckt wurde. Dazu die traditionelle Widmung des Grabes an die Manen, die guten Götter der Unterwelt. Und der Ort? Ja, auch der lässt sich eindeutig herauslesen!«

»Hör endlich auf. Du kannst nicht wissen, was ich selbst nicht weiß.«

»Oh nein, wir beide wissen es. Du selbst hast es mir zu lesen gegeben. Es steht in einer deiner noch nicht veröffentlichten Prophezeiungen. *Vlpian.* Einfältige Leute werden das als Ulpius lesen und dabei an einen der Namen des römischen Kaisers Trajan denken oder an den römischen Juristen Ulpianus. Doch uns beiden ist klar, dass es sich um Volpiano handelt, jenen Ort, wo der Krieg vor dem Waffenstillstand von Vaucelles besonders heftig getobt hat. Volpiano, also praktisch Turin. Das Grab mit dem Schatz befindet sich in der Nähe von Turin. Jetzt gib's endlich zu!«

»Schluss jetzt!« Der vorwurfsvolle Ton dieses Mannes, der einmal sein Freund war, entfachte in Michel unbändige Wut. Er zeigte auf die Tür. »Geh bitte, bevor ich die Geduld verliere! Ich habe keinen Schatz anzubieten! Das Anliegen von euch Hugenotten ist aller Ehren wert. Aber mit eurem blinden Fanatismus, der bloß Gewalt nach sich zieht, macht ihr euch selbst unglaubwürdig. Ihr werdet daran scheitern, denn man wird ihn euch mit gleicher Münze zurückzahlen.«

Marc Richard wandte sich zum Gehen, drehte sich auf der Schwelle aber noch einmal um.

»Michel, wir brauchen diesen Schatz. Er ist von existenzieller Bedeutung für uns. Wir schrecken vor nichts zurück, um ihn in die Hand zu bekommen.«

»Hört euch diesen Wurm an!« Es war die Stimme von Jumelle, die plötzlich hinter Marc Richard stand. »Das wäre ja noch schöner: ›Wir schrecken vor nichts zurück!‹ So eine Frechheit. Ich will dir zeigen, wovor ich nicht zurückschrecke.«

Jumelle stand mit einem langen Knüppel da, den sie wohl aus dem Brennholz neben dem Küchenherd genommen hatte und drohend auf Marc Richard richtete. Der war dermaßen erschrocken, dass er sie nur kurz hasserfüllt anblickte und dann das Weite suchte. Man hörte noch, wie die Haustür zuknallte.

Jumelle ließ ihre Waffe sinken. Ein wenig keuchend hielt sie sich mit der Linken den schwangeren Bauch.

»Dieses Haus wird noch zur Heimstatt aller möglichen Halunken. Was wollte denn dieses Mönchlein?«

»Einen Schatz«, antwortete Michel lächelnd. »Stell dir vor, nichts weniger als einen Schatz!«

»Hast du ihm gesagt, dass wir selbst so eben mal genug haben, um ein anständiges Leben zu führen?«

»Nun ja, eigentlich habe ich ja einen Schatz.« Er trat auf seine Frau zu und streichelte ihr übers Haar. Sie tat so, als wolle sie sich ihm entziehen, schloss dann aber die Augen und schmiegte sich an ihn wie eine schnurrende Katze.

# Der Ketzer

Die drei Henker der Gotteslästerer, die vielleicht gefürchtetsten Männer des weit verzweigten Apparats der venezianischen Inquisition, saßen etwas ratlos auf ihren Stühlen. Piero Carnesecchi kniete auf einem Bänkchen vor ihnen. Er war nicht gefoltert worden, und sein Körper wies keinerlei Verletzungen auf. Dennoch zitterte er merklich, und das, obwohl durch die zweibogigen Fenster nichts als die stickige Wärme der Lagunenstadt in den Raum drang.

Der älteste Richter wischte sich mit dem Handrücken den Schweiß vom Nacken und wandte sich an seine Kollegen.

»Meiner Ansicht nach sind wir für diesen Fall gar nicht zuständig. Gewiss, die Schriften des Angeklagten können durchaus als Gotteslästerung angesehen werden. Das Gleiche gilt für alle Werke, die aus dem so genannten Kreis der Reformierten stammen. Aber hier geht es doch in erster Linie um Häresie. Daher plädiere ich dafür, ihn der Inquisition von Rom zu überstellen, die ihn ja auch für sich beansprucht.«

Der Kollege zu seiner Linken, nur wenig jünger, schüttelte mit hochrotem Gesicht heftig den Kopf.

»Damit bin ich ganz und gar nicht einverstanden. Rom brennt doch darauf, unserer Autonomie in solchen Angelegenheiten ein Ende zu bereiten. Bislang haben wir uns noch erfolgreich dagegen gewehrt. Wenn wir aber einen unserer Gefangenen ausliefern würden, käme das, bei allem Respekt für seine Heiligkeit Paul IV., einer Kapitulation vor den Ansprüchen des Vatikans gleich. Ich schlage vor, ihn unserem Rat der Zehn zu überstellen: Häresie zählt auch zu dessen Verantwortungsbereich.«

Der alte Richter zeigte sich verwundert.

»Aber es war doch gerade der Rat der Zehn, der uns die Akten geschickt hat. Warum, ist mir allerdings auch nicht ganz klar.«

»Aber mir«, warf der dritte Richter ein, ein Adeliger mit dichtem weißem Haar und einem Gesicht voller Falten. »Der Angeklagte genießt Protektion von solch hochrangigen Persönlichkeiten wie Cosimo de' Medici und Ferrante Gonzaga. Eine Verurteilung könnte leicht zu diplomatischen Verwicklungen führen. Hier hat man uns einen Fall übertragen, mit dem sich niemand die Hände schmutzig machen will.«

Der alte Richter bedachte den Kollegen mit einem strengen Blick.

»Solche Auslassungen solltet Ihr in Gegenwart eines Gefangenen unterlassen.« Er seufzte und wandte den Blick dann Carnesecchi zu. »Nun gut, fahren wir also fort. Man rufe den Entlastungszeugen herein.«

Pater Michaelis, der, hinter einem Samtvorhang versteckt, alles mit angehört hatte, konnte sich nur noch wundern. Eine andere Inquisition, etwa die Roms, Madrids oder Lyons, hätte niemals die Identität eines Zeugen, egal ob der Verteidigung oder der Anklage, preisgegeben. Aber nun blieb ihm nichts anderes übrig, als gute Miene zum bösen Spiel zu machen. Er schob den Vorhang zur Seite und trat vor.

Carnesecchi drehte sich zu ihm um, und auf seinem ausgezehrten Gesicht zeichnete sich maßloses Erstaunen ab.

»Was, Ihr?«, rief er aus. »Aber ich kenne Euch doch. Haben wir uns nicht letztes Jahr in Paris kennen gelernt, am Hof von …«

»… Katharina von Medici«, ergänzte Michaelis. Er war geradezu empört über das Vorgehen der venezianischen Inquisition. Offenbar nutzte die Republik ihre Unabhängigkeit, um die Prozessordnung des Heiligen Offiziums umzustürzen. Das war nicht hinnehmbar. Wenn diese Farce beendet wäre, würde er umgehend seinen Vorgesetzten darüber Bericht erstatten. Und ebenso Kardinal Alessandro Farnese, damit dieser den Papst persönlich von den Vorgängen in Kenntnis setzte.

Carnesecchi versuchte ein Lächeln und rang heftig die Hände:

»Ich danke Euch von ganzem Herzen, Pater. Ihr kennt mich kaum und wollt dennoch zu meiner Verteidigung aussagen. Was seid Ihr für ein guter Mensch.«

Michaelis ging nicht darauf ein und verbeugte sich nur kurz vor den Richtern.

»Ihr kennt meinen Namen, und ich halte es für besser, dass er hier vor Gericht nicht noch einmal genannt wird. Ich gehöre der von dem verstorbenen Ignatius von Loyola gegründeten Gesellschaft Jesu an. Die Gesellschaft ist seit Jahren in Venedig vertreten. Befragt mich, und ich werde Euch antworten, aber nur zu Themen, die gefahrlos vor dem Angeklagten behandelt werden können.«

Michaelis hatte dies alles in höflichem, aber bestimmtem Ton gesagt. Der älteste Richter schien sich seiner Sache nicht ganz sicher und wechselte einige Worte in tiefstem venezianischem Dialekt mit seinen Kollegen. Dann sagte er:

»Pater, dies hier ist kein Prozess, sondern eine einfache Untersuchung. Wie Ihr seht, sind keine Advokaten zugegen, und es wird auch kein Protokoll geführt. Der hier anwesende Piero Carnesecchi ist der Gotteslästerung verdächtig, möglicherweise auch der Ketzerei. Solltet Ihr Gründe kennen, die ihn entlasten, bitte ich Euch, sie uns nun darzulegen.«

Michaelis wählte mit Sorgfalt seine Worte.

»Hochverehrte Richter, hinsichtlich des Vorwurfs der Ketzerei kann ich keine klare Aussage machen. Aber meines Wissens hat sich dieser Mann nie öffentlich gegen die einzig wahre Kirche aufgelehnt. Sicher unterstützt er manche Behauptung der so genannten Reformierten. Aber in seinen Schriften spricht er sich auch für eine Verlängerung des Konzils von Trient aus und hofft, dass man dort über seine Ideen berät. Kurzum, er wendet sich nicht gegen die Kirche, sondern erkennt im Gegenteil ihr Lehramt an. Das sollte bedacht werden.«

Der Richter mit dem runzligen Gesicht machte eine zustimmende Geste und wandte sich dann an den älteren Kollegen:

»Das ist wahr. Alle von uns beschlagnahmten Unterlagen beweisen das. Bedenkt darüber hinaus, dass diese Aussage aus dem Munde eines Jesuiten kommt. Die Brut Luthers hat keine erbitterteren Feinde.«

Der andere zuckte mit den Achseln.

»Mag sein, aber das reicht mir nicht.« Er blickte Michaelis an. »Pater, es geht hier nicht nur um Ketzerei. Wir müssen herausfinden, ob die Schriften des Verdächtigen den Tatbestand der Gotteslästerung erfüllen. Könnt Ihr uns dazu etwas sagen?«

»Die Schriften, die ich von ihm gelesen habe, enthalten weder Beleidigungen Gottes, noch seines Sohnes oder des Heiligen Geistes. Gewiss, sie sind voll Unwahrheiten und Verdrehungen, aber als Gotteslästerung würde ich sie nicht bezeichnen. Ich nehme an, Ihr hochverehrten Herren habt die Unterkunft des Gefangenen durchsuchen lassen. Vielleicht wurden dort Schriften gefunden, die den Tatbestand der Gotteslästerung erfüllen.«

Der Richter machte eine ausweichende Geste.

»Nein, eigentlich nicht. Aber es wurden Werke von Lelio Socini, Aonio Paleario, Pietro Gelido und anderen Lutheranern gefunden. Nur enthalten sie weit weniger Beleidigungen, als man sie täglich von den Gondolieri dieser Stadt hört. Es gab allerdings eine verschlüsselte Handschrift…«

Der Richter brach ab, denn ein Bote in einem kurzen, rot-goldenen Gewand hatte den Saal betreten, eilte geschwind auf ihn zu und übergab ihm einen mehrfach versiegelten Umschlag.

Der Richter erbrach die Siegel und überflog das Schreiben hastig. Sein Gesichtsausdruck wurde ernst. Michaelis bemerkte es und fragte sich, ob dies ein gutes oder schlechtes Zeichen für seine komplizierten Pläne war. Aber bevor er versuchte, dies herauszufinden, galt es noch, etwas anderes in Erfahrung zu bringen.

»Exzellenz«, sagte er, »Ihr erwähntet vorhin eine Handschrift. Darf man erfahren, was es damit auf sich hat?«

Der alte Richter riss sich aus seinen Gedanken.

»Ja, es ist eine sehr seltsame Schrift, von der man nur den Titel lesen kann: Arbor Mirabilis. Sie ist voll von unzüchtigen Darstellungen von nackten badenden Weibern und seltsam fremdartigen Pflanzen. Diese Abhandlung könnte durchaus blasphemische Aussagen enthalten. Das würde jedenfalls zu den Darstellungen passen. Aber wie gesagt, das Werk ist verschlüsselt, und auch der Verdächtige scheint den Schlüssel dazu nicht zu kennen.«

»Aber nur, weil man ihn noch nicht gefoltert hat«, murmelte der jüngste Richter. »Andernfalls wäre es wohl ein Leichtes für ihn, die Schrift zu übersetzen.«

»Nein, das ist nicht wahr! Ich kenne das Buch überhaupt nicht«, rief Carnesecchi und wehrte sich zum ersten Mal. Ein Rasseln deutete darauf hin, dass er an der Bank angekettet war. »Es gehörte einem französischen Magier, einem angeblichen Propheten.«

Pater Michaelis horchte auf.

»Was für ein Magier?«, fragte er und versuchte seine Erregung zu verbergen.

»Ach dieser Mann, von dem jetzt alle Welt spricht, der mit den Jahrbüchern ... Nostradamus!«

Michaelis dankte seinem Herrgott aus tiefstem Herzen. Die beiden Spuren, die er verfolgte, die von Carnesecchi und von Nostradamus, hatten sich ein weiteres Mal auf wunderbare Weise gekreuzt. Nun war er sich sicher, dass der Herr ihm den rechten Weg gewiesen hatte, und er nahm sich vor, ihm mit einer bei Gebeten und Lobgesängen durchwachten Nacht zu danken.

Das Gehörte veranlasste ihn dazu, sich mit fast autoritärem Gebaren an den ältesten der drei Richter zu wenden:

»Exzellenz, ich fordere Euch auf, den Gefangenen hinausführen zu lassen. Was ich Euch zu sagen habe, ist nicht für fremde Ohren bestimmt. Ich verlange dies nicht nur in meinem Namen, sondern in meiner Eigenschaft als Mitglied des Jesuitenordens auch im Namen meiner Oberen.«

Die drei Richter erstarrten. Dass ein Zeuge, wenn auch von hohem Ansehen, einem Organ der republikanischen Rechtspflege Vorschriften machte, war geradezu unerhört. Sie steckten die Köpfe zusammen und berieten sich. Der mit dem schmalen Gesicht schien noch empörter als die anderen zu sein und redete wild gestikulierend auf die Kollegen ein. Endlich gelang es dem Vorsitzenden, ihn zum Schweigen zu bringen. Dann zitierte er mit einer knappen Geste die beiden Soldaten vor dem Saalausgang herbei.

Der Gefangene wurde hochgezogen und hinausgeschleift. Man

konnte sehen, dass seine Knöchel aneinander gekettet waren, sodass er sich nur mit winzigen Schritten bewegen konnte. Flehend warf er Pater Michaelis einen Blick zu.

»Ihr werdet Euch doch weiterhin für mich einsetzen, nicht wahr?«

Dieser antwortete nicht, senkte und hob nur einmal langsam die Augenlider, was als Zeichen der Zustimmung gedeutet werden mochte. Carnesecchi tat es und rief:

»Vielen, vielen Dank. Das werde ich Euch niemals vergessen. Hört Ihr? Niemals!«

Der Richter wartete, bis sich die Türflügel hinter den Soldaten und dem zwischen ihnen trippelnden Gefangenen geschlossen hatten, und erklärte mit ernster Miene:

»Pater, nur aus Respekt vor dem Jesuitenorden haben wir Eurem Wunsch zugestimmt. Allerdings sollten die Dinge, von denen Ihr uns nun berichtet, so bedeutend sein, dass sie eine Verletzung des Protokolls rechtfertigen.«

Michaelis verbeugte sich ehrfurchtsvoll.

»Das sind sie zweifellos, Exzellenz. Nun denn, so hört. Ich möchte Euch mitteilen, dass der frühere Monsignore Piero Carnesecchi wegen eines schweren Verbrechens von der französischen Justiz und der französischen Inquisition gesucht wird. Er soll einer der Hugenotten gewesen sein, die vor fünf Jahren, 1552 also, den Gefangenen Michel Servet gewaltsam aus den Kerkern der Inquisition von Lyon befreit haben.«

Der Richter mit dem roten Gesicht zeigte sich überrascht.

»Sprecht Ihr von Michele Serveto, dem Ketzer, den Calvin später persönlich auf den Scheiterhaufen gebracht hat?«

»Ja, ganz richtig.«

»Dann nehme ich an, dass Ihr die Auslieferung des Verdächtigen an die französische Justiz beantragt?«

»So ist es. Ich selbst will die Aufgabe übernehmen, ihn mit einer kleinen Eskorte nach Lyon zu bringen. Wenn Ihr mir also einige Männer mitgeben könntet, aber nur bis nach Piemont, wo ein Teil des französischen Heeres liegt. Auf diesem Wege wären auch die Kompetenzstreitigkeiten zwischen Euch und dem Rat der Zehn beizulegen. Und außerdem würdet Ihr Euch auf elegante Art eines unbequemen, von hoch gestellten Persönlichkeiten protegierten Gefangenen entledigen.«

Die Miene des rotwangigen Richters erhellte sich.

»Das könnte tatsächlich eine Lösung sein!«, wandte er sich an den älteren Kollegen. »Wir wüssten ja ohnehin nicht, wie wir diesen Fall weiterverfolgen sollten.«

Der Vorsitzende blickte Pater Michaelis direkt an.

»Die Idee ist gut, kommt aber leider zu spät.« Er deutete auf die Botschaft, die man ihm kurz zuvor überbracht hatte. »Unser Doge Lorenzo Priuli befiehlt, Piero Carnesecchi unverzüglich auf freien Fuß zu setzen. Darüber hinaus soll er in Venedig, so er möchte, auf unbegrenzte Zeit politisches Asyl genießen.«

Seit dem Eintreten des Boten hatte Pater Michaelis so etwas befürchtet. Aber er konnte nichts dagegen tun und bemühte sich daher nicht, Einwände vorzubringen:

»Ich nehme an, Ihr werdet dem Befehl Folge leisten müssen«, sagte er leise.

»Das seht Ihr richtig.«

Die drei Richter erhoben sich von ihren Sitzen, eine Geste, die einer Verabschiedung gleichkam. Aber Michaelis wollte sich noch nicht ganz geschlagen geben.

»Exzellenzen«, hob er an, »offensichtlich ist der Fall damit für Euch erledigt. Und so nehme ich an, dass Euch auch die Beweisstücke für diesen Fall entbehrlich sein werden. Eines von diesen wäre mir persönlich aber von großem Nutzen.«

»Welches meint Ihr?«, fragte der Vorsitzende, während er die Robe ablegte.

»Die verschlüsselte Handschrift. Meine Gesellschaft hat Mitbrüder überall auf der Welt, die in allen Sprachen und auf allen Wissensgebieten bewandert sind. Vielleicht könnten wir diese für Euch unverständliche Schrift entschlüsseln.«

Der Vorsitzende zuckte mit den Achseln.

»Warum nicht? Für uns ist der Fall abgeschlossen. Kommt mit. Wir werden sie Euch aushändigen.«

Michaelis folgte dem Vorsitzenden eine lange Treppe zum Erdgeschoss hinunter in einen kleinen Raum, in dem zwei junge Männer an einem Tisch saßen und, unbeeindruckt von den üblen Gerüchen, die die warme Luft von den Kanälen hineintrug, fleißig Papiere ordneten. Die Prozessakten stapelten sich auf langen Regalen, die sich unter ihrer Last bogen. Die Luft war staubig und reizte die Atemwege.

Der Vorsitzende Richter, der am ganzen Leib schwitzte, bedeutete den beiden Jünglingen, sich nicht bei der Arbeit stören zu lassen, nahm vom Regal eine Handschrift mittlerer Größe und reichte sie Pater Michaelis.

»Hier, das ist die *Arbor Mirabilis*. Sie gehört Euch. Tut damit, was Ihr wollt.«

Michaelis blätterte den Text durch und schüttelte verwundert den Kopf. Die Buchstaben schienen aus verschiedenen Alphabeten zu stammen, sahen aber anders aus als alles, was er bisher gesehen hatte. Die Abbildungen hingegen waren skandalös. Primitiv ausgeführt, hatten sie alle etwas Obszönes, auch wenn ausnahmsweise einmal kein Frauenleib, sondern nur eine Pflanze oder Gestirne dargestellt waren.

Er schloss das Buch mit einem unguten Gefühl.

»Habt Ihr Carnesecchi gefragt, von wem er das Buch hat?«

»Ja. Anscheinend hat es ihm ein gewisser Simeoni ausgehändigt, einer der zahlreichen Florentiner Astrologen am Königshof Katharinas von Medici.«

Michaelis zuckte zusammen. Wie gut entsann er sich doch des Treffens mit der Verlobten dieses Simeoni bei dem Bankett, das Katharina von Medici zu Ehren von Nostradamus gegeben hatte. Giulia hieß sie. Ihr Anblick war so schön gewesen, dass er sich nicht ohne Sünde an sie erinnern konnte, weshalb er die Erinnerung an sie verdrängt hatte. Doch nun tauchte ihr Bild wieder vor seinem geistigen Auge auf …

Rasch dachte er an etwas anderes, und schon durchlief ihn ein Schauer. Auch dies ein angenehmer Schauer, ein Schauer der Genugtuung. Simeoni stand in Verbindung mit Carnesecchi, und Carnesecchi mit Nostradamus: ein Zusammentreffen von Schicksalen, das kein Zufall sein konnte. Nun ging es darum, diese

Schicksale mit eigenen Kräften zu lenken, und zwar mithilfe jener Kenntnisse über die menschlichen Schwächen, über die nur die Jesuiten verfügten, während andere Orden ihre Zeit mit sinnlosen Abstraktionen vertaten. Er war sich sicher, dieser Aufgabe gewachsen zu sein.

Eine Wolke aus Staub und eingetrockneten Tintenkristallen wirbelte auf, als er die Handschrift zuklappte. Er wartete einen Moment, bis sich der Staub gesetzt hatte, und verneigte sich dann vor dem Richter.

»Habt vielen Dank, Exzellenz. Ich werde Ihrer Heiligkeit von Eurer Großzügigkeit berichten.«

Der Richter verneigte sich seinerseits, wobei er für einen Moment die Haltung, die sein hohes Amt ihm auferlegte, vergaß.

»So berichtet ihm auch, dass er in Venedig auf loyale Untertanen zählen kann, die zugegebenermaßen ihre Unabhängigkeit sehr lieben.«

»Das werde ich tun.« Mit der Handschrift unter dem Arm, wandte sich Michaelis dem Ausgang zu.

Draußen auf der Straße umfing ihn grelles Sonnenlicht, das sich wie ein glitzernder Mantel auf den verdreckten Kanal legte. Es war gegen Mittag, und nur wenige Menschen waren unterwegs. Er lenkte seine Schritte in Richtung der Kirche Santa Maria Assunta, wo schon seit Jahren das Hauptquartier der Gesellschaft Jesu untergebracht war. Diese aus dem Militärwesen übernommene Bezeichnung war durchaus treffend, denn die Jesuiten lebten in Venedig in einer Art Belagerungszustand, sodass ihre Gemeinschaften wie kleine Festungen organisiert waren. Viele Adelige standen ihnen mit offener Feindseligkeit gegenüber und verlangten ihre Entfernung aus der Stadt. Glücklicherweise wussten die Dogen um die Macht der Jünger des Ignatius von Loyola und hielten, zumindest im Moment noch, dem Druck stand. Schlimmer noch war es um das religiöse Leben Venedigs bestellt. Die ungeheuer hohe Zahl von Kirchen und Klöstern legte zwar die Vermutung nahe, es mit einer überaus frommen, der Kontemplation zugewandten Stadt zu tun zu haben, aber ein kurzer Blick auf den venezianischen Karneval genügte, um dieses Bild als Illusion zu entlarven. Es war fester Brauch, dass sogar die Nonnen im Karneval ihre Klöster verließen und sich in eleganten, unzüchtigen Kleidern unter die Feiernden mischten. Und nur wenige von ihnen störten sich daran, wenn ein Kavalier seine Hand in den Ausschnitt oder unter die Röcke wandern ließ. Schließlich war nächtlicher Männerbesuch im Nonnenkloster eher die Regel als die Ausnahme. Die Patriarchen wurden nicht müde, dieses schändliche Treiben anzuprangern, aber es gelang ihnen nicht, dem ein Ende zu setzen. Die Vorliebe für Ausschweifungen schien die Haupteigenschaft der Menschen in Venedig zu sein, ebenso unausrottbar wie das Fluchen.

Glücklicherweise gab es in Venedig nur sehr wenige Reformierte, die dazu noch fast alle dem niederen Adel angehörten. Unter diesen Umständen zeigten die Predigten der Jesuiten, die sowohl an das einfache Volk als auch an den Adel gerichtet waren, große Wirkung. Zwar änderten sie nichts an der Sittenlosigkeit der Venezianer, pflanzten ihnen aber immerhin ein gesundes Misstrauen gegen die Calvinisten ein. Nicht zuletzt, weil manch ein Jesuit schlau genug war, durchblicken zu lassen, dass ein Sieg der reformierten Kirche für alle ein sehr viel sittenstrengeres Leben nach sich ziehen würde. Eine schrecklichere Drohung konnte es für die Venezianer gar nicht geben.

Einen der besten Prediger, über die die Gesellschaft Jesu verfügte, traf Michaelis jetzt kurz vor der Kirche Santa Maria Assunta. Pater Edmond Auger war ein Mann mittleren Alters, mit blondem Haar und braunen, immer ein wenig fiebrig wirkenden Augen. Obschon keine ganz so stattliche Erscheinung wie Pater Michaelis, sorgten seine warme Stimme, seine ruhigen und leicht sinnlichen Gesten doch dafür, dass er besonders bei der weiblichen Zuhörerschaft sehr gut ankam.

»Gut, dass ich Euch treffe«, sprach ihn Pater Auger aufgeregt auf Französisch an. »Habt Ihr schon von dem Desaster von Saint-Quentin gehört?«

»Nein, was ist denn geschehen?«

»Ach, vor drei Tagen wurde das Heer unseres Königs bei Saint-Quentin von den Spaniern vernichtend geschlagen.«

Michaelis, der sich in letzter Zeit nur beiläufig für die große Politik interessiert hatte, fragte, ein wenig überrumpelt:

»Wo liegt denn eigentlich Saint-Quentin?«

»Im Vermandois in Nordfrankreich. Nach diesem Sieg seines Feldherrn Emanuel Philibert von Savoyen bedroht der spanische König Philipp II. nun direkt Paris. Er könnte auf die Idee kommen, die Niederlagen seines Vaters Karls V. zu rächen und der französischen Monarchie den Garaus zu machen.«

Als Jesuit war Pater Michaelis zwar nicht besonders patriotisch, aber er machte sich dennoch Sorgen. Er wusste, dass der Papst mit Frankreich verbündet war, und würde Paris fallen, wäre auch die Eroberung der Ewigen Stadt durch die Kaiserlichen unter der Führung des Herzogs von Alba, der schon drohend vor den Toren stand, kaum mehr zu verhindern.

»Und was ist mit den Truppen des Herzogs von Guise? Soweit ich weiß, war es ihm gelungen, den Herzog von Alba hart zu bedrängen. Man sprach sogar schon von der möglichen Eroberung Neapels durch die Franzosen…«

»Ja schon, aber nun hat man den Herzog mit seinem Heer nach Frankreich zurückbeordert.« Die Stimme von Pater Auger klang noch düsterer. »Nicht nur Paris, auch Rom ist in höchster Gefahr. Die Politik des Papstes erweist sich als vollkommen verfehlt. Und Schuld daran ist nur Alessandro Farnese, der den Papst dazu gedrängt hat, sein Schicksal mit dem Heinrichs II. zu verknüpfen. Und der könnte schon in den nächsten Wochen seine Krone verlieren.«

Michaelis war verstört und starrte, um seine Gedanken zu ordnen, eine Zeit lang nur auf einen Gondoliere, der kräftig seinen Riemen durch das Wasser zog, das vom Unrat, der in den Kanal gekippt wurde, ganz ölig war. Nach einer Weile sagte er:

»Philipp II. würde es niemals wagen, Papst Paul IV. abzusetzen.«

»Gewiss, da habt Ihr Recht. Aber Rom könnte seine Handlungsfreiheit verlieren, und das wäre schlimm genug.« Pater Auger seufzte. »Ach, in diesem ganzen Unheil gibt es nur eine Sache, die mir Hoffnung macht.«

»So? Welche denn?«

»Heinrich II., der ja sehr fromm ist, könnte seine Niederlage als Strafe Gottes für sein allzu nachsichtiges Verhalten gegenüber den Hugenotten auffassen. Zudem kommt die Bedrohung aus Flandern, einem Land, das zum größten Teil bereits von der Reformation erobert wurde.«

Michaelis zog eine Augenbraue hoch.

»Das scheint mir doch gar zu weit hergeholt.«

»Nein, wieso denn?« Die Augen des Jesuiten wurden ein wenig kleiner. »Behält König Heinrich sein Königreich, was ich mir wünsche, wird er einige Sündenböcke für die jetzige Niederlage suchen und sie zur Rechenschaft ziehen. Sündenböcke, die leicht zu ergreifen sind. Ich weiß aus sicherer Quelle, dass man schon dabei ist, ihm die Namen der Schuldigen einzuflüstern.«

»Mit den Einflüsterern meint Ihr wohl uns, die Jesuiten?«

Pater Anger lächelte.

»Natürlich, wen sonst? Wenn Heinrich II. an der Macht bleibt, wird er nicht mehr darüber klagen können, kein Werkzeug zu besitzen, um sich von den Hugenotten zu befreien. Seit einigen Monaten gibt es auch in Frankreich eine Inquisition. Daher hat der König …«

»Was redet Ihr da?« Pater Michaelis vermochte den Darlegungen seines Mitbruders immer weniger zu folgen. »In Frankreich gibt es doch seit Jahrhunderten eine Inquisition. Das derzeitige Oberhaupt des heiligen Offiziums, Mathieu Ory …«

»Aber der ist doch schon lange nicht mehr Generalinquisitor!« Allmählich wunderte sich Pater Auger über seinen Mitbruder. »Das wisst Ihr also auch nicht. Auf Betreiben Heinrichs hat sein Botschafter in Rom, Odet de Selve, den Papst ersucht, in Frankreich eine Inquisition nach spanischem Vorbild zu gründen. Die Zustimmung kam im April. Und seitdem haben wir auch in Frankreich ein echtes heiliges Offizium, unter der Leitung der Kardinäle von Bourbon, Lothringen und Châtillon.«

Pater Michaelis war entgeistert. Damit war eine ganze Reihe seiner eigenen Bestrebungen zunichte gemacht. In scharfem Ton entgegnete er:

»Die werden alle drei nichts bewirken. Die neue französische Inquisition ist eine Totgeburt.«

Pater Auger antwortete mit einem höhnischen Lächeln:

»Aber nein, aber nein. Ihr vergesst, dass wir Jesuiten auch noch da sind. Nicht zu herrschen ist unsere Berufung, sondern zu beeinflussen. Die erwähnten Kardinale gehören zwar nicht unserer Gesellschaft an, doch können sie sich unserem Einfluss nicht entziehen.«

Michaelis dachte eine Weile nach und fragte dann:

»Werdet Ihr nach Frankreich zurückkehren?«

»Ja, ich will mit eigenen Augen sehen, was in Paris geschieht.«

»Ich komme mit Euch.«

»Überlegt es Euch. Ich fahre ohne Unterbrechung in die französische Hauptstadt durch. Das wird eine lange, beschwerliche Reise.«

Pater Michaelis deutete auf die Handschrift, die er immer noch unter dem Arm trug.

»Das macht nichts. Ich habe zu lesen dabei.«

# Monstradamus

Durch die bereits fertig gestellten Seitenarme des Capronne-Kanals war die sonst ausgedörrte Landschaft zu neuem Leben erweckt worden, und um sie herum wuchs schon zartes Grün, das sich bis zu den Hügeln hin ausbreitete. Die Arbeiten gingen dem Ende zu, aber überall in der Ebene sah man noch Gruppen von Arbeitern, die mit nackten Oberkörpern letzte Hand anlegten. Sie schwangen Spaten und Spitzhacke, und der eine oder andere versuchte gar noch, sich mit einem Liedchen die Arbeit zu erleichtern, was aber bei der stechenden Sonne, die rasch die Kehlen austrocknete, nicht lange durchzuhalten war.

Weder Michel noch Simeoni waren an den Bauarbeiten sonderlich interessiert. Sie tuschelten miteinander, um nicht vom Kutscher belauscht zu werden, einem jungen Lakai, den ihnen der Notar Étienne d'Hozier für den Besuch am neuen Kanal zur Verfügung gestellt hatte.

Simeoni war kreidebleich.

»…glaubt mir, ein wirklich entsetzliches Schauspiel. Ich habe es sogleich bereut, zur Place Maubert gegangen zu sein. Aber es hatten sich bereits so viele Menschen eingefunden, dass ich nicht mehr fortkonnte. Als dann der Karren mit Madame de Ratigny, Madame de Longjumeau und den anderen hugenottischen Adeligen auftauchte, hat die Menge sie sogleich als ›Huren‹ beschimpft. Die männlichen Verurteilten wurden sehr viel weniger verhöhnt. Es hat nicht viel gefehlt, und der Pöbel hätte die Damen von dem Fahrzeug heruntergezerrt und auf der Stelle getötet. Aber das wäre vielleicht noch besser für sie gewesen.«

Michel legte die Stirn in Falten. »Jumelle hat Recht. Dieser Fanatismus von katholischer Seite richtet sich vor allem gegen die Frauen.«

»Nun, Ihr kennt ja die Pfaffen… Was sich dann auf der Richtstätte zutrug, war ungeheuer barbarisch. Männern wie Frauen riss man die Kleider vom Leib, dann griff der Henker zur Zange. Einige der Damen flehten um Gnade, doch die Stimme des Kardinals von Lothringen übertönte ihr Wehgeschrei. Nacheinander riss ihnen der Henker die Zungen heraus, und es wurde still. Wahrscheinlich war der Scheiterhaufen noch eine Erlösung für diese armen verstümmelten Menschen.«

Michel lief ein Schauer des Entsetzens über den Rücken.

»Ich kann gar nicht glauben, dass die Katholiken sich derartiger Gräuel schuldig machen. König Heinrich habe ich ja sogar persönlich kennen gelernt: Auf mich machte er den Eindruck eines gütigen, besonnenen Menschen. Die Rolle des Schlächters passt gar nicht zu ihm.«

»Ja, die Niederlage von Saint-Quentin hat ihn sehr verändert. Wie Ihr wisst, diente ich im Heer des Herzogs von Guise, und als wir in die Heimat zurückbefohlen wurden und Süditalien Philipp II. überlassen mussten, waren alle, vom Herzog bis zum niedersten Offizier, der festen Überzeugung, dass die Niederlage auf die übermäßige Toleranz gegenüber den französischen Hugenotten zurückzuführen sei. Sozusagen eine Strafe Gottes.«

»Wie konnte sich bloß eine dermaßen absurde Überzeugung durchsetzen?«, fragte Michel erstaunt.

Simeonis ohnehin schon leise Stimme wurde zu einem Raunen:

»Ich persönlich habe da einen Verdacht. Jemand muss unserem König diese Erklärung eingeflüstert haben. Jemand, der auf die vollständige Ausrottung der Calvinisten und Lutheraner hinarbeitet und dem dazu jeder Vorwand recht ist.«

»Wer könnte das sein?«

»Nun, das ist nicht schwer zu erraten. Die Jesuiten. Pater Edmond Auger etwa, der zu einer Art Bürgerkrieg gegen die Hugenotten aufruft, ist Jesuit. Und der Kardinal von Lothringen, das Oberhaupt der Inquisition, ist bekanntermaßen ein guter Freund der Gesellschaft Jesu. Er war es ja auch, der den absurden Prozess gegen die Calvinisten von Paris führte.« Simeoni hob abwehrend die Hand. »Versteht mich bitte richtig. Ich habe keine

Beweise. Auf den ersten Blick wirken die Jesuiten keineswegs so fanatisch wie die Dominikaner. Aber ich habe das Gefühl, dass sie zur Durchsetzung ihrer Ziele vor nichts zurückschrecken. Auch nicht davor, falsche Behauptungen zu verbreiten.«

Michel wagte nicht, etwas einzuwenden. Er schwieg einen Augenblick und befahl dann dem Kutscher:

»Bring uns nach Hause zurück. Hier haben wir genug gesehen.«

Die Fahrt über schwiegen die beiden Männer. Erst als die Kalesche am Krankenhaus Saint-Ladre vorbei durch eine der Hauptstraßen von Salon fuhr, beugte sich Michel zu seinem Freund vor.

»Ich bitte Euch, kein Wort zu Jumelle über die Hinrichtungen in Paris. Es würde sie zu sehr erschüttern. Sie hat neulich an einer Mauer das Edikt von Compiègne gelesen – Ihr wisst schon, den Aufruf, alle Ketzer zu vernichten – und hat danach nächtelang kein Auge zugetan.«

»Wie, Eure Frau kann lesen?«, wunderte sich Simeoni.

Es war eine etwas heikle Frage. Viele Jahre zuvor hätte Michel »ja, leider« geantwortet. Nun aber hatte er längst keine Angst mehr, man könnte ihn für einen schlechten Ehemann halten. Er fürchtete bloß, zu viel erklären zu müssen. So wich er der Frage aus, indem er sagte:

»Nun, ich habe mich wohl ungenau ausgedrückt. Ihr wisst ja selbst, dass die königlichen Edikte von Herolden ausgerufen werden.«

»Ja sicher, ebenso wie die Todesurteile.« Simeoni seufzte. »Ich fürchte, Eure Gattin wird in nächster Zeit sehr viel davon hören müssen. Insgesamt wurden in Paris hundertachtundzwanzig Calvinisten verhaftet. Die Hinrichtung der sieben Edeldamen wird, so fürchte ich, nur das Vorspiel gewesen sein.«

Vor Michels Haus im Viertel Ferreiroux angekommen, öffnete ihnen Jumelle die Tür. Mit einem bezaubernden Lächeln, in das sich aber auch eine Spur Verlegenheit mischte, blickte sie Simeoni an.

»Oh, Gabriele. Wie schön, Euch wieder zu sehen«, begrüßte sie ihn. »Wie Ihr seht, trage ich jetzt etwas mehr am Leibe als damals vor zwei Jahren, als wir uns das letzte Mal, unter recht eigenartigen Umständen, gesehen haben.«

Simeoni verbeugte sich und küsste ihr die Hand.

»Madame, wenn es Euch unangenehm ist, so betrachtet die heutige doch einfach als unsere erste Begegnung. Das, was damals geschah, hat nie stattgefunden.«

»Aber nein! Wieso denn? Es ist geschehen, und wie!«, rief Jumelle lachend aus. »Und so eigenartig war das ja auch wieder nicht, was Michel und ich damals taten. Soviel ich weiß, tun es alle Menschen auf der Welt. Bis auf einige Nonnen und ganz wenige Geistliche. Und Euch und Eurer Giulia wird die Sache auch nicht ganz fremd sein?«

Simeoni errötete, brach dann aber in ein zufriedenes Lachen aus.

»Ach ja, ihr erinnert mich da an etwas. Nur leider haben wir so selten Gelegenheit dazu. Gerade erst bin ich vom Feldzug aus Italien heimgekehrt, und wie es meine Pflicht ist, werde ich wohl bald bei der Verteidigung von Paris mithelfen. Ob Ihr es glaubt oder nicht, ich weiß noch nicht einmal, wo sich Giulia gerade aufhält. Ihr letzter Brief erreichte mich aus Lyon.«

»Kommt, tretet doch näher.«

Simeoni trat ein, gefolgt von Michel, der recht bedrückt wirkte. Jumelle bemerkte es und warf ihm einen fragenden Blick zu, sagte aber nichts. Sie ging voraus zur Tür des Salons, trat aber nicht ein, sondern zeigte nur in den Raum.

»Wir wissen gar nicht mehr, wo wir unsere Gäste empfangen sollen«, sagte sie. »Unser Salon, wo Michel auch seine Kunden empfing, ist mittlerweile mit Büchern und Papieren voll gestopft. Ihr werdet mit dem Arbeitszimmerchen unter dem Dach vorlieb nehmen müssen.«

»Ja, gewiss. Warum auch nicht?«

Auf dem oberen Stockwerk angekommen, trat die Magd Christine aus einer Tür, ein Mädchen mit struppigem, blondem Haar und einem nichts sagenden Gesicht. Sie trug eine einfache Schürze, die eng an ihren flachen Brüsten lag.

»Madame, ich glaube, der kleine Charles verlangt nach Euch. Auch Magdalène und Cèsar sind unruhig; ich weiß auch nicht, warum.«

»Warte, ich komme.« Lächelnd wandte sich Jumelle an den Gast. »Verzeiht, Monsieur. Aber Ihr hört ja selbst, ich werde gebraucht. Michel wird Euch alles zeigen.«

»Geht nur, Madame.« Simeoni deutete eine Verbeugung an. »Und mein aufrichtigstes Kompliment. Schon drei Kinder, und doch seht Ihr noch so jugendlich aus.«

»Vier«, entgegnete Jumelle, indem sie anmutig das Gesicht verzog. »Hier in meinem Bauch trage ich schon André oder Andrée, je nachdem, ob es ein Junge oder ein Mädchen wird.«

»Dann muss ich also nicht nur Euch, sondern auch Eurem Gatten mein Kompliment aussprechen.«

Jumelles Augen funkelten halb schelmisch, halb besorgt.

»Oh ja. Hin und wieder, wenn ihn seine nächtlichen Sitzungen nicht zu sehr in Anspruch nehmen und er keine Lust hat, bis zum Cogos zu spazieren, findet er Zeit, mich zu schwängern. Damit hat er dann seine Pflicht getan. Alles Weitere ist meine Sache.« Damit verschwand sie hinter dem Hausmädchen.

Michel war zusammengezuckt. Er hätte nie gedacht, dass seine Frau von seinen wöchentlichen Besuchen im Cogos, dem einzigen Bordell in Salon, wusste. Jeden Freitag machte er sich dorthin auf, spätabends immer, wenn er glaubte, seine Frau schlafe schon oder stille noch die Kinder. Nun ging ihm eine Reihe bedrückender Fragen durch den Kopf, aber er hatte keine Zeit, sie sich zu beantworten. Er musste sich wohl oder übel erst einmal mit der Unruhe, die ihn ergriffen hatte, abfinden. Simeoni wusste mit Sicherheit nicht, was das Cogos war. Er fasste ihn am Arm und zog ihn mit bis zu seinem Arbeitszimmer, seiner *Werkstatt*, wie er es nannte.

Als sie den Raum betraten, der ein wenig abseits der anderen Zimmer lag, sagte Simeoni:

»Wisst Ihr, Michel, ich habe mir Eure *Neuen Vorhersagen für das Jahr 1558* gekauft. Der Quartain für den Monat Juli hat mich doch sehr überrascht.«

Ein wenig erschrocken verharrte Michel auf der Schwelle.

»Was meint Ihr? Ich kann mich nicht immer an alles erinnern, was ich geschrieben habe.«

»Ich meine diese Verse.« Simeoni schien sie auswendig gelernt zu haben, denn er trug sie jetzt in einem Atemzug vor:

*Guerre, tonnerre, maints champs depopulez,*
*frayeur & bruit, assault à la frontière,*
*grand Grand failli, pardon aux Exilez,*
*Germains, Hispans, par mer Barba. Bannière.*

»Und was findet Ihr so überraschend daran?«, fragte Michel, obwohl er die Antwort schon kannte.

»Die Vorhersagen sollen sich doch auf den Juli nächsten Jahres beziehen, dabei sind sie eine genaue Beschreibung dessen, was in den letzten Monaten geschehen ist. Ich war dabei und habe es am eigenen Leib miterlebt. Krieg, Kanonendonner, verheerte Landstriche, Waffenklirren: Das war Italien, wie ich es gesehen habe. Und dann die Bedrohung unserer Grenzen durch die Deutschen und die Spanier, trotz des Todes von Karl V., des Größten unter den Großen. Während unser König, um der Belagerung standzuhalten, wie sein Vater die türkischen Schiffe zu Hilfe ruft, die die Flagge des Korsaren Barbarossa hissen. Und die Königin übt unterdessen Druck auf den Herzog von Florenz aus, damit dieser die Florentiner Verbannten, die im französischen Heer kämpfen, begnadigt.«

»Das ist Eure Interpretation«, erklärte Michel zurückhaltend.

»Nein, das ist die Wahrheit!«, ereiferte sich Simeoni. »Nur die Datierung ist ungenau. Sagt, wann verfasst Ihr Eure Vorhersagen?«

»Nun, ich schließe die Arbeit immer im Frühjahr ab. So kann der aktuelle Almanach jeweils pünktlich zur Messe in Lyon Anfang November erscheinen. Da finden die Jahrbücher reißenden Absatz. Nicht nur meine.«

Simeoni schüttelte den Kopf. Er trat in das Arbeitszimmer ein, in dem ein strenger Geruch herrschte, und ließ sich auf einem kleinen Sessel vor dem Fenster nieder. Eine Katze, die sich auf der Fensterbank das Fell leckte, huschte davon.

»Michel, Ihr vergesst, dass ich ebenso wie Ihr ein Schüler von Ulrich von Mainz war und von ihm die Feuertaufe empfangen habe. Eure Vorhersagen und Prophezeiungen schreibt Ihr doch nicht, um daran zu verdienen. Gebt es zu.«

Michel war sich unsicher, wie offen er Simeoni gegenüber sein konnte. In seiner Verlegenheit antwortete er, um einen gleichgültigen Tonfall bemüht:

»Ich kann heute von meinen Veröffentlichungen leben, ob sie nun zutreffen oder nicht. Als Arzt habe ich nicht genug verdient, und wegen der Gicht könnte ich diesen Beruf ohnehin nicht mehr ausüben. Nun bin ich in erster Linie Schriftsteller.«

»Gebt Euch keine Mühe. Mich könnt Ihr nicht hinters Licht führen. In Euren Versen steckt ein besonderes Geheimnis. Aber ich habe es herausgefunden. Hört.« Simeoni klang jetzt triumphierend, aber sein Ton entbehrte nicht eines gewissen Respekts. »Die erste Ausgabe Eurer Prophezeiungen setzt sich aus 353 Quartains zusammen. Wenn wir nun die zwölf jährlichen Vorhersagen hinzuzählen, kommen wir auf 365. Dem hebräischen Alphabet nach ist das *Abraxas*.«

Erschüttert hörte Michel, wie seine okkulte Zahlenlehre aufgedeckt wurde. Kaum gelang es ihm zu stammeln:

»Ihr vergesst, dass dieses Jahr in Lyon eine neue Ausgabe meiner Prophezeiungen verlegt wurde, die aus 640 Quartains besteht.«

»Nein, das vergesse ich keineswegs. Zählen wir zu diesen jedoch die 26 in den Jahrbüchern von 1555 und 1557 veröffentlichten Vierzeiler hinzu, kommen wir auf 666. Die Zahl der Bestie. Die Zahl des Teufels.« Simeoni brach in ein irres, unangenehmes Gelächter aus. »Also, Michel, wem wollt Ihr hier etwas vormachen? Nein, Euer Gebiet ist nicht die Astrologie. Ihr verkehrt mit Dämonen, so wie wir alle, die wir einst zur Kirche der Erleuchteten gehört haben. Das könnt Ihr nicht abstreiten.«

Michel versuchte es erst gar nicht. Er nahm auf dem ehernen

Dreifuß, dem Zeugen seiner zahllosen schlaflosen Nächte Platz und sagte nun sehr viel selbstbewusster:

»Gabriele, ich muss Euch doch nicht erklären, dass man sich nicht gleich dem Satan verschreibt, wenn man Dämonen anruft. Dämonen lassen sich auch im Namen Gottes beschwören. Man kann sie zwingen, gegen ihren Willen zu handeln. Und dies steht durchaus im Einklang mit dem Werk Christi, dem wir alle nacheifern sollen.«

»Oh, ich wollte Euch keinen Vorwurf machen«, beeilte sich Simeoni zu antworten. »Ich weiß sehr gut, dass Ihr kein Geisterbeschwörer seid, sondern eher ein *Magus*. Ich möchte bloß verstehen, welche Methode Ihr anwendet.«

Michel beschloss, seinem Gast zu vertrauen.

»Als junger Mensch bediente ich mich gewisser Substanzen, vor allem Habicht- und Bilsenkraut. Das war meine Lehrzeit.«

Simeoni nickte.

»Durch diese Phase sind wir alle gegangen.«

»Dann folgte die Zeit der unfreiwilligen Exkursionen in die andere Realität. Ohne fremde Mittel oder Substanzen wurde ich in eine unbekannte Welt geschleudert. Manchmal reichte ein Wort, und schon verließ mein Geist den Körper.«

Simeoni nickte erneut: »Ja, das ist die zweite Phase. Ich mache sie gerade durch.«

»Und ich habe sie bereits hinter mir gelassen.« Michels Stimme klang jetzt noch ernster: »Seit der Phybioniten-Zeremonie habe ich meine Visionen besser unter Kontrolle. Ich kann sie nun, den antiken Riten folgend, so hervorrufen, wie ich will. Praktisch habe ich einen Dämon, der mir gehorcht. Und durch ihn habe ich Zugang zu Einblicken, die man nur von den äußersten Grenzen des Universums haben kann.«

»Das bestätigt ja nur, was ich sage«, stimmte Simeoni ihm mit einer nüchternen Geste zu. »Ihr seid nun ein *Magus*, Herr über die Zeit und Schnittpunkt zwischen Männlichem und Weiblichem.«

»Nun ja, durch Jumelle habe ich wirklich verstanden, was eine Frau ist und welche Rolle sie im Kosmos einnimmt. Das genaue

Gegenteil von dem, was mich das primitive Christentum gelehrt hatte. Wenn ich daran denke, was ich als junger Mann von Frauen hielt und wie schlecht ich sie behandelt habe…« Michel stockte, doch es dauerte nicht lange, bis er weitersprechen konnte. Die Erinnerung an seine erste Frau Magdalène und ihr tragisches Ende nahm ihn lange nicht mehr so mit wie zu früheren Zeiten. »Dennoch würde ich mich gewiss nicht Herr über die Zeit nennen. Es gelingt mir nämlich nur höchst selten, meine Visionen zeitlich einzuordnen. Zwar ordne ich die Vorhersagen bestimmten Monaten zu, aber nur, weil die Leserschaft es so verlangt. Zumindest glaubt das der Verleger Brotot, der mich auch noch ständig zur Kürze mahnt.«

»Was heißt höchst selten? In den *Prophezeiungen* konnte ich überhaupt keine Datierung finden.«

»Den Grund dafür habe ich Euch doch schon genannt. Aber es gibt Ausnahmen. Einer meiner noch unveröffentlichten Quartains bezieht sich zum Beispiel auf das Jahr 1999, ein Jahr der Kriege.«

Simeoni zuckte mit den Achseln.

»Dreiviertel Eurer Prophezeiungen und Vorhersagen haben doch irgendwie mit Krieg zu tun.«

»Schon, aber der von Euch zitierte Vierzeiler nimmt einen besonderen Rang ein. Der Dämon, der mir zu Diensten ist, ein obszönes Geschöpf namens Parpalus, hat ihn mir zusammen mit einem zweiten Quartain eingegeben, der jenem vorausgeht, den ihr gerade zitiert habt.«

Michel legte Daumen und Zeigefinger an die Nase, schloss die Augen und begann vorzutragen:

*»Là ou la foy estoit sera romptue:*
*les ennemis les ennemis paistront,*
*feu ciel pleura, ardra, interrompue*
*nuit entreprise, Chefs querelles mettront.«*

Er öffnete die Augen und sagte:

»Dies sehe ich vorher für das Jahr 1999, jenes Jahr, in dem der

König des Schreckens auf die Erde kommen wird. Konflikte zwischen Menschen unterschiedlichen Glaubens, die zuvor noch friedlich zusammenlebten, Feindschaften, aus denen sich neue Feindschaften entwickeln. Und Feuerfluten vom Himmel, Nächte erhellt von den Feuersbrünsten verlassener Werkstätten. Dies alles der Streitlust einiger weniger Anführer wegen. Soll ich Euch meine Prophezeiung für jenes Jahr vorlesen? Wartet einen Augenblick, ich suche sie rasch.«

»Nein, nicht nötig, ich muss gleich wieder gehen. Außerdem ist es bis zum Jahr 1999, so Gott will, noch sehr weit hin.« Simeoni legte die Hände auf die Knie und beugte sich vor. »Viel mehr interessiert mich, auf welche Art von Magie Ihr Euch für Eure Vorhersagen stützt. Auf *Picatrix*-Amulette und -verbrennung? Oder auf Spiegelmagie? Die Hydromantie? Oder die Geomantie?«

Michel zögerte, etwas von seinen Geheimnissen preiszugeben, doch instinktiv vertraute er Simeoni.

»Ein wenig von allem, in erster Linie aber praktiziere ich die Ringmagie«, gestand er schließlich. »Auch Ihr seid ja, so viel ich weiß, ein Experte auf diesem Gebiet. Ich habe Euer Buch gelesen, *Le présage* nennt Ihr es. Da seht Ihr voraus, das unser König in Piemont siegen würde, und zwar dank eines in Lyon entdeckten Ringes.«

»Tja, meine Magie hat sich als reichlich schwach erwiesen. Zwar haben wir in Piemont gesiegt, aber Italien ist jetzt in der Hand der Spanier. Genau das, was ich verhindern wollte, als ich mich dem französischen Heer angeschlossen habe.« Er schüttelte den Kopf, wie um diesen peinigenden Gedanken zu vertreiben. »Aber mein Aufenthalt in Piemont hatte noch einen anderen Hintergrund. Ich war auf der Suche nach einem Grab, das sich ungefähr zwischen Turin und Volpiano befinden muss. Leider habe ich es nicht finden können.«

»Wer soll denn dort begraben sein?«

»Ein hoher Würdenträger aus dem antiken Rom, soweit ich weiß. Ein Triumvir. Am Eingang des Grabes müsste das Zeichen *D. M.* für ›Dis Manibus‹ zu sehen sein.«

Michel riss die Augen auf, schluckte ein paar Mal und murmelte dann:

»Vielleicht könnte ich Euch helfen. Doch sagt mir zuerst, was Ihr in diesem Grab zu finden hofft. Einen Schatz vielleicht?«

»Gewissermaßen ja«, antwortete Simeoni verwundert. »Jean Fernel hat im Traum ein römisches Heiligtum gesehen. Dort soll ein Ring verborgen liegen, ähnlich jenem, den Guillaume du Choul, auch ein früheres Mitglied der Kirche der Erleuchteten, in Lyon gefunden hat. Deswegen wollte ich auch wissen, welcher Magie Ihr Euch bedient. Ich hatte gehofft, dass es die Ringmagie ist.«

»Und was erwartet Ihr Euch von dem zweiten Ring?«

»Wenn Ihr mein Buch *Le monstre d'Italie* gelesen habt, kennt Ihr schon die Antwort. Mein Ziel ist die Wiedervereinigung Italiens, das heute einem siebenarmigen Ungeheuer gleicht, zu einem großen Reich unter der Herrschaft Frankreichs. Die Macht des einen Ringes hat nicht ausgereicht: Ich muss auch das Gegenstück dazu finden. In einigen Tagen werde ich mit den Truppen des Herzogs von Guise zur Belagerung von Calais ausrücken, aber danach will ich noch einmal nach Turin zurückkehren.«

Michel lächelte.

»Das scheint mir etwas einfältig zu sein. Ich bewundere Euren Patriotismus, aber ich halte es für abwegig zu glauben, ein einfacher Zauber könne das politische Schicksal Eures Vaterlandes beeinflussen. Zwei magische Ringe haben gewiss eine ungeheure Kraft, aber über die Geschicke der Nationen wird anderen Orts entschieden.«

Unvermutet vernahm man eine dritte Stimme von der Schwelle des Arbeitszimmers:

»*Le Monstre d'Italie.* Wirklich ein schöner Titel. Aber mir fällt da noch ein weiterer ein: *Monstradamus.* Habt Ihr das nicht zufällig ebenfalls geschrieben, Monsieur Gabriele?«

Es war Jumelle, die in ihrer typischen Haltung in der Tür stand: die Hände in die Hüften gestützt und die üppigen Brüste fast bedrohlich vorgereckt. Dazu das spöttische Lächeln im Gesicht.

Simeoni blickte sie verwundert an.

»*Monstradamus …?* Ich weiß überhaupt nicht, wovon Ihr da redet, Madame«, stammelte er.

»Das kann ich Euch erklären«, schaltete sich Michel ein. »*Monstradamus* ist ein gegen mich gerichtetes Pamphlet aus der Feder eines gewissen Hercules le François. Solche Schmähschriften zu meiner Person tauchen leider in letzter Zeit immer öfter auf. Ich habe den Verdacht, dass Ulrich von Mainz dahinter steckt oder vielleicht auch Pentadius.«

Simeoni runzelte die Stirn.

»Ja, in den Einleitungen Eurer Bücher zieht Ihr ja auch gegen solch geheimnisvolle Verleumder zu Felde.« Ruckartig drehte er sich zu Jumelle um. »Aber ich kenne diese Leute nicht. Und vor allem, Madame, ich schwöre Euch bei allem, was mir lieb und teuer ist: Ich bin nicht Hercules François.«

Jumelle zog eine Augenbraue hoch.

»Vielleicht habt Ihr Recht.«

Simeoni sprang auf.

»Vielleicht?! Ihr glaubt mir also nicht! Das ist eine Beleidigung.« Er wandte sich zum Gehen. »Lebt wohl!« Eine knappe Verbeugung, dann war er verschwunden.

Michel hatte sich ebenfalls erhoben und blickte seine Frau vorwurfsvoll an.

»Aber Jumelle, was ist denn in dich gefahren? Wie kommst du bloß darauf, dass Simeoni mich verleumdet?«

Jumelle lächelte schelmisch.

»Das glaube ich ja gar nicht. Aber der Mann ist so aufdringlich. Er wollte und wollte nicht gehen. Da habe ich eben einen Vorwand gesucht, um ihn loszuwerden.«

Michel stieg die Zornesröte ins Gesicht.

»Und da unterstellst du ihm einfach ein solch niederträchtiges Verhalten?!«

»Ja, das habe ich und ich würde es wieder tun. Der Mann ist doch eine Nervensäge, und wir beiden haben ein paar ernste Dinge zu besprechen.«

Michel spürte, wie sein Zorn sich legte, denn ihm wurde klar, dass Jumelle über seine Besuche im Cogos mit ihm reden wollte. Offenbar hatte sie erst kürzlich davon erfahren.

»Jumelle«, setzte er sogleich zu seiner Verteidigung an, »wir Männer haben nun mal gewisse Bedürfnisse, die…«

»Setz dich und lass uns in Ruhe darüber reden«, antwortete sie, indem sie sich anmutig in den von Simeoni freigemachten Sessel am Fenster setzte. Als sie sah, dass Michel zögerte, fügte sie spöttisch hinzu: »Los, setz dich, mein kleiner Phytionit.«

# Das bedrohte Paris

Pater Michaelis fühlte sich nicht ganz wohl in der bürgerlichen Kleidung, die er übergezogen hatte. Er trug einen mächtigen Hut mit einer kurzen Feder und unter dem schwarzen Umhang einen eng anliegenden Herrenüberrock. Das Kreuz um seinen Hals hatte er unter dem Hemd verborgen, wo es unangenehm an seiner Brustbehaarung scheuerte. Was ihn aber am meisten störte, waren die modisch eng geschnittenen, samtenen Beinkleider mit der unzüchtigen Ausbeulung an einer gewissen Körperstelle.

Es war nicht seine eigene Entscheidung gewesen, diese Kleidung anzulegen, sondern der Provinzial von Paris hatte sie allen Brüdern der Gesellschaft Jesu auferlegt, wenn sie weltliche Orte aufsuchten. Hintergrund war die Angst vor einem Vergeltungsschlag der Hugenotten wegen der Hinrichtungen auf der Place Maubert. Außerdem waren die städtischen Gendarmen durch den Belagerungszustand, in dem Paris lebte, von ihren üblichen Aufgaben abgelenkt, sodass der Abschaum in der Stadt immer dreister wurde. Ein Priester und einige Fratres waren am helllichten Tag auf offener Straße entkleidet und splitterfasernackt dem Gespött der Leute ausgesetzt worden. Ein Schicksal, dem die Jesuiten zu entgehen trachteten.

Bei der Weinschenke ganz in der Nähe des Hôtel de Cluny angekommen, sah Pater Michaelis sich zunächst misstrauisch um, obwohl er wusste, dass der Wirt einer bewaffneten Brüderschaft zum Schutz gegen die Hugenotten angehörte und den Befehl erhalten hatte, zu diesem Zeitpunkt keine anderen Gäste einzulassen. In der Tat saß lediglich Simeoni vor einer Karaffe Rotwein an einem der beiden zwischen den Weinfässern aufgestellten Tische. Der Weinhändler war damit beschäftigt, verstaubte Flaschen auf ein breites Regal zu räumen, und hob zur Begrüßung nur kurz die Hand.

Simeonis Miene verriet eine quälende innere Zerrissenheit. Pater Michaelis bemerkte es voller Genugtuung, nahm ihm gegenüber unter dem Kronleuchter am Tisch Platz, legte ein Buch vor sich hin und kam gleich zur Sache.

»Euer *Monstradamus* erregt mächtig Aufsehen und findet reißenden Absatz. Ich habe Euch ein Exemplar der neuesten Auflage mitgebracht. Jetzt wollen nach Pierre Roux in Lyon auch noch andere Verleger das Werk drucken.«

Simeoni senkte den Kopf.

»Ihr versteht wohl, dass mich dieser Erfolg keineswegs mit Stolz erfüllt.«

»Das sollte es aber«, erwiderte Michaelis. Er griff zu einem der Gläser, die neben ihm an der Wand hingen, wischte es mit dem Zeigefinger sauber, streckte die Hand zur Karaffe aus und schenkte sich einen kleinen Schluck ein. »Indem Ihr Nostradamus bekämpft, dient Ihr der Kirche. Darauf könnt Ihr stolz sein, Signor Simeoni. Oder soll ich Euch lieber Hercules le François nennen?«

Simeonis Miene verfinsterte sich noch weiter.

»Redet mir nicht von Stolz. Schließlich verrate ich einen Freund. Auch wenn man mich dazu erpresst, ist das nichts, worauf ich stolz sein könnte.«

»Erpresst? Das kann nicht Euer Ernst sein!«, gab sich Pater Michaelis entrüstet. »Es ist doch nicht meine Schuld, dass Eure Giulia Cyba-Varano – ja, ich kenne jetzt ihren vollständigen Namen – mit den tragischen Vorgängen in der Rue Saint-Jacques zu tun hat. Leider hatte sie nun mal Umgang mit verdächtigen Damen, die sich dann als fanatische Hugenottinnen erwiesen. Beim Prozess hat Madame de Rentigny ihren Namen erwähnt – bevor sie ihre Zunge verlor.«

Ungeachtet der grausamen Worte blieb Michaelis' Stimme ruhig, ja fast sanft. Simeoni sollte sich der Gefahr, in der Giulia schwebte, wohl bewusst sein, sich aber gleichzeitig an ihn klammern, als einzige Stütze in der sich anbahnenden Tragödie.

Allerdings konnte er nicht beurteilen, wie wirksam sein Vorgehen war. Der Italiener schien vollkommen in seinen trüben Gedanken gefangen und wenig aufnahmefähig für äußere Einflüsse zu sein. Als er dann antwortete, sprach er mehr zu sich selbst:

»Schändlicher noch als der Scheiterhaufen war ja wohl der Prozess. Anstatt den Angeklagten Calvinismus zur Last zu legen, oder meinetwegen auch Ketzerei, hat der Kardinal von Lothringen ihnen vorgeworfen, inzestuöse Beziehungen untereinander zu pflegen, zwischen Mutter und Sohn oder Bruder und Schwester. Welch niederträchtige Beschuldigungen. Zöge man Giulia in den Schmutz, sie würde sich das Leben nehmen!«

»Keine Sorge, das wird schon nicht geschehen.« Michaelis goss Simeoni Wein nach, um ihn zum Trinken anzuhalten. »Vielleicht ist der Kardinal von Lothringen wirklich zu weit gegangen, die Familie von Giulia ist eben ziemlich fanatisch. Dennoch solltet Ihr Euch klar machen, dass das hugenottische Krebsgeschwür ohne Rücksicht auf Verluste ausgerottet werden muss. Wo gehobelt wird, da fallen Späne. Als guter Katholik könnt Ihr da gar nicht anderer Meinung sein …«

Simeoni leerte sein Glas. Sein eigentlich schönes Gesicht war gerötet und leicht geschwollen.

»Ich weiß gar nicht, ob ich ein guter Katholik bin. Aber ich habe immer die Sache der römischen Kirche vertreten. Auch als ich von den Gräueltaten hörte, die Maria die ›Blutige‹ in England verübte. Oder als ich von den Frauen erfuhr, die man in Flandern bei lebendigem Leibe begraben hatte, weil sie im Verdacht standen, der reformierten Kirche anzugehören.«

Michaelis machte eine abwertende Handbewegung.

»Wie gesagt, es hat viele Übertreibungen gegeben.«

»O ja. Mit eigenen Augen musste ich mit ansehen, wie die aufgebrachte Menge, nur zwei Häuserblocks von hier entfernt erbarmungslos über eine alte Frau herfiel. Ihr eigener Pastor hatte sie von der Kanzel herunter denunziert, weil sie nicht zur heiligen Kommunion gegangen war.«

»So verlangt es nun mal das Gesetz. Die Priester sind verpflichtet, all jene aufzuschreiben, die der Kommunion fern bleiben.«

»Ein Buchhändler wurde aus dem gleichen Grund auf den

Scheiterhaufen gebracht. Er war nicht zur Messe gekommen, weil er sich den Fuß gebrochen hatte.«

»Das ist die beliebteste Ausrede.«

»Der Gipfel war aber dennoch, die Verhafteten aus der Rue Saint-Jacques wegen Inzest zu verurteilen. Ich weiß nicht, wie der Herrgott dem Kardinal von Lothringen diese Lüge verzeihen soll. Man muss sich nur vorstellen, dass eines Tages jemand denselben Vorwurf gegen einen König oder eine Königin erhebt und der Pöbel dann ebenso gewalttätig reagiert.«

Pater Michaelis kräuselte die Lippen zu einem feinen Lächeln.

»Wollt Ihr Euch wohl mit den Prophezeiungen versuchen, Dottore Simeoni? Nachdem Ihr Euren Monstradamus geschrieben habt?« Das Lächeln erlosch sofort wieder.

»Jetzt hört mir mal gut zu, mein Freund. Die Königin von England, die Hugenotten in Flandern oder die Calvinisten hier in der Stadt können Euch doch vollkommen gleichgültig sein. Woran Euch etwas liegen sollte, ist das Schicksal von Guilia Cybo-Varano. Oder sehe ich das falsch?«

»Nein, nein, so ist es.«

»Nun, Ihr könnt mir glauben, ich tue alles, um sie aus ihrer misslichen Lage zu befreien. Gewiss, ihr Leben ist nicht in Gefahr, aber es wird allmählich hart für sie werden, ihre Tage angekettet neben einem feuchten Strohlager in den unterirdischen Verliesen des Châtelet verbringen zu müssen. Außerdem ist ja allgemein bekannt, dass sich die Männer des *Lieutenant criminal* häufig an den weiblichen Gefangenen vergehen. Herr über so junges, frisches Fleisch zu sein, kann leicht …«

Simeoni erschrak. Seinem Mund entfuhr ein Stöhnen, dann stammelte er:

»Mein Gott. Ihr glaubt doch nicht etwa, dass man Giulia …«

»Nein, nein!« Pater Michaelis hob beruhigend die Hände. »Diese Frau steht unter meinem persönlichen Schutz. Und das bis zu ihrer Freilassung, die ich hoffentlich bald erreichen kann. Die Dienste, die Ihr, Signor Simeoni, der Kirche leistet, sind mir dabei sehr hilfreich.« Er schenkte seinem Gegenüber noch einmal nach.

Der Italiener trank gierig.

»Kann ich noch mehr für Euch tun? Braucht Ihr ein weiteres Pamphlet gegen Nostradamus?«, fragte er mit vom Wein schwerer Zunge.

»Nein, Eure Schmähschrift hat ihren Dienst getan. Der darin enthaltene Vorwurf der Hexerei dürfte den Leuten, für die er bestimmt ist, bereits zu Ohren gekommen sein. Nein, ich möchte Euch heute um etwas anderes bitten. Bei unserem ersten Treffen sagtet Ihr mir, dass Ihr ebenso wie Nostradamus einer Sekte angehört habt, die sich der schwarzen Kunst verschrieben hat. Einem Geheimbund, der von einem gewissen Ulrich von Mainz geleitet wird.«

Simeonis trübe Augen erhellten sich ein wenig.

»Die Kirche der Erleuchteten! Wollt Ihr mehr darüber erfahren?«

»Ja, ich bitte darum.«

»Und dann kommt Giulia frei?«

»Ich werde mein Möglichstes tun.«

»Dann hört zu. Ich muss ein wenig ausholen, denn es ist eine lange Geschichte, die ich leider auch nur zum Teil kenne.«

Simeoni erzählte, mal seufzend, mal aufstoßend, ungefähr eine Viertelstunde. Zum Schluss sagte er:

»Ulrich lebt, aber er ist sehr krank. Ich weiß nicht, wo genau er sich aufhält, aber er wird sich irgendwo in der Nähe von Nostradamus herumtreiben. Wahrscheinlich ist er ganz besessen davon, sich zu rächen.«

Michaelis hatte die ganze Zeit über mit halb geschlossenen Augen zugehört.

»Sieh mal einer an«, murmelte er. »Eine gnostische Sekte mitten im 16. Jahrhundert. Das hätte ich nicht erwartet.« Er griff zu seinem Glas und nahm einen kleinen Schluck.

Aus den Augenwinkeln blickte er zu dem Weinhändler hinüber, der auf einem strohbespannten Stuhl neben der Theke saß und in einem Heft blätterte. Michaelis huschte ein Lächeln übers Gesicht. Er hatte gesehen, dass es sich um einen Almanach von Nostradamus für das laufende Jahr handelte.

Simeoni war mittlerweile der Trunkenheit nahe und wiegte ein wenig den Kopf.

»Ihr müsst mir jetzt versprechen, Giulia zu retten. Glaubt mir, ich habe Euch Dinge gesagt, die ich sonst keiner Menschenseele anvertraut hätte«, lallte er jammernd und warf Michaelis einen verzweifelten Blick zu.

»Das war gut so. Auch wenn es mir meine Stellung nicht erlaubt, Versprechungen zu machen, könnt Ihr sicher sein, dass ich mich in angebrachter Weise um Giulia kümmern werde.« Michaelis stand auf. »Was habt Ihr nun vor? Werdet Ihr Euch dem Heer des Herzogs von Guise anschließen?«

»Ja. Und dann, wenn Giulia frei ist, werde ich nach Italien aufbrechen. Ich suche da…« Ein heftiger Hustenanfall erlaubte es Simeoni nicht, den Satz zu beenden.

»Na dann, viel Glück.« Michaelis verabschiedete sich mit einer Handbewegung, trat zum Tresen und legte einige Münzen auf die Holzplatte. »Wenn er ausgetrunken hat, bringt ihm eine neue Karaffe«, sagte er zum Wirt. »Wie ich sehe, könnt Ihr lesen. Wenn Ihr auch schreiben könnt, so notiert alles, was er in seiner Trunkenheit sagt. Und wenn er eingeschlafen ist, setzt ihn auf die Straße.«

Der Weinhändler, ein kräftiger Mann mit dichten Koteletten, zog die Augenbrauen hoch und fragte: »Ist das ein verdammter Hugenotte?«

»Nein, ein armer Dummkopf.«

Michaelis wandte sich zum Gehen, drehte sich auf der Schwelle aber noch einmal um und deutete auf das Heft, das der Wirt in der Hand hatte.

»Ich sehe, Ihr lest Nostradamus. Was findet Ihr so Besonderes daran?«

Die Kuhaugen des Wirts leuchteten auf.

»O der Mann trifft immer ins Schwarze! Wisst Ihr, was er für den letzten Monat vorhergesagt hat?«

»Nein, keine Ahnung.«

»Dann hört zu.« Der Mann nahm das Heft vor die Augen und las mit einiger Mühe:

*Froid, grand deluge, de regne dechassé,*
*niez, discorde, Trion Orient mine,*
*ßoison, mis siège de la cité chassé,*
*retour felice, neuve secte en ruine.*

Michaelis schüttelte den Kopf.

»Ich verstehe überhaupt nichts. Ihr?«

Der Wirt setzte ein verlegenes Lächeln auf.

»Nun ja, nicht alles. Aber das, was ich verstehe, stimmt wirklich haargenau.« An seinen Wurstfingern begann er nun aufzuzählen, welche Vorhersagen eingetroffen waren: »Es war kalt und hat viel geregnet. Unser König wurde nicht verjagt, sondern ist zum Heer geritten, das das Königreich verteidigt. Die belagerte Stadt ist das von den so genannten Reformierten vergiftete Paris. Zum Glück ist die Armee des Herzogs von Guise aus Italien zurückgekehrt, und die neue Sekte der Hugenotten sieht ihrem Untergang entgegen.«

»Schön und gut. Aber was bedeutet ›*Trion Orient mine*‹?«

Der Wirt breitete die Arme aus.

»Ich weiß es nicht. Aber irgendwas wird es schon bedeuten.« Seine Stimme klang etwas heiser: »Begehe ich eine Sünde, wenn ich dieses Zeug lese?«

»Nein, nein.« Michaelis zuckte mit den Achseln und trat auf die Straße hinaus. Er hatte es nicht für nötig befunden, dem Mann zu erklären, dass Trion der lateinische Name für den Großen und den Kleinen Bären war, die, Nostradamus zufolge, drohend im Osten standen.

Der Himmel war bleiern, und es wehte ein für die Jahreszeit zu kalter Wind, was gut zur Stimmung der Pariser Bevölkerung passte. Nach ihrem Sieg bei Saint-Quentin hatten sich die Truppen Philipps II. in der Picardie festgesetzt und schienen vor allem damit beschäftigt, die Burgen der Gegend zu befestigen. Dennoch fühlten sich die Bewohner der französischen Hauptstadt bedroht. Seit Monaten lebten sie schon in Angst und Sorge, und sie hatten allen Grund dazu, denn es kamen immer weniger Nahrungsmittel in die Stadt.

Die allgemeine Anspannung ließ sich auch an den Steinhaufen erkennen, die hier und dort an den Straßenecken aufgetürmt waren und die, falls nötig, rasch zu Barrikaden verbaut werden konnten. Zusammengerollte schwere Eisenketten warteten darauf, gegebenenfalls als Hindernisse für die Pferde der Eindringlinge über die Straßen gespannt zu werden. An manchen Stellen war sogar schon das Pflaster aufgerissen, um in aller Eile Fallen und Schützengräben ausheben zu können.

Alle Hoffnung ruhte auf dem Heer des Herzogs von Guise, das in langen Tagesmärschen von Italien aus angerückt war und sich aus jungen, kampfstarken Soldaten zusammensetzte. Normalerweise stöhnte Paris unter der Einquartierung von Truppen in der Stadt. Die Söldner kauften wenig, tranken viel, stahlen, was ihnen unter die Finger kam, und belästigten die Frauen. Jetzt aber wurde jeder Soldat, der das königliche Lilienbanner trug, von der Bevölkerung hofiert und freiwillig mit den knapp bemessenen Lebensmitteln versorgt. Man sah in ihnen das Bollwerk gegen einen Feind, von dem man so gut wie nichts wusste, sich aber die grausamsten Dinge erzählte.

Pater Michaelis ging die Rue Saint-Jacques hinunter, eine der breiten Verkehrsadern, die das Herz von Paris umschlossen und an der auch die Gebäude der Sorbonne lagen. Dieser Ort war so etwas wie die Speerspitze all dessen, was der Gesellschaft Jesu feindlich gesinnt war. Die Universität hasste die Jesuiten und bemühte sich, dem König ein Dekret abzutrotzen, das der Gesellschaft die Lehre untersagte. In dem noch namenlosen und nicht öffentlichen Kolleg, wohin Pater Michaelis jetzt seine Schritte lenkte, sah die Sorbonne einen gefährlichen Rivalen und verlangte seine Schließung.

Dennoch lag ausgerechnet in der Rue Saint-Jacques auch das Gebäude, in dem für längere Zeit das geheime Konsortium der Pariser Hugenotten untergebracht war. Zwei Monate zuvor war es mit Gewalt gestürmt worden. Pater Michaelis hatte es nicht selbst miterlebt, sich aber ausführlich davon berichten lassen: Priester hatten den Pöbel aufgehetzt, indem sie verkündeten, hunderte von Calvinisten würden in diesen Räumen eine schauerliche Orgie feiern, bei der sie sich gar unter Verwandten paarten. Daraufhin war die schon durch die Belagerung gereizte Menge im Fackelschein zu dem Gebäude geströmt: Hasserfüllte Gesichter an den Fenstern, ungeordnete Fluchtversuche, ein Mann, der zu entkommen versuchte, wurde von der Menge gepackt und mit schweren Steinen totgeschlagen…

Das Jesuitenkolleg war in einem Seitenflügel des Langres-Palastes beim Hügel Sainte-Geneviève untergebracht und lag genau gegenüber der Sorbonne. Die beiden katholischen Institutionen standen sich in ihrem gegenseitigen Hass in nichts nach. Pater Michaelis, dem die Kälte in die Glieder gefahren war, zog an der Klingel. Ein abgehärmter, buckliger Diener mit schlohweißen Haaren öffnete ihm.

»Ist Pater Auger da?«, fragte Michaelis.

»Ja. Und Pater Laínez auch. Beide werden sich freuen, Euch zu sehen. Sie haben schon nach Euch gefragt.«

Die Vorhalle des Kollegs machte einen schlichten Eindruck, die sich daran anschließenden Säle waren jedoch prachtvoll ausgestattet. Die Wände waren geschmückt mit religiösen Gemälden aus der spanischen Schule, und das Mobiliar war sehr kostbar. Ein Zeichen der Wertschätzung, die die Jesuiten bei Hofe, und vor allem in weiten Teilen des Adels genossen. Studenten waren nicht zu sehen: Wahrscheinlich waren sie im Unterricht. Das Seminar der Anhänger des Ignatius von Loyola war bekannt für seine strenge Disziplin, auch wenn man den Schülern hin und wieder sogar Tanzunterricht gab. Zur Erziehung junger Adeliger gehörte eben auch das Einüben gesellschaftlicher Umgangsformen.

Michaelis wurde in einen kleinen schmucklosen Raum geführt. Um einen winzigen Tisch herum saßen Edmond Auger und Pater Laínez, der nach dem Tod von Ignatius General der Gesellschaft geworden war, und unterhielten sich angeregt auf Spanisch. Laínez bedeutete Michaelis, ein Moment zu warten, und stellte es ihm frei, seine Ausführungen mit anzuhören.

»In dieser Hinsicht haben wir es geschafft«, sagte der General, ein Mann mit harten, resoluten Gesichtszügen und trotz seines

Alters noch vollem, schwarzem Haar. »Die Gelehrten und Philosophen hassen uns, aber wir haben das Volk und einen großen Teil des Adels auf unsere Seite gebracht. Nun fällt es den Hugenotten nicht mehr so leicht wie noch vor wenigen Jahren, den Unmut der armen Bevölkerung für sich auszunutzen. Der Pöbel folgt uns und sieht in den Hugenotten mittlerweile den Grund für seine Not. Und wenn er seiner Erbitterung Luft machen muss, lässt er ihn an den Reformierten aus. Besser konnte es nicht kommen.«

Pater Auger gab sich überrascht.

»Ich verstehe nicht ganz. Vorhin noch habt Ihr Frankreich als das schwächste Glied in der europäischen Kette bezeichnet.«

»Ja, weil wir hier das Bürgertum noch nicht für uns gewonnen haben. In Spanien bilden die Handwerker, das wohlhabende mittlere Bürgertum und die Notablen der Städte eine noch schwache Klasse, die vom mächtigen Landadel an die Wand gedrückt wird. Dort unten ist es uns deshalb nicht schwer gefallen, ein feingliedriges Kontrollsystem aufzubauen, das uns für die Krone unentbehrlich macht. Hier ist es nicht dasselbe. In Frankreich ist das Bürgertum stark und wird mit jedem Tag stärker. Und aus dieser Klasse speist sich auch die Partei der Hugenotten.«

»Mit Verlaub, aber hier bin ich anderer Meinung, Pater. Der französische Bürger kümmert sich nicht um die Religion und verfolgt vor allem seine eigenen Interessen.«

»In diesem Punkt irrt Ihr Euch. England und Deutschland haben gezeigt, dass die Reformierten vor allem in den niederen, arbeitsamen Schichten Zustimmung finden. Diese sehen in ihrem Wohlergehen ein Zeichen göttlicher Huld. Luther, Zwingli und Calvin haben diese Sichtweise auch vertreten. Und das Resultat war die Umwandlung einer Protestbewegung von Hungerleidern in ein Krebsgeschwür, das sich in der ganzen Gesellschaft ausgebreitet hat. Vergesst nie, dass es immer die Wohlhabenden sind, die Geschichte machen. Auch wenn es auf den ersten Blick nicht so aussieht.«

Edmond Auger breitete die Arme aus.

»Vielleicht habt Ihr Recht. Doch was sollen wir tun?«

Die grauen intelligenten Augen von Pater Laínez wurden ein wenig schmaler. »In erster Linie geht es darum, nicht die Fehler der Dominikaner und Franziskaner zu wiederholen. Jahrhundertelang predigen sie schon den Verzicht. Und was haben sie damit bewirkt? Die Reichen fühlen sich schuldig und werden dem Pöbel in die Arme getrieben. Für uns Jesuiten ist eine solche Haltung nicht nur falsch, sondern auch töricht. Materieller Wohlstand ist keine Sünde, wenn er nur mit dem rechten Glauben einhergeht. Und Glaube bedeutet vor allem Ordnung, Zusammenarbeit der verschiedenen Stände und Nachbildung der himmlischen Hierarchien auf der Erde. Das alte Bild von Menenius Agrippa ist zwar heidnischer Herkunft, hat aber seine Gültigkeit nicht verloren: Um zu funktionieren, müssen die einzelnen Glieder der Gesellschaft zusammen agieren und einen einzigen Körper bilden.«

»Was mache ich also falsch?«, fragte Auger etwas ratlos. Laínez blickte ihn liebevoll an.

»Oh, keine Sorge, nichts Grundlegendes. Ich bin nicht aus Rom angereist, weil ich mit der Arbeit der Gesellschaft Jesu in Frankreich unzufrieden wäre. Es gelingt Euch ja hervorragend, das einfache Volk gegen die Hugenotten aufzuhetzen. Ich fürchte nur, die Sprache, die Ihr dabei benutzt, könnte dazu führen, dass sich der Unmut des Pöbels bald eher gegen die Reichen als gegen die Ketzer richtet. Und das ist äußerst gefährlich. Die Existenz eines gemeinsamen Feindes soll die Interessen bündeln, nicht zersplittern. Sonst laufen wir Gefahr, das Bürgertum in die Arme der so genannten Reformierten zu treiben.«

Pater Laínez hielt plötzlich inne, so als werde er erst jetzt wieder der Anwesenheit von Michaelis gewahr.

»Seit Stunden lasse ich schon nach Euch suchen. Wo habt Ihr bloß gesteckt?«, fragte er ihn.

Michaelis lächelte:

»Pater, von Euch habe ich gelernt, dass sich ein guter Jesuit unters Volk zu mischen hat.«

Der Blick des Generals wurde augenblicklich sanfter.

»Ihr habt unser Gespräch mit angehört. Wie denkt Ihr darüber?«

»Nun, ich denke, so wie sich das Reich Heinrichs II. gegen einen äußeren Feind zusammenschließt, sollte sich die Kirche gegen den inneren Feind zusammenschließen. Hass kann ein Mittel sein, um zur Liebe zu gelangen. Ein gemeinsamer Hass gegen die Feinde des Heiligen Vaters kann die Differenzen überwinden und den Weg zur Harmonie bereiten.«

»Ganz recht. Hass kann der Liebe dienen, ebenso wie die Sünde der Tugend. Ignatius war der gleichen Ansicht.«

»Pater Auger hat allerdings Recht, wenn er dafür plädiert, die Unzufriedenheit des Pöbels für uns zu nutzen. Wir sind ja keinem bestimmten Stand verpflichtet, sondern kämpfen für höhere Ziele. Es kommt doch vor allem darauf an, künftige Generationen zu formen, und nur zu diesem Zweck lassen wir uns auf das Leben in dieser Gesellschaft ein und durchleben all ihre Gefahren. Eine Festlegung entweder auf die Sache der Reichen oder die der Armen kann es für uns nicht geben. In jeder Situation haben wir neu zu entscheiden, welche Haltung für unsere Ziele den größten Nutzen verspricht. Und dies sind keine weltlichen Ziele, sondern sie gehen sogar noch über die Geschichte der Menschheit hinaus.«

Wenn auch in höflicher Form, so hatte Michaelis es doch gewagt, dem unangefochtenen Oberhaupt der Gesellschaft Jesu zu widersprechen. Das war kühn, ja geradezu unerhört. Pater Auger erblasste merklich. Doch Pater Laínez schien es nicht übel zu nehmen. Er dachte kurz nach und erklärte dann:

»So ist es. Ich habe mich missverständlich ausgedrückt. Natürlich teile ich voll und ganz Eure Überlegungen.«

Hatte Pater Michaelis sich nicht von der Vorstellung abschrecken lassen, vielleicht den Unmut seines Generals Laínez zu erregen, so dachte er jetzt keinen Augenblick daran, seinen Sieg für sich auszunutzen. So etwas lag ihm fern, deshalb beschränkte er sich darauf zu fragen:

»Ihr wünschtet mich zu sprechen, Pater. Darf man erfahren, aus welchem Grund?«

»Eigentlich aus zwei Gründen«, antwortete der General nach

einem kurzen Seufzer. »Diese Handschrift, *Arbor mirabilis,* die Ihr mir gesandt habt, habe ich sogleich nach Deutschland zu Graf Altemps, einem guten Freund unserer Gesellschaft, weitergeleitet. Der Mann versteht sich auf Geheimkodes und weithin unbekannte Sprachen.«

»Das freut mich. Hoffentlich ist seiner Arbeit Erfolg beschieden. Übrigens habe ich erst vor kurzem erfahren, dass dieses obszöne Machwerk aus der Feder eines Deutschen stammen soll. Wenn Ihr wünscht, kann ich Euch genauer ...«

Laínez streckte abwehrend die Hände aus. Der klobige Ring an seiner rechten Hand funkelte im Kerzenlicht.

»Nein, nein, ich habe jetzt keine Zeit, ich muss mich noch um zu viele andere Dinge kümmern. Aber lasst mir doch einen schriftlichen Bericht zukommen.« Er seufzte erneut. »Nun zum zweiten Grund. Wie ich hörte, hat Ignatius Euch noch vor seinem Ableben dazu ermächtigt, das Amt eines Generalinquisitors von Frankreich anzustreben. Das ist doch richtig, oder?«

»Ja, Pater«, antwortete Michaelis alarmiert, fürchtete er doch, Laínez könnte sich dagegen aussprechen.

»Dagegen ist auch nichts einzuwenden. Aber ich muss Euch nicht extra darauf hinweisen, dass wir Jesuiten, soweit es möglich ist, aus dem Hintergrund agieren. Zurzeit wird die französische Inquisition von einem Mann geführt, der uns nahe steht: dem Kardinal von Lothringen aus der Familie der Herzöge von Guise. Daher wäre es wohl das Beste, ihn nicht abzulösen, sondern den Einfluss, den wir bereits auf ihn ausüben, noch weiter zu verstärken. Oder seid Ihr anderer Meinung?«

Michaelis senkte den Kopf. Er hatte sich Hoffnungen gemacht, selbst zum Generalinquisitor Frankreichs aufsteigen zu können. Diese Hoffnung hatte der General gerade zunichte gemacht. Aber er hatte keine andere Wahl: Er musste gehorchen, *perinde ac cadaver,* wie ein lebloser Körper. Und es war wohl auch besser so, wurde ihm doch gerade jetzt bewusst, dass seine Hoffnung von persönlichem Ehrgeiz diktiert worden war.

»Nein, nein, Ihr habt vollkommen Recht. Ich werde Eure Worte beherzigen.«

»So geht nun. Mein Segen begleitet Euch.«

Das war eine unmissverständliche Verabschiedung, aber Pater Michaelis zögerte noch, sich zu verbeugen und den Raum zu verlassen. Stattdessen sagte er leise:

»Pater Laínez, ich möchte Euch um Eure Meinung zu einer gewissen Angelegenheit bitten.«

»So sprecht.«

»Wäre es vertretbar, wenn eine der Frauen, die man in der Rue Saint-Jacques verhaftet hat, mit unserer Hilfe aus dem Kerker entkommen könnte? Sie ist nicht nur vollkommen unschuldig, sondern könnte uns auch in vielerlei Hinsicht von Nutzen sein ...«

Der General stieß die Luft durch die Zähne aus.

»So generell lässt sich die Frage nicht beantworten. Ich kenne ja die Einzelheiten nicht und will sie auch gar nicht kennen. Um alles kann ich mich auch nicht kümmern. Entscheidet Ihr, ob diese Fluchthilfe sinnvoll ist oder nicht: Die Provinzialen unseres Ordens genießen schließlich vollkommene Handlungsfreiheit. Ich erwarte nur einen schriftlichen Bericht von Euch.«

Michaelis stockte der Atem.

»Die Provinzialen? Aber ich bin doch gar kein Provinzial!«

»Von diesem Augenblick an seid Ihr es. Für Paris und für ganz Nordfrankreich. Und nun geht endlich. Ich habe zu tun.«

# Die Ehekrise

Der alte Hauptmann Suffren, den der Bailli beauftragt hatte, im Freudenhaus Cogos für Ruhe und Ordnung zu sorgen und auf die Mädchen aufzupassen, beendete selbst ein wenig gerührt seine laut vorgetragene Lektüre.

»Wie wunderschön«, bemerkte er, indem er den Leuchter, den er übers Buch gehalten hatte, wieder zurückstellte. »Die Hofdame der Marchese von Mantua sagt sich von der fleischlichen Liebe los und nimmt den Schleier der Klarissinnen. Ja, in dieser Geschichte steckt wirklich eine tiefe Moral.«

Den fünf Mädchen, die in dem Bordell lebten und arbeiteten, standen die Tränen in den Augen. Eine von ihnen, eine Brünette mit ein wenig kindlichen Gesichtszügen, trocknete sie mit einem winzigen Taschentuch und sagte, indem sie die Nase hochzog:

»Ja, eine Moral steckt da drin. Aber nicht die, die Ihr meint. Erst durch die fleischliche Liebe entdeckt das Edelfräulein, dass es noch etwas Höheres gibt. Nämlich die Fülle der Liebe Gottes.«

Suffren hob mahnend den Zeigefinger.

»Blance, ich bitte Euch. Ihr versucht doch nur, in diesem Buch eine Rechtfertigung für Euer eigenes sündiges Leben zu finden.«

»Aber nein, das will ich gar nicht«, ereiferte sich das Mädchen. »Aber den Sinn habe ich schon ganz richtig verstanden. Oder was meint Ihr, Monsieur Notredame?«

Michel, der auf einem eleganten Sofa neben Gervais Bérard, dem angesehensten Arzt von Salon, saß, stimmte väterlich wohlwollend zu:

»Es tut mir Leid für meinen Freund Suffren, aber ich denke, du hast Recht. Meiner Ansicht nach hatte Marguerite von Navarra keineswegs die Absicht, die körperliche Liebe abzuwerten. Sowohl das Edelfräulein als auch der Kavalier, in den sie sich verliebt, gäben sich ihr auch ohne Scheu hin, würde sich die Marquise dem nicht widersetzen. Das Edelfräulein wird sich jedoch bewusst, dass der Leib bloß eine Hülle ist, aus der der Geist entkommen möchte, um höhere Sphären des Lebens zu erreichen. Was meint Ihr dazu, Gervais? Ihr schaut so verwundert drein.«

Der Arzt, ein Mann mittleren Alters mit früh ergrautem Haar und einem runden, aufgeschwemmten Gesicht, schien sich aus irgendwelchen Phantastereien loszureißen.

»Verzeiht, ich war in Gedanken woanders. Wie heißt denn dieses Buch?«

»*Geschichte der glücklichen Geliebten*«, antwortete Suffren, nach einem Blick auf den Einband.

»Die Glücklichste ist allerdings Marguerite von Navarra selbst, weil sie schon vor zehn Jahren gestorben ist. Sonst hätte sie nämlich miterleben müssen, wie ihre Tochter Jeanne d'Albret und deren Gemahl Antoine de Bourbon zu den Hugenotten übertreten. Das Königreich Navarra wird immer mehr zu einem französischen Genf: das reinste Schlangennest.«

Michel erschreckte dieses unbarmherzige Gefühl fast, aber er unterdrückte seinen Ärger und zwang sich zur Ruhe:

»Marguerite war eine sehr duldsame Frau.«

»Ja, viel zu duldsam. Und ihre Geschichte zeigt auch, warum. Sie war eigentlich weder Katholikin noch Hugenottin, sondern hing mehr den Ideen von Plotin und Hermes Trismegistos an. Ähnlich wie mein Bruder François, der seine Zeit mit der Alchimie vertut.«

Michel spürte, wie ihm die Zornesröte ins Gesicht stieg. Zum Glück protestierten die fünf Mädchen im Chor. Es war Blanche, die die Meinung aller aussprach:

»Ich weiß zwar nicht genau, was das für Leute sind, von denen Ihr da redet. Aber eins fällt mir auf. Ihr seid ein Mann, der die Frauen verachtet und nicht zugeben will, dass es einer Frau gelungen ist, eine große Dichterin zu werden. Was sie sagen will, habt Ihr überhaupt nicht verstanden.«

Gervais Bérard lächelte spöttisch.

»O doch, meine Kleine. Aber Marguerite war eine Königin, und Königinnen sind bekanntlich zwischen den Beinen so kalt wie Heilige. Sieh dir nur Katharina von Medici an. Nein, im Grunde sind das gar keine richtigen Frauen, so wie Eunuchen keine richtigen Männer sind. Und normale Frauen, die sich nicht für diese Selbstverstümmelung entscheiden, sind sprunghafte, zerbrechliche Geschöpfe, die nur glücklich werden können, wenn sie sich dem Willen und der Lust eines Mannes unterwerfen.«

Diese groben Worte rückten die Realität dieses Bordells wieder in den Vordergrund, die durch das Vorlesen der Novelle mit ihrer besonderen Atmosphäre eine Zeit lang in Vergessenheit geraten war. In einer Kleinstadt wie Salon gab es unter den Prostituierten keine Hierarchie wie etwa in Paris, Lyon oder Bordeaux. Hier fehlten die höher gestellten Kurtisanen, die von den adeligen und kirchlichen Würdenträgern aufgesucht wurden; aber man sah auch nur ganz selten jene beklagenswerten billigen Huren, die auf Grund ihres Alters, wegen einer Krankheit oder aus materieller Not heraus die Nächte auf der Straße verbringen mussten. Wenn es doch eine Hierarchie gab, so war sie kaum wahrnehmbar. Es gab die Tavernenhuren, zu denen Tagelöhner und Kunden niederen Ranges gingen, und jene Freudenmädchen, die im einzigen offiziellen Bordell der Stadt arbeiteten. Es gehörte Madame Catherine Galine und wurde von den Behörden regelmäßig kontrolliert, die sogar an der Leitung beteiligt waren.

Das Freudenhaus stand am Rande eines bürgerlichen Viertels, und bürgerlich war auch seine übliche Kundschaft. Das Haus war recht raffiniert eingerichtet, und nichts schien darauf hinzudeuten, dass es hier im Grunde um die Abwicklung von Geschäften ging. Teppiche guter Qualität, Möbel mit dem Anspruch von Eleganz, einige Gemälde und zahlreiche Spiegel konnten die Illusion aufkommen lassen, auf den beiden Stockwerken gehe man völlig unschuldigen Vergnügungen nach. Was zum Teil sogar stimmte. Nicht wenige Besucher, unter ihnen Michel, fanden sich mehr aus Freude an seiner Unterhaltung mit einem Freund inmitten einer Schar hübscher Mädchen hier ein, als um ein körperliches Bedürfnis zu befriedigen.

Das änderte aber nichts daran, dass das Bordell für die jungen

Mädchen, die hier praktisch festgehalten wurden, auch die erste Stufe hinunter ins gesellschaftliche Abseits bedeuten konnte. Die zweite Stufe war die Taverne, die dritte die Armut und die vierte der Hunger, dem sie einmal hatten entkommen wollen. Hinzu kam noch der rasche körperliche Verfall, begleitet von Krankheiten, die niemand heilen konnte oder zu erforschen interessiert war, da sie als normale Begleitumstände eines sündigen Lebens galten.

An jenem Abend hatte Michel wieder starke Schmerzen in den Beinen und war daher wenig dazu aufgelegt, die verächtlichen Bemerkungen von Gervais Bérard so einfach hinzunehmen. Er ertrug diesen Mann eigentlich auch nur wegen seiner Freundschaft zu dessen Bruder François.

»Monsieur, Eure Meinung über Frauen ist eine Beleidigung, nicht nur für die hier anwesenden Damen, sondern auch für meine Gattin, ja sogar meine Mutter«, sagte er in scharfem Ton. »Ich bitte Euch um eine Entschuldigung.«

Gervais Bérard schien fassungslos. Einen Moment blickte er Michel nur verdutzt an und brach dann in schallendes Gelächter aus.

»Bei wem sollte ich mich entschuldigen? Etwa bei diesen Gänsen hier? Das kann nicht Euer Ernst sein. Aber was Eure Gattin betrifft, nun dies ist schon eine Frau, bei der ich mich gerne persönlich entschuldigen würde!«

»Beruhigt Euch, Messieurs«, schaltete sich Hauptmann Suffren tadelnd ein, »es besteht doch kein Anlass zu streiten.«

Aber Michel war nicht zu beruhigen. Vielleicht lag es an der Gicht, dass er in letzter Zeit schon wegen einer Kleinigkeit in Zorn geraten konnte.

»Monsieur Bérard, ich fordere Euch noch einmal auf, Euch bei allen Anwesenden zu entschuldigen, vor allem bei den jungen Damen«, rief er wutentbrannt. »Oder Ihr bekommt es mit mir zu tun!«

»Mit Euch?« Das Lachen des Arztes wurde ordinär. »Um Himmels willen, mir wird Angst und Bange. Wollt Ihr mich zum Duell fordern? Na, da scheint Ihr doch etwas zu schwach auf den

Beinen. Und noch nicht mal das, was Ihr zwischen den Beinen habt, funktioniert ordentlich. Seitdem ich Euch hier treffe, habe ich nur gesehen, dass Ihr den Mädchen mal einen Kuss gebt oder über den Busen streichelt. Aber nach oben geht Ihr mit keiner!«

Das entsprach zum großen Teil der Wahrheit, aber Michel konnte es nicht hinnehmen, dass hier öffentlich darüber gesprochen wurde.

»Das nehmt Ihr auf der Stelle zurück«, zischte er, »oder Ihr werdet es bereuen.«

Die dunklen Augen von Gervais Bérard funkelten böse.

»Und ich weiß auch, warum Ihr Euer Werkzeug nie herausnehmt«, zischte er zurück. »Man kann es schwarz auf weiß in einem Buch mit dem Titel *Monstre d'abus* nachlesen. Ihr seid nämlich Jude, und es soll niemand sehen, dass Ihr beschnitten seid.«

Eines der Mädchen, ein junges Ding mit roten Haaren und einem etwas vulgären Gesicht, widersprach heftig:

»Das ist nicht wahr! Monsieur de Notredame ist überhaupt nicht beschnitten! Das kann ich beschwören!«

Michel war außer sich, aber er wusste auch, dass der Arzt es nur darauf anlegte, ihn zu provozieren. So zwang er sich zur Besonnenheit und erklärte relativ gelassen:

»Ich kenne dieses Buch. Es ist das Werk eines Hugenotten und wurde wahrscheinlich in Genf gedruckt. Interessant, dies ist wohl die Art Literatur, die Euch zusagt?«

Gervais Bérard erbleichte. Die Scheiterhaufen für vermeintliche oder tatsächliche Hugenotten wurden in ganz Frankreich Tag für Tag zahlreicher.

»Ich bin ein guter Katholik. Ich habe nur …«

Michel ließ ihn nicht ausreden:

»Und was meine Körperkräfte betrifft, habt Ihr vielleicht sogar Recht. Aber bedenkt, dass ich bei Hofe großes Ansehen genieße und gute Beziehungen zu hochrangigen Persönlichkeiten überall in Europa habe. Von meiner Freundschaft zu den Stadtvätern von Salon ganz zu schweigen. Wenn ich mit Euch die Klinge kreuzen würde, würde ich sicher den Kürzeren ziehen.

Messen wir uns aber mit unserem Einfluss, werdet Ihr Euch, so fürchte ich, bald einen anderen Beruf suchen müssen.«

Blanche applaudierte.

»Bravo, Michel. Ihr habt wirklich noch Mumm, auch wenn Ihr ihn bei uns Mädchen nur selten zeigt.«

Bérard sprang auf und stürmte mit gesenktem Kopf hinaus. Kurz darauf hörte man, wie die Haustür knallend ins Schloss fiel.

Michel stand ebenfalls auf.

»Für mich ist es auch Zeit«, sagte er leise. »Und verzeiht, wenn Ihr durch meine Schuld einen Kunden verloren habt.«

»Gewisse Kunden kann man ruhig verlieren«, bemerkte Hauptmann Suffren.

Die fünf Mädchen liefen zu Michel und umringten ihn strahlend. Die größte von ihnen, eine Blonde von junonischer Gestalt mit blauen Augen und etwas groben Gesichtszügen, streichelte ihm über den Bart.

»Vielen Dank, Monsieur Nostradamus. Es kommt nicht oft vor, dass uns jemand verteidigt. Darf ich Euch zur Belohnung einen Kuss geben?«

»Lass nur, Mariette«, erwiderte Michel, etwas verlegen. »Das war doch selbstverständlich.«

Mit einer geübten Geste streifte sich das Mädchen die Träger ihres Gewandes über die Schultern und legte die Hände stützend unter ihre mächtigen Brüste.

»Dann küsst die beiden hier. Die gefallen Euch doch so sehr.«

»Nein, nein, Mariette«, wehrte Michel freundlich lächelnd ab. »In meinem Alter sollte ich mich damit begnügen, deine Kostbarkeiten mit den Augen zu bewundern. Und die deiner Freundinnen auch.« Trotz der Schmerzen in den Beinen floh er fast die Treppe zum Erdgeschoss hinunter. Erst auf der Straße atmete er tief durch und machte sich dann langsam auf den Heimweg.

Nun kam erst der schwierige Teil. Nachdem Jumelle ihm damals zu verstehen gegeben hatte, dass sie von seinen Bordellbesuchen wusste, und nach einem langen Gespräch voller Verständnis aber auch voller Vorwürfe, hatte sie die Sache nicht mehr erwähnt. Michel aber hätte gern noch ausführlicher darüber geredet, vielleicht, um sich das Versprechen abringen zu lassen, auf solcherart Zerstreuung zukünftig zu verzichten oder aber um ihr seine Gründe genauer zu erklären. Doch angesichts ihres Schweigens hatte er nicht den Mut dazu gefunden, noch einmal davon anzufangen. Allerdings hätte er auch gar nicht gewusst, mit welchen Argumenten er sich Jumelle gegenüber hätte rechtfertigen können. Es war ihm ja selbst nicht klar, was ihn an diesen Ort zog, und wenn er darüber nachdachte, fiel ihm als Grund nur das vage Bestreben ein, sein mittlerweile nicht mehr zu leugnendes Alter noch ein wenig hinauszuzögern.

Jeder andere Mann im Salon hätte völlig unbeschwert weiterhin das Freudenhaus besucht und hätte seine Ehefrau geschlagen, wenn sie es gewagt hätte, ihm deshalb Vorwürfe zu machen. Nicht so Michel. Seine Beziehung zu Jumelle unterschied sich grundlegend von der anderer Eheleute. Da mochte Jumelle noch so respektlos, frech, ungehorsam und launisch sein, sie war der einzige Mensch, der ihn wirklich verstand und mit dem ihn ein tiefes, freundschaftliches Vertrauen verband. Nicht zufällig duzten sie sich, während überall sonst unter Eheleuten das distanzierte »Ihr« üblich war. Und durch die Liebeszeremonie, mit der sie Ulrichs Hass besiegt hatten, war dies Band besiegelt worden.

Dennoch rissen seine Bordellbesuche einen Graben zwischen ihnen auf. Tagsüber gingen sie fast normal miteinander um. Freitagabends aber zog sie sich auf das obere Stockwerk zurück, während er verstohlen das Haus verließ und sich einige Stunden später wieder hineinschlich. In stillschweigender Übereinkunft schliefen sie nicht mehr miteinander, bis auf die seltenen Male, wenn Jumelle sich an Michel klammerte, getrieben vielleicht von dem Verlangen nach Mutterschaft, und ihren Unterleib bis zur Penetration an den seinen drängte. Fast schien es, als würden die Kinder für sie allmählich zu einem Ersatz für eine emotionale Leere.

Üblicherweise schlief Jumelle bei den Kindern, während er in seiner »Werkstatt« wachte und mit geröteten Augen auf den Ring starrte, der auf dem Tisch rotierte und ihn in unsägliche, Furcht erregende Dimensionen führte, während ihn die Schmerzen in den Beinen fast lähmten und sein ganzer Körper die Qualen einer allzu frühen Vergreisung zu leiden hatte.

In solche Gedanken versunken, bemerkte Michel zunächst gar nicht die Kalesche, die hinter ihm anhielt. Erst eine herzliche Stimme brachte ihn in die Wirklichkeit zurück.

»Docteur Nostradamus! Docteur Nostradamus!«

Plötzlich wurde er gewahr, wo er sich befand. Er stand in der Hauptstraße des Viertels Ferreiroux vor dem Haus von Antoine Marc, dem Bruder des ersten Konsuls Palamède. Antoine Marc lenkte die Kalesche, und neben ihm saß der Apotheker François Bérard. Er war es gewesen, der seinen Namen gerufen hatte. Trotz der Dunkelheit erlaubten es die Lichter aus dem Haus noch, die beiden klar zu erkennen.

»Michel, ich habe gerade von Eurem Streit mit meinem Bruder erfahren«, erklärte François aufgeregt, »und möchte Euch für ihn um Verzeihung bitten. Er ist ein ungehobelter Kerl, der meiner Familie nichts als Ärger macht.«

»Schon gut, schon gut«, erwiderte Michel etwas missmutig, weil man ihn aus seinen Gedanken gerissen hatte. Aber er zwang sich zu einem Lächeln. »Für mich ist die Sache erledigt. Und außerdem habt Ihr ja gar nichts damit zu tun.«

»Kann ich Euch ein Stück mitnehmen?«

»Nein, nein, ich wohne ja gleich da vorn.«

»Wenn man die Gicht hat, ist jeder Schritt zu viel.«

Michel fühlte sich etwas gedemütigt. Gewiss, man wusste allgemein von seiner Krankheit, aber nach außen hin bemühte er sich, das Bild eines starken, Respekt gebietenden Mannes abzugeben, der weit über den irdischen Dingen stand.

»Vielen Dank, aber ich komme allein zurecht.«

Antoine Marc beugte sich zu ihm vor.

»Steigt trotzdem ein. Ich habe Euch eine Nachricht zu überbringen. Den ganzen Abend habe ich schon nach Euch gesucht.«

»Eine Nachricht? Von wem?«

»Der Mann behauptet, ein Freund von Euch zu sein. Aber ich weiß nicht so recht… Na ja, er sieht nicht gerade Vertrauen erweckend aus. Er hat sich als Doktor Pentadius vorgestellt.«

Michel schrak zusammen, ein plötzlicher Schwindel erfasste ihn, begleitet von einem Gefühl der Übelkeit. Mit erstickter Stimme sagte er, sich zur Ruhe gemahnend:

»Einverstanden. Ich fahre mit… Aber wie ich sehe, habt Ihr gar keinen Platz für mich…«

»Keine Sorge. Ich steige aus. Ich bin ja fast zu Hause«, sagte François Bérard.

Michel ließ sich von dem Apotheker in den Wagen helfen und hatte kaum Zeit, sich von ihm zu verabschieden, da hatte Antoine Marc das Pferd schon anziehen lassen.

»Wo habt Ihr Pentadius getroffen, Tripoly? Hat er Euch zu Hause aufgesucht?«, fragte Michel. Tripoly war der Spitzname Antoines, den man ihm seiner vielen, häufig abenteuerlichen Reisen wegen gegeben hatte. Heute neigte der Mann, der auf die fünfzig zuging, allerdings ein wenig zur Fettleibigkeit.

Bis vor wenigen Jahren aber war er noch Agent, Abenteurer und Söldner in den verschiedensten Heeren gewesen. So hieß es zumindest. Die Menschen in Salon, Südländer bis in Mark, konnten jedenfalls von seinen exotischen Erzählungen gar nicht genug bekommen.

Tripoly schüttelte den Kopf.

»Nein, auf der Straße. Er hatte mit seiner Kutsche neben meiner Kalesche angehalten. Neben ihm saß eine Dame mit üppigen Formen und einem schwarzen Schleier vor dem Gesicht. Als Pentadius mich ansprach, glaubte ich zunächst an eine Verwechslung, doch er kannte meinen Namen und den Euren auch.«

»Was hat er zu Euch gesagt?«

»Er bat mich, Euch auszurichten, dass Euer gemeinsamer Meister im Sterben liege, und zwar irgendwo in Italien. Er wolle Euch vor seinem Hinscheiden noch einmal sehen. Ihr sollt ihn aufsuchen, damit er Euch um Vergebung bitten kann.«

»Und Ihr wisst nicht, in welcher Stadt in Italien?«

»Nein, danach habe ich gar nicht gefragt. Dieser Mensch hatte ein regelrechtes Schurkengesicht und ich war nicht darauf aus, mich länger als nötig mit ihm zu unterhalten. Jedenfalls sagte er etwas von einem ›Grab der Triumvir‹, das Euch bekannt sei.« Tripoly setzte seine in den Tavernen Salons wohl bekannte finstere Miene auf. »Wäre ich dem Galgenvogel in einer dunklen Gasse begegnet, glaubt mir, dem hätte ich... zack... mein Schwert in den Leib gerammt. In Afrika und in Westindien sind mir genug Kerle mit solchen Fratzen über den Weg gelaufen, und ich schwöre Euch, nicht einer kam mit dem Leben davon.«

Michel war zu beunruhigt, um auf Tripolys Räuberpistolen einzugehen, und schwieg die ganze Fahrt über. Ja, er wusste, was mit dem Grab des Triumvir gemeint war. Oder zumindest wusste es Parpalus, der in einer Vision davon gesprochen hatte. Er hätte ihn später genauer fragen können. Aber auch wenn Ulrich jetzt tatsächlich im Sterben lag, hatte er nicht die Absicht, ihn zu treffen und seine vermeintliche Bitte um Vergebung anzuhören.

»Ich werde in wenigen Tagen nach Italien reisen«, fuhr Tripoly fort, »um im Auftrag des Konsistoriums von Lyon unseren Bruder Piero Carnesecchi zu treffen. Unserer Ansicht nach ist es jetzt an der Zeit, bewaffnet gegen die aufgehetzten Katholiken vorzugehen. Sonst bringen sie uns noch alle um.

Zweihundert gut ausgerüstete Hugenotten würden wohl reichen, um den Papisten in der Provence eine Lektion zu erteilen, die sie so schnell nicht vergessen. Dazu brauchen wir allerdings Carnesecchis Zustimmung. Er hat das Konsistorium gegründet und ist immer noch unser Oberhaupt.«

Michel war irritiert. Zwar wusste er, dass Tripoly Hugenotte war, was der ja auch nicht verheimlichte. Aber der Mann schien sich überhaupt nicht im Klaren zu sein, wie gefährlich ein solches Glaubensbekenntnis geworden war. Auch wenn die Bewohner der Provence für ihre Toleranz bekannt waren, niemand wusste, wie lange das noch so bleiben würde. Wenn erst der religiöse Fanatismus, der Paris und ganz Nordfrankreich erfasst hatte, auch in dieser Region Fuß fasste, würde auch die Tatsache, dass er der Bruder des ersten Konsuls Palamède und ein Freund des Grafen von Tende war, ihm ein schreckliches Ende nicht ersparen. Und das Letzte, was Michel wollte, war, in diese religiösen Auseinandersetzungen mit hineingezogen zu werden.

Zum Glück waren sie mittlerweile vor seinem Haus angekommen.

»Danke für Euer Angebot, Antoine. Aber meine Gesundheit ist zu stark angegriffen. Ich kann nicht mehr so reisen wie als junger Mann. Außerdem ist eine Einladung von Pentadius auch nicht unbedingt verlockend.«

»Das kann ich verstehen«, antwortete Tripoly, während er ihm aus der Kalesche half. »Ich komme mich noch verabschieden, bevor ich abreise.«

»Mein Haus steht Euch immer offen.«

Michel wartete, bis die Kalesche losgefahren war, und humpelte dann auf die Haustür zu. Aus den Fenstern im Erdgeschoss fiel Licht auf die sonst dunkle Straße. Jumelle, die üblicherweise früh zu Bett ging, schien noch auf zu sein. Das machte seine Heimkehr etwas unangenehm. Aber ihm war keinesfalls danach, so lange umherzuspazieren, bis Jumelle sich schlafen gelegt hatte.

So tastete er unter seinem Umhang nach dem Hausschlüssel, als er bemerkte, dass die Tür nur angelehnt war. Er stieß sie auf und trat leise ein. Die Leuchter im Korridor waren alle entzündet, doch das hellste Licht kam aus dem Salon. Ob seine Gattin sich vorgenommen hatte, ihm eine Szene zu machen? Er schluckte und ging auf den Raum zu.

Überrascht blieb er auf der Schwelle stehen, als er die Dienstmagd mit den vier Kindern auf dem Sofa sitzen sah: der einjährige André in ihrem Arm; Charles eingeschlafen mit dem Kopf auf der Armlehne; Madelène und César, die leise miteinander spielten.

»Wo ist Jumelle?«, fragte er und bemühte sich, eine düstere Vorahnung zu verscheuchen.

Verlegen riss Christine die blauen Augen auf.

»Sie ist fort«, sagte sie leise.

»Was soll das heißen, sie ist fort?« Michel traute seinen Ohren nicht.

Christine deutete auf ein gefaltetes Blatt auf dem Tisch.

»Lest diesen Brief dort. Ich glaube, darin erklärt sie Euch alles.«

Michel ergriff das Blatt Papier, doch bevor er es öffnete, fragte er:

»Mit wem ist sie fort? Ein Fremder war hier, nicht wahr?«

Seine Stimme begann zu zittern.

»Ich habe niemanden gesehen«, antwortete Christine, indem sie den Kopf schüttelte. »Ich denke, in dem Brief wird alles erklärt. Was ich Euch sagen kann, ist nur, dass Madame sehr lange zum Packen gebraucht hat.«

»Ich weiß schon, mit wem sie fort ist«, murmelte Michel düster. Er trat zu einem Leuchter und entfaltete das Blatt. Die Handschrift war ungelenk, und die Grammatikfehler in fast jeder Zeile machten das Lesen beschwerlich. Aber der Sinn des Briefes war mehr als deutlich.

Schon vom ersten Satz an verflog Michels vorübergehende Gewissheit. Was er da las, klang, der gröbsten Fehler bereinigt, folgendermaßen:

*Mein lieber Michel,*
*ich habe beschlossen, dieses Haus zu verlassen.*
*Wahrscheinlich für immer. Bitte glaube mir, dass mir die Entscheidung nicht leicht gefallen ist. Ich trenne mich von meinen Kindern, und du kannst dir vorstellen, wie sehr mich das schmerzt. Leider weiß ich nicht, wie ich sie mit mir nehmen könnte.*
*Du warst ein liebevoller Ehemann, und mit der Zeit wurde die Vertrautheit zwischen uns wunderschön. Glaube nicht, dass ich dir deine Bordellbesuche vorwerfe. Du weißt ja, dass ich früher selbst ein Leben wie die Mädchen geführt habe, und so ist mir auch klar, dass viele Kunden dort nicht einfach nur körperliche Befriedigung suchen. Und gerade in deinem Fall würde ich fleischliche Leidenschaft ausschließen. Ich hätte mich gefreut, wenn du, nachdem du erfahren hattest, dass ich Bescheid weiß, offen mit mir darüber gesprochen hättest. Das hast du nicht getan, aber, ich sage es noch einmal, darauf kommt es auch nicht an.*
*Es ist nämlich so, dass ich, so wie du dein eigenständiges*

*Leben brauchst, auch ein eigenständiges Leben führen möchte. Ich hatte eine schwere Jugend, aber immerhin genoss ich damals eine Freiheit, wie sie nur wenige Frauen jemals erleben. Der Preis dafür war hoch und bestand aus Gewalt und Erniedrigung: Aber dafür hatte ich wenigstens das Gefühl, nur mir selbst zu gehören. Das war es übrigens auch, was es mir erlaubte, Lesen und Schreiben zu lernen, was für eine Frau heutzutage ja alles andere als normal ist. Das Leben in der Taverne endet nicht, wenn die Kunden das Haus verlassen. Ganz im Gegenteil, dann fängt es erst an. Diese so genannten unanständigen Frauen führen ein eigenes Leben, von dem die Männer überhaupt nichts ahnen. Eine Ehefrau und Mutter hat hingegen überhaupt kein eigenes Leben. Entweder kümmert sie sich um ihren Mann oder um ihre Kinder. Möglich, dass sie alle sehr liebt. Aber sogar diese Liebe kann zu einer zusätzlichen Kette werden. Sie lebt nur, indem sie etwas für andere tut oder darstellt. Viele Frauen beugen sich widerstandslos unter dieses Joch. Aber ich kann das nicht: Ich komme von der Straße, wo ich mein eigener Herr war, und mein Leben als Glucke ist mir unerträglich geworden.*

*Ich schreibe nicht mehr weiter, weil ich plötzlich das Gefühl habe, dass du mich überhaupt nicht verstehen wirst. Aber irgendwie muss ich es dir ja mitteilen. Irgendwo in der Ferne will ich ein neues Leben anfangen. Bitte sorge gut für die Kinder. Ich lasse dir alles, was ich habe, angefangen beim Haus bis zu meinem persönlichen Vermögen. Vielleicht werden wir uns eines Tages wieder sehen.*

*Leb wohl, Anne Ponsarde, genannt Jumelle*

Michel stand einige Augenblicke wie betäubt da, dann knüllte er den Brief in seiner Hand zusammen.

»Verfluchter Pentadius«, schrie er außer sich vor Wut. »Für wie töricht hält der mich eigentlich. Keine Frau der Welt würde so etwas Teuflisches schreiben, geschweige denn tun.« Mit hochrotem Kopf fuhr er Christine an. »Bist du wirklich sicher, dass du keinen Mann an der Tür gesehen hast? Eine Kalesche, ein Pferd, was weiß ich. Ich warne dich, wehe, du lügst.«

Das Mädchen schüttelte erschrocken den Kopf. Die Kinder begannen zu weinen.

»Pack meine Reisetasche«, befahl Michel trocken. »Ich muss Pentadius finden und Jumelle befreien.« Dann fügte er leise hinzu: »Das Grab des Triumvir. Dort werde ich diese verfluchte Bande finden.«

# Vor dem Sturm

Pater Michaelis war wie versteinert. Nie hätte er vermutet, dass die Hugenotten so zahlreich und vor allem so dreist sein würden. Das ganze linke Seineufer zwischen der Abtei Saint-Germain und den Türmen des Louvre auf der anderen Flussseite schimmerte rot im Licht der Fackeln. Tausende von Menschen waren versammelt, die meisten von ihnen waren schon am 13. Mai 1558 aus ganz Frankreich eingetroffen. Und nun, sechs Tage später, waren sie immer noch hier, und ihre Zahl wuchs weiter. Die Psalmen, die sie anstimmten, (darunter vor allem das *Judicia tu, Domine*, das in der Übersetzung des Schweizers Théodore de Bèeze eine gegen den französischen König gerichtete Bedeutung angenommen hatte) waren bis zur Sorbonne zu hören.

»Du hast ja gar keine Fackel, Bruder«, sprach ihn ein kräftig gebauter Mann an, der plötzlich hinter dem Jesuiten aufgetaucht war. »Hier, nimm meine. Ich besorge mir eine andere.«

Unversehens hielt Michaelis eine rauchende, unsicher flackernde Fackel in der Hand. Während er so in die Flamme starrte, kamen ihm die Verse des katholischen Priesters Artus Désiré in den Sinn:

*Prenez ceux des conventicules*
*de nuict aux conciliabules*
*et le mettez tous dans le feu.*

Der Priester aus der Normandie hätte sich, als er dazu aufrief, alle Hugenotten auf den Scheiterhaufen zu bringen, wohl auch nicht träumen lassen, dass jene sich damals nur heimlich versammelnden *conventicules* und *conciliabules*, einmal zu einer Massenbewegung werden könnten. Dies jedoch war das betrübliche Schauspiel, das sich Michaelis' Augen bot. Eine unübersehbare

Masse bekennender Hugenotten, die auf dem Pré aux Clercs, jener weiten Rasenfläche, auf der die Pariser Studenten üblicherweise ihren Freizeitbeschäftigungen nachgehen durften, zusammengekommen war. Darüber hinaus waren viele der Anwesenden auch noch bewaffnet. Jungen Kavalieren zu Pferd, mit der Pike in der Hand und dem Schwert in Griffweite, war die Aufgabe übertragen worden, für Ruhe und Ordnung zu sorgen. In Wirklichkeit waren sie aber vor allem dazu da, die Gendarmen des Châtelet von etwaigen Angriffen abzuhalten.

»Macht Platz! Macht Platz!«, hörte man aufgeregte Stimmen.

Pater Michaelis ließ die Fackel fallen, die ihm schon fast die Finger verbrannte, und trat zur Seite. Durch den Korridor, der sich sogleich geöffnet hatte, preschten die Pferde eines kleinen Trosses hindurch. Auf einem Fuchs erkannte er Antoine de Bourbon, den König von Navarra. Neben ihm, gleichfalls zu Pferd, sein Bruder, der Prinz von Condé. Es folgten die Offiziere und einige Fußsoldaten, die schwere Armbrüste geschultert hatten. Eine von Mauleseln gezogene Feldschlange wurde von der Menge mit Jubelgeschrei begrüßt.

Im Nu hatte sich der Durchgang wieder geschlossen, und Michaelis wurde von allen Seiten bedrängt und gestoßen. Mit den Ellbogen bahnte er sich einen Weg nach vorn zu dem Podest, auf dem jetzt der König von Navarra, der Prinz und ihr Gefolge Aufstellung nahmen. Es war eine schöne, von sanftem Mondlicht erhellte Nacht.

Michaelis wusste, dass Antoine de Bourbon keinerlei Interesse daran haben konnte, vor der Versammlung zu sprechen. Dies wäre eine direkte Herausforderung des ohnehin schon gereizten Heinrich II. gewesen. Und so beließ es der König von Navarra dabei, eine Weile die Psalmen laut mitzusingen, die die Menge unverdrossen anstimmte. Ein anderer aber machte nun Anstalten, das Wort zu ergreifen, Pierre David, auch unter dem Namen Boisnormand bekannt, der neben François de Gray stand.

Mit ausgebreiteten Armen gemahnte er die Menge zur Ruhe, und schließlich gelang es ihm, sich Gehör zu verschaffen. Dennoch drang seine Stimme nicht bis zu den äußeren Ecken der

Wiese vor. Einige besonders Eifrige übernahmen die Aufgabe, seine Worte für die weiter entfernt Stehenden zu wiederholen, wodurch ein Echo entstand, das jedem Satz eine besondere Feierlichkeit verlieh, die unter die Haut ging und Michaelis noch stärker beunruhigte.

»Brüder, es ist meine Pflicht, euch eine traurige Mitteilung zu machen«, rief der Geistliche. »Vom heutigen Tage an hat das Parlament das Singen in Gruppen zu später Stunde verboten. Wir alle wissen, gegen wen sich diese Maßnahme richtet.«

Wutgeschrei erhob sich aus der Menge, das sich, sowie die Ankündigung wiederholt wurde, bis zum äußersten Rand der Wiese fortpflanzte. Mit wachsender Sorge beobachtete Michaelis, wie eine Frau neben ihm heulend die Fäuste zum Himmel reckte und einige Bürger zum Heft ihres Degens griffen.

»Es hat ihnen nicht gereicht, Unschuldige bei lebendigem Leibe zu verbrennen«, fuhr David fort. »Es hat ihnen nicht gereicht, unschuldigen Frauen, deren einziges Verbrechen es war, die Wahrheit zu bekunden, die Zunge herauszureißen und sie dem Scheiterhaufen zu übergeben. Nun will man uns auch noch verbieten, Gott in unseren Psalmen zu loben. Nun, ich sage euch: Solch einen gotteslästerlichen Befehl kann nur der Satan persönlich gegeben haben!«

Erneut explodierte der Zorn. Die brennenden Fackeln wurden in die Höhe gereckt und wütend hin und her geschwenkt, sodass es aussah, als ob die Seine in Flammen stünde und das Feuer bereits die Gebäude am anderen Ufer bedrohe.

»Der Satan hat einen Namen: Heinrich«, tönte eine Stimme.

»Und seine Dämonen sind die Guise.«

»Tod den Guise! Tod den Guise!«, erscholl es im Chor.

Mit erhobener Hand brachte David die Menge zum Schweigen.

»Ruhe, Brüder. Wir müssen besonnen handeln. Morgen ist Himmelfahrtstag, und die Katholiken werden mit ihren Götzenbildern auf die Straße gehen. Da haben wir Gelegenheit zu zeigen, wie stark wir sind. Ich schlage vor, dass wir morgen bei Sonnenaufgang von diesem Platz aus in geordneten Reihen durch die

Stadt marschieren. Treffen wir dabei auf katholische Fanatiker, die heidnische Bilder mit sich führen, werden wir diese zerstören, so wie es unser rechter Glaube gebietet. Aber unser eigentliches Ziel ist nicht die Gewalt. Wir wollen dem König und den Herrschenden in Frankreich vor Augen führen, dass wir mittlerweile eine Macht sind, die weder mit Scheiterhaufen noch mit Dekreten niederzuhalten ist. Nun sagt mir: Was haltet ihr von meinem Vorschlag?«

Ein ohrenbetäubender Aufschrei erhob sich aus der Menge, der keinen Zweifel an der Antwort ließ. Und Pater Michaelis wusste: Am nächsten Morgen würde es zu Gewalt und Blutvergießen kommen. Schon auf dem Weg zur Versammlung hatte er an mehreren Stellen in der Stadt beobachtet, wie sich Angehörige der katholischen Bruderschaften unter der Anleitung ihrer Priester mit Bannern ausrüsteten, die an angespitzten Stangen aufgehängt waren. Und ein Eingreifen der Gendarmen der Compagnie de l'Île und vielleicht sogar der berittenen *marechaussée*, die wegen der Belagerung in die Stadt zurückbeordert worden waren, war durch den Erlass das Parlamentes unvermeidlich geworden. All seine wohl durchdachten Pläne drohten zu scheitern.

Er hatte es plötzlich eilig fortzukommen und marschierte, sich, wo es nötig war, mit den Ellbogen Platz verschaffend, Richtung Seine. Die Hugenotten sangen wieder aus vollem Hals, doch nun hatten ihre Psalmen einen kriegerischen Ton angenommen. Am Rand der Wiese schnaubten die Pferde der Adligen, so als witterten sie die bevorstehende Gewalt.

Michaelis blieb nur einmal stehen. Unter den Gläubigen hatte er einen Mann erblickt, den er früher schon einmal getroffen hatte. Sein Name war Jacques-Paul Spifane. Der Geistliche hatte es wegen seiner skandalösen Lebensführung, zu der eine illustre Geliebte und viele Kinder zählten, zu einiger Berühmtheit gebracht. Und dank der Großzügigkeit, die die römische Kirche immer wieder gegenüber den fleischlichen Sünden des hohen Klerus zeigte, hatte er dennoch eine brillante Laufbahn eingeschlagen. Heute war er, soweit Michaelis wusste, Bischof von Nevers und häufiger Gast am Hofe Katharinas von Medici. Umso größer war seine

Überraschung, ihn hier anzutreffen, in bürgerlicher Kleidung beim Singen von Hugenottenpsalmen.

Er schüttelte den Kopf und ging rasch weiter, bevor ihn Spifane sehen konnte und vielleicht wieder erkannte. Beim Fluss angekommen, stieg er einige Steinstufen bis zum Ufer hinunter. Es war sehr dunkel, aber er orientierte sich mithilfe des Fackelscheins, den die Wasseroberfläche reflektierte. Nach einigen Metern am steinigen Ufer entlang erreichte er einen Holzsteg, der zu einer der zahlreichen schwimmenden Mühlen führte, die hier auf dem Wasser lagen. Das mächtige Mühlrad bewegte sich langsam und knarrte bei jeder Umdrehung.

Michaelis überquerte den Steg und betrat die Mühle, ein einräumiger Pfahlbau, in dem überall Mehlsäcke lagen und der von einigen Kerzen erhellt war. Er brauchte nicht zu rufen. Sogleich tauchte Giulia aus ihrem Unterschlupf zwischen den Mehlsäcken auf und lief ihm entgegen.

»Oh, wie ich mich freue, dass Ihr da seid«, rief sie aufgewühlt. »Ich bin so schrecklich alleine hier.«

»Im Kerker wart Ihr auch allein.«

»Nicht so ganz. Da hatte ich immerhin Gesellschaft von anderen Gefangenen, alles angebliche oder tatsächliche Hugenotten. Ach, wie sehr habe ich auf Euer Kommen gehofft, und nun seid Ihr plötzlich da, wie durch ein Wunder. Ihr habt mich vor dem Kerker gerettet, und so stehe ich für immer in Eurer Schuld. Bringt mich, wohin Ihr wollt. Ich werde Euch folgen.«

Michaelis zwang sich zu einem Lächeln.

»Wollt Ihr dieses Versteck wirklich verlassen? Überlegt es Euch gut, denn ich füge mich Euren Wünschen. Paris ist zurzeit eine sehr unsichere Stadt. Es könnte gefährlich werden.«

Pater Michaelis mochte es sich nicht eingestehen, aber Giulias Anblick verstörte ihn ganz erheblich. Trotz ihrer unordentlichen Kleidung und ihres langen ungekämmten Haares sah sie blendend aus. Vielleicht wegen ihrer strahlend blauen Augen oder weil ihr die Seidenbluse über die Schultern gerutscht war und ihre Brüste nur noch knapp bedeckte. Doch egal weshalb, sie erinnerte ihn deutlich an ihre Mutter, die Herzogin Cybo-Varano, so wie sie der Jesuit bei der gewaltsamen Befreiung Michel Servets aus dem Kerker der Inquisition von Lyon erlebt hatte: stolz, resolut, wunderschön.

Einem Mitglied der Gesellschaft Jesu waren jedoch solcherlei Gedanken nicht gestattet. Zwar waren die Jesuiten außerordentlich nachsichtig gegenüber den fleischlichen Sünden anderer – zumal, wenn solch eine Leidenschaft nützlich für ihre eigenen Ziele werden konnte –, ihr persönliches Verhalten jedoch galt als völlig untadelig und war es auch tatsächlich. Nicht von ungefähr hatten sie beim Konzil in Trient die umstrittene These von der Jungfräulichkeit Marias auch nach der Geburt Christi vertreten. Auch sich selbst erlegten sie völlige fleischliche Enthaltsamkeit auf. Anderen gestanden sie Schwächen und Verfehlungen zu, da sie in der Natur des Menschen lagen. Aber sie selbst, die Streiter Gottes, unterwarfen sich einer strengen Disziplin und hielten sich von jeglicher Sünde fern, die sie, aus taktischen Erwägungen, bei den Schafen ihrer Herde, den hohen Klerus eingeschlossen, zu verzeihen bereit waren.

Giulia schien die Verlegenheit des Jesuiten zu bemerken, denn sie lächelte, als sie sagte:

»Ich weiß sehr gut, was dort draußen vor sich geht. Ich hasse den Lärm, und hin und wieder trete ich ans Fenster und blicke hinaus. Offensichtlich ist eine blutige Auseinandersetzung unvermeidlich. Morgen ist Himmelfahrt, und von allen Pariser Kirchen werden Prozessionen ausgehen. Es wäre ein Wunder, wenn es ruhig bleiben würde.« Sie zog die heruntergerutschte Bluse über ihre Schultern, als sei ihr nicht bewusst, dass diese dem Anschein nach so züchtige Geste den Jesuiten nur noch mehr erregen musste.

Pater Michaelis beeilte sich, den Blick zu senken, und vermied es, sie weiter anzusehen.

»Auch ich sehe die Gefahr, dass es zu gewalttätigen Zusammenstößen kommen kann. Es wird also das Beste für Euch sein, wenn Ihr noch eine Weile hier bleibt.«

»Oh nein, hier habe ich auch Angst. Der Fluss, auf dem diese Mühle schwimmt, trennt doch die verfeindeten Gruppen. Wie leicht könnte sie in Brand geraten und sinken. Oder Fliehende könnten sie als Unterschlupf wählen.«

Michaelis kam nicht umhin, ihr zuzustimmen. Seit nunmehr zwei Wochen hielt er Giulia in der Mühle versteckt, und es gefiel ihm, sie ganz für sich zu haben und sich bei seinen Besuchen an ihrem Anblick zu erfreuen. Doch die junge Frau hatte Recht.

»Dann packt Eure Sachen zusammen, und lasst uns von hier verschwinden«, befahl er.

Giulia breitete die Arme aus.

»Ich habe nichts, was sich mitzunehmen lohnte. Die Gendarmen haben mir meinen Schmuck abgenommen. Jetzt wird ihn wohl die Gattin irgendeines *Lieutenant* oder *Procureur* tragen.«

»Dann kommt.«

Pater Michaelis führte Giulia nach draußen. Berauscht von dem Gedanken an die geplante Machtdemonstration am nächsten Tag, sangen die Hugenotten immer noch ihre Psalmen. Niemand am Ufer nahm Notiz von dem Mann und der Frau, die die Mühle verließen und eilig ein Stück die Seine hinunterliefen, um sich über die nächste Brücke noch weiter vom Pré aux Clercs zu entfernen. Michaelis hielt es nicht für ratsam, zum Kolleg in der Rue Saint-Jacques zurückzukehren, weil es ihm zu nah an der Versammlung der Häretiker lag. Noch wusste er nicht, wohin, aber unterwegs würde ihm schon etwas einfallen.

Giulia klammerte sich an seinen Arm.

»Eins möchte ich noch gern wissen: Hat man mich eigentlich freigesprochen oder nur auf freien Fuß gesetzt?«

»So einfach lässt sich das nicht sagen: Ein Freispruch kann nur im Anschluss an ein Untersuchungsverfahren erfolgen, das in Eurem Fall noch nicht abgeschlossen ist, oder nach einem Prozess.«

»Dann muss ich also jederzeit damit rechnen, erneut eingekerkert zu werden? Ihr habt mir nur zur Flucht verholfen. Deswegen haltet Ihr mich auch versteckt…«

»Keine Sorge. Überlasst alles mir. Der Kerker wird Euch erspart bleiben. Das muss Euch im Augenblick genügen.«

Michaelis ließ seinen Blick auf diesem Gesicht ruhen, das der Mondschein noch schöner machte, und genoss den zarten Druck dieser Hand auf seinem Unterarm. »Die Anklage gegen Euch ist nicht so leicht aus der Welt zu schaffen. Ihr wart eine Freundin von Madame Longjumeau, die ihren häretischen Glauben gestanden hat. Solcherart Freundschaften können einen teuer zu stehen kommen.«

»Woher sollte ich wissen, welchem Glauben sie anhängt. Ich habe sie ja nur bei Hofe kennen gelernt, wo sie hin und wieder sogar zu den Hofdamen der Königin gehörte.«

»Das will nichts heißen. Sie war nicht die einzige Hofdame, der der Henker die Zunge herausgerissen hat. In diesem Königreich wird es für die Calvinisten keine Gnade geben.«

Mittlerweile waren sie am Ende der Brücke angelangt, die zur Kathedrale Notre-Dame führte, der einzigen Brücke, die nicht als Treffpunkt für pittoreske, als Bettler verkleidete Gaunerbanden diente, und für Bettler, die den Taschendieben jederzeit hilfreich zur Seite standen. Fehlte hier auch das Gesindel, so war dennoch kein Mangel an nächtlichen Aktivitäten. Trotz der späten Stunde brannten einige Fackeln vor der Kathedrale. Man bemerkte das Funkeln von Klingen, die klirrend von Hand zu Hand weitergereicht und an Männer ausgehändigt wurden, die sich im Dunkeln hielten.

»Kein Zweifel«, murmelte Michaelis. »Morgen wird Blut fließen.« Er spürte, dass Giulias Hand zitterte, und versuchte ihr ins Gesicht zu schauen, soweit es die Dunkelheit erlaubte. »Bleib ganz ruhig. Bis zu den Prozessionen ist es ja noch einige Stunden hin.«

»Das ist es gar nicht, was mich so aufwühlt«, antwortete Giulia mit belegter Stimme. »Ich musste gerade an das entsetzliche Ende von Madame Longjumeau denken. Sie war solch ein lieber, zartfühlender Mensch. Wie können sich nur Christen dazu verleiten lassen, ein wehrloses Geschöpf dermaßen zu quälen?«

Pater Michaelis blieb stehen.

»Jetzt hört mir mal gut zu, meine liebe Freundin. Die Kirche hat sich lange abgemüht, bis sie in einer sonst barbarischen Welt endlich als einzige Trägerin für Ordnung anerkannt war. Auch dort, wo sie nicht direkt herrscht, ist es ihr gelungen, ihre Regeln durchzusetzen und von den weltlichen Fürsten anerkennen zu lassen. Ein Sieg der Hugenotten würde dazu führen, dass jeder Einzelne wieder nach seinem eigenen freien Gewissen handelt, und das ganze politische und moralische Werk würde unterhöhlt, mit verheerenden Folgen für die ganze Menschheit. In dieser Situation sind wir gezwungen, hart und entschlossen durchzugreifen. Das Fortbestehen einer Welt, die von für alle verbindlichen Überzeugungen getragen wird, steht auf dem Spiel.«

»Gewalt kann niemals zu einer stabilen Gesellschaft führen.«

»Da täuscht Ihr euch. Auch wenn wir uns an diesem Punkt grundlegend von den Dominikanern und Franziskanern mit ihrer Inquisition unterscheiden und in erster Linie auf das Gewissen des Einzelnen einwirken wollen, sind wir doch bereit, zum Schwert zu greifen, wenn das Übel Wurzeln zu schlagen droht. Darüber hinaus geben wir aber Erziehung und Überzeugung den Vorzug. Und der Vergebung, dem eigentlichen Fundament der römischen Kirche.«

Während er seine Gedanken darlegte, überlegte Pater Michaelis weiter, wo sich die Frau auf dieser Seineseite sicher unterbringen ließe. Auf der Notre-Dame fehlte es nicht an Adelspalästen, wo er hätte anklopfen können, und noch zahlreicher waren sie am anderen Ufer hinter der zweiten Brücke. Nur misstraute Michaelis dem Adel ebenso wie dem Pöbel. Die einen wie die anderen waren in seinen Augen unzuverlässig und bestechlich, auch wenn es zahlreiche Ausnahmen geben mochte. Seine Hoffnungen lagen auf dem strebsamen Bürgertum, ebenjenem Stand, den leider auch die Hugenotten in besonderem Maße umwarben. Viele der treuesten Anhänger der Jesuiten kamen aus diesem Bürgertum. Sie schienen der weder konservativen noch revolutionären Erneuerung des Katholizismus, wie sie die Jesuiten anstrebten, am nächsten zu stehen.

Nach einem kurzen Zögern führte er Giulia daher die Rue Saint-Louis entlang, in der vorwiegend Advokaten, Ärzte, Handwerker und Kaufleute lebten.

»Ich bringe Euch zu einem Freund«, sagte er. »Der wird Euch gerne bei sich aufnehmen.«

»Aber auch hier wird morgen gekämpft werden«, gab die Frau zu bedenken.

»Weniger als anderswo, glaubt mir. Bekanntlich herrscht Ruhe im Auge des Orkans. Nein, nein, die Gefechte werden anderenorts ausgetragen.«

Vor einem zweistöckigen, gepflegten, aber nicht übermäßig eleganten Gebäude blieb er stehen. Zwei- dreimal zog er an der Türglocke, bis sich ein Fenster im oberen Stockwerk öffnete. Eine mürrisch dreinblickende Magd mit einem Kerzenleuchter in der Hand zeigte sich. Das Flämmchen flackerte und ließ ihre ohnehin schon abstoßenden Gesichtszüge noch grotesker wirken.

»Zu wem wollt Ihr denn so spät noch? Monsieur Fabri ist nicht da, und Monsieur Videl ist gerade erst aus Lyon zurückgekehrt. Er schläft, und um keinen Preis der Welt würde ich ihn wecken.«

»Oh doch, das werdet Ihr«, sagte Michaelis in sanftem, doch sehr bestimmtem Zorn. »Sagt Ihm, ein Provinzial, den er sehr gut kennt, wünscht ihn zu sprechen. Merkt Euch bitte dieses Wort: Provinzial.«

Die Magd kicherte.

»Ich werd's mir merken und es ihm morgen früh sagen. Und nun legt Euch auch schlafen – mit Eurer Dame. So spät solltet Ihr andere Leute nicht mehr stören.«

Besonders ihre Anspielung auf Giulia behagte Michaelis ganz und gar nicht. Er dachte daran, wie Alessandro Farnese damals in den vatikanischen Gärten auf die Dreistigkeit eines Dieners reagiert hatte. Es gab wirklich nichts Lächerlicheres als den Hochmut von Bediensteten. Er seufzte und sagte dann:

»Anscheinend seid Ihr Hugenottin. Dabei hatte ich Monsieur Videl gebeten, sich seine Dienerschaft sorgfältig auszusuchen. Warum hat er nur nicht auf mich gehört? Na ja, jetzt lässt es sich nicht mehr ändern. Ich werde also noch einmal wiederkommen müssen. Hoffentlich sucht er sich nach Eurem Tod eine bessere Magd aus.«

Die Frau bekreuzigte sich.

»Um Gottes willen. Was redet Ihr da, mein Herr? Ich bin eine gute Katholikin. Das können alle bezeugen!«

»Und warum missachtet Ihr dann den Befehl eines Provinzialen? Wisst Ihr vielleicht nicht, was ein Provinzial ist?«

»Doch, doch, das weiß ich sehr gut«, log die Magd. »Ich hatte das Wort nur nicht richtig verstanden. Ich sage Monsieur Videl sofort Bescheid.«

Sie mussten nicht lange warten. Riegel wurden zurückgezogen, dann standen sie vor einem Mann im Nachthemd mit einem Kerzenleuchter in der Hand. Er war von schwer bestimmbarem Alter, hatte ein gräuliches Gesicht und eine ausgeprägte Nase. Seine stechenden Augen lagen in tiefen Höhlen, sein scharf geschnittener Mund war von zahlreichen Falten umgeben, und sein Leib war dermaßen abgemagert, dass man die Rippen unter dem Nachthemd zu erkennen glaubte.

»Pater Michaelis«, rief Videl. »Welch eine Ehre!« Er verneigte sich vor Giulia. »Herzlich willkommen in meinem bescheidenen Heim, Madame.«

Tatsächlich war das Haus, in das er seine Besucher jetzt führte, nicht unbedingt bescheiden zu nennen. Man sah gute Tapeten, Truhen aus kostbarem Holz, gepolsterte Stühle mit Armlehnen. Die Räume gingen ohne Korridor ineinander über. An der Wand des ersten hing neben dem erloschenen Kamin ein großes Gemälde einer antiken römischen Medizinschule in einer Säulenhalle inmitten einer Landschaft mit Berggipfeln in der Ferne, auf denen jeweils ein kleiner Tempel stand. Doch die Malerei war mit ungelenker Hand ausgeführt worden, und der Rauch hatte das Gemälde zu stark eingeschwärzt, um eine genauere Interpretation zu erlauben.

Mit Blick auf das Gemälde fragte Pater Michaelis:

»Wie gehen Eure Geschäfte als Arzt? Ihr scheint gut davon leben zu können.«

»Ach, hört mir bloß damit auf«, stöhnte Videl, der begonnen hatte, die Leuchter in dem kleinen Salon anzuzünden. »Ohne meine Einkünfte als Astrologe wäre ich schon lange ruiniert.« Im Salon angekommen, deutete er für seine Gäste auf ein Sofa. »Nehmt doch bitte Platz. Ich lasse von meiner Magd süßen Wein bringen. Ihr müsst ihr unfreundliches Verhalten von vorhin entschuldigen. Sie ist eben eine dumme Gans. Ich habe auch einen Diener, aber der ist leider ein Faulpelz, der nur tagsüber hier ist und sich die ganze Nacht herumtreibt.«

»Nein, nein, keinen Wein«, wehrte Michaelis ab, wobei er nicht daran dachte, Giulia nach ihrer Meinung zu fragen. Er ließ sich auf dem weichen Sofa nieder und bemerkte: »Nun seid Ihr also auch ein bekannter Schriftsteller. Wie viele Exemplare Eures Buches wurden denn schon verkauft? Ich spreche natürlich von der *Aufdeckung der Missbräuche, des Unwissens und der Aufwiegeleien von Michel Nostradamus*.«

Videl lachte kurz auf und entblößte dabei sein blasses Zahnfleisch.

»Stellt Euch vor: sechstausend Stück. Aber eigentlich ist es ja eher Euer Buch als das meine. Schließlich habt Ihr es mir fast Wort für Wort in die Feder diktiert.«

Michaelis zuckte mit den Achseln.

»Seid nicht so bescheiden. Ihr seid es ja, der sich in der Astrologie auskennt. Auch dem einfältigsten Leser habt Ihr bewiesen, dass Nostradamus von der Materie kaum eine Ahnung hat. Ich selbst war ja auch sehr von der Tatsache beeindruckt, dass alle seine Sternkarten falsch sind.«

»Aber so ist es.« Videl nickte heftig. »Bei der Berechnung der Ephemeriden geht er von der Position Venedigs aus. Offensichtlich benutzt er ein Handbuch aus Italien. In Frankreich aber haben wir eine völlig andere Sternenkonfiguration.«

»Da seht Ihr, welch wichtigen Beitrag Ihr leisten konntet«, bemerkte Michaelis wohlwollend. »Mir wäre dieser Fehler niemals aufgefallen.«

»Aber Euer Verdienst ist der ganze Teil des Buches, in dem erklärt wird, dass Nostradamus' Handwerkszeug nicht die Astrologie, sondern die Magie ist. Wenn das Buch weiterhin solch eine Verbreitung findet, wird es früher oder später auch der Inquisition in die Hände kommen. Und der Kardinal von Lothringen hat bekanntlich wenig für die Hexenmeister übrig.«

»Gewiss, aber die Zahl der Prozesse, die er anstrengt, ist lächerlich gering. Der Papst hat ihn deswegen auch schon ins Gebet genommen«, seufzte Michaelis. Er zeigte auf Guilia. »Könntet Ihr diese Dame als Gast in Eurem Hause aufnehmen? Natürlich nur für wenige Tage, bis in Paris wieder Ruhe eingekehrt ist.«

Videls Augen blitzten fiebrig auf, als sein Blick auf die junge Frau fiel, und verrieten, dass er sie am liebsten als Gast in seinem Bett gesehen hätte, und das auf unbestimmte Zeit. Aber solch einen Gedanken hätte er niemals vor einem Provinzial der Jesuiten ausgesprochen, geschweige denn, ihm eine Bitte abgeschlagen. Er verbeugte sich und sagte:

»Aber sehr gerne, Pater. Wenn Madame sich mit den Beschränkungen meines Lebens als einfacher Bürger abfindet…«

»Aber selbstverständlich«, antwortete Guilia mit sanftem Lächeln. »Wo ich herkomme, habe ich weit schlimmere Beschränkungen erleben müssen.«

Vielleicht hätte sie noch mehr erzählt, doch ein Blick von Pater Michaelis ließ sie innehalten.

Der Jesuit stand auf und sagte:

»Es ist spät geworden. Ich darf mich nun verabschieden. Monsieur Videl, Ihr seid der lebende Beweis für die Nützlichkeit der Laienorden, die wir jetzt überall aufbauen. Wir sind der einzige Orden, der seine Pforten auch für Nichtgeistliche öffnet. Wenn wir mit unserem Vorhaben Erfolg haben, werden die Hugenotten keinen Nährboden mehr finden.«

»Davon bin ich überzeugt«, antwortete Videl. Er erhob sich ebenfalls und verneigte sich. »Solltet Ihr weitere Bücher gegen Nostradamus benötigen…«

»Nein, im Moment nicht. Jetzt genießt erst einmal die Früchte des bereits Geschriebenen.«

Michaelis wandte sich zum Gehen, doch Giulia lief rasch zu ihm und sagte:

»Pater, wenn es Euch möglich ist, so unterrichtet doch bitte Gabriele, wo ich mich befinde.«

»Aber gewiss doch. Verlasst Euch nur auf mich, meine Freundin. Simeoni wurde umgehend von Eurer Verhaftung, aber auch von Eurer Befreiung in Kenntnis gesetzt. Ich werde ihn über den Fortgang der Ereignisse auf dem Laufenden halten.«

»Vielen Dank. Ihr seid so gut zu mir.«

Der Satz brachte Michaelis ein wenig in Verlegenheit, und er machte, dass er fortkam. Auf der Straße stieß er auf eine Schar kräftig gebauter Männer, die sich zu einer Prozession formierten. Darunter waren zwar auch Priester und Mönche, aber der ärmste Pöbel, mit Piken und Stöcken bewaffnet, überwog bei weitem. Im Fackellicht wirkten die Banner und Heiligenbilder wie in Blut getaucht. Alle blickten sie mit finsteren Mienen zum linken Seineufer hinüber.

# Das Grab Mohammeds

Wart Ihr vielleicht schon einmal hier«, fragte Hauptmann François du Plesis de Richelieu, auch »der Mönch« genannt, erstaunt, als er sein Pferd zum Stehen brachte.

Michel, erschöpft von dem langen Ritt, blickte verständnislos zu ihm hinüber.

»Warum fragt Ihr?«

»Kommt her und lest diese Inschrift hier.« Der Hauptmann deutete auf eine Marmortafel an der Außenmauer einer Patriziervilla, an der Straße, die von Turin nach Nordosten führte. Um sie herum erblickte man nur wenige Bauernhäuser in der weiten, blühenden Ebene. Die Sonne stand noch tief, und von den Feldern stieg ein leichter Nebel auf.

Michel und Tripoly ritten näher an die Tafel heran, bis sie die Inschrift klar und deutlich erkennen konnten. Tripoly begann, laut vorzulesen:

*1556. Nostre Damus a logé ici*
*on il iia le Paradis l'Enfer*
*le Purgatoire je ma pelle*
*la Victoire qui mhonore*
*aurala gloire qui me*
*meprise oura la*
*ruine hntiere.*

Richelieu schüttelte den Kopf.

»Das wimmelt ja von Fehlern. Sieht aus, wie von einem dummen Bauern geschrieben. Aber Bauern gravieren keine Gedenksteine. Nun, der Sinn ist jedenfalls klar: ›Hier ist Nostradamus abgestiegen, wo der Himmel ist, die Hölle und das Fegefeuer. Ich heiße Viktoria. Wer mich ehrt, dem wird Ruhm zuteil, wer mich verachtet, der Untergang.‹« Er wandte sich an Michel: »Wart Ihr denn vor zwei Jahren schon einmal hier?«

Michel schüttelte verwundert den Kopf.

»Nein«, murmelte er. »Ich war schon seit vielen Jahren nicht mehr in Italien.«

»Hier steht aber etwas anderes.« Richelieu bemerkte einen Knecht, der gerade mit einem Bündel Heu aus einer Scheune hinter der Villa kam, und ging auf ihn zu. »He, guter Mann. Wie heißt dieses Dorf hier?«

Der Angesprochene ließ erschreckt sein Heu fallen.

»Vittoria, mein Herr.«

Richelieu zwinkerte seinem Gefährten zu.

»Immerhin, ein Teil des Rätsels wäre schon gelöst!« Er wandte sich wieder an den Stallburschen. »Und von hier hat man Zugang zur Hölle, zum Fegefeuer und zum Himmel?«

»Oh ja«, antwortete der Mann, immer noch unsicher. »So heißen die drei Höfe, die um die Villa herum liegen.« Plötzlich erhellte sich seine Miene. »Ihr habt wohl die Inschrift gelesen?«

»Ja, natürlich. Aber wisst Ihr vielleicht, ob hier vor zwei Jahren ein gewisser Doktor Nostradamus zu Gast gewesen ist?«

Der Knecht überlegte einen Moment und erklärte dann mit strahlender Miene:

»Nein, nein, jetzt verstehe ich. *Nostre Damus* steht für ›Unsere Herrin‹, also die Madonna. Die Gedenktafel wurde vor zwei Jahren hier angebracht, um den Waffenstillstand von Vaucelles zu feiern. Anscheinend kann sogar unser Barbier, von dem die Inschrift stammt, leider nicht ganz richtig schreiben. Die Tafel bringt nämlich alle Herrschaften zum Lachen, die hier im August zur Sommerfrische weilen.«

»Und warum soll jenem, der das Haus ehrt, Ruhm zuteil werden, der aber, der es verachtet, dem Untergang entgegengehen?«

Der Knecht breitete die Arme aus.

»Ich sagte ja schon, Monsieur, unser Barbier ist nicht der Hellste. Er hat eigentlich die Madonna gemeint, aber es hört sich so an, als spräche er von Vittoria. Irgendwann werden wir die Tafel wohl entfernen müssen.«

Richelieu brach in zufriedenes Gelächter aus und gesellte sich wieder zu seinen Reisegefährten.

»Habt ihr gehört. Das alles ist ein Missverständnis. Aber ich wette, in den folgenden Jahrhunderten wird so manch einer diese Tafel sehen und auf die abstrusesten Gedanken kommen.«

Trotz der düsteren Gedanken, die ihn seit Anbeginn der Reise beherrschten, rang sich Michel nun zu einem Lächeln durch.

»Da mögt Ihr Recht haben. So ergeht es mir ja heute schon mit meinen Prophezeiungen.« Er zuckte die Achseln. »Aber nun los. Bis Volpiano ist es noch ein weiter Weg.«

Sie setzten ihre Pferde wieder in Trab. Michel hatte fast unerträgliche Schmerzen in den Beinen, aber sein Verlangen, Jumelle wieder zu finden, war so stark, dass er darüber alles andere vergaß. Von ihrem Reiseziel hatte er nur eine ziemlich unklare Vorstellung. Bei dem »Grab des Triumviren«, nach dem er suchte, hätte es sich durchaus auch um die Grabstätte des Caesar Octavianus Augustus in Rom handeln können. Im Jahr 1521 war nämlich einer der beiden Obelisken entdeckt worden, die das Mausoleum geziert hatten. Man hatte die Inschriften darauf entziffern und sie eindeutig zuordnen können. In Michels Visionen jedoch kamen keine Mausoleen und keine Obelisken vor. Parpalus hatte ihm ein ganz bestimmtes Bild eingegeben, und zwar das eines unterirdischen, den »Di Manes« geweihten und von einer Votivlampe erhellten Grabraumes.

Und außerdem war da noch dieser Name, *Vlpian* oder Volpiano – ein eindeutiger Hinweis. Vielleicht gab es in der Umgebung von Rom ja ein Dorf dieses Namens, mit dem Grab des Augustus hatte es aber mit Sicherheit nichts zu tun. Nein, es musste sich um Volpiano in Piemont handeln, um jenen Ort, wo Simeoni gekämpft hatte, und ebenso der »Mönch« Richelieu, der unsympathischste Führer, den ihnen das Schicksal hatte zuspielen können.

Eben durch Richelieus Stimme wurde Michel jetzt aus seinen Gedanken gerissen, so als habe dieser sie erraten und wolle sie jetzt bestätigen.

»Seht ihr dieses Feld mit den vielen Knochen dort? Viele sind von Tieren, die meisten aber stammen von Menschen. Hier haben wir die Spanier gleich reihenweise niedergemetzelt, als sie nach der Niederlage versucht haben zu fliehen. Ein paar Bauern mussten natürlich auch dran glauben; sie sind ja auch geflohen, entweder, weil sie Komplizen waren oder einfach nur, weil sie die Hosen voll hatten.«

Tatsächlich stießen sie, je weiter sie sich von Turin entfernten, immer häufiger auf niedergebrannte Häuser, brachliegende Felder und verweste Tierkadaver. Auch sah man menschliche Skelette, die noch in Schlingen an den Bäumen hingen und die nur noch unvollständig von Knorpelresten zusammengehalten wurden.

Erschütternde Bilder stiegen vor Michels geistigem Auge auf, und er mühte sich, sie rasch zu vertreiben.

»Da muss es entsetzlich zugegangen sein«, flüsterte er.

»Ach, nicht immer.« Richelieu deutete mit einem höhnischen Grinsen auf ein Buchenwäldchen, das sich an das Feld anschloss. »Da hinten habe ich es mit einem jungen Mädchen getrieben, das mit den Spaniern gezogen war. Ein hübsches Ding. Dann habe ich ihr die Kehle durchgeschnitten, um die armen Frauen von Saint-Quentin zu rächen. Ihr wisst ja, dass denen die Söldner Karls V. die Arme abgehackt haben, um sich ihre Ringe zu holen.«

Michel erschauderte. Tripoly, der seit Tagen übermenschliche Anstrengungen unternahm, um nicht die Ruhe zu verlieren, platzte jetzt heraus:

»Ich glaube nicht, dass das Mädchen, von dem Ihr spracht, an den Gräueltaten in Saint-Quentin teilgenommen hat.«

»Nein, aber sie war eine Deutsche und mit Sicherheit Lutheranerin. Noch am selben Abend habe ich gebeichtet, und unser Kaplan hat mir die volle Absolution erteilt, auch wenn er dafür ein hübsches Sümmchen verlangt hat. Das Mädchen hatte den Scheiterhaufen verdient. Bei mir hat sie ein rascheres Ende gefunden und vor ihrem Tod sogar noch mal Lust verspürt. Nehme ich wenigstens an. Sie hat zwar wie eine Henne gekreischt, aber die Ketzerinnen verstehen es ja auch besonders gut, sich zu verstellen.«

Michel fielen seine eigenen Erlebnisse im Luberon beim Feldzug gegen die Waldenser wieder ein, und es würgte ihn im Hals. Es gelang ihm, den Brechreiz zu unterdrücken, aber nur, weil seine Hauptsorge eine andere war. Er hatte Angst, dass Tripoly, ein fast fanatischer Hugenotte, und Richelieu jeden Augenblick mit den Degen aufeinander losgehen könnten. Gerne hätte er auf den nach Hugenottenblut dürstenden früheren Benediktiner verzichtet, aber Philibert von Savoyen, den sie in Turin aufgesucht hatten, hatte auf Richelieu als Anführer ihrer Gruppe bestanden.

Zum Glück gelang es Tripoly seit Tagen schon, sein aufbrausendes Temperament im Zaum zu halten. Er wartete, bis sich Richelieu ein wenig entfernt hatte, und flüsterte dann zu Michel:

»Den Hundsfott steche ich noch ab. Aber bevor er stirbt, reiß ich ihm die Gedärme raus.«

Michel schüttelte besorgt den Kopf.

»Mäßigt Euch, wir sind auf ihn angewiesen. Schließlich kennt er sich hier aus. Wenn wir das Grab gefunden haben, werden wir ihn schon irgendwie loswerden.«

»Der wird hier auch sein Grab finden«, versprach Tripoly in düsterem Ton und setzte dann den Ritt ein wenig abseits von den anderen, in eisiges Schweigen gehüllt, fort.

Gegen Mittag erreichten sie Volpiano. Michel hatte ein Städtchen erwartet, erblickte stattdessen aber am Fuße eines niedrigen Hügels ein Dorf mit nur wenigen, um eine Kirche gescharten Häusern. Es hatte anscheinend früher einmal eine Befestigungsmauer gegeben, aber davon waren nur noch einige eingeschwärzte Trümmer übrig geblieben. Darum herum breiteten sich in konzentrischen Kreisen mittlerweile von Gras überwachsene Schanzen aus. Die verrostete Lafette einer mächtigen Feldschlange ragte aus dem Boden, zusammen mit Überresten von anderem Kriegsgerät, das kaum mehr zu identifizieren war. Zwischen Stangen und Rollen hatten Vögel ihre Nester gebaut, Efeu rankte sich um morsche Holzbalken und machte den Platz gelblichen Moosdecken streitig.

Im Dorf war kaum Leben zu bemerken. Einige wenige Läden versuchten, den Anschein von Normalität zu erwecken, doch die meisten Dächer waren von Katapulten durchlöchert und die Fassaden von Artilleriegeschossen aufgerissen. Schweigend ritten die drei Männer auf dem unebenen Pflaster durch die engen, stinkenden Gassen. Unter dem Schild eines Gasthauses saßen sie ab und traten ein.

Jetzt um die Mittagszeit waren in dem Lokal vielleicht dreißig Soldaten, die lärmend und schwatzend ihr Mahl verzehrten. Frauen waren keine zu sehen, was der Taverne eine untypische Atmosphäre gab. Der Wirt, ein älterer Mann mit einem weißen Bart, zeigte für die Neuankömmlinge auf einen der wenigen freien Tische.

»Wenn die Herrschaften dort Platz nehmen wollen. Heute hätte ich scharf gewürztes Rindfleisch da, dazu Brot und Weißwein.«

Michel ließ sich auf einer Bank nieder und genoss es, seine schmerzenden Beine zu entlasten. Da die anderen schwiegen, gab er dem Wirt zur Antwort:

»Einverstanden. Aber sagt, guter Mann, kennt Ihr Euch hier in der Gegend aus?«

»Ich bin hier geboren, Signore.«

»Dann wisst Ihr vielleicht, ob es hier irgendwo alte römische Gräber gibt?«

Der Alte seufzte.

»Gräber..., ja, davon haben wir hier leider mehr als genug. Aber römisch... Nicht, dass ich wüsste. Soldaten aus allen möglichen Völkern liegen hier begraben, und nicht wenige Zivilisten. Aber von einem römischen Grab habe ich noch nie gehört.«

Michel wartete, bis sich der Wirt entfernt hatte, und wandte sich dann an seine Gefährten:

»Dennoch bin ich sicher, dass sich das Grab hier bei Volpiano befindet, oder zumindest im weiteren Umkreis.«

Richelieu schüttelte den Kopf.

»Ich kenne die Gegend hier wie meine Westentasche. Hier gibt es kein antikes römisches Grab. Und das sagt Euch ein Mann, der mehr Gräber als irgendein anderer Offizier des königlichen Heeres hat ausheben lassen. Bei Metz habe ich manch einen Ketzer auch lebendig begraben lassen, um die Klinge meines Schwertes zu schonen.«

Erneut fürchtete Michel, Tripoly könnte mit einem Wutausbruch reagieren. Der jedoch zeigte weiterhin eine bewundernswerte Geduld. Nur seine Augen funkelten bedrohlich.

Plötzlich erblickte Michel an einem Tisch im hinteren Teil des Saals unter einer Girlande aus Spinnweben ein ihm wohlvertrautes Gesicht. Doch der Mann senkte sogleich den Blick und starrte auf die dampfende Schüssel vor ihm auf dem Tisch. Michel stutzte einen Moment, war sich dann aber sicher, dass der andere ihn nur nicht erkannt hatte. Den Lärm der anderen Gäste übertönend rief er:

»Gabriele! Gabriele Simeoni!«

Wie auf Kommando rückte der Angesprochene ein Stück zur Seite, als wolle er sich hinter den Soldaten am Nebentisch verstecken. Schließlich schien er die Aussichtslosigkeit dieses Unterfangens einzusehen, denn er erhob sich leicht und winkte, mit einem blassen Lächeln im Gesicht, Michel zu.

»Kommt doch her, mein Freund«, rief der, »kommt und esst mit uns!« Er wandte sich an seine Begleiter: »So ein Zufall. Das ist ein alter, sehr guter Freund von mir, Astrologe am Hof der Königin und ein glühender Patriot, der für die Einheit Italiens unter dem französischen Banner kämpft.«

»Jetzt, wo Karl V. tot ist, muss das kein Wunschtraum bleiben«, bemerkte Richelieu. »Sein Sohn Philipp scheint mir nicht dasselbe Format zu haben. Der wird sich nicht lange an der Macht halten.«

Simeoni zögerte kurz und kam dann mit Teller, Messer und Glas in der Hand an ihren Tisch. Er legte alles neben Michel ab, blieb dann aber stehen und blickte die drei Männer etwas ratlos an.

Michel bemerkte seine Verlegenheit, schrieb sie aber einer angeborenen Schüchternheit zu.

»Mein lieber Gabriele, darf ich vorstellen: Dies ist François du Plessis de Richelieu, Hauptmann der königlichen Arkebusiere. Vielleicht kennt Ihr ja seinen Bruder gleichen Namens vom Hof in Paris. Und dies ist Antoine Marc, genannt Tripoly, ein Bruder von Palamède, dem ersten Konsul von Salon, und Onkel von Adam de Craponne, dem berühmten Baumeister, der die Befestigungsanlagen von Metz nach der Eroberung… Aber was ist Euch? Ihr wirkt ja so verstört.«

»Ach nichts, ich bin nur überrascht, Euch hier in Piemont anzutreffen«, beeilte sich Simeoni zu erklären. Endlich nahm er auf der Bank neben Michel Platz.

Dieser musterte den Freund. Simeoni hatte sich sehr verändert, und das nicht zu seinem Vorteil. Das Blau seiner Augen war trüb geworden, und sein Gesicht mit den einst so regelmäßigen Zügen war mit roten Flecken übersät. Auch seine Nase war gerötet, und um seinen aufgedunsenen Leib hing der verdreckte und an mehreren Stellen aufgerissene Stoff einer Uniform mit den Lilien Frankreichs. Seine ärztliche Erfahrung ließ Michel vermuten, dass der Freund gar zu eifrig dem Wein zusprach. Aber es konnte sich auch um irgendein Fieber handeln, das er sich in einem Sumpfgebiet zugezogen hatte, oder um die Spuren des aufreibenden Soldatenlebens.

Er beschloss, sich keine weiteren Gedanken darüber zu machen.

»Ja wisst Ihr, wer mich nach Piemont gelockt hat? Ein alter Bekannter von uns: Pentadius. Der Schurke hat meine Frau Jumelle entführt. Vielleicht sieht man es mir nicht an, aber ich bin zutiefst verzweifelt.«

»Da seid Ihr nicht der Einzige«, antwortete Simeoni in neutralem Ton. Michel hatte erwartet, dass er bei der Erwähnung von Pentadius zumindest zusammenzucken würde. Stattdessen leerte der Florentiner sein Glas und streckte die Hand zu der Karaffe aus, die der Wirt gerade gebracht hatte.

Tripoly wusste natürlich von Jumelles Entführung, aber Richelieu hatten sie bisher im Dunkeln darüber gelassen.

»Eure Gattin wurde entführt?«, murmelte er. »Das hat mir Philibert von Savoyen gar nicht mitgeteilt. Ich glaubte, ihr wäret wie so viele andere bloß an römischen Hinterlassenschaften interessiert und wäret deshalb auf der Suche nach diesem Grab.«

Er schnitt sich ein Stück Fleisch ab und fügte nachdenklich hinzu: »Zum Glück habe ich keine Frau. Das heißt natürlich, ich habe alle, die ich will. Nur bin ich es, der sie raubt.«

Simeoni war plötzlich hellhörig geworden.

»Das Grab des Triumvir?«, fragte er, als erwache er plötzlich aus seiner Lethargie. »Ihr meint, dasjenige, welches Ihr in Eurer Prophezeiung erwähnt? *Du Triumvir seront trouvez les os...*«

»Ja, natürlich«, antwortete Michel. »Wisst Ihr etwas über römische Ruinen in dieser Gegend?«

»Nein, aber wir haben ja schon einmal über das Thema gesprochen, und seither bin ich der Sache nachgegangen. Mittlerweile glaube ich, dass gar kein römischer Triumvir gemeint ist...«

»Sondern?«

»...sondern eine Dreifaltigkeit, wie die Heilige Dreifaltigkeit oder heidnische Gottheiten wie Hekate etwa.«

Es war wieder eine jener Situationen, in denen Michel nicht wusste, was er antworten sollte. Die Sätze, die ihm Parpalus einflüsterte, während der Ring glitzernd rotierte, waren stets abgerissen und wirr. Und die dadurch hervorgerufenen Visionen waren oft, abgesehen von wenigen Details, nicht weniger rätselhaft. Vielleicht wären die Bilder durch die Einnahme des Habichts- und Bilsenkrauts wieder so klar wie früher geworden. Doch dieses Gebräu nahm er nun schon seit Jahren nicht mehr zu sich. Noch nicht einmal Jumelles Verschwinden hatte ihn dazu veranlassen können, gegen diesen Vorsatz zu verstoßen. Zu genau wusste er, dass sich die Substanz im Blut anreichern und so zu Wahnsinn und frühem Tod führen konnte.

Er dachte ein wenig nach und sagte dann:

»Gesetzt den Fall, Ihr habt Recht, und mit Triumvir ist tatsächlich ein dreifaltiges Geschöpf gemeint... wisst Ihr vielleicht von einem Grab bei Volpiano, das ihm geweiht sein könnte?«

»Direkt in Volpiano nicht. Aber einen halben Tagesritt von hier entfernt, in östlicher Richtung, im Susatal liegt der so genannte Borgonewald. Dort gibt es einen behauenen Stein, der ein auf einem Altar stehendes Wesen mit menschlichen Gesichtszügen darstellt. Mit ausgebreiteten Armen hält er seinen Mantel auf. Unter den Leuten heißt es, dieser Stein bezeichne des Grab Mohammeds.«

»Mohammed war aber kein dreifaltiges Geschöpf.«

»Nein, aber auf den Volksglauben sollte man auch nicht allzu viel geben. Die Figur auf dem Stein ist mit großer Sicherheit die des Jupiter Dolichenus, den die römischen Soldaten verehrten. Nun wisst Ihr ja, dass Jupiter Teil einer Trinität war, zu der noch Mars und Quirinius gehörten. Und daneben noch einer anderen Dreifaltigkeit, zusammen mit Juno und Minerva.«

Von diesem Gespräch gelangweilt hatte Richelieu wie ein Scheunendrescher sein Fleisch verschlungen. Tripoly stocherte hingegen eher lustlos in seinem Essen herum, wobei er den anderen immer wieder angewidert beobachtete. Plötzlich trafen sich ihre Blicke. Der Richelieus nahm sogleich einen kampfeslustigen Ausdruck an. Tripoly aber wich ihm nicht aus, sondern starrte den Hauptmann eine Weile hasserfüllt an. Dann wandten sie sich wieder ihrem Essen zu, aber beide stießen und schnitten nun mit den Messern so rabiat ins Fleisch, als seien es Schwerter.

Michel war von Simeonis Erzählung dermaßen in Bann gezogen, dass er von dem Scharmützel nichts mitbekam. Er sah seinen Gesprächspartner an und fragte:

»Gibt es denn wirklich ein Grab bei diesem Stein?«

»Oh ja. Es liegt tief unter der Erde. Beim Eingang unter einer mit Misteln überwachsenen Eiche ist die Inschrift D. M. für ›Dis Manibus‹ zu sehen. Dann folgt ein langer Gang. Als ich mich dort hineingezwängt habe, war es seltsamerweise gar nicht dunkel darin. Eine Lampe leuchtete, von jemandem, der sich in einer Nische verborgen hatte.«

Aufgeregt hörte Michel, was Simeoni erzählte, konnte er sich doch ganz genau an die Szene erinnern. Nervös fragte er nun:

»Und habt Ihr das Ende des Ganges erreicht?«

»Ja, aber irgendwann kam ich nicht mehr weiter. Der Korridor mündete in einen Schacht. Und zum Hinuntersteigen war ich nicht ausgerüstet.«

Ein mächtiger Schlag auf den Tisch unterbrach das Gespräch.

Hauptmann Richelieu war zornentbrannt aufgesprungen und warf den Teller zu Boden.

»Herr Wirt«, rief er, »das Fleisch hat zu lange gegart. Es riecht so verbrannt wie das eines Hugenotten auf dem Scheiterhaufen!« Während er sprach, blickte er Tripoly herausfordernd an. Der reagierte nicht.

Besorgt versuchte Michel sich von der Bank zu erheben, doch seine Beine schmerzten wieder, und so ließ er sich kraftlos zurückfallen, streckte nur die Arme zu Richelieu aus und sagte:

»Beruhigt Euch doch, Hauptmann. Wozu die Aufregung? Gerade habe ich erfahren, dass wir unserem Ziel ganz nahe sind.«

»Ihr werdet Eure Reise ohne mich fortsetzen«, antwortete der Offizier, den Blick weiterhin Tripoly zugewandt. »Wenn an diesem Tisch, wie ich glaube, ein Judas sitzt, werde ich ihn in Frankreich erwarten. Dort werden wir unsere Rechnung begleichen.«

Tripoly hielt den Blick gesenkt und schwieg. Unterdessen war der Wirt herbeigeeilt.

»Aber Monsieur, was ist in Euch gefahren?«, jammerte er, sich die Haare raufend, »an meinem Fleisch ist doch nichts auszusetzen.«

Als Antwort packte Richelieu mit der Linken den Wirt am Bart und versetzte ihm mit der anderen eine schallende Ohrfeige.

»Und jetzt scher dich weg, Spitzbube«, schrie er ihn an. »Meinst du, ich habe nicht gemerkt, dass du Jude bist? Wart's nur ab, im Moment haben wir die Ketzer auszurotten, aber ihr kommt auch noch an die Reihe!«

Einige Gäste waren aufgesprungen. Ein Soldat hatte sogar den Degen gezogen und kam mit bedrohlicher Miene auf ihren Tisch zu. Richelieu funkelte ihn böse an:

»Freundchen, kümmere dich um deine eigenen Angelegenheiten«, rief er und wandte dann den Blick den anderen Gästen zu. »Und das gilt für euch alle. Falls ihr es nicht wisst: Man nennt mich den ›Mönch‹, Hauptmann der Arkebusiere Seiner Majestät. Ich wette, ihr habt schon von mir gehört.«

Er schien Recht zu haben, denn ein verschrecktes Raunen ging durch die Wirtsstube, und der Soldat steckte den Degen in die Scheide und schlich kleinlaut zu seinem Platz zurück.

Richelieu blickte noch einmal drohend über die Gäste hinweg, ließ dann den Bart des Wirtes los und stürmte aus der Stube.

Michel war sehr erleichtert. Nicht nur Richelieus Auftritt hatte ihn verstört, sondern vor allem auch die Erwähnung der Juden, die ihm den Albtraum seiner Jugendzeit in Erinnerung gebracht hatte. Er riss Simeoni, der sich gerade wieder nachschenkte, die Karaffe aus der Hand und füllte sein Glas.

»Es ist beschämend, dass die katholische Sache von solchen Männern verteidigt wird«, murmelte er. Aus den Augenwinkeln beobachtete er voller Mitleid den Wirt, der sich daran gemacht hatte, die Scherben der zerbrochenen Schüssel aufzulesen.

»Eine korrupte, gewalttätige Kirche muss sich ja zwangsläufig auf korrupte, gewalttätige Diener stützen«, bemerkte Tripoly, dessen Mut plötzlich zurückkehrte. »Sollte mir dieser Kerl in Frankreich noch einmal über den Weg laufen, schneide ich ihm zuerst die Ohren ab und dann den ganzen Kopf. Aber zuvor werde ich mich um seine Männlichkeit kümmern, damit er lernt, die Frauen zu respektieren, die ihr Leben dem wahren Glauben geweiht haben.«

»Eure Kühnheit ist bewundernswert«, erwiderte Michel voller Ironie, die der andere aber nicht heraushörte.

Wortkarg beendeten sie ihr Mahl und ließen sich dann drei Zimmer für die Nacht geben. Bevor er sich in das seine zurückzog, nahm Simeoni Michel auf der Treppe zum oberen Stockwerk zur Seite und sagte:

»Wisst Ihr eigentlich, dass Guilia als angebliche Hugenottin verhaftet wurde?«

Michel schrak zusammen.

»Nein, das habe ich nicht gewusst. Ich muss gestehen, dass die Sorge um Jumelle all meine Gedanken einnimmt. Verzeiht, ich hatte Euch gar nicht nach Guilia gefragt.«

»Ihr müsst Euch nicht entschuldigen. Vielleicht ist sie ja bereits wieder auf freiem Fuß. Ein Jesuitenpater hatte versprochen, sich für sie einzusetzen.«

»Nun, das ist ja fast schon eine Garantie. Die Jesuiten werden in letzter Zeit immer mächtiger.« Michel fühlte sich unsicher auf den Beinen und hatte ein unbändiges Verlangen, sich niederzulegen. »Nun geht schlafen und verzagt nicht. Morgen werdet Ihr mir die ganze Geschichte ausführlich erzählen.«

Da ergriff Simeoni seinen linken Arm und fragte ganz unvermittelt:

»Wenn Euch ein Freund verraten würde, um seine Frau zu retten, könntet Ihr ihm jemals verzeihen?«

»Ich denke, ja«, antwortete Michel ohne zu zögern. »Die Liebe steht über allen anderen Gefühlen. Aber Ihr habt mich ja nicht verraten, Gabriele. Also, geht in Euer Zimmer und schlaft den Schlaf der Gerechten. Sobald ich meine Jumelle wiederhabe, werde ich Euch helfen, Giulia zu finden.«

Michel verbrachte eine unruhige Nacht in der kleinen, nicht eben sauberen Kammer, die man ihm zugewiesen hatte. Mit jedem Tag fehlte ihm seine stolze, schöne Jumelle mehr. Darüber hinaus gingen ihm die letzten beiden Verse des Vierzeilers zu dem geheimnisvollen Grab nicht aus dem Sinn:

*Loy, Roy & Price Vlpian esprouvee*
*pavillon Royne & Duc sous la couverte.*

Was mochte das bedeuten? Er hatte wirklich keine Ahnung. Doch jedes Mal, wenn er wieder darüber nachdachte, nahm das gleichzeitig unschuldige und bösartige Gesicht Ulrichs von Mainz in seiner Vorstellung Gestalt an, begleitet von der Erinnerung an den entsetzlichen Ritus der Feuertaufe.

Mehrere Male träumte er in jener Nacht von seinem alten Lehrmeister. Schließlich beschloss er, wach zu bleiben, um sich von diesem Albdruck zu befreien. Was er nicht wusste: Am nächsten Tag sollte der Albtraum Wirklichkeit werden.

# *Abraxas. Das Netz*

*Parpalus' runzliges Gesicht in der Weite des Kosmos schien die Sterne anzuziehen. Strahlenförmig ordneten sie sich darum herum an und erfüllten die Dunkelheit mit feinen Lichtfäden. Es sah so aus, als versuchten sie, sich zu berühren, und bald schon wurde offenbar, dass an den Himmel ein perfekt achteckiges Spinnennetz von übermenschlichen Ausmaßen gezeichnet wurde. Die sechzehn Hufe stampften weiterhin wild durch Nostradamus' Geist, aber es verband sich kein einziges Bild mehr mit ihnen. Vier dunkle Flecken, unförmige Knäuel der Angst, mühten sich aber, sich in seiner Vorstellung breit zu machen und sie zu beherrschen.*

*Ulrich, der jetzt riesengroß wirkte, zeigte aufs Firmament.*

*»Seht nur, welch ein Schauspiel! Könnte es einen würdigeren Rahmen für die Rückkehr der vier Reiter geben?«*

*Ihm antwortete der junge Priester, in strengem, unerwartet selbstbewusstem Ton:*

*»Dir kommt es nicht zu, über den Zeitpunkt der Apokalypse zu entscheiden. Du hältst dich für gottähnlich und versuchst, seine Macht an dich zu reißen. Doch dieses Bestreben wird dir zum Verhängnis werden.«*

*Ulrich blickte ihn mitleidig an.*

*»Ach, mein armer Freund, du weißt noch nicht einmal, warum du hier bist, und erdreistest dich, mich zu verurteilen. Du bist nicht mehr wert als die Insekten zu deinen Füßen.«*

*Der junge Mann senkte den Blick und stieß einen Schrei aus. Der Sand war übersät mit winzigen Klümpchen, als habe es geregnet, nur dass aus diesen Klümpchen überall Scheren, Beinchen und Flügel hervortraten, die sich mühsam aus dem Sand kämpften. Und dies geschah, so weit das Auge reichte, auf der gesamten Oberfläche dieser Welt. Ein unaufhörliches Gewim-*

*mel, das die Vegetation niederdrückte und sich in die Flanken der Dünen und Hügel fraß, bis sie zusammenstürzten. Kindergesichter mit aufgerissenen Augen erschienen hier und dort, verschwanden aber sofort wieder unter Bergen brauner, krabbelnder Körper. Nostradamus riss sich von dem Anblick los.*

*»Du kannst allen etwas vormachen, mir aber nicht, Ulrich. Diese Welt hat keine eigene Existenz: Sie ist das Werk einer Magie. Wir sind schon dabei, die Kette der Liebe zu bilden. Deine Halluzinationen werden sich im Nichts auflösen.«*

*Die Frau, die wie betäubt wirkte, trat jetzt auf den Propheten zu. Insektenflügel und -panzer knirschten unter ihren Füßen.*

*»Sagt uns, was wir tun sollen, Michel«, flehte sie. »Ich will alles tun, was Ihr verlangt.«*

*»So nehmt meine Hand und ergreift auch die Eures Nachbarn.«*

*Die Frau gehorchte und versuchte, die Finger des Mannes in dem schwarzen Umhang zu berühren. Dieser jedoch zog sie angewidert zurück.*

*»Ich habe Euch erkannt. Ich habe Euch geliebt, Caterina, und würde Euch wieder lieben. Doch berührt nicht diesen Hexenmeister. Er ist ebenso ein Diener des Teufels wie der Meister, dem er abgeschworen hat. Hier gibt es keinen Gott, und wo kein Gott ist, ist auch keine Liebe.«*

*»Dein Gott war kein Gott der Liebe, Molinas«, fiel ihm der junge Priester ins Wort. »Aber sonst hast du Recht. Wir sind hier auch nicht im Achten Himmel, wie sie uns glauben machen wollen. Wir sind in der Hölle. Ich werde keine Kette bilden, denn ich würde mich an den Satan ketten. Nostradamus, ich durchschaue dich. Das ist ein Hinterhalt. Ihr und Euer Meister steckt die ganze Zeit schon unter einer Decke. Wir sollen Euch vertrauen, aber das wäre unser Untergang. Wir wären verdammt, und auch dieses Jenseits würde ganz Euch gehören.«*

*»Wir sind bereits verdammt«, rief die Frau. Sie kam ganz nahe an Nostradamus heran und hielt sich an seinem Arm fest. »Dieser Mann hier ist unsere einzige Hoffnung. Kommt zu uns, Molinas, im Namen der Liebe, die Ihr einst für mich empfunden*

*habt. Und auch Ihr, Pater Michaelis! Ihr haltet Euch für einen Heiligen, doch Ihr habt Euren Glauben verraten, in dem Ihr zu den Waffen der Hinterlist, des Wahnsinns und des Verbrechens gegriffen habt. Nun könnt Ihr etwas gutmachen, indem Ihr Euren Glauben von dem Blut reinigt, mit dem Ihr ihn besudelt habt.«*

*Die beiden Angesprochenen schüttelten den Kopf, und anstatt näher zu treten, wichen sie einige Schritte zurück. Der Insektenteppich wellte sich unter ihren Füßen.*

*Ulrich ließ ein silberhelles Lachen erklingen.*

*»Weißt du, Michel, du hast mich nicht nur verraten, indem du mir den Gehorsam verweigert hast. Dein eigentlicher Verrat war es, nur ein halber Magier zu werden. Um ein wahrer Magus zu sein, reicht es nicht aus, über die Grenzen der Zeit hinauszublicken. Man muss reale Macht erringen und sich daran gewöhnen, sie auch auszuüben. Du hast diese Fähigkeit niemals erlangt.«*

*»Das ist nicht wahr«, antwortete Nostradamus. »Und den Beweis dafür wirst du gleich erleben.« Er legte den Arm um Caterinas Taille und blickte die Gefährten an. »Nun werde ich euch zeigen, in welcher Gefahr die materielle Welt schwebt, wenn ihr es nicht versteht, der Magie des Hasses jene der Liebe entgegenzusetzen. Ich werde euch den zweiten der vier apokalyptischen Reiter zeigen, der im Jahre 1999 dem König des Schreckens den Weg ebnen wird. Und ich werde es ohne die Hilfe von Parpalus tun.«*

*Ulrich schien überrascht.*

*»Ohne Parpalus? Das kannst du nicht.«*

*»O doch. Denn ich bin ein Magus.« Nostradamus schloss die Augen und hob die linke Hand, während er die Frau weiterhin mit dem rechten Arm umfasst hielt. Die Worte, die er ohne den Mund zu öffnen sprach, stießen mit der Gewalt eines Orkans gegen das Gewölbe des Firmaments. »BOR PHOR PHORBA PHOR PHORBA BES CHARIN BAUBO TE PHOR BORPHORBA …«*

*Die Wirkung war erschütternd. Parpalus' faltiges, pausbäckiges Gesicht zog sich zusammen, und acht behaarte Beine traten her-*

*vor, die sich immer weiter ausbreiteten und bald das gesamte Spinnennetz überzogen. Sie sahen aus wie Risse am Himmelsgewölbe und waren es vielleicht auch, denn darunter erkannte man, wie es tatsächlich beschaffen war: Es bestand aus durchsichtigen, sich überschneidenden Blasen, und in jeder einzelnen steckte die schauerliche Gestalt eines Archonten, der wie eine gerade erschaffene, noch blutbedeckte nackte Frau aussah. Das Blut lief von Blase zu Blase und rann schließlich in den Sand, der diese Schreckenserde bedeckte. Mittlerweile waren auch die missgestalteten Kinder wieder aus den Bergen von Sand und Insekten aufgetaucht.*

*Zum ersten Mal schien Ulrich beunruhigt. Er hob die Arme und rief etwas, was eine Gegenformel sein mochte.*

*»GOD FATHER O DIO HER DOYODOD O YO DAUGHTER OISTH DOZH O THOU GOD DO ISSTHER DOIASER DOIER LOSER DOYIN AS HER DOES ASTHER!«*

*Es gelang ihm nicht einmal, die Formel zu Ende zu sprechen. Schwärme von Insekten flogen auf, während andere aufgeschreckt über den Boden krabbelten. Erstere glichen metallenen Flugobjekten, die sich wütend auf ein Ziel niedersenkten und sofort wieder in die Lüfte erhoben. Letztere gemahnten an gepanzerte Kutschen, die sich durch das Erdreich wühlten und Feuerstöße von sich gaben. Die einen wie die anderen waren über und über mit dem Blut bedeckt, das vom Himmel herabregnete.*

*Es dauerte nur einige Augenblicke, dann wurden die Insekten wieder zu Insekten, und die Schreckensvision war vorüber und machte dem normalen Albtraum Platz. Nostradamus war schweißgebadet und wirkte sehr erschöpft.*

*»Nun habt ihr das Antlitz des zweiten Reiters gesehen: den Krieg. So wird das Jahr 1999 beginnen, und so wird es auch zu Ende gehen, wenn ihr euch weigert, die Kette zu bilden.«*

*»War dies der König des Schreckens?«, fragte Caterina mit leiser Stimme.*

*»Nein, nur sein Abgesandter.« Nostradamus wandte sich an die beiden Männer, die sich etwas abseits hielten. »Kommt, Freunde«, forderte er sie auf.*

*»Nein«, antworteten die beiden im Chor. »Lass uns endlich sterben!«*

*Ulrich, den das Schauspiel offensichtlich nicht wenig beeindruckt hatte – er sah fast aus, als schrumpfe er ein wenig –, fand nun zu seinem alten Selbstvertrauen zurück und tönte:*

*»Wie du siehst, ist dein Versuch kläglich gescheitert, Michel. Gib dich endlich geschlagen.«*

*»O nein«, antwortete der Prophet. »Nun weiß ich, was der König des Schreckens ist und was du vorhast, um den Lauf der Zeit umzukehren.«*

*Ulrich ließ ein höhnisches Lachen vernehmen.*

*»Auch wenn du es weißt, es wird dir nichts nützen. Gib auf, du bist besiegt.«*

*»Nein, du bist besiegt. Denn ich werde nun die andere Trinität anrufen. Die wahre Trinität!«*

*Ein ohrenbetäubender Schrei zerriss Abraxas. Parpalus zog seine behaarten Beine zurück und kauerte sich zusammen, während sein Lichtnetz in Stücke riss. Aber es war nicht der Dämon, der geschrien hatte, sondern Ulrich, den endlich ein unermessliches Entsetzen überkam.*

# Den Manen geweiht

Pater Michaelis fühlte sich arg belästigt durch die Zweige, die sich hier, mitten im Borgonewald im Susatal, immer wieder in seiner Kutte verfingen. Zum Glück trug er Stiefel und keine Sandalen, andernfalls wären seine Füße bereits wund gewesen.

»Ist es noch weit bis zu dem Stein?«, fragte er. »Ich muss noch heute Abend zu meiner Verabredung mit dem Kardinal von Lothringen aufbrechen. Er hält sich noch in Cateau auf, und bis dorthin sind es, wenn nichts dazwischen kommt, gute fünf Tagesritte.«

»Wir müssten gleich da sein«, beruhigte ihn Simeoni. »Denkt daran, ich war erst ein paar Mal hier, und das letzte Mal liegt schon sechs Monate zurück.« Wieder einmal blickte er sich suchend um und hielt dann auf eine blühende Rhododendronhecke zu, die hinter einer Reihe mächtiger Kiefern wuchs. »Mir tut es nur Leid, dass auch dieses Abkommen, das ihr gerade unterzeichnet habt, das Opfer zahlreicher Soldaten, die wie ich alles für die Sache gegeben haben, vollkommen wertlos geworden ist. Nicht nur die Lombardei und Piemont habt ihr Phillip II. abgetreten, sondern ihm praktisch die Herrschaft über ganz Italien überlassen.«

Pater Michaelis war absolut nicht danach, sich über Politik zu unterhalten. Dennoch sagte er:

»Ich versichere Euch, der Kardinal von Lothringen hat in Cateau-Cambrésis gewiss nicht eigenmächtig gehandelt, sondern nur die Anweisungen Heinrichs II. befolgt.«

»Das macht die Sache nur noch schlimmer. Eine Kapitulation unterzeichnet man nach einer Niederlage, aber doch nicht nach einer ganzen Reihe militärischer Siege. Die Einnahme Volpianos war sinnlos. Nun müssen die Italiener, die Frankreich gedient haben, das Weite suchen, um nicht Opfer spanischer Vergeltungsmaßnahmen zu werden. Den Spaniern eilt der Ruf voraus, besonders grausam zu sein.«

Pater Michaelis lag es auf der Zunge, »Euer Problem« zu antworten, doch er hielt sich noch rechtzeitig zurück und antwortete nur:

»Frankreich sind durch den Bürgerkrieg die Hände gebunden. Da kann man es sich nicht erlauben, siebentausend Soldaten in fremden Ländern stehen zu haben. Und außerdem war der einzige wirkliche Sieg der Franzosen jener bei Calais im letzten Jahr. In Italien hat die Belagerung von Civitella durch den Herzog von Guise zu keinem Ergebnis geführt. Nein, Heinrich II. hat schon vernünftig gehandelt.«

Sicher hätte Simeoni noch etwas darauf geantwortet, aber sie hatten jetzt eine kleine Senke erreicht. Auf einem Felsvorsprung, kaum sichtbar in der dichten Vegetation um eine mit Misteln überwachsene Eiche herum, war eine Ädikula, die einen Mann mit ausgebreiteten Armen auf einem Altar darstellte.

»Jupiter Dolichenus, ein Wesen in drei Personen«, erklärte der Florentiner. »Hier ist das Grab.«

»Wo denn? Ich kann nichts erkennen.«

»Nur Geduld.«

Simeoni bahnte sich einen Weg zwischen den Felsblöcken, die hier und dort am Boden lagen. Bei einem von diesem stak ein dicker Ast in die Höhe. Man brauchte ihn nur niederzudrücken, und der Felsblock verschob sich und gab eine Einbuchtung frei. Einige Insekten flatterten auf. Eine dünne weiße Schlange huschte, verstört durch das plötzliche Licht, auf der Suche nach einem neuen Unterschlupf eilig davon.

»Da sind Stufen«, sagte Simeoni, der sah, dass sein Begleiter zögerte. »Man kommt bequem hinunter.«

»Ja, aber was ist mit Licht?«

»Keine Sorge, Licht ist da.«

Tatsächlich führten vom Rand des Loches einige holprige, doch recht breite Steinstufen hinunter. Nachdem er zwei davon genommen hatte, machte Pater Michaelis zwei überraschende Entdeckungen. Zum einen verbreiterte sich der Eingang immer mehr, um schließlich in eine richtige Höhle zu münden. Zum anderen waren die Wände mit winzigen Kristallen besetzt, die aus eigener Kraft zu funkeln schienen.

»Woher kommt bloß dieses Licht?«, fragte er, während sein Herz zu rasen begann. »Ganz unten in der Höhle muss jemand sein.«

Simeoni, der raschen Schritts voraus ging, schüttelte den Kopf.

»Dieses jahrhundertelang versiegelte Grab hat wer weiß wie viele Tote aufgenommen. Es ist voll von den Ausdünstungen der Leichen, die im Schutze der Wände, in mit Kristallen besetzten Nischen langsam verwesen. Wenn Ihr schon einmal mit Leichen zu tun hattet, wisst Ihr ja, welche Substanzen ihren Leibern entströmen.« Obwohl der Gestank, der die Höhle erfüllte, Simeoni Recht zu geben schien, schüttelte Pater Michaelis den Kopf.

»Das kann nicht sein.« Er deutete auf eine Platte am Fuße der Treppe, die die Inschrift D. M. für »Dis Manibus« trug. »Das ist ein römisches Grab. Die Ausdünstungen der Leichen müssten sich schon vor Jahrhunderten verloren haben.«

»Nun, hier finden sich auch viele Leichen weit jüngeren Datums. So wie jene, die Ihr sucht.«

Sie gingen ein Stück weiter und blieben am Rande eines tiefen Schachts stehen.

»So. Dort unten liegt Ulrich, auf der Grabplatte irgendeines römischen Feldherrn. Jetzt, sechs Monate nach seinem Tod, müsste sein Leichnam schon von den Würmern fast zerfressen sein.«

Michaelis beugte sich über den Schacht.

»Dort unten sind keine Irrlichter. Es ist stockdunkel.«

»Ja, wenn wir hinuntersteigen wollen, brauchen wir eine Fackel. Aber der Abstieg selbst ist nicht schwierig. Man findet leicht Vorsprünge und Vertiefungen im Fels.«

Der Jesuit schüttelte den Kopf.

»Ich steige da nicht hinunter. Aber ich möchte, dass Ihr mir von der Begegnung Ulrichs mit Nostradamus erzählt.«

»Aber das habe ich doch bereits.«

»Gewiss, doch jetzt möchte ich alle Einzelheiten erfahren. Kommt, verlassen wir diesen ungastlichen Ort.«

Als sie wieder im Freien waren, füllte sich Pater Michaelis zunächst die Lungen mit der herrlich frischen Waldluft, in der alle Düfte des Frühlings lagen. Dann blickte er auf den Felsblock, der die Höhle verschloss, und den Ast, der als Hebel diente.

»Ich möchte dieses Grab für immer verschließen«, erklärte er. »Helft mir, die Wände der Höhle einstürzen zu lassen, bevor wir den Block an seinen Platz rücken. Das sollte nicht schwer sein.«

Tatsächlich war es jedoch sehr anstrengend, aber es gelang, indem sie mächtige trockene Äste als Werkzeuge benutzten. Die beiden Männer waren schon schweißgebadet, als sie eine Wand so gelockert und hinabgestoßen hatten, dass sie nun die ersten Stufen der Steintreppe bedeckte. Hier und da taten sich Risse im Erdreich auf, und Simeoni wich erschrocken zurück, da er Angst hatte, unter seinen Füßen könnte sich ein Abgrund auftun.

»So, und nun der Felsblock«, sagte Michaelis, als sich die lockere Erde gesetzt hatte.

Zu zweit wuchteten sie, mit einem Ast als Hebel, den mächtigen Stein auf seinen Platz zurück. »So, das wäre geschafft«, keuchte Simeoni, während er sich mit dem Handrücken über die schweißnasse Stirn wischte. »Aber war das wirklich nötig?«

»O ja. Von der Kirche der Erleuchteten soll nicht einmal die Erinnerung übrig bleiben. Das Grab ihres Gründers zuzuschütten war nur der erste Schritt. Die Vegetation wird mit der Zeit jede Spur auslöschen. Und nun kommt! Gehen wir zurück zu den Pferden. Unterwegs erzählt Ihr mir dann von dem Treffen zwischen Ulrich und Nostradamus.«

Sie tauchten ins dichte Unterholz ein. Als Simeoni ein wenig zu Atem gekommen war, begann er:

»Im Grunde wisst Ihr ja schon alles. Vor sechs Monaten waren Nostradamus, sein hugenottischer Gefährte Tripoly und ich schon einmal hier. Im Grabeingang lag eine entsetzlich verunstaltete Leiche. Er sah aus, als habe eine Flamme Augen und Gesicht verbrannt.«

»Vielleicht hatte der Tote versucht, das Grab mit einer Fackel zu betreten«, warf Michaelis ein, »und hat so die Gase, die sich dort angereichert hatten, zur Explosion gebracht.« Simeoni nickte.

»Das haben wir auch zuerst gedacht. Nostradamus glaubte in dem Toten einen früheren Freund zu erkennen, einen Augustinermönch aus Saint-Rémy namens Marc Richard. In der Tat trug der Mann eine Kutte.«

Michaelis legte die Stirn in Falten.

»Marc Richard wurde wiederholt von der Inquisition in Toulouse wegen seiner hugenottischen Neigungen verhört.«

»Das kann gut sein, denn Nostradamus zufolge war er auf der Suche nach einem Schatz, den er den französischen Hugenotten zur Verfügung stellen wollte. Und tatsächlich fand sich ein Schatz in der Höhle.«

»Nicht so rasch«, wies ihn Michaelis zurecht. »Ihr seid also selbst in die Höhle hinabgestiegen. Und dann?«

»Wir sind weiter bis zu dem Schacht vorgedrungen, den Ihr auch gesehen habt. Er war nicht so dunkel wie heute, ganz im Gegenteil, aus seinem Innern drang ein heller Lichtschein. Deshalb entschlossen wir uns auch, den Abstieg zu wagen. Nostradamus' Beine schmerzten, und wir mussten ihm helfen. Einige Male drohte er zu stürzen. Aber schließlich schaffte er es. Sein Verlangen, seine Gattin und Pentadius zu finden, war dermaßen stark, dass …«

Michaelis blieb abrupt stehen. Sein Erstaunen war so groß, dass er sich an einen Baumstamm lehnen musste. Er schluckte ein paar Mal und streckte dann den Zeigefinger anklagend gegen Simeoni aus.

»Das hattet Ihr mir verschwiegen«, sagte er zornig. »Ich glaubte, Nostradamus sei nach Italien gereist, um Ulrich zu treffen. Was ist das für eine Geschichte mit seiner Frau?«

»Nun ja, ich hielt es für nicht so wichtig«, murmelte Simeoni verlegen. »Jedenfalls ist Nostradamus eigentlich nach Piemont gereist, weil seine Gattin verschwunden war. Er war der festen Überzeugung, Pentadius, der Helfershelfer von Ulrich, habe sie hierher entführt.«

Michaelis Miene entspannte sich ein wenig.

»Aber sie war nicht da?«

»Nein, dafür aber Pentadius. Er schien aus allen Wolken zu fallen, als wir ihm vorgeworfen haben, die Frau entführt zu haben. Auch wenn er ein unheimlicher Geselle ist, in jenem Augenblick wirkte er ehrlich.«

»Wisst Ihr, ob Nostradamus seine Frau dann gefunden hat?«

»Nein, ich habe nicht die leiseste Ahnung. Nach der Unterredung mit Ulrich ist er Hals über Kopf, in Begleitung von Tripoly, in die Provence zurückgereist. Seitdem habe ich nichts mehr von ihm gehört.«

Michaelis seufzte und setzte sich dann, seine Kutte bis zu den Knien gerafft haltend, wieder in Marsch.

»Erzählt mir von der Begegnung zwischen Ulrich und Nostradamus.«

»Nun, da gibt es nicht viel zu erzählen, denn sie war sehr kurz. Und das Wichtigste habe ich Euch schon gesagt. Ulrich wartete, bis Notredame und Pentadius zu streiten aufgehört hatten. Dann richtete er sich, mit den Unterarmen nachhelfend, von der Marmorplatte auf, auf der er lag. Man sah, dass es eine übermenschliche Anstrengung für den Sterbenden bedeutete. Dennoch blickte er Michel und mich mit einem liebevollen Lächeln an und nannte uns ›seine Söhne‹, so als gehörten wir noch zur Kirche der Erleuchteten.«

»Erzählte er euch, warum er sich diesen Platz zum Sterben ausgesucht hatte?«

»Zunächst nicht. Aber später hat er es uns erklärt.«

»Gut, dann berichtet mir auch später davon. Erzählt mir chronologisch, was sich damals zugetragen hat.«

»Wie Ihr wollt.« Der Pinienwald war mittlerweile in einen ebenso dichten Kastanienwald übergegangen. Ein Wiehern in der Ferne half Simeoni, sich zu orientieren. Die Stiefel auf ein paar flache Steine aufsetzend, überquerte er einen Bach und wartete, bis auch Michaelis hinübergelangt war. Dann sagte er: »Ulrich sagte, er sterbe an einer der zahlreichen, durch die Kriege hervorgerufenen Seuchen. Seine *Ekklesia* werde nun auf unabsehbare Zeit ohne Oberhaupt sein. Noch einmal fragte er Nostradamus mit gramerfüllter Stimme, ob er wirklich darauf verzichten wolle, sein Nachfolger als geheimer Papst zu werden.«

»Nostradamus wird die Frage wohl bejaht haben.«

»Ganz recht. Er war auch gar nicht richtig bei der Sache. Man merkte, dass ihn die Sorge um seine Frau umtrieb. Dann aber hielt er Ulrich entgegen, die Liebe sei die Antriebskraft des Universums, während sich die *Ekklesia* auf ihren Gegenpol, den Hass, gründe. Der Greis zuckte nur mit den Achseln und sagte dann nach einer Weile, wenn mich meine Erinnerung nicht trügt: ›Nein, der Glaube der Erleuchteten gründet sich auf den Realitätssinn. Der Kosmos wird von blinden Kräften gelenkt, die nur mathematischen Gesetzmäßigkeiten gehorchen. Die Menschen aber geben sich der Illusion hin, alles auf ihr eigenes Maß zurückführen zu können. Christus war reiner Geist, Verkörperung der Einheit innerhalb der Dreifaltigkeit. Aber was haben die Menschen aus ihm gemacht? Eine Art Vagabund, der es sich zur Aufgabe gemacht hat, ein paar Schäfchen zu retten. Aber die Schöpfung ist sehr viel komplizierter; sie wird von Gottheiten getragen, denen nichts an der materiellen Welt liegt. Denn nur das Abstrakte existiert wirklich.‹ Im Grunde hat Ulrich da noch einmal die theologischen Grundpfeiler seiner Kirche erläutert.«

Mittlerweile waren ihre Pferde in Sichtweite, die sie an einer Pappel angebunden hatten. Pater Michaelis blickte Simeoni mit tiefem Ernst an.

»Ihr wart selbst ein Mitglied jener Kirche. Habt Ihr damals wirklich an diesen Unsinn geglaubt?«

»Nun ja«, antwortete Simeoni leicht verlegen. »Die Kabbala und die gesamte natürliche Magie bauen auf ganz ähnlichen Grundlagen auf. Nostradamus, ich und noch einige andere haben sich von Ulrich gelöst, weil wir an den Unterschied zwischen Gut und Böse glauben. Ulrichs Denken jedoch speiste sich auf direktem Wege aus einem Zweig der griechischen, nicht der aristotelischen Philosophie. Ihr wisst ja selbst, wie sehr unser Jahrhundert die Griechen verehrt.«

»Da liegen sie also, die Wurzeln des Übels«, dachte Michaelis bei sich, während er die Zügel seines Pferdes vom Baumstamm löste. Die Jesuiten taten gut daran, sich der herrschenden Kultur entgegenzustellen.

»Zweierlei möchte ich noch von Euch wissen«, sagte er zu Simeoni. »Wie ich bereits von Euch erfahren habe, sprachen Ulrich und Nostradamus davon, dass sie sich nach ihrem Tod noch einmal begegnen würden. Was haben sie da genau gesagt?«

»Michel beharrte darauf, dass es das Gesetz der Liebe und Leidenschaft sei, das die Welt regiert. Ulrich erwiderte ihm: ›So ist es nicht, aber es könnte so werden. Im Achten Himmel herrscht ein labiles Gleichgewicht, das heißt, die dortigen Gesetze könnten sich den Wesen, die dort Eingang finden, anpassen. Du bist fähig, hineinzugelangen, doch dein Wille allein ist zu schwach, um die Regeln umzustoßen. Aber es gäbe einen Weg für dich: Beträtest du jene Sphäre in Begleitung deiner schlimmsten Feinde, nun aber durch eine Kette wahrer Liebe mit dir verbunden, könnte es dir gelingen, deinem Gesetz Geltung zu verschaffen. Andernfalls wird weiterhin mein Gesetz herrschen, und auch die materielle Welt wird sich dem anpassen. Das, was in den äußeren Sphären Abstraktion und höchstes Gleichgewicht ist, ist in der Welt der Materie Chaos und Rückschritt. Und das ist gut so. So wie es auch gut ist, dass der König des Schreckens in jenem Jahr, das Parpalus dir schon mitgeteilt hat, unter die Menschen kommt.‹ Ja, das waren seine Worte.«

Michaelis dachte eine Weile über das Gehörte nach. Er verstand es nicht in allen Punkten, mochte es sich aber auch nicht von Simeoni erklären lassen, da dieser glauben sollte, dass er diese Ketzerlehre in allen Einzelheiten begriffen habe. So sagte er nur:

»Ich komme zu meiner zweiten Frage. Warum hat sich Ulrich ausgerechnet dieses Grab zum Sterben ausgesucht?«

Simeoni band seinerseits sein Pferd los, stieg in den Sattel und antwortete:

»Ulrich hat uns Erleuchteten immer gesagt, es gebe Orte auf der Erde, die Anschluss an den Achten Himmel haben. Das habe mit der Aufteilung von Abraxas in 365 Sphären zu tun. Fragt mich nicht, was er damit genau gemeint hat. Ich weiß nur, dass sich unter der Erdoberfläche Abgründe auftun, durch die auch ein nicht Eingeweihter jenen Raum des Universums erreichen kann, der an Gott grenzt. Das Grab des Triumvir ist solch ein Ort. Der Schatz darin beweist es.«

»Welcher Schatz?«, fragte Pater Michaelis unwillkürlich. Hier hatte er seine brennende Neugier einmal nicht verbergen können.

»Ja, ein Ring in Form einer Schlange, die sich in den Schwanz beißt. Er muss von unschätzbarem Wert sein. Marc Richard suchte so verbissen danach, dass er darüber sein Leben verlor. Ich selbst habe jahrelang nach diesem Ring gesucht. An Ulrichs Finger haben wir ihn schließlich gefunden, nachdem er ohne Todeskampf gestorben war.«

»Und wer hat ihn nun? Pentadius oder Nostradamus?«

»Nostradamus. Pentadius ist während unseres Gesprächs mit dem Meister geflohen.«

Michaelis nickte und setzte sein Pferd in Trab. Die beiden Männer ließen den Borgonewald hinter sich und bogen auf einen breiten Pfad zwischen sanft gewellten Hügeln und blühenden Wiesen ein. Die Anmut der Landschaft und die frischen Düfte, die in der Luft lagen, stimmten heiter, wozu auch die warme, aber nicht heiße Sonne ihren Teil beitrug. Immer wieder jedoch erinnerten die makabren Überreste am Wegesrand daran, dass hier in der Gegend mit unerhörter Grausamkeit gekämpft worden war.

Da waren niedergebrannte Häuser, Tierskelette, halb verweste Leichen, die immer noch mit dem Strick um den Hals im Laubwerk der Buchenwälder hingen. Waren auch die Kaiserlichen für ihre Grausamkeit berüchtigt, so sah man hier vor allem die Spuren des Fanatismus des Herzogs von Guise. Civitella hatte ihm erbittert, letztlich auch erfolgreich Widerstand geleistet. Denn man wusste, was bei einer Niederlage geschehen würde, hatte doch der französische Heerführer im ersten von den Spaniern eroberten Ort alle Einwohner, vom Säugling bis zum Greis, niedermetzeln lassen. Die Guise, angefangen bei ihrem bekanntesten Vertreter, dem Kardinal von Lothringen, verstanden jede vom französischen König geschlagene Schlacht als Teil eines höheren Kampfes zwischen Gut und Böse, wobei das Böse selbstverständlich mit der hugenottischen Irrlehre in all ihren Variationen identifiziert wurde. Daraus folgte, dass systematische Grausamkeit eine Pflicht war.

In dieser Überzeugung fanden die Guise volle Unterstützung von Seiten Pauls IV., jenem halb wahnsinnigen und unablässig betrunkenen Papst, der fast täglich bluttriefende Aufrufe, die Reformierten auszulöschen, in die Welt hinaussandte. Obwohl von der Wassersucht gesundheitlich schwer mitgenommen, ließ er nicht davon ab, dem französischen König äußerste Grausamkeit als einziges Mittel, die Christenheit zu retten, zu empfehlen. Dabei ging er sogar so weit, den Kardinal von Lothringen zu rügen, weil dieser als Oberhaupt der französischen Inquisition, die er selbst gerne der vatikanischen angeschlossen hätte, zu nachsichtig verfahre. Jenseits der Alpen stieß seine Botschaft auf offene Ohren, und so wurden viele unschuldige Bauern, die das Pech hatten, zufällig an den Kriegsschauplätzen zu leben, die auserwählten Opfer seiner der Trunksucht geschuldeten Raserei.

Ungerührt von den schaurigen Zeugnissen des Krieges, die immer wieder in der üppigen Vegetation zum Vorschein kamen, ritt Pater Michaelis hinter Simeoni her. Er dachte an die Frage, die dieser ihm bereits gestellt und auf die er gegen Ende ihres gemeinsamen Ausflugs zu antworten versprochen hatte. Als Simeoni plötzlich langsamer wurde und ihn aufschließen ließ, wusste der Jesuit, dass der Moment gekommen war. Er seufzte und machte sich bereit.

»Pater«, sagte Simeoni, »Ihr habt mir versprochen, von Guilia zu berichten. Die Sorge um sie lässt mich nicht mehr zur Ruhe kommen. Wann werde ich sie endlich wieder sehen?«

»Warum so unruhig? Guilia ist nicht in Gefahr. Ihr wisst ja, dass ich sie aus dem Kerker holen und verstecken ließ, um sie vor weiterer Verfolgung zu schützen.«

»Ja, das weiß ich, und dafür werde ich Euch auch bis in alle Ewigkeit dankbar sein. Sie hält sich also noch verborgen?«

Pater Michaelis nickte.

»Ja, in Paris, wohl behütet bei einem Freund, der mit Leib und Seele die Sache der Gesellschaft Jesu unterstützt. Ihr werdet sie wieder sehen, sobald das französische Heer in Italien aufgelöst ist und Ihr ohne Gefahr in die Hauptstadt Frankreichs zurückkehren könnt. Eine Frage von wenigen Tagen also.«

Simeoni stieß eine Art Seufzer aus.

»Ich verstehe nur nicht, warum sie seit über einem Jahr auf keinen meiner Briefe mehr geantwortet hat. Dabei habe ich ihr zeitweise sogar täglich geschrieben.«

»Offenbar ist sie um Euer Wohl besorgt. Sie will Euch nicht kompromittieren.«

Pater Michaelis gelang es zu lügen, ohne die Stimme zu verändern. Er hatte Laurens Videl befohlen, jegliche Korrespondenz von oder an Guilia abzufangen und ihm zu übersenden, damit er sie lesen und dann verbrennen konnte. Diese nicht eben rühmliche Maßnahme war leider notwendig, um die Sicherheit der jungen Frau nicht unnötig zu gefährden. So lautete zumindest die Rechtfertigung, an die zu glauben sich Michaelis bemühte.

»Nun, wenn Ihr Recht habt, werde ich sie bald wieder sehen. Ach, das wird der schönste Tag meines Lebens sein«, gab sich Simeoni zufrieden. Er zügelte sein Pferd und ließ sich ein wenig zurückfallen, so als fürchte er, mit weiteren Fragen möglicherweise die Erfüllung seines Traumes zu gefährden.

Susa war bereits in Sichtweite, als sie plötzlich einen imposanten Zug erblickten, der die Stadt verließ. Es waren Fußsoldaten, Arkebusiere und Bogenschützen, die aber nicht sehr kriegerisch wirkten. So wie sie die Banner mit den Farben Savoyens und den Lilien Frankreichs begeistert hin und her schwangen, erweckten sie eher den Eindruck, als feierten sie etwas. Darüber hinaus waren unter den Soldaten auch Geistliche aller Orden. Eine Menschenmenge begleitete den Zug, die jemanden, der im Moment nicht zu sehen war, hochleben ließ.

Überrascht brachte Michaelis sein Pferd auf einer kleinen Anhöhe unweit des Zuges zum Stehen. Simeoni tat es ihm nach und stellte dabei eine Frage, die der andere aber nicht verstand. Angeführt wurde der Zug von französischen Arkebusieren, die in recht ungeordneten Reihen marschierten. Der Mann an ihrer Spitze, ein Reiter in einer eisernen Rüstung, der unter seinem Helm nicht zu erkennen war, ritt plötzlich auf die beiden Zuschauer zu, blickte sie kurz durch den Schlitz im Visier an und öffnete es schließlich ganz. Ein grobschlächtiges Gesicht mit brutalen Zügen und auffallend dichten Augenbrauen kam zum Vorschein.

»Vielleicht erinnert Ihr Euch nicht mehr an mich, aber wir haben uns vor sechs Monaten kennen gelernt«, sagte er, an Simeoni gewandt. »Ich bin François du Plessis de Richelieu, besser bekannt als ›der Mönch‹.«

»Oh doch, ich weiß noch«, antwortete Simeoni und bemühte sich, weder feindselig noch freundlich zu klingen. »Was gibt es denn hier zu feiern?«

Richelieu deutete auf die Soldaten hinter ihm.

»Was heißt feiern? Wir eskortieren den Herzog Philibert von Savoyen nach Paris. Seine Heirat mit Marguerite, der Schwester seiner Majestät Heinrichs II., ist Gegenstand des Friedensabkommens von Cateau-Cambrésis.«

»Und wozu die vielen Soldaten, Hauptmann?«, fragte Michaelis. »Der Weg von hier nach Paris dürfte eigentlich sicher sein.«

Richelieu reagierte mit einem brutalen Lächeln.

»Das schon. Aber Frankreich braucht jetzt viele scharfe Schwerter und Berge von Schießpulver. Es geht in den Krieg. Den Hugenotten hat das letzte Stündlein geschlagen.«

Der Offizier hob zum Gruß die Hand, klappte das Visier herunter und entfernte sich. Michaelis fiel auf, dass Simeoni blass geworden war. Was dieser sagte, war kaum zu verstehen, Michaelis glaubte aber, den Sinn zu erfassen:

»Ich muss so schnell wie möglich zu Guilia.« Der folgende Satz aber drang viel klarer an Michaelis' Ohr. »Ich brauche jetzt was zu trinken.«

Michaelis deutete ein Lächeln an.

»So kommt, folgt mir, in Susa gibt es Tavernen genug.«

# Gewalt

Wie habt Ihr das gemacht?«, rief Tripoly, während er in den Salon gestürmt kam. Offensichtlich hatte er die Haustür offen vorgefunden und war ohne viel Federlesens hereingekommen. Aber das war kein Wunder. Trotz Christines Bemühungen verkamen Michels Haus und Haushalt immer mehr, seit Jumelle fort war. Die Haustür stand manches Mal sogar die ganze Nacht offen. »Wie habt Ihr das nur gemacht?«, rief Tripoly noch einmal. »Ihr seid kein Mensch. Ihr seid ein Teufel!«

Michel sah von dem Heft auf, in das er gerade in einem der wenigen ruhigen Augenblicke, die ihm die Kinder ließen, etwas eintrug, und blickte den Freund fragend an.

»Wie habe ich was gemacht?«

»Na, so genau den Tod des Königs vorhergesehen!«

Michel verschlug es den Atem.

»Der König ist tot? Ich hörte nur, dass er bei einem Turnier verwundet wurde.«

»Ja, er ist tot! Er ist tot! Bald schon werden im ganzen Land die Trauerglocken läuten.«

»Der arme Mann. Das tut mir Leid«, murmelte Michel, ohne lange zu überlegen.

»Mir überhaupt nicht. Er war ein Gauner, ein Henker.« Tripoly hob die Fäuste, als wollte er den Geist des Monarchen zum Kampf auffordern. »Aber das zählt jetzt nicht. Was zählt, ist, dass Ihr das Ereignis bis ins kleinste Detail vorhergesehen habt.«

In besserer Stimmung hätte ihn das Lob stolz gemacht. So aber nickte Michel nur gleichgültig und murmelte vor sich hin.

»Ja, jetzt erinnere ich mich. Ich hätte eigentlich nur Gerste statt Weizen schreiben müssen…«

Tripoly riss die Augen auf. »Wovon redet Ihr da? Was hat das mit Getreide zu tun? Ich meine doch den 35. Quartain der ersten

Centurie Eurer *Prophezeiungen*. Der wird einmal in die Geschichte eingehen. Deshalb habe ich ihn auch auswendig gelernt:

> *Le Lyon jeune le vieux surmontera*
> *en champ bellique par singulier duelle:*
> *dans caige d'or le yeux lui crevera:*
> *deux classes une, puis mourir, mort cruelle.*

»Außerordentlich! Außerordentlich!«, schloss Tripoly und ließ sich in einen Sessel fallen, als habe ihm seine Begeisterung die letzten Kräfte geraubt.

Nun etwas konzentrierter, blickte Michel seinen Besucher fragend an.

»Verzeiht, aber wo seht Ihr hier überhaupt einen Hinweis auf Heinrich II.?«

»Wollt Ihr mich auf den Arm nehmen?«, versetzte Tripoly argwöhnisch, fügte aber gleich grinsend hinzu. »Ach so, Ihr wollt mich auf die Probe stellen. Gut, so hört: Die beiden Löwen, von denen einer den anderen besiegen wird, sind ganz offensichtlich König Heinrich und der Graf Gabriel de Montgomery, sein Gegner in dem Turnier am 29. Juni letzten Jahres. Dieser hat ja in der Tat mit seiner Lanze den König am Auge getroffen, indem er den goldenen Helm durchbohrte, den Ihr hier *caige*, also Käfig, nennt. Und nun ist Heinrich tot und schmort schon in der Hölle. Ihr mögt seinen Tod grausam nennen, für mich war er noch zu schnell… Aber wieso schüttelt Ihr den Kopf?«

Michel schien leicht amüsiert.

»Weil Eure Interpretation allzu gewagt ist. Zunächst einmal war Heinrich jünger als Montgomery, und daher kann Montgomery nicht der *Lyon jeune* sein. Zweitens weist die Angabe *champ bellique* auf ein Schlachtfeld hin, kann sich also nicht auf das Turnier in der Rue Saint-Antoine beziehen. Und zuletzt vergesst Ihr ganz die *deux classe une*, die zwei Flotten also, die zu einer werden. Wie erklärt Ihr Euch das?«

Michel hatte Tripoly viel, aber nicht alle Luft aus den Segeln genommen.

»Aber Michel, habt Ihr nicht selbst immer wieder betont, dass sogar Ihr nur allzu oft den Sinn Eurer Prophezeiungen nicht versteht. Nein, nein, Ihr könnt mir glauben, diesmal habt Ihr ins Schwarze getroffen, ob es Euch gefällt oder nicht.«

»Gewiss, damit habt Ihr nicht ganz Unrecht. Doch in diesem Fall steht mir der Sinn des Quartains klar vor Augen«, wehrte sich Michel ein wenig ungeduldig. Zu gut konnte er sich noch der Bilder entsinnen, in die er eingetaucht war, während Parpalus ihm die Verse zuflüsterte. »Hier geht es um den Kampf zweier Kaiser, und zwar der oströmischen Kaiser Alexios III. und Alexios IV., auch Angelos der Ältere und Angelos der Jüngere genannt, in Byzanz vor dreihundert Jahren. Der Jüngere hatte das bessere Ende für sich und ließ den Älteren im Kerker von Anemas am Goldenen Horn blenden. Unterdessen hatte sich die Flotte der Kreuzfahrer, die die Stadt belagerten, mit der venezianischen verbündet: *deux classe une*. Versteht Ihr nun?«

Tripoly war beeindruckt, hielt Michel aber noch entgegen:

»Wäre dem tatsächlich so, würde sich die Prophezeiung nicht auf die Zukunft, sondern auf die Vergangenheit beziehen.«

»Meine Prophezeiungen entstehen in einer Sphäre, in der die Zeit nicht existiert.« Michel spürte, wie wenig sein Freund mit diesen Worten anzufangen wusste, fühlte sich aber nicht in der Lage, seine Erklärung zu vertiefen. Tripoly schien auch nicht daran interessiert zu sein, sondern sagte:

»Ihr selbst habt kürzlich erst gesagt, Ihr hättet den Tod des Königs prophezeit.«

»Schon, aber nicht in diesem Vierzeiler, sondern in einem anderen. Hört zu und urteilt selbst.«

Auch Michel griff zu einem Buch, suchte die passende Stelle und trug dann vor:

*En l'an qu'un en France regnera*
*la court sera à un bein fascheux trouble:*
*le grand de Bloys son ami tuera:*
*le regne mis en mal & doute double.*

»Sagt Euch das etwas?«

»Nur zum Teil«, murmelte Tripoly. »Nun, wenn ein großes Auge…«

»Das heißt, ein großer König. In den ägyptischen Hieroglyphen steht das Auge für einen Monarchen. Denn es ist das Symbol der Sonne.«

»Nun gut, wenn also das Auge über Frankreich herrscht, ist der Hof in einer schwierigen Lage, und der Große von Blois wird seinen Freund töten…«

Michel konnte sich ein Lächeln nicht verkneifen.

»Jetzt verstehe ich, warum Euch die Verse wenig sagen. Es heißt eigentlich nicht ›le grand des Bloys‹, der ›Große von Blois‹, sondern *le grain*, der Weizen also. So stand es in meinem Manuskript, aber in der Druckerei ist ein Fehler unterlaufen.«

»Schön und gut, doch jetzt verstehe ich noch weniger.«

»Überlegt doch mal. Wie lautet der vollständige Name des Grafen von Montgomery?«

»Nun, Gabriel de Lorges, Herr von…« Tripoly hielt mitten im Satz inne. »Jetzt hab' ich's! *L'orge!* Gerste!«

»Genau. Lorges verbrachte einen Großteil des Jahres am Hof in Blois. In meinem Almanach für das Jahr 1559 habe ich für den Monat Juni den Tod eines Prinzen oder Königs vorhergesehen. Und gleich darauf schrieb ich, dass Frankreich seinen Monarchen verherrlichen würde. So wie es jetzt gerade geschieht.«

Tatsächlich stimmten in diesem Moment die Glocken aller Kirchen von Salon das Trauergeläut an. Tripoly, der von Michels Fähigkeiten höchst beeindruckt schien, erbleichte und stürmte zum Fenster. Der Müller von gegenüber stand mit seiner ganzen Familie vor der Tür seiner Mühle. Die Bewohner des Viertels Ferreiroux verließen Häuser und Werkstätten und versammelten sich auf der Straße.

»Hoffentlich wird die öffentliche Trauer um diesen verstorbenen Halunken nicht zum Anlass genommen, noch härter gegen uns Hugenotten vorzugehen«, sagte Tripoly kopfschüttelnd. »Aber auf mich hört ja keiner. Doch nie waren wir so stark wie in diesem Moment. Die herausragendsten Vertreter des französischen Adels stehen mittlerweile auf unserer Seite, die Bourbonen von Navarra, die Coligny, die Condé… Und sogar der Graf von Tende, der sich nach außen hin noch als unser Feind gebärdet, ist längst zu uns übergelaufen. Jetzt, da es den Henker selbst erwischt hat, könnten wir leicht das Volk zum Aufstand gegen die Guise aufrufen. Es würde reichen, vielleicht tausend Bäuche zu durchbohren, und mit Englands Hilfe wäre die Krone unser.«

Michel erschauderte bei diesen Worten. Die Gräuelbilder, die ihn fast jede Nacht quälten, waren fast immer eine Folge der religiösen Auseinandersetzungen in seinem Land. Zwar hegte er durchaus Sympathien für die Sache der Hugenotten und hätte sogar eingeräumt, dass ihr Glauben theoretisch der wahre sei. Doch das, woran er tatsächlich glaubte, war eine Synthese von Heidentum und Christentum, ein Glaube, in dem sich die antiken olympischen Götter als Planeten weiter ihre Macht bewahrt hatten, allerdings unter der Herrschaft eines noch größeren Gottes.

»Ich fürchte, was die Gefühle des Volkes angeht, macht Ihr Euch falsche Hoffnungen«, sagte er, indem er sich erhob, mühsam, denn seine Beine schmerzten wieder. »Und Ihr übertreibt wohl auch mit Eurer Abneigung gegen Heinrich II. Für das Volk war er jedenfalls ein guter König.«

»Aber was redet Ihr da?«, brüllte Tripoly als Antwort, aber mehr, um das hämmernde Läuten der Kirchenglocken und den beständig zunehmenden Lärm auf der Straße zu übertönen. »Drei Wochen vor dem Turnier hat Heinrich persönlich vor dem Parlament die Edelleute benannt, die in die Bastille geworfen werden sollten: Anne de Bourg, Louis de Faur, Paul de Foix und einige weitere noch wurden daraufhin von ihren Sitzen gerissen und in Ketten zum Kerker geführt. Und das soll ein guter König sein, der sich so seinem Adel gegenüber verhält? Das kann nicht Euer Ernst sein. Das waren doch Methoden wie bei Caligula oder Commodus…«

»Sicher, aber grundsätzlich steht die reformierte Kirche Frankreichs doch vor dem Problem, dass sie zwar enormen Zulauf aus dem Adel und dem hohen Klerus hat, nicht aber aus dem wohlhabenden Bürgertum und dem einfachen Volk. In Deutschland oder England hingegen…«

»Mein Gott, ist das eine Unordnung hier im Haus…«

Der letzte Satz kam von einer Frauenstimme. Michel drehte sich ruckartig zur Tür um, konnte aber niemanden erblicken.

»Christine?«, rief er mit unsicherer Stimme.

»Das war nicht Christine«, sagte Tripoly, der ebenso verwirrt war. »Ich habe die Frau vorbeihuschen sehen. Sie war größer als Christine. Sie muss hinaufgegangen sein.«

Michel schlug das Herz bis zum Hals , als er nun zur Tür humpelte. Tripoly kam ihm zuvor.

»Ich geh lieber, bevor die Situation in der Stadt noch eskaliert. Aber wenn Ihr ein Schwert braucht, kommt zu mir. Der Graf von Tende und Palamède Marc haben uns ausreichend mit Waffen versorgt. Wir verfügen jetzt sogar über einige Arkebusen.«

Michel schenkte Tripoly gar keine Beachtung mehr. Er erreichte die Treppe, die zum Obergeschoss führte, und stieg mühsam Stufe für Stufe hinauf. Von oben drangen die Stimmen von Magdalène, César und Charles zu ihm sowie das Weinen des kleinen André, des letzten Kindes, das ihm Jumelle vor ihrer Entführung noch geschenkt hatte. Aber es war unmöglich daraus zu schließen, was oben vor sich ging.

Sein Herz hämmerte ihm so heftig in der Brust, dass es schmerzte, und auch seine Schläfen pochten, aber er riss sich zusammen, trat auf die nur angelehnte Schlafzimmertür zu und riss sie auf.

Christine saß auf dem Rand des Bettes, umringt von drei Kindern. Das vierte aber, André, lag in Jumelles Armen, die seine kleine Stirn mit Küssen bedeckte. Als sie Michel bemerkte, blickte sie auf.

»Salut, Michel. Wie geht's dir?«, sagte sie nur.

Michel war wie gelähmt vor Überraschung und Freude. Lange starrte er Jumelle nur an, die immer noch verführerisch schön war, obwohl sich die eine oder andere graue Strähne in ihr rabenschwarzes Haar geschlichen hatte. Dann endlich lief er seine Schmerzen vergessend zu ihr hin, legte André aufs Bett und umarmte sie voller Leidenschaft. Sie erwiderte warmherzig seine Umarmung. Er küsste sie, aber es wurde nur ein sehr züchtiger

Kuss, denn sie wandte die Lippen ab, sodass sein Mund lediglich ihre Wange berührte. Doch er ließ sich nicht verdrießen, streichelte ihr übers Haar und betrachtete sie wieder lange voller Bewunderung und mit unendlicher Zuneigung.

»Ach Jumelle«, stammelte er, »ich hatte solche Angst um dich. Überall habe ich dich gesucht. Sogar in Italien. Ich hatte schon Angst, dass Pentadius dich ermordet hat, um Ulrichs Niederlage zu rächen.«

Jumelle riss die Augen vor Erstaunen weit auf. »Pentadius? Was habe ich denn mit Pentadius zu tun?«

Michel, jetzt ebenfalls erstaunt, löste sich aus ihren Armen.

»Wieso? War es denn nicht er, der dich entführt hat? Aber wer dann?«

»Niemand. Ich bin nicht entführt worden. Hast du denn meinen Brief nicht gelesen?«

Es dauerte einige Augenblicke, bis Michel die Bedeutung ihrer Worte klar wurde. Dann spürte er, wie er schwankte. Mit einer brüsken Geste wandte er sich an Christine:

»Bring die Kinder hinunter.«

Das Mädchen nahm André auf den Arm, scharte mit der freien Hand die anderen Kinder um sich und schob sie vor sich her in den Flur.

»Schließ die Tür«, befahl Michel, wartete noch, bis die Tür zu war, und drehte sich dann zu Jumelle um. Er war kalt bis ans Herz. »Du bist mir eine Erklärung schuldig. Ich warte.«

Die Glocken draußen läuteten immer noch. Jumelle bemühte sich nicht, ihre Furcht zu verbergen, die allerdings nicht übermäßig groß schien. Vielleicht war sie sich über die Unvermeidbarkeit dieser Auseinandersetzung schon vorher im Klaren gewesen.

»Ich habe dir nichts zu erklären. Wenn du meinen Brief gelesen hast, weißt du alles.«

Michel wollte immer noch nicht glauben, was er da hörte.

»Diesen Brief, wenn wir vom selben reden, kannst du nicht geschrieben haben. Keine Frau der Welt würde so etwas schreiben.«

»Ich weiß nicht, was andere Frauen tun. Ich habe diesen Brief geschrieben.«

Jumelles Worte klangen keineswegs frech, eher schon ein wenig betrübt, dennoch reichten sie aus, Michels Zorn, den er bis dahin noch unterdrückt hatte, zur Entladung zu bringen. Er stieß einen Fluch aus und trommelte mit den Fäusten wie besessen so fest gegen die Wand, dass Splitter des wurmstichigen Holzes von der Decke fielen.

Erschrocken wich Jumelle einen Schritt zurück, ohne aber den Blick auch nur einen Moment lang zu senken.

»Jetzt wirst du mich wohl schlagen«, sagte sie leise. »Im Grunde kann ich dich verstehen. Das Problem ist, dass du mich nicht verstehst.«

Mit aller Kraft klammerte sich Michel an den Hoffnungsschimmer, den er aus diesen Worten heraushörte.

»Ach so, dein Brief enthielt eine geheime Botschaft? Wie dumm von mir. Daran habe ich überhaupt nicht gedacht. Dabei verdiene ich doch selbst meinen Lebensunterhalt durch Verse mit verschlüsselten Bedeutungen!« Er spürte, dass seine Vermutung falsch war, hoffte aber inbrünstig, dass sie sich doch bewahrheiten würde.

Jumelle schüttelte den Kopf.

»Nein, der Sinn meines Briefes war ganz eindeutig. Ich wollte meine Freiheit, und vor allem meine Würde. Deswegen habe ich dich und die Kinder verlassen.«

»Keine normale Frau verlässt ihr Haus und ihre Kinder!«, schrie Michel. »Was habe ich denn getan, außer dich zu lieben? Wo liegt meine Schuld? Erkläre es mir, dann werde ich dich vielleicht nicht bestrafen. Aber gib Acht, wenn du nicht überzeugend bist, wirst du es bereuen, je zur Welt gekommen zu sein.«

Michels Zorn war echt, aber in seinem tiefsten Inneren wurde er von zwei Gefühlen gebremst: dem Schmerz, den er jetzt voll und ganz spürte, und dem subtilen Unbehagen eines Menschen, der mit etwas konfrontiert wird, von dem er weiß, dass es einen Sinn hat, wohl wissend aber auch, dass er diesen Sinn nicht wird entschlüsseln können, weil er den passenden Kode nicht kennt. So ähnlich, wie es den uneingeweihten Lesern der *Arbor Mirabilis* ergehen mochte. Zur Zeit seiner erbitterten Auseinandersetzungen mit Magdalène hatte er von diesen beiden Gefühlen nur den Schmerz verspürt. Vielleicht lag es am Alter, dass nun auch noch das andere hinzukam.

Jumelle faltete ihre Hände im Schoß und sagte langsam, wobei man ihr die Anstrengung anmerkte:

»Es stimmt schon. Irgendwann hast du angefangen, mir viel Liebe und Aufmerksamkeit zu schenken. Sogar an deiner Arbeit hast du mich teilhaben lassen und dich in dieser seltsamen Zeremonie damals mit mir vereint, um Ulrich in die Flucht zu schlagen. Aber ich war trotz allem nie bei mir selbst. Für dich war ich die Geliebte Anne Ponsarde, die Gattin Anne Ponsarde, die Mutter Anne Ponsarde oder auch die Komplizin Anne Ponsarde. Aber ich war nie einfach nur Anne Ponsarde, und sonst nichts. Verstehst du?«

Michel riss die Augen auf.

»Nein, das verstehe ich nicht. Erkläre es mir genauer.«

Jumelle seufzte. Man merkte, welche Mühe sie sich gab, die richtigen Worte zu finden:

»In jeder Rolle, die ich in meinem Leben zu spielen hatte, war ich auf dich bezogen. Und dein Urteil über mich hing immer davon ab, wie gut ich jede einzelne Rolle ausfüllte. Dabei war die Liebe, die du mir gabst, immer so etwas wie eine Anerkennung für meinen Gehorsam. Für viele andere Frauen wäre das mehr als genug gewesen, aber ich habe vor meiner Ehe andere Erfahrungen als diese gemacht.«

»Aber du kamst von der Straße, aus dem Freudenhaus!«, warf Michel mit bewusster Boshaftigkeit ein, die seine vollkommene Verwirrung verbergen sollte.

Jumelle ließ sich nicht aus der Ruhe bringen.

»Das ist wahr. Jahrelang habe ich mich fremden Männern hingegeben. Sie bekamen von mir, was sie wollten, bezahlten dafür und gingen wieder. Keiner von ihnen aber verlangte, ihm ununterbrochen zu Diensten zu sein. Wenn ich's mir genauer überlege, müsste ich diesen Männern sogar dankbar sein. Allein schon, weil ich mich kaum an ihre Gesichter oder das, was sie sagten, erinnern kann. Ich weiß noch, wie ich mich damals fühlte, aber nicht, wer die Männer waren, die vor meiner Kammer Schlange standen. Und wenn sie dann gingen, war ich wieder Jumelle. Bei dir jedoch war ich Tag und Nacht Madame de Notredame.«

Jumelles Erklärung, in einem Atemzug vorgetragen, war moralisch zutiefst verwerflich, und erneut überkam Michel ein unbändiger Zorn. Das Bein nachziehend rückte er langsam an Jumelle heran, die bis zur Wand zurückwich, und streckte den Zeigefinger anklagend gegen sie aus.

»Das Drama meines Lebens ist es, dass ich mit zwei Huren Mitleid hatte und sie geheiratet habe!«, schrie er. Sogleich wurde ihm bewusst, dass er auf diese Weise auch Magdelène verdammte und er änderte verlegen die Stoßrichtung. »Du hast nicht nur mich verlassen, sondern auch deine Kinder. Ist dir denn nicht klar, was für eine verkommene Mutter du bist?«

Zum ersten Mal senkte Jumelle jetzt ein wenig den Kopf.

»Ich habe sehr unter dem Verlust der Kinder gelitten. Während ich mich im Haus meiner Schwester verborgen hielt…«

»Deiner Schwester?«

»Ja, wo sollte ich denn hin? Ich war die ganze Zeit über hier in Salon.« Jumelle hob den Kopf. »Es war entsetzlich, ohne die Kinder zu sein. Ihretwegen bin ich auch zurückgekehrt. Dennoch: So wie ich kein Anhängsel von dir sein will, will ich auch kein Anhängsel meiner Kinder sein. Mutterschaft ist etwas unsagbar Schönes, sie darf nicht zur Pflicht werden.«

Michel war dermaßen bestürzt, dass ihm die Knie weich wurden und er sich aufs Bett sinken ließ. Das alles kam ihm wie ein Albtraum vor, so verrückt und widernatürlich, dass es schon an Wahnsinn grenzte. Kaum gelang es ihm, eine passende Antwort zu finden. Als er es schließlich versuchte, klang seine Erklärung selbst in seinen eigenen Ohren unzureichend und ungenau.

»Diese Worte kann dir nur der Satan eingegeben haben. Er muss in deinen Körper eingedrungen sein und deinen Geist verwirrt haben. Gott war es, der Mann und Frau ihre jeweiligen Rollen zugewiesen hat. Die Mutterschaft ist deine natürliche Bestimmung. Erkennst du diese nicht, bist du keine Frau mehr. Dann bis du nur noch Fleisch für die Hölle!«

Jumelle war totenblass geworden. Dennoch war der Blick ihrer Augen, die so schön wie selten waren, weder eingeschüchtert noch erloschen. Und auch nicht frech, sondern eher intelligent, so als wisse sie, dass sie ihr Tun mit Argumenten rechtfertigen musste und entschlossen sei, genau dies zu tun.

»Wenn ich behaupten würde, die Bestimmung des Mannes sei die Vaterschaft, würde man mich auslachen. Doch bei einer Frau sieht man das anders. Ohne Mutterschaft existiert sie überhaupt nicht. Und der Gipfel ist ja, dass sie auch mit Kindern im Grunde nicht existiert.« Jumelle legte beschwörend die Hände zusammen. »Michel, du selbst hast mich doch gelehrt: Wenn Mann und Frau sich ergänzen, können sie zu einer unüberwindlichen Kraft werden. Aber wie sollen wir uns ergänzen, wenn wir auf verschiedenen Planeten leben. Wir könnten unsere Beziehung neu beleben, aber auf einer anderen Grundlage: auf der der Freundschaft, die eine Voraussetzung und eine Form der Liebe ist. Auch die Mutterschaft ließe sich wiederherstellen, aber nur auf ebendieser Grundlage. Bitte denk darüber nach.«

Michel wusste nicht mehr, was er noch erwidern sollte. Er war dermaßen aufgewühlt, dass ihm außer Fluchen oder Schlagen nichts mehr einfiel. Er entschied sich für Letzteres, schleppte sich zum Rand des Bettes und begann, seinen Gürtel abzulegen.

»Zieh dich aus!«, befahl er in neutralem Ton.

»Warum? Willst du mich vergewaltigen?« Jumelle hatte zu einem labilen Gleichmut gefunden, der jedoch nicht ganz frei von Angst war.

»Nein. Du hättest es verdient. Aber ich bin alt und krank. Ich werde dich nur auspeitschen. Das hätte ich schon lange mal tun sollen. Du wirst bluten, aber für dich ist es immer noch besser als der Scheiterhaufen, den du eigentlich verdient hättest.«

»Wolltest du einen Mann schlagen, würdest du ihm nicht befehlen, sich auszuziehen. Du willst dich an meiner Bestrafung erregen. Gib's zu.«

Die Bemerkung brachte Michel vollkommen aus dem Konzept. Verwirrt blickte er einige Augenblicke starr vor sich hin, stand dann auf und nahm den Gürtel ganz ab.

»Einverstanden. Du kannst deine Kleider anbehalten. Aber glaub nicht, dass es auf diese Weise weniger schmerzhaft wird.« Jumelle bückte sich, senkte den Kopf und legte ihn in beide Hände, um ihr Gesicht zu schützen. Michel packte den Gürtel und ließ die Schnalle kreisen. Dann überlegte er es sich anders, nahm den Gürtel von der anderen Seite und schwang die Lederzunge durch die Luft. Schließlich öffnete er die Hand und ließ den Gürtel zu Boden fallen.

»Ich kann nicht«, murmelte er niedergeschlagen.

»Warum?«, fragte Jumelle, die immer noch vornübergebeugt vor der Wand stand.

»Weil ich dich liebe.«

Jumelle richtete sich auf und drehte sich so ruckartig zu ihm um, dass ihr schönes Haar herumflog. Ihre Augen glänzten, als sie jetzt mit einem warmen Lächeln erwiderte:

»Ich liebe dich doch auch, Michel.«

In höchster Erregung streckte Michel die Arme zu ihr aus. Fast im gleichen Augenblick hörte man, dass unten mit ungeheurer Gewalt gegen die Haustür geschlagen wurde.

»Aufmachen! Sofort aufmachen!«

Im Nu hatte die Wirklichkeit Michel wieder. Die Glocken läuteten immer noch, während der Lärm auf der Straße fast ohrenbetäubend geworden war.

»Aufmachen! Aufmachen, oder wir schlagen die Tür ein!«

Michel erbleichte. Er streichelte Jumelle liebevoll über die Wange, was sie ihm mit einem Lächeln lohnte, und sagte:

»Hol die Kinder und verbarrikadiere dich mit ihnen in meinem Arbeitszimmer. Dort findest du die Armbrust in einer Ecke, und auch ein altes Schwert. Auf dem Tisch liegt ein Ring in Form einer Schlange, der vielleicht noch einmal sehr wichtig für uns sein wird. Ich bin so bald wie möglich wieder bei euch.«

Mit diesen Worten verließ er den Raum und hastete, so schnell es seine kranken Beine erlaubten, zur Haustür. Tripoly hatte, als er das Haus verließ, daran gedacht, die Tür hinter sich zu schließen. Aber die Holzbretter, aus denen sie gefertigt war, drohten schon unter den schweren Schlägen nachzugeben.

Michel atmete tief durch und hob dann den Riegel an. Die Tür flog auf und krachte gegen die Wand. Eine Gruppe mit Piken bewaffneter und vor Wut schäumender Männer stand ihm gegenüber. Angeführt wurde sie von dem Müller Lassalle, der bis gestern noch sein Freund gewesen war.

Nach einem kurzen Moment der Verwirrung richtete Lassalle die Spitze seiner Waffe direkt gegen Michels Brust.

»Docteur de Notredame«, schrie er, »vor einer halben Stunde sah ich einen Mann, der als Hugenotte bekannt ist, aus Eurem Haus kommen. Das heißt, Ihr seid ein Freund und Beschützer jener Ketzer, die unseren König getötet haben. Versucht nicht, es zu leugnen!«

Michel wusste nicht, was er antworten sollte. Zu groß war die Panik, die ihn ergriffen hatte. Ihm wurde klar, dass sowieso jedes Wort sinnlos war und stammelte nur:

»Estienne, Ihr kennt mich doch. Ich bin kein Hugenotte.«

»Ihr lügt«, brüllte der Müller und wandte sich dann an seine Kumpane: »Dieser Mann lügt!«

»Ja, er lügt«, riefen einige zurück. »Tötet ihn! Tötet ihn!«

Die Menge antwortete sogleich im Chor:

»Tötet ihn. Tötet den Hugenotten!«

Michel schloss die Augen, zu keinem Gedanken mehr fähig. Im selben Moment hörte man das Getrappel von Pferdehufen.

»Was fällt Euch ein, ihr Hundesöhne?«, vernahm man eine harte, herrische Stimme. »Wehe dem, der die Hand gegen Doktor Nostradamus erhebt. Der Erste, der auch nur seinen Hut verbeult, wird auch als Erster sterben!«

Michel hob den Blick und sah den Baron de la Garde, der den Degen gezogen hatte und wild damit herumfuchtelte. Um ihn herum weitere Reiter, darunter Palamède Marc, der Erste Konsul von Salon.

Die Menge wankte und wich zurück. Der Müller gab Fersengeld, doch zwei Soldaten aus dem Gefolge des Barons setzten ihm nach und ergriffen ihn. Einer drehte ihm das Handgelenk um, sodass er seine Pike fallen lassen musste. Der andere versetzte ihm ein paar Ohrfeigen.

Als sich die Menge zerstreut hatte, ritten der Baron und der Erste Konsul an das Haus heran.

»Alles in Ordnung, Michel?«, fragte de la Garde.

»Ja, Poulin. Vielen Dank für Eure Hilfe.«

»Am besten verbarrikadiert Ihr Euch im Haus und verlasst es heute nicht mehr.« Der Baron zeigte zum Himmel. »Ich habe Euren Aufsatz über den Kometen gelesen, der im September vorüberziehen soll, und das Unheil, das er mit sich bringt. Nun, dieses eine Mal wart Ihr zu optimistisch. Der Bürgerkrieg hat schon jetzt begonnen.«

# Zum Weißen Ross

Pater Michaelis war entrüstet über das lebensfrohe Bild, das ihm, zu einem Zeitpunkt, da ganz Frankreich in Trauer war, die Stadt Salon bot. Man hatte die Straßen mit Sand bestreut und mit duftenden Kräutern bedeckt. An den Fassaden der Häuser rankten sich Blumengirlanden um große Tücher herum, die mit den Lilien Frankreichs und dem Kreuz Savoyens bestickt waren. Der Zug, der die Schwester des verstorbenen Königs Heinrichs II., die Herzogin Marguerite de Berry, eskortierte, die gekommen war, um sich mit Emanuel Philibert von Savoyen zu vermählen, kämpfte sich mühsam durch die begeisterte, wenn auch stille Menschenmenge zu beiden Seiten der Straße. Dabei war es bereits Dezember, und nach der langen Trockenheit, die die Felder im Sommer und Herbst des Jahres 1559 ausgedörrt hatte, war der Himmel nun stark bewölkt, und es wehte ein kräftiger, eisiger Wind.

Pater Michaelis wandte sich an Kardinal Farnese, der neben ihm in der schwarzen, wappenlosen Kutsche saß, die hinter den reich verzierten Wagen der Höflinge quietschend und knarrend zum Château d'Empéri hinaufschaukelte.

»Trüge die Herzogin de Berry nicht Schwarz und hätte man dem Volk nicht Schweigen auferlegt, kein Mensch käme auf die Idee, dass Frankreich noch seinen verstorbenen König betrauert.«

Der Kardinal zeigte ein feines Lächeln.

»Tja, nun habt ihr eben einen anderen König, Franz II. Er ist zwar noch fast ein Kind, aber er hat das Recht auf den Thron, auch wenn die Hugenotten ihn noch bekämpfen.«

»Sie bekämpfen ihn nicht, sondern den eigentlichen König.«

Das Lächeln Alessandro Farneses wurde breiter. »Nennt das Kind ruhig beim Namen, wir wissen doch beide, wer gemeint ist.«

»Wenn wir das beide wissen, brauche ich den Namen ja nicht zu nennen.«

»Ihr Jesuiten seid auch immer auf der Hut, nicht wahr?« Kardinal Farnese brach in schallendes Gelächter aus. »Nun denn, so will ich ihn nennen. Der wahre Herrscher Frankreichs ist heute der Kardinal von Lothringen, das Oberhaupt der Familie Guise. Dieser Umstand müsste der Gesellschaft Jesu doch behagen. Oder irre ich mich?«

Pater Michaelis erwiderte das Lächeln.

»Nein, nein, Ihr habt schon Recht.« Er wurde wieder ernst. »Mich beunruhigt nur, dass der Kardinal die Folgen des Friedensabkommens von Cateau-Cambrésis fast ausschließlich dem niederen Adel aufbürdet. So treibt er ihn doch nur in die Arme der Hugenotten. In vielen Regionen Frankreichs hört man schon von bewaffneten Auseinandersetzungen. Sollte der niedere Adel in Scharen zu den Hugenotten überlaufen, droht das ganze Land zu einem Schlachtfeld zu werden.«

»Ganz richtig«, antwortete Alessandro Farnese. Er schickte sich an, noch etwas hinzuzufügen, aber ein plötzlicher Ruck bedeutete ihm, dass sie am Ziel waren. Er lehnte sich zum Fensterchen hinüber, zog den Kopf aber rasch wieder zurück. »Emanuel Philibert hat schon im Kreis der Konsuln das Podest betreten. Ich möchte nicht, dass mich hier jemand erkennt. Ihr habt dieses Problem nicht. Kommt, seht Ihr mal hinaus.«

Michaelis gehorchte. Nach einer Weile lehnte er sich wieder zurück und schüttelte den Kopf.

»Wie geschmacklos!«, meinte er dann. »Dort drüben in der Seitenstraße hat man die Leichen von drei aufgeknüpften Hugenotten hängen lassen. Die Herzogin könnte sie sehen.«

»Hier macht man mit dem Gesindel also auch kurzen Prozess. Das ist doch ein gutes Zeichen.«

»Das Parlament von Aix ist sehr gewissenhaft und hat bereits zahlreiche Reformierte verhaften lassen. Leider hat man hier in Salon nur die kleinen Fische geschnappt. Auf dem Podest steht zum Beispiel der Erste Konsul Palamède Marc, der als Calvinist gilt. Und dessen Bruder Antoine Marc, Tripoly genannt, wird gesucht.«

»Auch die Tatsache, dass die Hugenotten überall die Flucht ergreifen mussten, stimmt mich hoffnungsvoll.«

»Gewiss, aber leider können sich die Geflohenen ein schönes Leben machen. Der Graf von Tende tut nichts, um ihrer habhaft zu werden. Ich wette, in diesem Moment reitet dieser Tripoly in aller Seelenruhe Richtung Nantes, wohin die Hugenotten ihre Generalstände einberufen haben.«

»Das wisst Ihr also auch?«, murmelte Kardinal Farnese voller Anerkennung. »Ich glaubte, das sei ein Geheimnis, von dem nur die zuständigen Gendarmen wüssten.«

Pater Michaelis kräuselte die Lippen.

»Ihr vergesst, dass wir Jesuiten unsere Ohren überall haben. Schließlich haben uns auch zahlreiche Laien Gehorsam geschworen. Und nicht zuletzt bin ich selbst der Provinzial für Paris und Nordfrankreich. Von jeder Beichte, jedem Geständnis erhalte ich Bericht.«

Nun begannen die Glocken Salons festlich zu läuten, und aufgeregtes Raunen erhob sich aus der Menge, die wegen der verordneten Trauer bisher stumm geblieben war.

»Es ist so weit«, sagte der Kardinal, »die Zeremonie fängt an. Steigt doch aus und seht Euch die Feier an. Und danach erzählt mir davon.«

Pater Michaelis öffnete den Schlag und mischte sich unters Volk, das von den Soldaten der Eskorte nur mit großer Mühe am Straßenrand zu halten war. Der Zug der Würdenträger erschien, von dieser ansteigenden Straße aus gesehen, beeindruckend lang. Dutzende von Kutschen reihten sich aneinander, Pagen, Hofdamen, Höflinge in bunt schillernden Gewändern. Unter diese hatte sich das einfache Volk gemischt, von den kleinen Handwerkern über die Tavernenmädchen bis hin zu den Müßiggängern und Bettlern, die die Gelegenheit nutzen wollten, ordentlich dem Wein zuzusprechen. Am zahlreichsten vertreten aber waren die *cabans*, wie die Tagelöhner aus den umliegenden Dörfern genannt wurden. Heerscharen von barfüßigen Kindern hatten ihren Spaß daran, sich Sandschlachten zu liefern, sodass an mehreren Stellen schon der stinkende Unrat zum

Vorschein gekommen war, der die verborgene Seele der Straße bildete.

Auf dem Podium sah Michaelis, wie die Herzogin Marguerite in ihren schwarzen Trauergewändern jetzt auf ihren Bräutigam, den ganz in Weiß gekleideten Emanuel Philibert, zuschritt. Sie war hoch gewachsen, hielt sich aber ein wenig krumm, er kaum größer als ein Zwerg. Dennoch war es wohl ein ergreifender Anblick, wie die Brautleute, deren Verbindung Bestandteil eines politischen Abkommens war, einander begegneten. Fast alle Frauen weinten, und die Männer hatten Mühe, ihre Rührung zu verbergen.

Bevor sich jedoch die Brautleute umarmen konnten, trat ein Mann mit einem viereckigen Hut auf dem Kopf und einem langen schlohweißen Bart vor und nahm, mit einer Schriftrolle in der Hand, zwischen den beiden Aufstellung.

Michaelis wandte sich an einen Mann, der eine Metzgerschürze trug:

»Wer ist das?«, fragte er.

»Das ist Nostradamus, der große Prophet«, antwortete der Mann strahlend. »Er hat auch den Willkommensgruß verfasst, der jetzt an jeder Wand zu lesen ist. *Sanguine Trojano, Trojana stirpe*… Das heißt: ›Von trojanischem Blut, aus trojanischem Geschlecht geboren, zur Königin gereift von Venus' Gnaden.‹ Ihr wisst ja, dass unser Königshaus in direkter Linie von dem trojanischen Held Hektor abstammt.«

»Ja, ja«, murmelte Michaelis zerstreut. Nostradamus hatte damit begonnen, eine Ansprache zu halten, von der die Menge wohl nur wenig verstand. Michaelis nutzte die Gelegenheit, seinen Feind, den er seit dem Bankett am Königshof nicht mehr gesehen hatte, genauer zu beobachten. Michel de Notredame war ein eher klein gewachsener Mann, der älter wirkte, als er wahrscheinlich war. Das mochte an dem weißen Bart liegen, der ihm fast bis zur Brust reichte. Sein untersetzter Leib steckte in schwarzen Beinkleidern und einer schwarzen Jacke mit einem ebensolchen Umhang darüber.

Keine besonders auffällige Erscheinung also. Die einzige Besonderheit war das vor allem an der Nase tiefrote Gesicht. Pater Michaelis stand zu weit entfernt, um es mit Sicherheit sagen zu können, aber er hatte den Eindruck, dass dies nicht das Antlitz eines asketischen Sehers, sondern eines leidenschaftlichen Trinkers war.

Während Nostradamus weiter seine feierlichen Worte ins Leere sprach und sich die Brautleute nicht allzu begeistert musterten, wandte Michaelis seinen Blick wieder dem Metzger zu.

»Seid Ihr sicher, dass der Mann ein Prophet ist? Für mich sieht er mehr wie ein Säufer aus.«

Der Angesprochene schien empört.

»Monsieur … verzeiht, Pater …, Doktor Nostradamus ist in der ganzen Welt geachtet wegen seiner verblüffend genauen Prophezeiungen und Vorhersagen. Sogar am Hofe der Königin hat man ihn empfangen. Er soll ihr geweissagt haben, dass jeder ihrer drei Söhne einmal herrschen würde. Was nichts anderes bedeutet, als dass zumindest zwei von ihnen in jungen Jahren sterben werden.«

»Nun, das können wir jetzt noch nicht wissen«, entgegnete Michaelis mit einem Lächeln.

»Doch, doch. So wird es kommen. Dafür lege ich meine Hand ins Feuer. Nostradamus irrt sich nie.«

»Man scheint hier in Salon ja wirklich viel von dem Mann zu halten.«

»Schon, aber es gibt auch Leute, die anders über ihn denken. Manche behaupten, er sei Hugenotte. Aber das stimmt nicht: Er geht immer zur Messe und gibt großzügig Almosen. Kein Hugenotte würde das tun. Viele von denen beten Mohammed an, und fast alle lästern Gott, während sie so tun, als würden sie beten. Darüber hinaus paaren sie sich auch noch unter Blutsverwandten.«

»Schlimm, schlimm«, stimmte Pater Michaelis amüsiert zu, um dann unvermittelt zu fragen: »Wisst Ihr, wo ich das Gasthaus ›Zum Weißen Ross‹ finde?«

»Ja, das ist ganz in der Nähe.« Der Metzger zeigte in die Seitenstraße, wo die Leichen der gehängten Hugenotten baumelten. »Die Straße durch und beim letzten Haus links.«

»Danke.«

Pater Michaelis warf einen letzten Blick auf das Podium. Nostradamus hatte seine Ansprache beendet und sich irgendwohin zurückgezogen. Nun war es an Palamède Marc, mit sonorer Stimme Banalitäten zum Besten zu geben. Die Brautleute blickten sich immer noch schon fast gelangweilt an.

Michaelis ging zur Kutsche zurück.

»Das Gasthaus ›Zum Weißen Ross‹ ist nur einen Steinwurf von hier entfernt«, teilte er Kardinal Farnese mit. »Dorthin habe ich die Dame bestellt, die Ihr sprechen wollt. Vielleicht ist sie bereits eingetroffen.«

»Ihr meint, wir sollten zu Fuß gehen?«

»Ich denke, ja. Hier wird Euch niemand erkennen. Nehmt zur Sicherheit noch Euer Scheitelkäppchen ab, und versteckt Euren Kardinalspurpur unter meinem Umhang. Die Leute haben nur Augen für die Zeremonie, und außerdem wird es gleich regnen.«

Kurz darauf bahnte Pater Michaelis, der nur noch seine einfache Kutte trug, dem Kardinal, die Ellbogen zu Hilfe nehmend, einen Weg durch die Menge. Als der Druck der Leute von allen Seiten nachließ, holte dieser den Jesuiten wieder ein.

»Warum habt Ihr Euren Schützling eigentlich hierher bestellt?«

»Weil die Île de Cité in Paris, wo sie sich bisher verborgen hielt, nicht mehr sicher ist. Das Viertel Saint-Germain gleich gegenüber wird mittlerweile schon ›Klein Genf‹ genannt, so verseucht ist es von den Reformierten. Meine Gesellschaft musste sogar fürs Erste von der Eröffnung des Kollegs in der Rue Saint-Jacques Abstand nehmen. Unsere Studenten wären dort ihres Lebens nicht sicher.«

Der Kardinal deutete auf die gehängten Hugenotten.

»Hier in der Gegend sieht es ja besser aus.«

»Ja, aber nur zum Teil. In Paris sind es die kleinen Adligen und das gebildete Bürgertum, die sich auf Calvins Seite schlagen, während das einfache Volk zu unserer Sache steht. Hier in Südfrankreich aber beginnen, besonders in den Städten, die Kleinbürger Sympathien für die Hugenotten zu entwickeln. Die Kaufleute in Lyon sind zum Beispiel mittlerweile fast alle Calvinisten. Und wisst Ihr auch warum?«

»Nein, sagt Ihr es mir.«

»Ganz einfach, weil die Jesuiten in der Provence noch nicht Wurzeln schlagen konnten. Die Einschätzung mag Euch parteiisch erscheinen, aber sie entspricht der Wahrheit.«

Alessandro Farnese schwieg. Am Ende der Straße hielten sie sich links und standen bald schon vor einem Haus, das die anderen in der Zeile ein wenig überragte und an dem ein langes Holzschild von einem Eisenträger herabhing. Darauf war mit ungelenker Hand ein weißes Pferd gemalt, das Symbol zahlreicher Gasthäuser, bei den Kutschern verhasst, weil sie sich gar zu oft den Kopf daran stießen. Das Pflaster davor war nicht mit Sand und duftenden Gräsern bedeckt. Ein gelbliches Bächlein, das nach menschlichem und tierischem Urin stank, plätscherte munter durch den Kanal in der Straßenmitte.

Innen war die Taverne ansehnlicher, als man von außen befürchten musste. Die Tische standen in geordneten Reihen, die Wände waren geschwärzt, aber sauber, das Feuer im Kamin brannte, ohne allzu viel Rauch in die Stube abzugeben. Grüppchen von Kavalieren und Hofdamen, die sich höchstwahrscheinlich vor der Zeremonie drückten, nahmen die Mehrzahl der Bänke ein.

»Es ist alles voll«, erklärte die Wirtin, eine ältere, beleibte Frau, unfreundlich, als sie die Neuankömmlinge bemerkte. »Sowohl die Kammern als auch die Tische. Also trollt Euch wieder.«

Michaelis sah, wie sich die Miene des Kardinals verfinsterte. Er dachte, dass der hohe Geistliche unter anderen Umständen nicht nur eine Kammer oder einen Tisch, sondern das ganze Gasthaus für sich hätte räumen lassen. Und mit Sicherheit hätte er die Wirtin und deren Mann, wenn sie einen hatte, auspeitschen lassen. Aber im Augenblick war es besser, kein Aufsehen zu erregen.

»Wir wollen in Eurem Hause weder nächtigen noch speisen. Wir sind hier nur verabredet mit einer Reisenden italienischer Herkunft, der Herzogin Giulia Cybo-Varano. Für die Dame war eine Kammer vorbestellt.«

Die Wirtin riss den Mund auf.

»Sagt nur, das ist eine Herzogin? Ich hätte sie für eine …«

»Ist die Dame hier?«

»Ja, sie ist heute Morgen angekommen.«

»Wollt Ihr sie bitte rufen. Sagt ihr, Pater Michaelis sei eingetroffen.«

Die Frau blickte sich nach dem Burschen um, der an den Tischen beschäftigt war, entschloss sich dann aber, selbst hinaufzugehen. Ein wenig schnaufend erklomm sie die Stufen einer Holztreppe an der Seite des Schankraums.

Als die Wirtin verschwunden war, bemerkte der Kardinal mit leiser Stimme:

»Wie habt Ihr Giulia eigentlich dazu bewegen können, hierher zu reisen?«

»Oh, das war nicht schwer. Sie tut alles, was ich ihr befehle. Außerdem hofft sie, hier ihren Geliebten wieder zu sehen, den Astrologen Gabriele Simeoni.«

Der Blick des Kardinals verdüsterte sich.

»Sie hat einen Geliebten? Das hattet Ihr ja gar nicht erwähnt.«

Pater Michaelis stutzte. Zum ersten Mal kam ihm der Verdacht, Farnese könnte mit Giulia ganz andere Absichten haben, als er behauptet hatte. Doch er verwarf den Gedanken augenblicklich. Zwar war der Kardinal für gewisse Neigungen bekannt, aber unmöglich würde er bloß wegen einer Frau eine solch lange Reise auf sich nehmen und dazu noch den Provinzial von Paris als Vermittler einschalten. Michaelis war sich bewusst, dass er seinen eigenen, leider nicht ganz reinen Empfindungen in Bezug auf die Herzogin nicht allzu viel Wert beimessen durfte.

»Wegen Simeoni müsst Ihr Euch keine Gedanken machen«, erklärte er. »Das ist ein armer Säufer, der Eure Pläne nicht stören wird. Ich hatte ihn in einer Taverne in Susa in Savoyen zurückgelassen. Von dort ist er dann, sich von Osteria zu Osteria hangelnd, nach Paris zurückgekehrt, wo er sich auf die Suche nach Giulia gemacht hat. Natürlich ohne Erfolg. Und Katharina von Medici hat ihn nicht einmal mehr zum Hof vorgelassen, obwohl er früher in ihren Diensten stand.«

»Ein Narr also«, bemerkte Alessandro Farnese erleichtert.

»Nein, eigentlich ein intelligenter Mann, aber zu idealistisch. Stellt Euch vor, für nichts weniger als die Einheit Italiens kämpfte er. Möglich, dass er irgendwann hier in Salon auftaucht. Er war ein Freund von Nostradamus und gehörte derselben Sekte an wie er.«

Der Kardinal wurde wieder hellhörig.

»Ihr meint, er kann jeden Augenblick hier hereinschneien?«

Michaelis lächelte.

»Nein, nein. Zwischen Paris und Salon liegen zu viele Wirtshäuser. Für Simeoni sind das alles Stationen eines Kreuzweges, an denen er zu verweilen gezwungen ist.«

In diesem Moment kam Laurens Videl, gefolgt von Giulia und der Wirtin, die Treppe herunter. Mit einem breiten Lächeln im Gesicht lief der Arzt auf den Jesuiten zu.

»Pater Michaelis, welch eine Freude, Euch wieder zu sehen!«, rief er. »Wie Ihr seht, habe ich Euch Euren Schützling mitgebracht.«

Michaelis störte es gewaltig, so laut beim Namen gerufen zu werden, noch dazu im Zusammenhang mit einer Äußerung, die durchaus zu Missverständnissen Anlass geben konnte. Einige Gäste hatten sich auch schon zu ihm umgedreht. Dennoch blieb ihm nichts anderes übrig, als gute Miene zum bösen Spiel zu machen.

»Mein Freund!«, rief er mit aufgesetzter Fröhlichkeit aus, »ich danke Euch vielmals für Eure vorzüglichen Dienste. Allerdings wundere ich mich, dass Ihr nicht in der Kirche seid. Wisst Ihr denn nicht, dass allen, die der Messe zu Ehren der Brautleute beiwohnen, ein Ablass von einem Jahr gewährt wird?«

»Ist das Euer Ernst?«, fragte Videl staunend nach.

»Aber ja. Macht Euch sogleich auf den Weg. Die Zeremonie hat zwar schon begonnen, aber der Ablass sollte auch noch für die zu spät Gekommenen gelten.«

»Gut, ich eile.« Er verneigte sich. »Wenn Messieurs mich entschuldigen wollen.«

»Aber gewiss. Lauft nur. Wir sehen uns später.«

Als sich Michaelis zum Kardinal und zu Giulia umdrehte, verspürte er ein leichtes Unbehagen. Der Prälat lächelte die junge Frau übertrieben warmherzig an, während sie ihn mit ernster, ja ein wenig banger Miene musterte.

»Nun, darf ich vorstellen…«, begann der Jesuit, aber Giulia unterbrach ihn. »Nicht nötig, ich kenne Seine Eminenz bereits.«

»Und ich habe Euch in wunderbarer Erinnerung«, erklärte Alessandro Farnese in verträumtem Ton. Giulia trug einen kurzen, schwarzen Umhang über einem schlichten Kleid aus grünem Samt, das in der Taille von einem vergoldeten Gürtel zusammengehalten wurde. Der Kardinal streckte den Zeigefinger aus, schob den Saum des Umhangs ein wenig zurück und betrachtete Giulias elegante, wohlgeformte Gestalt. »Die letzten Jahre haben Euch nicht geschadet. Eine sanft gewellte Ebene hat sich in eine liebliche Hügellandschaft verwandelt, die das Auge erfreut.«

Die unschickliche, wenn auch in höflichem Ton geäußerte Bemerkung weckte in Michaelis wieder die schlimmsten Ahnungen. Aber er schob sie zur Seite, trat zwischen die beiden und wies auf einen freien Tisch.

»Kommt, setzen wir uns. Giulia, ich glaube, der Kardinal hat Euch etwas Wunderbares mitzuteilen.«

Giulia, die errötet war, ließ sich zu dem Tisch führen. Michaelis fand sie wirklich bezaubernd. Er ließ sie Platz nehmen, setzte sich ihr gegenüber und deutete für den Kardinal auf den Platz zu seiner Rechten. Der Prälat aber zog es vor, einen Bogen um den Tisch zu machen und sich neben Giulia niederzulassen.

Der Bursche kam herbei. Um ihn rasch wieder loszuwerden, bestellte Pater Michaelis Zitronenlimonade für alle und sagte dann zur Herzogin:

»Meine Freundin, nach vielen Jahren wird Euch und dem Andenken Eurer Mutter nun endlich Gerechtigkeit zuteil. Kardinal Farnese ist es gelungen, seine Heiligkeit, Papst Paul IV., kurz vor seinem Hinscheiden im letzten August zur Unterzeichnung des Akts zu bewegen, der den Kirchenbann aufhebt, der auf den Herrinnen von Camerino lastete.«

Giulias Gesicht erstrahlte. Sie legte beide Hände auf die Brust, wie um ihren Herzschlag zu beruhigen, und ihre Augen füllten sich mit Tränen.

»Ist das wirklich wahr?«, rief sie mit vor Aufregung erstickter Stimme. »Mein Gott, wenn das wirklich wahr wäre, wäre das der schönste Tag meines Lebens!«

»Es ist wahr«, bestätigte Alessandro Farnese in weihevollem Ton. »Ich habe eine Abschrift des Dokuments anfertigen lassen und mich von Rom eigens auf den Weg gemacht, um es Euch persönlich zu überbringen.« Er griff unter seinen Umhang und brachte ein gefaltetes, mit zahlreichen Siegeln verschlossenes Pergament zum Vorschein. »Hier, nehmt und lest selbst.«

Giulia nahm das Schreiben entgegen, aber ihren zittrigen Fingern fehlte die Kraft, die Siegel zu erbrechen. Sie brach in Tränen aus.

»Oh, ich bin so glücklich«, schluchzte sie. »Habt Dank, Messieurs, habt vielen, vielen Dank für Eure unermessliche Güte. Ach, wenn meine Mutter das doch noch erleben könnte… Ich danke Euch auch in ihrem Namen.«

Michaelis blickte sich um.

»Sprecht leiser, meine Freundin. Die Wirtsstube ist voll, und es kommen immer noch neue Gäste. Euer Weinen könnte missverstanden werden.«

»Ihr habt Recht.« Giulia suchte sich zu fassen, doch die Tränen liefen ihr immer weiter übers Gesicht. »Nun kann ich endlich meinen Gabriele in aller Öffentlichkeit heiraten, kann mich wenden, wohin ich will, vielleicht sogar in die Toskana zurückkehren…«

Michaelis hob eine Hand.

»Nicht so voreilig, meine Liebe«, sagte er in warmem Ton. »Ihr vergesst, dass Ihr noch von der Inquisition gesucht werdet. Gewiss wird es nun leichter, den Fall abzuschließen, aber ein wenig Zeit wird darüber noch vergehen.«

Giulia zeigte keine Enttäuschung.

»Oh, ich habe Geduld. Meine Mutter und ich mussten ja so lange warten…«

»Ja, aber vielleicht könnte man die Sache auch ein wenig beschleunigen. Was meint Ihr, Eminenz? Wäre es nicht möglich, etwas für die Herzogin zu unternehmen?«

Alessandro Farnese schien nachzudenken.

»Ja, vielleicht«, sagte er dann. »Nach dem Repertorium Inquisitorum kann der Inquisitor ohne Purgatio oder andere Formalitäten einen Sünder rehabilitieren, der seine Schuld wieder gutgemacht hat. Ich könnte mich beim Kardinal von Lothringen dafür einsetzen, dass er diesen Schritt vollzieht. Dazu bräuchte ich allerdings eine Geste des guten Willens, die beweist, dass die Herzogin von aller Häresie frei ist.«

»Was könnte ich tun?«, fragte Giulia. »Ich bin zu allem bereit.«

Der Kardinal machte eine Pause, während der Bursche die Getränke servierte, und sagte dann:

»Das Beste wäre es, einen Beitrag zur Ergreifung eines Ketzers zu leisten. Das würde jeglichen Verdacht von Euch nehmen. Als Katholikin ist Euch ja sicher bewusst, dass dies ein gottgefälliges Werk wäre.«

»Aber ich kenne doch gar keine Ketzer«, erklärte Giulia erstaunt. »Alle, die ich kannte, wurden bereits verhaftet.«

Pater Michaelis lächelte sie an.

»Denkt doch einmal genau nach. Es ist wichtig, damit man Euch freisprechen kann. Wie war das in früheren Jahren? Kanntet Ihr da nicht noch weitere Hugenotten?«

»Nun, gewiss. In Lyon vor einigen Jahren. Pietro Gelido, Michel Servet, Carnesecchi. Die beiden Ersteren sind aber tot.«

Sich überrascht gebend, blickte Pater Michaelis den Kardinal an.

»Carnesecchi? Der lebt?«

»Ja, er konnte nach Venedig fliehen.«

»Sieh mal einer an…«, murmelte Pater Michaelis nachdenklich. Bis hierher war das Gespräch mit Farnese abgesprochen. Nun ging es darum, eine Karte auszuspielen, die auch der Prälat nicht erwartete. Er hoffte nur, dass er nicht so dumm sein würde, ihm zu widersprechen. »Meine Freundin«, sagte er an Giulia gewandt. »Bislang habe ich es vermieden, über Simeoni zu sprechen. Ihr wisst ja, dass ich ihn letztes Jahr in Susa getroffen habe. Wie ich hörte, ist er von dort nach Venedig weitergereist, vielleicht um Euch zu suchen. Ihr wisst sicher, dass die Republik Venedig mit dem Kaiser verbündet ist. Simeoni glaubte aber, dass niemand in ihm den französischen Offizier erkennen würde. Doch es ist anders gekommen. Jemand hat ihn erkannt und verraten. Ratet mal, wer.«

Giulia war zu erschüttert, um antworten zu können. Michaelis fuhr fort:

»Piero Carnesecchi. Es ist seine Schuld, dass Simeoni jetzt in Ketten in einem venezianischen Kerker schmachtet.«

Bevor Giulia einen Entsetzensschrei ausstoßen konnte, hielt ihr Alessandro Farnese die Hand auf den Mund.

»Beruhigt Euch, Herzogin. Euer Freund wird so bald wie möglich wieder freikommen.« Er vergewisserte sich, dass Giulia, die in Tränen schwamm, keine Anstalten zu schreien mehr machte, und zog die Hand zurück. »Beruhigt Euch. Ihr kennt doch Carnesecchi und könnt gefahrlos Verbindung zu ihm aufnehmen. Die Inquisition verbietet Euch zwar zu reisen, doch ich selbst werde Euch nach Venedig bringen. Dort werdet Ihr den Verräter entlarven, und wir werden dafür sorgen, dass Euer Gabriele auf freien Fuß kommt.«

Pater Michaelis nickte.

»So schlagt Ihr zwei Fliegen mit einer Klappe, werte Freundin. Der Kardinal von Lothringen kann Eure Rehabilitierung verkünden. Und Ihr, vom Kirchenbann befreit, könnt endlich den schönen Gabriele heiraten. Was meint Ihr dazu? Ist das nicht eine herrliche Fügung Gottes?«

Giulia versuchte noch ihre Kräfte zu sammeln, um etwas zu antworten, als eine Gruppe von *cabans* lärmend und mit Stöcken bewaffnet in den Raum stürzte. An ihrer Spitze ein groß gewachsener Mann mit einem roten Bart, der die gleiche Kleidung wie die anderen trug: einen dicken Wintermantel mit einer grauen Kapuze. Seine Finger umklammerten einen Stoßdegen mit s-förmiger Glocke, wahrscheinlich spanischer Herkunft.

»Messieurs, vor euch steht Curnier, der Anführer der katholischen Bauern von Salon«, rief er mit dramatischem Gehabe. »Ich habe Euch eine traurige Mitteilung zu machen. Der heutige Festtag wurde durch ein entsetzliches Verbrechen getrübt. Aus Paris wird gemeldet, dass die Hugenotten Präsident Minard ermordet haben, ebenjenen Richter also, der Anne de Bourg und ihre hugenottischen Komplizen verurteilt hat.«

Fast alle Gäste sprangen auf. Als Präsident des Pariser Parlaments war Antoine Minard im ganzen Land bekannt, und damit die Neuigkeit von enormer Bedeutung.

»Wir *cabans* haben genug von den Gewalttaten der Lutheraner«, fuhr Curnier drohend fort. »Und wir haben genug von der Gleichgültigkeit der hohen Herrn. Wer kein Feigling ist, der folge uns. Wir wollen jetzt endlich die Ketzer aufscheuchen, die sich in der Stadt verborgen halten.«

Mit diesen Worten wandte sich Curnier zum Gehen, gefolgt von seinen Männern, von denen einer beim Hinausgehen noch rasch, als wolle er ein Andenken hinterlassen, die Scheibe des einzigen Fensters im Raum einschlug.

Von den anwesenden Kavalieren zogen nur einige wenige die Degen und schlossen sich den Bauern an. Die Frauen schrien, die Männer kommentierten aufgeregt den Vorfall. Die Wirtin aber raufte sich die Haare, denn eine Glasscheibe kostete ein Vermögen.

Pater Michaelis wandte den Blick seinen Tischgenossen zu. Was er da sehen musste, verstörte ihn ungemein. Kardinal Farnese hatte Giulia von hinten umfasst und, unter dem Vorwand, sie zu beruhigen, die Hände auf ihre Brüste gelegt, die er nun hingebungsvoll streichelte. Sie war wie versteinert und ließ es geschehen.

Michaelis aber wurde sich bewusst, dass sich in seinen vermeintlich so perfekten Plan eine unerwartete und unerwünschte Variable eingeschlichen hatte. Er fühlte sich unglücklich, ja schlimmer noch, er fühlte sich wie ein Narr.

# Terror in Salon

Jean de Chevigny klammerte sich flehentlich an Michel de Notredames Arm.

»Ob Ihr wollt oder nicht, ich werde für immer an Eurer Seite bleiben. Ihr seid so groß, dass noch Euer Schatten so hell strahlt wie die Sonne. Bei Euch möchte ich leben. Als Sekretär, wenn nötig auch als Kopist, Küchenjunge, Stallbursche ... Alles werde ich tun, nur um nicht von Eurer Seite weichen zu müssen!«

Michel blickte den jungen Mann missmutig an und schüttelte den Kopf.

»Seltsam, was Euch so alles einfällt. Mein Schatten, der so hell strahlt wie die Sonne ... Nein, nein, mein junger Freund, merkt Ihr denn nicht, wie übertrieben und vor allem unpassend Euer Verhalten ist? Seht doch nur, was um uns herum geschieht!« Er zeigte auf die Leuchter und Kerzen, die auf vielen Fensterbänken des Viertels Ferreiroux die ganze Nacht über gebrannt hatten und nun in der frischen Morgenbrise nach und nach erloschen. »Wir werden bei mir zu Hause weiter über Euer Angebot sprechen. Ich möchte so schnell wie möglich von der Straße. In diesen Tagen riskiert man hier draußen sein Leben.«

Chevigny aber war nicht zu bremsen.

»Nur weil mein Verlangen so groß ist, habe ich es gewagt, Euch eben nach der Messe anzusprechen. Ihr seid im Besitz eines Geheimnisses, das über das Menschenmögliche hinausgeht. Ich bitte Euch gar nicht, es mir zu entdecken. Wenn Ihr mich nur bei Euch aufnehmt, damit ich Euch dienen kann. Mir reicht es völlig, mein Leben dem Menschen zu weihen, der wie kein anderer auf Erden Gott nahe kommt.«

Michel lag es auf der Zunge, mit einer barschen Bemerkung zu antworten, doch sie betraten jetzt die Place de Bourg-Neuf, die fest in der Hand der aufständischen *cabans* war. Viele von ihnen lagen schlafend, in ihre grauen Mäntel gehüllt auf dem Pflaster, neben sich die mit einfachen Hühnerfedern geschmückten Hüte, erschöpft und blutbefleckt von den nächtlichen Razzien, von denen sie gerade erst zurück waren. Streifzüge, bei denen sie sich an den Lichtern orientieren konnten, die die Bürger Salons, die sie unterstützten, in Fenstern und auf Balkonen aufgestellt hatten.

Andere *cabans* hatten sich schon wieder erhoben und steckten die Köpfe zusammen, um über die nächsten Strafexpeditionen am fünften Tag ihrer unangefochtenen Herrschaft über Salon zu beraten. Begonnen hatte der Aufstand, als sich die Nachricht von dem versuchten Staatsstreich der Hugenotten in Amboise, wo die königliche Familie residierte, in der Stadt verbreitete. Sofort waren die *cabans* ausgezogen und hatten mutmaßliche Reformierte überfallen und verprügelt.

Als der Bailli Pierre Roux versuchte, die Gewalt in Salon einzudämmen, war es zu derart wütenden Reaktionen gekommen, dass er sich gezwungen sah, sich in einem Palast an der Place des Arbres zu verschanzen. Im Nu hatten die *cabans* Holz und Stroh um das Gebäude herum bis zum ersten Stockwerk aufgestapelt, fest entschlossen, es niederzubrennen. Gerade noch rechtzeitig hatte sich der neue Erste Konsul Antoine Cadenet in die Angelegenheit eingeschaltet, den Bailli dazu gebracht, sein Amt niederzulegen, und ihn in ein Verlies im Château d'Empéri geleitet, wo er vor dem Zorn des Pöbels geschützt war. Ein wirkungsloser Versuch, die Lage zu beruhigen. Hinzu kam, dass die *cabans* darin die Vollmacht dafür sahen, in der ganzen Stadt für ihre Art der Gerechtigkeit zu sorgen. Tagsüber verhielten sie sich ruhig, nachts aber machten sie mit ihren Fackeln Jagd auf die angeblichen Hugenotten, die sie dann misshandelten und auf die Burg schleppten. Der Erste Konsul war gezwungen, sie öffentlich in Haft zu nehmen, um ihnen ein noch schlimmeres Schicksal zu ersparen.

Zwar brach gerade der Tag an, aber bei den *cabans* konnte man nie wissen. Michel täuschte eine Ruhe vor, von der er tatsächlich weit entfernt war. Mit einer Handbewegung erlegte er

Chevigny Stillschweigen auf und begann, durch die Reihen der bewaffneten Bauern hindurch, humpelnd seinen Weg fortzusetzen. Einige wurden auf die beiden Männer aufmerksam und musterten sie misstrauisch. Michel hörte eine Frage, die ihn erschaudern ließ.

»Wer sind die beiden?«, fragte ein *caban*.

»Der Ältere ist Nostradamus, der mit diesen Jahrbüchern«, antwortete eine Stimme, die Michel als die eines Metzgers erkannte, dem er einmal ein Horoskop erstellt hatte. »Ein guter Katholik und sehr weiser Mann.«

»Ein Magier kann unmöglich ein guter Katholik sein. Vielleicht sollten wir ihn mal in die Mangel nehmen.«

»Lass ihn in Ruhe. Der ist wirklich kein Hugenotte. Sogar die Königin lässt sich von ihm beraten.«

Michel gab sich gleichgültig, während er mit pochendem Herzen den Platz überquerte. Er verfluchte seine kranken Beine, die ihm nur einen langsamen, humpelnden Gang gestatteten. Zum Glück hatte auch Chevigny die brenzlige Situation erfasst und ging schweigend neben ihm her. Die *cabans* begannen, wieder über andere Dinge zu reden.

Michel und Chevigny hatten bereits die andere Seite des Platzes erreicht, als sie plötzlich lautes, vielstimmiges Rufen vernahmen, das rasch näher kam. Nicht lange, und man konnte die einzelnen Worte verstehen.

»Es lebe die wahre Religion! Tod allen Hugenotten! Es leben die *cabans*!« Noch war nicht klar, woher dieses Geschrei kam.

Einen Augenblick später wich Michel zur Seite aus und bedeutete Chevigny, es ihm nachzutun. Aus der Straße, in die sie gerade einbiegen wollten, kam raschen Schritts eine Schar Männer auf sie zu. Vorneweg marschierte Louis Villermin, kurz »Curnier« genannt, der unbestrittene Anführer der *cabans*. Sein wildes, fanatisches Äußeres, hervorgehoben durch seinen rasierten Schädel und das schwere Holzkreuz um seinen Hals, stand in heftigem Kontrast zu der eleganten, besonnenen Erscheinung des Edelmanns an seiner Seite.

Michel erkannte ihn sogleich. Es war Antoine de Cordes, ein

treuer Anhänger der Partei der Guise in Salon. Er galt als gemäßigt und hatte sich in der Tat an den ersten drei Tagen des Terrors dadurch ausgezeichnet, dass er zahlreichen Hugenotten das Leben rettete, indem er sie ihren Henkern entriss und auf der Burg einkerkern ließ. Aber nach und nach hatten ihn die *cabans* immer mehr in die Pflicht genommen, sodass er sich nun nicht mehr bei den Gräueltaten zurückhalten konnte, ohne selbst sein Leben aufs Spiel zu setzen. Bleich im Gesicht folgte er Curnier nicht wie ein Komplize, sondern eher wie sein Lakai.

»Auf den Scheiterhaufen! Auf den Scheiterhaufen! Tod den Hugenotten«, grölten sie im Chor, als sie auf den Platz einbogen. Viele *cabans* schlugen Trommeln oder ließen Trompeten schmettern und entfachten so einen dissonanten Höllenlärm. Die Kameraden, die noch geschlafen hatten, wachten auf und begrüßten sie mit Jubelgeschrei.

»Das ist eine Horde Wilder!«, machte sich Chevigny jetzt Luft. »Warum gebietet der Klerus ihnen nicht Einhalt?«

Michel antwortete nicht. Ein schreckliches Bild hatte ihn erstarren lassen. Inmitten der *cabans* stolperte, von einem zum anderen gestoßen, eine alte blutüberströmte Frau. Ihr Gesicht war bis zur Unkenntlichkeit misshandelt worden. Auf dieser blutigen Maske klebte weißes Haar, das man ihr an mehreren Stellen ausgerissen hatte.

Michel konnte den Anblick nicht ertragen. Brüsk schob er Chevigny zur Seite, der seinen Ellbogen ergriffen hatte, und eilte zu Antoine de Cordes. Seine Beine schmerzten, und seine Knie waren weich, doch seine Empörung war so groß, dass sie die Angst überwand.

»Monsieur de Cordes, vor solch einem Verbrechen dürft Ihr nicht die Augen verschließen«, rief er mit bebender Stimme, die fast in dem Lärm unterging.

Curnier drehte sich ruckartig zu ihm um.

»Was ist da los?«, fragte er barsch.

»Nichts, nichts. Das ist ein Freund von mir«, beeilte sich de Cordes ihn zu beruhigen. Der Edelmann, totenbleich im Gesicht und fiebrig wirkend, fasste Michel am Arm und zog ihn fort.

»Was ist in Euch gefahren?«, zischte er ihn an. »Ihr spielt mit Eurem Leben, merkt Ihr das nicht?«

Michel zeigte auf die alte Frau, die zwischen den grauen Umhängen ihrer Peiniger jetzt fast verschwunden war.

»Wer ist diese arme Alte? Was habt Ihr mit ihr vor?«

»Sprecht doch leiser!«, flehte de Cordes. Er senkte den Blick. »Das ist die Mutter eines Hugenotten. Man bringt sie zum Leprosarium. Dort wird man sie köpfen.«

»Und das erzählt Ihr mir so ruhig.« Michel spürte, wie ihm der bittere Geschmack von Erbrochenem in die Kehle stieg und ihm den Atem nahm. Er schluckte ein paar Mal und konnte dann sagen: »Ich flehe Euch an: Verhindert dieses Verbrechen!«

»Mir sind die Hände gebunden. Außerdem ist sie ja schon halb tot. Je eher sie ihr den Kopf abschlagen, desto besser für sie.«

Michel barg sein Gesicht in den Händen.

»Mein Gott! Mein Gott! Habt ihr denn alle den Verstand verloren? Glaubt ihr wirklich, auf diese Weise dem wahren Gott zu dienen?«

»Schweigt«, fuhr ihn de Cordes plötzlich sehr energisch an. »Ihr habt kein Recht, mir Vorwürfe zu machen. Auf ein Opfer dieser Bestien kommen mindestens zwanzig, denen ich das Leben gerettet habe. Leider ist Poulin de la Garde zurzeit auf See, doch Palamède Marc ist schon dabei, Männer zu sammeln, um endlich Ruhe und Ordnung in dieser Stadt wiederherzustellen. Für morgen wurde eine Notablenversammlung einberufen. Kommt doch auch und leistet Euren Beitrag zur Beruhigung der Lage.«

Während sich der Lärm der Trommeln und Trompeten entfernte, setzte de Cordes ein wenig selbstsicherer hinzu:

»Docteur de Notredame, Ihr wisst doch auch, was die Katholiken in Ländern zu erdulden haben, die von Protestanten beherrscht werden. Nein, es ist schon richtig, dass wir für unsere gute Sache kämpfen und uns dabei zuweilen auch grausamer Mittel bedienen. Gewiss, auch den einen oder anderen Unschuldigen wird es treffen, doch das lässt sich nicht verhindern. So ist nun mal der Krieg.«

Michels Augen hatten sich gerötet.

»Eben der Krieg ist ja das Hauptübel. Versteht Ihr das denn wirklich nicht?«

»Nein, das verstehe ich nicht«, antwortete de Cordes brüsk. »Geht lieber nach Hause. Wir werden die Lage schon in den Griff bekommen. Und denkt nicht mehr an diese alte Frau.«

Michel fühlte sich ungeheuer machtlos, aber auch alt und krank wie nie zuvor. An die Reisen jenseits der Zeitgrenzen gewöhnt, hatte er sich vorgemacht, dass die Jahre für ihn nicht vergingen, obwohl Bart und Haupthaar schon seit langem ergraut waren. Die Gicht, vor allem aber seine Unfähigkeit, gegen ein Unrecht energisch einzuschreiten, gemahnten ihn daran, dass er bereits siebenundfünfzig Jahre alt war. Mit anderen Worten, er war ein alter Mann. Über die Grenzen der Zeit hinauszublicken bedeutete eben nicht, den Lauf der Zeit aufhalten zu können. Er senkte den Kopf und kehrte zu Chevigny zurück.

Dieser schien die Niedergeschlagenheit seines Idols zu spüren, fasste ihn unter und stützte ihn. So verließen sie zusammen den Platz.

Es dauerte jedoch nicht lange, da zeigte sich ihnen in der Straße, in die sie schweigend eingebogen waren, ein weiteres Bild barbarischen Wütens. Vielleicht zwei Dutzend *cabans*, die sich von dem von Curnier angeführten Zug getrennt hatten, hatten das Haus des Vizekonsuls Louis Paul, eines mutmaßlichen Hugenotten, gestürmt. Der hohe Würdenträger und dessen Bruder hatten sich mit ihren Familien noch rechtzeitig in Sicherheit bringen können. Erbost, keine menschliche Beute vorzufinden, waren die *cabans* gerade dabei, die Wohnung und das darunter befindliche Geschäft zu plündern. Aber mehr als ums Plündern ging es ihnen ums Zerstören. Die Straße war mit Getreide übersät, und vom oberen Stockwerk flogen Tische, Stühle und sogar eine Wiege herunter. Ein halb nacktes junges Mädchen, vielleicht ein Dienstmädchen des Konsuls, wankte wie eine Schlafwandlerin in dem Chaos umher. Daran, wie sie die Hände auf ihr Hemd presste, das in Höhe der Scham blutbefleckt war, ließ sich erahnen, was man ihr angetan hatte.

Chevigny legte Michel die flache Hand vor die Augen. »Maître, seht Euch das nicht an. Ihr seid zu groß, um Euch mit dem Anblick solcher Schandtaten zu belasten.«

Zornig schob Michel die Hand des jungen Mannes weg.

»Lasst mich in Frieden und behandelt mich nicht wie ein kleines Kind! Wisst Ihr nicht, dass ich solche Gräuel jede Nacht schaue. Das ist die Gabe, die mir Ulrich hinterlassen hat. Eine Gabe, die zu viel von einem Fluch hat.«

Er bemerkte, dass Chevigny gekränkt war, und milderte ein wenig seinen Tonfall:

»Ach, Ihr kennt Ulrich nicht und wisst nicht, wovon ich spreche. Außerdem ist es auch nicht ganz richtig, was ich sage. Die Gabe, die ich erhielt, ist vergiftet, das schon, aber ich selbst bin es, der sie hegt und pflegt. Ich kann meine Augen vor der Wahrheit nicht verschließen, und sei sie noch so grausam. Also glaubt bitte nicht, mir etwas abnehmen zu können.«

Chevigny gab sich mit der Erklärung zufrieden, und so wanderten sie weiter zum Viertel Ferreiroux, das bis dahin vor der Mordlust der *cabans* verschont geblieben war. Nachdem ihn der Baron de la Garde damals vor dem Mob gerettet hatte, war Michel von dem fanatischen Müller nicht mehr belästigt worden, wurde aber weiterhin misstrauisch von ihm beäugt. Schlimmer waren für ihn die Spannungen in seinen eigenen vier Wänden. Zwar hatte er sich mit Jumelle versöhnt, und die bevorstehende Geburt eines weiteren Kindes, das sie, wenn es ein Mädchen würde, zu Ehren der Mutter auf den Namen Anne taufen wollten, trug erheblich zum Familienfrieden bei. Dennoch waren die Wunden auf beiden Seiten noch längst nicht verheilt. Ja, es war ein Riss zwischen den Eheleuten entstanden, unter dem sie beide litten. Er verzichtete nun auf seine Bordellbesuche und benahm sich auch sonst wie ein ergebener Ehemann. Aber er hatte die Gründe für Jumelles Flucht immer noch nicht verstanden und schob sie auf das bekanntermaßen wankelmütige und unvernünftige Wesen der Frauen. Jumelle ihrerseits zeigte sich als liebevolle Mutter, hatte aber ihrem Mann gegenüber ihre frühere Spontaneität fast gänzlich verloren. Und obwohl sie unter demselben Dach lebten, sahen sie sich wenig, und auch darunter litten beide still.

Michel schloss die Haustür auf, doch von innen war der Riegel vorgelegt. Er begrüßte diese Vorsichtsmaßnahme und klopfte heftig an. Kurz darauf richtete sich der ängstliche Blick einer Frau durch den Türschlitz auf ihn, dann ging die Haustür auf.

»Was gibt's Neues, Christine?«, fragte Michel in bemüht sorglosem Ton. In jenen dramatischen Tagen empfand er es als seine Pflicht als Hausherr, zumindest den Anschein von Normalität zu wahren und den Ängsten der Frauen, die mit ihm lebten, nicht noch neue Nahrung zu geben.

»Nichts, Monsieur. Madame ist bei ihren Gästen.«

»Bei welchen Gästen?«, rief Michel verblüfft aus. »Ich hatte angeordnet, niemanden hereinzulassen.«

»Aber dies sind Freunde von Euch, Monsieur.« Christine war sichtlich verlegen. »So sagte Madame zumindest.«

»Nun, das werden wir sehen«, erwiderte Michel. »Kommt, Chevigny.«

Was er dann sah, als er in der Tür des Salons stand, verschlug ihm den Atem. Jumelle, mit kugelrundem Bauch und erschöpfter Miene, aber immer noch sehr schön, thronte auf einem Sessel vor dem Fenster. Um sie herum saßen, teils auf Stühlen, teils auf dem Sofa, einige Herren, die Michel sehr wohl kannte. Die beiden in schwarzem Samt mit den silbernen Ketten um den Hals und am Gürtel waren der greise Amalric de Mauvans und der junge Barthalès. In Salon galten sie als die unangefochtenen Anführer der hugenottischen Partei und wurden von den *cabans* schon seit Tagen fieberhaft gesucht. Durch die Ermordung des Bruders von Barthalès, Antoine, einige Monate zuvor hatten die Reformierten in Salon ihren ersten Märtyrer bekommen.

Noch kompromittierender jedoch war die Anwesenheit des Gastes, der mit einem eleganten, jedoch an mehreren Stellen aufgerissenen und staubbedeckten Reiserock aus feinem Brokat bekleidet war. Es handelte sich um den Zweiten Konsul Louis Paul, einen reichen Kaufmann, zumindest vor der Plünderung seiner Habe, die immer noch in Gang war.

»Michel, ich habe diese Freunde aufgenommen, ohne auf deine Rückkehr zu warten. Sie schweben in Lebensgefahr«, erklärte Jumelle, so als wolle sie möglichen Einwänden ihres Mannes zuvorkommen. »Sie kennen dein gutes Herz und haben um Unterschlupf bei uns gebeten. Ich meine, sie haben gut daran getan.«

Michel antwortete nicht, weil ihn der Anblick eines vierten Gastes zutiefst erschüttert hatte. Es handelte sich um Blanche, ebenjenes Mädchen aus dem Bordell, mit der Michel am liebsten aufs Zimmer gegangen war, als er dort noch Kunde war. Er war dermaßen verlegen, dass er kein Wort herausbrachte. Auch das Mädchen schien sich etwas unwohl in seiner Haut zu fühlen. Es trug ein sehr züchtiges Kleid mit hohem Kragen und auf dem Haar eine weiße Seidenhaube. Doch allein schon die fast katzenhafte Haltung, in der es in einem kleinen Sessel saß, verriet eine natürliche Sinnlichkeit, die es unmöglich verbergen konnte.

Wieder war es Jumelle, die das beklemmende Schweigen brach.

»Michel, ich glaube, du kennst Blanche bereits«, sagte sie ein klein wenig maliziös. »Sie musste fliehen, ebenso wie die anderen Mädchen aus ihrem Etablissement. Die *cabans* sehen in ihnen so etwas wie den Lohn für ihre vermeintlichen Heldentaten und missbrauchen sie auf jede erdenkliche Weise. Nicht einmal die Herrin des Etablissements, Catherine Caline, konnte das verhindern, obwohl sie doch mit diesem Galgengesicht Curnier verheiratet ist. Blanche wusste nicht wohin, und so ist sie zu uns gekommen.«

Louis Paul, ein mürrisch dreinblickender Mann mit vollkommen kahlem Schädel, zog eine Augenbraue hoch.

»Die Anwesenheit gewisser Gäste scheint mir in einem solch ernsten Augenblick moralisch nicht vertretbar. Gott muss eine Beleidigung nach der anderen hinnehmen. Ich möchte nicht, dass eine weitere Unze Sünde auf der himmlischen Waage seinen Zorn entfesselt.«

Jumelle reagierte mit einem breiten Lächeln.

»Da mögt Ihr Recht haben, Monsieur. Aber wenn Ihr den göttlichen Zorn fürchtet, solltet Ihr vielleicht besser nach Hause gehen.«

»Nein, nein«, beeilte sich Michel zu versichern. »Es ist unsere Christenpflicht, den Bedrängten beizustehen. Messieurs und auch Ihr, Mademoiselle Blanche, habt sehr gut daran getan, hierher zu kommen. Ich weiß nicht, wie sicher dieses Haus ist, aber im Moment ist es zweifellos sicherer als die Straße. Anne, bist du sicher, dass der Müller nichts bemerkt hat?«

»Der ist wohl mit den *cabans* unterwegs.«

»Hast du für das leibliche Wohl unserer Gäste gesorgt?«

»Christine bereitet etwas vor.«

»Und wo sind die Kinder?«

»Die spielen in deiner ›Werkstatt‹.«

Chevigny, der bis zu diesem Augenblick nur stumm dagestanden und Blanche mit Blicken verschlungen hatte, erwachte plötzlich wie aus einer Trance.

»Ach, die berühmte Werkstatt des großen Nostradamus! Der Tempel der Wahrheit unbegreiflichster Magien«, rief er voller Inbrunst aus, um sich dann an das Grüppchen der Hugenotten zu wenden: »Messieurs, ich sollte Euch mitteilen, dass ich zwar ein guter, Papst Pius IV. treu ergebener Katholik bin. Vor allem aber bin ich Maître Nostradamus treu ergeben und respektiere seine Gäste, wer immer sie auch sein mögen. Ja, ich möchte die Gelegenheit nutzen, um hier vor Zeugen mein ganzes Leben Doktor Nostradamus zu weihen und mich zu seinem Sklaven zu erklären!« Mit diesen Worten warf sich Chevigny vor Michel auf die Knie.

Jumelle blickte ihren Gatten fragend an.

»Wo hast du denn diesen Wahnsinnigen aufgelesen?«

Michel zuckte mit den Achseln.

»Er war es, der mich fand«, murmelte er. Dann, an den jungen Mann gewandt: »Ich habe für Euer Anliegen jetzt keine Zeit. Wem Ihr Euer Leben weiht, könnt Ihr auch noch später entscheiden.«

Chevigny erhob sich wieder, wobei er sich auf Blanches Knie aufstützte. Die ließ es geschehen.

In diesem Moment sprang auch Amalric de Mauvans auf.

»Ich glaube, ich habe Hufschläge gehört. Ob das schon unsere Leute sind?«

Barthalez stand ebenfalls auf, schüttelte aber den Kopf.

»Das bezweifle ich sehr. Tripoly ist nach dem misslungenen Anschlag gegen die königliche Residenz untergetaucht. Und auf andere hugenottische Heerführer können wir uns hier nicht verlassen.«

»Vielleicht ist es Verstärkung für die *cabans*«, gab Louis Paul mit finsterer Miene zu bedenken. »Wie ich hörte, hält sich ›der Mönch‹ Richelieu zurzeit hier in der Gegend auf.« Er blickte zu Michel, der ans Fenster getreten war und hinaus auf die Straße sah, ohne etwas entdecken zu können. »Erinnert Ihr Euch, Doktor Nostradamus, Ihr selbst habt diesen Bluthund in einem Eurer Quartains erwähnt. So glaube ich zumindest.«

Michel wartete, bis das Hufgetrappel draußen ganz verklungen war, drehte sich dann um und nickte:

»O ja, ich erinnere mich sehr gut.« Er trug aus dem Gedächtnis vor:

*De nuict viendra par la forest de Reines,*
*deux pars valtorte Herne la pierre blanche.*
*Le moine noir en gris dedans Varennes,*
*eslau cap. cause tempeste, feu sang tranche.*

»Und Ihr habt wohl Recht«, erklärte er dann, »auch ich glaube, mit dem schwarzen Mönch, der sich zum grauen Mönch wandelt, also aus dem Priesterstand austritt und dann zum Hauptmann ernannt wird, ist Richelieu gemeint. Auf ihn gehen ›Feuer, Blut und *tranche*‹, das Köpfen also, zurück.«

»Nur mit den Örtlichkeiten, die Ihr da nennt, habe ich Schwierigkeiten. Dörfer oder Städte namens Varennes gibt es in Frankreich mindestens dreißig; hinzu kommt noch ein Fluss, der den gleichen Namen trägt.«

»Nun, Varennes, der Wald von Rennes-en-Grenouille, Vautorte, Ernée, Pierre Blanche, das alles sind Orte, die in der Provinz Maine nördlich der Loire liegen.«

»Aber dort wird ja noch gar nicht gekämpft.«

»Das stimmt, aber wenn meine Visionen zutreffen, wird es bald dazu kommen.«

Chevigny, der sich daran gemacht hatte, Blanches Schultern zu massieren – vielleicht um sie zu trösten – hielt in seiner Tätigkeit inne und reckte die Arme zum Himmel.

»Ein Prophet«, rief er. »Der größte Prophet aller Zeiten. Wie herrlich, sich mit ihm in einem Raum aufhalten zu dürfen und dieselbe Luft wie er zu atmen.«

Jumelle brach in höhnisches Gelächter aus. Bevor sie aber noch eine gepfefferte Bemerkung folgen lassen konnte, erschien Christine in der Tür.

»Ist das Essen fertig?«, fragte sie das Hausmädchen.

Christines Gesicht war noch blasser als gewöhnlich.

»Nein, Madame… es ist etwas Entsetzliches geschehen… Die Suppe köchelte so vor sich hin, als plötzlich Käfer aus dem Topf gekrabbelt kamen. Ich glaube es sind Skarabäen… dutzende… ach was sag ich… hunderte! In der ganzen Küche wimmelt es von diesen ekligen Tieren.«

Michel stieß einen Schrei aus.

»Wie am Hof von Katharina! Das bedeutet, dass…«

Er brach ab, denn von der Straße her vernahm man wieder das Hufgetrappel, nur dieses Mal ganz nah. Einen Augenblick später pochte jemand heftig gegen die Tür.

»Öffnet! Im Namen des Königs.«

Die Herren von Mauvans zogen die Degen. Trotz ihres schwangeren Bauches stand Jumelle entschlossen auf.

»Ich gehe die Armbrust holen. Sie hat uns schon einmal geholfen und wird es wieder tun.«

Michel spürte, wie ihm der Schweiß auf die Stirn trat. Mit einer hektischen Geste brachte er sie von ihrem Vorhaben ab.

»Widerstand wäre zwecklos. Ich gehe öffnen. Vielleicht kann ich sie ja irgendwie wieder loswerden.«

Er schob Christine zur Seite und durchquerte humpelnd den Korridor, während immer noch gegen die Tür geklopft wurde. Sein Herz raste, als er den Riegel anhob und die Tür aufflog.

Die Überraschung war so groß, dass ihm schwindlig wurde.

»Bertrand!«, rief er.

»Ja, ich bin's«, antwortete Michels jüngerer Bruder lächelnd. »Der Graf von Tende hat Palamède Marc und mich ausgesandt, damit wir Euch die *cabans* vom Halse schaffen. Was ist? Willst du mich nicht umarmen?«

Die beiden Brüder fielen sich in die Arme, herzten und drückten sich innig. Endlich löste sich Michel ein wenig und musterte Bertrand von Kopf bis Fuß. Als er ihn zum letzten Mal gesehen hatte, war der Bruder fast noch ein Junge gewesen, und jetzt stand ein reifer Mann vor ihm. Er trug ein Kettenhemd mit den Insignien des Gouverneurs der Provence und einen Helm mit einem langen Visier. Dort, wo das Eisen dem Stoff Platz machte, erkannte man Formen, die auf eine gut ausgebildete Muskulatur schließen ließen.

»Du hast dich sehr verändert«, murmelte Michel.

»Du ganz und gar nicht, Bruderherz. Aber willst du mich nicht hereinlassen? Ich hab dir so viel zu erzählen. Kannst du dich noch an dieses hübsche Küken, Giulia Cybo-Varano, erinnern?«

»Ja, schon…« Michel war furchtbar verwirrt.

»Nun, ich habe sie letzte Woche in Tende wieder gesehen. Sie war auf dem Weg nach Italien. Du müsstest mal sehen, was das für eine Frau geworden ist. Ganz wie ihre Mutter, mit den gleichen großen…, na ja, du weißt schon. Aber muss ich dir das wirklich alles an der Tür erzählen?«

»Nein, nein, komm herein«, stammelte Michel. »Fühl dich wie zu Hause.« Er hoffte aus tiefstem Herzen, dass die Mauvans die Degen zurückgesteckt hatten.

# In Gewahrsam

Was Ihr mir da erzählt, klingt nicht sehr erbaulich«, bemerkte Pater Jean Leunis, der Leiter des Collegium Romanum der Gesellschaft Jesu.

Pater Michaelis nickte.

»Ja, das stimmt. Ich hätte auch nicht gedacht, dass Frankreich so rasch vor der so genannten reformierten Kirche kapitulieren würde.« Er hielt inne, um sich an seinem Sitz festzuhalten. Die Kutsche, die sie durch Rom zum Kloster San Marcello brachte, schien in eine Gasse mit arg holprigem Pflaster eingebogen zu sein, und immer wieder gab es Stöße und Schläge, die richtig wehtaten. »Das hat alles mit der Verschwörung von Amboise und den darauf folgenden Vergeltungsmaßnahmen angefangen«, fuhr Michaelis dann fort. »So verwandelt sich eine Niederlage der Ketzer immer mehr zu einem Sieg für sie.«

»Wie konnte es nur dazu kommen?«, fragte Pater Leunis.

»Das habe ich doch bereits gesagt«, antwortete Michaelis etwas ungeduldig. Jean Leunis war Belgier, und wie alle Franzosen hielt auch er die nördlichen Nachbarn nicht für die Hellsten. Die klobige Gestalt und die groben Gesichtszüge des Mitbruders waren auch nicht gerade dazu angetan, dieses Vorurteil zu entkräften. »Die Verbrennung von Anne de Bourg im Dezember letzten Jahres hat den Pöbel noch relativ kalt gelassen. Aber in Amboise ist der Kardinal von Lothringen eindeutig zu weit gegangen. Es war schon makaber, so viele Verschwörer an den Fenstern des königlichen Schlosses aufzuknüpfen. Ganz Frankreich war erschüttert von dem Anblick, wie die Leichen dutzendweise an den Außenmauern des Schlosses hingen.«

»Damit haben sich die Guise keinen Gefallen getan. Nun hält man sie überall für fanatisch und erbarmungslos.«

»Ganz genau.« Michaelis überlegte, dass Leunis vielleicht doch weniger borniert war, als er angenommen hatte. »Das Schlimme ist, dass der Kardinal von Lothringen danach begonnen hat, Schritt für Schritt zurückzuweichen – und mit ihm die Königin. Das Edikt von Romorantin schützt die Ketzer jetzt praktisch vor dem weltlichen Gesetz – es sei denn bei schwerer Störung der öffentlichen Ordnung – und überantwortet sie allein den kirchlichen Tribunalen, die keine Todesurteile aussprechen dürfen.«

»Skandalös«, murmelte Pater Leunis.

»Schlimmer noch. Es ist ein falsches Signal, ein Friedensangebot, während der Krieg noch in vollem Gange ist. Praktisch eine Kapitulation.«

»Wenn der Kardinal von Lothringen glaubt, auf diese Weise wieder an Popularität gewinnen zu können, macht er sich etwas vor.«

»So ist es.« Michaelis verstand endgültig, dass er es hier, seinen Vorbehalten gegen Belgier zum Trotz, mit einem scharfsinnigen Gesprächspartner zu tun hatte. »Wehe dem Löwen, der im Kampf die Krallen einzieht: Selbst ein Hündchen würde erkennen, dass er Angst hat, und zum Angriff übergehen. Na ja, Königinnen sind noch viel schlauer als Hündchen. Meiner Überzeugung nach hat der Untergang der Guise gerade erst begonnen.«

Die Kutsche nahm jetzt eine Steigung, und Pater Michaelis schob die gewissenhaft zugezogenen schwarzen Vorhänge vor dem Fensterchen nur ein klein wenig auseinander und blickte hinaus. Ein üppig blühende, im hellen Licht der Julisonne liegende Landschaft war an die Stelle der ärmlichen Häuser getreten, an denen sie bisher vorübergefahren waren.

»Einfach herrlich, diese Landschaft um Rom herum, besonders an einem solchen Tag«, erklärte er mit einem Seufzer. »In Paris regnet es seit zwei Monaten ununterbrochen.«

»Seid Ihr aus Paris?«, fragte Pater Leunis.

»Nein, aus der Provence. Das Klima ist dort ganz ähnlich wie hier. Ich mag das, und irgendwann werde ich wohl auch in meine Heimat zurückkehren.«

»Ach, aus der Provence. Wenn ich mich nicht täusche, hat die Irrlehre dort ja Gott sei Dank noch nicht Fuß fassen können.«

»Nun ja, das ist leider nicht ganz richtig. Die Calvinisten haben in Lyon eine ihrer ältesten und stärksten Gemeinden, und von dort breiten sie sich immer mehr nach Süden aus. Allerdings haben sie bisher nur Zulauf aus dem Adel und dem wohlhabenden Bürgertum. Die Bauern und Tagelöhner haben sich noch nicht anstecken lassen und sind dem katholischen Glauben treu geblieben. An manchen Orten gab es sogar Aufstände katholischer Tagelöhner gegen ihre hugenottischen Herren. In Salon-de-Craux ist so ein ignoranter Bauernlümmel namens Curnier mithilfe seiner Kumpane vom Land sogar zum Zweiten Konsul gewählt worden.«

»Das scheint mir doch recht positiv.«

»Ist es aber nicht. Von den drei traditionellen Ständen ist es das Bürgertum, auf das es eigentlich ankommt. Außerdem ist der Volkszorn so vergänglich wie Schnee in der Sonne. Wobei wir uns natürlich alle Mühe geben, ihn immer wieder neu zu entfachen.«

Pater Michaelis warf noch einmal einen Blick aus dem Fenster, zog dann die Vorhänge wieder ganz zu und wandte sich mit tiefem Ernst an seinen Mitbruder: »Aber nun zu etwas anderem. Bevor wir gleich ankommen, möchte ich noch genauestens über die Lage in Kenntnis gesetzt werden. Es war sehr mühselig, Carnesecchi aus Venedig herauszulocken. Er genoss dort ja politisches Asyl und dachte gar nicht daran, nach Frankreich zurückzukehren. Deshalb habe ich es so eingerichtet, dass man ihn als Gesandten des Konzils von Trient nach Rom eingeladen hat. Ich habe natürlich gehofft, dass die Inquisition sich sofort seiner annehmen würde. Stattdessen finde ich ihn als Gast im Kloster San Marcello wieder, und zwar als Gast und nicht als Häftling.«

Pater Leunis breitete die Arme aus.

»Ihr wisst ja, der neue Papst Pius IV. ist ein Medici, also ein Verwandter des Großherzogs Cosimo, der immer wieder seine schützende Hand über Carnesecchi gehalten hat. Daher ist auch dieser neue Prozess gegen den Ketzer im Sande verlaufen. Carnesecchi wurde zwar auferlegt, sich nach San Marcello zurückzuziehen, während offiziell das Ermittlungsverfahren gegen ihn weiterläuft. Tatsächlich aber wagt es niemand, einem Mann auch nur ein Haar zu krümmen, der auf den Beistand des Großherzogs und sogar des Papstes zählen kann.«

Michaelis schüttelte den Kopf.

»Leider, leider! Man sieht hier eine ähnliche Entwicklung wie in Frankreich: Immer mehr setzt sich die Partei der Toleranten und der Versöhner durch.«

»Ja, aber hier ist die Situation noch beklagenswerter, weil der Papst an ihrer Spitze steht.« Pater Leunis' Stimme war ein klein wenig leiser geworden. »Wären die Vorhänge nicht zugezogen, hättet ihr vorhin die Trümmer des einstigen Inquisitionspalastes sehen können. Nach dem Tod von Papst Paul IV. hat der Pöbel von Rom ihn Stein für Stein zertrümmert. Und im letzten Mai erließ Pius IV. eine Bulle, in der er die an der Zerstörung Beteiligten vor einer Strafverfolgung verschonte. Das mag Euch einen Eindruck von dem Klima vermitteln, das hier herrscht.«

»Dann ist das Heilige Offizium dieser Stadt also praktisch nicht mehr existent.«

»Nein, so ist es auch wieder nicht. Der Generalinquisitor, Bruder Michele Ghisleri, ist ein wirklich unbeugsamer Mann. Auf jede erdenkliche Weise hat er versucht, Carnesecchi in den Kerker oder sogar auf den Scheiterhaufen zu bringen. Aber leider kann auch er gegen den Willen derjenigen, die noch mächtiger sind, nichts ausrichten.«

»Michele Ghisleri«, murmelte Michaelis nachdenklich. »Ein Dominikaner, wenn ich nicht irre.«

»Ja, aber dennoch ein intelligenter Mann, der sich zudem noch von einem bedeutenden Rechtsgelehrten beraten lässt: von Bischof Diego Simancas, einem hohen Vertreter der spanischen Inquisition. Ein feinsinniger Mann, eine Art neuer Nicolas Eymerich. Keinem der beiden könnte ich etwas Schlechtes nachsagen. Es ist ja auch nicht ihre Schuld, dass man einen Medici zum Papst gemacht hat.«

In diesem Moment kam die Kutsche mit einem Kreischen zum Stehen. Als der Kutscher den Schlag öffnete, musste Pater Michaelis blinzeln, bis seine Augen sich an das helle Licht gewöhnt hatten. Er blickte auf eine verschnörkelte und mit plumpen Statuen überladene Barockkirche, die in heftigem Kontrast zu dem niedrigen, schlichten Klostergebäude nebenan stand, das man durchaus für ein Pfarrhaus hätte halten können. Die Sonne brannte so gleißend auf die weißen Außenmauern, dass eine goldene Aureole entstand und die Steine zu glühen schienen.

Pater Leunis zog an der Türglocke des mit Kletterpflanzen überwachsenen Gästehauses, und es dauerte nicht lange, bis ein groß gewachsener, kahlköpfiger Mönch öffnete.

»Wir sind von der Gesellschaft Jesu«, erklärte Michaelis. »Wir werden von Kardinal Farnese erwartet.«

»Oh ja, er ist bereits eingetroffen. Tretet bitte näher.«

War draußen die Hitze fast unerträglich, so genossen sie jetzt die Kühle im Inneren des Hauses, während sie durch einen Korridor mit feuchten Wänden geführt wurden. Die Bögen aus sehr alten, schlecht zusammengefügten Steinen, die man hier und dort erblickte, ließen erahnen, dass das Kloster auf einem sehr viel älteren, vielleicht sogar vorchristlichen Gebäude errichtet worden war. Alessandro Farnese war im Kapitelsaal, im Gespräch mit einem vielleicht fünfzigjährigen Mann, der eine Kutte und darüber einen Bischofsmantel trug. Als der Kardinal die Besucher erblickte, kam er ihnen gleich entgegen.

»Entschuldigt mich noch einen Moment, ich möchte noch die Unterredung mit meinem Freund hier beenden. Wartet doch bitte draußen. In der Zwischenzeit, Pater Michaelis, könnt Ihr dies hier schon einmal durchlesen.« Er reichte dem Jesuiten einen Umschlag. »Den schickt Euch ein gemeinsamer Freund, der Bischof Marcus Sittich d'Altemps.«

Während Pater Leunis zur Seite trat, öffnete Michaelis den Brief, dessen Siegel bereits erbrochen waren, und begann zu lesen.

*Lieber Sebastian,*
*ich befinde mich im Moment noch in Deutschland, werde aber bald nach Rom zurückkehren. Ich soll das Bistum von Cassano übernehmen, wo mich bisher noch niemand kennt. Außerdem möchte ich meinem Onkel, Seiner Heiligkeit Pius*

*IV. einen Besuch abstatten, der mir einst das Gelübde abnahm und so aus mir, einem Mann des Krieges, einen Mann der Kirche machte. Um mir die Zeit bis zu meiner Rückkehr zu vertreiben, habe ich unterdessen sorgfältig jenes Manuskript studiert, das Ihr mir geschickt habt und das, wie Ihr sagtet,* Arbor Mirabilis *heißt. Zunächst konnte auch ich sehr wenig damit anfangen. Es ist in einer Sprache geschrieben, die keiner sonstigen gleicht. Hinzu kommt, dass zuweilen ein Wort mehrere Male wiederholt wird, was darauf schließen lassen könnte, der Text sei ein unsinniges Phantasieprodukt, eigens dazu verfasst, den Leser zum Narren zu halten. So meine anfängliche Vermutung, die ich später jedoch verworfen habe: Der Sinn, der im Text zu fehlen scheint, erschließt sich durch die Abbildungen. Darüber hinaus erkennt man, dass der Text von zwei verschiedenen Schreibern angefertigt wurde, die beide diese geheimnisvolle Schrift außerordentlich flüssig zu schreiben verstehen. Aber ich möchte Euch nicht langweilen. Im Moment braucht Ihr nicht mehr zu wissen, als dass mich nach tagelangem Grübeln die Legende einer Zeichnung auf den rechten Weg gebracht hat. Nachdem der erste Anhaltspunkt gefunden war, ging die Arbeit immer rascher vonstatten, und heute kann ich mich brüsten, fast zwei Drittel des Textes übersetzt zu haben. Brieflich möchte ich Euch jedoch nicht näher mitteilen, worum es sich da genau handelt. Zunächst einmal werde ich meine Übersetzung fertig stellen. Aber schon jetzt kann ich Euch versichern, dass die* Arbor Mirabilis, *wenn meine Deutung zutrifft, eines der schauerlichsten und teuflischsten Werke ist, die der menschliche Geist jemals hervorgebracht hat, eine frevelhafte Kampfansage an Gott und die gesamte Menschheit. Aber wie gesagt – ich möchte mich brieflich nicht weiter darüber verbreiten. Ich warte also, bis wir uns wieder sehen, damit ich Euch mündlich jenes erschütternde Geheimnis anvertrauen kann, um es dann, mit Eurem Einverständnis, für immer zu begraben.*
*Bene et feliciter vale.*

Pater Michaelis war sehr überrascht und blickte lange versonnen auf den Brief, während er ihn in der Hand hin und her drehte. Pater Leunis sah, dass der Mitbruder die Lektüre beendet hatte, und trat zu ihm.

»Ihr wirkt besorgt. Schlechte Neuigkeiten?«

Michaelis riss sich aus seinen Gedanken.

»Nein. Oder vielleicht doch, jedenfalls aber vollkommen nebensächlich, verglichen mit unseren anderen Problemen.« Er blickte sich nach einem Kerzenleuchter um und setzte den Brief in Brand. Die Asche ließ er, zusammen mit einem noch brennenden Zipfel, auf den Fußboden fallen, wo das Blatt ganz verbrannte. Dann zerstreute er die Reste mit dem Absatz.

Genau in diesem Moment trat Kardinal Farnese in Begleitung seines Gastes aus dem Kapitelsaal. Dieser war ein Prälat von hohem Wuchs mit schwarzem, an den Schläfen schon ein wenig ergrautem, lockigem Haar, einem Spitzbart und einem dichten, pomadisierten Schnurrbart. Seine grauen, leicht mandelförmig geschnittenen Augen blickten nachdenklich.

»Monsignore, darf ich Euch zwei sehr tüchtige Vertreter der Gesellschaft Jesu vorstellen? Pater Michaelis und Pater Leunis. Und dies hier, meine Freunde, ist Bischof Diego Simancas, oder auch Iacobus Septimacensis, wie er sich üblicherweise nennt, ein herausragender Vertreter der spanischen Inquisition. Er ist nach Rom gekommen, um dem Papst die Haltung der Suprema im Fall des Bischofs Carranza, von dem Ihr gewiss schon gehört habt, zu erläutern.«

Feindselige, von blassem Lächeln kaum verhüllte Blicke begleiteten die wechselseitigen Verbeugungen, die nun folgten. Die spanische Inquisition war ganz in der Hand der den Jesuiten verhassten Dominikaner, und umgekehrt mochte auch für Simancas das Zusammentreffen mit Mitgliedern der Gesellschaft Jesu etwa so angenehm sein wie eine Brandwunde.

»Ich habe schon viel von dem Prozess gegen Monsignore Carranza gehört«, sagte Pater Michaelis. »Dem Vernehmen nach wird er unter vollkommener Missachtung aller Vorschriften geführt.«

Simancas funkelte ihn böse an.

»Bei lutherischen Ketzern, wie im vorliegenden Fall, ist jede Rücksichtnahme bereits eine Form der Komplizenschaft.«

Michaelis hielt dem Blick stand.

»Aha, anscheinend habt Ihr das Urteil schon gesprochen. Eigenartig, dabei war ich der Ansicht, der Prozess sei noch im Gange.«

»Das ist er auch, leider. Aber nur, weil der Ketzer Carranza unerwartet einige neue Gönner gefunden hat. Die heimtückischsten von ihnen halten sich in der Mutterkirche selbst verborgen, wie Motten in einem kostbaren Gewand.«

»Jetzt aber Schluss, meine Freunde, ihr werdet doch nicht streiten«, ging nun Farnese mit einem warmherzigen Lächeln dazwischen. »Monsignore Simancas ist hier, weil ich ihn gebeten habe, Piero Carnesecchi zu vernehmen, der in diesem Kloster zu Gast ist, und dem Papst vom Ausgang dieser Unterredung Bericht zu erstatten. Papst Pius IV. ist so gütig wie ein Heiliger, und die Nachsicht, die er Carnesecchi gegenüber an den Tag legt, ist der beste Beweis dafür. Aber wie alle Medici ist er auch ein Freund des katholischen Spanien, und er weiß, dass Monsignore Simancas einer der glühendsten Verfechter des Katholizismus ist. Das Wort eines Rechtsgelehrten seines Formats könnte beim Heiligen Vater eher auf offene Ohren stoßen als das meine.«

»Dürfte ich erfahren, welche Erkenntnisse der verehrte Bischof bei dieser Unterredung mit Carnesecchi gewonnen hat?«, fragte Michaelis, sich einfältig gebend.

»Oh, das ist schnell erzählt«, antwortete Simancas. »Dieser Carnesecchi ist ein uneinsichtiger Häretiker, der schon lange auf den Scheiterhaufen gehört hätte. Es ist empörend, dass er hier ungestört wohnen kann, noch dazu in Gesellschaft einer Hure, die ihm das Bett wärmt.«

Michaelis zuckte zusammen.

»Eine Hure? Was für eine Hure?«

»Oh, Ihr kennt sie sehr gut«, antwortete Kardinal Farnese, dem das eitle Lächeln nicht von den Lippen wich. »Es ist jene Dame, die Ihr selbst auf den Ketzer angesetzt habt und die ihn schließlich von Venedig nach Rom bringen konnte.«

Michaelis überfiel ein unkontrollierbares Zittern. Natürlich war ihm bekannt, dass Giulia Carnesecchi nach Rom begleitet hatte. Aber er war eben der festen Ansicht gewesen, sie sei von dort gleich wieder aufgebrochen. Sowohl in der Provence als auch in Paris hatte er sie suchen lassen. Dass er sie nun hier in Rom wieder sehen würde, hätte er sich niemals träumen lassen.

»Kann ich den Ketzer sprechen?«, fragte er, um Gleichgültigkeit bemüht.

»Aber gewiss.« Alessandro Farnese verbeugte sich vor Simancas. »Ich glaube, wir haben alles besprochen, Monsignor. Ihr wisst ja nun, was Ihr dem Papst Carnesecchi betreffend ausrichten solltet. Ich meinerseits will mich bei ihm dafür einsetzen, dass der Prozess gegen ihn nicht nach Rom verlegt wird: Der Mann ist Spanier und gehört in Spanien abgeurteilt.«

»So ist es.« Simancas verbeugte sich tief. »Ich danke Eurer Eminenz schon im Voraus.«

Kurz darauf geleitete Kardinal Farnese die beiden Jesuiten durch einen im Halbdunkel liegenden Korridor zu jenem Flügel des Klosters, in dem die Zellen lagen.

»Was für ein unangenehmer Mensch, nicht wahr?«, bemerkte er. »Kalt wie eine Schlange und finster wie ein Grab.«

Pater Leunis, der bis zu diesem Moment geschwiegen hatte, stimmte heftig nickend zu.

»So ist doch die gesamte spanische Inquisition. Ihr düsterer dominikanischer Charakter prägt das ganze Land. Im Moment, wo der Katholizismus so in Bedrängnis geraten ist, kann sie uns sicher nützen. Aber auf lange Sicht bringt diese lebensfeindliche Einstellung nur neue Ketzer hervor, vor allem dort, wo die Lutheraner bisher noch nicht Fuß fassen konnten.«

»Ich weiß, ich weiß«, pflichtete ihm der Kardinal väterlich wohlwollend bei. »Ich weiß auch, dass Bischof Carranza vollkommen unschuldig ist. Dennoch, wenn die *Domini canes* nach seinem Blut dürsten, werden wir diesen Durst über kurz oder lang stillen müssen. Der Herr im Himmel wird uns verzeihen. In der angespannten Lage ist seine Kirche auf das mächtige Spanien angewiesen.«

Sie gelangten zu einer Klosterzelle mit offen stehender Tür am Ende eine feuchten Ganges, aus der zwei Stimmen drangen, eine männliche und eine weibliche. Als er sie hörte, wich Michaelis einen Schritt zurück.

»Bevor ich mit Carnesecchi spreche, würde ich gerne ein paar Worte mit der Frau wechseln«, sagte er, »wenn möglich unter vier Augen.«

Der Kardinal zuckte mit den Achseln.

»Wie Ihr wollt. Peter Leunis und ich schicken Euch die Frau heraus und unterhalten uns in der Zwischenzeit ein wenig unverfänglich mit Carnesecchi. Aber seid auf der Hut: Das Mäuschen ist gerissener, als man glaubt, und könnte Euch Informationen entlocken, die besser verborgen bleiben sollten.«

Alessandro Farnese und Pater Leunis betraten die Zelle, und einen Augenblick später kam Giulia heraus. Als sie Michaelis erblickte, stieß sie einen Freudenschrei aus und warf sich ihm an den Hals.

»Nein, welch herrliche Überraschung. Vielen, vielen Dank, dass Ihr gekommen seid. Ich hatte so gehofft, dass Ihr mich nicht im Stich lassen würdet!«

Zutiefst verlegen löste Michaelis die Arme der jungen Frau von seinen Schultern. Monatelang hatte er sie nicht gesehen. Sie wirkte ein wenig mitgenommen, war aber immer noch von einer betörenden Schönheit. Ihr leicht abgemagertes Gesicht war immer noch perfekt oval, und ihre Augen, so himmelblau wie die der Mutter, harmonierten vollkommen mit dem zierlichen Himmelfahrtsnäschen. Beiderseits des Mundes aber waren Falten zu erkennen, während eine dritte, feinere, quer über die Stirn verlief.

Klar zu erkennen war auch, dass Giulia nur mühsam die Tränen zurückhielt, und Michaelis bewunderte sie dafür, dass es ihr gelang.

»Nun, wie ist es Euch ergangen«, fragte er sanft. »Ich habe so lange nichts mehr von Euch gehört.«

»Ach, wenn Ihr wüsstet… Man hat Euch und mich hintergangen. Mein Gabriele war nie in Venedig eingekerkert, ja er ist überhaupt nie dort gewesen. Leider habe ich das viel zu spät erfahren.«

»Was muss ich da hören…?«, rief Michaelis, sich zutiefst erstaunt gebend. »Das ist ja unglaublich… Aber warum seid Ihr nicht nach Frankreich zurückgekehrt, als Ihr es bemerkt habt?«

»Das wäre ich ja gern. Aber es ging nicht«, murmelte Giulia. »Dieser Mann lässt mich nicht gehen.«

»Wer? Carnesecchi?«

»Nein, der doch nicht. Der ist ja selbst arm dran. Ich meine den Kardinal Alessandro Farnese.« Und jetzt liefen ihr doch einige Tränen über die Wangen, und Michaelis begriff, dass die Falten um den Mund vom Weinen kamen.

»Erzählt, was ist geschehen? Aber rasch. Wir haben nicht viel Zeit.«

Giulia zog aus dem Ärmel ihres schlichten Kleides ein Taschentuch hervor, trocknete sich die Tränen und sagte etwas atemlos:

»Ich habe nur getan, was Ihr und der Kardinal mir befohlen hattet. In Venedig nahm ich sofort Verbindung zu Piero Carnesecchi auf. Das war nicht schwer: Er ist ein guter Mensch, freundlich und voller Vertrauen zu seinen Mitmenschen. Er sträubte sich, nach Frankreich zurückzukehren. Also habe ich ihn, auf Farneses Rat hin dazu überredet, nach Rom zu fahren.«

»Wie ist Euch das gelungen?«

»Ach, ganz einfach. Ich habe ihm erzählt, was für ein wundervoll nachsichtiger Mensch der neue Papst sei und dass er sogar meinen Bann aufgehoben hat. Ebenso werde er bestimmt auch ihn, einen Mann, der einmal einer der engsten Ratgeber Cosimo de' Medicis war, begnadigen und seinem Exil in Venedig ein Ende machen.«

»Sehr gewitzt. Eine Idee des Kardinals, nehme ich an.«

»Nein, meine eigene.«

Die Bewunderung verschlug Michaelis erneut die Sprache. Seine Überzeugung, dass Frauen bloß niedliche, wenig kluge Püppchen seien, geriet einmal mehr ins Wanken. Aber nun war keine Zeit, darüber nachzudenken. Die Unterhaltung drinnen in der Zelle drang gedämpft zu ihm und mahnte ihn zur Eile.

»Erzählt mir den Rest in wenigen Worten. Warum seid Ihr in Rom geblieben?«

»Zunächst hat mich der Kardinal in seinem Palast eingesperrt, und seitdem Carnesecchi hierher gebracht wurde, hält er mich mit ihm zusammen hier im Kloster fest.«

»Und wozu?«

Giulia lächelte traurig.

»Könnt Ihr Euch das wirklich nicht denken?«

Doch, das konnte er, und wie. Aber weil der Gedanke so schmerzhaft war, hatte er ihn die ganze Zeit über niedergehalten. Nun, da er gezwungen war, ihn in seiner ganzen Brutalität zu denken, konnte er nur noch stammeln:

»Hat er Euch beigewohnt?«

Giulia schlug die Augen nieder.

»Ja, aber nicht so wie damals, als ich noch ein junges Mädchen war und meine Mutter mich an die Männer verkaufte. Jetzt habe ich mich ihm verweigert. Und jedes Mal musste er mich mit Gewalt nehmen.«

Pater Michaelis war so verstört, dass er kein Wort mehr herausbrachte.

Giulia blickte ihn flehend an.

»Ich bitte Euch, erzählt mir von Gabriele. Habt Ihr etwas von ihm gehört? Wisst Ihr, wo er sich aufhält?«

Michaelis antwortete nicht. Ihm kam eine kühne Idee, die er schon im nächsten Augenblick in die Tat umsetzte. Er ergriff Giulias Arm und schob sie von der Zelle weg durch den Korridor.

»Kommt, beeilt Euch«, zischte er, »aber um Himmels willen macht leise.«

Mehrere Male fürchtete er, sich verlaufen zu haben, aber dann erreichte er den Kapitelsaal. Einige Mönche starrten ihn überrascht an, sagten aber nichts. Mit sicherer werdenden Schritten lief er auf den Ausgang zu und zog Giulia hinter sich her. Der Geistliche, der ihnen geöffnet hatte, hockte auf einem Schemel vor dem Fenster und las in einem Horarium. Als er sie erblickte, stand er sofort auf.

»Diese Frau darf das Kloster nicht verlassen. Ein Befehl von Kardinal Farnese.«

Michaelis verzog verächtlich die Miene.

»Ebender war es, der mir befahl, diese Frau in den Kerker zu schaffen. Nun öffnet endlich!«

Wer weiß, ob der Mönch tatsächlich gehorcht hätte, wäre Giulia nicht so geistesgegenwärtig gewesen, sich plötzlich zu wehren und in Michaelis' Griff zu winden.

»Lass du mich los, du Schweinepriester!«, schrie sie. »Ich will nicht in diesen gottverdammten Kerker.«

»Mein Gott, das ist ja wirklich eine Hexe!«, murmelte der Mönch entsetzt und beeilte sich, die Tür zu entriegeln.

Die Kutsche stand noch im Hof vor der Kirche San Marcello, der Kutscher, der Schutz vor der sengenden Sonne gesucht hatte, saß nicht weit entfernt im Schatten einer Platane.

»Sind die Pferde bereit?«

»Ja, Pater, wir können jederzeit aufbrechen.«

»Gut, dann fahren wir.«

Während er Giulia in die Kutsche hineinhalf, wurde Michaelis allmählich die ganze Tragweite seiner Tat bewusst. Mit Pater Leunis würde es keine Probleme geben, doch mit Kardinal Farnese brüskierte er einen mächtigen Schutzherrn der Gesellschaft Jesu. Er würde Laínez einen detaillierten Bericht zusenden und demütig auf die Bestrafung durch seinen General warten müssen. Es sei denn, seine Tat wäre durch eine zwingende Notwendigkeit gerechtfertigt.

Nun vielleicht gab es sogar eine. Sie fiel ihm zwar jetzt erst im Nachhinein ein, aber es gab sie. Und damit war, so überlegte er, seine Sünde im Grunde nicht mehr so schwer wiegend. Ja, im Grunde war es sogar denkbar, dass der Herrgott selbst ihn zu seinem Handeln verleitet hatte.

Während sich die Kutsche in Bewegung setzte, wandte er sich aufgeregt, aber glücklich an Giulia.

»Ihr habt mich nach Simeoni gefragt. Ich glaube, ich weiß, wo er zu finden ist. Liegt Euch viel daran, ihn zu sehen?«

»Oh ja.«

»Dann bringe ich Euch zu ihm. Aber nur unter einer Bedingung…«

Außer sich vor Freude ergriff Giulia seine Hand.

»Sprecht nur, ich bin zu allem bereit! Ich werde auf ewig in Eurer Schuld stehen!«

»Ihr müsst Simeoni einen Befehl von mir übermitteln, einen sehr ungewöhnlichen Befehl.«

»Was immer es sein mag, Simeoni und ich werden ohne Zaudern gehorchen.«

»Gut.« Michaelis löste mit uneingestandenem Bedauern seine Hand aus dem Griff jener sanften Finger und steckte den Kopf zum Fenster hinaus. »Wohin fahren wir?«, rief er, das Hufgetrappel übertönend, dem Kutscher zu.

»Nach Rom, Pater.«

»Wir wollen nicht nach Rom. Fahre aus der Stadt und bieg dann auf die Straße nach Norden ein. Und treib die Pferde an.«

# Der Attentäter

Michel verstand sofort, dass die Trance in dieser Nacht anders sein würde als sonst. Der Ring in Form einer sich in den Schwanz beißenden Schlange rotierte ungewöhnlich lange zwischen dem Kerzenleuchter und dem dicken Buch mit dem Titel *De Occulta Philosophia* von Agrippa von Nettesheim. Er hatte sogar den Eindruck, dass, während er im Geist die Zahlenreihe von Abraxas aufsagte, der Ring sich nicht wie sonst langsamer, sondern immer noch schneller drehte.

Mit einem Male fand er sich gefangen in einer finsteren Welt, der die bunten grellen Farben des Achten Himmels fehlten, in der es aber von winzigen, länglichen, kaum wahrnehmbaren Flecken wimmelte. Erst ganz langsam wurden ihre Umrisse deutlicher, und Michel erstarrte vor Entsetzen. Er war eingeschlossen zwischen Wänden aus tausenden und abertausenden von Skarabäen, die auf unsichtbaren Oberflächen hin und her wuselten.

Und er verstand, dass das Treffen in dieser Nacht nicht mit Parapalus, sondern mit Ulrich sein würde. Das Blut gefror ihm in den Adern, denn es war die erste Begegnung mit dem Meister nach dessen Tod. Er hatte immer gewusst, dass es früher oder später dazu kommen würde, naiverweise aber darauf gebaut, dass noch Jahre bis dahin vergehen würden.

Da war er schon, eingehüllt in einen Mantel aus seinen Lieblingsinsekten. Unendliches Entsetzen erfasste Michel, das seine Sinne betäubte, so als habe er einen Hieb auf den Schädel erhalten. Kaum nahm er noch das eigenartige metallische Glitzern der Skarabäen wahr. Seine ganze Aufmerksamkeit war eingenommen von der Gestalt dieses mächtigsten Magiers, den die Welt je gesehen hatte, und der ihr Feind war.

Ulrich hatte nichts mehr von dem gebrechlichen Greis, der er in seinen letzten Lebensjahren gewesen war. Achtung gebietend mächtig wirkte er, mit fiebrigen Augen, hinter denen ein geheimes Feuer zu glühen schien. Die Krabbeltiere erklommen seinen endlos langen Bart, und mit einer Hand, die aus dem Nichts hervorkam, wischte der Magier sie fort.

»Wie schön, dich wieder zu sehen, Michel«, sagte er. Seine Stimme kam aus weiter Ferne und schien den Angesprochenen von allen Seiten zu umfangen.

Michel hätte nie geglaubt, dass er zu einer Antwort fähig sein würde. Aber er antwortete, und sogar in recht festem Ton:

»Ja, Meister, zwei Jahre ist es nun her, dass wir uns zuletzt sahen. Am Tag Eures Hinscheidens im Grab des Triumvirn.«

Die am Himmel thronende Gestalt Ulrichs beugte sich ein wenig vor, während von irgendwoher ein heiseres Lachen erscholl, so als käme es von den im Finstern wuselnden Skarabäen.

»Jahre? Tage? Nein, Michel, deine Art der Zeitrechnung ist nicht mehr die meine. Falls sie es überhaupt je gewesen ist.« Das Lachen verklang. »Ja, es ist schon ein erhebendes Gefühl, tot zu sein. Eine größere Freiheit kann es wohl nicht geben, besonders wenn man der Herrscher in der neuen Dimension ist.«

»Nur Gott ist der Herrscher«, erwiderte Michel nicht sehr überzeugt.

»Im Großen und Ganzen stimmt das. Aber erinnere dich, was ich dir vor meinem Tod gesagt habe: Gottes Gesetz ist die Mathematik. Die Zahlen sind der einzige Schlüssel zu dem von ihm geschaffenen Universum und seinen unzähligen Sphären. Wer die Mathematik beherrscht, beherrscht die Welt.«

Instinktiv widersetzte sich Michel.

»Nein! Das entscheidende Gesetz ist das der Liebe und der gegenseitigen Anziehung. Würden Dinge, Personen und Geister sich nicht anziehen, existierte überhaupt nichts. Zählte die Mathematik allein, wäre Gott überflüssig. Daher ist eine solche Annahme Gotteslästerung.«

Ulrichs Miene wurde ernster.

»Ach Michel, wie weit hast du dich von den Überzeugungen entfernt, die ich dich in deiner Jugend lehrte! Das Universum ist

Chaos und gehorcht nur dem Gesetz der Zahlen. Gott ist nichts weiter als eine Reihe von Proportionen und Gleichungen.«

»Da irrt Ihr, Meister. Gott ist Liebe, und damit Einfühlung. Das, was Mann und Frau eint, verbindet auch die Atome und die winzigsten Teilchen der Schöpfung. Gott ist jene Kraft, die aus einer Zweiheit eine Einheit schaffen kann. Die einzige Kraft.«

Überraschenderweise stimmte Ulrich zu.

»Das mag stimmen. Denn wie du weißt, ist die Schöpfung nicht materieller, sondern geistiger Natur, erschaffen durch die Gedankengänge derer, die leben. Deine Auffassung vom Kosmos ist zwar einleuchtend, wird aber von immer weniger Menschen geteilt. Gerade in dem Jahrhundert, in dem du lebst und in dem ich lebte, bricht sich ein neues Denken Bahn, das sich in den folgenden Jahrhunderten, so versichere ich dir, vollständig durchsetzen wird. Ich sehe es schon klar vor mir. Das Denken verändert sich und mit ihm das Universum. Mein Modell wird den Sieg davontragen.«

Michel ergriff eine abgrundtiefe Furcht.

»Das kann Gott unmöglich zulassen«, rief er.

»Gott beschränkt sich darauf, die Maße vorzugeben. Es sind die Menschen, die daraus ihre irdische Welt formen.« Ulrich machte eine verärgerte Geste, Schwärme von Skarabäen stoben auf und flogen, eine silbrige Farbe annehmend, in alle Richtungen davon. »Nun reicht's aber, Michel. Ich wollte dir bloß mitteilen, dass ich dich erwarte. Du hast nur noch wenige Jahre vor dir. Wenn wir uns dann wieder sehen, liegt es an dir zu entscheiden, ob du wieder mein gehorsamer Schüler werden oder mich zum Kampf fordern willst. Wählst du Letzteres, wirst du unterliegen, und dein Gesetz der gegenseitigen Anziehung wird jegliche Kraft verlieren.«

»Ich werde niemals mehr dein Sklave sein!«

»Dann wirst du vollkommen verschwinden aus den Wogen des Bewusstseins, die durch den Äther wallen. Und du wirst mich nicht einmal mehr bekämpfen können. Soll ich dir mal was sagen? In hundert Jahren, deiner irdischen Zeitrechnung nach, wird die Magie nicht mehr funktionieren. In zweihundert Jahren wird sie verlacht werden. Und in dreihundert Jahren wird niemand mehr daran glauben. Und die Magie funktioniert nur, wenn man daran glaubt.« Ulrichs Gestalt begann sich aufzulösen. »Schon heute ist dir von deiner magischen Macht nur jener Rest geblieben, der Parpalus dazu zwingt, dir Bruchstücke der Zukunft zu enthüllen. Doch es wird dir nichts bringen. Deine Prophezeiungen können erst überprüft werden, wenn sie sich erfüllt haben. Es ist sinnlos. Du bist nichts weiter als ein erbärmlicher Schmierer von Jahrbüchern.«

Plötzlich war Ulrich verschwunden, und Michel fand sich bis zur Hüfte in ein milchiges Meer getaucht, unter einem Himmel von gleicher Farbe, an dem Wolken schnell vorüberjagten. In der Ferne sah er Gestalten, starr wie aus Stein. Sie waren Götter, Dämonen, Drachen, all jene Wesen, die seit Urzeiten die Albträume der Menschen bevölkerten. Dann verschwand auch dieses Bild, und die Realität brach in Michels Geist ein, so schmerzhaft, wie wenn sich ein Trommelfell nach kurzer Taubheit plötzlich wieder den Geräuschen der Welt öffnet.

Mit Erstaunen fand er sich an einem warmen, sonnigen Morgen neben dem Brunnen auf der Place des Arbres wieder, umringt von einer Menschenmenge, die sich vor einem Podium versammelt hatte, auf dem gerade die Honoratioren von Salon Aufstellung nahmen. Und er begriff, dass seit dem Augenblick, da der Ring zu rotieren begonnen hatte, mindestens zwölf Stunden vergangen waren. Denn am Tag nach seiner nächtlichen Sitzung sollte eine Feier zu Ehren Adam de Craponnes stattfinden, der mittlerweile auch die letzten Bauabschnitte seines Kanals fertig gestellt hatte.

Vom Podium aus erkannte ihn der frühere Erste Konsul Palamède Marc und winkte ihn hinauf. Michel antwortete mit einer abwehrenden Geste. Die Menge beunruhigte ihn. Unter den Bürgern und kleinen Handwerkern erkannte er auch zahlreiche *cabans*, die trotz der warmen Julisonne ihre grauen Mäntel nicht abgelegt hatten. Der Grund ihrer Anwesenheit war leicht zu erraten. Auf dem Podium stand unter den Stadtoberen auch Louis Villermin, kurz Curnier genannt, der auf den Schultern stolz die

Kokarde des Zweiten Konsuls zur Schau trug. Es war sein erster wichtiger offizieller Auftritt seit seiner mit Gewalt durchgesetzten Ernennung am 2. Mai 1560, und offenbar hatte er seine Anhänger zu zahlreichem Erscheinen aufgefordert. Auffallend war auch, mit welch ausgesuchter Höflichkeit der neue Bailli, Antoine de Cordes, neben ihm die Gattin des Volksführers behandelte.

Michels besorgter Blick wanderte zur rechten Seite des Podiums, wo die wenigen Soldaten der Garnison von Salon unter dem Kommando des Hauptmann Jean d'Isnard bereitstanden. Mit Erleichterung bemerkte er, dass neben dem Offizier auch Bertrand stand, der im Auftrag des Grafen von Tende in der Stadt geblieben war. Der Bruder hatte ihn erkannt und gab ihm nun ein Zeichen, so als wolle er ihn auf jemanden aufmerksam machen.

Michel blickte sich nach der Person um, auf die Bertrand deutete. Als er sie sah, machte sein Herz einen heftigen Sprung. Auf der anderen Seite des Brunnens, durch die Schar der *cabans* von ihm getrennt, stand eine noch junge, sehr schöne Frau mit blondem Haar, das in Büscheln unter der Haube hervorschaute. Kein Zweifel: das war Giulia Cybo-Varano. Er betrachtete sie eine Weile und staunte dabei über die außerordentliche Ähnlichkeit mit ihrer Mutter. Dann verschob sich die Menge ein wenig, und sein Blick fiel auf eine andere Gestalt. Es war ein Mann mit zerzaustem Haar, der Giulias Hand hielt. In der anderen Hand trug er einen langen, in Stoff gewickelten Gegenstand. Es dauerte eine Weile, bis Michel ihn endlich erkannte. Ja, das war Gabriele Simeoni. Wie alt er geworden war! Sein ehedem schönes Gesicht mit den harmonischen Zügen war verwelkt. Seine leeren, ausdruckslosen Augen waren gelblich und von Falten und unübersehbaren dunklen Ringen umgeben. Seine Nase schien rot und geschwollen. Er sah aus wie einer jener italienischen Schmierenkomödianten, die hin und wieder in die Stadt kamen und bei ihren Auftritten aus dem Stegreif regelmäßig verhöhnt und ausgepfiffen wurden.

Michel versuchte, die beiden zu erreichen, doch dazu musste er sich einen Weg durch den Haufen der *cabans* bahnen, und die

Beine taten ihm weh. Er sah noch, wie Giulia Simeoni einen Kuss auf die Wange gab und dieser sich mit seinem Bündel eilig entfernte und kurz darauf ein schmales zweistöckiges Gebäude betrat. Es war das Haus eines der Mauvans und stand seit drei Monaten leer.

Auf dem Podium erteilte nun der Erzbischof von Arles der Menge den Segen. Michel war gezwungen, stehen zu bleiben und sich zu bekreuzigen, denn in einer solchen Umgebung war es nicht ratsam, sich in dieser Hinsicht nachlässig zu zeigen. Dennoch versuchte er, Giulia nicht aus den Augen zu verlieren.

Nach dem Segen begann der Erzbischof mit einer sanften, aber gut vernehmbaren Stimme zu sprechen:

»Liebe Christen, die Zeit der Versöhnung ist gekommen. Zu viel Blut wurde in den vergangenen Monaten in Frankreich vergossen, und jede weitere Gewalttat reißt noch tiefere Gräben auf, die bald nicht mehr zu überbrücken sein werden. Dann ist ein Bürgerkrieg unausweichlich. Versteht mich recht, ich plädiere nicht für Toleranz gegenüber den Irrlehren. Aber sogar der Kardinal von Lothringen, für seine Unbeugsamkeit bekannt, zählt heute zu jenen, die zu Zurückhaltung und Vergebung mahnen. Und ebenso unsere Königin, die um die Einheit des Reiches fürchtet. Wir müssen den Teufelskreis von Rache und Vergeltung durchbrechen, und darum sage ich euch …«

Michel war sehr angetan von diesen Worten, die er von einem Kirchenfürsten nicht erwartet hätte.

Für einen Moment vergaß er Giulia und konzentrierte sich ganz auf die aus der Entfernung schmächtig wirkende Gestalt des hohen Geistlichen. Einige wenige *cabans* in der Menge machten jetzt ihrem Unmut Luft. Doch bei den meisten Zuhörern schien die Ansprache Zustimmung zu finden. Das mochte daran liegen, dass gerade Erntezeit war und der Großteil der Tagelöhner mehr daran interessiert war, zumindest jetzt so viel auf den Feldern zu verdienen, dass sie ihre Familien durch den Winter bringen konnten.

»… sage ich euch, dass wir uns, ohne der Häresie auch nur eine Spanne nachzugeben, wieder so weit wie möglich auf die christliche Tugend der Vergebung besinnen müssen. Es ist unerträglich, dass so viele aufrechte Menschen aus Salon fliehen und ihre Äcker unbestellt zurücklassen mussten. Das bedeutet weniger Arbeit und folglich mehr Hunger für alle Feldarbeiter und ihre Angehörigen. Ich weiß, dass viele unter euch Bauern sind, und gerade an diese wende ich mich mit der flehentlichen Bitte…«

Plötzlich ein Schuss und ein Aufschrei, der die Stimme des Erzbischofs übertönte. Der Schrei kam von Curnier. Mit fassungslosem Entsetzen starrte der Führer der *cabans* auf den Einschuss in seiner Brust. Ein Schwall Blut trat ihm aus dem Mund, er wankte und brach auf dem Podium zusammen. Catherine Galine schrie auf und warf sich über ihn.

Der ganze Platz schien wie gelähmt. Dann zerriss die Stimme eines *cabans* die Stille.

»Das waren die Hugenotten! Diese verdammten Hugenotten!« Er deutete auf das Haus der Mauvans.

Auch Michel wandte den Blick auf das Gebäude, wo vor einem Fenster im zweiten Stock noch ein Rauchwölkchen stand. Rasch blickte er sich nach Giulia um, doch sie war verschwunden, und ihm wurde sofort klar, was geschehen war. Solch einen gezielten Schuss konnte nur ein an der Waffe ausgebildeter Arkebusier abgegeben haben.

Mittlerweile hatten die *cabans* begonnen, im Chor ihren Kriegsruf zu skandieren, der zwar keinen Sinn hatte, dafür aber zum Fürchten klang:

*»Zou! Zou! Zou! Zou!«*, brüllten sie und stürzten zum Haus der Mauvans. Die bis dahin nach unten gehaltenen Mistgabeln wurden hochgereckt, die unter den Umhängen verborgenen Schlachtermesser gezückt. Der Erzbischof stand stumm auf dem Podium und schüttelte nur niedergeschlagen den Kopf. An den Rändern des Platzes wichen die Soldaten unter dem Druck der Menge zurück. Bertrand und Hauptmann d'Isnard versuchten zu verhindern, dass ihre Pferde sich aufbäumten, wurden aber aus dem Sattel geworfen und waren nicht mehr zu sehen.

Michel wurde zunächst gegen den Brunnen gedrückt, dann warf ihn ein mächtiger Stoß zu Boden. Menschen stürzten über ihn hinweg, und er musste seinen Kopf mit den Händen schützen. Als sich die Menge verlaufen hatte, kam er mühsam wieder auf die Beine und entfernte sich humpelnd. Aus den Augenwinkeln sah er die Flammen, die aus dem Haus der Mauvans schlugen.

So schnell es ihm die schmerzenden Beine erlaubten, hastete er in Richtung des Viertels Ferreiroux, während sich vor seinem geistigen Auge die Bilder des Attentates mit Bruchstücken jener Vision überschnitten, die Parpalus ihm Nacht für Nacht eingab: Morde, sinnloses Schlachten, Zerstörung, Blutvergießen. Gut erinnerte er sich noch an die Verse, die er, nach dem Diktat des Dämons, in den Almanach des Vorjahres für den Juli 1560 eingetragen hatte.

*Lonque crinite leser le Gouverneur.*
*Faim, fièvre ardante, feu & de sang fumée.*
*A tous estats Joviaux grand honneur.*
*Sedition par razes allumée.*

Diese Verse waren auf schmerzhafte Weise Wirklichkeit geworden. Der langschweifige Komet, der am Septemberhimmel des Vorjahres erschienen war, hatte damals bereits angekündigt, dass der Gouverneur die Herrschaft über die Provence verlieren würde. Und nun konnte man sich davon überzeugen, wie genau diese Vorhersage eintraf. Die Folge waren Hunger, »brennendes Fieber« der Parteien, Feuersbrünste, »rauchendes Blut«… In dieser dramatischen Situation waren für den darauf folgenden Monat mit großen Pomp die Generalstände einberufen worden; aber es ließ sich leicht erahnen, dass diese von den Anhängern Jupiters beherrscht würden, den Hugenotten also, die die katholische Kirche als heidnisch betrachtete. Zuvor würde es noch eine »Zusammenrottung« kahl geschorener Männer, der fanatischen *cabans*, geben.

Diese Ereignisse im Voraus zu erkennen war Michel keine Hilfe gewesen, im Gegenteil, es hatte seine Ängste nur noch gesteigert. Im Ferreiroux waren jetzt keine Menschen auf der Straße. Ein gutes Zeichen, mochte es doch darauf hinweisen, dass viele Bürger der Gewalt überdrüssig waren und sich dieses Mal lieber in ihren Häusern verschanzten, anstatt sich den *cabans* anzuschließen. Michel warf einen Blick auf die Fassade von Lassalles Mühle und bemerkte, dass Haustür und Fenster verrammelt waren. Beruhigt wandte er sich dem Eingang seines eigenen Hauses zu.

Er stand vor der Tür, als er plötzlich rasche Schritte hinter sich vernahm und gleich darauf einen flehenden Schrei.

Er drehte sich um, und wie schon des Öfteren an diesem Morgen wurden ihm vor Überraschung und Aufregung die Knie weich. Gabriele Simeoni und Giulia kamen Hand in Hand auf ihn zugelaufen. Beide waren verschwitzt und so blass, dass sie einer Ohnmacht nahe schienen. Es war Giulia, die noch keuchend das Wort ergriff.

»Oh, Monsieur Nostradamus, ich flehe Euch an. Versteckt uns! Wenn man uns ergreift, wird man uns zu Tode foltern!«

Vor Michels geistigem Auge tauchte schlagartig ein Bild auf, das er lange zu vergessen versucht hatte. Er sah das von der Pest verheerte Aix und Diego Domingo Molinas, ans Rad eines brennenden Karren geflochten, während Giulias Mutter, nackt und von panischem Schrecken erfasst, sich vor den Peitschenhieben der aufgebrachten Menschenmenge zu schützen versuchte.

Er zweifelte nicht daran, dass die beiden Fliehenden ein ähnliches, wenn nicht gar das gleiche Schicksal erwartete. Aber er selbst war in den vielen Jahren, die seither vergangen waren, ein anderer Mensch geworden. Damals in Aix war er der Scharfrichter gewesen. Heute waren ihm Hinrichtungen zuwider, und er hatte genug Mut, den Versuch zu wagen, diese hier zu verhindern.

»Kommt schnell«, forderte er die beiden mit einer entschlossenen Geste auf.

Es war nicht nötig anzuklopfen, denn die Tür öffnete sich schon, und Jumelle erschien auf der Schwelle, noch blass und mitgenommen von der letzten Geburt, aber mit entschlossener Miene.

»Nun kommt schon! Oder sollen euch alle sehen.«

Michel schob Giulia und Simeoni hinein und folgte ihnen ins Haus, wobei er sich an seine Frau wandte, die schon dabei war, die Tür gewissenhaft zu verriegeln.

»Weißt du, was geschehen ist?«

»Nicht so richtig. Ich habe nur vom Fenster aus die Flammen gesehen, und dann diese beiden hier, die dir nachliefen. Offensichtlich machen sie sich vor Angst in die Hosen. Was haben sie denn angestellt?«

»Sie haben Curnier umgebracht.«

»Dem Himmel sei Dank«, rief Jumelle jubilierend aus. »Ich wette, sogar seine Mutter freut sich darüber, dass dieses brutale Schwein endlich tot ist.«

»Wenn jemand sie in unser Haus hat hineingehen sehen, sind wir alle verloren.«

»Ja, aber was soll man machen? Wie sagte doch Corinne immer so schön, wenn es um die neapolitanische Krankheit ging: Das ganze Leben ist ein Risiko.« Erst jetzt musterte Jumelle die beiden Schutzsuchenden. »Aber die kenne ich doch«, rief sie erstaunt aus. »Das sind ja Simeoni und seine Verlobte. Menschenskinder, wie seid ihr bloß auf die Idee gekommen, dieses Schwein umzubringen?«

Anstatt auf die Frage zu antworten, murmelte Simeoni mit rauer Stimme:

»Könnte ich etwas zu trinken haben?«

»Ja, aber nur Wasser. Ein Säufer im Haus reicht mir.« Jumelle ging den anderen voraus durch den Flur. »Kommt, ihr werdet sehen, an Gesellschaft wird es euch hier nicht fehlen. Seit Mai ist unser Haus eine Art Pension. Sehr gefragt sogar – alle Gäste kommen angerannt, als sei der Teufel hinter ihnen her.«

Sie führte die beiden in die Küche, nahm eine Kelle von der Wand und füllte zwei Tassen mit Wasser aus einem Eimer, das Guilia und Simeoni gierig tranken. Sie wirkten nun ein wenig ruhiger.

»Wir müssen überlegen, wo wir die beiden unterbringen«, sagte Jumelle zu Michel. »Oben sind schon die Mauvans, und Blanche schläft auf dem Speicher neben deinen Studierzimmer. Im Salon haben wir diesen Stutzer von Louis Paul, der, wenn du mich fragst, regelmäßig in den Kamin pinkelt. Bleiben also nur das Kinderzimmer, Christines Kämmerchen und unser Schlafzimmer.«

Michel breitete die Arme aus.

»Dann stecken wir sie ins Schlafzimmer. Eine andere Möglichkeit bleibt nicht. Wir schlafen bei den Kindern.«

»Bei fünf Kindern ist dann wohl an Schlaf nicht zu denken ...«

Giulia räusperte sich.

»Verzeiht, wir wollten Euch nicht so viele Umstände machen ...«

»Ihr seid gut. Das klingt seltsam aus dem Mund von Leuten, die gerade ein Attentat verübt und eine halbe Revolution entfacht haben.« Jumelles spöttischer Blick wurde freundlicher. »Aber keine Sorge, ich habe eine Schwäche für Verliebte und trete ihnen gerne mein Bett ab. Ihr seid eine sehr schöne Frau und solltet das ausnutzen im Zusammensein mit Eurem Freund. Bei uns beiden sieht das ja anders aus, nicht wahr Michel? Das, was ich zwischen den Beinen habe, interessiert ihn höchstens einmal im Jahr, wenn er Lust bekommt, ein Kind zu zeugen. Nehmt ihn Euch also nicht zum Vorbild. Mit Euren Reizen, richtig eingesetzt, könnt Ihr Euren Freund vielleicht sogar von der Flasche wegbringen und damit den falschen durch den wahren Genuss ersetzen. Legt Euch also ins Zeug, damit er auf den richtigen Geschmack kommt. Man weiß ja ohnehin nicht, wann die Luft wieder rein ist.«

Michel überspielte seine Verlegenheit mit einer sehr ernst gemeinten Aufforderung an die Gäste:

»Wenn ihr in meinem Haus bleiben wollt, verlange ich, ich betone: *verlange ich,* dass ihr mir die Wahrheit über eure Tat erzählt. Mord ist nicht euer Geschäft, das heißt, dass euch jemand dazu angestiftet haben muss. Ich will wissen, wer. Verstanden?«

Giulia nahm noch einen Schluck Wasser und antwortete dann seufzend:

»Das ist eine lange, komplizierte Geschichte ...«

»Das macht nichts. Ich will sie hören, in allen Einzelheiten. Versprecht ihr mir das?«

»Ja, ich verspreche es.«

»In Ordnung. Und nun geht euch ausruhen. Jumelle zeigt euch das Zimmer. Und denkt daran ...«, Michel hob mahnend den Zeigefinger, »... ihr seid immer noch in Gefahr. So wie wir alle.«

Wie zur Bestätigung dieser Worte vernahm man von draußen lautes Hufgetrappel und Pferdeschnauben. Schon pochte jemand an die Tür. Vom oberen Stockwerk hörte man das Weinen der Kinder, am lautesten aber das Schreien von Anna, der jüngsten.

Jumelle zuckte zusammen.

»Soll ich die Armbrust holen?«

»Nein, das wäre sinnlos. Bring du die beiden nach oben. Ich versuche, sie irgendwie loszuwerden.«

Michel erreichte die Haustür und legte die Hand auf den Riegel. Er wartete, bis seine Frau und die beiden Gäste die Treppe hinaufgestiegen waren, und öffnete dann mit zitternden Händen.

Vor ihm stand Bertrand, mit erschöpfter Miene, staubbedeckt, aber lächelnd.

»Michel, ich habe gute Neuigkeiten.«

»Welche?«

Bertrand zeigte auf die Straße, wo man einige Reiter sah, die einen Zug von *cabans* in Richtung Stadtmauer eskortierten. Die Tagelöhner hatten nichts Grimmiges an sich und marschierten geschwind in geordneten Reihen.

»Hauptmann d'Isnard hatte eine vorzügliche Idee«, erklärte er lachend. »Wir haben die Gutsbesitzer der Umgebung rufen lassen, und die haben den *cabans* befohlen, unverzüglich zu ihrer Arbeit zurückzukehren, sonst würden sie keine mehr bekommen. Wie du siehst, hat die Drohung gewirkt. Die Tagelöhner marschieren ganz brav auf die Felder zurück. Der Aufstand ist in sich zusammengebrochen. Curniers Witwe steht zwar immer noch auf dem Podium und verflucht die Bauern als feiges Gesindel, aber da kann sie lange schreien.«

»Habt ihr die Attentäter erwischt?«, fragte Michel zögernd.

»Nein. Man hat zwar noch gesehen, wie der Mann, der geschossen hat, auf der Rückseite des Hauses der Mauvans durch ein Fenster geklettert und wie ein Hase geflohen ist. Aber dann hat sich seine Spur verloren. Doch weißt du, was ich glaube?«

»Nein, was denn?«

»Dass das Flittchen, das ich dir auf dem Platz gezeigt habe, du weißt schon, diese Giulia Cybo-Varano, den Attentäter kennt. Ich habe nämlich mit eigenen Augen gesehen, wie sie ihm nachlief, so als wolle sie selbst ihn ergreifen. Jetzt suche ich sie, um sie zu verhören.«

»Willst du nicht reinkommen?«, fragte Michel mit vor Anspannung stockender Stimme.

»Nein«, antwortete Bertrand, »keine Zeit. Ich will mir unbedingt diese Frau schnappen.« Er verabschiedete sich von seinem Bruder und eilte davon.

# Die *Sodales*

Das Gesicht von Müller Lassalle war violett angelaufen, als drücke ihm der Zorn die Luft ab. Aber vielleicht lag es nur an der Eiseskälte, die von draußen durch die Ritzen des weiträumigen Getreidespeichers drang, der jetzt als Versammlungsort diente.

»Und ich sage euch: Der Mann ist ein Hugenotte!«, brüllte er. »Als der König am 26. August letzten Jahres die Amnestie für alle mutmaßlichen Hugenotten erließ, strömten die Ketzer gleich scharenweise aus seinem Haus. Die beiden Mauvans, ein paar Frauen und auch ein Mann, der dem Mörder des armen Curnier verblüffend ähnlich sah. Die hatte er alle in seinem Haus versteckt!«

In der Versammlung rumorte es, und Pater Michaelis jubelte innerlich, auch wenn er sich weiterhin gleichgültig und skeptisch gab.

»Docteur de Notredame erweckt aber gar nicht den Eindruck, ein Hugenotte zu sein. Schließlich besucht er regelmäßig die Messe und widmet seine Jahrbücher dem Papst oder bewährten Katholiken wie dem Baron de la Garde. Ich kann beim besten Willen nicht erkennen, was an ihm gefährlich sein soll.«

Lassalle sah aus den Augenwinkeln, wie einige der Versammelten zustimmend nickten. Er konnte es nicht fassen.

»Was an ihm gefährlich sein soll?!«, brüllte er, der Verzweiflung nahe. »Der Mann ist ein Hugenotte und wird mit jedem Tag beliebter. Die Leute reißen ihm die Vorhersagen aus den Händen, und seine Bücher werden überall im Land verschlungen. Menschen aus Paris oder gar aus Deutschland suchen ihn auf, um sich ein Horoskop stellen zu lassen. Wie man hört, erfreut er sich dazu noch der Gunst von Katharina di Medici, und hier in Salon hat ihn schon Marguerite von Navarra aufgesucht, sowie eine ganze

Schar von Fürsten und Kavalieren. Und selbst der Bischof von Béziers, Lorenzo Strozzi, ließ ihn an sein Krankenlager rufen, um sich von ihm behandeln zu lassen!«

»Und was soll daran so schlimm sein?«, wollte ein Bäcker in der letzten Reihe wissen.

»Das kann ich euch sagen. Ein Hugenotte, der dazu noch satanische Riten vollführt, wird immer mehr zum angesehensten Bürger von Salon. Und wollt ihr wissen, wo das hinführt? Der ganze Pöbel im weiten Umkreis, der ihn noch bis Juli letzten Jahres verachtet hat, bewundert ihn heute, und zwar nur, wie das so üblich ist, weil er Erfolg hat. Die Hungerleider stehen vor seinem Haus Schlange, um von ihm empfangen zu werden…«

»Kein Wunder…«, warf ein kleiner Grundbesitzer, der an einer Futterkrippe lehnte, ein. »Er behandelt sie kostenlos und verteilt auch noch großzügig Almosen.«

»Das ist alles Berechnung, um sie auf seine Seite zu ziehen. Sollte uns der neue König, Karl IX., irgendwann doch noch freie Hand gegen die Ketzer geben, reicht ein Wort von Nostradamus, und der ganze Pöbel erhebt sich gegen uns. Und er wird nicht zögern, es auszusprechen, da könnt ihr sicher sein. Alle seine Freunde sind Hugenotten reinsten Wassers. Der Opfertod des armen Curnier war vollkommen sinnlos.«

Jetzt wurden die Beifallsbekundungen schon lauter, und auch jene, die reglos verharrten, machten den Eindruck, als teilten sie die Einschätzung des Müllers.

Pater Michaelis ließ ein spöttisches Lachen hören.

»Ihr überschätzt die Dankbarkeit des Pöbels gegenüber seinen Wohltätern.« Er stand auf und brachte damit, wie bezweckt, Lassalle dazu, wieder Platz zu nehmen. »Was Ihr da von Nostradamus erzählt, mag ja zutreffen, auch wenn er auf mich nicht wie ein Demagoge wirkt. Das eigentliche Problem liegt aber woanders: Salon ist heute fast ganz in der Hand der Ketzer, und daran habt ihr alle Schuld. Ihr guten Bürger mit eurer verfluchten Trägheit. Es war ja sehr bequem für euch, letztes Jahr auf der faulen Haut liegen zu bleiben und den *cabans* bei ihrem Kampf zuzusehen. Und als dann der Aufstand abflaute, was habt ihr da getan? Ich sage es euch: nichts, gar nichts. Ja mehr noch: Ihr habt sogar die verkappten Hugenotten, als diese wieder ihre einflussreichen Posten bezogen, mit Beifall empfangen.«

Unmut regte sich im Saal, aber es wurde kein offener Widerspruch laut.

»Betrachtet doch die Lage einmal etwas genauer«, fuhr Pater Michaelis, im Ton härter werdend, fort. »Zunächst wurde Louis Paul wieder in sein Amt eingeführt. Dann hat man Tripoly, der sich unverhohlen zum Calvinismus bekennt, mit zweihundert Mann unter seinem Kommando zum militärischen Befehlshaber der Region ernannt. Mit weiteren einhundertzwanzig Mann wurde die Leibgarde des Grafen von Tende verstärkt, der im Namen der Toleranz den Häretikern immer mehr Rechte einräumt. Antoine de Cordes aber wurde seines Amtes als Bailli enthoben und durch Guillaume de Brunet, einen bekannten Hugenotten, ersetzt. Und ihr, was macht ihr? Nichts. Denkt nur ans Geschäft und fügt euch.«

»Dieser Vorwurf ist ungerecht!« Der Zwischenruf kam von Olrias de Cadenet, einem Advokaten von der Place de la Halle im Viertel Bourg-Neuf: ein schmächtiger Mann in einem zerschlissenen Mantel, der erahnen ließ, dass seine Geschäfte nicht sonderlich gut liefen. »Ich muss Euch doch nicht erzählen, dass die beklagenswerte Situation allein auf die Politik des Königshauses zurückzuführen ist. Der Kardinal von Lothringen ist in Ungnade gefallen, und die Guise haben erheblich an Einfluss verloren. Dafür hat Katharina von Medici Antoine de Bourbon in den Kreis ihrer Ratgeber aufgenommen und den Prinzen von Condé freigelassen. Erst diesen Monat erging das Edikt, das Gottesdienste und Predigten in Privathäusern erlaubt sind, und so sind die mindestens zweitausend reformierten Gemeinden in Frankreich offiziell anerkannt. Salon ist nicht mehr als ein winziges Steinchen in einem großen Mosaik.«

Ein Viehhändler aus dem Viertel Arlatan, ein Mann mit groben Gesichtszügen und Gebaren, erhob sich geräuschvoll.

»Und außerdem ist es nicht wahr, Pater, dass wir, der dritte Stand von Salon, nichts tun würden! Was glaubt Ihr denn, wer

Monsieur des Porcellets mit Waffen, Geld und Wein versorgt? Nur uns ist es zu verdanken, dass er den Kampf noch nicht aufgegeben hat!«

Pater Michaelis erstarrte. Dieser des Porcellets machte ihm in letzter Zeit immer mehr Sorgen, versuchte doch dieser Sprössling einer unbedeutenden Adelsfamilie in der Provence eben das nachzumachen, was dem »Mönch« Richelieu in der Region Maine geglückt war. Er hatte versprengte Söldner, brotlose Tagelöhner, Briganten und Idealisten um sich geschart und jagte in der Gegend von Saint-Chamas, Lançon und Salon vermeintlichen Hugenotten nach. Üblicherweise waren seine Opfer Bauernfamilien, die irgendwo abgeschieden lebten. Erbarmungslos vergewaltigten seine Soldaten die Frauen und metzelten ganze Familien einschließlich der Kinder nieder. Die Häuser wurden geplündert, die Leichen in den Brunnen geworfen und zum Schluss die Höfe in Brand gesetzt.

Michaelis hatte sich häufig gefragt, ob mit *le pourceau demyhomme*, von dem Nostradamus in einigen Quartains sprach, nicht ebendieser des Porcellets gemeint war; zumal in diesem Zusammenhang auch Chalon-sur-Saône und Mâcon erwähnt wurden, jene Städte also, wo der katholische Heerführer seine entsetzlichsten Massaker verübt hatte. Auf alle Fälle hatten die Schandtaten seiner Miliz dem Grafen von Tende als Vorwand gedient, Tripoly mit dem militärischen Oberbefehl in der Provence zu betrauen. Hinzu kam noch, dass der von ihnen verbreitete Schrecken die bis dahin konservativ eingestellten armen Landarbeiter in Scharen in die Arme der hugenottischen Partei trieb.

»Ihr habt aber auch überhaupt nichts begriffen«, polterte Pater Michaelis fast zornig los. »Der Hugenottenplage lässt sich gewiss nicht Herr werden, indem man Banditen bewaffnet und Chaos verbreitet. Ihr seid alle anständige, strebsame und mehr oder weniger wohlhabende Bürger. Wenn ihr der katholischen Sache zum Sieg verhelfen wollt, müsst ihr bei euch selbst anfangen und bessere Katholiken werden. Wie nennt sich noch gleich eure Bruderschaft? Ich vergesse immer wieder den Namen.«

»Bruderschaft der *Battats*«, antwortete ein Färber, der hinter dem Tisch stand, »... der Flagellanten also.«

»Ich weiß, ich bin schließlich auch aus der Provence.« Pater Michaelis streckte den Zeigefinger aus und ließ ihn langsam über den Versammelten kreisen. »Was macht ihr in dieser Bruderschaft? Erklärt es mir!«

»Wir veranstalten eine Prozession«, antworteten einige Männer zugleich.

Michaelis nickte.

»Gut, die jährliche Prozession. Und was sonst noch?«

Schweigen.

»Ich werde es euch sagen. Sonst nichts. Wenn die Prozession vorüber ist oder ihr aus einer Versammlung wie dieser kommt, fühlt ihr euch jeder weiteren Verpflichtung enthoben. Einige von euch gehen nicht regelmäßig zur Messe, andere beichten oder empfangen die heilige Kommunion lediglich an Ostern, wieder andere essen freitags Fleisch. Eine große Anzahl von euch geht ins Bordell oder beschläft zu Hause die Mägde. Praktisch verletzt ihr alle Gebote, die einem guten Katholiken auferlegt sind.«

»Aber der Klerus macht es doch genauso«, warf Lassalle ein. »Mein Pfarrer zum Beispiel...«

»Eben das ist ja das Unglück!«, unterbrach in Michaelis in dramatischem Ton. »Wenn die Hugenotten immer mehr an Boden gewinnen, dann nicht, weil sie über mehr Waffen verfügen würden als wir, mehr Geld oder mehr Verbündete. Nein, sie können sich durchsetzen, weil sie ihre Lehre und sich selbst rein halten, und aus solch einer Lebenshaltung gewinnt man Kraft. Sie siegen, weil sie ein spirituelles Leben bevorzugen. Sie siegen, weil ihnen Katholiken gegenüberstehen, die zusehends verrohen, im Prassen und im Laster, angefangen bei gewissen Kardinälen, die ich kenne, bis hin zu Edelleuten, die auch euch bekannt sind. Ganz zu schweigen von den wenigen Arbeitern, die aus irgendeinem Grund auf unserer Seite geblieben sind. Faul, an der Flasche hängend, arbeiten sie schlecht und beten noch schlechter. Aber im Grunde halten sie sich nur an das Beispiel, das ihre Herren ihnen geben.«

Michaelis musste sich die Stirn abtupfen, denn trotz der Kälte war ihm der Schweiß ausgebrochen. Im Saal war es still geworden. Viele beeindruckte es sichtlich, dass der Jesuit die Übel auf katholischer Seite so offen ansprach. Und alle hörten voller Genugtuung die Anspielung auf das Schmarotzertum der Arbeiter, über das sie ja selbst täglich Klage führten.

»Eben deswegen habe ich euch hier zusammengerufen«, fuhr Michaelis fort. »Wenn eure Bruderschaft der *Battats* einen Sinn haben soll, muss sie sich weiterentwickeln, muss zu einem festen Bund, einer Kongregation werden, so wie es sie in Paris, Rom oder Neapel bereits gibt. Sie stehen erst am Anfang, haben aber dermaßen Zulauf, dass die Hugenotten dort in die Defensive geraten.«

»Was ist denn eigentlich der Unterschied zwischen einer Bruderschaft und einer Kongregation?«, wollte der Färber wissen.

»Nun, das ist nicht schwer zu erklären: Die Kongregationisten, oder *sodales*, verpflichten sich auf ein frommes, gottergebenes Leben mit häufiger, am besten wöchentlicher Beichte, heiliger Kommunion alle vierzehn Tage, Gebeten und Exerzitien zu jeder Tageszeit und Enthaltsamkeit als unverzichtbares Gebot. Mit anderen Worten, die Kongregationen sind ein fester Damm gegen die Sintflut der Häresie.«

Michaelis hatte mit Inbrunst gesprochen, aber keiner der Anwesenden schien begeistert. Lassalle gab dem Erstaunen aller Ausdruck:

»Wir sollen uns also zu einer Art mönchischer Gemeinschaft entwickeln. Das ist viel verlangt. Was erhalten wir denn als Gegenleistung dafür ...?«

Michaelis schätzte diese Ehrlichkeit. Er nahm wieder Platz und vollführte eine ausladende Geste.

»In erster Linie stärkt ihr die echten christlichen Ideale, und ich denke, das müsste jedem ein Anliegen sein. Daneben gibt es noch einen handfesten Grund. Ihr strebsamen, braven Bürger habt bisher wenig, was euch verbindet. Als *sodales* aber werdet ihr zu einer verschworenen Gemeinschaft. Ihr trefft euch, betet zusammen und stellt euch den Hugenotten entgegen. So seid ihr dann nicht nur ein kleines Heer gegen die Häretiker, sondern auch eine Art Standesvertretung, die die eigenen wirtschaftlichen Interessen wahrnimmt. Und das im Namen gemeinsamer Werte wie Reinheit, Fleiß, Frömmigkeit und Ordnung.«

»Und was ist mit den Arbeitern, die Ihr vorhin erwähnt habt?«, fragte der Müller. »Die Laufburschen, Tagelöhner, Lehrlinge? Sollen wir die ausschließen?«

»Keineswegs, ganz im Gegenteil. Ihr sollt sie auf der Grundlage des gemeinsamen Glaubens an euch binden. Es empfiehlt sich jedoch, für diese eine eigene, mit euch verbrüderte Kongregation zu gründen. Zum gegenseitigen Vorteil. Die Arbeiter werden in euch verständnisvolle Herren finden, und ihr in ihnen gewissenhafte, gehorsame Helfer. Mit dem Glauben als Band und Garantie der Brüderlichkeit.«

Nun kam endlich Bewegung in die Versammlung. Einige der Anwesenden wollten zwar immer noch nichts von dem Vorschlag wissen, andere aber hatten sich schon daran gemacht, sie zu überzeugen. Daraus erwuchs ein lebhaftes Stimmengewirr, das Michaelis mit Befriedigung zur Kenntnis nahm. Als er spürte, dass die Stimmen immer erregter wurden, hob er einen Arm. Das reichte, um wieder für Ruhe zu sorgen.

»Ich erwarte nicht, dass Ihr auf der Stelle diese weit reichende Verpflichtung eingeht. Aber ich will diesen Raum auch nicht mit leeren Händen verlassen. Ihr, Monsieur Lassalle, seid der Vorsitzende der Kongregation der *Battats* des Viertels Ferreiroux. Ihr, Advokat Cadenet, leitet sie in Bourg-Neuf. Alle Anwesenden, die sich beteiligen wollen, lassen sich von den beiden eintragen. Die anderen sollten rasch den Raum verlassen.«

Dies war ein gewagter Schritt, denn Lassalle und Cadenet standen dem Projekt vielleicht am misstrauischsten gegenüber. Dennoch schienen sich sowohl der Müller als auch der undurchschaubare Advokat durchaus mit der Vorstellung anfreunden zu können, einer Standesvertretung der wohlhabenden Bürger von Salon vorzustehen. Und auch kein anderer wollte sich ausschließen. Überall erhoben sich nun die Männer und strebten auf die beiden neuen Anführer zu, um sich in die Liste eintragen zu lassen.

Voller Genugtuung stand nun auch Pater Michaelis auf.

»Alle neuen Mitglieder treffen sich hier heute Abend nach Sonnenuntergang. Wir werden gemeinsam beten, und dann werde ich jedem die Beichte abnehmen. Und nun geht, aber bewahrt Stillschweigen über das, was hier beredet wurde. Es wäre wenig hilfreich, wenn unsere Feinde über unsere Pläne unterrichtet würden.«

Als sich Pater Michaelis zum Gehen wandte, löste sich ein alter, aber noch kräftiger Mann in bürgerlicher Kleidung von der Wand, an der er bis zu diesem Moment im Halbdunkel gelehnt hatte, und folgte ihm. Ein Gerber von der Place des Arbres beeilte sich, ihnen die Tür zu öffnen. Draußen lag ein fahles Licht über den verschneiten Anhöhen. Die eisige Kälte schnitt bis in die Glieder.

»Nun, was meint Ihr, Pater Nadal?«, fragte Michaelis, eine Dampfwolke ausstoßend.

»Geschickt, sehr geschickt«, antwortete der alte Jesuit. »Ihr habt sie an ihrer empfindlichsten Stelle gepackt, dem Eigennutz, der sich so mit den Verpflichtungen des Glaubens verbinden lässt. Allerdings fürchte ich, dass die große Harmonie ebenso rasch verdampfen könnte wie die Hauchwolken, die jetzt von 0unseren Lippen kommen.«

»Das hängt alles von der Beichte ab«, erwiderte Pater Michaelis, »der einzigen Waffe, über die die Hugenotten nicht verfügen. Sicher werden viele versuchen, unsere Gebote zu übertreten. Das liegt nun einmal in der Natur des Menschen. Aber sie bedenken nicht, dass ich durch die Beichte über jeden Verstoß auf dem Laufenden sein werde.«

»Glaubt Ihr nicht, dass man Euch anlügen wird?«

»Doch, doch, das schon. Aber ich werde auch ihren Kindern und Ehefrauen die Beichte abnehmen. Verstößt einer zum Beispiel gegen das Gebot der Keuschheit, werde ich durch seine Gattin davon erfahren. Lasst mich nur machen, in Kürze schon wird Salon in unserer Hand sein. Vorausgesetzt, Ihr erlaubt mir, hier weiterzuwirken.«

»Ja, gewiss. Um Euch dies mitzuteilen, bin ich ja eigens aus der

Hauptstadt angereist. Paris ist mittlerweile fast befriedet: Lutheraner und Calvinisten haben dort, trotz der übertriebenen Duldsamkeit Katharinas von Medici, kaum Fuß fassen können. Ich selbst werde die Leitung unserer Gesellschaft in Nordfrankreich übernehmen. Ihr könnt also ruhig hier im Süden bleiben.«

»Als Provinzial der Provence?«

»Nein als Provinzial von ganz Frankreich.«

Wäre Pater Michaelis auf seine eigene Karriere bedacht gewesen, hätte ihm die Freude wohl den Atem verschlagen. Aber er war es gar nicht gewohnt, an sich selbst zu denken. Kein Jesuit war das. So bewegten ihn auch jetzt nur eine gewisse Genugtuung und ein Gefühl der Dankbarkeit, das er mit einer Verbeugung zum Ausdruck brachte.

»Ich werde mich bemühen, das Vertrauen zu rechtfertigen, Pater Nadal.«

Der andere lächelte.

»Oh, das wird Euch gelingen. Da habe ich keine Zweifel.«

Sie hatten sich inzwischen über einen schlammigen Pfad, der sich gerade gabelte, ein gutes Stück von dem Getreidespeicher entfernt. Ein Weg führte zu einem offensichtlich leer stehenden zweistöckigen Bauernhaus mit teilweise eingefallenem Dach; der andere schlängelte sich durch Olivenhaine in die Ebene bis hin nach Salon. Die gerade fertig gestellte Stadtmauer sah man bereits in der Ferne weiß leuchten.

An der Weggabelung blieb Michaelis stehen.

»Ich kann Euch nicht in die Stadt begleiten«, sagte er, auf den verlassenen Bauernhof zeigend, »ich gehe in die andere Richtung.«

Pater Nadal legte die Stirn in Falten, stellte aber keine Fragen.

»Nun, Ihr werdet Eure Gründe haben. Ich weiß nicht, ob wir uns vor meiner Abreise nach Paris noch einmal sehen. Ich will so bald wie möglich aufbrechen.«

»Dann möchte ich Euch jetzt noch, wenn Ihr gestattet, zwei Fragen stellen, die beide mein neues Amt betreffen.«

»Sprecht.«

Pater Michaelis blickte zu den Bürgern hinüber, die jetzt in

Grüppchen den Getreidespeicher verließen. Er senkte die Stimme:

»Ihr habt meine Berichte gelesen und wisst daher, dass ich Kardinal Alessandro Farnese eine schwere Kränkung zugefügt habe. Da dieser nun päpstlicher Legat in Avignon ist, auch wenn er sich selten dort aufhält, sehe ich die Gefahr, dass der Groll, den er zweifellos gegen mich hegt, meine Mission gefährden könnte.«

»Das sehe ich nicht so. Es gab zwar eine Zeit, da unser General dem Farnese treu gehorchte. Aber das ist lange her. Heute sind wir viel mächtiger als damals, und dutzende von Kardinälen stehen schon auf unserer Seite.«

»Ich verstehe.« Pater Michaelis sah mit Erleichterung, dass die Bürger einen anderen Weg einschlugen, der von der Rückseite des Getreidespeichers abging und breiter und besser in Stand war. »Nun zur zweiten Frage. Ich habe Pater Laínez und auch Euch gebeichtet, dass ich hier in Salon zu einem Mord angestiftet habe. Mit dem Attentat wollte ich eine katholische Revolte entfachen, aber ich hatte die Macht des hugenottischen Adels unterschätzt. Doch egal wie, es war Mord. Das heißt, ich habe eine Todsünde begangen.«

Auf dem faltigen Gesicht Pater Nadals zeichnete sich ein feines Lächeln ab.

»Ihr wisst doch sehr genau, dass uns die Todsünde erlaubt ist, wenn unser Kampf uns nichts anderes erlaubt. Und in diesem Fall waren Eure Absichten ja erstens lauter und zweitens auch nicht ganz erfolglos. Immerhin habt Ihr unsere Feinde gezwungen, Ihre Deckung zu verlassen. Bei nächster Gelegenheit werde ich selbst Euch die Absolution erteilen. Und den Papst werden wir davon überzeugen, nachsichtig mit Euch zu sein.«

Pater Michaelis hatte das Gefühl, dass damit alles Nötige gesagt war. Bevor sie sich endgültig voneinander verabschiedeten, warf Pater Nadal noch eine andere Frage auf:

»Haltet Ihr es wirklich für sinnvoll, noch länger in diesem Städtchen von vielleicht dreitausend Seelen zu bleiben? Ihr solltet darüber nachdenken, nach Aix umzuziehen.«

»Später. Glaubt mir, Salon ist nicht so unbedeutend, wie es

den Anschein hat. Hier haben sich die Generalstände der Provence versammelt. Hier wohnt Tripoly, zurzeit der rechte Arm des Grafen von Tende. Hier gilt es, besonders unduldsame Katholiken in ihre Schranken zu verweisen, angefangen von den *cabans* bis zu den Briganten von Porcellets. Und nicht zuletzt lebt hier auch ein sehr gefährlicher Mann, Mitglied einer Geheimsekte, von der wir viel zu wenig wissen …«

»Ihr sprecht von Nostradamus?«

»Gewiss. Ihr habt ja selbst aus dem Munde Lassalles gehört, wie rasch Nostradamus' Popularität zunimmt. Und der Müller kennt nur einen Bruchteil der ganzen Wahrheit. Ich persönlich werde erst beruhigt sein, wenn ich Nostradamus im Kerker weiß und dann auf dem Scheiterhaufen.«

»Na dann viel Glück. Ich erwarte Eure Berichte. Möge Gott Euch beschützen.« Pater Nadal schlang seinen Winterumhang enger über der Brust zusammen und entfernte sich.

Michaelis wartete ein wenig und marschierte dann auf das verfallene Bauernhaus zu. Die Tür war angelehnt und knarrte, als er sie aufstieß. In dem Raum, den er nun betrat, standen lediglich ein Stuhl und ein Tisch mit einem Tonbecher und einem Krug darauf. Auf dem Stuhl döste ein Mann vor dem erloschenen Kamin.

»Wo ist sie?«, fragte Pater Michaelis ohne lange Vorrede. Simeoni schreckte auf und blickte ihn aus wässrigen Augen an.

»Sie wollte nicht kommen«, antwortete er mit schwerer Zunge. »Sie traut Euch nicht mehr.«

»Dann hat Nostradamus sie gegen mich aufgebracht?«

»Oh nein, Giulia ist Euch immer noch sehr dankbar und sieht in Euch so etwas wie ihren Lebensretter. Weder Nostradamus noch dieser Schlange von seiner Frau ist es bisher gelungen, sie davon abzubringen.«

»Aber Ihr sagtet doch gerade, sie misstraue mir.«

»Ja, das tut sie auch. Aber nur in Bezug auf mich. Sie glaubt, dass Ihr mir schadet.«

Pater Michaelis zuckte zusammen, erwiderte aber nichts, holte stattdessen mit nervösen Fingern aus seiner Gürteltasche ein Stückchen Gold hervor und legte es auf den Tisch.

»Jetzt hört mir mal gut zu, Simeoni. Ich muss über dieses Gold mit Euch sprechen, über einen Ring und eine Medaille, die einem Mann namens Denis Zacharie gehört haben.«

Simeoni hustete laut, hörte dann aber aufmerksam zu.

# Der wehrlose Prophet

»Was ist denn in euch gefahren, ihr Narren?«, brüllte Chevigny. »Hört auf, lasst ihn in Frieden! Wisst ihr nicht, wer das ist? Das ist Nostradamus, der größte Prophet unserer Zeit!«

Er versuchte, sich schützend vor seinen Meister zu stellen, doch ein hünenhafter *caban* schob ihn so mühelos zur Seite, als habe er einen Fussel zu entfernen.

»Wir wissen nur zu gut, was das für ein Mann ist. Ein Lutheraner! Und er wird genauso enden wie seine Kumpane.« Mit diesen Worten ließ er den Stock mit dem eingeschnitzten Kreuz ein paar Mal kreisen und dann auf Michels Rücken niederfahren. Zwei weitere *cabans* aus der vielköpfigen Gruppe um sie herum traten hinzu und schlugen mit ihren Keulen ebenso wuchtig auf ihn ein. Er stürzte zu Boden, sein Gesicht im Staub, während entsetzliche Schmerzen seinen Rücken durchfuhren und sich in die ohnehin schon wunden Beine fortpflanzten. Die folgenden Hiebe waren etwas leichter zu ertragen. Schmerzhaft war vor allem das tiefe Gefühl der Erniedrigung, das ihn mit jedem Schlag mehr und mehr überkam. Mit den Augen voller Staub und Tränen dachte er an die noch gar nicht so lang zurückliegende Zeit, da die Juden von jedermann ungestraft, zuweilen bis zum Tod, auf offener Straße geschlagen werden durften. Es waren die Glocken von Saint-Michel, die während seiner Misshandlung weiter feierlich zum Karfreitag läuteten, die ihn auf diesen Gedanken brachten. Auch sein Vater hatte noch Jahre nach seinem Übertritt zum Christentum an jenem Feiertag die Familie vorsichtshalber nicht aus dem Haus gelassen.

»Schluss jetzt! Hört auf! Ihr wollt ihn doch nicht umbringen?!«, schrie Chevigny.

»Doch, das wollen wir«, gab ein *caban* zurück. »Aber nicht sofort. Monsieur des Porcellets ist auf dem Weg hierher. Deinen

Magier werden wir vor der Kathedrale abstechen, zusammen mit den anderen Ketzern, die wir erwischt haben.«

Michel riss sich von seinen Phantasiebildern los und begann nachzudenken. Da, wieder ein Schlag in die Rippen, dass er hustete und Blut spuckte. Dennoch nahm die Häufigkeit und Wucht der Hiebe allmählich ab. Anscheinend versprachen sich die *cabans* größere Genugtuung davon, ihn öffentlich hinrichten zu lassen, als ihn an Ort und Stelle totzuprügeln. Vielleicht blieb ihm ja noch ein ganz klein wenig Zeit.

Er dachte daran, dass er ein paar seiner Peiniger durch einen Zauber töten und dadurch die anderen vielleicht in Panik versetzen könnte. Die passende Formel dazu hatte er im Kopf: *Vassis atatlos vesul ectremus, verbo san hêrgo diaboliâ herbonos*. Er hatte sie nie selbst ausprobiert, aber Ulrich hatte ihm vor vielen Jahren einmal die Wirkung erklärt. Die Worte würden den Äther um die betreffende Person so verändern, dass ihr Gleichgewicht durcheinander geriete. Der Blutfluss käme ins Stocken, sodass manche Adern anschwellen, andere blutleer würden. Die Haut würde an mehreren Stellen heftig zu pulsieren beginnen und schließlich platzen. Das Blut würde herausschießen und dieser Mensch in Strömen schwärzlicher Flüssigkeit sein Leben aushauchen.

Doch um den Zauber ausführen zu können, musste man den Namen des Opfers kennen. Andernfalls würden die Strahlen völlig wahllos zuschlagen. Und Michel mochte es nicht verantworten, auf gut Glück diesen tödlichen Mechanismus in Gang zu setzen. So zog er es vor, nur die Augen zu schließen und sich in sein Schicksal zu ergeben. Eine tiefe Stimme erlaubte es ihm jedoch nicht, sich innerlich auf die bevorstehenden Todesqualen vorzubereiten.

»Sehr gut, Männer! Wie ich sehe, habt ihr euch noch einen geschnappt. Wer ist der Mann?«

»Das ist Nostradamus. Der berühmte Hexenmeister«, antwortete der Anführer der *cabans*. »Er hatte den Mauvans und vielen anderen Lutheranern Zuflucht gewährt.«

»Nein! Er ist ein guter Katholik!«, rief Chevigny. »Ein von

Gott erleuchteter Heiliger! Der bedeutendste Mensch, der je auf Erden gewandelt ist!«

Die tiefe Stimme lachte höhnisch auf.

»Ach ja? Habt ihr gehört, meine guten *cabans*? Das soll ein großer Mann sein. Sorgt dafür, dass er ein ordentliches Martyrium bekommt, wie es jedem großen Heiligen zusteht.«

Michel hatte die Stimme schon lange erkannt. Es war die von Jehan de Hans, einem kaum dreißigjährigen Franziskanermönch, der einige Tage zuvor aus Paris eingetroffen war. Er war es gewesen, der an jenem Karfreitag des 4. April 1561 die aus dem Umland in die Stadt gekommenen Landarbeiter aufhetzte, sich ein für alle Mal der Ketzer zu entledigen. Fünfhundert Tagelöhner hatten ihn sogleich beim Wort genommen. Viele Häuser brannten schon, und das Feuer drohte sich weiter auszubreiten. Solche und ähnliche Szenen spielten sich überall in der Provence ab, mal waren die Katholiken, mal die Protestanten die Täter.

Michel machte sich darauf gefasst zu sterben. Vor seinem geistigen Auge sah er die in einer Reihe stehenden drei Sonnen, die ihm nunmehr schon seit Jahren etwas sagen zu wollen schienen. Doch es war nur eine flüchtige Vision, die so blitzartig verschwand, wie sie gekommen war. Plötzlich wurde ihm bewusst, dass die Schläge aufgehört hatten. Um ihn herum war es still geworden. Nur die Glocken läuteten noch.

Mit der Rechten rieb er sich den Staub aus den Augen und öffnete sie. Nun erkannte er den Grund für die relative Stille. Von einem Ende der Straße her zog eine lange Prozession geschwind und still heran. Eine zweite Prozession mit weniger Menschen rückte vom anderen Ende näher. Allen beiden wurde eine Standarte vorangetragen, auf der eine siegreiche Maria mit dem Schwert in der Hand dargestellt war. Und auch in den Prozessionen gab es zahlreiche Schwerter, die allerdings noch gesenkt waren.

Die *cabans* schienen verwirrt und blickten sich fragend an. Nur Jehan de Hans, ein schlanker, doch muskulöser Mann mit einem langen Bart, ließ sich nicht beeindrucken und ging gemessenen Schritts auf die größere Prozession zu. Wenige Meter vor der Spitze hob er die rechte Hand und sagte: »Willkommen, Brüder! An euren Standarten erkenne ich, dass ihr euch unserem Feldzug gegen die Hugenotten anschließen wollt. Wir haben gerade erst mit den Säuberungen begonnen und können noch starke Arme gebrauchen. Bis zum Abend wird es in Salon keinen lebenden Häretiker mehr geben.«

Michel hatte sich aufgesetzt und erschrak, als er sah, wie sich aus der Prozession ein Mann löste, den er sehr gut kannte: der Müller Lassalle. Er trug eine weiße Schärpe quer über der Brust und einen großen, mit einem Rosenkranz geschmückten Hut auf dem Kopf.

Lassalle ging auf den Franziskaner zu und sagte trocken:

»Kehrt wieder nach Paris zurück. Hier habt Ihr schon genug Unheil angerichtet.«

Der andere schien überrascht, warf sich dann aber in die Brust und erklärte in einem Ton, der noch herrischer als gewöhnlich war:

»Ihr wagt es, mir Befehle zu erteilen? Wer seid Ihr überhaupt? Welcher Sekte gehört Ihr an?«

»Keiner Sekte. Ich vertrete die Kongregation der *Battats*. Und dort drüben marschiert die Kongregation der *petit artisans*. Euer Aufstand, Frater, droht diese fleißige Stadt zu Grunde zu richten. Kehrt wieder heim. Mit unseren Lutheranern werden wir alleine fertig.«

Jehan de Hans drehte sich ruckartig zu den *cabans* um und vollführte eine ausladende, dramatische Geste.

»Habt ihr die dreisten Worte dieses Mannes vernommen? Jene dort tarnen sich mit dem Mantel der Jungfrau, aber in Wahrheit sind sie Ketzer. Greift zu den Waffen. Vertreibt sie!«

Keiner der *cabans* rührte sich. Viele von ihnen warfen im Gegenteil die Kapuzen zurück und entblößten ihre geschorenen Schädel. Sie schienen sehr verlegen.

Der Müller lachte.

»Ihr braucht Euch gar nicht so zu ereifern, Frater. Keiner Eurer Männer wird uns ein Haar krümmen.« Er deutete auf die Menge in seinem Rücken. »Ganz Salon, das verkauft, kauft, Geld verleiht,

Arbeit gibt, Akten verfasst und Recht spricht, ist in diesem Zug versammelt. Und in dem Zug dort drüben alle Handwerksmeister. Eure *cabans* sind nicht dumm. Sie wissen, wer sie ernährt.«

Der Franziskaner gab sich noch nicht geschlagen.

»Geht ihm nicht in die Falle!«, rief er seinen Männern zu. »Bereits einmal habt ihr euch den adligen Herren gebeugt und seid auf die Felder zurückgekehrt. Und danach musstet ihr erkennen, dass sie fast alle Hugenotten waren!«

Der Anführer der *cabans* antwortete ihm:

»Das sind aber keine Adligen, Frater Hans, und auch keine Ketzer. Das sind Bürger, auf die wir angewiesen sind. Sie geben uns Arbeit, strecken uns im Winter Geld vor, kaufen die Körbe, die unsere Frauen anfertigen, und überwachen die städtischen Getreidespeicher. Bei allem Respekt, aber wir sind nicht so wahnsinnig, denen ein Leid anzutun.«

Michel hätte gern noch gehört, wie die Auseinandersetzung weiterging, doch Chevigny hatte die Ablenkung genutzt, war zu ihm geeilt, hatte ihn an den Handgelenken gepackt und zog ihn nun hoch. Trotz der stechenden Schmerzen am ganzen Leib, vor allem im Rücken, schaffte es Michel, sich zu erheben. Er hörte noch, wie Jehan des Hans rief: »Hinter all dem ahne ich die Hand der Jesuiten! Die haben in Salon längst die Macht übernommen, und ihr armen Idioten habt es noch nicht einmal gemerkt! Aber das werden sie büßen, diese Heuchler! Der Tag wird kommen, da…« Die Stimme verlor sich hinter Michel, der eilig von Chevigny weggezogen wurde. Die Prozession der *petits artisans* öffnete sich gleichgültig und ließ sie durch.

Die Straßen, die zum Viertel Ferreiroux führten, waren recht ruhig, auch wenn Türen und Fenster verrammelt waren und hier und dort ein Händler mit einem Knüppel bewaffnet seinen Laden bewachte.

»Wie fühlt Ihr Euch, Meister?«, fragte Chevigny irgendwann.

»Schlecht«, antwortete Michel, und das entsprach der Wahrheit. »Aber ich habe nicht vor, mich zu kurieren oder auch nur auszuruhen. Ich will nur unverzüglich diese verfluchte Stadt verlassen. Nichts als Ungerechtigkeiten, Demütigungen und jetzt auch noch Schläge habe ich hier erfahren. Und ich werde so lange fortbleiben, bis hier endlich wieder Ruhe und, so hoffe ich sehr, Vernunft eingekehrt sind.«

»Ich verstehe Euch, Meister, aber glaubt mir, die Gefahr wird bald gebannt sein«, gab Chevigny zu bedenken. »Die Notablen und wohlhabenden Bürger stehen der erneuten Revolte feindlich gegenüber, und ohne deren Unterstützung wird sie sich rasch totlaufen. Außerdem werden wohl in ein paar Stunden die Soldaten des Grafen von Tende hier eintreffen. Und dieses Mal werden sie sich nicht überrumpeln lassen.«

Michel biss die Zähne zusammen, denn die blutunterlaufenen Stellen am ganzen Leibe schmerzten höllisch. Als er wieder sprechen konnte, musste er sich zunächst das Blut von den Lippen wischen, das dort immer noch hervortrat.

»Ich bin nicht so zuversichtlich. Ganz im Gegenteil. Der März ist mit schlechten Vorzeichen zu Ende gegangen. In ganz Südwestfrankreich gab es Orkane und Hagel von nie gesehener Gewalt. Hier und dort zeigte auch die Pest wieder ihre Fratze.

Ich sehe Unheil voraus, für mich und Jumelle, für Euch, für uns alle. In dieser gewalttrunkenen Stadt kann ich nicht länger bleiben.«

Chevigny hob die Arme, wobei er den Meister seiner Stütze beraubte, der auch prompt fast gestürzt wäre. Das Gesicht des Jünglings wirkte ekstatisch.

»Oh, Ihr großer, Ihr übergroßer Prophet. Mein Gott, ich bin so aufgeregt, dass ich weinen könnte! All dies habt Ihr bis ins kleinste Detail vorhergesehen!«

»Was habe ich vorhergesehen?«, fragte Michel verwundert nach.

»Hört, ich kenne die Verse auswendig!« Chevigny legte die Fingerkuppen an die Schläfen und trug vor:

*Montauban, Nismes, Avignon et Besiers,*
*peste, tonnere et gresle à fin de Mars,*
*de Paris pont, Lyon mur, Montpellier,*
*depuis six cens et sept-vingt trois pars.*

Michel hätte lieber über etwas anderes gesprochen, ging aber dennoch darauf ein.

»Ja, die beiden ersten Verse spielen auf Naturkatastrophen im Südwesten an. Aber die Brücke von Paris, die Mauer von Lyon, Montpellier… Diese Verse habe ich geschrieben, ohne die leiseste Ahnung, was sie bedeuten.«

»Anscheinend verfolgt Ihr nicht, was in der Welt vorgeht, sonst wäre Euch die Bedeutung klar. In Paris haben die Hugenotten vor wenigen Tagen gewalttätige Unruhen auf dem Pré-aux-Clercs entfacht, indem sie auf der Pont Saint-Michel einen wilden Kampf begannen. In Lyon haben sie versucht, eine Prozession aufzulösen, doch an der Stadtmauer kamen sie nicht weiter. Möglich, dass sie es noch mal versuchen. In Montpellier aber haben sie die Kirche Nôtre-Dame-des-Tables besetzt und bewachen sie jetzt mit Schwertern in der Hand. Ist das nicht alles sehr verblüffend?«

»Nun ja«, murmelte Michel unschlüssig, während er schon von weitem einen Blick auf sein Haus warf, das Gott sei Dank völlig unbeschädigt war. Davor jedoch erblickte er ein beunruhigend lebhaftes Treiben.

Dessen ungeachtet, fuhr Chevigny mit seiner Deutung fort.

»Allerdings ist auch mir die letzte Zeile mit all den Zahlen unklar.«

Michel war drauf und dran, ihn zum Teufel zu wünschen, denn er hatte nun wirklich anderes im Sinn. Doch er riss sich zusammen.

»Also gut, wenn Ihr's unbedingt wissen wollt, kann ich Euch helfen. In den schriftlichen Niederlegungen meiner Visionen bemühe ich mich, keine allzu exakten Daten anzugeben, um die normalen Leser nicht zu erschrecken. Den Eingeweihten aber liefere ich Hinweise, indem ich von dem entsprechenden Datum einige hundert Jahre abziehe oder hinzufüge.«

»Ja, stimmt!«, rief Chevigny aus. »Alle Quartains, die mit den Templern zu tun haben, sind nach diesem System datiert!«

»Ja, und diese nicht allein. Seht den Quartain, von dem wir gerade sprachen. Multipliziert sieben mit dreiundzwanzig. Was ergibt das?«

»161.«

»Fügt nun 600 hinzu. Das sind?«

»761.«

»Genau. Nun wird noch eine beliebige Anzahl von Jahrhunderten hinzugefügt. Nehmen wir zum Beispiel acht, also 800 Jahre. Was ergibt das?«

»1561.« Chevigny erbleichte. »Der Herrgott stehe uns bei. Das ist ja dieses Jahr!«

»Genau. Und nun seid so gütig und lasst mich endlich damit in Frieden.«

Erst jetzt warf Michel wieder einen Blick auf sein Haus, dem sie jetzt schon ganz nahe waren. Was er dort sah, ließ ihm das Blut in den Adern gefrieren. Ein großer Karren stand vor dem Eingang, und verschiedene Leute waren damit beschäftigt, Möbel und andere Einrichtungsgegenstände darauf zu laden. Da er gegen die Sonne blickte, konnte er von den Räubern nur die Umrisse erkennen. Er versuchte zu laufen, doch unerträgliche Schmerzen machten ihm rasch klar, dass er auf diese Weise nicht weit kommen würde. Daher stakste er, so schnell es seine steifen Beine erlaubten, wie eine Puppe, deren untere Gliedmaßen von fremder Hand bewegt werden, auf sein Haus zu. Zum Glück ging es nur noch bergab.

»Michel! Endlich! Wo warst du denn so lange? Ich wollte dich gerade suchen gehen.«

Jumelles warme Stimme zu hören war wie Balsam für ihn und gab ihm neue Kraft. Er lief zu ihr hin und nahm sie in den Arm. So hielt er sie, Wange an Wange, eine Weile, die ihm unendlich lange und gleichzeitig viel zu kurz vorkam. Dann löste er sich sanft von ihr und blickte in ihre dunklen Augen.

»Ich bin noch aufgehalten worden. Aber erzähl mir lieber, was hier vorgeht.«

»Wir sind in Gefahr, Michel! In ernster Gefahr.«

Michel nickte.

»Du hast Recht. Aber ich glaube, es wird bald wieder Ruhe einkehren. Die guten Bürger von Salon versuchen bereits, die Fanatiker zur Räson zu bringen, und ich denke, es wird ihnen gelingen.« Sein Blick fiel auf Simeoni und Giulia, die gerade einen kleinen Sessel auf den Wagen hoben. »Ich sehe bei all dem jemanden am Werk, den unsere Freunde sehr gut kennen. Aber wir sollten uns nicht über die Maßen beunruhigen lassen.«

»Dazu haben wir aber allen Grund«, erwiderte Jumelle. »Warum, glaubst du, bereiten wir schon unsere Flucht vor? Vor einer Stunde war Hauptmann d'Isnard hier. Er sagte mir, es liege ein Haftbefehl gegen dich vor!«

Michel schrak auf, beruhigte sich aber sofort wieder und erklärte achselzuckend:

»Ach, ich weiß. Die *cabans* haben mich vorhin geschnappt, aber bald wieder freilassen müssen. Ein von denen ausgestellter Haftbefehl ist das Papier nicht wert, auf dem er steht.«

»Er trägt aber die Unterschrift des Königs.«

Nun war Michel wirklich fassungslos. Er schluckte ein paar Mal.

»Aber das kann doch nicht wahr sein.«

Jumelle antwortete nicht. Sie war zu sehr damit beschäftigt, ihren Mann zu mustern. Die aufgeschlagenen Lippen, den an einer Ecke zerrissenen Umhang, das Hemd, das aus der Hose gerutscht war, die mit Erde besudelten Beinkleider.

»Wie konnte ich nur …?«, murmelte sie. »Wie konnte ich das nur übersehen. Wie selbstsüchtig von mir. Deine Lippen sind aufgesprungen, und dein Bart und deine Kleider sind voller Blut.« Sie legte die Hände auf die Wangen ihres Gatten und zog ihn sanft zu sich heran. »Jetzt erzähl doch schon, Geliebter. Was ist geschehen? Mein armer Schatz …«

Michel wehrte ab.

»Ach, nichts. Alles halb so wild. Chevigny kann dir berichten … Aber wo ist denn Chevigny?«

Er erblickte ihn vor der Tür. Der Jüngling hatte gesehen, wie Blanche mit einer Vase in der Hand aus dem Haus trat, war herbeigeeilt und stritt nun mit übertrieben galantem Gehabe darum, ihr diese Last abnehmen zu dürfen.

Jumelle sah kopfschüttelnd zu den beiden hinüber.

»Blanche ist ein liebes Mädchen, und sie hätte einen Mann verdient, der nicht ganz so verrückt ist. Aber was soll man machen.« Sie wandte den Blick wieder ihrem Gatten zu. »Michel, du weißt, Hauptmann d'Isnard ist ein aufrechter Mann und ein echter Freund von dir. Er würde uns nicht anlügen. Das mit dem Haftbefehl wird schon stimmen. Deswegen müssen wir fort, zumindest bis wir hier wieder unseres Lebens sicher sind.«

»Daran habe ich auch schon gedacht. Aber wo sollen wir bloß hin?«

»Mein erster Gatte, Monsieur Ponsard, das alte Klappergestell ruhe in Frieden, besaß ein Haus in Avignon, in der Rue de la Servellerie, in der Gemeinde Saint-Agricol. Ich denke, wir sollten uns dorthin auf den Weg machen.«

»Aber wenn es diesen Haftbefehl gegen mich wirklich gibt, und wenn ihn der König unterzeichnet hat, ist er überall gültig, in Avignon ebenso wie hier in Salon.«

»Sicher, aber wer wird sich in diesen turbulenten Zeiten schon auf die Suche nach dir machen? Hier in Salon weiß jedes Kind, wo du zu finden bist. Hör auf mich, Liebster. Lass uns fliehen, solange wir noch Gelegenheit dazu haben.«

Michel zögerte noch, aber dann sah er, wie Christine umringt von seinen Kindern aus dem Haus trat: Magdelène, César, Charles und André; die Jüngste, Anna, hielt sie auf dem Arm. Die Entscheidung war gefallen. Die Vorstellung, seinen Kindern könne ein Leid angetan werden, erschreckte ihn so sehr, dass er ins Haus lief, um sogleich seine Sachen zu packen. Schon eine halbe Stunde später setzte sich der Karren, von einem geduldigen Gaul gezogen, in Bewegung. Michel saß auf dem Bock, Jumelle, Christine und die Kinder dahinter inmitten des mit einer Wachsplane bedeckten Hausrats. Giulia und Simeoni sowie Blanche und Chevigny folgten paarweise zu Fuß.

Irgendwann winkte Michel Giulia zu sich heran. Die Frau löste sich von ihrem Verlobten, ging etwas schneller und schloss zu Michel auf, was ihr nicht schwer fiel, da das Pferd mit der schweren Last nur müde vor sich hin trottete.

Michel beugte sich zu ihr hinab.

»Giulia, ich muss mit Euch noch einmal über eine Sache reden, von der ich weiß, dass sie Euch unangenehm ist. Aber ich möchte endlich Bescheid wissen. Ihr habt mir seinerzeit gestanden, dass es dieser Jesuit, Pater Michaelis, war, der Euch und Simeoni zu dem Attentat auf Curnier angestiftet hat. Danach seid Ihr aber diesem Thema immer wieder ausgewichen. Nun kenne ich diesen Geistlichen nicht…«

»Oh doch, Ihr kennt ihn. Am Hofe der Königin habt Ihr ihn gesehen…«

»Möglich. Aber ich erinnere mich nicht daran. Es wundert mich nur, dass Ihr ihn stets verteidigt, wenn die Sprache auf ihn kommt. Jedenfalls scheint dieser Mann in letzter Zeit ein beängstigend großes Gewicht zu bekommen. Offenbar hat er aus irgendwelchen Gründen die Revolte in Salon zunächst ausgelöst und dann rasch wieder niederschlagen lassen. Man könnte wirklich meinen, er lenke die Geschicke unserer Stadt nach einem Plan, der nur ihm bekannt ist. Im Grunde wart auch Ihr nicht mehr als ein einfaches Werkzeug für ihn.«

Giulia schüttelte den Kopf mit dem blonden, von einem feinen Netz zusammengehaltenen Haar.

»Gewisse Umstände dieser Angelegenheit sind Euch nicht bekannt. Leider kann ich sie Euch auch nicht erklären. Nur so viel: Pater Michaelis hat mir das Leben gerettet und mich versteckt, obwohl er sich dadurch selbst in Gefahr brachte. Er ist ein Mann reinen Glaubens, ein wahrer Idealist. Vollkommen anders als so mancher katholische Geistliche, mit dem ich sonst zu tun hatte. Ich werde ihm auf immer dankbar sein.«

»Was meint Ihr? Ist er vielleicht verliebt in Euch?«

»Das kann gut sein. Aber nur auf seine Weise. Er hat mich immer mit Respekt behandelt, und das wird er sicher auch weiterhin tun. Warum fragt Ihr?«

Bevor er antwortete, blickte sich Michel um und senkte dann die Stimme, soweit das Getrappel der Pferdehufe auf dem Pflaster es ihm erlaubte.

»Euch mag er zwar respektiert haben, Gabriele aber hat er großen Schaden zugefügt. So als sei er eifersüchtig. Er hat ihn erpresst, zum Verbrecher gemacht und in den Suff getrieben. Gabriele ist heute doch nur noch ein Schatten seiner selbst. Ich weiß, wie weh es Euch tun muss, dass zu hören. Aber es ist die Wahrheit.«

Giulia schien furchtbar verstört. Eine Weile schwieg sie, hob dann den Kopf und blickte Michel mit ihren klaren, nun von Trauer verhangenen Augen an.

»Auch ich habe manchmal den Verdacht, dass Pater Michaelis, vielleicht ohne es zu wissen, eifersüchtig auf Gabriele ist und ihm vielleicht aus Liebe zu mir so übel mitspielt. Aber wenn das stimmt, habe auch ich Schuld an Gabrieles Lage, weil es mir nicht gelungen ist, ihm immer so nahe zu sein, wie er es gebraucht hätte, um ihn auf den rechten Weg zurückzuführen. Zurzeit bemühe ich mich aber sehr darum.«

Giulia hielt einen Moment inne und fügte dann hinzu: »Pater Michaelis mag nicht frei von Fehlern sein, doch mir gegenüber hat er eine unendliche Güte bewiesen. Deshalb habe ich mir geschworen, ihm immer und in allem zu gehorchen. Das mag Euch seltsam erscheinen, aber Ihr müsst bedenken: Auf Grund des Kirchenbanns, mit dem Papst Paul III. uns belegt hatte, waren meine Mutter und ich lange Zeit den entsetzlichsten Demütigungen ausgesetzt. Pater Michaelis aber hat sich bei Kardinal Farnese für mich eingesetzt und so erreichen können, dass der Bann von mir genommen wurde. Damit war für mich endlich ein langer, langer Albtraum zu Ende. Es war ein Zeichen der Hoffnung, dass mein Leben nicht ebenso traurig wie das meiner armen Mutter enden würde.«

Michel nickte.

»Ja gewiss, von der Aufhebung des Banns hattet Ihr mir ja bereits erzählt. Es lässt sich nicht leugnen, Euch gegenüber hat sich Pater Michaelis tatsächlich sehr edel verhalten.«

»Aber das Wichtigste: Er hat mir tatsächlich die Hoffnung zurückgegeben! Nun weiß ich, dass die Widrigkeiten meines Lebens nicht von Dauer sein werden. Der Tag wird kommen, da ich Gabriele endlich heiraten und ihm helfen kann, wieder der Mann zu werden, der er einmal war.« Giulia hatte voller Leidenschaft gesprochen. Nun griff sie sich in den Ausschnitt und brachte ein kleines, sorgfältig zusammengerolltes Pergament zum Vorschein. »Die Absolution des Papstes trage ich stets an meiner Brust. Und immer wenn es mir schlecht geht, schaue ich sie mir noch einmal an. Dann weiß ich wieder, dass ich noch eine Zukunft habe.«

Michel runzelte die Stirn.

»So könnt Ihr also lesen?«

»Nein, das nicht. Höchstens das eine oder andere Wort. Meine Mutter wollte nicht, dass ich lesen lerne. Es schmerzt mich, das zu sagen, aber sie empfand mir gegenüber wohl eine Art Neid und trachtete danach, mich klein zu halten.«

»Dürfte ich das Schriftstück einmal sehen?«

Giulia zögerte einen Augenblick, reichte ihm dann aber die Rolle.

»Warum eigentlich nicht.«

Michel klemmte die Zügel zwischen den Knien fest und entrollte das Pergament. Der Text war reich verschnörkelt und wimmelte von seltsamen Zeichen, wie sie üblicherweise von berufsmäßigen Schreibern als eine Art Geheimkode benutzt wurden, und so kostete es ihn einige Mühe, den Inhalt zu verstehen. Endlich aber bekamen die verschnörkelten Buchstaben einen Sinn:

*Priapus Quintus Episcopus, servus servorum Dei,*
*bestätigt, dass die Inhaberin dieses Schreibens wunderbar weiche, duftende Titten hat und einen stets feuchten, einladenden Unterleib.*
*Er befiehlt allen Gläubigen, von diesen Gottesgaben ausgiebig Gebrauch zu machen, denn es steht nirgendwo geschrieben, das Paradies sei erst nach dem Tode zu genießen.*
*Datum in Roma apud lupanarem Johannae Florentinae.*
*M. D. LIX.*

Michel stiegen Tränen in die Augen. Giulia streckte die Hand aus, um sich das Schreiben zurückgeben zu lassen. Michel schluckte den Kloß, der ihm im Halse steckte, hinunter und sagte dann:

»Lasst mich bitte das Pergament an mich nehmen. Die Straße

nach Avignon ist alles andere als sicher. In meiner Tasche aber wird Euer Dokument keinesfalls verloren gehen.«

Giulia schien verwundert, lächelte aber dann.

»Ich habe Vertrauen zu Pater Michaelis, aber Euch vertraue ich auch. Einverstanden, bewahrt es für mich auf.«

Michel nahm wieder die Zügel in die Hand und setzte nichts mehr hinzu. Nun wusste er, wer hinter dem ganzen Unheil stand, und nahm sich vor, ihm all das Leid heimzuzahlen, das dieser Mensch anderen zugefügt hatte und weiter zufügen würde. Mit Zins und Zinseszins.

# Auge in Auge

Pater Michaelis war in euphorischer Stimmung, als er sich an diesem eiskalten Morgen im Dezember 1561 der Burg von Marignano näherte. Nach vielen, oft vergeblichen Mühen schienen die Dinge nun plötzlich wie von Zauberhand ganz von selbst ins Lot zu kommen. Vor allem hatte es nun offenbar mit der unerträglichen Duldsamkeit ein Ende, die Katharina von Medici lange Zeit gegenüber den Hugenotten gezeigt hatte. Was sich die Hugenotten, wie er zugeben musste, nur selbst zuzuschreiben hatten. Die Schwächung ihrer erbittertsten Feinde, der Guise, hatte ihnen wohl das trügerische Gefühl gegeben, unangreifbar zu sein. Anstatt sich nun still ihres Erfolges zu freuen, hatten sie in ganz Frankreich zum Angriff gegen die katholische Kirche und ihre Symbole geblasen. Kirchen und Klöster wurden gestürmt, Marien- und Heiligenstatuen zerstört, zunächst in der oberen Provence und im Rheintal, dann bald auch in Orange, Montpellier, Nîmes, Agen und vielen, vielen anderen Ortschaften. Zahlreiche katholische Priester hatten die vergeblichen Versuche, Kirchen und Heiligtümer gegen die aufgebrachten Bilderstürmer zu schützen, bereits mit dem Leben bezahlt.

Die Hugenotten hatten sich sogar erkühnt, die Eroberung von Lyon ins Auge zu fassen. Nur ganz knapp war der Versuch gescheitert. Katharina von Medici hatte ihn aber zum Anlass genommen, katholische und calvinistische Schriftgelehrte in Poissy zusammenzurufen, in der Hoffnung, sie doch noch zu einem theologischen Kompromiss bewegen zu können. Doch an der Unnachgiebigkeit von Théodore de Bèze auf hugenottischer und des Kardinals von Lothringen auf katholischer Seite war das Vorhaben gescheitert. Hinzu kam, dass sich am Königshof das Gerücht ausbreitete, die Protestanten stellten ein richtiges Heer zusammen. Damit waren nicht mehr nur die Guise bedroht, sondern auch der König, der halbwüchsige Karl IX. Und die Königinmutter reagierte nun mit der Wut und Entschlossenheit einer Löwin, die ihr Kleines in Gefahr sieht.

»Soll ich zum Haupteingang fahren?«, fragte der Kutscher, als die Burg vor ihnen lag.

Pater Michaelis steckte den Kopf zum Fensterchen hinaus.

»Ja, ich habe den Grafen über mein Kommen unterrichtet.« Er warf einen teilnahmslosen Blick auf die verschneite lombardische Landschaft, zog dann den Kopf wieder ein und lehnte sich entspannt zurück, um den anderen Grund seiner Zufriedenheit zu genießen. Nostradamus inhaftiert! Das war weit mehr, als er sich erhofft hatte. Seit langer Zeit schon versorgte er den Hof mit all jenen Schmähschriften, die er selbst verfassen ließ: *Monstradamus, Le Monstre d'Abus,* die *Declaration des abus, ignorances et seditions des Michel Nostradamus* und andere mehr. Zunächst hatte dies keinerlei Wirkung gezeigt. Im Gegenteil war der Ruhm des »Propheten« noch weiter gewachsen, und sogar Ronsard, der feinsinnige, in ganz Frankreich verehrte Poet, der Gegen-Rabelais par excellence, hatte für den Seher von Salon eine überschwängliche Hommage in Versen geschrieben.

Dann war ihm zum Glück ein genialer Einfall gekommen, mit dem er Karl IX. schließlich auch dazu veranlasste, diesen Hochstapler einsperren zu lassen, kaum, dass er nach einem mehrmonatigen Exil in Avignon nach Hause zurückgekehrt war. Jetzt ging es lediglich noch darum, ihn der Inquisition auszuliefern. Das Übrige würden der Strang, die Streckbank und andere Folterinstrumente des heiligen Offiziums erledigen.

Die Burg des Grafen von Tende, der nur in den Wintermonaten hier residierte, hatte rein gar nichts von einem Gefängnis. Es handelte sich um einen weitläufigen Gebäudekomplex, der, wären da nicht einige Wehrtürme gewesen, eher an eine Villa als an eine Festung erinnerte. Die Wachmannschaft bestand nur aus einer Hand voll Soldaten in dicken Umhängen, die lediglich mit Piken bewaffnet waren. Weitere Soldaten, höchstwahrscheinlich fremde Söldner, hatten etwas entfernt auf einem Feld ein Feuer entzündet, wärmten sich daran und unterhielten sich leise.

»Mein Name ist Sebastien Michaelis, Pater der Gesellschaft Jesu. Man hat mir erlaubt, den Gefangenen zu besuchen.«

Der Wachoffizier blickte ihn etwas ratlos an.

»Ihr werdet erwartet, Pater, aber ich weiß gar nicht, von welchem Gefangenen Ihr da redet.«

»Nun, von dem Ketzer, den man hier im Burgverlies eingekerkert hat.«

»Im Burgverlies?« Der Offizier drehte sich zu einem Kameraden um. »Haben wir hier ein Burgverlies?«

»Nein, aber vielleicht meint der Pater den Keller?«

»Möglich.« Der Offizier wandte sich wieder Michaelis zu. »Nun, jedenfalls wurde der Graf über Euren Besuch unterrichtet und gab Befehl, Euch einzulassen. Ihr könnt mit der Kutsche bis zum großen Tor durchfahren. Die Dienerschaft wird sich um die Pferde kümmern und Euch zum Grafen geleiten.«

Pater Michaelis zog den Kopf zurück und wartete, bis der Kutscher ihn zum Haupttor vorgefahren hatte. Einige Bedienstete eilten ihm entgegen und verbeugten sich tief, als sie seinen Namen hörten.

»Folgt mir, Pater«, forderte ihn ein alter Diener in einer eleganten grünen Livree auf. »Die Gemächer des Grafen und seiner Gattin liegen auf dem zweiten Stock.«

Das Innere der Burg wirkte sehr viel strenger, als man von außen vermutet hätte. In der Vorhalle war eine Reihe von Soldaten in der Uniform der Arkebusiere damit beschäftigt, Schusswaffen zu reinigen und Degen zu polieren. Die Wandbehänge waren wenig farbenfroh, und längs der Korridore waren Rüstungen aufgestellt, die noch gar nicht so alt wirkten. Sie schienen weniger zur Zierde da zu sein, als vielmehr dafür, im Bedarfsfall noch gebraucht zu werden. Auch die Degen und Streitäxte an den Wänden verstärkten den Eindruck, dass es sich hier um ein Waffenarsenal handelte, an dem man sich, falls nötig, rasch bedienen konnte. Offensichtlich war der Graf von Tende gut auf den Bürgerkrieg vorbereitet, der bis jetzt allerdings nur in der fernen Provence wütete, vermied es aber, seine Wehrhaftigkeit allzu öffentlich zur Schau zu stellen.

Pater Michaelis wurde zu einem Raum am oberen Ende einer breiten Marmortreppe geführt. Er musste nicht lange warten. Der alte Diener kündigte ihn an, und schon erschien der Graf und ging seinem Besucher mit einem breiten Lächeln auf seinem etwas aufgeschwemmten Gesicht entgegen.

»Es ist mir eine Ehre, den Vertreter eines noch so jungen, doch schon so namhaften Ordens auf meiner Burg empfangen zu dürfen«, erklärte er. »Mit einem Jesuiten habe ich mich schon lange einmal unterhalten wollen.«

Pater Michaelis verneigte sich.

»Nichts lieber als das, Monsieur le Comte. Aber Ihr kennt ja das Hauptanliegen meines Besuchs.«

Claude von Tende legte kaum wahrnehmbar die Stirn in Falten.

»Nun ja, ich habe Euren Brief gelesen. Und zuvor das Schreiben Seiner Majestät Karls IX.« Er deutete auf seinen Schreibtisch, der von zwei vergoldeten Sesseln mit roten Samtpolstern eingerahmt wurde. Ein mächtiger Tischleuchter ersetzte das Tageslicht, das zu schwach war, um den Raum zu erhellen.

Beide nahmen Platz. Pater Michaelis bemerkte sofort eine dicke Akte, auf der in Tinte, mit rascher Hand geschrieben, die Buchstaben GJ standen. Offensichtlich hatte sich der Graf, bevor er ihn empfing, hinsichtlich der Gesellschaft Jesu kundig gemacht. Und er gab sich keine Mühe, dies zu verbergen. Im Gegenteil konnte man sogar den Eindruck gewinnen, er habe die Akte absichtlich so offen liegen lassen, um Pater Michaelis zu verstehen zu geben, dass er keinem arglosen Gesprächspartner gegenübersaß.

»Kommen wir doch direkt zur Sache«, sagte der Graf. »Ich bin also dem Befehl Seiner Majestät nachgekommen und habe mich am 16. Dezember persönlich nach Salon begeben, um Doktor Michel de Notredame den Haftbefehl vorzulegen und ihn hierher bringen zu lassen, wo er sich auch jetzt noch aufhält.«

»Im Burgverlies, nehme ich an.«

»Nein, nein, so etwas haben wir hier nicht. Und außerdem stand im Befehl des Königs auch nichts von verschärfter Haft.

Nein, ich beherberge Doktor Nostradamus in meinen Gemächern.«

Michaelis hatte so etwas schon befürchtet, sprang aber dennoch auf.

»Ich hoffe, Ihr scherzt«, fuhr er den Grafen an.

Der zuvor gelassene Blick des Grafen verhärtete sich augenblicklich.

»Muss ich Euch wirklich daran erinnern, Pater, dass Ihr dem Gouverneur der Provence gegenübersteht? Ich bin ein sehr toleranter Mensch, aber solch dreistes Gebaren kann ich nicht dulden. Auch nicht von einem Vertreter der Kirche.«

Pater Michaelis nahm wieder Platz und senkte etwas betreten den Blick.

»Verzeiht, ich wollte nicht unhöflich erscheinen«, murmelte er, sich reuevoller gebend, als er es tatsächlich war. »Ich war im ersten Moment verwundert, habe aber nicht bedacht, dass Ihr wahrscheinlich nicht alle Anklagepunkte gegen Nostradamus kennt und nicht wisst, wie schwerwiegend sie sind.«

»Schwerwiegend? So?« Der Graf zuckte ein paar Mal mit den Achseln und lachte dazu. »Im Brief Seiner Majestät fordert man mich dazu auf, Ermittlungen gegen den Verfasser von Vorhersagen anzustellen, die so düster und tragisch sind, dass sie die öffentliche Ordnung gefährden könnten, besonders zu einer Zeit, da wir schon genug Unordnung haben. Nun, das habe ich getan. Und ich muss zugeben, es stimmt: In der Tat sagt Nostradamus in seinen Jahrbüchern eine Unzahl von Katastrophen voraus. Also bat ich ihn, im Namen unserer jahrelangen Freundschaft, sich etwas im Ton zu mäßigen. Aber nicht wie einen Gefangenen habe ich ihn behandelt, sondern wie einen Gast.«

Pater Michaelis beschloss, sich, koste es, was es wolle, versöhnlich zu zeigen.

»Ganz gewiss habt Ihr gut daran getan, Monsieur, da der Brief des Königs offensichtlich keine genaueren Informationen enthielt. Ich bin jedoch in der Lage, Euch ausführlicher über die Ermittlungen gegen de Notredame in Kenntnis zu setzen, die auf Befehl des Kardinals von Lothringen angestellt wurden. Danach ist es an Euch zu entscheiden, ob es angezeigt ist, Nostradamus weiter wie einen Gast zu beherbergen oder ob er nicht eine sehr viel strengere Behandlung verdient hätte.«

»Ich höre. Aber kommt mir bitte nicht wieder mit dem Märchen, Nostradamus sympathisiere mit der hugenottischen Partei. Mit eigenen Augen habe ich die Entwürfe seiner *Vorhersagen* für das Jahr 1572 gesehen. Er hat sie Fabrizio Serbelloni gewidmet, dem Neffen von Papst Pius IV. und Oberbefehlshaber des Heeres der Grafschaft von Venaissin. Kein Ketzer würde sein Werk einem Mann widmen, der vom Papst beauftragt wurde, die katholische Vorherrschaft in der Provence zu verteidigen.«

Pater Michaelis nickte.

»Das ist sicher wahr. Aber ich würde einer Widmung keine allzu große Bedeutung beimessen. Wenn ich mich nicht irre, war sein Almanach für 1561 sogar Papst Pius IV. persönlich gewidmet…«

»Ja, und der für 1560 mir!«, fügte der Graf zufrieden lächelnd hinzu.

»Ich weiß. Aber die Anklage gegen Nostradamus lautet ja auch nicht auf Ketzerei oder Störung der öffentlichen Ordnung, sondern auf Hexerei.«

Der Adlige schien beeindruckt, aber nicht fassungslos. Er deutete wieder ein Lächeln an.

»Ihr wollt mir doch nicht weismachen, dass sich der Kardinal von Lothringen in der jetzigen angespannten Lage mit solcher Art Anschuldigungen beschäftigt. Nostradamus ist bekanntermaßen ein Astrologe, aber keine einzige Zeile seiner Werke bietet einen Anhaltspunkt dafür, ihn für einen Hexenmeister zu halten.«

Für Pater Michaelis begann nun die schwierigste Phase der Unterredung. Er musste einen Mann, der ganz in der Politik aufging, dazu bringen, eine Anklage ernst zu nehmen, die nicht in seinem Interesse lag und die noch dazu auf so schwachen Indizien beruhte, dass sogar der fanatischste spanische Inquisitor sie wohl als nicht ausreichend beurteilt hätte. Aber es musste gelingen: Zu viel stand auf dem Spiel. Er atmete tief durch und begann:

»In der Tat lässt sich aus Nostradamus' Schriften ein Verkehr mit dem Satan nicht direkt ableiten. Aber habt Ihr Euch schon mal die Titelseiten seiner Bücher genauer angesehen?«

»Das habe ich, aber ich habe nichts Auffälliges bemerkt.«

»Häufig ist darauf Nostradamus selbst dargestellt, der eine Kugel in der Hand hält und mit einem Finger auf die Sterne des Zodiakus deutet.«

»Nun, das ist wahr. Aber warum soll das wichtig sein?«

»Diese Geste spiegelt die traditionelle Darstellung eines persischen Sonnengottes wider: Mithras oder Mythras. Solche Bezüge finden sich immer wieder in seinem Leben und Werk. So trägt sein Familienwappen den Schriftzug *Soli Deo*, was als Bezugnahme auf den ›Gott der Sonne‹ verstanden werden kann. In der *Rede an meinen Sohn César*, die er vor sechs Jahren seinen *Prophezeiungen* voranstellte, spricht er davon, dass er seine Eingebungen ›vom höchsten aller Sterne‹ erhalte. Und in seinem Studierzimmer gibt er sich seinen Visionen bekränzt mit Lorbeer hin, einer Sonnenpflanze, und benutzt einen Schwanenkiel, eine Feder jenes Vogels also, der der Sonne besonders nahe steht...«

»Woher wisst Ihr das alles?«

»Ich habe so meine Informanten. Außerdem braucht man nur Notredames Bücher aufmerksam zu lesen. In einem, das bisher unveröffentlicht blieb, beschäftigt er sich mit den ägyptischen Hieroglyphen. Darin sind zahlreiche Hinweise auf das ›Auge‹ als Symbol Gottes enthalten. Oder nehmen wir die *Dialoghi d'amore* von Leone Ebreo, ein Werk, das Nostradamus in besonderer Weise geprägt hat. Darin wird die Sonne als ›Auge Gottes‹ bezeichnet, was dem ›Auge des Zeus‹ in der griechisch-römischen Mythologie entspricht. Doch Leone Ebreo übernimmt diese Vorstellung eigentlich von einem anderen, von Marsilio Ficino nämlich, der der Sonne göttliche Eigenschaften zuspricht. Und von Ficino hat sich wiederum der Astrologe Antoine Mizauld anregen lassen, von dem Nostradamus...«

»Schon gut, schon gut, es reicht«, rief der Graf ungeduldig. »Wieso erzählt Ihr mir das alles?«

»Weil ich schon seit einigen Minuten diesen Vorhang beobachte«, antwortete Pater Michaelis gelassen, indem er auf den grünen Samtstoff vor dem Fenster zeigte. »Ich glaube, dahinter versteckt sich jemand. Und ich würde mich nicht wundern, wenn dieser Jemand eben Euer Freund Nostradamus wäre.«

Der Adlige errötete und wusste nicht, was er antworten sollte. Pater Michaelis genoss einige Augenblicke seinen Triumph und sprach dann, an den Vorhang gewandt:

»Kommt heraus, Docteur Notredame. Ihr seid doch kein kleiner Junge mehr. Nun wisst Ihr, was ich gegen Euch vorbringe. Kommt und rechtfertigt Euch wie ein Mann.«

Der Vorhang bewegte sich, und Michel trat humpelnd aus seinem Versteck hervor.

»Vor Euch brauche ich mich nicht zu rechtfertigen.«

Seit dem Bankett am Hofe von Katharina war es das erste Mal, dass Pater Michaelis seinem Feind Auge in Auge gegenüberstand. Gerne hätte er solch eine direkte Auseinandersetzung vermieden, aber die plumpe Falle des Grafen hatte ihm einen Strich durch die Rechnung gemacht. Mit unverhüllter Neugier musterte er den Propheten. Sein kleiner Wuchs, die rote Nase, der übertrieben lange, ein wenig ungepflegt wirkende Bart, der neckische viereckige Hut, all das passte weder zu einem großen Magier noch zu einem ernst zu nehmenden Gegner. Seine von einer leichten Melancholie verschleierten Augen wirkten sehr intelligent, und auch seine ruhige, freundliche Stimme ließ eine tiefe Weisheit erahnen.

Nostradamus hinkte zum nächsten Sessel und ließ sich darauf fallen, als habe ihn das lange Stehen sehr erschöpft. Für einen Augenblick senkte er die Lider und öffnete sie wieder, als er zu sprechen begann:

»Weder der Graf noch ich hatten dieses Versteckspiel geplant. Ihr wart es, der uns bei einem Gespräch überraschte. Ich hielt es für besser, Euch nicht offen zu zeigen, wie gut ich mich mit dem Grafen verstehe.«

»Weil mir dann sofort klar gewesen wäre, dass Ihr hier nicht als Gefangener weilt?« Obwohl als Frage gestellt, machte Michaelis deutlich, dass er keine Antwort erwartete.

Stattdessen fragte er weiter: »Wisst Ihr, wessen man Euch anklagt?«

Nun war es an Nostradamus zu lächeln.

»Das ist die klassische Frage, mit der die Inquisition ihre Prozesse eröffnet. Vielleicht solltet Ihr sie anders formulieren.«

»Gerne. Wisst Ihr, wessen ich Euch verdächtige?«

»Ich glaube ja, würde es aber gerne noch einmal aus Eurem Munde hören.«

»Bitte, wie Ihr wollt. Ihr seid ein Ketzer, nur hat Eure Häresie nichts mit Calvin oder Luther zu tun. Wie für Hermes Trismegistos und *Picatrix*, für Marsilio Ficino, Leone Ebreo oder Antoine Mizauld sind auch für Euch die Planeten himmlische Mächte mit der Sonne als ihrem König. Dies ist eine heidnische Vorstellung, eine heidnische Häresie. Der Planet Mars verkörpert für Euch zum Beispiel genau die Eigenschaften des römischen Kriegsgottes Mars, der Planet Merkur die des Gottes Merkur, der Planet Jupiter die des Gottes Jupiter und so fort. Auf diese Weise erweckt Ihr unter dem Deckmantel, die Gestirne zu studieren, das gesamte vorchristliche, heidnische Pantheon zu neuem Leben.«

Der Graf vermochte den Ausführungen nicht recht zu folgen, glaubte aber, vielleicht um die peinliche Situation von vorhin vergessen zu machen, einwerfen zu müssen:

»So sind sie eben, die Astrologen. Lassen wir sie doch einfach.«

»Nein, das ist unmöglich«, gab Pater Michaelis entschieden zurück. »Ich kann das nicht dulden. Wenn man behauptet, das menschliche Schicksal sei in den Planeten oder Tierkreiszeichen festgeschrieben, setzt man ebenjene heidnischen Götter wieder ein, die das Christentum einst überwand. In dieser Hinsicht stehen die Astrologen den Hugenotten nahe. Für beide Gruppen ist das Schicksal im Voraus festgelegt, und keine Beichte, keine Vergebung können daran etwas ändern. Der Unterschied ist allein der, dass die Hugenotten auf Widerstand stoßen, während die Astrologen mit ihren Publikationen ihre heidnischen Anschauungen in jede Familie des Landes tragen können.«

»Ich glaube an unseren Herrn Jesus Christus«, warf Michel mit ruhiger Stimme ein.

»Das kann ich bezeugen«, sprang ihm der Graf bei. »Seit seiner Ankunft auf meiner Burg ist Michel fast jeden Tag zur Messe gegangen. Und ich darf Euch daran erinnern, Pater, dass sein Bruder Jehan, der dem Parlament von Aix angehört, sogar eingekerkert wurde, weil er die katholische Sache zu vehement vertreten hatte.«

Pater Michaelis nickte.

»Ja, ich glaube Doktor Nostradamus, dass er es mit seinem Glaubensbekenntnis ehrlich meint. Dennoch – es gibt eine diabolische Irrlehre, die vor vielen Jahrhunderten entstand und die sich zum Ziel gesetzt hatte, das Christentum mit dem Kult und der Anbetung eines Sonnengottes zu verbinden: der Gnostizismus. Und das ist auch die exakte Bezeichnung für den Irrglauben, dem dieser Hexenmeister hier anhängt.«

Natürlich erwartete Michaelis kein Eingeständnis von Seiten Michels. Stattdessen zuckte Nostradamus, nicht sehr energisch, mit den Achseln und sagte:

»Das sind Ausgeburten Eurer eigenen Phantasie, und ich sehe keinen Sinn darin, auf sie einzugehen. Außerdem haben sie gar nichts mit den Dingen zu tun, die seine Majestät Karl IX. geklärt haben wollte, als er den Grafen anwies, mich zu befragen.«

»Ganz richtig«, rief Claude de Tende aus, während er den Jesuiten nun mit unverhüllter Abneigung anblickte. »Pater, Ihr seid weder der Kardinal von Lothringen noch ein Inquisitor. Und noch viel weniger handelt Ihr im Auftrag des Königs. Ich habe wirklich andere Sorgen als solche Jahrbücher. Schließlich steht ein Bürgerkrieg vor der Tür. Kümmert Ihr Euch lieber um Eure Schäflein, ich kümmere mich um meine Angelegenheiten.«

»Und was, wenn der Ausbruch des Bürgerkrieges und die Taten dieses Mannes hier in direktem Zusammenhang stehen?«

Nun war Michel wirklich fassungslos. Sein rechtes Bein begann leicht zu zittern, so stark immerhin, dass er es mit der Hand ruhig halten musste.

»Von welchem Zusammenhang faselt Ihr da?«

Dieser Schritt nun war noch schwieriger als die Übergänge zuvor, aber Pater Michaelis fühlte sich beschwingt genug, um ihn ohne Furcht angehen zu können.

»Unser Königinmutter, Katharina von Medici, trennt sich nie von einer bestimmten Medaille, Docteur Nostradamus. Wisst Ihr, wovon ich spreche?«

»Nun, ja…«, versuchte der Arzt, sichtlich verstört, zu einer Antwort zu finden.

»Sie hat sie von Euch, nicht wahr?«

»Möglich. Aber worauf wollt Ihr hinaus?«

»Nun, auf einer Seite der Medaille ist ein groteskes Geschöpf mit einem Hühnerkopf dargestellt, in der Hand einen Spiegel, den es dem antiken Göttervater persönlich vorhält. Umgeben sind sie von zahlreichen Symbolen, die alle für bestimmte Planeten stehen. In einer Ecke sieht man ein Quadrat, als Symbol für die Sonne, das ein Kreuz überragt. Was das in der okkulten Philosophie bedeutet, lässt sich leicht erahnen. Nun, Monsieur, kennt Ihr diese Medaille?«

»Ja. Aber ich verstehe immer noch nicht… Schließlich habe ich die Medaille nicht geprägt, sondern ein Astrologe namens Fernel, der vor drei Jahren gestorben ist.«

Pater Michaelis nickte.

»Ich weiß. Wer sonst als ein Astrologe wäre auch fähig, auf einer einzigen Medaille solch eine Unmenge heidnischer Symbole zu versammeln und dann eine streng katholische Königin wie Katharina von Medici dazu zu bringen, es auch noch um den Hals zu tragen.« Es war echte Empörung, die Pater Michaelis jetzt überkam, und er hatte seine Zunge nun etwas weniger in der Gewalt. »Nein, Eure Aufgabe war eine andere. Ihr hattet doch die Medaille von Denis Zacharie erhalten. Nicht wahr?«

Nostradamus breitete die Arme aus.

»Nein, aber das liegt alles so lange zurück…«

Pater Michaelis blickte den Grafen an.

»Monsieur, nehmt bitte zur Kenntnis, dass Zacharie, mit richtigem Namen Joseph Turel Mercurin, Arzt am Hof von Navarra war. Und er ist heute noch ein enger Vertrauter von Antoine de Bourbon und Jeanne d'Albret, bekennenden Hugenotten und

Beschützern der reformierten Kirche Frankreichs. Aber er ist nicht nur Arzt, sondern auch ein Alchimist von außerordentlichen Fähigkeiten. Es soll ihm sogar gelungen sein, Gold herzustellen. Viele Menschen fragen sich doch, wieso eigentlich die hugenottische Partei über schier grenzenlose Reichtümer verfügt, die sogar noch die der französischen Krone übertreffen. Nun, die Antwort überlasse ich Euch, Monsieur le Comte.«

Claude de Tende schien immer noch nicht zu verstehen, aber Michel war tief getroffen. Sein Bein zitterte jetzt so stark, dass er es aufgegeben hatte, es ruhig zu halten zu wollen.

»Ihr redet wirr!«, rief er aus. Er war dermaßen erregt, dass ihm fast die Tränen kamen. »Was soll ich mit all dem zu tun haben?«

»Das ist leicht gesagt.« Pater Michaelis griff unter seinen Umhang und brachte dann einen winzigen Gegenstand zum Vorschein. Er hielt ihn zwischen Daumen und Zeigefinger und zeigte ihn Michel. Es war ein Stückchen Gold. »Wisst Ihr, woher das ist?«

Michele starrte den Jesuiten mit offenem Mund an und schüttelte den Kopf.

»Nein? Dann sage ich es Euch«, fuhr Pater Michaelis voller Genugtuung fort. »Dieser Goldsplitter stammt von dem goldenen Becher, den Ihr vor einigen Monaten von Hans Rosenberg zum Geschenk erhalten habt. Ihr wisst, wer das ist. Ein reicher Minenbesitzer aus Augsburg, der als überzeugter Protestant fast überall in Europa die reformierten Kirchen unterstützt. Mit dem Becher wollte er Euch danken, weil Ihr ihm aus der Krise geholfen habt, die seine Bergwerke erfasst hatte.«

Nun sprang der Graf von Tende wütend auf.

»Jetzt ist es genug, Pater. Allmählich glaube ich, dass Ihr mich auf den Arm nehmen wollt. Ihr werft hier mit Namen um Euch, erzählt eine wirre Geschichte nach der anderen, erhebt die abwegigsten Beschuldigungen … Ich frage mich wirklich, was das soll. Nun sagt endlich, worauf Ihr hinauswollt!«

Pater Michaelis versuchte, Ruhe zu bewahren, und deutete auf Nostradamus.

»Euer Freund hier weiß das nur zu gut! Zusammen mit dem

Goldbecher erhielt er nämlich auch eine Medaille aus reinem Gold, die jener gleicht, die Katharina von Medici um den Hals trägt. Und der Ratgeber von Hans Rosenberg heißt zufällig Denis Zacharie. Versteht Ihr nun, wem die angebliche Wiederinbetriebnahme der Minen bei Augsburg zu verdanken ist, und der Strom von Edelmetallen, der den Hugenotten in die Kassen geschwemmt wird?«

»Mein Gott!«, brüllte der Graf mit hochrotem Kopf. »Das darf doch nicht wahr sein! Ihr sprecht von einer Verschwörung ungeheuren Ausmaßes und besitzt nicht den Hauch eines Beweises!«

»Oh doch, Beweise habe ich«, erwiderte Michaelis ruhig. »Ich bin im Besitz des gesamten Briefwechsels von Monsieur Nostradamus aus den letzten Monaten. Sein Sekretär Chevigny hat die begrüßenswerte Angewohnheit, von jedem Schreiben eine Abschrift anzufertigen. Nur weiß er nicht, dass ihm diese immer wieder abhanden kommen.«

Nostradamus wurde leichenblass.

»Jumelle!«, murmelte er. »Und wieder hat sie mich verraten.«

In diesem Moment öffnete sich die Tür. Der alte Diener stand auf der Schwelle. »Monsieur le Comte, Hauptmann Tripoly ist eingetroffen«, verkündete er seinem Herrn, ohne den anderen beiden im Raum Beachtung zu schenken. »Er ersucht Euch, ihn zu empfangen.«

Michaelis erschrak. Sein so kunstfertig geschmiedeter Plan drohte mit einem Schlag zu scheitern. Er wusste nur zu genau, dass der Graf von Tende mit den Hugenotten sympathisierte. Aber er hatte darauf gebaut, durch sein Amt als Gouverneur der Provence würde er sich gezwungen sehen, die Fassade einer gewissen katholikenfreundlichen, neutralen Haltung aufrechtzuerhalten, und ihm schließlich aus Angst, entdeckt zu werden, Nostradamus ausliefern. Dass er nun kein Geheimnis daraus machte, dass der Anführer der hugenottischen Milizen auf seiner katholischen Burg eingetroffen war, kam einem Geständnis gleich. Vom Grafen konnte Pater Michaelis kein Entgegenkommen mehr erwarten. Jetzt ging es nur noch darum, mit heiler Haut aus der Burg herauszukommen.

Er stand hastig auf.

»Ich darf mich verabschieden, Monsieur le Comte. Ihr seid nun in allen Einzelheiten über die Situation ins Bild gesetzt. Jetzt liegt es an Euch zu entscheiden, welche Maßnahmen zu ergreifen sind.«

Der Graf schwieg, ebenso Michel. Mit großen Schritten strebte Michaelis der Tür zu. Er hatte die Schwelle gerade überschritten, als er ein höhnisches Lachen in seinem Rücken vernahm.

»Ach, Pater, da wären übrigens noch einige Fakten, die Ihr nicht genannt habt. Ich weiß, dass Ihr dem Mörder von Curnier die Waffe geliefert habt. Ich weiß, dass Ihr Giulia Cybo-Varano dem Kardinal Alessandro Farnese geraubt und sie Euch gefügig gemacht habt wie eine Sklavin. Ich weiß, dass Ihr die braven Bürger der Provence gegen den Adel aufhetzt und den Pöbel gegen die Bürger. Ich weiß, dass Ihr Menschen wie Marionetten benutzt, mit den drei Ständen als Bühne. Gebt nur Acht, dass nicht ein Faden reißt, und gebt besonders auf den Euren Acht.«

Pater Michaelis lief ein Schauer über den Rücken, aber er wandte sich nicht mehr um. Erst als er unbeschadet den Garten erreicht hatte, erlaubte er sich, erleichtert aufzuatmen. Er lief zur Kutsche und fuhr davon, während dichtes Schneetreiben einsetzte.

# Am Vorabend des Krieges

Michel traute seinen Augen nicht. Er lehnte sich an die Fassade eines Hauses mit Portikus und versuchte, so nah wie möglich an die beiden, die sich da unterhielten, heranzukommen. Es waren keine Passanten auf der Straße, und die Stimmen drangen klar und deutlich zu ihm. Er begann zu lauschen.

Den blonden Mann hatte er trotz seiner bürgerlichen Kleidung sofort erkannt: Es war der Jesuit, der ihn auf der Burg von Marignano hatte verhören wollen. Pater Michaelis: Wie gut erinnerte er sich an diesen Namen. Nur der Familienname fiel ihm, falls er überhaupt genannt worden war, jetzt nicht ein.

»Mein liebes Kind«, sagte der Geistliche jetzt, »mit solchen Briefen kann ich nichts anfangen. Ein gewisser Jean Morel verlangt offenbar Geld zurück, das sich Nostradamus vor einigen Jahren bei ihm geliehen hat. Woher soll ich wissen, um was es da überhaupt geht?«

»Chevigny hat mir erzählt, das sei vor sieben Jahren gewesen, im Jahr 1555«, antwortete eine etwas raue, aber sanfte Frauenstimme. »Der Doktor war auf Einladung der Königin ohne einen Sou in der Tasche nach Paris gereist und musste sich von diesem Morel die Rechnung für ein Gasthaus bezahlen lassen.«

Obwohl Michel das sich dunkel gegen den weißen Schnee abzeichnende Profil der Frau erkannt hatte, versetzten ihm die Worte einen Stich. Keinen Augenblick hätte er an Blanche gezweifelt. Er erinnerte sich, wie eifrig sie während ihres Exils in Avignon Jumelle in allen Dingen zur Hand gegangen war. Und er erinnerte sich auch, wie sich das Mädchen Jahre zuvor im Bordell mit einer warmherzigen Geste das Hemd abgestreift und ihm ihre üppigen festen Brüste zum Streicheln dargeboten hatte. Es wollte ihm auch jetzt nicht gelingen, in ihr eine verräterische Schlange zu sehen. Obwohl ihm diese Tatsache klar vor Augen stand.

»Ich brauche andere Briefe«, erklärte Michaelis mit herrischer Stimme. »Zum Beispiel alle, die aus Deutschland kommen. Und auf jeden Fall Briefe von Hugenotten.«

»Aber ich kann doch gar nicht lesen!«, verteidigte sich Blanche. »Ich nehme mir die Abschriften, die Chevigny von den eingehenden Briefen anfertigt, zeige sie Euch und lege sie dann wieder zurück. Von dem, was drin steht, habe ich nicht die leiseste Ahnung.«

»Schon gut.« Michaelis' Stimme wurde plötzlich sanfter. »Es stimmt schon, du kannst nicht lesen. Und außerdem sind ja fast alle Briefe auf Lateinisch geschrieben.« Er gab ihr den Brief zurück. »Hier, leg ihn wieder dorthin, wo du ihn gefunden hast. Und die nächsten bringst du mir wieder. Bist du eigentlich in Chevigny verliebt?«

Das Mädchen schüttelte den Kopf.

»Wie sollte ich ihn lieben. Seine Liebe gehört ja allein Nostradamus. Er ist ihm blind ergeben.«

»Mach dir das zu Nutze, oder ich schicke dich wieder ins Bordell zurück. Weißt du, wie viele Dirnen bereits von Hugenotten ausgepeitscht und manchmal gar getötet worden sind? Das Freudenhaus in Salon ist bisher nur deshalb verschont geblieben, weil es von der Witwe Curnier geführt wird. Aber es ist wirklich eine Ausnahme in dieser Gegend.«

Blanche senkte den Kopf.

»Seid unbesorgt. Ich werde gehorchen.«

Mehr konnte Michel nicht verstehen. Sich dicht an der Hauswand haltend, schlich er schwer atmend von dannen. Wie töricht war er nur gewesen. Er hatte vermutet, Jumelle, die wunderbare Jumelle, würde ihn verraten. Gewiss, früher einmal hatte sie sich von Molinas einspannen lassen. Dass Michel ihr jetzt, ohne lang zu überlegen, diesen erneuten Verrat zugetraut hatte, hatte einen anderen Grund: Immer noch konnte er nicht verstehen, warum Jumelle ihn und ihre Kinder damals verlassen hatte. Rücksichtnahme und Zuneigung hatten den Schmerz gelindert, aber die Wunde war nie vollständig verheilt. Irgendwie war Jumelle immer ein wenig fremd und distanziert geblieben, sogar wenn sie sich geliebt hatten. Daher kam sein so spontaner, unüberlegter Verdacht.

Nun kannte er die Wahrheit. Mit Sicherheit erpresste dieser Jesuit sie auf irgendeine Weise, wahrscheinlich mit ihrer Vergangenheit im Freudenhaus, auch wenn sie mittlerweile, ebenso wie Christine oder der wunderliche Chevigny, fast schon zu seiner Familie gehörte. Gewiss, es war ihre Schuld, dass er sich in letzter Zeit, nach seiner »Gefangenschaft« beim Gouverneur der Provence, Jumelle gegenüber recht kühl verhalten und ihr Tun misstrauisch beäugt hatte. Aber einen rechten Groll gegen Blanche hegte er deswegen nicht.

Nein, es war ein anderes Gefühl, das ihm sehr zu denken gab. Es kam ihm so vor, als bringe Magdelène, deren Tod er verschuldet hatte, vom Jenseits aus weibliche Wesen gegen ihn auf und mache ihm einen entspannten Umgang mit Frauen unmöglich. Tatsächlich wurde ihm das weibliche Geschlecht immer fremder, so als handele es sich um eine vollkommen andere Spezies. Vielleicht hatten die Inquisitoren doch Recht, wenn sie das Weib anklagten, anderen Gesetzen als den von Gott gegebenen zu gehorchen. Daran hatte er nie glauben wollen. Sein eigentliches Glaubensbekenntnis, so wie es sich in den Jahren herausgebildet hatte, beruhte auf der harmonischen Verbindung zwischen weiblichen und männlichen Anteilen als tragendem Pfeiler der Weltseele. War diese Annahme zu optimistisch gewesen? Hatte er sich getäuscht? Er nahm sich vor, der Sache auf den Grund zu gehen und tiefer in die Abgründe der Magie einzutauchen, die als Einzige im Stande sein würde, ihm vielleicht eine befriedigende Antwort zu liefern …

Er überquerte gerade die Place des Arbres, als ihm jemand nachrief:

»Docteur! Docteur de Notredame!«

Als er den Mann erkannte, verzog Michel unwillkürlich das Gesicht. Es war der Müller Lassalle, der mit ein paar Bürgern gesprochen hatte. In letzter Zeit war das Verhältnis zwischen Michel und dem Müller nicht ausgesprochen schlecht gewesen, sondern hatte sich auf einer erträglichen Ebene förmlicher, misstrauischer Höflichkeit eingependelt. Aber so wie der Müller nun, übers ganze Gesicht strahlend, auf ihn zukam, geriet Michel doch in Sorge.

»Docteur, ich habe eine Neuigkeit für Euch, die Euch freuen wird«, sagte Lassalle. »Ein Edikt des Königs lässt die reformierte Kirche in ganz Frankreich zu. Wusstet Ihr das?«

»Nein, das wusste ich nicht«, antwortete Michel beeindruckt. Da er aber eine Falle fürchtete, fügte er rasch hinzu: »Als Katholik weiß ich nicht so recht, was ich davon halten soll. Aber vielleicht war so etwas unvermeidlich, um dem Land endlich Frieden zu bringen. Hat das Parlament von Paris dem Edikt bereits zugestimmt?«

»Nein, aber das wird wohl nächsten Monat geschehen. Die Königinmutter persönlich soll sich für das Edikt eingesetzt haben.« Der Müller breitete seine kräftigen Arme aus. »Ja, ja, es hat wirklich zu viele Übergriffe und Gewalttaten gegeben. Noch letzten Monat haben die Hugenotten die Kirche in Saint-Médard in Paris überfallen und eine Reihe von Gläubigen getötet, um einen der ihren zu rächen. Hier in Salon wurden sogar Exkremente im Weihwasserbecken von Saint-Michel gefunden, und erst am Sonntag hat einer während der Messe Schweine in die Kirche getrieben. So konnte es ja nicht weitergehen.«

Die Worte des Müllers klangen aufrichtig, aber Michel hütete sich, dem Mann zu trauen.

»Und Ihr als Vorsitzender der Kongregation der *Battats* freut Euch wirklich, dass die Hugenotten jetzt ihre Gottesdienste öffentlich abhalten dürfen?«

»Freuen ist das falsche Wort. Aber ich will ganz ehrlich zu Euch sein, Docteur, denn trotz unserer Meinungsverschiedenheiten habe ich was für Euch übrig.« Lassalle deutete auf das Grüppchen, mit dem er zusammengestanden hatte. »Gerade eben noch habe ich mit meinen Freunden darüber gesprochen. Diese Sache mit den Kongregationen schien anfangs recht gut zu laufen, aber jetzt entpuppt sie sich immer mehr als vollkommener Reinfall. Und wisst Ihr auch, warum?«

»Nein, ich habe keine Ahnung.«

»Nun, der Jesuitenpater, der die Gründung betrieben hat, bestand darauf, dass es zwei Kongregationen geben müsse. Einmal die frühere Bruderschaft der *Battats* mit den wohlhabenden und angesehenen Bürgern der Stadt als Mitgliedern. Und dann die Kongregation der *petit artisans*, in der sich die Arbeiter, Lehrlinge, Tagelöhner und so fort zusammenschließen sollten. Die gemeinsame Verehrung der Heiligen Jungfrau und der häufige Empfang der Sakramente sollten das gemeinsame Band sein…«

»Aber so war es nicht.«

»Nein, ganz und gar nicht. Die Handlanger, die sich jetzt zum ersten Mal überhaupt zusammengeschlossen haben, haben plötzlich höhere Löhne von uns und bessere Arbeitsbedingungen verlangt. Und das ausgerechnet im Namen der katholischen Bruderschaft. So eine dreiste Unverschämtheit hat es ja noch nie zuvor gegeben! Nun will ich nicht so weit gehen wie viele meiner Freunde und behaupten, die Gesellschaft Jesu habe die soziale Ordnung umgestürzt. Ich sage nur, dass dieser Pater Michaelis offensichtlich die Rechnung ohne den Wirt gemacht hat und wir vom Regen in die Traufe gekommen sind. Aber er hält sich ja für so intelligent, aber im Grunde ist er ein Dummkopf.«

Michel hatte von diesen Schwierigkeiten gehört, spielte jedoch lieber den Ahnungslosen und bemerkte:

»Weder die Anerkennung der reformierten Kirche noch die Beendigung der Feindseligkeiten zwischen den Religionen werden wohl an dieser Situation etwas ändern können. Vielleicht müsst ihr die Kongregation der Arbeiter einfach wieder auflösen, wenn nicht gar alle beide.«

»Daran haben wir natürlich auch schon gedacht. Zu allem Unglück aber werden die Fragen, die uns Pater Michaelis in der Beichte stellt, immer hinterhältiger. Da horcht er uns richtig aus, gerade was diese Pläne angeht.« Lassalle legte die Stirn in Falten. »In Lyon hat es in früheren Jahren immer wieder Aufstände und oft blutige Hungerrevolten gegeben. Dann wurde die Stadt hugenottisch, und mit den Aufständen hatte es ein Ende. Und wisst Ihr, wer dort an der Spitze der hugenottischen Partei steht? Advokaten, Fabrikanten, Buchdrucker, Kaufleute, kurzum, der dritte Stand. Die Handlanger und kleinen Handwerker gehorchen ihnen ohne aufzumucken. Dort gibt es tatsächlich Frieden zwischen den Ständen, auch wenn die Scharmützel mit den Katholiken andauern. Tatsache ist, dass die Hugenotten die strebsamen, anständigen Bürger an die Macht gebracht haben.«

Michel blickte den Müller aus großen Augen an.

»Monsieur Lassalle, Ihr wollt mir doch nicht erzählen, dass Ihr jetzt plötzlich Sympathien für …«

»Nein, das habe ich nie behauptet.« Lassalle drehte sich abrupt um und kehrte grußlos zu seinen Freunden zurück, die immer noch die Köpfe zusammensteckten.

Michel ging langsam über die feste Schneedecke in Richtung des Viertels Ferreiroux. Die Nachricht von dem königlichen Edikt hatte ihn aufgewühlt und seine persönlichen Angelegenheiten in den Hintergrund geschoben. Nun fiel ihm die Vorhersage ein, die er für den Januar des Jahres 1562 geschrieben hatte. Sie traf ziemlich genau die jetzige Situation:

*Desir occult pour le bon parviendra.*
*Religion, paix, amour & concorde.*
*L'epithalme du tout ne s'accordra.*
*Les haut qui bas & haut mis à la corde.*

In der Tat schien sich der geheime Wunsch vieler Menschen nach dem Guten, nach Religionsfrieden, Liebe und Eintracht endlich zu erfüllen. Das war sehr ermutigend, doch die letzten Verse des Quartains warfen einen Schatten auf dieses idyllische Bild. Der Epithalamus, der Hochzeitsgesang also, klang dissonant, und so kam es auch weiter zu Gewaltakten, wie zum Beispiel in Paris, wo man Anfang des Monats den Hugenotten Pierre Craon wegen des Überfalls auf die Kirche Saint-Médard in den *Halles* aufgehängt hatte.

Dies schien zumindest die Einschätzung des schauerlichen Parpalus zu sein. Michel aber war sich gar nicht mehr so sicher, ob die Worte, die er während seiner Vision vernahm, tatsächlich von diesem stammten. In letzter Zeit geschah es immer häufiger, dass ihn der Albtraum auch ohne Beteiligung irgendeines Dämons überkam. So hatte er schon wiederholt von Ulrich in seinem abstoßenden Skarabäenumhang geträumt. Und ebenso geschah es, dass er Raum- und Zeitverschiebungen erlebte, die zwar meist nur kurz waren, nach denen er sich aber an nichts erinnern konnte, was in der Zwischenzeit geschehen war. Eigentlich wäre das nicht sonderlich beunruhigend gewesen, zählte doch das Verlassen von Raum und Zeit zu den traditionellen Fähigkeiten eines *Magus*. Erschreckend war nur, dass sich diese Phänomene zunehmend seiner Kontrolle entzogen.

Jetzt erst, durch den Gedanken an Ulrich, wurde sich Michel richtig bewusst, dass es an diesem Morgen im Stadtviertel Ferreiroux von Bettlern nur so wimmelte. Seltsamerweise, denn sonst waren sie hier nicht sehr zahlreich. Michel hatte es zunächst eher beiläufig wahrgenommen und ihnen bislang keine große Bedeutung geschenkt. Die häufigen Überfälle von hugenottischen oder katholischen Kondottieri mit ihren Milizen auf Dörfer und Höfe, aber auch die Pest, die im Gefolge von Krieg und Not immer wieder aufflackerte, hatten überall zahlreiche Entwurzelte in die Städte getrieben.

Diese Bettler hier jedoch waren anders, was Michel plötzlich mit Schaudern feststellte. Sie hatten entsetzliche Wunden, aus denen aber kein Blut lief: durchschnittene Kehlen, aufgerissene Oberkörper, dass die Rippenknochen freilagen, oder vollständig enthäutete Gliedmaßen. Dennoch bewegten sie sich mit schlaftrunkener Vitalität, indem sie langsam auf krummen fadendünnen Beinen umherkrochen, die kaum ein Kind zu tragen vermocht hätten.

»Ulrich…«, murmelte Michel. Doch von dem Meister war nichts zu sehen. Nur diese schauerlichen Gestalten, die ihn jetzt plötzlich alle anblickten.

Dennoch packte ihn keine wirkliche Angst. Gewiss, er wusste, dass etwas geschehen würde, aber ihm war auch klar, dass er sich in einer Sphäre befand, in der er der Stärkere war. Und in der Tat schmerzten seine Beine nicht mehr, und die Last des Alters schien sich verloren zu haben. Reglos verharrte er und wartete, was da kommen würde.

Die Bettler waren immer näher an ihn herangerückt. Einer von ihnen, der in der linken Hand seinen glatt abgetrennten rechten Arm hielt, schleppte sich vor ihn hin. Ein blassblondes Geschöpf mit blauen, entrückt wirkenden Augen, das seinen zahnlosen Mund öffnete und ihn ansprach:

*»La Mort s'approche à neiger plus que blanc.«*

Einen Augenblick später waren die Bettler verschwunden, und auch der Platz verschwand. Ein gewaltiger Wirbel, schwarz und von blutroten Spiralen durchzogen, packte Michels Geist, so als wolle er ihn in einen Abgrund zerren, und er blickte in Ulrichs Augen, die ihn sanft anlächelten. Doch nur für einen kurzen Moment, dann traten die gelben, katzenhaften Augen von Parpalus an ihre Stelle.

*»GASTER TOD GASTHER DOYISTHER DOYISTHER DOYOD GASTHER ODER«*, flüsterte die abgehackte Stimme des Dämons. Dann löste sich die Halluzination vollständig auf.

Er fand sich in der Straße wieder, die menschenleer war, bis auf einige Passanten, die auf dem Schnee schlitternd zu den kleinen Läden des Viertels unterwegs waren. Michel hätte nicht sagen können, wie er sich fühlte. Ihm war, als sei das Geschaute eine Einstimmung auf eine bevorstehende Auseinandersetzung, der er nicht würde aus dem Weg gehen können. Aber er glaubte auch zu spüren, dass seine Feinde ihren Drohungen aus einem bestimmten Grund Nachdruck verliehen, der ihm Mut machte: Sie fürchteten ihn.

Während er auf seinen nun wieder schmerzenden Beinen durch den schmutzigen Schnee stakste, dachte er an die Worte, des Bettlers: *La Mort s'approche à neiger plus que blanc.* Was mochte das bedeuten: weißer als weiß würde es schneien, während sich der Tod nähert? Eigenartig, dass der Tod nicht wie gewöhnlich mit Schwarz, sondern mit Weiß in Verbindung gebracht wurde. Dann fiel ihm ein, dass es früher ein Trauerweiß gegeben hatte, das nur die Königinnen von Frankreich tragen durften. Erst Katharina von Medici hatte mit dieser Tradition gebrochen.

»Da bist du ja endlich.« Jumelles warme, aber wie so oft auch etwas streitsüchtige Stimme riss ihn aus seinen düsteren Gedanken. Mit einem dicken Schal um den Hals stand sie auf der Schwelle ihres Hauses.

»Du wolltest doch nur ein Stündchen fortbleiben, und nun warte ich schon den ganzen Morgen auf dich!«

»Den ganzen Morgen?« Michel blickte zum Himmel, wo sich am Lichtschein hinter den Wolken noch erkennen ließ, dass die Sonne am höchsten Punkt stand. Er war wohl tatsächlich einige Stunden außer Haus gewesen.

»Während du spazieren gehst und dir womöglich einen Schnupfen holst, ist eine dringende Botschaft für dich eingetroffen. Den Siegeln nach kommt sie vom Hof in Paris. Chevigny meint, die Handschrift sei die von Simeoni.«

»Ach ja. Das ist doch schön.«

Seit ihrer Rückkehr aus dem Exil in Avignon hatte Michel Simeoni bedrängt, trotz seines bemitleidenswerten Zustands und dem ständigen Zittern, das er durch seine Trunksucht bekommen hatte, wieder an den Hof zurückzukehren. Er hatte sogar seinem Freund Ollivier geschrieben, der am Hof über einigen Einfluss verfügte, damit er sich für Simeoni verwende. Die Antwort des königlichen Ratgebers hatte nicht auf sich warten lassen: Nachdem Luca Gaurico und Jean Fernet kurz hintereinander verstorben waren, war Katharina von Medici auf der Suche nach tüchtigen Astrologen, die sich in den Kreis ihrer Ratgeber aufnehmen ließen. Gabriele Simeoni war nicht vergessen worden und durfte sich noch einmal vorstellen.

Letztendlich aber hatte Giulia ihn überzeugt. Ihr Vertrauen in die Güte von Pater Michaelis hatte nun doch Risse bekommen, und ihr Aufenthalt in Avignon schien sie dem Einfluss des Jesuiten ganz entzogen zu haben. Ende Oktober war das Paar, verliebter und glücklicher denn je, nach Paris aufgebrochen. Und Michel war froh, dass Giulia nicht mehr nach der von Papst Priapos unterzeichneten »Aufhebungsurkunde des Kirchenbanns« gefragt hatte, die er damals an sich genommen hatte.

»Was ist jetzt?«, fuhr ihn Jumelle ungeduldig an. »Warum kommst du nicht rein? Der Brief liegt bei der anderen Post im Salon.«

Michel trat ein, doch im Flur blieb er plötzlich stehen, ergriff Jumelles Schal und sagte:

»Hör mal zu, Jumelle, ich habe etwas sehr Unangenehmes herausbekommen. Blanche bespitzelt mich, im Auftrag von Pater Michaelis, diesem Jesuiten, der mich auf Marignano verhören wollte.«

Jumelle schloss die Haustür und nahm, nachdem sie die Hand des Gatten weggeschoben hatte, den Schal ab.

»Dass wir unter unserem Dach einen Spitzel haben, habe ich mir schon gedacht. Aber ich hatte eher Chevigny in Verdacht«, antwortete sie ruhig. Michels Eröffnung schien sie nicht sonderlich zu beeindrucken.

Michel runzelte überrascht die Stirn.

»Du hast also vermutet, dass wir ausspioniert werden? Wie bist du nur darauf gekommen?«

Jumelle klimperte mit den Augenlidern.

»Mein lieber Michel, meinst du wirklich, es sei mir verborgen geblieben, dass du mal wieder mich in Verdacht hattest? Da ich aber nun von meiner eigenen Unschuld überzeugt war, musste es wohl jemand anderes sein«, erklärte sie in leicht spöttischem Ton.

Michels Verblüffung wandelte sich in Bewunderung.

»Na sieh mal einer an. Du hast mich nur beobachtet und sogleich bemerkt, dass irgendetwas nicht stimmt... Ich sollte eben nie vergessen, wie klug du bist.«

»Glaubst du denn, Gefühle wahrzunehmen sei eine typisch männliche Fähigkeit? Ich denke, da trifft eher das Gegenteil zu.« Jumelle zuckte mit den Achseln. »Na ja, jedenfalls stehst du jetzt wieder alleine da; Simeoni ist fort und außerdem nur noch, wie man hört, mit seinen Geschichten über die Herstellung von Gold beschäftigt, mit denen er den Jesuiten zufrieden stellen will, und Blanche hat dich verraten. Es ist schon traurig.«

Er lächelte sie an.

»Tja, aber ich habe ja immer noch dich.«

Michel hätte sich ein Lächeln oder auch eine Umarmung als Reaktion erwartet, doch stattdessen blieb Jumelle recht kühl.

»An deiner Stelle würde ich mich darauf nicht allzu sehr verlassen. Wirklich treu ergeben ist dir nur der arme Chevigny.« Die Bemerkung war sehr ernüchternd, doch Jumelle ließ Michel keine Zeit, sich davon verstören zu lassen. »Komm«, sagte sie, »ich zeige dir den Brief.«

Im Salon spielte die Kinderschar ruhig vor sich hin. Michel trat auf César zu, der mittlerweile schon ein großer Junge war, und strich ihm zärtlich übers Haar. Dann fiel ihm ein, dass Jumelle ihm immer wieder vorwarf, den Stammhalter zu bevorzugen, und bedachte auch die anderen mit einer flüchtigen Liebkosung. Unterdessen suchte Jumelle unter der Post, die auf einer Kommode außer Reichweite der Kinder lag, nahm einen versiegelten Brief zur Hand und reichte ihn Michel.

»Von diesem Pater Michaelis hört man mittlerweile überall«, sagte sie. »Er soll nicht nur bei uns sehr aktiv sein, sondern auch in der weiteren Umgebung, in Aix und Avignon, ja sogar in Montpellier. Die Haushälterin von Saint-Michel hat mir erzählt, dass er versucht, in der gesamten Provence und im Languedoc katholische Kongregationen aufzubauen. Allerdings nur mit mäßigem Erfolg.«

»Um diese Dinge solltest du dich überhaupt nicht kümmern. Das bringt nichts als Ärger«, ermahnte Michel sie, während er den Umschlag aufriss. »Außerdem haben wir doch schon genug eigene Probleme.«

»Wenn man den Dingen ihren Lauf lässt, wird alles nur noch schlimmer. Du meinst, diese Angelegenheiten gingen uns Frauen nichts an. Dabei habe ich den Eindruck, dass hier ein Krieg vorbereitet wird, der alle früheren noch in den Schatten stellt. Und es wird viel zu wenig getan, um ihn zu verhindern.«

»Das glaubst auch nur du. Gerade eben hat mir jemand erzählt, dass ein Edikt…« Michel brach mitten im Satz ab. Er hatte Simeonis Brief geöffnet, und was er da las, nahm ihn ganz gefangen. Hastig überflog er die Zeilen und kommentierte sie hier und da mit einem Ausruf der Überraschung.

»Jetzt mach's nicht so spannend! Was ist los?«, drängte Jumelle ihn schließlich, die sich aufs Sofa gesetzt und die kleine Diane in den Arm genommen hatte.

»Katharina von Medici fordert mich auf, an den Hof zu kommen. Ganz geheim. Anscheinend braucht sie meinen Rat.«

»Wirst du fahren?«

»Ich weiß noch nicht. Lass mich darüber nachdenken.«

In diesem Moment hörte man dumpfe Trommelwirbel, zunächst noch entfernt, dann rasch näher kommend. Michel lief zum Fenster.

»Mein Gott!«, rief er.

Auf der Straße marschierte, schweigend und in geordneten Reihen, ein Heer von einigen hundert Soldaten heran. An der Spitze ein Trupp Reiter, dahinter Arkebusiere mit geschulterten Waffen, Fußsoldaten mit heruntergelassenen Visieren und Bogenschützen mit breitkrempigen eisernen Sturmhauben auf dem Kopf. Sie alle schienen zu einer regelrechten Armee zu gehören, doch welche das sein konnte, war schwer zu erkennen. Sehr viel beunruhigender aber war die Menschenmenge, die ihnen folgte – versprengte Söldner, Mönche, die ihre Orden verlassen hatten, Laufburschen, Tagelöhner und Müßiggänger, die an alle nur möglichen Tätigkeiten, legal oder illegal, gewöhnt waren.

Jumelle trat hinter Michel ans Fenster.

»Schon wieder die *cabans*?«, fragte sie ängstlich.

Michel deutete auf die Reiter.

»Nein. Erkennst du den Mann, der dort vornweg reitet? Das ist Tripoly. Und neben ihm der Baron des Adrets, ein blutrünstiger calvinistischer Heerführer, ein wahrer Brigant. Nein, das sind alles Hugenotten.«

»Aber das ist ja eine ganze Armee.«

»Ja, anscheinend hat der königliche Erlass die Hugenotten dazu ermuntert, ihre Deckung zu verlassen.« Michel senkte die Stimme. »Jumelle, ich glaube, du hast Recht. Das, was wir bisher erlebt haben, war noch gar nichts. Die wahre Tragödie für unser Land beginnt jetzt erst.«

## *Abraxas. Der Spiegel*

*Parpalus war vom Himmel verschwunden und mit ihm fast alle Sterne. Allein und isoliert blieb dort nur noch das antike Sternbild des Großen Bären, die Personifizierung von Artemis und Kallisto: zwei Gottheiten, die sich geliebt hatten, aber doch für ein einziges zusammengesetztes Wesen standen.*

*Auch von den Skarabäen war nichts mehr zu sehen, und ebenso wenig von den missgebildeten Kindern, den so wunderlich geformten Pflanzen und den Reptilien. Was blieb, war eine Welt wie aus Eis. Man konnte tief, tief hinabsehen in ihr Herz und erkannte dort ein in sich eingerolltes Geschöpf. Spiegeleffekte vervielfachten das Bild. Es ließ sich nicht erkennen, wie viele Widerspiegelungen es waren, aber es konnten nur 365 sein.*

*Ulrich schien sich nach einem Moment des Erschreckens wieder gefasst zu haben und thronte nun majestätisch und voller Selbstbewusstsein über dieser kristallenen Oberfläche. »Nun, Michel, wo bleibt die Dreifaltigkeit, die du anrufen wolltest?«, sagte er mit einem spöttischen Lächeln. »Mit deiner Macht ist es wohl nicht so weit her. Habe ich Recht?«*

*Nostradamus beachtete ihn gar nicht und wandte sich an seine Gefährten:*

*»Ihr könnt gehen. Ich brauche euch nicht mehr.«*

*Der junge Geistliche blickte ihn zögernd an.*

*»Dann dürfen wir nun endlich sterben?«*

*»Ich weiß es nicht«, murmelte der Prophet. »Im Achten Himmel wirken gütige Emanationen Gottes, wie Jesus und Barbelo. Sie sind es, zu denen ihr beten müsst. Ich glaube, sie werden euch erhören und zur höheren Sphäre geleiten.«*

*Der Mann mit dem schwarzen Umhang riss den Mund auf. Hätte er einen Ton von sich geben können, wäre es ein Aufschrei der Empörung gewesen.*

»Wie könnt Ihr es wagen, Jesus eine Freundin zu unterstellen. Von allen Gotteslästerungen ist dies die entsetzlichste, die ich je gehört habe!«

»Ihr habt immer noch nicht verstanden, was das für eine Welt ist, in der Ihr Euch befindet«, antwortete Nostradamus sehr ruhig. »Wir sind hier in dem Abgrund, in dem sich alle menschlichen Träume sammeln. Im Moment sind es Ulrich und ich, die träumen. Und die Gottheiten, die Dämonen und Archonten dieser Welt sind jene, an die wir glauben. Wäret auch Ihr ein Magus, würdet Ihr Eure eigenen Gottheiten hervorrufen. Aber das seid Ihr nicht. Und vielleicht ist das auch besser so.«

»Dann sind auch wir nicht mehr als Eure Traumgebilde?«, warf die Frau nun, furchtsam die Hände ringend, ein.

»Richtig. Aber ihr seid Traumgebilde mit einer realen Konsistenz, das heißt, ihr seid selbst fähig zu träumen. Ihr werdet auch dann weiterleben, wenn wir euch nicht mehr träumen. Und ihr werdet sterben, wenn ihr selbst zu träumen aufhört.« Nostradamus zeigte auf die leicht gekrümmte Linie in der Ferne, die, einem Horizont ähnlich, die Welt des Eises abschloss. »Nun geht. Ihr konntet euren Hass nicht in Liebe wandeln, aber das ist wohl nicht eure Schuld. Das Licht Gottes wird eher zu euch durchdringen, als ich es konnte.«

Wie auf Befehl drehten sich die drei Gestalten um und setzten sich in Marsch. Die inneren Fassetten des Eises spiegelten sie 365-mal. Bald lösten sich die Spiegelbilder auf und verschwanden ganz.

Ulrich hatte die Szene schweigend beobachtet und ließ nun ein silberhelles Lachen erklingen.

»So, Michel, jetzt bist du allein und ohne Hilfe. Wie du siehst, war es nicht zu gewagt von mir, dir den einzigen Weg zu verraten, wie ich zu besiegen war. Ich wusste, dass es dir nicht gelingen würde. Die Archonten hatten es mir verraten. Und die Archonten lügen nicht.«

»Nein, nein, sie lügen nicht. Jedenfalls nicht bewusst. Aber man kann sie hinters Licht führen, sodass sie etwas sehen, was es gar nicht gibt. Ein Magus kann das.«

*Ulrich schien perplex. Als er wieder etwas sagen konnte, klang seine kaum wahrnehmbare Stimme aggressiv:*

*»Du hältst dich also immer noch für einen* Magus? *Dabei verlieren die Gottheiten, von denen du deine Kraft zu beziehen glaubst, jetzt selbst ihre Kraft. Barbelo liegt im Sterben, ertrinkt im Kosmos in ihrem eigenen Blut. Du hast es doch selbst gesehen. Und das Gleiche widerfährt Hekate und Proserpina, Persephone, Isis und Sophia. All das, was du zu deinen Lebzeiten verehrt hast, liegt im Todeskampf. Die gesamte* Shekhina *ist verwundet. Sie löst sich vom Baum des Lebens und verliert Ströme von Blut durch die Adern der Himmel. Mein Sieg nimmt schon Gestalt an, und alle, die jetzt zurückweichen, werde ich so lange unterdrücken, bis sie endgültig vernichtet sind.«*

*Da verschwand das Bild des Großen Bären, und nur noch einige weit entfernte, kreisförmig angeordnete Sterne standen am Himmel. Doch der Kreis zeriss, und die Gestirne ordneten sich auf einer Geraden an.*

*Nostradamus bemühte sich, den Schrecken, der ihn erfasst hatte, niederzuhalten, und setzte alles daran, den Ruf nicht verstummen zu lassen, den ein Teil seines Hirns seit längerer Zeit schon aussandte. Als er gewahr wurde, wie sich ein Stern von den anderen löste und mit einem zarten Feuerschweif auf die Eiswelt zuschoss, hoffte er, sein Hilferuf sei erhört worden. Aber sicher konnte er sich nicht sein.*

*Ulrich schien die Erscheinung gar nicht bemerkt zu haben. Der zuvor höhnische Tonfall seiner Stimme wurde nun fast flehend:*

*»Jetzt sieh es endlich ein, Michel, es hat keinen Sinn, mit diesem Theater fortzufahren. Du musst dich endlich entscheiden: An meiner Seite wirst du in Ruhm erstrahlen und in einer Kraft, die nur vergleichbar ist mit der der Sonne. Gott selbst wird unsere Macht anerkennen müssen. Lehnst du dich hingegen weiter gegen mich auf, wird deine Existenz bis in alle Ewigkeit erbärmlich sein, und du wirst niemals zum Auge des Zeus gelangen. Selbst grau, wirst du unter grauen Seelen wandeln.«*

*Michel hörte ihm gar nicht zu. Er hatte gesehen, wie sich eine schlanke Gestalt langsam auf das Eis niedersenkte. Als er sich ihrer Identität gewiss war, richtete er sich zu voller Größe auf und rief:*

*»Du vergeudest deinen Atem, Ulrich. Die Trinität, die ich anrief, nimmt nun Gestalt an. Sieh dort, das erste Element: ein Geschöpf, das mir feindlich gesonnen war, aber nun im Stande sein wird, mich zu lieben.«*

*Die Welt des Eises bebte, und der gigantische Fötus in ihrem Zentrum drehte sich auf den Kopf, und mit ihm die 365 Spiegelbilder. Der Sterne verließen die Reihe, ordneten sich erneut im Kreis an und strahlten immer heller.*

*Ulrich war fassungslos.*

*»Aber das ist doch keine Feindin von dir!«, rief er aus. »Das ist deine Frau Jumelle!«*

*In der Tat, es war Jumelle, schön und stolz wie in den besten Tagen ihres Lebens mit Michel. Sie war sehr verwirrt, bemühte sich aber, es nicht zu zeigen. Als sie bei Michel war, begrüßte sie ihn mit einem liebevollen Lächeln.*

*»Hier bin ich. Ich habe deinen Ruf vernommen.«*

*Nostradamus erwiderte das Lächeln. »Weißt du, wo du hier bist?«*

*»Ja, ich glaube es zumindest. Nach meinem Tode lebte ich an einem anderen Ort weiter. Es war nicht der Himmel und auch nicht die Hölle, sondern eine Welt im Halbschatten. Doch ich wusste die ganze Zeit, dass du mich eines Tages rufen würdest, um dir gegen diesen Mann beizustehen.« Sie zeigte auf Ulrich und streckte ihm die Zunge raus.*

*Der alte Magier starrte sie sprachlos an, brach dann aber in schallendes Gelächter aus.*

*»Und diese Frau dort soll deine Verbündete sein, Michel? Eine Feindin, die sich mit dir vereint im Kreis der Liebe? Sie hat dich doch niemals gehasst …«*

*»O doch«, erwiderte Jumelle. »Wir haben zwar zusammengelebt und uns zeitweilig auch geliebt. Doch niemals habe ich mich selbst verleugnet, um seiner Liebe sicher zu sein. Ganz im Gegenteil, ich habe sie immer wieder zurückgewiesen und hartnä-*

*ckig bekämpft, um ihm zu zeigen, dass ich nicht ihm, sondern mir selbst gehörte.«*

*Ulrich winkte gelangweilt ab.*

*»Mag sein. Aber was soll's? Jedenfalls werdet ihr beide mich nicht aufhalten können. Der König des Schreckens wartet schon ungeduldig darauf, in die Welt zu kommen, wenn das Auge Gottes am Himmel erlischt und auf der Erde erstrahlt … Michel, hör endlich auf mit dieser peinlichen Komödie. Gib dich geschlagen. Die Shekhina ertrinkt in ihrem eigenen Blut und wird in Kürze vernichtet sein.«*

*Plötzlich erschienen am Himmel entsetzliche Bilder von in Blut badenden Frauen, und Nostradamus wandte den Blick ab. Vorsichtig, um auf dem Eis nicht auszugleiten, machte er einige Schritte auf Ulrich zu.*

*»Gut, ich werde mich entscheiden. Aber zuvor musst du mir verraten, wer der König des Schreckens ist – wenn du es tatsächlich nicht selbst bist. Nun, da du gesiegt hast, kannst du es ja gefahrlos tun.«*

*»Der große Prophet will also von mir die Bedeutung seiner eigenen Prophezeiung erfahren … Armer Michel, du bist wirklich ein erbärmlicher Magier. Aber gut, ich will dir den Gefallen tun: Hast du bemerkt, dass Parpalus, immer wenn er dir ein Datum nannte, einige fünfzig oder hundert Jahre hinzufügte oder abzog, um die richtige Zahl unkenntlich zu machen?«*

*»Ja, das stimmt.«*

*»Nun, im siebten Monat des Jahres 1099 hat König Gottfried von Boullion Jerusalem erstürmt und Angst und Schrecken verbreitet.* Roy Geffroy … Roy d'effrayeur. *Verstehst du das Wortspiel?«*

*Nostradamus konnte seine Verblüffung nicht verbergen.*

*»Dann trug sich also jenes entsetzliche Ereignis schon Jahrhunderte vor meinem Tod auf Erden zu? Damit wäre die Zukunft doch gerettet?«*

*»Ja, das wäre sie – aber nur wenn du mich besiegt hättest. Aber das ist ja unmöglich, wie du ganz richtig festgestellt hast.« Ulrich schien jetzt langsam immer größer zu werden, als habe er*

*vor, mit seiner Gestalt das gesamte Universum zu bedecken. Die Sterne erstarrten, wie eingefroren im kosmischen Eis. »Ich werde siegen. Ja, ich habe bereits gesiegt. Das bedeutet, dass im Jahr 1999, inmitten sinnloser, aber mit edlen Beweggründen geführter Kriege, am Himmel über der Erde ein* Reffrecteur *erscheinen wird: Seine Verdunkelung wird kosmischer Ausdruck jener Gräuel sein, die auf Erden verübt werden. Und dies wird tatsächlich ein* Roy d'effrayeur *sein: Finster, wie er ist, spiegelt er die trostlose Lage der Menschen wider, die wie eine blinde Horde ihren Anführern, sozusagen ihren Grafen von Angoulême, auf dem Weg der Zerstörung und Vernichtung der Erde folgen.«*

*»Aber solch eine totale Vernichtung kann dir doch auch nicht gleichgültig sein.«*

*Ulrich zuckte mit den Achseln.*

*»Vielleicht nicht ganz. Aber ich habe rechtzeitig verstanden, dass es nur ein Gesetz gibt, das alles, also auch die Menschheit beherrscht: das Gesetz der Gewalt und des Chaos. Warum sich also nicht selbst zum Herrn aufschwingen und sich das ziellose Brodeln der belebten und unbelebten Materie untertan machen? Dazu ist es allerdings unumgänglich, die weibliche Komponente als Feindin aller Gräueltaten und Bewahrerin des Lebens aus der Schöpfung zu tilgen. Während einer Sonnenfinsternis wird die Sonne nur verdunkelt, der Mond aber, als Symbol der Weiblichkeit, der im Stande ist, Licht widerzuspiegeln, wird schwarz und vernichtet.«*

*Nostradamus schien Ulrichs Konzept nicht ganz zu begreifen. Wohl aber Jumelle. Ihre Miene hatte sich verdüstert, während sie vor Anspannung zitterte.*

*Michel bemerkte es nicht. Seine Aufmerksamkeit wurde ganz von einem winzigen Stern eingenommen, der sich aus dem vorherigen Sternbild des Großen Bären löste und mit einem fadenförmigen Feuerschweif auf die Eiswelt niederkam. Darauf hatte er gewartet.*

*Er starrte Ulrich strahlend an. »Noch hast du nicht gewonnen. In Kürze wird sich die Trinität vollenden und der Kreis schließen.«*

*Ulrich bedachte ihn mit einem mitleidigen Blick.*

*»Sag nur, du hast wieder solch eine falsche Feindin gerufen?«*

*»Nein, eine weitere echte Feindin. Und sie wird dazu fähig sein, mich zu lieben. Denn sie hat mich schon einmal geliebt.«*

*Ulrich blickte zum Himmel auf. Seine Miene wirkte besorgt.*

# Rot und Weiß

Der Kardinal von Lothringen, Erzbischof von Reims und unangefochtenes Oberhaupt der Familie Guise, war ein Mann, dessen äußeres Erscheinungsbild nicht so recht mit seinen kirchlichen Ämtern zusammenzupassen schien. Zwar hatte er, ganz untypisch für seine Familie, die feinen Gesichtszüge eines vergeistigten Menschen sowie nachdenklich wirkende, leicht kurzsichtige Augen. Doch mit seinem kräftigen Körperbau, seinen flinken Bewegungen und seinem gespreizt höflichen Gebaren erinnerte er doch viel eher an einen Edelmann, dem der Gebrauch der Waffen ebenso vertraut war wie die Liebe zu den schönen Künsten.

Vor allem aber hätte man ihn nicht für den Inquisitor gehalten, der er tatsächlich war, obwohl er das Amt nur gelegentlich, wenn es in seine Pläne passte, ausübte, und auch nicht für jenen verbissenen, offenbar zu jeder Gräueltat bereiten Kämpfer für die katholische Sache. Solch einen Mann hätte man schon eher in dem breitschultrigen Jesuitengeneral Pater Laínez vermuten können, der jetzt vor einem großen Fenster stehend den Blick über die Gärten des Klosters Saint-Germain schweifen ließ.

Ganz unvermittelt fuhr Pater Laínez herum und brüllte, beide Hände zu Fäusten geballt:

»Welch ein entwürdigendes Schauspiel! Da hocken Katholiken und Ketzer seit Monaten zusammen an einem Tisch und debattieren in aller Seelenruhe von Gleich zu Gleich. Und worüber? Über theologische Streitfragen, die allein ein Konzil entscheiden dürfte. Die reale Anwesenheit Gottes in der Eucharistie! Die Legitimität der Anbetung von Heiligenbildern! Solch heilige Dinge werden jetzt in einen Trog geworfen und den Schweinen zum Fraß vorgesetzt. Wie konntet Ihr das nur zulassen?«

Pater Michaelis, der etwas abseits in einer Ecke des Raumes stand, bemerkte, dass dem Kardinal von Lothringen die Hände zitterten. Der hohe Geistliche versteckte sie hinter dem Schreibtisch und murmelte dann:

»Die Regentin persönlich hat doch die Gespräche angeregt. Leider gerät Katharina von Medici immer mehr unter den Einfluss schlechter Ratgeber. Vor allem François Ollivier und Michel de l'Hospital. Von diesen stammt auch der Plan zu den Treffen mit den Hugenotten zunächst in Poissy und dann hier im Kloster. Mir blieb nichts anderes übrig, als mich zu fügen.«

»Fügen?« Pater Laínez war vor Zorn tiefrot angelaufen. »Ihr habt weit mehr getan, als Euch zu fügen. Ihr habt lutherische, um nicht zu sagen gotteslästerliche Glaubenssätze gegen Théodore de Bèze vertreten. Ihr habt die Lehre Luthers zum Bestandteil der Lehrmeinungen der katholischen Kirche Frankreichs gemacht!«

Der Kardinal wurde nun doch leicht ungehalten. Michaelis bemerkte, wie er sich, kaum wahrnehmbar, ein wenig aufrichtete.

»Dies war eine List – und sie ist gelungen. De Bèze ist ein Calvinist. Um ihn zu verwirren, habe ich ihm Luther entgegengehalten. Und er war verwirrt.«

»Dummes Zeug. Ihr seid selbst verwirrt. Ihr habt die katholische Lehre mit der Häresie vermischt!«

Seltsamerweise schien sich Pater Laínez' Zorn nach dieser Bemerkung schlagartig zu legen. Der Jesuitengeneral wanderte eine Weile im Zimmer auf und ab und erklärte dann achselzuckend:

»Vorhin habe ich noch Kardinal de Tournon besucht. Er ist sehr krank und wird wohl bald sterben. Und wisst Ihr, was er zu mir gesagt hat? Er hat meine Hand ergriffen und gemurmelt: ›Vor allem bedauere ich, dass ich Frankreich in diesem Zustand zurücklassen muss. Es ist das einzige katholische Königreich, das den Hugenotten offiziell das Recht zugestanden hat, ihre Gottesdienste abzuhalten. Das Einzige, wo mit offizieller Genehmigung der Leib Christi besudelt und die Heilige Jungfrau Maria beleidigt werden darf. Ich fürchte, der Zorn des Herrn wird über uns kommen. Und er wird entsetzlich sein.‹ Und genau das fürchte ich auch.«

Der Kardinal von Lothringen gab sich noch nicht geschlagen.

»Aber wir hatten doch keine andere Wahl. Außerdem war es doch Euer Orden, der versprach, die spanische Krone zum Eingreifen zu bewegen. Wieso ist Philipp II. eigentlich noch nicht hier?«

»Ich bin sogar persönlich nach Spanien gereist, verkleidet, um unbehelligt die französischen Städte, die in hugenottischer Hand sind, passieren zu können. Der spanische König wird nicht militärisch eingreifen. Die vielen Kriegsjahre haben die Kassen des Hauses Habsburg geleert und weite Landstriche verarmen lassen. Aber auch er hat den Skandal von Poissy verurteilt. Er schickt Euch eine sehr eindeutige Botschaft. Pater Michaelis, wenn Ihr sie bitte vortragen würdet.«

Pater Michaelis trat vor.

»Eminenz, gestern noch sprach ich mit dem spanischen Gesandten Maurique. In Madrid ist man der Meinung, Ihr solltet Euch eine lange Erholungspause gönnen und Euch für einige Jahre ausschließlich um Euer Bistum Reims kümmern. Und den gleichen Rat erteilt Euch, in schriftlicher Form, der neue päpstliche Legat, Ippolito d'Este. Der Papst fürchtet um Eure Gesundheit und empfiehlt Euch, in den nächsten Jahren erheblich kürzer zu treten.«

Das ohnehin schon blasse Gesicht des Kardinals von Lothringen wurde noch bleicher. Empörung flackerte in seinen Augen. Zornentbrannt fuhr er hoch und streckte seinen feingliedrigen Zeigefinger gegen Pater Michaelis aus.

»Was glaubt Ihr denn, wen Ihr hier vor Euch habt?«, brüllte er. »Ihr, ein einfacher Priester, besitzt die Kühnheit, solch dreiste Reden gegen einen Guise zu führen? Ist Euch eigentlich klar, welcher Gefahr Ihr Euch damit aussetzt?«

Michaelis reagierte nicht, doch Laínez machte einen Schritt auf den Kardinal zu und stützte sich dann mit seinen mächtigen Fäusten auf die Tischplatte.

»Nehmt Euch in Acht! Euch ist wohl nicht klar, welcher Gefahr Ihr Euch aussetzt«, herrschte er den Kardinal an. »Ich weiß von Euren Geheimtreffen mit dem jungen Herzog von Württemberg. Und ich weiß auch, dass Ihr ihm gestanden habt, im Grunde ein Lutheraner zu sein. All das würde für eine Exkommunikation schon reichen. Die Guise sind allgemein als gute Katholiken bekannt, und niemand kritisiert Eure Brüder. Aber wenn Ihr Eure Familie retten wollt, Eminenz, dann verschwindet von der Bildfläche. Oder Ihr zieht sie mit Euch in den Untergang.«

Der Kardinal von Lothringen schnappte nach Luft, führte die Hände zur Brust und ließ sich auf den Sessel fallen. Pater Laínez nutzte die Gelegenheit zu einer förmlichen Verbeugung. Pater Michaelis tat es ihm nach.

»Lebt wohl, Eminenz, ich fürchte, wir werden uns so bald nicht mehr wieder sehen.« Gefolgt von seinem Mitbruder verließ er das Arbeitszimmer.

Während sie die Treppe zum Erdgeschoss hinabstiegen, sagte der General:

»So, das wäre erledigt. Mit diesen unsäglichen theologischen Disputen zwischen Affen und Schweinen ist es jetzt vorbei. Aber die Lage bleibt weiterhin ernst.«

»Wieso wolltet Ihr eigentlich, dass ich Euch bei diesem Treffen unterstützen sollte?«, fragte Pater Michaelis.

»Weil ich auch mit Euch zu reden habe. Und macht Euch darauf gefasst, es wird alles andere als ein angenehmes Gespräch werden. Doch nun schweigt.«

Die Ankündigung versetzte Pater Michaelis in helle Aufregung. Er wusste ja, dass es zahlreiche Dinge gab, die man ihm vorwerfen konnte, und er wusste auch, dass Pater Laínez darüber im Bilde war. Jedes Mitglied des Jesuitenordens verfasste täglich einen genauen, an den General gerichteten Bericht über seine eigenen Tätigkeiten und die seiner Mitbrüder. Der General überflog sie alle, egal ob sie nun aus Brasilien, Asien, England oder einem unbedeutenden Marktflecken in Italien oder Frankreich kamen. Dieses Verfahren war noch von Ignatius von Loyola eingeführt worden und wurde auch nach seinem Tode weiterhin streng beachtet. Zweifellos war der große Zusammenhalt der Gesellschaft Jesu nicht zuletzt auf dieses feinmaschige Kontrollsystem zurückzuführen.

Als sie aus dem Kloster traten, lag Paris eingetaucht in eine angenehm warme Frühlingssonne, wie man sie in dieser so schönen, aber auch so regenreichen Stadt selten erlebte. Sowohl Diego Laínez als auch Pater Michaelis trugen zwar schwarze strenge Kleidung, aber von zivilem Zuschnitt. So konnten sie sich unbekümmert unter das Volk mischen, das in dem Gewirr von Gassen zwischen dem Kloster und dem linken Seineufer unterwegs war.

Zeichen der religiösen Spannungen waren sogar an dieser Menschenmenge abzulesen. So baten zum Beispiel die wie stets zahlreichen Bettler um Almosen, indem sie ein Bild der Jungfrau Maria hochhielten. Eine glatte Erpressung: Jeder Bürger, der angesichts der Madonna eine milde Gabe verweigerte, musste fürchten, für einen Hugenotten gehalten zu werden. Und tatsächlich kam es immer wieder vor, dass ein Bettler plötzlich lauthals zu schreien begann, um einen knauserigen Passanten als Ketzer zu denunzieren. In einem solchen Fall blieb dem Pechvogel nichts anderes übrig, als die Beine in die Hand zu nehmen, wollte er nicht eine Tracht Prügel beziehen. Einige Male war ein Unglücklicher sogar in den Fluss geworfen worden.

Von solchen Befürchtungen unbehelligt, schob Pater Laínez die allzu aufdringlichen Bettler zur Seite. Einer, der noch aggressiver als seine Kumpane zu Werke ging und nicht aufhören wollte, dem General ein Madonnenbildchen unter die Nase zu drücken, fing sich sogar eine schallende Ohrfeige ein. Dazu blickte der Jesuit den Mann mit solch bedrohlicher Miene an, dass dieser es nicht wagte, um Hilfe zu rufen, sondern, sich die schmerzende Wange reibend, das Weite suchte.

»Man könnte meinen, alle Hungerleider von Paris seien plötzlich glühende Katholiken geworden«, sagte Pater Michaelis, das lange Schweigen brechend. »Aber ich fürchte, das sieht nur so aus: Sie sind fromm geworden, weil sie von uns eine warme Suppe bekommen.«

»Tatsache aber ist, dass die Hugenotten an den Plätzen, wo sie sich versammeln dürfen – wie im Viertel Saint-Marceau – sich vor dem Pöbel in Acht nehmen müssen, der Nahrungsmittel aus den Konventen erhält«, antwortete Pater Laínez. »Aber Ihr habt schon Recht. Dies ist ein Scheinerfolg. Es sind ja nicht die Armen, die die Geschicke eines Landes bestimmen.«

Notleidende gab es zuhauf überall in den Gassen. Doch manchmal fiel es schwer, sie von kleinen Handwerkern, Krämern, Dienstmädchen oder auch von einfachen Hausfrauen, die schwatzend vor ihren Häusern saßen, zu unterscheiden. Der Lärm war ohrenbetäubend, weil jeder, der etwas zu verkaufen hatte, brüllend seine Ware anpries. Immer mal wieder übertönten aber auch Schreie von oben das Stimmengewirr auf der Straße und bewirkten, dass sich alle fluchtartig in Sicherheit brachten. »Achtung Wasser!« Aber nicht um Wasser handelte es sich, sondern um Urin oder Kot, der aus Fenstern oder von den Balkonen geschüttet wurde. Sanitäre Einrichtungen gab es hier nicht, und so beförderten die Pariser ihren Unrat direkt auf die Gasse. Darüber hinaus war es üblich, in aller Öffentlichkeit dort auch die Notdurft zu verrichten, und so sah man häufig irgendwo Menschen hocken, die diesem Bedürfnis nachkamen. Und das geschah nicht nur draußen im Freien, sondern auch in den langen Fluren der Adelspaläste und sogar im Schloss des Königs.

Der Gestank in den Gassen war daher kaum zu ertragen. Schlimmer aber war noch der Mief, den die Seine, jene Kloake unter freiem Himmel, verströmte. Ihr gelbliches Wasser, in dem sich jeglicher Abfall der Stadt sammelte, hielt aber die zahlreichen Angler und Wäscherinnen nicht davon ab, an den Flussufern ihren Beschäftigungen nachzugehen. Allerdings war das Wasser des Flusses wegen der direkt am Ufer und auf den Brücken errichteten Holzhütten in manchen Abschnitten kaum zu sehen. Der ganze Fluss war bedeckt mit vertäuten Hausbooten oder Flößen und Kähnen, die von Pferden am Ufer gezogen wurden.

Bei den Hausbooten handelte es sich nicht nur um Mühlen, sondern auch um Kramläden, Wäschereien, kleine Tavernen und sogar Hühner- oder Schweineställe. Über Stege gelangte man von Haus zu Haus, indem man über Taue und schwere Eisenketten stieg, die im morastigen Untergrund dieser schwankenden Stadt verankert waren.

Bei einer Kaimauer, an der noch die Beschädigungen des letzten Hochwassers zu sehen waren, stiegen die beiden Jesuiten über eine Steintreppe zum Fluss hinab. Ein wenig verwundert folgte Pater Michaelis seinem General dann über einen Holzsteg, der zu einem Hausboot führte, das etwas größer als die umliegenden war. Es war wohl einmal für Fischer und Angler gebaut worden. Auf der Brücke, die mit zwei Zeltplanen überdacht war, waren einige Bänke befestigt. Auf der gegenüberliegenden Seite, dort, wo der Fluss schiffbar war, erblickte man einige Damen mit Fächern und Männer von zweifelhafter Eleganz: Wahrscheinlich Puffmütter und Zuhälter, die auf ein Boot warteten, um jene Mädchen, die damit aus dem Pariser Umland in die Stadt kamen, in ihre Freudenhäuser zu lotsen.

Ein ganz in Schwarz gekleideter Mann wechselte mit Pater Laínez einen kurzen Blick des Einverständnisses und stellte sich dann am Steg als Wache auf. Der General hieß Pater Michaelis auf einer Bank neben sich Platz nehmen und blickte ihn eine Weile streng an.

»Ich habe Eure Berichte gelesen«, begann er, »und ich bin ganz und gar nicht zufrieden. Ihr solltet Euch um die Gesellschaft Jesu in ganz Frankreich kümmern, aber Ihr scheint Euch bloß für die Provence zu interessieren. Und auch dort ist Euer Wirken nicht sehr erfolgreich. In Avignon und Aix sieht man Euch kaum. Stattdessen tändelt Ihr lieber in Salon-de-Craux auf den Spuren Eures Lieblingsastrologen herum. Und vielleicht noch in Lyon. Aber so habe ich mir Eure Arbeit nicht vorgestellt.«

Pater Michaelis schluckte. Er wusste, sein Gegenüber würde keine Entschuldigungen, sondern nur handfeste Gründe akzeptieren. Gründe, die es aber durchaus gab. Und so begann er, sie kurz zusammenzufassen.

»Eine ganze Weile war Salon in der Provence die wichtigste Bastion des Widerstands gegen die Hugenotten. Andererseits stammen aus dieser Stadt auch die bedeutendsten militärischen Befehlshaber der Ketzer: die Mauvans, Tripoly und einige mehr. Daher hielt ich es für geboten, dort das Modell auszuprobieren, das ich im Moment auf Lyon und ganz Südfrankreich auszudehnen im Begriff bin.«

»Ihr meint den Aufbau von Kongregationen, nehme ich an.«

»Gewiss. Es geht doch darum, den Hugenotten den dritten Stand zu entfremden. Wie Ihr richtig sagtet, sind es ja nicht die Armen, sondern die Besitzenden, die die Geschicke eines Landes bestimmen. Ich hätte nicht gedacht, dass die einfachen Arbeiter und Tagelöhner ihre Kongregation dazu nutzen würden, um ihre eigenen Interessen durchzusetzen. Die strengen Exerzitien, so dachte ich, müssten ausreichen, um sie an unser Programm zu binden. Das war wohl mein größter Fehler.«

»Überlasst mir doch bitte das Urteil darüber, welches Eure Fehler waren.« Pater Laínez' Ton klang jetzt merklich gereizt. »Die Idee mit den Kongregationen ist eine gute Sache, aber die Zeit ist noch nicht reif dafür. Es stimmt, dass die Hugenotten Zulauf aus dem wohlhabenden Bürgertum haben. Aber so stark werden konnten sie nur, weil sie auch große Teile des Adels für sich gewinnen konnten. Gewiss, der dritte Stand ist wichtig, aber es ist immer noch der Adel allein, der über Waffen verfügt. In der aktuellen Phase stehen alle Zeichen auf Krieg. Und die Gesellschaft Jesu muss sich den Umständen anpassen. Immer.«

»Gewiss, Pater, dennoch glaube ich, dass rohe Gewalt...«

»Wer spricht den von roher Gewalt? Nein, das ist meine Sache nicht. Aber wisst Ihr, was ich getan habe, während Ihr Eure Zeit in Salon vertan habt? Ich habe einen Mitbruder unter die Ratgeber von Antoine de Bourbon, den König von Navarra, eingeschleust. Und dieser hat dem Zaunkönig dann klar gemacht, dass Philipp II. seine Parteinahme für die Hugenotten alles andere als gefällt. Und dass er niemals den von den Spaniern eroberten Teil seines Königreiches zurückerhalten wird, wenn er sich nicht endlich von dieser unverbesserlichen Ketzerin, Jeanne d'Albret, trennt. Und wisst Ihr, was geschehen ist?«

»Nein«, murmelte Pater Michaelis, »darüber bin ich nicht informiert.«

»Ein Jesuit, speziell wenn er mit höheren Ämtern betraut ist, hat immer informiert zu sein. Nun ja, jedenfalls hat Antoine de Bourbon seine ohnehin schon alte und hässliche Gemahlin verstoßen und dann mit den Guise und dem Prinzen von Condé ein

Abkommen getroffen. Von nun an wird er also mit der katholischen Seite in den Kampf ziehen. Sicher, er ist ein Tor, aber zahlreiche Edelleute, die ihm, geblendet von seinem Rang und Namen, auf dem Irrweg gefolgt waren, werden jetzt wohl auch wieder seinem Beispiel folgen.«

Pater Michaelis, obwohl reichlich verstört, murmelte unwillkürlich:

»Bewundernswert!«

»Mit Eurer Bewunderung kann ich nichts anfangen. All das hättet Ihr selbst ins Werk setzen sollen, anstatt in der Provence Eure Zeit zu vertrödeln. Noch ist es nicht so weit, dass die reichen Bürger die Geschicke unseres Landes bestimmen. Im Augenblick ist es der Adel, der die Feder führt. Dem müssen wir unsere Aufmerksamkeit schenken, ohne natürlich die anderen Stände zu vernachlässigen.«

Pater Michaelis fühlte sich wie der kleine, vom verseuchten Flusswasser blasse Krebs, der gerade zu seinen Füßen herumkrabbelte. Er senkte den Kopf.

»Was muss ich tun, um Eure Vergebung zu erlangen?«

»Darum geht es hier nicht. Wir handeln nicht in persönlichem Interesse, und nicht vor mir müsst Ihr Euch verantworten, sondern vor der gesamten Kirche.« Laínez hob den Zeigefinger. »Aber was Ihr zu tun habt, ist leicht gesagt, doch schwierig auszuführen. Im Großen denken, im Großen planen, im Großen handeln. Traut Ihr Euch das zu?«

»Ich weiß es nicht.«

»Ich auch nicht. Aber ich will Euch eine letzte Chance geben. Welche Vertrauensleute habt Ihr am Hof?«

Michaelis war verblüfft.

»Nun, auf unserer Seite hatten wir den Kardinal de Tournon und den Kardinal von Lothringen. Ersterer liegt im Sterben, und Letzteren habt Ihr vorhin erst...verabschiedet.«

»Ich meinte nicht die höher gestellten Persönlichkeiten, sondern die persönlichen Ratgeber der königlichen Familie. Die Königinmutter wird ja von Ollivier de l'Hospital und anderen zu einer Politik der Toleranz gedrängt. Wir..., das heißt Ihr bräuchtet jemanden, der ihr im Alltag nahe ist und sie, ohne dass sie es merkt, beeinflussen kann. Was weiß ich, einen Beichtvater, eine Hofdame oder auch einen Astrologen, mit denen sie sich ja so zahlreich umgibt…«

Michaelis schwieg einen Moment und nickte dann.

»Ja, vielleicht habe ich da jemanden, der diese Aufgabe übernehmen könnte.«

»Gut. Diese Politik der Toleranz ist die reinste Gotteslästerung, aber es wäre ebenso schädlich, die Häresie mit roher Gewalt bekämpfen zu wollen, wie die fanatischen Dominikaner und Franziskaner es vorhaben. Wenn die sich durchsetzen, womöglich noch zusammen mit den Guise, die die vollständige und brutale Vernichtung der Hugenotten fordern, dann würde der Krieg sich nur noch weiter ausdehnen, und die Hugenotten könnten sich bald vor dem Volk mit ihren Märtyrern brüsten und sich wie die unschuldig verfolgten Frühchristen in den Katakomben aufführen. Nur wir Jesuiten können diese Entwicklung verhindern. Doch dazu müssen wir auf die Mächtigen Einfluss nehmen und sie sozusagen in Pantoffeln erwischen. Versteht Ihr, was ich meine?«

Pater Michaelis nickte. Und diese Geste beendete die Unterredung, denn Pater Laínez erhob sich. Michaelis tat es ihm nach, doch er hatte noch eine Frage auf dem Herzen. Er räusperte sich und sagte:

»Wenn sich der Kardinal von Lothringen wie gefordert ganz zurückzieht, verliert die französische Inquisition ihren Kopf. Das könnte von großem Nachteil sein, wenn wir weiterhin vorhaben, den Katholizismus in diesem Land so stark zu machen wie in Spanien.«

In Laínez' grobschlächtiges Gesicht stahl sich, was selten geschah, ein ironisches Lächeln.

»So kann auch nur ein früherer Dominikaner reden. Aber keine Sorge, es wird einen Nachfolger für den Kardinal geben, wahrscheinlich den Inquisitor de Mouchi, ein Mann von allenfalls durchschnittlichen Fähigkeiten. Oder seid Ihr selbst noch so an dem Amt interessiert?«

»Nicht aus persönlichen Gründen, Pater, wirklich nicht. Ich glaube nur, dass diese wichtige Einrichtung anders geführt werden müsste.«

»Das glaube ich allerdings auch. Was ist eigentlich aus diesem Ketzer geworden, den Ihr zur Strecke bringen wolltet, diesem Carnesecchi?«

»Der hält sich zurzeit in Florenz auf, als Gast des Großherzogs Cosimo, trotz der Proteste des Generalinquisitors Ghisleri. Aber er könnte auch nach Lyon zurückkehren, wenn diese Stadt den Hugenotten in die Hände fällt.«

»Gut, dann erneuere ich mein gegebenes Versprechen. Macht diesen Carnesecchi unschädlich, und Ihr werdet gute Chancen haben, Leiter des heiligen Offiziums zu werden. Vorausgesetzt, dies hat unter den gegebenen Umständen überhaupt noch einen Sinn.«

Mit diesen Worten betrat Pater Laínez den Steg des Hausbootes und balancierte ans Ufer zurück. Pater Michaelis folgte ihm. Sie nahmen die Steinstufen und tauchten dann in die Menschenmenge ein, auf dem Weg zum Konvent, das sich auf dem Hügel Sainte-Geneviève erhob und derzeit das Hauptquartier der Jesuiten war.

Sie hatten schon die Steigung in Angriff genommen, als ihnen vielleicht ein Dutzend junger Leute mit weißen Schals um den Hals aufgeregt rufend und gestikulierend entgegengelaufen kam. Einer von ihnen, blass und mit Tränen im Gesicht, sprang auf einen Haufen Steine am Straßenrand, breitete die Arme aus und rief:

»Hört, ihr guten Pariser Bürger, was sich Entsetzliches zugetragen hat! In Vassy haben die Männer von François de Guise eine Versammlung wehrloser Hugenotten überfallen! Nicht einmal schwangere Frauen oder Kinder wurden verschont. Es sollen fast hundert Tote sein.«

Normalerweise hätte ein hugenottischer Aufruf in einer überwiegend katholischen Straße eine wütende Reaktion entfacht. Doch die Tränen des jungen Mannes schienen echt zu sein, und das Massaker, von dem er berichtete, interessierte alle.

Frauen waren die Ersten, die sich um ihn scharten.

»Wann soll das geschehen sein?«, fragte eine.

»Gestern. Ein unbeschreibliches Verbrechen: unschuldige Menschen, deren einziges Vergehen es war, zusammen zu beten, verfolgt und erbarmungslos hingemetzelt! Kleine Kinder, vor den Augen ihrer Mütter zerstückelt, bevor sie das gleiche Schicksal ereilte!«

Immer mehr Menschen scharten sich um den jungen Mann und wollten mehr wissen von den grausigen Vorgängen. Nur ein Bettler mit einem Bild der Jungfrau Maria in der Hand rief ihm feindselig entgegen:

»Du lügst, verfluchter Hugenotte. Bist du nicht auch einer dieser Ketzerstudenten vom Pré aux Clerc? Wie kannst du es da wagen, einen Schal mit den Farben Frankreichs zu tragen? Dein Vaterland ist doch England oder die Schweiz!«

Mit einer zornigen Geste wischte sich der junge Mann die Tränen aus dem Gesicht und rief dann:

»Das weiße Frankreich ist jenes, das in Vassy gemeuchelt wurde! Dein Frankreich ist das blutrote der Guise und ihrer Henker.«

Lautes Murren, Stöße, Protestgeschrei folgten auf diese Worte. Pater Laínez fasste Michaelis am Arm und zog ihn fort.

»Wenn das stimmt, was wir soeben gehört haben«, murmelte er, »haben die Guise der katholischen Sache wieder einmal einen Bärendienst erwiesen. Eure Mission wird nun umso dringender. Fühlt Ihr Euch der Aufgabe wirklich gewachsen?«

Pater Michaelis nickte entschlossen.

»O ja, das tue ich. Sollte ich scheitern, so verfahrt mit mir, wie Ihr es für richtig haltet.«

»Das versteht sich von selbst«, versetzte Laínez brüsk.

# Die letzten Erleuchteten

Was ist denn da los?«, fragte Michel, aufgeschreckt durch Geschrei von draußen.

Chevigny steckte den Kopf aus dem Kutschenfensterchen.

»Ich weiß es auch nicht so genau. Aber es ist eine riesige Menge mit weißen Fahnen. Die Leute scheinen sehr aufgebracht.«

Die Kutsche rollte noch einige Meter weiter, dann stieg der Kutscher vom Bock, eilte zum Schlag auf Michels Seite und öffnete. Der Schweiß lief ihm übers Gesicht.

»Hier kommen wir nicht weiter, Monsieur. Es sind hunderte bewaffneter Hugenotten. Der Ort scheint in ihrer Hand zu sein.«

»Wo sind wir denn hier?«

»In Montbrison, westlich von Lyon. Aber der Weg nach Paris ist versperrt. Ich fürchte, wir müssen umkehren.«

»Ich sehe mir die Sache mal an«, murmelte Michel. An diesem Morgen hatte er keine Schmerzen, und so setzte er recht gelenkig die Füße auf das Pflaster. Normalerweise hätte der Ort eingerahmt von Gebirgsausläufern recht anmutig gewirkt. Zu einer Seite erhob sich ein Hügel mit einer verfallenen Burg, von der praktisch nur noch ein Turm stehen geblieben war. Die Dächer darunter wurden überragt von der Fassade einer gotischen Kirche und den Außenmauern des Klosters daneben. Eben von dort sah man eine schwarze Rauchsäule aufsteigen, was mit einiger Sicherheit auf einen Brand schließen ließ. Einfaches Volk, Bauern, Männer zu Pferd, alle mit weißen Schals oder Bändern versehen, wuselten vor der Kirche herum wie ein Schwarm wild gewordener Bienen. Die allgemeine Aufmerksamkeit schien auf die Turmspitze gerichtet zu sein, auf der einige Gestalten zu erkennen waren.

»Steigt wieder ein, Meister, es ist zu gefährlich hier draußen«, sagte Chevigny, der ebenfalls ausgestiegen war.

Plötzlich erschrak Michel. Oben auf dem Turm hatte sich etwas bewegt, dann war plötzlich ein Mann, mit den Beinen ins Leere tretend, in die Tiefe gestürzt, woraufhin sich lautes Jubelgeschrei aus der Menge erhob. Michel trat zu einem Bauern, der sich gerade kopfschüttelnd aus der Versammlung löste, als missbillige er, was dort vor sich ging.

»Was ist da los, guter Mann? Habt keine Furcht, ich bin nicht von hier.«

Der Bauer blickte den Fremden nachdenklich an.

»Ihr solltet besser rasch wieder von hier verschwinden. Montbrison ist kein guter Platz für Euch.«

»Wieso? Was wollt Ihr damit sagen?«

»Nun, unser Städtchen wurde von einem hugenottischen Hauptmann erobert, einem gewissen Baron des Adrets. Als Erstes ließ er sich die Papistenfamilien nennen und alle Katholiken auf den Hauptplatz schaffen. Dann befahl er seinen Soldaten, die Reihen mit gezogenen Schwertern entlangzumarschieren und alle mit dem Schwert niederzumetzeln, einschließlich Frauen und Kinder. Als der Platz schon wie ein einziges Schlachthaus aussah, hat er die Übriggebliebenen dort oben auf den Turm bringen lassen. Und von dort müssen sie nun, einer nach dem anderen, hinunterspringen. Mittlerweile liegen dort schon ein paar dutzend zerschmetterte Körper.«

Genau in diesem Moment flog erneut eine heftig mit den Armen rudernde Gestalt vom Turm hinunter, wieder begleitet vom Jubelgeschrei der Menge.

Michel war fassungslos. Er legte dem Bauern die Hand auf die Schulter und sagte: »Danke, mein Freund. Möge Gott Euch beschützen.«

»Gott? Auf wessen Seite mag der wohl stehen? Ob es ihn überhaupt noch gibt?«

Michel wusste nichts zu antworten. Er drehte sich um und wandte sich an den Kutscher.

»Wir fahren zurück, Richtung Lyon.«

Kurz darauf waren sie schon wieder unterwegs. Michel lehnte sich zurück und versuchte die entsetzlichen Bilder, die ihm noch vor Augen standen, zu verscheuchen.

Chevigny standen die Tränen in den Augen.

»Diese verfluchten Hugenotten. Was zieht dieser Baron des Adrets jetzt schon für eine lange Blutspur hinter sich her.«

Michel blickte ihn streng an.

»Ach, die katholischen Heerführer sind doch auch um nichts besser. Letzten Monat war mein Freund François Bérard für mich in Orange, um den Mönchen dort ein Horoskop zu bringen, das sie nach einem Diebstahl in ihrem Kloster bei mir in Auftrag gegeben hatten. Nach seiner Rückkehr erzählte er mir, an der Stadtmauer von Orange hätten die entblößten Leichen hugenottischer Frauen gehangen. Stellt Euch nur vor: Offenbar hatten ihnen die Katholiken als letzte Verhöhnung Rindshörner in die Vagina gesteckt.« In einer für ihn typischen Geste strich sich Michel mit den Fingern über die Nasenwurzel und senkte die Lider. »Es gibt keine gerechten Kriege. Der Krieg ist ein kollektiver Wahnsinn, ein Ausdruck alles Tierischen, das noch im Menschen steckt. Jeder militärische Konflikt ist schon der Anlass zum nächsten, und so entwickeln wir uns immer weiter auf den Stand von Tieren zurück. Wie lange prangere ich das schon an: Aber anscheinend will niemand mich verstehen.«

Chevigny nickte heftig.

»Oh ja, was Ihr tut, ist wundervoll. Mit absoluter Genauigkeit seht Ihr alle Tragödien voraus.«

»Ach, junger Freund, was nützen Weissagungen, wenn sie solche Katastrophen nicht verhindern können. Mein Fluch ist ja gerade, dass ich sie oft zweimal erlebe: das erste Mal, wenn ich sie sehe, das zweite Mal, wenn sie sich ereignen.«

Sie schwiegen lange, während die Kutsche die Fahrt fortsetzte und die frische Luft der letzten Apriltage durch die Fensterchen drang. Michel versuchte, ein wenig zu schlafen, aber es wollte ihm nicht gelingen. Irgendwann war Chevigny des Schweigens überdrüssig und fragte:

»Wann werdet Ihr eigentlich am Hof erwartet? Durch diesen Umweg wird unsere Reise erheblich länger dauern.«

»Es wurde mir kein bestimmter Tag genannt. Die Königinmutter weiß ja sehr gut um die wirren Zustände in Frankreich und hat nicht auf pünktliches Erscheinen gedrängt. Sollte es uns jedoch unmöglich sein, die Reise fortzusetzen, habe ich die Adresse eines Freundes, ihres Beraters Ollivier in Lyon. Gegebenenfalls werden wir uns dort treffen.«

»Ratgeber von Königen und Prinzen, von Katharina von Medici bis Rudolf von Böhmen! Ich bin ja eigentlich erst seit einigen Monaten Euer Sekretär, aber seitdem konnte ich Tag für Tag beobachten, wie Euer Ruhm noch weiter zunahm! Ach, wann werdet Ihr mir endlich etwas von Euren wunderbaren Geheimnissen entdecken?«

Michel, gerührt von der Begeisterung des jungen Mannes, deutete ein Lächeln an.

»Studiert nur weiter eifrig die Medizin und die Astrologie. Sie sind die Grundlage. Alles Übrige wird die Zeit bringen.« Er hielt inne und fragte dann: »Habt Ihr Blanche eigentlich noch einmal gesehen?«

»Ach ja ...« Chevignys Miene wurde traurig. »Sie arbeitet wieder in den Tavernen und ist nur noch ein Schatten ihrer selbst. Ich glaube, sie ist krank. Wahrscheinlich wird sie nicht mehr lange leben.«

»Warum helft Ihr ihr dann nicht, wenn es so schlimm um sie steht?«

»Wie könnte ich nach ihrem Verrat? Sie selbst hat sich ja für die Sünde entschieden und daher auch keinen Grund, über ihr Schicksal zu klagen. Ich verstehe nur nicht, warum Eure Frau sie immer noch unterstützt. Gewiss, Barmherzigkeit ist eine christliche Tugend, doch im Übermaß fördert sie nur das Laster.«

Michel verzog das Gesicht, verzichtete aber auf eine Bemerkung und wandte seine Aufmerksamkeit der Landschaft zu, die am Fensterchen vorbeizog. Chevigny war ihm mittlerweile eine unentbehrliche Hilfe geworden, die er nicht verärgern wollte. Michels Gesundheitszustand hatte sich weiter verschlechtert, ein leichtes Fieber verließ ihn gar nicht mehr, und hinzu kamen die Halluzinationen, die ihn immer häufiger gefangen nahmen. Oft fehlte ihm sogar die Kraft, sie in Worte zu fassen, weil die Bilder, die ihn bedrängten, so quälend und erschütternd waren. Weiterhin gab er Jahr für Jahr seine Almanache mit den monatlichen Vorhersagen heraus, doch andere Veröffentlichungen erschienen nur noch sporadisch. Eine *Abhandlung über Arzneien gegen die Pest* war unvollendet geblieben. Eine stümperhafte Ausgabe seiner *Paraphrasen zu Galenus*, ein Werk aus lang zurückliegenden Universitätstagen, war schnell wieder vom Markt verschwunden, nachdem sie heftig wegen der enthaltenen Übersetzungsfehler kritisiert worden war.

Die Medizin war schon lange nicht mehr sein Fachgebiet. Zudem brach sich in dieser Wissenschaft in letzter Zeit eine völlig neue Richtung Bahn, in der er nicht mehr bewandert war. Pierre la Ramée hatte einen Plan zur Reformierung der medizinischen Fakultäten vorgelegt, der vorsah, den traditionellen, auf rein theoretischen Disputen aufgebauten Unterricht durch praktische Erfahrungen zu ersetzten. Sowohl Michel als auch der große Paracelsus hatten seinerzeit schon etwas Ähnliches, allerdings nicht so Radikales gefordert. Ramée war Hugenotte, und seine Vorschläge wurden abgelehnt. Dennoch wurden die Mediziner immer zahlreicher, die den Menschen nicht mehr als einen den Makrokosmos spiegelnden Mikrokosmos ansahen und die Astrologie als völlig überflüssig bei der Behandlung von Krankheiten verwarfen.

In dieser Phase einer auch persönlichen Krise hatte Michel in Chevigny einen treuen und tüchtigen Assistenten gefunden. Leider teilte der junge Mann aber nicht im Geringsten seine Anschauungen von der Welt. Ein glühender, ja reaktionärer Katholik, konservativ in seinen Einstellungen zu Politik und Familie, ähnelte er weit mehr dem Michel früherer Jahre als dem heutigen. Übrigens lautete, wie Jumelle herausgefunden hatte, sein wirklicher Familienname Chevignard, und er war der Sohn eines Getreidehändlers. Er hatte Chevigny daraus gemacht, um ihm einen aristokratischen Klang zu geben. Michel, der selbst so hart gearbeitet hatte, seine jüdische Herkunft vergessen zu machen, mochte ihn dieser Schrulle wegen jedoch nicht tadeln.

»Ich fürchte, in Lyon wird es ähnlich schlimm wie in Montbrison aussehen«, bemerkte Chevigny irgendwann.

»Wie kommt Ihr darauf?«

»Nun, Ihr selbst habt es doch beschrieben!« Der junge Mann sammelte sich einen Moment und trug dann mit reichlich Pathos vor:

*Lors qu'on verra expiler le sainct temple,*
*plus grand du rosne leurs sacrez prophaner*
*par eux naistra pestilence si ample,*
*roy fuit iniuste ne fera condamner.*

»Lyon kommt in diesen Versen doch gar nicht vor«, bemerkte Michel.

»O doch! Was könnte mit dem größten Tempel an der Rhône anderes als die Kathedrale von Lyon gemeint sein? Diese wird geplündert, ihre heiligen Objekte geschändet werden. Bei der absurden Politik der Toleranz, die unser König verfolgt, besteht die Gefahr, dass die Täter nicht bestraft werden. Und die Häresie wird sich wie eine Epidemie ausbreiten.«

»Vielleicht habe ich damit auch eine echte Seuche gemeint.«

»Nein, nein, Ihr könnt mir glauben. Mittlerweile weiß ich, wie Eure Verse zu deuten sind. Allerdings wundere ich mich immer noch darüber, dass Ihr selbst dazu nicht in der Lage zu sein scheint.«

Chevignys Stimme klang hoffnungsfroh, und wahrscheinlich erwartete er jetzt die Erklärung, nach der es ihn seit über einem Jahr schon verlangte. Michel aber war nicht danach, die magischen, ja diabolischen Hintergründe seiner Prophezeiungen zu erläutern. Solcherart Enthüllungen durften nur Menschen gegenüber gemacht werden, die mit der okkulten Philosophie vertraut waren und die mit Augenmaß mit den Geheimnissen der Magie umgehen konnten. Er selbst hatte ja mittlerweile Mühe, sich in dem albtraumhaften Universum zurechtzufinden, das ihm seine esoterischen Kenntnisse eröffnet hatten. Daher sagte er nur:

»Gut, nehmen wir an, Ihr hättet Recht und es sei tatsächlich die Kathedrale von Lyon gemeint. Wie kommt Ihr dann darauf, dass die Plünderung dieses Gotteshauses schon erfolgt ist? In dem Quartain sind die Ereignisse ja nicht datiert.«

»Ganz einfach, weil es der Baron des Andrets nie gewagt hätte, Montbrison zu erobern, wenn Lyon noch in katholischer Hand wäre.«

Eine recht scharfsinnige Erklärung, die Michel ein Lächeln entlockte. Ein plötzlicher starker Schmerz, der ihn aufschreien ließ, löschte es sofort wieder aus. Das kam nicht von der Gicht. Nein, es war die dunkle, kreuzförmige Narbe auf der Schulter, die plötzlich entsetzlich schmerzte. Er legte die Hand darauf, während seine Gedanken zu dem von Flammen eingeschlossenen Drudenfuß in der Krypta der Kathedrale von Bordeaux zurückwanderten.

In diesem Moment rief der Kutscher:

»Seht doch…, dort hinten…, Lyon…, mein Gott, die ganze Stadt steht in Flammen.«

Der Schmerz legte sich. Mit noch verschleiertem Blick lehnte sich Michel aus dem Kutschenfenster hinaus. Als er wieder klar sehen konnte, stellte sich heraus, dass der Kutscher übertrieben hatte. Nicht die ganze Stadt brannte. Flammen schlugen nur aus der Kathedrale und einigen wenigen weiteren Gebäuden. Da kein Wind ging, stand der Rauch in der Luft. Die Stadtmauern waren an mehreren Stellen eingeschwärzt.

»Soll ich umdrehen?«, fragte der Kutscher mit unsicherer Stimme.

»Nein, fahrt nur weiter«, befahl Michel. »Ich muss nach Lyon, koste es was es wolle.«

Festons und Girlanden schmückten das Stadttor. Die Wachmannschaft war nicht sehr zahlreich, aber gut bewaffnet. In den letzten Jahren waren die Schwerter zunehmend durch leichtere Degen ersetzt worden, und auch die Arkebusen waren kleiner und leichter geworden, sodass sie mittlerweile auch von Soldaten gehandhabt werden konnten, die nicht übermäßig kräftig waren und nicht lange Zeit an dem komplizierten Lademechanismus ausgebildet werden mussten. Immer mehr in den Hintergrund gedrängt wurde hingegen die Armbrust, jene grausame Waffe, die sogar einige Päpste als unmoralisch verurteilt hatten. Sie war zu sperrig, und das Laden dauerte zu lange. Eine moderne Arkebuse konnte geschultert werden, und es gab sogar schon, wenn auch selten, Modelle mit besonders kurzem Lauf, die sich in den Gürtel stecken ließen.

Ein Soldat mit einer solchen Arkebuse steckte nun den Kopf zum Kutschenfenster hinein.

»Willkommen, Brüder«, sprach er sie höflich an. »Was führt Euch her?«

»Geschäfte«, antwortete Michel. Da die Antwort etwas zu knapp sein mochte, fügte er sofort noch hinzu: »Ich bin ein Freund von Hauptmann Tripoly.«

Der hugenottische Soldat stutzte einen Moment, dann breitete sich ein Lächeln über seinem ganzen Gesicht aus.

»Tripoly? Dann könnt Ihr Euren Freund ja persönlich begrüßen.« Er wandte sich ab und rief mit lauter Stimme: »Monsieur le Commandant, hier ist ein Mann, der behauptet, Euch zu kennen.«

Schon einen Augenblick später wurde der Schlag der Kutsche aufgerissen, Tripoly steckte den Kopf hinein, musterte kurz die Passagiere und lachte dann fröhlich auf.

»Ihr, Monsieur Nostradamus!? Das ist ja eine Überraschung! Kommt, steigt aus, wir wollen uns umarmen!«

Michel ließ sich nicht lange bitten, und Tripoly schloss ihn stürmisch in die Arme und hob ihn dabei fast vom Boden hoch.

»Ich wusste doch, dass Ihr auf unserer Seite steht! Ich hab's immer gewusst. Es war eine gute Idee, hierher zu kommen. So könnt Ihr mit eigenen Augen sehen, wie eine von wahren Christen verwaltete Stadt...«

Michel wartete, bis der Freund seiner Begeisterung Luft gemacht hatte, und wandte dann ein:

»Ich weiß nicht, wie hier in Lyon die Dinge laufen. Aber ich komme gerade aus Montbrison. Dort wurden Katholiken jeden Alters kaltblütig abgeschlachtet. Fürchtet Ihr nicht, Euer redliches Anliegen durch so etwas zu besudeln?«

Tripoly überlegte einen Moment und antwortete dann:

»Montbrison? Das muss in dem Gebiet liegen, das François de Beaumont, der Baron des Adrets, kontrolliert. Ich weiß, dort hat es unschöne Vorfälle gegeben … Ja, ich sollte da persönlich einschreiten.« Plötzlich erstrahlte seine Miene, so als sei ihm eine vortreffliche Idee gekommen. »Jetzt weiß ich, was ich mit ihm mache! Ich werde ihn in Ketten legen und mit einem Katapult in die Rhône schleudern lassen oder vielleicht auch gegen eine katholische Kirche, damit er …«

Michel legte dem Heerführer eine Hand auf die Schulter.

»Lass gut sein, Tripoly. Mach keine Witze. Die Sache ist wirklich ernst. Des Adrets ist nicht der einzige Reformierte, der mit solchen Gräueltaten Schuld auf sich geladen hat.«

Im Gesicht des anderen verlor sich die kindische Begeisterung.

»Mein lieber Nostradamus, unsere Truppen tun nichts anderes, als Gleiches mit Gleichem zu vergelten. In Toulouse haben Mönche die katholische Bevölkerung zu einem Massaker an uns Reformierten aufgehetzt. In der ganzen Stadt gibt es heute keinen lebenden Hugenotten mehr. Das Gleiche geschah in Angers, die ganze Stadt schwimmt in hugenottischem Blut. Der ›Mönch‹ Richelieu verübt eine Gräueltat nach der anderen. Der Herr von Flassans, der sich dreist ›Ritter des Glaubens‹ nennt, hat in der Gegend um Aix lange Zeit grausam gewütet, bis ich selbst ihn mit meinen Leuten in seinem Unterschlupf in Barjols ausheben konnte. Es ist die Pflicht eines jeden aufrechten Christen, solcherart Ungeheuer zur Strecke zu bringen und zu vernichten.«

Michel schüttelte den Kopf.

»Mein Freund, der Krieg lässt sich nicht mit Krieg bekämpfen. Gewalt zieht unweigerlich neue Gewalt nach sich.«

»Möglich. Doch hätten wir nicht zu den Waffen gegriffen, wären Lyon, Orléans und Grenoble und viele weitere Orte in Frankreich heute nicht in unserer Hand.« Tripoly zeigte auf die Stadtmauer hinter sich. »Kommt und seht selbst, wie es in einer Stadt aussieht, die wir für unseren Herrn Jesus Christus zurückerobert haben, einer Stadt ohne Götzenbilder und verdorbene Priester. Ich habe zu tun und kann Euch leider nicht begleiten, aber ein Gelehrter wie Ihr wird auch ohne Führer den Wert der Sache, für die wir streiten, begreifen.«

Verwirrt stieg Michel wieder in die Kutsche ein. Chevigny beugte sich zu ihm vor und fragte leise:

»Wer ist der Halunke?«

»Das ist kein Halunke.« Michel lehnte sich aus dem Wagen und rief dem Kutscher zu: »Los, fahrt weiter!«

In den Straßen, die sie zunächst durchfuhren, war nichts Außergewöhnliches festzustellen, bis auf die weißen Tücher, die aus vielen Fenstern hingen. Alles lief in geordneten Bahnen, auch wenn die Menschen von einem ungewöhnlichen Eifer ergriffen schienen. Ungewöhnlich waren allerdings die ganz in Schwarz gekleideten Bürger, die man hier und dort vor den Geschäften sah und die damit beschäftigt schienen, Schäden aufzunehmen, Inventurlisten zu erstellen und Warenbestände zu berechnen.

Es dauerte eine ganze Weile, bis Michel noch eine andere Besonderheit auffiel: Man sah keine bewaffneten Zivilisten und nur sehr wenige Soldaten. Sogar vor den Kirchen, die fast alle verwüstet waren, waren nur Gruppen von Arbeitern tätig, die sich, angeleitet von ihren Handwerksmeistern, in aller Ruhe nach Materialien für den Wiederaufbau umsahen.

»Wohin fahren wir eigentlich?«, rief der Kutscher vom Bock hinab.

»Fragt nach dem Haus von Monsieur Christoff Craft«, antwortete Michel. »Das ist ein sehr wohlhabender Mann, noch dazu aus dem Ausland. Der müsste hier eigentlich allen bekannt sein.«

Das Gebäude, vor dem sie endlich nach langem Durchfragen anhielten, war ein zweistöckiges Wohnhaus mit einem steinernen Korpus und einer Holzfassade. Es verriet gediegenen Wohlstand ohne eine Spur von Prunk.

Craft persönlich kam ihnen öffnen, ein großer blonder Mann um die fünfzig, ganz in Grau gekleidet.

»Mit wem habe ich die Ehre?«, fragte er mit markantem deutschen Akzent. Michel lächelte.

»Dies ist mein Sekretär, Monsieur Jehan de Chevigny. Und was mich betrifft, Ihr werdet in Briefen von mir gehört haben: Ich bin Michel de Notredame aus Salon-de-Craux. Euer Herr, Monsieur Rosenberg, sollte Euch auch von mir erzählt haben.«

»Oh ja, gewiss, Monsieur Nostradamus.« Der Deutsche erwiderte das Lächeln und verneigte sich höflich. »Bei der Besorgung der Geschäfte meines Herrn in Lyon bin ich häufig auf Euren Namen gestoßen. Tretet näher, Ihr werdet erwartet. Euer Freund ebenfalls.«

»Erwartet?«, murmelte Michel. Er war ein wenig verwirrt, schob dann aber Chevigny hinein und trat ebenfalls ein.

Die hintereinander liegenden Räume, die sie nun durchschritten, waren außerordentlich geschmackvoll eingerichtet und sehr sauber gehalten. Es war alles so ordentlich, dass sich Michel zu einer Frage veranlasst sah:

»Verzeiht, Monsieur Craft, aber als wir durch Lyon fuhren, sah man kaum Spuren des Bürgerkriegs, obwohl die Eroberung der Stadt noch nicht lange zurückliegen dürfte. Wie ist das zu erklären?«

»Anscheinend kennt Ihr die Calvinisten nicht«, antwortete der Deutsche. »Lyon hat bereits eine neue Verwaltung, und die arbeitenden Stände sind längst wieder ans Werk gegangen. Hier waren die Anführer der Revolution alles Kaufleute und Handwerker – Schreiner, Färber, Buchdrucker und so fort. Im neuen Glauben suchten sie vor allem die Ordnung. Und nach dem Sieg haben sie sogleich mit dem Wiederaufbau begonnen.«

»Und was ist mit den Armen. Ich habe nur wenige auf der Straße gesehen.«

»Ihr meint den Pöbel? Nun, dessen Revolution war das sicher nicht. Zum Glück. Und so standen sie auch nicht zufällig alle auf der anderen Seite. Heute gibt es in Lyon keine Vagabunden und keine Müßiggänger mehr. Wer nicht geflüchtet ist, wurde mit Fußtritten verjagt.«

Als sie jetzt einen großen, elegant eingerichteten Raum betraten, der mit gelben Blumen auf rotem Untergrund tapeziert war, erhob sich sogleich eine Dame von einem mit goldenem Damast bezogenen Hocker. Ein Schleier verdeckte ihr Gesicht, nicht aber ihr blondes Haar. Sie war von Kopf bis Fuß in ein strenges, aber kunstvoll besticktes Kleid gehüllt. Sie lief Michel entgegen und rief mit froher Stimme:

»Na, erkennt Ihr mich nicht?«

Er konnte ihr Gesicht nicht sehen, erkannte aber sofort die Stimme wieder. »Giulia!«, rief er erfreut aus, während sich Chevigny neben ihm verbeugte. »Dann ist also Simeoni auch hier!«

Die Frau hob den Schleier und enthüllte ihre bezaubernden blauen Augen. Ihr Gesicht war ein wenig mitgenommen, aber das konnte auch bloß am Alter liegen, denn blutjung war sie nun auch nicht mehr. Dennoch – sie war immer noch eine bildschöne Frau und glich darin immer mehr ihrer Mutter.

»Ja, Gabriele ist bei den anderen. Monsieur Ollivier bedient sich seiner ja häufig, und meiner übrigens auch. Da die Straße zwischen Lyon und Paris unterbrochen ist, hat er Gabriele gebeten, die von der Königinmutter gewünschte Beratung hier zu organisieren. Ich glaube, sie hat sogar schon begonnen.«

»Ja, wir müssen uns beeilen«, bestätigte Craft.

Michel ergriff Giulias Hände.

»Wir unterhalten uns später weiter. Nur eins noch: Euren Worten entnehme ich, dass es Gabriele besser geht. Ist das wahr?«

Ein Schatten huschte über Giulias blaue Augen.

»Ja, seit wir am Hof leben, geht es ihm ein wenig besser, obwohl … Ach geht jetzt, ich werde es Euch später erzählen.«

Michel runzelte die Stirn, enthielt sich aber einer Bemerkung. Craft öffnete die Tür des letzten Raumes, der kleiner als die anderen war.

»Messieurs, Docteur Nostradamus mit einem Freund ist eingetroffen«, sagte er und ließ die Besucher an sich vorbei.

Schlagartig verspürte Michel, wie die Narbe auf seiner Schulter zu brennen begann. Der Salon, den er betreten hatte, erinnerte ihn fatal an ganz ähnlich eingerichtete Räume, die mit nicht immer glücklichen Erinnerungen verbunden waren. Die Tapete war schwarz und ebenso die Taftvorhänge, die die Fenster verdunkelten. Fünf Männer standen im Kreis um ein Kind herum, das mit beiden Händen einen Spiegel hochhielt, dessen eherne Einfassung mit zahlreichen Schriftzeichen bemalt war.

Michel erkannte Simeoni kaum wieder, bärtig und mit triefenden, ein wenig trüben Augen. Der Italiener bedachte ihn mit einem Lächeln, unverkennbar um Herzlichkeit bemüht.

»Herzlich willkommen, Maître. Die Zeremonie hat bereits begonnen.« Er zeigte auf seine Gefährten. »Docteur Jacob Bassantin kennt Ihr ja bereits. Die anderen Freunde sind Monsieur Louis Reigner de la Planche, Docteur Antoine Mizlaud und Docteur John Dee, der auf dem Weg nach Antwerpen Frankreich durchquert.«

Es war nur ein Kerzenleuchter entzündet, und so konnte Michel die Gesichtszüge der Anwesenden nicht genau erkennen. Er wandte den Blick John Dee zu, von dem er wusste, dass man ihm in England den Prozess gemacht hatte. Man warf ihm vor, er habe die Prinzessin Mary Tudor durch Magie zu seiner Sklavin machen wollen. Dass man ihn schließlich davon freisprach, verdankte er allein seiner Freundschaft zu dem katholischen Bischof Bonner. Michel betrachtete dieses etwas melancholische Gesicht mit dem blonden Bart, der fast bis zum Gürtel reichte.

Der Engländer schien sein Interesse zu bemerken, denn er sagte in tadellosem Französisch:

»Monsieur Nostradamus, ich kenne Euch seit langem, früher jedoch nur als potenzieller Nachfolger Ulrichs an der Spitze seiner Kirche. Heute aber genießt Ihr sogar schon in meiner Heimat eine ungeheure Popularität. Auch dem gemeinen Mann auf der Straße seid Ihr ein Begriff.«

Die Bemerkung war sicher höflich gemeint. Aber Michel, den der Schmerz in der Schulter quälte, war eher irritiert.

»Ich bitte Euch. Ich bin niemandes Nachfolger. Die *Ekklesia* der Erleuchteten existiert nicht mehr.«

»Nun, die noch lebenden Erleuchteten sind alle hier versammelt«, bemerkte Simeoni. »Aber bitte, Messieurs, kommen wir doch zur Sache: Katharina von Medici erwartet Auskunft von uns über das Schicksal Frankreichs. Monsieur de la Planche, wenn Ihr bitte die Formel sprechen würdet.«

Der Angesprochene, ein kleiner, kahlköpfiger Mann, faltete die Hände und schloss die Augen. Dann begann er mit leiser Stimme zu sprechen:

»BISMILLE ARAATHE MEM LISMISSA GASSIM GISIM GALISIM DARRGOISIM SAMAIAOISIM RALIM AUSINI TAXARIM ZALOIMI…«

Während de la Planche weiter die Formel sprach, überkam das verängstigte Kind ein immer stärkeres Zittern. Schließlich rief es:

»Im Spiegel ist ein Reiter! Er ruft etwas!«

Michel warf einen Blick auf die spiegelnde Oberfläche, doch sie war derart beschlagen, dass er nichts erkennen konnte. Erschreckend klar aber hörte er den keuchend artikulierten Satz, der im Raum widerhallte:

*»La mort s'approche à neiger plus que blanc.«*

# In bester Absicht

Pater Michaelis fühlte sich nicht im Mindesten aufgeregt, während er, an einem kalten Januarmorgen des Jahres 1563, darauf wartete, von Katharina von Medici empfangen zu werden. Er befand sich in einem Flügel der Burg von Vincennes, der als Lustschloss diente und »Pavillon der Königin« genannt wurde, um ihn von dem daneben liegenden »Pavillon des Königs« zu unterscheiden, welcher näher bei dem Wachturm und den Resten der alten Festung lag. Von dem breiten Korridor, in dem er auf und ab spazierte, fiel sein Blick auf mächtige, gut gepflegte Wälder, die an diesem strahlend sonnigen Tag fast lieblich erschienen, obwohl sie winterlich kahl waren.

Die Königinmutter war sicher nicht mehr die mächtige Frau früherer Tage. Aber war sie überhaupt jemals mächtig gewesen? Sowohl zu Zeiten König Franz' I., als sie als junge Prinzessin dem Hohn und Spott des Hofes ausgesetzt war, als auch an der Seite von König Heinrich II. hatte sie immer im Schatten der faszinierenden Rivalin Diane de Poitiers leben müssen. Ihr Trost waren die Kinder gewesen und das Wissen, dass ihre Söhne einmal herrschen würden. Franz II. war jedoch in jungen Jahren gestorben, und die Herrschaft des dreizehnjährigen Karl IX. war belastet durch einen Bürgerkrieg, den sie nie gewollt hatte und den sie nicht zu beenden wusste. Nun residierte sie mit ihrem Sohn in Vincennes, praktisch als Gefangene des so genannten Triumvirats, jener drei Männer also, die nun in Frankreich die Politik bestimmten: François von Guise, der Konnetabel von Montmorency und der Marschall von Saint-André, die gnaden- und kompromisslos die katholische Sache verfochten.

Michaelis erwartete, in die Gemächer der Königinmutter geleitet zu werden. So war er sehr erstaunt, als er sie plötzlich im Korridor, ohne Begleitung ihrer Hofdamen, auf sich zukommen sah.

Dies bestätigte ihm im Geheimen den Eindruck, dass er es mit einer im Grunde bedauernswerten Frau zu tun hatte, die schon zeitlebens Opfer von Ereignissen war, die größer waren als sie.

Er verneigte sich tief, doch sie bedeutete ihm sogleich, indem sie ihn an der Schulter berührte, sich wieder aufzurichten.

»Pater Michaelis, von vielen Seiten wurde mir bereits Gutes von Euch berichtet, ganz besonders aber von Giulia Cybo-Varano, die Uns von allen Hofdamen die liebste ist.« Mit einer Geste, die nichts von Gespreiztheit hatte, zeigte sie auf eine der steinernen Bänke vor den großen Fenstern.

Zum ersten Mal sah Pater Michaelis die Königinmutter und Regentin von nahem. Und er nutzte die Gelegenheit, um sie ausgiebig zu mustern. Sie trug immer noch Trauer, obwohl der Tod ihres Gatten Heinrich II. nun schon Jahre zurücklag, ein schwarzes, strenges Kleid, bei dem lediglich der Kragen mit Spitzen besetzt war. Viel auffälliger war da schon ihr Gesicht von solch markanter Hässlichkeit, dass es einen dauern konnte, wenn man sie ansah. Das Alter hatte ihre Mängel noch stärker hervortreten lassen: Ihre trüben Augen quollen aus den Höhlen, ein Kinn konnte man gar nicht erkennen, und die Nase war flach. Dazu war das Gesicht rund und besonders an Stirn und Wangen voller Falten, sodass man den Eindruck hatte, ein vorzeitig gealtertes Kind vor sich zu haben.

Ihre Stimme jedoch war kristallklar und wohlklingend.

»Wie lauten die letzten Neuigkeiten aus Unserem Königreich, Pater?«, fragte sie freundlich. »Wenn es denn welche gibt.«

Pater Michaelis hatte sich zwar auf die Begegnung vorbereitet, aber nun zuckte er doch zusammen. Das war der Gipfel! Die Königinmutter und Regentin Frankreichs erkundigte sich bei ihm über die Lage in ihrem Reich! Nach kurzem Zögern fand er die richtigen Worte:

»Ja, es gibt gute Neuigkeiten, Majestät. Nach langen siegreichen Monaten verlieren die Hugenotten jetzt überall an Boden. Die Niederlagen von Rouen und Dreux waren entscheidend. Und jetzt, in diesen Stunden, marschiert der Herzog von Guise, wie Ihr sicher wisst, auf Orleans zu.«

»Orleans!«, murmelte die Regentin, indem sie das Gesicht verzog. »Das hätte Uns der Prinz von Condé nicht antun sollen. Eine solch bedeutende Stadt an der Spitze eines regulären königlichen Heeres einzunehmen, hat Uns gezwungen, Unsere neutrale Haltung aufzugeben. Den Dingen ihren Lauf zu lassen hätte das Ende der Monarchie bedeuten können.«

»Seid unbesorgt, Majestät. Orleans wird sich nicht mehr lange halten. Die Weißen sind überall auf dem Rückzug, und Rot ist wieder Herr der Lage.«

Katharina erschauderte.

»Nun, die Farbe gefällt Uns ganz und gar nicht. Immer wieder hören Wir von entsetzlichen Dingen, die sich zutragen sollen: von hingeschlachteten Hugenotten, ihrer Gliedmaßen oder der Zunge beraubt, gesteinigt, geblendet... Ob das wahr ist?«

Pater Michaelis überlegte, ob es ratsam war, offen zu sprechen. Dann entschloss er sich:

»Leider entsprechen diese Berichte der Wahrheit, Majestät. Das sind Auswüchse, die ich verurteile. Die katholischen Freiheitskämpfer von Fossans bis Richelieu scheinen davon überzeugt zu sein, dass es nützlich ist, ihre Gefangenen zu entstellen, damit das Volk sie als Ungeheuer in Erinnerung behält. Ich fürchte jedoch, dass hinter solcher Unmenschlichkeit der Fanatismus der Dominikaner und Franziskaner steckt.«

Die Erwähnung der beiden seiner Gesellschaft am meisten verhassten Orden war natürlich Absicht, wollte er sie doch vor den Augen der Regentin in ein möglichst schlechtes Licht rücken. Er wusste nicht, ob ihm dies gelungen war. Der leere Blick Katharinas belebte sich plötzlich und verriet alles andere als naive Neugier.

»Ach, das ist ja interessant. Wir glaubten, Ihr wäret auch gekommen, um Uns zur Unnachgiebigkeit zu raten. Aber wie Wir sehen, ist das nicht der Fall.«

Nun begann der schwierigste Teil der Unterredung. Michaelis sammelte sich einen Moment und sagte dann:

»Unnachgiebigkeit ist am Platz, wenn sie durch Realitätssinn gemildert wird. Es liegt ja auf der Hand, dass ein Krieg, der die vollkommene Vernichtung der Hugenotten zum Ziel hat, verhängnisvolle Folgen hätte. Schon heute kämpfen auf unserem Territorium, auf der einen oder anderen Seite, schweizerische, englische und spanische Milizen. Sollte sich der Krieg noch ausweiten, könnten die fremden Mächte zum entscheidenden Faktor werden und Ihr und Euer Sohn die Souveränität verlieren, wenn nicht gar die Krone.«

»Sprecht weiter.«

»Ich weiß, dass Euch das Triumvirat zu einer militärischen Vernichtung der Hugenotten rät, während sich Michel de l'Hospital und François Ollivier für eine Politik des Friedens um jeden Preis einsetzen, auch wenn dazu die Anerkennung der hugenottischen Kirche notwendig wäre. Ich bin gekommen, um Euch einen dritten Weg aufzuzeigen.«

»Sprecht nur.«

Pater Michaelis bemühte sich, sich so verständlich wie möglich auszudrücken. Mittlerweile wusste er nicht mehr, ob die bedauernswert hässliche Frau ihm gegenüber intelligent war oder nicht. Er neigte zum Ja, hielt es aber für ratsam, auf der Hut zu sein.

»Es ist nur noch eine Frage der Zeit, bis man zu einem durch königliches Dekret besiegelten Waffenstillstand wird kommen müssen. Dann wird man, das mag Euch und mir, die wir beide katholisch sind, missfallen, Zugeständnisse machen zu müssen. Die entscheidende Frage ist nur: welche?«

Äußerst interessiert beugte sich Katharina vor.

»Und welche wären das, Eurer Meinung nach?«

»Majestät, anscheinend begreift außer uns Jesuiten niemand, dass der Religionskrieg, in dem wir uns befinden, davon bestimmt wird, zu welchem der drei Stände die streitenden Parteien gehören: Adel, Klerus oder Bürgertum. Lyon ist fast ohne Blutvergießen gefallen, weil die städtische Bourgeoisie, verbündet mit den arbeitenden Teilen des niederen Volkes, bereits reformiert war. Paris ist hingegen uneinnehmbar für die Hugenotten, weil die Mittellosen von katholischen Klöstern ernährt werden. Fast überall entscheiden solche Faktoren über den militärischen Erfolg oder Misserfolg.«

»Ich verstehe. Und was folgt daraus?«

Pater Michaelis senkte ein wenig die Lider.

»Ein Edikt, das dem Land Frieden bringen soll, muss dieser Situation Rechnung tragen. Verhärtet Euch nicht: Eine Irrlehre lässt sich nicht allein durch Verbote auslöschen. Gesteht den Hugenotten ruhig die Freiheit zu, ihre Gottesdienste abzuhalten, stuft aber diese Freiheit nach der Standeszugehörigkeit ab. Richtet es so ein, dass die Religion der Reformierten eine Angelegenheit des Adels wird. Ist sie erst einmal zu einer Religion der Privilegierten geworden, wird es sehr viel leichter sein, sie auszulöschen.«

»Verzeiht, aber hier können Wir nicht mehr folgen«, unterbrach ihn die Königin, indem sie ihre runden Augen aufriss. »Erläutert Uns Eure Gedanken doch mit einem Beispiel.«

»Ja, gewiss.« Michaelis sammelte sich noch einmal kurz, um sich noch besser verständlich zu machen, und fuhr dann fort: »Der Fehler des Edikts von Romorantin lag darin, dass es die Gottesdienste der Hugenotten nur außerhalb der Stadtmauern und fern von den Palästen erlaubte. Das war eine törichte Idee des Kardinals von Lothringen. Dadurch verlagerte er die Predigten der Ketzer in die Vorstädte und erlaubte es so den Reformierten, gerade dort unter den Handwerkern und Arbeitern reichlich neue Anhänger zu werben.«

»Der Kardinal von Lothringen zählt nicht mehr zu Unseren Ratgebern«, bemerkte Katharina von Medici trocken. »Dennoch verstehen Wir immer noch nicht, welche Alternative Ihr vorschlagt.«

»Das ist leicht gesagt. Jacques Spifame fordert unablässig freie Gottesdienste für die Hugenotten. Soll er doch seinen Willen haben, allerdings nur in Adelspalästen. Ihr werdet sehen, Majestät, dass er und die anderen hugenottischen Führer sich damit zufrieden geben werden: Ja, sie werden glauben, gesiegt zu haben. Stattdessen haben sie bereits den Kopf in der Schlinge, denn eine Religion, die nicht das Volk erfasst, ist keine Religion: Sie ist eine Sekte.«

»Aber ich will meine Edelleute nicht verlieren.«

»Das werdet Ihr auch nicht. Es werden nicht viele sein, die offen Partei ergreifen, indem sie aus ihren Palästen praktisch Kirchen machen.«

Es folgte ein langes, nicht enden wollendes Schweigen, dann glätteten sich die Falten um den Mund der Königin.

»Alles was Wir über den Scharfsinn der Gesellschaft Jesu gehört hatten, scheint der Wahrheit zu entsprechen. Ja, es ist fast ein wenig beängstigend.«

Pater Michaelis antwortete mit großem Ernst:

»Vielleicht, weil wir als Einzige verstanden haben, was auf dem Spiel steht, und weil wir nie das Ziel aus den Augen verlieren, den Sieg des Guten, und von Fall zu Fall die passenden Mittel anwenden, um dieses Ziel zu erreichen.« Er stand auf. »Ich erwarte jetzt keine Antwort, meine Königin. Ich bitte Euch nur zu bedenken, was ich Euch vorgetragen habe, wenn sich das Problem stellt, und unterdessen kein Wort darüber an Eure Ratgeber zu verlieren.«

»Da könnt Ihr beruhigt sein.«

Die Unterredung war beendet. Pater Michaelis stand auf, doch mit einer Geste veranlasste Katharina von Medici ihn dazu, in der Fensternische stehen zu bleiben.

»Wir werden Eurem Rat folgen, auch wenn Wir nicht wissen, ob er diesem entsetzlichen Krieg ein Ende setzen kann. Einige Gelehrte, die in Unserem Dienst stehen, haben sich letztes Jahr auf Anregung Unserer Ratgeber hin in Lyon versammelt und über die Zukunft Frankreichs beraten: Was sie vorhersahen, war ein Jahrzehnt der Gewalt.«

»Von welchen Gelehrten sprecht Ihr?«

»Von einigen weisen Astrologen, die sich bisher noch bei keiner Vorhersage geirrt haben. Der Bekannteste unter ihnen ist der große Nostradamus, von dem Ihr sicher schon gehört habt. Und die anderen stehen ihm nicht viel nach.«

Auf Pater Michaelis wirkte die Königinmutter so überzeugt, dass er es nicht wagte, Ihr zu widersprechen, um nicht den eben gewonnenen Kredit gleich wieder zu verspielen. So beschränkte er sich darauf, mit gleichgültiger Miene zu bemerken:

»Majestät, Ihr tut gut daran, die Ratschläge und auch die Vorhersagen der Gelehrten Eures Vertrauens zu beherzigen. Ich rate Euch jedoch zu äußerster Vorsicht. Denkt an das Beispiel von Cosimo Ruggieri: Er gab sich als Astrologe aus und war in Wirklichkeit ein gefährlicher Hexenmeister.«

»Oh, keine Sorge, dieses Ungeheuers haben Wir Uns schon seit längerem entledigt. Nein, die Rede ist hier von wahren Gelehrten.«

»Nun, dann bleibt mir jetzt nur noch, mich vor Eurer Hoheit zu verneigen.« Michaelis wandte sich schon zum Gehen, als ihm plötzlich noch etwas einfiel. »Majestät, Ihr sagtet, die Zusammenkunft der Astrologen fand auf Betreiben Eurer Ratgeber statt. Welcher insbesondere?«

»Michel de l'Hospital und François Ollivier.«

»Aber Michel de l'Hospital war stets ein überzeugter Gegner der Astrologie!«

»Dennoch lag ihm besonders viel daran.«

Pater Michaelis schloss ein wenig die Augen und legte, ohne dass es ihm bewusst war, den Kopf zur Seite.

»Was haben Euch diese Astrologen denn geraten, um Frankreich vor dem drohenden Unheil zu bewahren?«

»Sie rieten Uns, alle Kulte unterschieds- und bedingungslos anzuerkennen«, antwortete Katharina, um sogleich hinzuzufügen: »Aber seid unbesorgt. Ihr Urteil wird Uns nicht davon abhalten, auch dem, was Ihr Uns vortrugt, Beachtung zu schenken.«

»Ich danke Euch.« Pater Michaelis erging sich noch einmal in einer tiefen Verbeugung und entfernte sich dann mit großen Schritten durch den Korridor.

Innerlich kochte er. Er trat durch eine Tür am Ende des Flures, hastete eine breite Steintreppe hinunter und lenkte seine Schritte zu einem Gebäudeflügel zwischen dem »Pavillon der Königin« und dem »Pavillon des Königs«, wo die Edelmänner und -frauen, die nur vorübergehend am Hof weilten, untergebracht waren. Fast überrannte er einige Lakaien, die tief gebückt damit beschäftigt waren, die Flure von den Exkrementen ihrer Herrschaften zu säubern, und schreckte dann auch noch eine Hofdame auf, die sich in einer dunklen Ecke, das Kleid bis zur Taille hinuntergelassen, von einem Kavalier, trotz der Kälte, den nackten Busen liebkosen ließ und nun mit spitzen Schreien auf die Störung reagierte.

Als Michaelis schließlich im ersten Stockwerk vor einer kleinen, schmucklosen Tür stand, hatte sich sein Zorn schon ein wenig gelegt. Ohne anzuklopfen trat er ein und blieb in der Mitte des nur schwach erhellten Raumes stehen.

Simeoni saß auf dem Bett und war dabei, sich die Stiefel anzuziehen. Giulia stand vor einer spanischen Wand und betrachtete in dem kleinen quadratischen Spiegel in der Hand Details ihres blau-weißen Kleides, das sie anscheinend gerade angelegt hatte. Beide blickten den Jesuiten mit gelinder Überraschung an.

»Was ist denn los, Pater?«, fragte Simeoni, nachdem er aufgestanden hat. Sein von einem grau melierten Bart eingerahmtes Gesicht wirkte eingefallen, seine tief liegenden Augen farblos.

Michaelis bemühte sich, seinen Zorn nicht zum Ausbruch kommen zu lassen. Er verschränkte die Arme über der Brust und sagte: »Was ist bloß in euch gefahren? Nur mir habt ihr es zu verdanken, dass ihr hier ein unbeschwertes Leben führen könnt. Aber was gebt ihr mir dafür? Nichts! Nichts als Undankbarkeit. Ihr lebt am Hof, werdet respektiert und bedient und seid sogar zur Tafel der Königin zugelassen. Und darüber scheint ihr zu vergessen, dass ihr vor wenigen Monaten noch gehetzte Verbrecher wart. Da war euer Leben keinen Sou mehr wert.«

Simeoni breitete die Arme aus.

»Offen gestanden weiß ich nicht, warum …«

Giulia unterbrach ihn:

»Warte, lass mich sprechen.« Sie blickte dem Jesuiten fest in die Augen. »Simeoni wurde wegen eines Attentates gesucht, zu dem Ihr ihn angestiftet habt. Seit Jahren schon lässt er sich von Euch erpressen, zunächst um mich zu retten, dann um selbst den Kopf aus der Schlinge zu ziehen. Und was mich betrifft …«

»Giulia, lass doch!«, rief Simeoni. Er wandte seinen Blick, der so erloschen war, dass er schon kurzsichtig wirkte, Pater Michaelis zu. »Ich habe Euch in allem gehorcht und finde Gehör bei den

Ratgebern der Königin, die ich, soweit es geht, in Eurem Sinne beeinflusse. Worin habe ich also gefehlt?«

Michaelis ließ sich auf einen Stuhl fallen.

»De l'Hospital und Ollivier unterliegen keineswegs Eurem Einfluss. Ihr seid es, der sich ihrem Spiel fügt. Da sie wissen, wie empfänglich Katharina für die Ansichten der Astrologen ist, bedienen sie sich derer, um die Regentin von der Notwendigkeit religiöser Gleichberechtigung in Frankreich zu überzeugen. Mehr noch als Gotteslästerung ist die ein politisches Verbrechen. Und Ihr wart ihr Werkzeug.«

»Spielt Ihr damit auf das Treffen in Lyon mit Nostradamus, Reignier und den anderen an?«

»Ja. Ich habe gerade gehört, dass es auf Betreiben von Michel de l'Hospital zu Stande kam. Ihr hattet sogar versäumt, mir davon zu berichten.«

Simeoni ließ den Kopf sinken.

»Das ist wahr. Doch wurde in Lyon nur sehr wenig über Politik gesprochen. Anwesend waren die wenigen noch nicht verstorbenen früheren Mitglieder der *Ekklesia* Ulrichs von Mainz, über die Ihr mittlerweile alles wisst. Fast ausschließlich wurde darüber debattiert, wie die magischen Künste, die wir erlernt haben, zum Guten anzuwenden seien. Alles andere war nebensächlich.«

»Für Euch. Doch nicht für de l'Hospital. Und für mich auch nicht. Seht Euch vor, Monsieur Simeoni. Bis jetzt habe ich immer meine schützende Hand über Euch gehalten. Doch Ihr kennt die Bedingung: Ihr müsst mir gehorchen und dürft mir nichts verschweigen.«

Simeoni setzte stammelnd zu eine Entschuldigung an, als Giulia zu ihm lief und ihn so fest in den Arm nahm, dass er taumelte. Dann wandte sie dem Jesuiten einen kalten Blick zu.

»Ich weiß, dass Ihr im Grunde Eures Herzens kein schlechter Mensch seid und dass Ihr Gott zu dienen glaubt«, erklärte sie mit fester Stimme, ohne Hass, aber auch ohne Sympathie. »Eure Mittel aber sind abscheulich. Erbarmungslos erpresst Ihr uns und macht uns, wie es Euch passt, mal zu Spionen, mal zu Mördern. Aber glaubt nicht, ich ließe mich so erniedrigen wie meine Mutter, die sich für sehr stark hielt, in Wirklichkeit aber von jeder Art Halunken gnadenlos missbraucht wurde. Vielleicht bin ich auch nicht stark, aber ich liebe diesen Mann hier, den Ihr zu Grunde richtet. Tut ihm nichts mehr zu Leide, sonst werde ich mich zur Wehr setzen, wie Ihr es Euch gar nicht vorstellen könnt.«

Pater Michaelis spürte wieder ganz deutlich, wie sehr er sich zu dieser Frau hingezogen fühlte. Es war ein gefährliches, ihm nicht erlaubtes Gefühl, das er sogleich zu unterdrücken versuchte. Sie erregte ihn, und gleichzeitig hatte er das Bedürfnis, sie zu beschützen. Dennoch wusste er, dass er sie auch in Zukunft wieder ausnutzen würde, wenn es die Sache verlangte. Aber er wusste auch mit absoluter Gewissheit, dass er ihr niemals etwas antun würde. Das erleichterte ihn und gab ihm die Kraft weiterzulügen.

»Ihr habt keinen Grund, mir Vorwürfe zu machen«, sagte er mit ein wenig heiserer Stimme. »Ich habe Euch vor der Inquisition gerettet und Euch mit Gewalt aus den Klauen von Kardinal Farnese befreit. Schließlich habe ich sogar dafür gesorgt, dass Ihr wieder mit dem Mann, den Ihr liebt, zusammen sein könnt. Erscheint Euch das zu wenig?«

»Nein, Ihr habt Recht.« Giulia ließ Simeoni los und machte einige Schritte auf den Jesuiten zu, der ein wenig zurückwich. »Eben weil Ihr im Grunde Eures Herzens kein schlechter Mensch seid, appelliere ich an Euch: Zwingt mich nicht länger, diese Brief an den armen Carnesecchi zu unterzeichnen. Ich kann nicht lesen, aber ich habe verstanden, dass Ihr das Vertrauensverhältnis zwischen ihm und mir ausnutzen wollt, um ihn zu kompromittieren. Enthebt mich dieser beschämenden Aufgabe, und meine Dankbarkeit wird grenzenlos sein.«

Pater Michaelis erstarrte.

»Die Briefe, von denen Ihr da redet, sind nicht an Carnesecchi gerichtet, sondern an Giulia Gonzaga in Neapel.«

»Ja, aber nur, damit diese sie an ihn weiterleitet, jetzt, da Cosimo de' Medici ihn wieder in seine Dienste genommen hat.«

»Wer hat Euch das gesagt? Mein Schreiber etwa?«

»Vielleicht.«

»Was wisst Ihr über den Inhalt der Briefe?«

»Ich weiß, dass es sich um Apologien der calvinistischen Religion handelt. Und es ist auch nicht schwer zu erraten, was Ihr damit bezweckt. Carnesecchi soll Euch im gleichen Ton darauf antworten und Euch so die notwendigen Beweise liefern, damit die Inquisition den Prozess gegen ihn wieder eröffnen kann.«

Vollkommen überrascht hörte Pater Michaelis, wie sein geheimer Plan offen gelegt wurde. Kein Zweifel, Giulia war eine sehr intelligente Frau, die man nicht unterschätzen durfte. Er überlegte einen Moment und kam dann mit sich überein, dass es keinen Grund gab, den Plan ad acta zu legen, der bald, so wusste er, erste Früchte bringen würde.

Er trat zwischen Giulia und Simeoni, berührte sie beide am Arm und bemühte sich, seine Stimme so zu verstellen, dass sie eine liebevolle Färbung annahm: »Meine Freunde, ich gebe ja zu, Euch in der Vergangenheit des Öfteren für meine Kämpfe eingespannt zu haben, ohne Euch über die Mittel und Ziele aufzuklären. Dabei machte ich es mir zu Nutze, dass ihr alle beide mit verschiedenen Sünden, die zu sühnen waren, belastet wart. Doch wisset, alles, was ihr getan habt, geschah zum höheren Wohle der Kirche, die in diesen Tagen entsetzlichen Gefahren ausgesetzt ist. Ihr müsst euch als Teil eines kämpfenden Heeres verstehen, in dem der einzelne Soldat das praktische Ziel seines Handelns gar nicht zu kennen braucht. Denn mit Christus als Führer wird jeder, der bewusst oder unbewusst, aktiv oder *perinde ac cadaver*, am Kampf teilgenommen hat, seinen gerechten Lohn erhalten.«

Michaelis sprach in voller Überzeugung weiter, glaubte er doch selbst an das, was er sagte – zumindest was Giulia betraf. Aber ausgerechnet diese kam ihm recht skeptisch vor: Simeoni hingegen erweckte den Eindruck, als habe er kein Wort verstanden.

Der Jesuit suchte nach den passenden Worten, um sich noch verständlicher zu machen, als aus dem Korridor Rufe zu ihnen drangen, das Geräusch zuschlagender Türen und hastige Schritte. Er stand auf und lief zur Tür. Das ganze Schloss schien von großer Aufregung erfasst, die sich in den entgeisterten Gesichtern der hin und her eilenden Dienerschaft widerspiegelte.

Pater Michaelis trat zu einem Franziskanermönch, der mit erschütterter Miene an der Tür vorbeikam.

»Was ist geschehen?«

Der andere blickte ihn aus feuchten Augen an.

»Eine Tragödie, eine entsetzliche Tragödie. So ein verfluchter Ketzer hat den Herzog von Guise ermordet!«

»Wo geschah die Tat?«

»In Orléans. Die Unseren hatten die Stadt gerade erst eingenommen. Wer soll uns Katholiken bloß jetzt noch verteidigen?«

Michaelis spürte, wie dramatisch der Augenblick war. Dennoch ging ihm plötzlich ein profaner, lästiger Gedanke durch den Kopf. Gab es da nicht einen Quartain von Nostradamus, in dem von einem *Pavillon Royne* und einem *Duc sous la couverture* gesprochen wurde?

Aber jetzt war keine Zeit für solche Phantastereien. Ein Waffenstillstand zwischen Katholiken und Protestanten war mit dem Attentat in weite Ferne gerückt. Und die Pläne, die er vor Katharina von Medici ausgebreitet hatte, würden sich jetzt nicht so schnell verwirklichen lassen, wie er gehofft hatte.

# Die zwei Seiten der Magie

Das Schauspiel war so entsetzlich, dass es einen in den Wahnsinn treiben konnte«, erzählte François Bérard, leichenblass im Gesicht. »Es drehte mir den Magen um, aber ich war wie gelähmt und schaffte es nicht, die Place de Grève zu verlassen. Umringt war ich von einer jubelnden Menge, als handelte es sich um ein festliches Ereignis. Bloß einige Frauen weinten. Wer auf diesem Platz sein Missfallen zum Ausdruck gebracht hätte, hätte sich in Lebensgefahr gebracht.«

»Der Verurteilte, dieser Potrot de Méré, soll aber den Mord an François de Guise gestanden haben«, warf Michel ein. »Und dass ihn Admiral Coligny zu der Tat angestiftet hat.«

Er und Bérard saßen vor dem geöffneten Fenster in seinem Arbeitszimmer. Es war ein fast schwüler Tag, sehr ungewöhnlich für Ende März. Das Kätzchen, das Michel eigentlich immer erst abends besuchen kam, war schon da und streckte sich jetzt genüsslich mit Blick zur Burg auf der Fensterbank aus. Vielleicht war es ihm auf den Dächern schon zu heiß geworden.

Bérard schüttelte den Kopf.

»Vielleicht hat Potrot ja noch etwas gesagt. Aber ich stand zu weit entfernt, um ihn zu hören. Wahrscheinlich war er gar nicht mehr in der Lage zu sprechen. Nur noch zu brüllen. Das habe ich gehört. Und wie er gebrüllt hat! Die Henker rissen ihm mit glühenden Zangen das Fleisch aus dem Leib, aber waren sehr bedacht, ihm keine tödlichen Wunden zuzufügen. Zweimal schwanden Portrot die Sinne, zweimal brachte man ihn mit Wassergüssen wieder ins Leben zurück. Und die Menge wetteiferte darum, dem Henker anzuzeigen, wo er die Zange ansetzen sollte. Nicht einmal das Lärmen der Zuschauer konnte die Schmerzensschreie des Verurteilten übertönen.«

Michel schloss die Augen.

»Mein Gott, wie entsetzlich.«

»Ja, das war es. Erst als Potrots Geschrei schwächer wurde, ging man, bevor er das Bewusstsein verlieren konnte, zum letzten Teil der Prozedur über. Sie legten ihn auf einen Tisch und banden seine Gliedmaßen an vier Pferde, denen man dann heftige Peitschenhiebe versetzte. Sein letzter, markerschütternder Schrei ertönte, während seine Arme und Beine grotesk in die Länge gezogen wurden. Einen Augenblick später rissen sie ab, und das Blut überschwemmte das Podium.«

»Die Strafe für Königsmörder.«

»Ja. Für die Katholiken war der Herzog von Guise ja auch eine Art König.« Bérard schüttelte den Kopf. »Ich hatte genug und habe den Platz verlassen. Später berichtete man mir, dass Potrots Rumpf an Ort und Stelle verbrannt worden ist. Seinen Kopf und die Gliedmaßen haben sie auf Pfähle gespießt und vor den Pariser Stadttoren und dem Rathaus aufgestellt. Da werden sie wohl immer noch stehen.«

Es entstand ein kurzes Schweigen, dann bemerkte Michel:

»Ich glaube, mit dieser besonders blutigen Hinrichtung wollte die Regentin den Hugenotten eine Warnung zukommen lassen. Oder es ging ihr darum, die Katholiken zu besänftigen.«

»Ich glaube eher Letzteres. Schließlich hat die Krone, während Potrot so entsetzlich zu Tode gebracht wurde, gleichzeitig in Amboise ihren Frieden mit den Reformierten gemacht, indem sie ihnen die freie Religionsausübung in ganz Frankreich, mit Ausnahme von Paris und Umgebung, zugestand. Das Parlament müsste zu dieser Stunde das Abkommen schon bestätigt haben.«

»Ein sehr eigenartiges Abkommen«, bemerkte Michel. »Es gesteht den Hugenotten die freie Religionsausübung zu, beschränkt aber die Abhaltung von Gottesdiensten allein auf die Adelspaläste. Hier für Salon bedeutet das zum Beispiel, dass gar keine Gottesdienste gefeiert werden können. Wer die Predigten von reformierten Geistlichen hören will, muss bis zum Schloss der Mauvans oder anderer hugenottischer Edelleute fahren. Nur wenige werden das auf sich nehmen.«

»Nun, ein Frieden in irgendeiner Form war unumgänglich.

Und das Abkommen von Amboise stellt doch eigentlich alle Seiten zufrieden. Das ist schließlich die Hauptsache.«

Von unten drang Jumelles Stimme zu ihnen, die mit einem der Kinder schimpfte, wahrscheinlich mit dem oft zu lebhaften César. Michel löste sich aus seinen Gedanken. Er bemerkte, dass er die ganze Zeit über mit dem Ring in Form der sich in den Schwanz beißenden Schlange gespielt hatte. Erst jetzt fiel ihm der eigentliche Grund für Bérards Besuch wieder ein.

»So habt Ihr also meinen Brief vom 27. August letzten Jahres, wenn auch mit gewaltiger Verspätung, doch noch erhalten?«

»Ja, meine Dienerschaft hat ihn mir bei meiner Rückkehr aus Paris ausgehändigt. Und wie Ihr seht, bin ich sogleich zu Euch geeilt.«

»Seid Ihr wirklich sicher, dass Ihr diesen Weg einschlagen wollt? Bedenkt, er ist dornenreich und nicht ungefährlich.« Michel streckte die Hand zu einem Regal aus und entnahm ihm einige Schriften. »Seht hier, kein Tag vergeht, da sich nicht irgendjemand dazu aufgerufen fühlt, mich anzugreifen. Hier zum Beispiel die Schmähschrift eines gewissen Conrad Badius aus Genf. Er nennt sie *Die Tugenden unseres Meisters Nostradamus* und hält mir darin Unfähigkeit vor, sowohl als Dichter als auch als Astrologe. Jüngeren Datums ist diese anonyme Broschüre des Titels *Palinodien zu Pierre de Ronsard*. Darin dichtet der Verfasser die Verse um, die Ronsard mir gewidmet hat, und verwandelt mich von einem Propheten in einen Betrüger.«

Bérard zuckte mit den Achseln.

»Ihr solltet Euch über solche Machwerke gar nicht aufregen, Michel. Euer Ruhm ist wohlgefestigt, sowohl in Frankreich als auch in der Fremde.«

»Ja, was leider aber auch dazu führt, dass immer häufiger gefälschte Nostradamus-Prophezeiungen auftauchen. Aber wirklich heimtückisch sind die Veröffentlichungen, in denen man mich als Hexenmeister und Jude brandmarkt und der Inquisition ausliefern will. Oder jene, die behaupten, meine astrologischen Kenntnisse seien unzulänglich und meine Weissagungen beruhten in Wirklichkeit auf ganz anderen Fähigkeiten.«

»Narren gibt es wie Sand am Meer. Eure Stellung erlaubt es Euch aber doch, sie zu ignorieren.«

»Ja, aber Tatsache ist, dass sie oft genug Recht haben!« Michel wurde gewahr, dass er sich anschickte, etwas äußerst Kompromittierendes von sich zu geben. Doch jetzt konnte er nicht mehr zurück – und wollte es auch gar nicht.

»Jahrelang habe ich in Venedig gedruckte Ephemeriden benutzt, ohne mir darüber Gedanken zu machen, dass sie anderen Orts zur Berechnung eines falschen Meridians führen müssen. Überhaupt ist der größte Teil meiner astrologischen Berechnungen falsch oder unzulänglich. Das trifft allerdings nicht auf meine Prophezeiungen zu: Die Astrologie ist ihr Alibi, die Magie aber ihr wahres Werkzeug.«

Bérard nickte.

»Ich weiß. In Eurem Brief sprecht Ihr es ja offen an. Ich habe die feste Absicht, Euch auf Eurem Weg zu folgen, Michel, wenn auch mit der Alchimie im Reisegepäck. In Paris habe ich einen Freund von Euch getroffen, Denis Zacharie …«

Die Erwähnung des Namens weckte in Michel angenehme Erinnerungen, und er lächelte.

»Ach der gute Mann! Wie geht es ihm denn?«

»Eher schlecht, würde ich sagen. Durch den Tod des Königs von Navarra in Rouen im letzten September und zuvor durch dessen Übertritt zum Katholizismus hat er seinen Schutzherrn verloren. Eine Zeit lang hielt er sich in Deutschland auf. Nach Navarra zurückgekehrt, überwarf er sich dann mit Jeanne d'Albret und musste fliehen. Die Königin verlangte von ihm, noch viel mehr Gold für die hugenottische Partei herzustellen. Aber darauf wollte sich Zacharie nicht einlassen. Er ist eben kein Fanatiker.«

»Seid Ihr tatsächlich sicher, dass er in der Lage ist, andere Metalle in Gold zu verwandeln?«

»Nein. Er selbst wollte auch nicht darüber sprechen. Deshalb wende ich mich ja auch an Euch, Monsieur de Notredame. Ihr habt mir den Ring dort auf dem Schreibtisch versprochen, doch ich bitte Euch noch um sehr viel mehr.«

»Um was genau?«

»Dass Ihr mich die Grundlagen der Magie lehrt. Zaubersprüche oder die Anrufung des Satans interessieren mich nicht. Ich möchte die allgemeinen Prinzipien kennen lernen. Denn diese sind es ja, die den Vorhersagen, zu denen ein Magier fähig ist, erst einen Sinn verleihen.«

Michel horchte einen Moment, aber Jumelles Stimme auf dem unteren Stockwerk war verstummt. Was Chevigny betraf, so war er ihn losgeworden, indem er ihn zu Besorgungen in die Stadt geschickt hatte. So konnte er nun frei sprechen.

»François«, begann er, »ich will Euch von einer Begebenheit erzählen, die sich vor langer Zeit zutrug. So werdet Ihr vielleicht das Wesen der Magie erfassen, aber auch ihre Gefahren. Wollt Ihr sie hören?«

»Das fragt Ihr noch?«

»Nun gut. Es war im Jahr 1523. Ich war ein junger Student und hatte schon verschiedene Universitäten in Südfrankreich besucht. Zwischendurch war ich aber auch immer viel umhergereist und hatte dabei seltene und eigentümliche Kräuter gesammelt. Zuweilen konnte ich mit solchen Kräutern in Städten, die von der Pest heimgesucht wurden, sogar wunderbare Heilerfolge erzielen. So erwarb ich mir ein gewisses Ansehen als Arzt, das aber meinen tatsächlichen Kenntnissen nicht unbedingt entsprach. Allerdings war ich auch vorgeprägt durch eine Tradition auf dem Gebiet der Pharmazie in meiner Familie.«

»Ihr meint Euren Onkel und Euren Großvater?«

»Ja, obwohl Letzterer mehr Astrologe als Pharmazeut war. Jedenfalls gelangte ich auf meinen Wanderungen auch nach Bordeaux. Dort war eine Seuche ganz ungewöhnlichen Ausmaßes ausgebrochen, die die Bevölkerung rasch dahinraffte. Damals reiste ich zusammen mit einem angeblichen Barbier aus Antwerpen, namens Peter van Hoog. Sein richtiger Name aber war Ulrich, oder Ulderich, aus Mainz gebürtig. Diese seine wahre Identität hatte er mir bald schon enthüllt, denn er hatte mich rasch in sein Herz geschlossen. Anders als heute stieß man damals fast überall auf starke Vorurteile gegenüber konvertierten

Juden. Nicht so bei ihm. Ganz im Gegenteil studierte er selbst eifrig die Kabbala und brachte der jüdischen Kultur insgesamt eine größere Achtung entgegen als ich selbst.«

Bérard nickte.

»Diesen Ulrich habt Ihr mir gegenüber ja schon des Öfteren erwähnt, und immer mit einer Mischung aus Respekt und Besorgnis, wenn nicht gar Angst.«

»Ja, als ich ihn kennen lernte, überwog der Respekt. Er war ein freundlicher, warmherziger Mann, und ungeheuer gelehrt. Bis nach Katai war er gereist, kannte wer weiß wie viele Sprachen und war ausgezeichnet bewandert in der ägyptischen und arabischen Magie sowie in allen erdenklichen Zweigen der Medizin. Auf der Stelle erkannte ich in ihm den idealen Lehrmeister, den ich an den provenzalischen Universitäten vergebens gesucht hatte. Und umgekehrt sah er in mir den idealen Schüler, den er wahrscheinlich seinerseits suchte. Er nahm mich unter seine Fittiche und begann mich wie seinen eigenen Sohn zu lieben. Auch in Bordeaux wollte er mich an seiner Seite wissen, in jener von der Pest heimgesuchten Stadt, in die er wegen seiner medizinischen Kenntnisse vom Leiter des dortigen Hospitals, dem Italiener Pietro d'Avellino, gerufen worden war.«

»Auch dieser Name ist mir bekannt.«

»Gewiss, er war ein berühmter Arzt. Jedenfalls begann ich, unter Ulrichs Anleitung, Pestkranke zu behandeln. Zwei Dinge hat er mich vor allem gelehrt: Dass sich Seuchen über die Luft ausbreiten. Und daraus folgend, dass man die Ansteckungsgefahr verringern kann, wenn man die Leichen sorgfältig begräbt und mit Duftstoffen und Essenzen für Reinheit sorgt. Dies zur Vorbeugung. Was die Behandlung betraf, hatte Ulrich eine eigentümliche Vorstellung: Er ging davon aus, dass jenes Prinzip, das die Krankheit verursachte, sie auch heilen, oder zumindest, in geringen Dosen, in einem nicht so akuten Stadium halten könne. Da die Pest anscheinend von Ratten eingeschleppt wurde, versuchte er sie zu bekämpfen, indem er Rattenblut in menschliches Blut injizierte. In Bordeaux hat er diese Methode zum ersten Mal angewandt, und anfangs waren die Ergebnisse sehr entmutigend.«

François Bérard hörte aufmerksam zu, doch sein eigentliches Interesse galt Themen, die der Meister bisher noch nicht angesprochen hatte. So wollte er ihn vielleicht bewusst unterbrechen, als er ausrief:

»Rattenblut!? Jetzt verstehe ich. Deswegen ratet Ihr also in Eurem Brief, in jenem dritten lateinischen Gedicht, zu einer Mischung aus Myrrhe, Styrax, Weihrauch und Rattenblut, um damit die Dämonenstatue einzuräuchern, die man anrufen will.«

Michel verspürte einen leichten Schmerz in der Schulter, aber er gab nichts darauf, denn er hatte ihn erwartet.

»Nicht ganz«, antwortete er. »Jenes Gedicht bezieht sich auf einen Kult der Göttin Hekate, wie ihn verschiedene Autoren, darunter Eusebios von Caesarea, überliefert haben. Ich habe nur die im Original angegebenen Salamander durch Ratten ersetzt, die leichter aufzutreiben sind. Unter den richtigen Voraussetzungen wirken *alle* Zauber. Das habe ich auch von Ulrich gelernt.«

»Tatsächlich? Das wusste ich gar nicht. So führte Ulrich Euch also auch in die Magie ein?«

»Ja. Häufig zitierte er Paracelsus, mit dem er befreundet war: ›*Ein Arzt muss wissen, dass alle Krankheiten zwei Arten von Samen haben; den iliastrischen Samen und den cagastrischen Samen, also jenen Samen, der von Beginn an existiert wie jener des Apfels, der Nuss oder der Birne, und jenen, der aus einer Zersetzung entsteht.*‹ Ihr, François, habt ja selbst Paracelsus studiert und wisst, was das bedeutet.«

»Gewiss. Iliaster ist der Rohstoff der Schöpfung, der allen belebten und unbelebten Dingen gemein ist. Mit anderen Worten, das *Mysterium Magnum*, das dafür verantwortlich ist, dass wir aus derselben Substanz wie zum Beispiel die Gestirne geschaffen sind. Cagaster hingegen ist die Zersetzung dieses Stoffes.«

»Ganz richtig«, stimmte Michel zu, »aber das zu Grunde liegende Wesen einer Krankheit kann nur von einem kosmischen Blickwinkel aus ganz erfasst werden, der die Verbindung zwischen dem Menschen und der gesamten Schöpfung im Auge behält. Auch darin stimmte Ulrich mit Paracelsus überein. ›*Ihr müsst wissen, dass sowohl die Krankheiten als auch die Medizin verborgen sind. Nichts kann in beiden durch irdische Dinge getan oder entdeckt werden. Bedienen muss man sich also des Astralleibes, der, ähnlich wie Sonnenstrahlen durch Glas, die Natur durchdringt‹.*«

Nun wirkte François Bérard lebhaft interessiert, und sogar das Kätzchen hatte sich zum Zimmer umgewandt, als wolle es hören, was dort gesprochen wurde.

»Der Astralleib... Das ist doch nichts, was sich beobachten ließe.«

»Ja. Das war auch einer der ersten Einwände, die ich gegen Ulrich vorbrachte. Er antwortete mir, dass aus verschiedenen Perspektiven auch verschiedene Realitäten zu erblicken seien. Um den in den Makrokosmos eingefügten menschlichen Mikrokosmos zu sehen, sei eine Perspektive notwendig, die alle beide umfasst. Das bedeute, sich der Iliaster bewusst zu werden, das heißt jener Substanz, die uns an den Kosmos bindet, und dann die Stufen der Erkenntnis weiter hinaufzusteigen. Bis zu jenem höchsten Blickwinkel, der Gott am nächsten ist.«

»Der Achte Himmel«, murmelte Bérard, »für manche auch der Neunte...«

»Auf die Zahl kommt es dabei nicht an. Was zählt, ist, den Zugang zu finden, der das Erreichen dieser Perspektive ermöglicht. Welches ist die reine, unverfälschte Materie, die ihr Alchimisten aus zersetzter Materie zu erschaffen versucht?«

»Gold.«

»Und was ist Gold?«

»Die Sonne natürlich. Man gelangt zu ihr, indem man Metalle läutert, aber auch sich selbst.«

»Und in der Tat ist die Sonne der Standpunkt Gottes, oder genauer, seines Auges, seines Blickwinkels. Es ist die Sonne, durch die wir sehen können, aber, so hat Platon gelehrt, die Sonne betrachtet auch uns. Gelänge es uns, uns zu ihr aufzuschwingen, könnten wir das Panorama genießen, das sich Gott eröffnet. Wir sähen die Tiefe des Kosmos in seiner ganzen Harmonie.«

Michel freute es, seine Überzeugungen vor einem intelligenten Menschen darlegen zu können, aber es ermüdete ihn auch.

»François, ich glaube fast, diese Anschauungen sind Euch bereits vertraut, werden sie doch von jedem Alchimisten geteilt. Jedenfalls waren dies die Erkenntnisse, die mir Ulrich vermittelte, während er sie selbst schon praktisch anwandte, bei der Pest nämlich, jener typischen durch Zersetzung hervorgerufenen Krankheit.«

Bérard nickte zustimmend, wandte aber ein:

»Ja, ich kann Euch sehr gut folgen, möchte Euch aber darauf hinweisen, dass die Sonne der Alchimisten keine materielle Realität ist.«

»In der Magie ist es ebenso. Paracelsus spricht von einer ›magischen Sonne‹, das heißt von jenem Gestirn, das die von unseren Astralleibern bewohnte Welt erhellt. Eine für unsere direkte Erfahrung unsichtbare Realität, die aber dennoch für ein Bewusstsein, das die Pforten der Sonne durchschritten hat, wahrnehmbar ist. Dort nimmt nicht nur die Zeit Gestalt an, sondern auch unsere Phantasien, Träume und Albträume. Denn dies ist die Welt des *Mysterium Magnum*, der gemeinsamen Substanz. Unserer Welt benachbart, aber nur wenigen zugänglich. Weder dem *Astrologus* noch dem *Divinator* oder *Nigromanticus*, sondern allein dem *Magus*.«

»Und in dieser Welt funktionieren alle Magien?«

»Ja, aber auch auf der Schwelle, die jene Welt von der materiellen trennt. Al-Kindi hat bewiesen, dass nicht die magische Formel entscheidend ist, sondern die Intention. Gelingt es mir, meinem Geist das, was jenseits ist, anschaulich zu machen, kann ich ihn auch hinüberführen. Und umgekehrt. Ringe, Riten, Formeln und so weiter sind nur Hilfsmittel zur Konzentration des Willens oder mehrerer Willen. Ein starker, von einem *Magus* ausgehender mentaler Reiz kann die Gesetze der Astralwelt, das heißt unserer Träume und Phantasien verändern. Es ist sogar möglich, die Wechselwirkungen zwischen der astralen und der materiellen Welt zu beeinflussen. Aber dies ist nur ganz wenigen gegeben.«

»Euch auch?«

»Ich weiß es noch nicht.«

»Und Ulrich.«

»Dem gewiss.«

Es entstand ein langes Schweigen. Die Katze hüpfte jetzt ins Zimmer, angezogen von ihrem Futter im Schüsselchen. Unten hörte man Jumelles fröhliche Stimme, die anscheinend die Kinder badete. Von draußen drang der Hufschlag vieler Pferde auf dem Pflaster zu ihnen. Wahrscheinlich waren es berittene Soldaten, die zur Einsetzungszeremonie des neuen Gouverneurs der Provence unterwegs waren, des Grafen Sommerive, dessen Vater, Claude de Tende, auf Druck der katholischen Partei von der Regentin abgesetzt worden war.

In Michels Arbeitszimmer hatte sich eine eigenartige Stimmung ausgebreitet, in der diese Geräusche von außen nur sehr gedämpft ankamen. Bérard war der Erste, der das Schweigen brach:

»Wenn Ulrich von Mainz all dies vertreten hat, kann ich gar nicht verstehen, warum er solch ein schlechter Mensch gewesen sein soll. Zumal er Euch ja, wie Ihr gesagt habt, auch Zuneigung entgegenbrachte. Wieso sprecht Ihr also fast mit Schaudern von ihm?«

Michel war auf einen heftigen Stich in der Schulter gefasst, der jedoch ausblieb. Er richtete sich ein wenig auf und sagte dann:

»Die Magie hat stets zwei Gesichter, ein schönes und ein hässliches. In Bordeaux habe ich anfangs geglaubt, Ulrich habe sich mit ganzem Herzen dem Guten verschrieben. Von morgens bis abends kümmerte er sich um die Kranken und ordnete wirksame hygienische Maßnahmen an. Es stimmt, er führte auch Experimente mit infiziertem Serum an Menschen durch, die regelmäßig zum Tod führten. Aber es handelte sich dabei immer um aussichtslose Fälle, und ich war der festen Ansicht, er habe dabei nur Gutes im Sinn. So nahm ich ihn auch gar nicht richtig ernst, als er mir eröffnete, das Serum müsse auch an jungen gesunden Menschen erprobt werden. Nur deren Blut, mit dem von Ratten gemischt, könne die Pestkranken retten.«

Bérard erbleichte.

»Ihr wollt mir doch nicht erzählen, dass…«

»Doch.« Michel hob beide Hände. »Ich schwöre Euch, erst Jahre später begriff ich das ganze Ausmaß seines Tuns. Ich sah, wie Ulrich sterbenden Kindern Blut entnahm, dachte mir aber nichts dabei, hielt ich es doch für ein notwendiges Experiment. Dann bemerkte ich, dass er einige gesunde Kinder, die durch die Seuche ihre Eltern verloren hatten, zusammen in einer Baracke untergebracht hatte, glaubte aber, er wollte sie bloß vor einer Ansteckung schützen.« Michel musste schlucken. »Ich wusste tatsächlich nicht, was sich nachts in der Baracke zutrug. Mein Vertrauen in Ulrich war grenzenlos. Als sie dann zu Grabe getragen wurden, in Tücher eingehüllt, die ihren ganzen Leib verdeckten, nahm ich an, die Pest habe sie dahingerafft. Jahrelang habe ich das geglaubt.«

»Und dann?«, murmelte Bérard.

»Stutzig machte mich das, was er mich über die Magie lehrte. So bediente er sich der magischen Praktiken einiger koptischer Handschriften, die in seinem Besitz waren. Diese seien zwar nicht unbedingt besser als andere vergleichbare Schriften, so sagte er, aber leichter zu handhaben. Es war die Gedankenwelt des christlichen Gnostizismus ägyptischer Prägung mit dem immer wiederkehrenden Grundmuster, einer nicht nur männlichen sondern auch weiblichen Natur Gottes, ähnlich wie in der Konzeption der *Shekhina* in der Kabbala. Barbelo, Norea, die Jungfrau des Lichts, die treue Sophia und so weiter, Gottheiten allesamt, die für die Idee eines auf dem Gleichgewicht zwischen Mann und Frau aufgebauten Universums stehen.«

»Ein auch für die Alchimie typisches Konzept«, bemerkte Bérard. »Sonne und Mond, König und Königin … Es gibt da unzählige solcher Symbole für diesen Dualismus.«

»Schon. Doch Ulrich ging keineswegs davon aus, dass dieses Gleichgewicht Bestand haben sollte. Die Sonne sollte allein über allem stehen, das männliche Prinzip das weibliche unterjochen. Vernunft gegen Intuition, Macht gegen Barmherzigkeit, Kultur gegen Natur. Das alles hat er mir nie offen erzählt, aber mit der Zeit begann ich etwas zu ahnen.«

»Und Ihr habt Euch nicht widersetzt?«

»Nein, das kam mir nicht in den Sinn. Bedenkt, dass das Christentum über Jahrhunderte hinweg im Kampf gegen das weibliche

Prinzip ebendiese Ideen gepredigt hat. Nur nennt man es Heidentum, Magie, Hexenunwesen. Und mein Bild von der Frau war nicht anders als das meiner Geschlechtsgenossen: Ich hielt sie für ein launisches, zerbrechliches, an die vergänglichen Zyklen der Natur gebundenes Geschöpf. Dass ich meine Meinung schließlich änderte, war die Folge einer persönlichen familiären Tragödie, über die ich hier nicht reden möchte … Verzeiht, ich merke, ich schweife ab.«

»Nein, nein, das interessiert mich sehr.«

»Gut, aber ich werde es Euch ein andermal erzählen. Was ich sagen wollte, war, dass Ulrich weit über die christlichen Sonnentheorien hinausging. Seine Sonne sollte von raubtierhafter Natur sein und den Menschen zu seiner animalischen Natur zurückführen. Eine Aristokratie von Jägern sollte sich hier bis zur totalen Beherrschung der Zeit aufschwingen und mit bloßem Willen die Himmel formen, bis der Schatten der Weiblichkeit endlich ausgelöscht sein würde … Dies war letztendlich das Ziel der *Ekklesia*, von dem wir, ihre Priester, gar nichts wussten. Einen Vorgeschmack auf das, was geplant war, erhielten wir aber eines Nachts, als Ulrich, während draußen in Bordeaux noch die Pest wütete, uns, seine Jünger, in der Krypta der Kirche Saint-Miqueu versammelte, wo wir die Feuertaufe erhalten sollten.«

»Um was ging es dabei?«

»Um eine antike gnostische Zeremonie. Doch ich und einige weitere Anhänger, die aus allen möglichen Gegenden Frankreichs zusammengekommen waren, glaubten, es gehe lediglich um die Verabreichung eines Medikaments, das uns vor der Pest schützen sollte. Gewiss bemerkten wir sofort den von einem Kreis umgebenen Stern, der auf den Fußboden gemalt war, und den Namen ABRAXAS, der, zusammen mit weiteren jüdischen und ägyptischen Schriftzeichen, die Figur schmückte. Wir wussten jedoch, dass Medizin und Magie für Ulrich ein und dasselbe waren, und so waren wir nicht sonderlich beeindruckt. Ich war der erste Täufling und ließ es arglos geschehen, dass man mir ein Kreuz in die Schulter ritzte. Und trotz höllischer Schmerzen widersetzte ich mich auch nicht, als Tropfen einer dunklen, zähen

Flüssigkeit in die Wunde geträufelt wurden. Das wahre Grauen kam erst danach.«

Bérard stand auf.

»Ihr scheint sehr erregt. Wenn Euch die Erinnerung zu sehr aufwühlt, so quält Euch nicht für mich. Lasst sie ruhen.«

Michel hörte ihn gar nicht. Mittlerweile sprach er fast nur noch für sich selbst.

»Pentadius, ein Assistent Ulrichs, der kurz zuvor erst in Bordeaux eingetroffen war, hatte mich und meine Mitbrüder eine Weise gelehrt, in der Isis, Mithras und die planetarischen Engel angerufen wurden. Sie stimmten nun den Gesang an, und einen Augenblick später war mir, als werde der Kreis, in dem ich kniete, von einer haushohen Flammenwand umfangen. In den Flammen begann ich, Ungeheuer mit grinsenden Fratzen zu erkennen, geflügelte Drachen, irre, rätselhafte Geschöpfe. In Wirklichkeit kannte ich sie alle, so wie sie jeder Mensch kennt. Es waren ebenjene Kreaturen, die die Albträume der Menschheit seit ihrer Erschaffung bevölkern und die schon Säuglinge in sich tragen, bevor ein Bewusstsein entsteht, mit dem sie sich im Zaum halten lassen. Dazwischen erblickte ich Szenen des Todes aus verschiedenen historischen Epochen.«

»Was meint Ihr damit?«

»Nun, Massaker, Scheiterhaufen, Schwerter, aber auch unbekannte Waffen, etwa Belagerungsgerätschaften oder fliegende Sprengkörper. Ein obszöner Dämon mit einem Gesicht wie ein schwachsinniger Säugling war bei allen Szenen dabei. Sein Name war Parpalus. Er schien die Szenarien des Todes herrlich zu finden und feuerte mich an, sie zu bewundern. Er führte mich in Sphären außerhalb der Zeit, von wo aus eiskalte höhere Geister die Geschicke der verschiedenen irdischen Epochen beherrschten. Geister, so eiskalt und gnadenlos wie wilde Bestien, passend zu ihrem Universum, das nichts war als sinnloses Chaos.«

Während Michel erzählte, kaute die Katze angestrengt auf einem Bissen ihres Futters herum und verzog dabei heftig das Gesicht, um die Bewegungen der Kiefer zu unterstützen. Das Tier erstickte fast, wollte aber offenbar um keinen Preis auf den Bissen verzichten.

»Chaos war dort das höchste Gesetz, ein Chaos jedoch, das geheimen mathematischen und geometrischen Regeln gehorchte. Die bekannten Himmel existierten dort neben 365 Sphären, von denen eine jede für eine irdische Revolution stand. Und in jeder Sphäre war ein eigener Dämon eingeschlossen, wie ein Insekt, das im Harz eingeschlossen ist. Diese erstarrten Dämonen warteten nur darauf, dass ein universaler Frost ihre Hüllen schmelzen würde. Doch dieser Frost würde erst kommen, wenn der Mensch als Teil des Kosmos zu seinem tierischen Ursprung zurückgekehrt und das weibliche Prinzip besiegt war. Dann würde das Auge Gottes einen Himmel ohne Mond sehen, und es würde erkalten, weil die Nacht leer war. Dann würde die Zeit der eiskalten, gnadenlosen Wesen anbrechen, den unangefochtenen Herrschern der letzten Epoche der Menschheit; jener des Eises, der abstrakten Mathematik, der metallischen Kälte, der Herrschaft der blinden Gewalt …«

»Mein Gott, was ist denn das?«, schrie Bérard plötzlich auf.

Er deutete auf das Kätzchen, das, um nicht zu ersticken, einen fetten lebenden Skarabäus erbrochen hatte; ein zweiter kam jetzt schon aus seinem Maul.

Unterdessen war der Ring in Schlangenform, der auf dem Tisch lag, aufgegangen und schlängelte nun wie eine echte silberne Viper über die Tischplatte.

# Ein Schritt vor dem Triumph

Pater Michaelis zuckte verstört zusammen, als von der Straße her Sprechchöre zu ihnen drangen. Er blickte Pater Auger neben sich an und las im Gesicht des Mitbruders die gleiche Besorgnis. Die Einweihung des jesuitischen Clermont-Kollegs, die gerade mit einer prunkvollen Zeremonie gefeiert wurde, hatte seit ihrem Bekanntwerden einen Sturm der Entrüstung entfacht. Aber es waren nicht die mittlerweile aus Paris vertriebenen Hugenotten, die ihre Stimme erhoben. Nein, es war ein Flügel des königlichen Parlaments selbst, der sich, von der theologischen Fakultät der Sorbonne beeinflusst, der Eröffnung des Kollegs widersetzte. Einige Parlamentarier hatten den Jesuiten erzürnt vorgeworfen, ihre Anhängerschaft mit unlauteren Methoden zu werben, die nicht im Einklang mit der französischen Tradition stünden. Es war noch nicht offen ausgesprochen worden, aber in diesem Vorwurf, gegen die französische Tradition zu handeln, schwang bereits die Anklage des Verrats an Spanien mit.

In den Tagen vor der Einweihung hatten Studenten der Sorbonne und anderer gallikanisch ausgerichteter theologischer Schulen mit Steinen die Scheiben des Gebäudes in der Rue Saint-Jacques eingeworfen, jenes Gebäudes also, das früher De-Langres-Palast hieß und schon seit Jahren im Verborgenen das Kolleg der Gesellschaft Jesu beherbergte. Pater Michaelis hatte jedoch dem König persönlich die Garantie abgerungen, dass die Eröffnungsfeier nicht gestört würde. Da war es hilfreich gewesen, dass nur wenige Tage zuvor das Konzil von Trient mit einem triumphalen Sieg der Jesuiten über die ungeliebten Dominikaner und der Bestätigung der päpstlichen Oberhoheit über die regionalen Kirchen und alle Bischöfe zu Ende gegangen war. Mittlerweile ließ sich die Bedeutung des von Ignatius von Loyola gegründeten Ordens nicht mehr bestreiten, erwies er sich doch immer mehr als Grundpfeiler des katholischen Widerstands gegen die Reformation.

Der Tumult auf der Straße hielt an. Besorgt nahm Pater Michaelis die Beunruhigung im Gesicht des päpstlichen Legaten Ippolito d'Este wahr sowie ein flüchtiges Lächeln der Genugtuung auf den Lippen des Ratgebers Michel de l'Hospital, der als Repräsentant der Krone erschienen war.

»Ich gehe mal nachsehen, was da los ist«, zischte er Pater Auger zu. Dieser nickte.

Im Schutz des Gesangs der Schüler, allesamt Sprösslinge wohlhabender Familien, konnte Pater Michaelis aufstehen, ohne dass man das Knarren seines Sitzes hörte. Sicheren Schritts, so als habe er etwas Wichtiges zu erledigen, verließ er den mit Fresken ausgemalten Festsaal, durcheilte den Korridor und trat auf die Straße.

Das, was er dort sah, beruhigte ihn zunächst. Arkebusiere der Pariser Gendarmerie, die zusammen mit den Bogen- und Armbrustschützen die so genannten *Drei Größen* bildeten, auf die sich der Probst zu Sicherstellung von Ruhe und Ordnung stützen konnte, waren vor dem Palast aufmarschiert. Vom nahen Hügel Sainte-Geneviève aber kam, trotz der klirrenden Kälte, die diesen Winter des Jahres 1563 kennzeichnete, eine wütende Menschenmenge herunter. Mit Kampfgeschrei, Piken, Stöcke, Hämmer und Messer in die Höhe gereckt, stapfte die Menge durch den Schnee. Aber man sah, dass nicht das Clermont-Kolleg ihr Ziel war.

Pater Michaelis trat auf den befehlshabenden Offizier zu.

»Was ist denn hier los?«

Der Hauptmann, ein betagter Mann, der sein Pferd am Zügel hielt, nahm respektvoll den gefiederten Helm ab.

»Ach, in der Kirche von Sainte-Geneviève hat sich etwas Entsetzliches zugetragen. Während der Messe hat ein früherer Mönch den Priester vor dem Altar mit einem Dolch angegriffen und ihn schwer verletzt. Dann hat er die Hostien auf den Boden geworfen und ist darauf herumgetrampelt. Er konnte aber überwältigt werden, und jetzt schafft man ihn gerade zur Place Maubert, um ihn dort bei lebendigem Leib zu verbrennen.«

Nun erst bemerkte Michaelis, dass die Menge tatsächlich einen jungen Mann, dessen entblößter Leib voller Blut war, an einem Strick um seinen Hals mit sich schleifte. Ein Auge hatte er schon verloren, und er wirkte wie betäubt vor Schmerzen. Eine aufgedrehte Megäre neben ihm packte ihn immer wieder an den Haaren und riss sie ihm büschelweise aus.

»Wollt Ihr da nicht eingreifen?«, fragte Pater Michaelis.

»Wozu denn? Den würde man ja ohnehin auf den Scheiterhaufen schicken. Ist auch besser für alle, wenn man ihn auf der Stelle verbrennt. Das wird den Hugenotten eine Warnung sein, endlich mit ihrem gotteslästerlichem Treiben aufzuhören.«

Pater Michaelis nickte. Er war schon wieder auf dem Weg zurück ins Kolleg, als ihm Pater Auger entgegenkam.

»Was ist geschehen? Etwas Schlimmes?«, fragte er aufgeregt. »Der päpstliche Legat bat mich, mich zu erkundigen.«

Pater Michaelis zuckte mit den Achseln.

»Nein, nichts Ernstes. Wieder mal ein Ketzer, der das Abkommen von Aboise nicht hinnehmen und nicht begreifen will, dass der Krieg aus ist. Der Narr hat auf gesegneten Hostien herumgetrampelt. Der Pöpel wird ihn gleich verbrennen. Wir könnten aber die Gelegenheit nutzen, um zu einer schönen Sühneprozession mit dem König und der Regentin als Teilnehmer aufzurufen. Wenn es um Gotteslästerung geht, gerät die Volksseele leicht in Wallung. Und für uns wäre das eine Demonstration der Stärke.«

Pater Auger bedachte Michaelis mit einem verwunderten Blick.

»Mein Freund, ich will ganz offen sein. Seit einiger Zeit schon bemerke ich in Eurem Verhalten und Euren Worten einen gewissen Zynismus. Nein, Zynismus wäre zu viel gesagt, sagen wir, einen Mangel an Idealismus. In Eurem eigenen Interesse will ich nicht hoffen, dass die Notwendigkeit, unsere Ideale auch in den Niederungen der Politik durchzusetzen, in Euch eine Neigung zur Intrige genährt hat, wie sie uns unsere Feinde immer wieder gerne unterstellen.«

Pater Michaelis erschrak wie ein bei einem Streich ertappter

Junge. Einen Augenblick war er verwirrt, dann senkte er den Kopf. Seine Worte kamen aus ehrlichem Herzen:

»Ich danke Euch für diese Mahnung, Étienne. Wahrscheinlich habt Ihr Recht. Es ist nur so, dass ich diesen historischen Moment mit besonderer Leidenschaft durchlebe. Ich weiß, dass es bis zum Sieg der guten Sache eine schwierige Gratwanderung ist, und manchmal bin ich versucht, ihr um jeden Preis den Weg zu ebnen.«

Pater Auger lächelte.

»Keine Bange, ich bin von der Aufrichtigkeit Eurer Bemühungen überzeugt.« Er wandte den Blick der Menschenmenge zu, die immer noch vom Hügel hinabströmte. »Wir stehen tatsächlich in einer entscheidenden Phase unseres Kampfes, und jeglicher Fanatismus droht, unseren Sieg zu gefährden. Allerdings bin ich auch überzeugt, dass uns der Tod einiger katholischer Heerführer vor einem allzu langen Bürgerkrieg bewahrt hat.«

»Meint Ihr die Ermordung des Herzogs von Guise?«

»Ja, aber auch die von Antoine de Bourbon in Rouen.« Pater Auger fasste Michaelis an der Schulter und trat mit ihm auf den Eingang des Kollegs zu. Vor der Pforte blieb er jedoch noch einmal stehen und sagte: »Es ist schon eigenartig, wie genau Euer Feind Nostradamus dies alles vorhergesehen zu haben scheint. Tornabuoni, der Botschafter des Großherzogtums Toskana, hat mich auf einen interessanten Quartain hingewiesen, in dem er von einem *Roy & Prince* spricht, dem, ebenso wie einem Herzog, ein Leichenhemd vorherbestimmt ist. Tatsächlich war ja Antoine, der Prinz von Bourbon, auch König von Navarra, und er und der Herzog von Guise sind nur wenige Monate nacheinander gestorben. Und dies zu einem Zeitpunkt von *Loi esprouvée*, das heißt, da die Monarchie auf eine harte Probe gestellt ist.«

Michaelis war überrascht.

»Ich kenne diesen Quartain, habe ihn aber nie in dieser Weise gedeutet.«

»Das ist aber noch nicht alles«, fuhr Auger sich ereifernd fort. »In den ersten beiden Versen geht es um das Grab eines Triumvir. Und nun wisst Ihr ja ebenso gut wie ich, dass letztes Jahr der Marschall von Saint-André, ein Mitglied des Triumvirats, in der

Schlacht gefallen ist. Und damit sagt Nostradamus in diesen wenigen Versen den Tod der bedeutendsten Persönlichkeiten des Bürgerkrieges voraus.«

Pater Michaelis schüttelte den Kopf.

»Nein, ich weiß mit Bestimmtheit, dass mit dem Grab des Triumvirn etwas ganz anderes gemeint ist.«

»Seid Euch da mal nicht zu sicher, mein Freund, die Ankündigungen eines Propheten oder Hexenmeisters können sich auch gleichzeitig auf mehrere Ereignisse beziehen«, erwiderte Auger lachend. »Aber es wird Zeit, dass wir wieder hineingehen, sonst macht man sich noch Sorgen um uns.«

So kehrten sie, während die aufgebrachte Menschenmenge langsam in der Rue Saint-Jacques verschwand, zur Feier zurück. Diese war schon fast zu Ende. Die Schlussansprache hielt Pater Jérôme Nadal, der streitbar wie der Erzengel Michael auf der Kanzel stand. Dann setzten die Gesänge wieder ein, und die illustren Gäste bewegten sich zum Ausgang.

Auch Pater Michaelis lenkte seine Schritte zur Tür, um die hoch gestellten Persönlichkeiten zu verabschieden, als er plötzlich seinen Namen rufen hörte. Er drehte sich um und blickte in das freundliche, von weißen Locken umrahmte Gesicht des Kardinals Ippolito d'Este.

»Können wir uns hier irgendwo unter vier Augen unterhalten?«, fragte der päpstliche Legat. »Ich habe Neuigkeiten für Euch aus Rom. Gute Neuigkeiten.«

Pater Michaelis verneigte sich, blickte sich um und ging mit dem Kardinal voraus zu einem der Seitenausgänge. Von dort führte er den hohen Geistlichen in eine kleine Kapelle, die für die Andacht der Kollegoberen gedacht war. Doch von diesen war jetzt keiner zugegen, und so nahmen sie beide in einer Bank in der ersten Reihe Platz.

»Verzeiht, Eminenz, es ist doch arg kalt hier«, murmelte Pater Michaelis und deutete auf einen mit bläulichen Kacheln verkleideten Ofen in der Ecke des Raumes. »Der wurde heute leider noch nicht entzündet, aber auch wenn, wäre er wohl nicht im Stande, die Eiseskälte dieses Winters zu vertreiben.«

»Ja, Ihr habt Recht«, erwiderte der Kardinal, indem er sich seinen pelzgefütterten roten Umhang enger über der Brust zusammenzog. »Ich glaube, in meinem ganzen Leben habe ich noch keinen solch strengen und düsteren Winter erlebt. Man hat den Eindruck, als wolle sich das Klima den Tragödien der Christenheit anpassen.«

Der Kardinal war ein Mann mit einem ehrlich wirkenden Gesicht und intelligenten Augen, der trotz seines weißen Haares jünger als die zweiundfünfzig Jahre aussah, die er tatsächlich zählte. Pater Michaelis kannte ihn als erbitterten Kämpfer gegen die Hugenotten und wusste, dass er mit Empörung auf die Treffen von Poissy reagiert hatte. Dennoch schätzte der Legat auch das subtilere Vorgehen der Jesuiten, hielt er es doch zuweilen für nötig, um den Reformierten ihre Basis zu entziehen. Darin war er weitsichtiger als viele andere katholische Prälaten, die diese Überzeugungsarbeit für reine Zeitverschwendung hielten und für die Wiederaufnahme der gewaltsamen Unterdrückung plädierten.

»Wir haben wenig Zeit. Deshalb will ich mich kurz fassen«, sagte der Legat. »In Rom hatte ich eine Unterredung mit dem Generalinquisitor Michele Ghisleri. Wie Ihr wisst, ist er Dominikaner und sicher kein Freund der Gesellschaft Jesu, insbesondere nach den Demütigungen, die sein Orden durch den Euren beim Konzil in Trient erfahren musste. Dennoch bemüht auch er sich seit Jahren darum, den Ketzer Piero Carnesecchi auf den Scheiterhaufen zu bringen. Er wird ein glücklicher Mann sein, wenn er ihn brennen sieht.«

»Da geht es mir nicht anders.«

»Ja, und das weiß Bruder Ghisleri genau. Seine abweisende Haltung gegenüber den Jesuiten wird gemildert durch die Dankbarkeit, die er Euch gegenüber empfindet. So bat er mich nun, Euch seine persönliche Anerkennung zu übermitteln, weil Ihr ihn auf den Briefwechsel zwischen Carnesecchi und dieser exkommunizierten Hugenottin Giulia Cybo-Varano hingewiesen habt. Leider ist es ihm lediglich gelungen, ihn zu unterbrechen und den Inhalt in Erfahrung zu bringen, nicht aber ihn zu konfiszieren.«

»Wie das?«, fragte Pater Michaelis, sich überrascht gebend, nach.

»Ihr wisst ja, dass der Briefwechsel über Giulia Gonzaga, die frühere Gräfin von Fondi, läuft. Sie ist die Mittelsfrau. Und Ihr wisst ebenso, dass sich diese Giulia Gonzaga, nach ihrer Befreiung aus der Hand maurischer Piraten, die sie entführt hatten, in ein neapolitanisches Kloster zurückgezogen hat. Zwar hat Fra Ghisleri auch dort seine Spitzel, kann sich aber einen Diebstahl nicht erlauben. Die Gräfin schickt die Briefe an Carnesecchi durch treue Kuriere nach Florenz. Aber das ist im Grunde auch nicht so wichtig. Es gibt da aber einen Umstand, über den Ihr möglicherweise nicht unterrichtet seid.«

»Welchen, Eminenz?«

»Nun, Giulia Gonzaga ist ja eine überzeugte Ketzerin und hält seit langem ihre schützende Hand über die Waldenser in Kalabrien. Man kann ihr nichts anhaben, aber man weiß es. Nun muss aber diese Cybo-Varano recht einfältig sein zu glauben, ein solch komplizierter Briefwechsel mit den verschiedenen Stationen in Paris, Neapel und Florenz könne auf lange Sicht unentdeckt bleiben. Das Gegenteil ist richtig. Die Tatsache, dass die Post durch die Hände von Giulia Gonzaga geht, kompromittiert automatisch beide Briefschreiber, vor allem aber Carnesecchi. Sein Untergang wird nicht mehr lange auf sich warten lassen. Und das hat er nur seiner törichten Freundin zu verdanken.«

»Erstaunlich«, murmelte Pater Michaelis. Er konnte es selbst kaum glauben, dass sein komplizierter Plan auf solch wunderbare Weise aufzugehen schien. Seltsam nur, dass der Kardinal ihn jetzt so intensiv musterte. Er versuchte ihn abzulenken, indem er fragte: »Ich dachte, die Waldenser in Kalabrien seien längst alle ausgerottet.«

»Nein, alle leider nicht. Es war noch nicht ausreichend, bewaffnete Räuberbanden anzuheuern, die die Dörfer der Ketzer überfielen, ihre Häuser niederbrannten, die Männer auf grausame Weise töteten und die Frauen und Kinder als Sklaven fortschleiften. Auch die Zurschaustellung ihrer abgetrennten Gliedmaßen an den Toren verschiedener Städte hat die Unbeugsamen nicht zur Einsicht gebracht. Die Überlebenden haben sich in die Berge geflüchtet oder irgendwo in Neapel Unterschlupf gefunden. Und dort haben sie ja leider ihre Beschützer, wie eben Giulia Gonzega, die selbst wiederum geschützt ist durch den illustren Namen, den sie trägt.«

Pater Michaelis schüttelte den Kopf.

»Ja, es ist immer wieder die Komplizenschaft mächtiger Adelshäuser, durch die sich die Ketzer in Italien dem starken Arm der Kirche entziehen können. Carnesecchi genießt die Gunst des Großherzogs Cosimo de' Medici. Und da der Papst auch ein Medici ist, fürchte ich, dass unser Mann noch für wer weiß wie viele Jahre unbehelligt in Florenz leben kann.«

»Nein, nein, keine Sorge. Bedenkt doch nur, wie rasch heutzutage die Päpste aufeinander folgen«, flüsterte der Kardinal. »Fra Michele Ghisleri weiß, dass man Carnesecchi im Moment noch nichts anhaben kann. Aber er weiß auch, dass wir, sollten sich die Umstände ändern, nun unwiderlegbare Beweise in der Hand haben, um ihn endlich auf den Scheiterhaufen schicken zu können.« Er senkte seine Stimme noch ein wenig mehr, sodass sie jetzt kaum noch vernehmbar war. »Und damit komme ich zum zweiten Teil seiner Botschaft. Fra Ghisleri ist ein erfahrener, kluger Mann und trägt es Euch nicht nach, dass Ihr, ein früherer Dominikaner, damals unter etwas eigenartigen Umständen zum Orden der Gesellschaft Jesu übergetreten seid. Er bittet mich, Euch auszurichten, dass er, sobald es ihm möglich sein wird, den Jesuiten das heilige Offizium in Frankreich übertragen will. Und Ihr sollt der Leiter der französischen Inquisition werden. Er wisse niemanden sonst, so sagte er, der geeigneter sei als Ihr.«

Pater Michaelis zuckte vor Freude zusammen, verbarg aber seine Genugtuung unter niedergeschlagenen Lidern.

»Wenn Ihr ihn das nächste Mal trefft oder ihm schreibt, so dankt ihm doch bitte in meinem Namen für diese große Ehre. Ich hoffe, ich kann mich seines Vertrauens würdig erweisen.«

»Wer etwas wohl verdient hat, braucht den Menschen nicht zu danken, denn sein Lob kommt von Gott.«

Mit diesen Worten schickte sich Ippolito d'Este an aufzustehen. Pater Michaelis hielt ihn aber mit einer Geste zurück.

»Verzeiht, Eminenz, aber da Ihr schon einmal hier seid, möchte ich Euch gerne noch ein Problem darlegen, das mich sehr beschäftigt.«

»Sprecht nur, aber macht es kurz. Draußen wird man schon auf mich warten, und außerdem ist die Kälte hier kaum noch zu ertragen.«

»Oh gewiss, ich werde mich ganz kurz fassen.« Michaelis suchte einen Moment nach den passenden Worten und begann: »Es geht um unseren Einfluss bei der Regentin. Es ist schon schwierig genug, gegen ihre Ratgeber François Ollivier und Michel de l'Hospital etwas auszurichten. Eine zusätzliche Schwierigkeit ergibt sich aber durch die Tatsache, dass sich Katharina von einer Unzahl von Magiern und Astrologen umgarnen lässt. Sie überhäuft sie mit Ehren und nimmt sie ebenso wichtig wie ihre offiziellen Berater.«

»Ich weiß. Aber leider ist da nichts zu machen. Der Aberglaube wird mehr und mehr zu einem beliebten Zeitvertreib der Majestäten.«

»Aber ich habe Beweise, dass viele dieser Magier im Gefolge der Regentin einer Geheimsekte angehören, die den Satan anbetet.«

Das Gesicht des Kardinals wirkte nun aufmerksamer.

»Weiß die Königin davon?«

»Nein, ich glaube nicht. Und ich bezweifle auch, dass sie sich davon überzeugen ließe.«

»Wenn Ihr doch Beweise besitzt, wieso habt Ihr sie nicht der Inquisition vorgelegt?« Kaum hatte Ippolito d'Este den Satz ausgesprochen, da biss er sich schon auf die Lippen. »Ach, ich vergaß, in Frankreich gibt es ja praktisch keine Inquisition mehr, nachdem sich der Kardinal von Lothringen aus seinen Ämtern zurückgezogen hat.«

»Ja, und außerdem sind meine Beweise an eine bestimmte Person gebunden. Einen italienischen Magier, der jedoch niemals vor einem gewöhnlichen Gericht den Mund aufmachen würde.«

Der Legat erhob sich.

»Ein Italiener, sagt Ihr? Da muss es doch eine Möglichkeit geben, ihn nach Rom zu locken. Dort arbeitet die Inquisition noch mit Methoden, die spontane Geständnisse sehr erleichtern.«

Pater Michaelis stand ebenfalls auf.

»Nach Rom? Nun ja, er lebt am Hof…, ich müsste einen Vorwand finden…«

»Das kann doch nicht so schwer sein.« Der Kardinal lächelte. »Mein lieber Pater Michaelis, Euren Einfallsreichtum in dieser Hinsicht habt Ihr doch schon oft genug bewiesen. Also, wie gesagt, schickt diesen Mann irgendwie nach Rom, und ich werde mich persönlich dafür einsetzen, dass man ihn einem strengen Verhör unterzieht. Einem sehr strengen Verhör. Ihr wisst, was ich meine.«

Pater Michaelis verbeugte sich und geleitete Ippolito d'Este aus der Kapelle hinaus. Die Gäste waren schon alle auf der Straße und stiegen in ihre Kutschen. Die Arkebusiere hatten die ganze Rue Saint-Jacques entlang Aufstellung bezogen, doch der Zug, der den Hostienschänder zum Scheiterhaufen führte, schien schon an der Place Maubert angekommen zu sein. Auch von den Theologiestudenten der Sorbonne war nichts zu sehen. Bei dem Aufmarsch von Soldaten und aufgehetztem Pöbel im Viertel hätte schon die geringste Missfallensbekundung zu einer Tragödie führen können.

Es hatte wieder etwas zu schneien begonnen. Pater Michaelis verabschiedete noch einmal mit einer Handbewegung die davonfahrenden Gäste, ging dann aber nicht ins Kolleg zurück, sondern bog in eine schmale Seitengasse ein. Es verlangte ihn danach, allein zu sein, um in Ruhe über sein weiteres Vorgehen nachzudenken.

Einerseits konnte er sehr zufrieden sein, schienen doch alle seine Pläne aufzugehen. Dennoch war da etwas, was ihn innerlich quälte und dem er sich nicht entziehen konnte. Das sanfte, liebreizende Gesicht von Giulia Cybo-Varano ließ sich einfach nicht aus seinen Gedanken vertreiben. Er war sich bewusst, dass er die Frau benutzt und zu einem Werkzeug seiner Pläne herabgewürdigt hatte. Zuletzt hatte er sich ihrer bedient, um, mit einem meisterlichen Schachzug, Carnesecchi an die Gräfin Gonzaga und damit an den Ketzerpfahl zu ketten. Jedweder anderen Frau gegenüber hätte er, angesichts der Heiligkeit des Ziels, keinerlei Skrupel empfunden. Doch Giulia weckte in ihm starke Gefühle, die ihn nicht wenig verstörten. Daher auch sein immer wieder erneuerter Vorsatz, sie zwar zu benutzen, aber auch streng darauf zu achten, dass ihr kein Leid geschah.

Das Problem war allerdings, dass Giulia weiterhin Simeoni liebte, für den Pater Michaelis seinerseits nichts als Hass empfand. Und so hatte er mit voller Absicht dessen Niedergang vorangetrieben. Zunächst, indem er ihn zum Denunzianten machte, dann zum Sklaven des Weins und schließlich zum Mörder. Doch Giulia schien sich an der zunehmenden Verrohung ihres Geliebten überhaupt nicht zu stören, ja ihre Liebe zu ihm schien sogar noch beständig zu wachsen.

Während er so durch den Schnee stapfte, überlegte Pater Michaelis, was wohl der nächste Schritt, den er im Sinn hatte, bewirken würde. Er war fest entschlossen, Simeoni unter irgendeinem Vorwand nach Rom zu schicken und ihn die Foltermethoden des heiligen Offiziums kosten zu lassen. Der Astrologe hatte es nicht besser verdient: Immer noch gehörte er einer Teufelssekte an und übte die okkulten Künste aus. Sollte er unter der Folter sterben, hatte er sich das selbst zuzuschreiben. Doch das Bild, wie dann aus zwei wunderschönen blauen Augen die Tränen laufen würden, ließ den Jesuiten einen kurzen Moment am Sinn seines Vorhabens zweifeln. Schließlich zuckte er mit den Achseln. Er würde Giulia schon trösten können und dafür sorgen, dass sie am Hof bleiben könnte, wo sie beliebt und vor Gefahren geschützt war. Mit der Zeit würde sie Simeoni vergessen. Und dann …

Nichts und dann. Pater Michaelis war fest entschlossen, das Keuschheitsgelübde, das er abgelegt hatte, niemals zu verletzen. Gerade darin unterschieden sich ja die Jesuiten von vielen anderen katholischen Orden, dass sie den Verlockungen des Fleisches gegenüber tatsächlich gleichgültig waren. War es nicht die Zuchtlosigkeit des Klerus gewesen, die der Reformation Tür und Tor geöffnet hatte? Es war Sympathie, die er für Giulia empfand, und die würde auch nie nachlassen. Es lag daher in ihrem eigenen Interesse, dass er sie von Simeoni befreite. Oder zumindest versuchte er sich dies einzureden.

So war er, in Gedanken versunken, Schritt für Schritt dem Kloster Sainte-Geneviève oben auf dem Hügel näher gekommen. Einige Mönche standen draußen in der Kälte, aber es hatte nicht den Anschein, als kommentierten sie noch den Zwischenfall in ihrer Kirche. Ein Aufruf, der an der Außenwand eines Hauses gegenüber ihrem Kloster angebracht war, hatte sie zusammengerufen. Einige Novizen versuchten, das Papier abzureißen.

»Was steht dort geschrieben, Bruder?«, fragte Michaelis einen Mönch, indem er auf die Bekanntmachung deutete.

»Das ist ein Aufruf, unsere Regentin zu ermorden«, antwortete der mit banger Stimme. »Da sieht man, wohin uns das Edikt von Amboise gebracht hat. Die Hugenotten haben alle Skrupel abgelegt und trachten jetzt schon danach, die Monarchie zu stürzen! Es ist nur eine Frage von Tagen, bis der Bürgerkrieg wieder aufflammt.«

Pater Michaelis schüttelte den Kopf.

»Nein, das glaube ich nicht. Doch in einem muss ich Euch Recht geben. Sollte man tatsächlich wieder zu den Waffen greifen, wird der Kampf um nichts weniger als die Macht im Staate gehen. Das bedeutet Ausrottung!«

Der Mönch blickte Michaelis nur verwundert an und entfernte sich hastig, als habe er es mit einem Irren zu tun. Pater Michaelis setzte seinen Spaziergang im Schnee fort, der plötzlich außergewöhnlich weiß aussah.

# Hoher Besuch

»Nein, geh nicht! Du bist kein junger Mann mehr. Du kannst dich nicht mehr so der Pest entgegenstellen wie früher!«, flehte Jumelle, der die Tränen in den Augen standen.

»Es steht doch noch gar nicht fest, dass es die Pest ist. Und außerdem bin ich gegen diese Krankheit immun.« Michel schob seine Frau mit einer etwas zu brüsken Bewegung zur Seite und fuhr fort darüber nachzudenken, welcher der drei Umhänge, die er besaß, der eleganteste wäre. Tatsächlich aber war einer zerschlissener als der andere. »Meine Garderobe ist ja in einem erbärmlichen Zustand. Wäre es nicht die Aufgabe einer guten Gattin, auf die Kleider ihres Mannes zu sehen?«

Er bereute sofort, was er gesagt hatte. Es kam selten vor, dass Jumelle weinte, aber nun ließ sie sich auf einen Stuhl in ihrem Schlafzimmer sinken und wehrte sich nicht dagegen, dass ihr die Tränen übers Gesicht liefen. Michel humpelte zu ihr hin und ergriff ihre Hand. Doch sie entzog sich.

»Verzeih mir, mein Schatz. Ich wollte dich nicht kränken.« Michel ergriff wieder ihre Hand, drückte sie eine Zeit lang liebevoll und wandte sich dann, da er sie beruhigt glaubte, wieder dem Schrank mit seiner Garderobe zu.

Es entstand ein längeres Schweigen, während er seinen viereckigen Hut suchte. Dann fragte Jumelle mit etwas festerer Stimme: »Michel, was glaubst du, warum läuft es so schlecht mit uns?«

Vollkommen überrascht drehte er sich zu seiner Frau um.

»Wieso? Was läuft denn schlecht. Wir haben unsere Kinder, die alle gut geraten sind, genießen einen gewissen Wohlstand, gelten als vorbildliche Familie, und da der Bürgerkrieg vorüber ist, sind wir auch keinen Verfolgungen mehr ausgesetzt. Was soll denn da nicht in Ordnung sein?«

Jumelle stand auf, trocknete ihre Tränen mit einem Taschentuch und antwortete dann, den Blick starr aufs Fenster gerichtet.

»Es geht darum, dass ich nicht ich selbst sein kann. Sicher, ich habe deine Zuneigung, aber sonst habe ich gar nichts.«

Michel schüttelte ratlos den Kopf. Seine Beine schmerzten, und er musste sich aufs Bett setzen. Er atmete tief durch und zwang sich dann, ganz ruhig zu antworten:

»Eben das hast du mir vor Jahren schon einmal gesagt und mir auch später oft stillschweigend zu verstehen gegeben, dass du immer noch so fühlst. Aber du hast mir nie erklärt, was du damit eigentlich meinst. Darum bitte ich dich: Tu es jetzt. Erkläre mir, was du willst und worunter du leidest. Ich möchte dich ja so gerne unterstützen, aber dazu muss ich zunächst einmal dein Problem verstehen.«

Jumelle schwieg eine Weile und sagte dann ganz leise, den Blick weiterhin von ihrem Gatten abgewendet:

»Ich beneide Magdelène.«

Michel war derart überrascht und erschüttert, dass er mit einer Hand, wie im Krampf, das Kopfende des Bettes umklammerte. Die quälenden Schuldgefühle wegen des Todes seiner ersten Frau waren zwar im Laufe der vielen Jahre schwächer geworden, aber nie ganz verschwunden. Auf alles war er gefasst, nur nicht darauf, dass ausgerechnet Jumelle diese peinigende Erinnerung wieder aufleben ließ.

»Was willst du damit sagen?«, fragte er mit heiserer Stimme.

»Als junges Mädchen habe ich Magdelène gehasst. Ich beneidete sie um deine Liebe. Aber dann habe ich durch deine Erzählungen und durch das, was ich sonst von ihr hörte, immer besser verstanden, was sie für eine Frau war. Sie kämpfte, lehnte sich auf, versuchte verzweifelt, ihre Würde zu wahren. Schließlich ist sie dir unterlegen, aber sie hat bis zum Schluss gekämpft.«

»Aber auch du hast dich gegen mich aufgelehnt«, stammelte Michel, dem der so jähe Einbruch seiner überwunden geglaubten Vergangenheit fast das Herz zerriss.

»Ja, aber viel zahmer. Ich habe dich geneckt und auch provoziert, um deine Liebe zu erhalten. Magdelène jedoch gab sich nicht mit deiner Liebe zufrieden. Sie wollte für das geachtet werden, was sie war, auch in ihrer Zerbrechlichkeit, in ihrer Anmut.« Jumelle tupfte sich noch ein paar Tränen aus den Augenwinkeln. »Irgendwann bin ich dann gegangen, aber das war ein unbeholfener, sinnloser Schritt. Ich wollte ich selbst sein, egal ob ich dabei geliebt werde oder nicht. Magdelène aber wollte mehr. Sie wollte sie selbst sein und als solche geliebt werden. Sie war stärker als ich. Und auch stärker als du.«

Neben dem Schmerz der Erinnerung spürte Michel eine zunehmende Verwirrung. Er hätte gerne etwas geantwortet, aber es gelang ihm nicht. Als er sich endlich die passenden Worte zurechtgelegt hatte, erschien Chevigny in der Tür. Er trug eine weiße Schutzmaske mit einer schnabelförmigen Nase und hielt ein Fläschchen in der Hand, an dem er immer wieder schnüffelte.

»Doktor Nostradamus, was zögert Ihr?« Der junge Mann schien die dramatische Situation im Raum nicht zu spüren. »Der König und die Königinmutter sind schon vor den Toren von Salon. Das müsst Ihr Euch ansehen! Was für ein Schauspiel!«

»Ja, Michel, geh nur!«, pflichtete ihm Jumelle bei, indem sie zur Tür ging. »Wir reden ein andermal weiter.« Fast laufend entfernte sie sich.

Michel saß mit dem viereckigen Hut und dem zerschlissenen Umhang in der Hand auf dem Bett und kam sich ausgesprochen dumm vor. Er blickte zu Chevigny hoch.

»Was habt Ihr denn in dem Fläschchen. Das stinkt ja entsetzlich.«

»Die Eilatwerge, die Ihr selbst in Eurer *Vorzüglichen Anleitung* gegen die Pest und andere Epidemien empfehlt. Ei mit Safran, Speinuss, Engelwurz, Kampfer…«

»Aber das Mittel ist doch zum Schlucken, nicht zum Schnüffeln. Es stinkt nach faulen Eiern.«

Verwundert sah Chevigny auf das Fläschchen herunter.

»In der Tat kam auch mir der Geruch nicht so lieblich vor wie der vieler anderer Rezepte von Eurer Hand. Offenbar habe ich da etwas überlesen.«

Ein wenig aufgeheitert erhob sich Michel vom Bett und zog sich fertig an.

»Außerdem steht doch gar nicht fest, ob es sich bei den Fällen hier in Salon tatsächlich um die Beulenpest handelt oder um eine andere tückische Ansteckungskrankheit. Nach dem ungeheuer strengen Winter hat es im Frühjahr und Sommer ja nur geregnet. Nun haben wir schon Herbst, und immer noch stehen dunkle Wolken am Himmel. Bei diesem Klima ist Fieber nichts Ungewöhnliches. Wenn etwas ungewöhnlich ist, dann ist es das Klima.«

Chevigny nahm die Maske ab.

»Verzeiht, Maître. Ihr habt sicher Recht. Ich möchte Euch auch nicht hetzen, aber wir müssen jetzt los. Die Majestäten können jeden Moment in der Stadt eintreffen.«

»Ja, ja, ich komme schon. Doch stützt mich, ich kann mich kaum auf den Beinen halten. Aber zuvor stellt das Fläschchen fort.«

Im unteren Stockwerk war Jumelle, unterstützt von Christine, mit den Kindern beschäftigt. Sie drehte sich nicht um, als die beiden vorübergingen, und Michel wagte es nicht, sie anzusprechen.

Er hatte sich auf einen längeren Fußmarsch gefasst gemacht, doch der Zug des Königs war schon ganz in der Nähe der Burg angekommen. Die Stadtväter Salons hatten Triumphbogen aus blühenden Zweigen errichten und die Straßen mit Rosmarin bestreuen lassen. Der Duft hätte berauschend sein können, hätte sich nicht der Gestank des Bodens, auf dem die Zweige lagen, darein gemischt.

Obwohl es nach Regen aussah, war ganz Salon auf den Beinen. Einige Bürger wirkten fiebrig krank und mussten sich von ihren Verwandten stützen lassen. Vielleicht waren sie gekommen, weil sie auf die bekannten Wunderkräfte der Könige von Frankreich hofften.

Plötzlich fühlte Michel sich so schwindlig, dass er zu fallen fürchtete. Doch es ging gleich wieder vorbei. Dann hörte er Chevigny sagen: »Es ist schon seltsam, dass unser König und die Königinmutter ausgerechnet Salon die Ehre geben. Wisst Ihr, warum Ihre Wahl auf unser unbedeutendes Städtchen gefallen ist?«

Michel war noch ein wenig benommen von dem Schwindelanfall.

»Nun, die Majestäten bereisen ganz Frankreich. Durch die Religionskriege wurde die Macht der Krone erheblich erschüttert. Und nun bemühen sich Katharina von Medici und ihr Sohn, im direkten Kontakt mit den Untertanen neues Vertrauen zu gewinnen.«

»Ob sie Erfolg haben?«

»Ich weiß es nicht. Aber sicher ist es einen Versuch wert. Die Königinmutter tut gewiss auch gut daran, überall, wo sie hinkommt, den Adel mit Ehren und Ämtern zu bedenken. Seit dem Frieden haben die Hugenotten ja vor allem im Adel großen Zulauf. Diesen zurückzugewinnen ist wahrscheinlich ein wichtiges Ziel ihrer Reise.«

Die beiden Männer versuchten, sich unter das dicht gedrängt stehende Volk zu mischen, aber es war schwierig, einen Platz zu ergattern, von dem aus sich das Spektakel beobachten ließ. Schließlich gelang es ihnen, einen Blick auf den Zug des Königs zu werfen, der sich in diesem Moment zum Château d'Empéri hinaufwand. Trotz des düsteren trüben Wetters war es ein imposantes Bild, das zumindest teilweise das starre, ehrfürchtige Schweigen der Menschen am Wegesrand erklären mochte.

Offenbar hatte der König seinen gesamten Hofstaat mit auf die Reise genommen. Auch wenn sich der Zug nicht im Ganzen überblicken ließ – dazu waren die Straßen zu eng – wurde deutlich, dass die Majestäten von einem Gefolge von mehreren tausend Menschen eskortiert wurden. Und so hatten die Soldaten, die der neue Gouverneur der Provence, der Graf von Sommerive zur Verfügung gestellt hatte, auch Mühe, diese farbenprächtige, vielgestaltige Menschenschlange sicher durch die Straße der Stadt zu leiten. Man sah Pagen, Knappen, Lakaien, Diener, die die vielfältigsten Aufgaben zu erfüllen hatten, aber auch Edelleute, zu Pferd, in Kutschen oder Sänften. Letztere waren mit ihren ganzen Familien und einem Teil ihrer Dienerschaft unterwegs, die in Wagen unterschiedlichster Bauweise reisten. Ein ganzes Heer von Schreinern und Zimmerleuten folgte den Fahrzeugen, wahrscheinlich um sie, falls nötig, sogleich reparieren zu können. Daneben sah man Priester, Soldaten, Mönche aller Orden, aber auch Richter, Notare und hohe Beamte. Es war, als hätte sich der gesamte Königshof zu einer Reise aufgemacht, die wie der wichtigste Kreuzzug der französischen Geschichte erschien.

Michel fragte sich, wie diese vielen Menschen wohl in der kleinen Stadt Salon unterkommen sollten. Dann sah er, dass einige Karren mit Pfählen und Zelttüchern beladen waren, und begriff, dass die meisten Höflinge wohl außerhalb der Stadtmauern kampieren würden.

Nach einiger Zeit taten ihm seine Beine weh, und er sah ein, dass es sinnlos war, an dieser Stelle noch länger zu warten. Der König und seine Mutter waren wahrscheinlich sowieso längst vorübergezogen.

»Begleitet mich bitte nach Hause«, murmelte er an Chevigny gewandt. Der stets hilfsbereite junge Mann gehorchte und begann sofort, ihnen einen Weg durch die Menge zu bahnen.

Die Zuschauer waren immer noch auffallend leise, aber man spürte, dass ihnen der Aufmarsch gefiel. Hier und dort wurden auch schon Hochrufe laut, die jedoch im Rattern der Wagen und Klappern der Hufe fast untergingen. Zahlreich vertreten am Straßenrand waren die *cabans*, die zu diesem Anlass ihre Mützen mit roten Kokarden geschmückt hatten. Aber auch sie verhielten sich ruhig, so als wüssten sie, dass vom Erfolg der königlichen Reise nicht weniger als die Zukunft Frankreichs abhing.

Plötzlich hatte Michel ein erschreckendes Bild vor Augen. Für einen Augenblick schien es ihm, als seien die Kleider der Menschen um ihn her voller Blut, ja dass sie alle in Blut wateten. Dann war die Vision vorbei. Er schüttelte über sich selbst den Kopf, als er von neuem die Gewänder aller Anwesenden, egal ob Edelleute oder gemeines Volk, mit scharlachroter Flüssigkeit getränkt sah. Aber dieses Mal sah er noch mehr. Aus der Menge wuchsen bis in Kopfhöhe groteske Pflanzen mit fleischigen Blüten, hängenden gewundenen Blättern und grotesken Ranken. Zu Füßen der Menschen schlängelten sich pulsierende Wurzeln, die sich rasch wie Auswüchse eines lebenden Körpers ausbreiteten.

Durch die mal kehlige, mal zischende Stimme von Parpalus hörte Michel Verse, die er bereits vor langer Zeit niedergeschrieben hatte:

*Le fleurs passez diminué le monde:*
*long temps la paix terres inhabitées:*
*seur marchera par ciel, mer & onde:*
*puis de nouveau les guerres suscitées.*

Er wusste sehr gut, was die Verse bedeuteten. Die »verwelkten Blumen« waren ein Bild, das Platon benutzt hatte, um die zyklische Umkehr der Bewegungen im Universum zu verdeutlichen. Aber möglicherweise hatten die Worte hier noch eine andere Bedeutung und mussten als »Blumen der Leidenschaft« gelesen werden. Denn so entstellt sie auch waren, so waren die Pflanzen, die zwischen den vom Krieg blutbesudelten Menschen wuchsen, doch noch als Anemonen und Passionsblumen erkennbar. Und sie kündigten an, dass nach einem langen Waffenstillstand auf Erden neue Konflikte ausbrechen würden.

Während ihm die Vision noch vor Augen stand, erfasste Michel ein erneuter Schwindel. Erst jetzt wurde ihm klar, dass die Verse nicht nur, wie es einleuchtend war, von einem sicheren Waffenstillstand »zu Wasser und zu Lande« sprachen, sondern auch *»par ciel«*. Seit wann wurden denn Kriege in der Luft ausgetragen? Nein, Parpalus bezog sich hier nicht nur auf die nahe Zukunft, sondern vor allem auf eine noch weit entfernt liegende, in der sogar der Himmel zum Schlachtfeld würde. Er erschauderte bei dem Gedanken, welche entsetzlichen Folgen eine solche Ungeheuerlichkeit haben mochte. Aber das Grauen war nur von kurzer Dauer, denn ein neues überlagerte es. Er erblickte ein grelles Licht wie eine schmerzhaft blendende Stichflamme, die weißer war als Schnee und sogar noch die Strahlkraft der Sonne übertraf.

»Maître, was ist Euch«, fragte Chevigny besorgt. »Ihr zittert ja am ganzen Leib.«

Michel fand augenblicklich zu sich selbst zurück, aber seine Augen schmerzten noch vom Glanz dieses weißen Lichts, das so hell war, dass es die Augen eines Menschen leicht verbrennen konnte. Als er seine Sehkraft wiedergewonnen hatte, stellte er mit Erleichterung fest, dass die gigantische Flora verschwunden war.

»Bringt mich nach Hause«, raunte er wieder, während er sich mit seinem ganzen Gewicht auf seinen Sekretär stützte.

Entsetzlich erschöpft und schwer atmend kam er vor seinem Haus an. Jumelle schien auf einem der oberen Stockwerke beschäftigt zu sein, denn Christine öffnete die Tür. Michel schleppte sich bis in den Salon, ließ sich dort schwer auf einen Sessel fallen und bedeutete Chevigny, ihn allein zu lassen.

»Ich brauche etwas Schlaf«, erklärte er, was nur zum Teil gelogen war. Dann nahm er den Doktorhut ab, lehnte den Kopf zurück auf die gepolsterte Rückenlehne und schloss die Augen.

Kein Albtraum quälte ihn mehr. Aber er verspürte jene Leere und Unsicherheit, die ihn immer mehr beherrschte, seitdem er fast täglich, ohne dass er es verhindern konnte, ohne Substanzen oder Rituale von den Schreckensvisionen heimgesucht wurde. Er hatte das Gefühl, über einem unergründbaren Abgrund zu schweben, der sich zu Füßen des im Grunde banalen Lebens, das er führte, auftat und ihm eine andere Welt und eine andere Existenz enthüllte.

Dabei machte ihm das Unbekannte keine Angst. Mittlerweile war er *Magus*, und das Astrallicht, der Achte Himmel, die *Anima Mundi* bargen für ihn immer weniger Geheimnisse, obwohl ihm vielleicht der letzte Schlüssel immer noch fehlte. Er fühlte sich jedoch verwirrt angesichts der Aussicht auf ein Leben, das radikal anders als das menschliche war und daher keine sicheren Bezugspunkte hatte. Ein anderer zu werden versetzte ihn nicht in Panik, aber es verstörte ihn, dass seine leibliche Existenz ausgelöscht würde. Dennoch wusste er, dass sein Schicksal feststand. Der Abgrund würde seine Heimstatt werden.

Vielleicht war er über diesen Gedanken eingenickt, denn als im Flur Geräusche zu hören waren, schreckte er hoch, als sei er gerade erwacht. Er blickte in Jumelles Gesicht, die sich über ihn gebeugt hatte. Sie war aufgeregt.

»Michel, steh auf! Sie kommen zu uns.«

»Wer kommt zu uns?«

»Der König und seine Mutter! Mit großem Gefolge.«

Vom Flur aus rief Chevigny ebenfalls in heller Aufregung:

»Endlich! Der König von Frankreich gibt dem großen Nostradamus die Ehre! Ein so junger König! Aber wie weitsichtig er ist! Er hat erkannt, wo Ruhm und Gelehrsamkeit wohnen.«

Michel rieb sich mit den Handrücken die Augen, setzte sich auf und erhob sich langsam, während Jumelle in den Flur lief, um die Kinder zusammenzurufen.

Christine hatte schon die Tür geöffnet und stand tief verneigt da. Michel trat zu ihr, warf einen Blick auf die Straße und verbeugte sich ebenfalls.

Er hatte die Schar Edelleute in ihren kunterbunten Gewändern erblickt, die Soldaten zu Pferd, die eleganten Hofdamen. Das Gefolge hatte sich zum Spalier aufgereiht, an dem jetzt ein halbwüchsiger Junge, eingemummt in einen Hermelinmantel, vorbeischritt. Hinter ihm Katharina von Medici in einem schweren schwarzen, mit goldenen und silbernen Stickereien verzierten Umhang. So tief vornübergebeugt, dass ihm Rücken und Beine schmerzten, konnte Michel nicht mehr erkennen.

Es waren aber nicht die Majestäten, die als Erste eintraten, sondern der Gouverneur der Provence, der Graf von Sommerive: ein junger Mann, der vom Gesicht her seinem Vater, Claude von Tende, ähnelte, aber nicht vom Körperbau, denn er war so dürr wie ein Hering.

Michel spürte eine leichte Berührung auf der Schulter und folgerte, dass er sich erheben durfte. Vor ihm stand der Junge im Pelzmantel. Sein Gesicht wirkte sympathisch, wenn auch ein wenig ernst für sein Alter.

»Willkommen in meinem Haus, Sire«, murmelte Michel. »Auf solch eine große Ehre war ich nicht vorbereitet.«

Katharina hinter dem Jungen lächelte und erhellte die unregelmäßigen Züge ihres Angesichts.

»Wir haben uns erlaubt, Euch zu überraschen, Docteur Nostradamus, wie es bei einem alten Freund üblich ist.«

Michel verneigte sich erneut.

»Meine Königin, Eure Worte erfüllen mich mit großer Freude und Dankbarkeit. Wie Ihr seht, sind meine Gemahlin und ich vollkommen verwirrt von dieser großen Ehre. Wir bitten Euch, ganz nach Eurem Ermessen über uns, Eure treuen Untertanen, zu verfügen. Wir werden unser Möglichstes tun, um uns der Ehre würdig zu erweisen.«

»Ach ja, Eure Gemahlin …«, sagte Katharina. Sie trat ein und ging direkt auf Jumelle zu, die mit der kleinen Diane auf dem Arm ziemlich verlegen dastand, während sie die anderen fünf Kinder mit knappen Gesten dazu zu bringen versuchte, sich zu verneigen. »Welch schöne Frau«, bemerkte die Königin, nachdem sie Jumelle kurz gemustert hatte. Es lag kein Neid in den Worten, aber es war offensichtlich, dass sie Vergleiche gezogen hatte.

Vielleicht um aus der Verlegenheit herauszufinden, hob Jumelle die kleine Diane, die friedlich in ihren Armen schlief, etwas hoch und sagte schüchtern:

»Das ist unsere Jüngste.«

»Was für ein süßer Fratz!«, rief Katharina aus und streichelte der Kleinen über den Kopf. »Allerdings scheint sie Uns schon groß genug, um alleine stehen zu können.«

»Ja, sie läuft auch schon sehr gut. Ich halte sie nur im Arm, weil sie eingeschlafen ist.«

»Sie sieht aus wie ein Püppchen«, bemerkte Karl IX., mehr um etwas zu sagen. Tatsächlich richtete sich sein Blick neugierig auf die Einrichtungsgegenstände im Haus.

Währenddessen waren auch schon einige Edelleute aus dem Gefolge sowie die Konsuln von Salon in den Flur getreten, und Michel blickte sich nervös um: Wo sollte er bloß die vielen Menschen in seinem kleinen Haus unterbringen.

Katharina von Medici erlöste ihn aus seiner Befangenheit.

»Der König und Wir möchten gern allein mit Euch sprechen. Würdet Ihr uns bitte in Euer Studierzimmer geleiten?«

»Gewiss, Majestät. Wenn es Euch nichts ausmacht. Der Raum ist klein und düster.«

Die Höflinge blieben unten, während Michel, immer noch ein

wenig benommen, den jungen König und seine Mutter die Treppe hinauf zum Obergeschoss führte. Sein Arbeitszimmer war etwas verstaubt, aber nicht unaufgeräumt. Durch das geöffnete Fenster drang ein Sonnenstrahl hinein, der sich in diesem Moment durch die Wolken hindurch gekämpft hatte.

Michel deutete auf seinen ehernen Dreifuß und die wenigen Stühle.

»Wenn Majestät Platz nehmen wollen«, sagte er, »etwas Besseres habe ich leider nicht anzubieten.«

»Danke, Wir bleiben stehen.«

Der junge Karl hatte das Astrolabium entdeckt und untersuchte es jetzt mit fast kindlicher Neugier. Dann wurde er auf die Katze aufmerksam, die zusammengerollt auf einem Stuhl schlief. Er kauerte sich neben sie und weckte sie, indem er sie ein wenig streichelte. Dann begann er, ihr Schnäuzchen zu kitzeln.

Die Königin beobachtete ihren Sohn mit leicht tadelnder Miene und richtete ihre runden Augen wieder auf Michel.

»Habt Ihr die Dokumente erhalten, mit denen Wir Euch zum Ratgeber und Leibarzt des Königs ernennen?«

»Ja, Majestät. Und ich möchte die Gelegenheit nutzen, um Euch von ganzem Herzen für das Privileg zu danken, dass Ihr die Güte hattet…«

»Schon gut«, Katharina deutete auf ihren Sohn. »Was meint Ihr, wie alt wird er werden?«

Eine Frage wie aus heiterem Himmel, die Michel vollkommen unvorbereitet traf. Er blickte Karl IX. an und bemerkte sofort die zerbrechlichen Glieder unter dem Pelzmantel und die kränkliche Gesichtsfarbe. Er dachte bei sich, dass der König im günstigsten Fall vielleicht noch zehn Jahre leben würde, mehr nicht. Dann antwortete er:

»Er wird neunzigjährig sterben, meine Königin.«

»Sprecht Ihr die Wahrheit?«

»Wie könnte ich es wagen, Euch zu belügen, Majestät?«

Worte, die alles andere als eine Versicherung waren, Katharina aber zu beruhigen schienen. Ihre Miene wurde wieder ernster, als sie die folgende Frage stellte:

»Wir gedenken den König mit Elisabeth von England zu verheiraten. Haltet Ihr das für möglich?«

Wieder war Michel verwirrt. Karl IX. war erst fünfzehn Jahre alt und sah sogar noch jünger aus. Elisabeth hingegen war dreißig und mittlerweile eine reife Frau. Da er aber entschlossen war, Katharina um jeden Preis zufrieden zu stellen, musste er den einmal eingeschlagenen Weg weitergehen.

»Gewiss, Majestät. Das scheint mir eine ausgezeichnete Idee zu sein. Die Königin von England wird sich sehr geehrt fühlen.«

»Das denken Wir auch«, pflichtete ihm Katharina mit großem Ernst bei. »Eine letzte Frage, Docteur Nostradamus. Wir fürchten, im nächsten Jahr wird dieser sinnlose Religionskrieg immer mal wieder aufflackern, der unser Land so verheert hat. Wir bauen aber darauf, dass im Jahr 1566 endlich Frieden sein wird. Haltet Ihr das für möglich?«

Michels Visionen legten eine andere Vermutung nahe. Er erinnerte sich an die zischende Stimme von Parpalus, die ihm für das Jahr 1566 erneut von wütenden Hugenotten berichtet hatte, die Kirchen und Klöster überfielen. Zum dritten Mal log er aber:

»Majestät, das Jahr 1566 wird das glücklichste Jahr Eurer Regentschaft sein.«

Dieses Mal hatte seine Beteuerung weniger sicher geklungen, was nicht verwunderlich war, hatte er doch in dieser Vision auch sich selbst gesehen, wie er in einem Grab lag und machtlos auf die Erde starrte, die schaufelweise auf seinen Körper geworfen wurde.

Der Königin entging seine Unsicherheit. Sie lächelte strahlend.

»Der König und Wir sind Euch sehr dankbar, Docteur Nostradamus. Gern würden Wir die Unterredung mit Euch fortsetzen, doch Wir sind in Eile. In Arles erwartet man uns bereits. Aber stoßt doch dort zu uns, wenn Euch danach ist. Wir jedenfalls würden Euch sehr gerne an unserer Seite sehen.«

Michel verscheuchte die düstere Vision, die sich ihm aufgetan hatte, und antwortete mit einer Verbeugung:

»Zu gütig, Majestät. Ich werde der Einladung mit Freuden nachkommen.«

Unterdessen hatte Karl IX., des Kätzchens überdrüssig, den schlangenförmigen Ring vom Schreibtisch zur Hand genommen und untersuchte ihn.

»Seht mal, Mutter, wie herrlich er gefertigt ist, so echt, als ob er lebendig wäre.«

Michel zuckte zusammen. Er hatte noch nicht vergessen, wie er und Bérard, als sie hier ein Jahr zuvor über die *Ekklesia* gesprochen hatten, gesehen hatten, wie der Ring aufging und sich über die Tischplatte schlängelte. Nichts schreckte ihn jetzt mehr als die Vorstellung eines erneuten Kontakts mit der verborgenen Welt. So beeilte er sich, dem Jungen das Spielzeug abzunehmen.

»Sire«, rechtfertigte er sich, »diesen Ring solltet Ihr nicht anfassen. Es gibt materielle Dinge, die nicht so unbeseelt sind, wie sie scheinen. In unerfahrenen Händen können sie eine Gefahr darstellen.«

Katharina von Medici nestelte an ihrem Kragen und brachte eine Kette mit einer großen Medaille daran zum Vorschein.

»So wie diese hier? Ihr müsst wissen, hin und wieder brennt sie, als habe sie Feuer gefangen.« Dann lauschte sie auf die Geräusche, die vom unteren Stockwerk heraufdrangen. »Wie gesagt, im Augenblick haben Wir keine Zeit mehr. Aber in Arles könnt Ihr mir erklären, was es mit solch wunderlichen Dingen für eine Bewandtnis hat.«

Michel war sehr verstört, bekundete aber seinen Gehorsam, indem er sich tief verbeugte.

# Die entschlüsselte Handschrift

Es ist nur eine provisorische Unterkunft«, erklärte Kardinal Marcus Sittich d'Altemps, während er Pater Michaelis in den Hof des imposanten Gebäudes im Herzen von Rom führte. »Die Familie Soderini hat mir gestattet, hier während der letzten Sitzungsperiode des Konzils von Trient zu residieren, aber ich habe die Absicht, es zu kaufen und mit meinem Sohn Roberto zu bewohnen.«

Pater Michaelis empfand es keineswegs als unpassend, dass der Kirchenfürst so unbefangen seinen kürzlich geborenen Sohn erwähnte. Viele römische Kardinäle hatten leibliche Kinder und bemühten sich nicht, es zu verheimlichen. Kurz bewunderte er den Hof mit den drei Säulenreihen und den mit Mosaiken verzierten Brunnen und wandte den Blick dann wieder dem Freund zu.

»Als ich Euch kennen lernte, wart Ihr Soldat, dann wurdet Ihr Bischof, und nun seid Ihr Kardinal. Wie wird Eure nächste Verwandlung aussehen?«

D'Altemps lächelte, wodurch seine etwas harten Gesichtszüge ein wenig sanfter wurden.

»Und Eure? Ihr wundert Euch über mich, dabei wart Ihr, als ich Euch zuletzt sah, noch ein Dominikanermönch und steht nun als Jesuit vor mir, noch dazu als einer der einflussreichsten in ganz Frankreich. Aber was Eure nächste Station betrifft, bin ich bereits unterrichtet …«, er senkte ein wenig die Stimme, »… aber ich denke, Fra Michele Ghisleri wird persönlich mit Euch darüber sprechen wollen, sobald er hier ist.«

Pater Michaelis antwortete nicht und ließ sich durch den Hof führen. Er bemerkte, dass auf den Brunnenbecken eine dünne Eisschicht schwamm. Dieser Winter des Jahres 1564 war auch in Rom sehr streng, aber der Frost war nicht im Entferntesten mit jenem zu vergleichen, der Frankreich so fest im Griff hatte.

D'Altemps blieb unter dem Gewölbe eines mit römischen Statuen verzierten Portikus stehen.

»Ich habe Euch etwas früher kommen lassen, weil ich noch mit Euch über die Handschrift *Arbor Mirabilis* sprechen wollte. Ich denke, Ihr werdet schon sehr gespannt sein, mehr darüber zu erfahren.«

»O ja. Ihr hattet mir damals mitteilen lassen, dass Ihr den Schlüssel gefunden habt. Aber danach habe ich nichts mehr von Euch gehört.«

»Ja, ich muss mich bei Euch entschuldigen. Nach meiner Ernennung zum Kardinal hat mich der Papst als seinen Legaten nach Deutschland gesandt. Erst nach meiner Rückkehr nach Rom kam ich dazu, meine Forschungen zu diesem einzigartigen Werk fortzusetzen. Aber kommt, gehen wir doch in mein Arbeitszimmer.«

Hinter dem Eingang des Gebäudes, das wie ein kleines Theater wirkte, wandten sie sich nach links und stiegen eine Treppe hinauf. Das Arbeitszimmer des Kardinals lag im Obergeschoss neben einer sehr eleganten, mit Fresken ausgemalten Loggia. Eine sehr anmutige Dienstmagd war dabei, Brennholz in dem großen Ofen nachzulegen. Als sie die beiden Geistlichen erblickte, verneigte sie sich und verließ hastig den Raum. Michaelis entging nicht der wenig keusche Blick, den der Kardinal ihr zuwarf. Im ersten Moment störte es ihn, aber dann dachte er sich, dass der Kardinal eben noch ein junger Mann war und gewisse Laster, wenn auch nicht für ihn als Jesuit, so doch für andere Geistliche verzeihlich waren.

D'Altemps nahm das rote Scheitelkäppchen von seinem blonden, lockigen Haar, wandte sich einer kleinen Bibliothek vor einer kostbaren, bläulichen Tapete mit silbernen Arabesken zu, griff zu einer Handschrift und legte sie auf einen Schreibtisch aus Nussholz.

»Ich wette, Ihr erinnert Euch an dieses Buch.«

O ja, und wie er sich erinnerte. Aufgeregt blätterte er die verblichenen Seiten voller unbekannter Schriftzeichen durch, auf denen nur die bizarren Zeichnungen sich eine gewisse Lebendigkeit der Farben bewahrt hatten. Noch einmal betrachtete er die Darstellungen exotischer Pflanzen, der nackten Frauen, die in Becken oder auf absurden Baldachinen standen, der Gestirnskonstellationen eines wohl fremden Kosmos, die Reihe der Tierkreiszeichen…

»Habt Ihr tatsächlich dem allen einen Sinn geben können?«

»Nein, aber fast allem«, antwortete D'Altemps nicht ohne Stolz. »Nehmt Platz, ich will es Euch erklären.«

Michaelis ließ sich in einem Sessel vor dem Schreibtisch nieder. Da durch das einzige Fenster nur wenig Licht einfiel, entzündete der Kardinal einen Kerzenleuchter und nahm dann in einem breiten, mit Stroh gepolsterten und mit Samt bezogenen Sessel Platz. Er schob die Blätter und Tintenfässchen auf seinem Tisch zur Seite, nahm aus den Händen des Jesuiten die Handschrift entgegen und öffnete sie mit feierlicher Hochachtung.

»Es hat Jahre gedauert, bis ich zu einer einigermaßen sicheren Lösung gefunden habe«, begann er. »Und ich muss sagen, auf etwas derart Blasphemisches und Erschütterndes war ich nicht vorbereitet.«

»Werdet doch bitte deutlicher, Eminenz. Ihr spannt mich auf die Folter.«

»Gut, gehen wir der Reihe nach vor. Ich begann meine Untersuchung, indem ich nachprüfte, wie häufig die einzelnen Wörter und Buchstaben vorkamen. Und hier erlebte ich meine erste Überraschung. Eine Reihe von Wörtern tauchte immer wieder und wieder mit nur geringen Abweichungen auf. Wenn die Schreibweise nicht identisch war, blieb entweder der Anfangsbuchstabe oder die Nachsilbe gleich. Keine mir bekannte Sprache folgt solch wirren grammatischen Regeln.«

»Dann ist es eine erfundene Sprache, die vielleicht gar keinen Sinn ergibt.«

»Daran dachte ich zunächst auch, habe aber diese Vermutung gleich wieder verworfen. Warum sollte sich jemand die Mühe machen, Seite um Seite mit sinnlosen Wörtern zu beschreiben? Außerdem war ja eine gewisse Kohärenz in dem Werk zu erkennen. Zum Beispiel bei den Zeichnungen und Bildunterschriften, die ganz offensichtlich in einem Zusammenhang standen. Ähnliche Darstellungen wiesen auch ähnliche Beschriftungen auf. Darüber hinaus folgten auch die Buchstaben gemäß einer strengen Ordnung aufeinander, das heißt, einige waren ganz offensichtlich Vokale, andere ebenso offensichtlich Konsonanten. Ganz selten nur kam es vor, dass Vokale oder Konsonanten fehl am Platz schienen. Nein, die Schrift spiegelte eine rationale Phonetik wider. Bei einer reinen Erfindung hätte man auf solch rationale Zusammenhänge verzichten können. Es gab keinen Zweifel, es handelte sich um eine echte Sprache. Doch wie war sie zu lesen?«

Michaelis legte die Stirn in Falten.

»Das habe ich mich in der kurzen Zeit, in der der Text in meinen Händen war, häufig gefragt, aber ohne jemals eine schlüssige Antwort zu finden.«

D'Altemps lächelte.

»Das kann ich mir denken. Glaubt mir, die Lösung ist mir nicht in den Schoß gefallen. Tag für Tag habe ich mich emsig um sie bemüht. Und dann plötzlich stand sie mir klar vor Augen, und ich wusste, nach welchen Regeln das Alphabet funktioniert und welcher Inhalt sich dahinter verbirgt.«

»So werdet deutlicher, ich bitte Euch.«

Der Kardinal griff zu einer Feder und tauchte sie in ein Tintenfässchen. Dann nahm er ein weißes Blatt.

»Als Kind kam ich eines Tages auf die Idee, mir eine Geheimsprache auszudenken, die nur ich verstehen konnte. Ich glaube, das tun viele junge Leute, die das Glück haben, lesen und schreiben zu können. Und wisst Ihr, wie ich es anstellte? Ich nahm mir das lateinische Alphabet vor und verzerrte es. Einige Buchstaben ließ ich unverändert, aber andere verlängerte ich, stellte sie auf den Kopf, verschnörkelte sie, strich gewisse Teile oder kippte sie um. Das Ergebnis war ein Alphabet, das Uneingeweihten völlig unverständlich, mir aber sehr verständlich war. Denn ich wusste ja, welches Alphabet die Grundlage war, und so fiel es mir leicht, zu dem veränderten Buchstaben zurückzukommen und den richtigen Laut zu erkennen.«

Während er erklärte, malte der Kardinal einige Zeichen auf das weiße Blatt. Das B verlor zwei Striche und wurde zu einem K, das R büßte ein Bein ein und wurde ein P, dem A fehlte der waagrechte Strich, es stand auf den Kopf gestellt und wurde so zu einem V…

»Ihr meint also, hinter dem Alphabet der *Arbor Mirabilis* verbirgt sich eine andere, vielleicht bekannte Schrift?«, fragte Pater Michaelis höchst interessiert.

»Ja, hinter jedem einzelnen Buchstaben. Meine Geheimschrift damals bezog sich natürlich auf meine Muttersprache, das Deutsche also. In dieser Handschrift ist aber auch die Zuordnung zu einer Sprache nicht ganz einfach. Aber als ich erst einmal das Prinzip des Grundalphabets herausgefunden hatte, war ich schon einen riesigen Schritt vorangekommen.«

»Und welches wäre das?«

»Das koptische. Ohne den Hauch eines Zweifels. In gut der Hälfte aller Fälle ähneln die Schriftzeichen der Handschrift sehr stark denen des koptischen Alphabets. In anderen Fällen war die Ähnlichkeit bei weitem nicht so auffallend. So legte ich eine Art Ähnlichkeitsskala fest, von 1 bis 5, wobei 1 größte Ähnlichkeit und 5 geringste Ähnlichkeit bedeutet. Wartet, ich zeige es Euch.«

D'Altemps durchblätterte die Seiten des Manuskripts, bis er auf einen zusammengefalteten Zettel stieß, den er entfaltete und Michaelis zeigte. »Hier, seht dort die erste Spalte mit dem koptischen Alphabet. Die fünf daneben stehenden Spalten zeigen den Grad der Ähnlichkeit mit den in der *Arbor Mirabilis* benutzten Schriftzeichen.«

Pater Michaelis nickte.

»Ich glaube, ich kann mir Euren nächsten Schritt schon denken.«

»Gewiss. Ich erstellte eine Liste, in der ich jedem Schriftzeichen der *Arbor Mirabilis* den Laut des ähnlichsten Buchstabens aus dem koptischen Alphabet gegenüberstellte. Hier das Resultat.«

Der Kardinal wendete das Blatt. Es erschien eine andere Tabelle mit nur zwei Spalten: links die Schriftzeichen der *Arbor Mi-*

*rabilis*, rechts die lateinischen Buchstaben oder Buchstabengruppen.

»Bei einigen Buchstaben sind aber mehrere entsprechende Laute angegeben«, bemerkte Pater Michaelis.

»Ja, das sind die Fälle, in denen ich mir nicht sicher war. Noch sind nicht alle Zweifel ausgeräumt. Es kann aber auch sein, dass ein Laut je nach Zusammenhang und Wortstellung leichte Veränderungen erfährt. So kann zum Beispiel ein TH zum V werden, oder auch zum F. Es handelt sich ja um Phoneme, die grafisch nicht immer leicht darzustellen sind.« D'Altemps zuckte mit den Achseln. »Aber ich will Euch nicht langweilen. Ich berichte Euch nur von dem Ergebnis, das ich nach Anwendung meines Systems erhielt. Ich weiß noch, es war der 31. Dezember, ich hatte gerade meinen Schlüssel fertig gestellt und nahm mir eine der Seiten vor. Eine der beeindruckendsten, und zwar die Rückseite von Blatt 79. Darauf sieht man eine Frau mit einem Kreuz in Händen vor einem Baldachin stehen, von dem irgendwie organisch aussehende Leitungen oder Schläuche abgehen. Diese leiten Ströme einer Flüssigkeit zu anderen nackten Frauen darunter weiter, bis zu einer Lache ganz unten auf der Seite, aus der Hunde, Hyänen und andere wilde Tiere schlecken.«

»Ja, ich erinnere mich sehr gut an dieses Bild.«

»Nun, ich wandte also meinen Schlüssel auf das erste Wort an. Ich weiß noch, mit welcher Erregung ich das Resultat zur Kenntnis nahm. Zwei Worte waren es: GOD FATHER.«

»Also Englisch«, murmelte Pater Michaelis nachdenklich.

»Ja. Das konnte kein Zufall sein. Doch die folgenden Worte waren nicht alle englisch, nur manche, häufig wiederkehrende Ausdrücke wie THOU DAUGHTER; andere Wörter stammten aus anderen Sprachen, wieder andere ergaben überhaupt keinen Sinn. Wenn es Euch interessiert, hier meine Entschlüsselung der gesamten Seite.« D'Altemps entnahm der Handschrift ein weiteres Blatt und reichte es dem Jesuiten, der es vor sich auf den Tisch legte.

»Das eigentliche Problem war noch zu lösen. Es ging darum, den Sätzen, deren Zusammenhang mit den Zeichnungen mir un-

Ähnlichkeiten zwischen dem koptischen Alphabet und dem Alphabet der *Arbor Mirabilis*

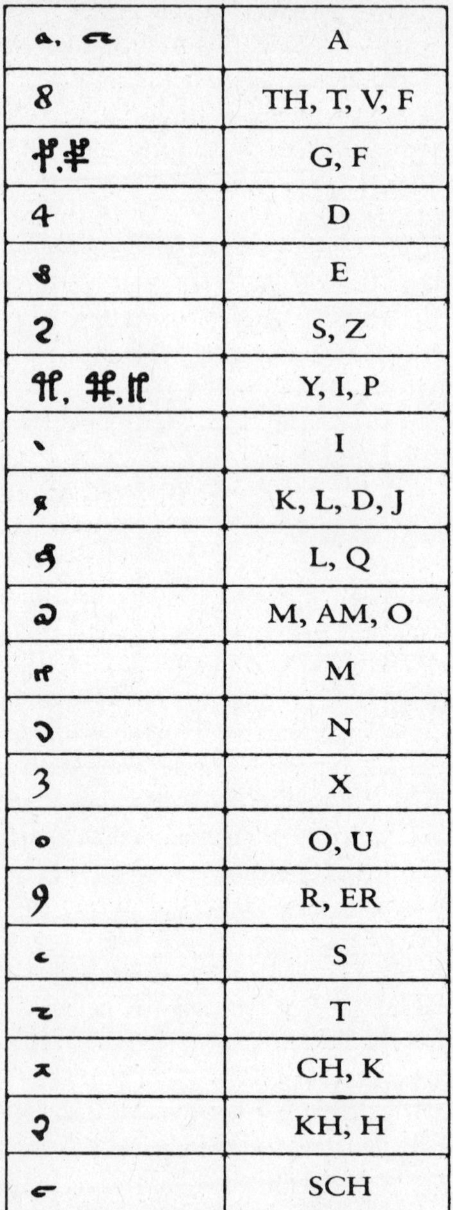


Transkription des Alphabets der *Arbor Mirabilis*

klar war, einen Sinn zu geben. Da half mir eine erneute Eingebung, die Sache zu verstehen. Das Alphabet war eine Variante des Koptischen, mit einigen Buchstaben aus dem Demotischen. Nun wissen wir ja, dass fast alle Schriften der ketzerischen Gnostiker, die ja leider fast vollständig verloren gegangen sind, in koptischer Sprache geschrieben waren. Und von einigen wenigen, im Vatikan aufbewahrten griechischen Papyrusrollen über Magie wissen wir auch, dass es eine vom Gnostizismus beeinflusste Magie gab, bei der nicht nur hebräische und christliche, sondern auch ägyptische Dämonen angerufen wurden. Und zwar durch bestimmte Worte oder Wortfolgen, die immer wieder, mit wenigen Variationen, wiederholt wurden.«

»Ein Ritual!«, rief Pater Michaelis aus. »Die *Arbor Mirabilis* ist ein magisches Ritual!«

»Ja, mehr noch, es sind mehrere. Wahrscheinlich stammen sie aus koptischen Handschriften, die vom Gnostizismus inspiriert wurden. Die häufig wiederholten Wörter oder die mit ähnlichen Endungen passen genau zu jener Form der Magie, soweit sie uns bekannt ist. Die Sätze auf Englisch, Italienisch, Griechisch und Lateinisch sind eine teilweise Übersetzung der Originaltexte und vor allem der Wortfolgen, die die einzelnen Formeln verbinden. Ich bin mir ziemlich sicher, dass ich mit all dem Recht habe.«

»Gut, aber was ist mit den Zeichnungen? Sie haben ja überhaupt nichts mit dem zu tun, was wir aus den griechischen, arabischen oder alexandrinischen Magien kennen, und noch weniger mit den *grimoires* der Hexenmeister unserer Tage. Ich sehe eher Verbindungen zum Aberglauben hebräischen und auch chaldäischen Ursprungs.«

»Das stimmt. Da gibt es keine Ähnlichkeiten. Und wisst Ihr warum?« Der Kardinal hielt inne, um der nun folgenden, in seinen Augen dramatischen Eröffnung besonderes Gewicht zu verleihen. »Die *Arbor Mirabilis* verweist auf eine Theologie, die völlig anders ist als alle, die wir kennen. Mit einer wahnwitzigen Kosmogonie, die man als entsetzliche Gotteslästerung bezeichnen muss.«

Pater Michaelis wurde allmählich ungeduldig, weil sein Ge-

*Arbor Mirabilis,* Blatt 79 Rückseite

GOD FATHER O DIO HER DO YO DOD O YO DTHER O Y CTHULUH O-KOHOD
DO Y ASTHER DO Y AS ER DOYER DAER DO I AM LAER DO HATHER
TO LAOL O Y AR DO YAÕ ASTHER DO Y ASTHER DO Y ETHER O Y AR AM
DO YSSTHER DO YSSTHER DO YAÕ GOD AT HER HAS ER DOYER LAST HER
DOD YSSTHER DO YSTHER DOYOD HO OHER DO YSTHER OYSSTHER D AS AL
RASSYSER HO ASTHER DOIN ASTHER OD ASTHER TO RYAL
DOY ASER DO YSSTHER DOD YSTHER DO YSSTHER DO YO SOD ASTHER
RASTHER DOYS ER OYSTHER IS THER OD ASSTHER DO YSSER DO YSSTHER DOD
KAH OD ASSER DO YSSTHER DOYS AS ER DOD
GASTHER DASH YSTHER DO YSSER DO I AM OD YER O GASTHER GASTHER
O DASER DASTHER DOD YSTHER DO YAÕ ASHYER O Y AR ODYAL
GATHER O GATHER DOYS HTHER DOY ATHER DO YSTHER DOD YSTHER DO YSTHER OY ER
TAO AH O DASER THER YAÕ DO I AM ASHTER OY ATHER DO YSSTHER KOH
DO YSSER DO YSTHER O Y AR DO YOD ASTHER DO YSSTHER SOL AS ER DO YSSTHER
RYATHER DOY AT HER DO YAÕ OLYSSER ASO I AM THER YAR HO YAÕ
THOD ASSER DOD ODYAS ER DO YSSTHER OD YSSTHER DOD O I AM OD ER
DOD ASSER AOL OD THAH DO I AM AS IS ER DO YER O I AM OSAL
DO I AM ASSER DO YSSER YSSER O YSSER DASSER DO YSSER OD YSSTHER HAS ER
RYAL AR DODAH AS ER DO YSHTER DO YSTHER DO YSHTER THAO OD YAÕ STAL
THASTHER LAS ER DSYER ASTHER O I AM RYSSH ODYS ER OY ER A SER DOD ER
THAS ER DO YOD ASSTHER ASYER OR AN O YATHER THAN SCHYSH AH OH
YAS ER RYSS ER SYAN OHOO
YODYSER O Y AR OD O YAÕ OYERDOH DO YOD OYSSTHER THAD AHER
RASSAKH O AO OSSTHER DO I AM ASTHER DOYSSER OYSSER DOYSSER DOD
DOYSSER OD ODATHER DO YAÕ OYSSTHER OD I AM OY AS ER SOUL
RYSSTHER OYAL THERYAL OYSTHER THYSS ER YAR OD O YOD OMER
OTHASER YAH OGAO OGAR O I AM ODYSER
GASER YASOD DO I AM O GASTHER OYAD ATHER ODIO OIO OYSSTHER
TO ASER YSSTHER DYER O GASTHER DO YSTHER OYSCHER YAD TO OYSSER OSER
DOG AM ASSYER OY AR OYS ER DOYS ER YSTHER SIAM OYSSTHER DOYER
RASSH AM O ER YATHER DO YSSTHER DO YAH OYSSTHER HOD YAM
ODYSSER OD OKH OASS ER OD OD OYSSTHER ASHIS AH OH
FOR AH OH RYSSER YSSER O YAH OYASER DOYER AS ER OYSSER DTHER O-KHAD
RYASER DOYSSER DASER DOYER YASTHER OH ASSTHER O YAÕ ASOH ODER
DOH ASSER I AM AD OD O YOD THAN OI AM OD OYSSTHER DO I AM
RASSER OD ASER ODYASC HER ASSFASER
GOD OD AADIAM OYSSER DYSSER DO YAD OY ASTHER OYIATHER
ODYASER DOYSSER OYSSTHER ASTHER DOYSSER O I AM ASCHTER THAL
DO YSSTHER RYSSER ASSER OH OH AM ERSGAM ASHYSHER TAO RYER
DOYSSER AM O I AM OD AM DO I AM AS YER DOYSSTHER DO YAH OD
RATHER DOYSSER O YAÕ ODYSSER FADTHER ASTHER HAN O HAN
OY ASTHER DO YAÕ AS YER ASTHER OD AN ERTH AHAD

Transkription der Rückseite von Blatt 79 der *Arbor Mirabilis* sprächspartner immer wieder so ausgiebig um den heißen Brei herumredete.

»Wenn Ihr es wisst, so sagt mir doch endlich, worin nun diese entsetzliche Gotteslästerung besteht«, forderte er den Kardinal fast ungehalten auf.

D'Altemps ließ sich nicht aus der Ruhe bringen.

»Nun, ich will es Euch sagen. Ich fand in dem Manuskript häufig wiederkehrende Worte, sowohl aus toten als auch aus lebenden Sprachen. GASTHER, ASTHER, oder DAUGHTER, OYSTER. Und alles Symbole des Weiblichen, wie »die Tochter« oder »die Muschel«, oder sie beziehen sich auf Leben erhaltende Funktionen oder sogar auf die Wunder des Kosmos.«

»Das wundert mich nicht«, bemerkte Pater Michaelis. »Fast alle dargestellten Menschen sind ja Frauen. Und häufig werden sie in menschliche Organe eingefügt dargestellt.«

»Ganz richtig. Denkt nur an die Frau mit dem Kreuz in der Hand und dem, obwohl sie nackt ist, königlichen Aussehen auf der Rückseite von Blatt 79. Ihr habt ja sicher auch Irenäus gelesen und erinnert Euch an Barbelo, jene weibliche Entität, die das Licht zeugt, als Teil einer Dreifaltigkeit, die aus Vater, Mutter und Sohn besteht.«

»Ich erinnere mich, aber…«

»Und das erklärt schon alles. Die in diese seltsamen fleischigen Schläuche oder Nervenbahnen eingebundenen Frauen der *Arbor Mirabilis* sind Anspielungen auf ein Universum mit einer weiblichen Komponente, das nur durch diese Komponente funktioniert. Für den Verfasser der Handschrift ist die Gottheit auch weiblich, und das Weibliche ist Teil der Energie, die das Herz dieses Kosmos schlagen lässt. Ist Euch klar, wie ungeheuerlich dies alles ist?«

Pater Michaelis nickte. »Adam und Eva auf derselben Stufe, so als wäre ihre Schuld irgendwie vergleichbar. Mond und Sonne mit der gleichen Strahlkraft, ohne qualitative Unterscheidung zwischen Tag und Nacht, Gut und Böse… Ich erinnere mich auch an eine Zeichnung, die dies ausdrückt.«

»Ja. Sie steht am Anfang des astronomischen Teils des Buches. Sicher nicht zufällig.«

»Nun, dann ist also die *Arbor Mirabilis* ein Hexenbuch, mit Anrufungen des weiblichen Gesichts der Gottheit.«

D'Altemps wiegte den Kopf hin und her.

»Ja, schon, aber eigentlich geht es um etwas anderes. Auf den ersten Seiten jenes Teils, der sich mit der weiblichen Kosmologie beschäftigt, sieht man eine tote Frau. Und auch die Zeichnung auf Blatt 79 mit der majestätischen, triumphierenden Frau ganz oben zeigt unten eine Art Absturz in die Niederungen der Materie: symbolisiert durch das Blut und die unreinen Tiere, die sich daran laben. Ich bin mir nicht ganz sicher, aber ich habe den Verdacht, dass dieser Teil des Rituals darauf gerichtet ist, die weibliche Komponente der Gottheit des Universums zu töten. Oder vielleicht auch, sie mal zu preisen und mal zu verdammen, je nachdem, wie die Formeln ausgesprochen werden.«

»Erstaunlich«, murmelte Pater Michaelis. »Erstaunlich und erschreckend. Allerdings ist doch, wenn ich mich recht erinnere, ein großer Teil des Buches eine Art Kräuterkunde, in der völlig unbekannte Pflanzen beschrieben werden.«

»Auch das ist nur teilweise richtig. Denn völlig unbekannt sind viele Pflanzen nicht, nur wenig bekannt. An einer Stelle habe ich mit Sicherheit das Wort SOYA entschlüsselt. Ich weiß zwar nicht, was es heißen soll, aber die Zeichnung daneben zeigt eine Pflanze mit großen Samen, wie sie mir vor Jahren einmal ein Mitbruder von Euch, der Jesuit Francesco Saverio, nach seiner Rückkehr aus Asien gezeigt hat. Andere Blüten und Blätter erinnern an Pflanzen, die man in Brasilien gefunden hat. Leider sind die Zeichnungen zu schlecht, um sie genauer zu bestimmen.«

»Ich entsinne mich auch an Wurzeln, die Adern ähneln, und menschliche Leiber, die mit Stängeln verwachsen sind.«

»Ja, Ihr habt Recht. Ich habe aber den Verdacht, dass diese Zeichnungen in den schillernden Farben zur Kontemplation und zur Erlangung eines höheren Bewusstseins dienen. Ein wenig wie bei den spirituellen Übungen Eures Ignatius von Loyola. Es sei denn, sie würden tatsächlich auf die Flora unbekannter Welten hinweisen.«

Pater Michaelis schickte sich an, etwas einzuwenden, als die Dienstmagd das Zimmer betrat.

»Fra Michele Ghisleri ist eingetroffen«, verkündete sie mit einer anmutigen Verneigung.

»O ja, führ ihn nur gleich zu uns herein!«, rief D'Altemps erfreut aus.

Pater Michaelis vermochte kaum seinen Augen zu trauen, als er den Generalinquisitor sah. Das so überaus mächtige Oberhaupt des heiligen Offiziums war ein Mann um die sechzig, fast kahl, aber mit einem sehr vollen Bart. Seine Augen waren klein und sanft, seine Nase schmal, sein Mund fleischig. Und er trug eine verschlissene, an mehreren Stellen geflickte Dominikanerkutte. Er vermittelte einen Eindruck absoluter Durchschnittlichkeit.

Obwohl er in der kirchlichen Hierarchie beiden untergeordnet war, erhoben sich Pater Michaelis und der Kardinal d'Altemps, um ihn voller Ehrfurcht zu begrüßen. Doch Fra Ghisleri ignorierte die tiefen Verneigungen und schritt geradewegs auf den Jesuiten zu.

»Ihr müsstet eigentlich das gleiche Gewand tragen wie ich«, bemerkte er tadelnd.

Michaelis verspürte ein starkes Unbehagen, versuchte aber, einigermaßen schlagfertig zu antworten.

»Mein Bruder, wie Ihr wisst, kann man Gott auf verschiedenen Wegen dienen.«

»Ein Grund mehr, von dem einmal eingeschlagenen nicht mehr abzuweichen.«

In dem ohnehin schon kalten Raum schien die Temperatur noch weiter zu sinken. D'Altemps bemühte sich, die Situation zu entspannen.

»Fra Ghisleri, ich war gerade dabei, meinem Gast ein Zauberbuch zu erläutern, das von einer Sekte erdacht wurde, die absonderlicher und teuflischer scheint als alle, die wir bisher kennen.«

»Ihr sprecht wohl von der Gruppe, der auch dieser arme Hund, dieser Gabriele Simeoni, angehört hat? Seit Monaten erzählt er mir schon davon. Zunächst wollte er ja nicht den Mund aufmachen, aber er ist zu weich, um der Folter länger zu widerstehen. Ja, ich fürchte sogar, er wird uns bald unter den Händen wegsterben, am Strang oder unter den glühenden Eisen.«

Pater Michaelis spürte, wie unbändige Freude seine Brust erfüllte. Er unterdrückte dieses Gefühl, von dem er sich nicht eingestehen wollte, woher es kam, und fragte leise:

»Dann ist Simeoni jetzt tatsächlich redselig geworden?«

Die vordergründig sanften Augen des Inquisitors erkalteten mit einem Mal.

»Ich sagte ja bereits, der Mann ist schwach. Er scheint recht trinkfreudig zu sein, jammert unablässig und martert sich mit Selbstvorwürfen. Wenn die Schmerzen zu stark werden, redet er auch irre und stößt heftigste Vorwürfe gegen Vertreter der katholischen Kirche aus.«

Michaelis erstarrte.

»Ich nehme an, auch ich bin unter den Adressaten seiner Verleumdungen.«

»Das seht Ihr richtig. Doch keine Sorge. Ich bin sehr zufrieden mit Eurem Beitrag in der Sache Carnesecchi. Giulia Gonzaga ist schwer krank. Mir reicht es schon, wenn es ihr nur noch ein wenig schlechter geht, und der Briefwechsel fällt in meine Hände. Und dann wird nicht einmal mehr der Großherzog der Toskana seinen Lieblingsketzer vor dem Untergang retten können.«

Während er dies sagte, schielte Fra Ghisleri zu Kardinal d'Altemps hinüber. Dieser lächelte.

»Keine Sorge, Bruder, ich bin zwar mit den Medici verwandt, jedoch mit dem Mailänder Zweig. Und außerdem wisst Ihr ja sehr genau, dass ich mich niemals für einen Ketzer verwenden würde. Wer so etwas tut, ist mir immer verdächtig, egal welcher Familie er angehört. Und Euch wird es da nicht anders ergehen.«

Der Generalinquisitor trat zu dem Sessel, den Michaelis freigemacht hatte, und ließ sich darin nieder.

»Gewiss. Gerade habe ich wieder mit einem solchen Fall zu tun. Vor wenigen Tagen traf doch völlig unvermutet Simeonis Geliebte in Rom ein, eine gewisse Giulia Cybo-Varano. Sie war dermaßen verzweifelt, dass sie, obschon exkommuniziert, mich sogleich aufsuchte… Ihr scheint die Dame ja sehr gut zu kennen, Pater Michaelis…«

Dem Jesuiten war der Schreck in die Glieder gefahren. Sein Herz raste, als er jetzt antwortete, wobei er sich vergeblich mühte, gleichgültig zu erscheinen:

»O ja, ja… Nun, ich… ich vermutete sie noch in Paris. Ich hätte nie geglaubt, dass sie Simeoni nachreisen würde.«

»Warum wart Ihr da so sicher? Ihr lasst sie wohl überwachen?«

»Ja…, ich meine…, nein, aber ich hörte, sie lebe am Königshof.«

»Das hat sie wohl auch getan. Aber nun ist sie eben hier und ist dabei noch redseliger als ihr Geliebter.«

»Habt Ihr… sie festgenommen?« Die Stimme des Jesuiten zitterte merklich, doch er konnte nichts dagegen tun.

Fra Ghisleris Blick war nun nicht mehr streng, sondern leicht spöttisch.

»Nein, obwohl ich dies selbstverständlich hätte tun können. Schließlich ist sie mit einem Hexenmeister liiert und steht selbst unter dem Kirchenbann. Auch wenn sie behauptet, sie sei auf Initiative von Alessandro Farnese wieder in die Kirche aufgenommen worden. Aber ich habe mit ihm gesprochen. Er streitet alles ab.«

Pater Michaelis schluckte.

»Habt Ihr denn die Absicht, sie einzukerkern?«

»Nein, keine Sorge.« Dieses »keine Sorge« klang überaus höhnisch. Es war, als hätte der Inquisitor zu dem Jesuiten gesagt: »Wie Ihr seht, bin ich über alles auf dem Laufenden.«

»In Freiheit ist sie mir von größerem Nutzen. Im Moment verweigere ich ihr die Erlaubnis, ihren Hexenmeister zu besuchen. Aber ich habe ihr auch zu verstehen gegeben, dass mich weitere Enthüllungen vielleicht erweichen könnten. Ganze Tage verbringt sie in meinem Vorzimmer. Noch weiß sie nicht, dass sie Simeoni nur schwerlich wieder erkennen würde: Der ist kein Mensch mehr.«

Pater Michaelis war erschüttert und wusste nicht mehr, was er sagen sollte. Es entstand ein langes Schweigen. Zu hören war nur das Rascheln der Blätter, die D'Altemps zusammenlegte und zwischen die Seiten der Handschrift steckte. Draußen hatte es wieder zu schneien begonnen.

Mit einem Male wurde Fra Ghisleris Blick wieder herzlich, ja sogar fröhlich.

»Kommt, Pater Michaelis, macht nicht solch ein düsteres Gesicht. Ich habe Euch nämlich noch etwas sehr Erfreuliches mitzuteilen: Ich habe Euch zum Generalinquisitor von Frankreich an Stelle des Kardinals von Lothringen vorgeschlagen. Es wird meinem Orden zwar nicht sehr gefallen, die Leitung eines wichtigen heiligen Offiziums an die Jesuiten abgeben zu müssen. Aber das stört mich nicht. Euer Vorgehen gegen Carnesecchi hat mich davon überzeugt, dass niemand dieses Amtes würdiger ist als Ihr.«

»Aber auch der Papst könnte meine Ernennung vielleicht nicht gutheißen.«

»Möglich! Aber seine Gesundheit ist stark angegriffen. Möge der Herrgott ihn uns noch lange erhalten, aber ich fürchte, dass er nicht mehr lange leben wird. Irgendetwas sagt mir, dass Ihr kurz davor steht, alle Eure Ziele zu erreichen … es sei denn, es würden neue Fakten zu Tage treten, die dem entgegenstünden …«

Die ersten Worte des Inquisitors hatten Pater Michaelis schlagartig von all seinen Ängsten befreit, Letztere riefen sie wieder wach.

# Der weiße Tod

Nach den Regenfällen, der Kälte, den Überschwemmungen nun die Dürre. Und nach den harmloseren Seuchen nun wieder die Fratze der schwarzen Pest fast überall in der Provence. Der Sommer des Jahres 1565, aufgeheizt von einer unerbittlich stechenden Sonne, stand unter den schlechtesten Vorzeichen.

Nach vielen Jahren sah Michel zum ersten Mal wieder die langen Reihen der Karren, auf denen die Leichen aus der Stadt geschafft wurden, hörte das unflätige Geschrei der *alarbres* und der *sandapilaires* und beobachtete die Ärzte in ihren dicken Brustpanzern, mit den Vogelmasken vor dem Gesicht, wie sie mit ihren Rauchfackeln durch die Stadt zogen. All dies war wie in seiner Jugendzeit, nur trug es sich nun in seiner leidgeprüften Heimatstadt Salon zu, die mit einer dünnen Schicht feinen, weißen Sandes bedeckt war. Allerdings reichte auch ein Blick auf die Ruinen, die der gerade zu Ende gegangene Bürgerkrieg hinterlassen hatte, um sich darüber klar zu werden, wie sehr sich die Zeiten geändert hatten.

»Gut, meine Pflicht habe ich getan«, murmelte er, während er, gestützt von Chevigny, das Arbeitszimmer des Notars Jean Roche verließ.

»Mehr als das«, erwiderte sein Sekretär. »Hundert Pistolen für die Instandhaltung des Craponne-Kanals! Ihr und Eure Gemahlin habt Euch sehr viel großzügiger gezeigt als die meisten anderen Bürger der Stadt.«

»Mein junger Freund, bedenkt, ohne diesen Kanal sähe die Lage in Salon noch weit düsterer aus. Wir haben hier genug Wasser, um die Todkranken zu waschen und die Hospitäler sauber zu halten. Es ist ja auch kein Zufall, dass die Leute hier, trotz der schon fünfhundert Toten, entschlossen sind, in der Stadt zu bleiben und weiter ihren täglichen Geschäften nachzugehen. Anderswo würden sie vielleicht mehr Ärzte vorfinden, aber weniger Wasser. Wasser ist Leben.«

Während er sprach, beobachtete Michel zwei Pfleger mit dicken Gläsern vor den Augen und dem üblichen Filter mit den brennenden Aromastoffen über der Nase, die in das Haus eines Kranken einzudringen versuchten. Eine dunkelhaarige junge Frau rief vom Fenster herunter: »Schert euch fort! Hier sind keine Pestkranken!« Offensichtlich eine Lüge, denn sie selbst hatte eine aschfahle Gesichtsfarbe und griff sich immer wieder unter die schmerzenden Achseln.

»Aber abgesehen von der Finanzierung der Wasservorräte scheint Ihr gar nichts für die Kranken zu tun«, bemerkte Chevigny. »Mit Eurer Erfahrung in der Seuchenbekämpfung könntet Ihr hier doch eine große Hilfe sein.«

»Ja, tut Ihr eigentlich gar nichts?«, mischte sich eine laute Stimme hinter ihnen in das Gespräch ein.

Der Mann, der gesprochen hatte, kam ebenfalls aus dem Büro des Notars Roche. Er trug eine Uniform mit dem Wappen des Grafen von Sommerive und schien sich von dem Schauspiel des Todes ringsumher nicht schrecken zu lassen, denn er hatte seinen Helm abgenommen, wenn dieser überhaupt ein Schutz sein konnte, und trug ihn unter dem Arm.

»Ach, Ihr seid's, Tripoly«, erwiderte Michel freundlich. »Vielen Dank übrigens, dass Ihr Euch für meine Schenkung als Zeuge zur Verfügung gestellt habt. Und was Eure Frage angeht, so gibt es zwei Gründe, die mich vom Handeln abhalten. Der erste hat mit meiner Gesundheit zu tun. Denn mittlerweile fürchte ich, dass das, was ich für die Gicht gehalten habe, in Wirklichkeit Wassersucht ist. Tagelang kann ich nicht urinieren, und so gelangen die Flüssigkeiten in meine Beine und lassen sie entsetzlich anschwellen. Das Gehen fällt mir immer schwerer.«

»Das braucht Ihr doch auch gar nicht«, rief Chevigny aus, der den Arm seines Meisters so fest umklammerte, als fürchte er, er könne jeden Moment zusammenbrechen. »Ich kann doch die Ei-Latwerge und die anderen Arzneien, deren Geheimnis Ihr kennt, zusammenmischen und mich auch um die Verteilung kümmern.«

Michel schüttelte den Kopf.

»Wie gesagt, es gibt noch einen weiteren Grund für meine Zurückhaltung. Ich bin mittlerweile zu der Erkenntnis gelangt, dass es der Krieg ist, der die Pest hervorruft. Krieg, Pest und Hunger sind die Teile eines einzigen Kreislaufes, in dem sich alles um den Tod dreht. Aromastoffe, Essenzen oder Ähnliches können die Ausbreitung nicht stoppen. Nur der Frieden kann es. Aber der Frieden ist keine Arznei.«

»Nun, jetzt ist aber Frieden«, gab Chevigny zu bedenken.

Aber davon wollte Tripoly nichts hören.

»Das nennt Ihr Frieden?«, ereiferte er sich. »Die reformierte Kirche wird immer noch verfolgt und ist gezwungen, ihre Gottesdienste in einigen wenigen Landsitzen des Adels abzuhalten. Die Milizen der Papisten, angeführt von Leuten wie Faussann, Richelieu oder Porcellets, die sich eigentlich hätten auflösen müssen, haben ihre Waffen behalten und stellen weiterhin eine Bedrohung dar. Überall im Land wird mit zweierlei Maß gemessen.«

Chevigny zog eine Augenbraue hoch.

»Monsieur, mir scheint, auch Ihr, ein bekennender Hugenotte, habt Euer Amt wiedererlangt und seid erneut Militärkommandant dieser Region. Worüber beklagt Ihr Euch also?«

»Junger Mann, seht Euch bloß vor. Oder soll ich Euch hier auf der Stelle die Eingeweide rausschneiden und Euer Gerippe den Hunden zum Fraß vorwerfen?«

»Ruhig Blut, meine Freunde«, ging Michel dazwischen. Doch in diesem Moment geschah etwas, das die aufkeimenden Streitigkeiten schlagartig beendete. Auf einem der Karren, die vor der Kathedrale standen, rang ein Todkranker wie von Sinnen mit einigen *alarbres*, die ihn festzuhalten versuchten. Offensichtlich wollte er nicht unter den anderen Pestkranken auf dem Karren begraben werden. Es war durchaus üblich, dass die freiwilligen Helfer Leichen und Todkranke gemeinsam auf den Karren transportierten, vor allem wenn sie sicher waren, dass Letztere nicht mehr lebend beim Hospital eintreffen würden.

Der Todkranke, der wie ein angestochenes Schwein brüllte, mobilisierte seine letzten Kräfte, und obwohl das blutbefleckte

Totenhemd seine Bewegungsfreiheit einschränkte, gelang es ihm, sich dem Griff eines *alarbre* zu entwinden und vom Karren zu springen. Nun aber sah er sich einem in Lumpen gehüllten, mit einem kurzen Degen bewaffneten *sandapilaire* gegenüber. Der stach sofort zu und verletzte ihn am Arm, doch der Pestkranke konnte ihm die Waffe entreißen und rannte mit dem Degen in der Hand über den Platz. Die Helfer fluchten, dachten aber nicht daran, ihn zu verfolgen. Sie waren wohl sicher, dass er nicht weit kommen würde.

Tatsächlich wurde der Kranke sofort langsamer, vielleicht weil ihn schon die Kräfte verließen, vielleicht auch, weil seine nackten Füße auf dem feinen Sand, den der Wind überall verteilt hatte, keinen rechten Halt fanden. Als er nur noch wenige Meter von dem Grüppchen aus Michel, Chevigny und Tripoly entfernt war, konnte er sich kaum noch auf den Beinen halten. Dennoch hatte er die Waffe immer noch mit drohender Miene gereckt.

Michel schrak zusammen, als er dem lebenden Gespenst ins Gesicht sah. Es war eiter- und blutverschmiert, die Augen waren nur noch fiebrige Höhlen, aber die schiefen Züge waren unverkennbar.

»Pentadius!«, rief Michel aus, hin und her gerissen zwischen Entsetzen, Angst und Mitleid.

Der andere blieb ruckartig stehen, als ob sich ein unsichtbarer Angelhaken in seinen Rücken gebohrt hätte. Etwas Unverständliches murmelnd, stand er reglos und zitternd da. Doch nur für einen kurzen Augenblick, dann stürzte er sich, den Degen mit beiden Händen umklammernd, auf Michel.

Der versuchte zurückzuweichen, doch seine Beine waren wie gelähmt.

»He, du Halunke!« Die Stimme kam von Tripoly, der blitzartig sein Schwert aus der Scheide gezogen hatte und Pentadius einen Hieb auf die Hand versetzte, dass dessen Waffe in hohem Bogen in den Sand flog. Dann versenkte er die Klinge tief im Unterleib des Angreifers. Ein Schwall frischen Blutes mischte sich mit dem, das schon das Totenhemd tränkte.

Ohne einen Schrei sank Pentadius zu Boden, während Tripoly

das Schwert zurückzog. Michel nahm das irre Flackern in seinen Augen wahr. Er beugte sich über ihn.

»Warum bist du gekommen, Unglückseliger?«

Pentadius verzog den Mund, und das, was ihm dann mit einer letzten Kraftanstrengung zu sagen gelang, konnte wohl nur Michel verstehen.

»Ich bin gekommen,... um dich zu holen... *La mort s'approche à neiger...«* Der Rest des Satzes wurde von einem Schwall Erbrochenem erstickt. Einen Augenblick später schloss Pentadius für immer die Augen.

Michel war dermaßen erschüttert, dass er fürchtete, wieder Opfer seiner Halluzinationen zu werden. Kaum verstand er, was Tripoly, an den Toten gewandt, zischte:

»Hätte ich Zeit, würde ich dir den Kopf abschneiden und ihn an den Kirchturm hängen.«

Chevigny hatte seinen Meister unterdessen fürsorglich untergefasst. Was Michel in die Realität zurückbrachte, war die vom Wein raue Stimme eines *alarbre*, der zu ihnen getreten war.

»Zum Teufel, das geschieht ihm Recht! Was fällt dem ein, nicht sterben zu wollen. Aber Ihr, Monsieur le Captaine, tätet gut daran, Euch von dem Schwert, mit dem Ihr so gut umgehen könnt, zu trennen. An dem Blut holt Ihr Euch auch die Pest.« Er wartete, bis Tripoly, nun doch erschrocken, sein Schwert fortgeworfen hatte, und fügte dann hinzu: »Ich weiß auch nicht, was das für ein komischer Kerl war: ein Irrer oder ein Hexenmeister. Ich habe gehört, dass er auf der Suche nach Rattenblut und anderem widerlichen Zeug durch Salon gestreift ist. Als er das Blut gefunden hatte, habe ich mit eigenen Augen gesehen, wie er sich eine kreuzförmige Narbe auf seiner Schulter öffnete und das Gemisch in die Wunde laufen ließ. Mit dem Ergebnis, dass er auf der Stelle krank wurde. Diese Hexer glauben ja, dass ihre Zaubereien immer noch funktionieren. Und das in der heutigen Zeit!«

Dieser letzte Satz verstörte Michel mehr als die gesamte Szene. Mit einem Male fühlte er sich alt und zu Tode erschöpft.

»Bringt mich nach Hause«, sagte er leise, an Chevigny gewandt.

Zum Abschied bedankte er sich noch einmal bei Tripoly und schleppte sich dann mithilfe seines Sekretärs dem heimischen Stadtviertel Ferreiroux zu. Auf dem Weg sprach keiner der beiden ein Wort. Die Szenerie um sie herum war zwar traurig, aber nicht so trostlos wie während der Pestepidemien nur wenige Jahrzehnte zuvor. Mittlerweile hatte es sich durchgesetzt, die Leichen nicht unbestattet herumliegen zu lassen und Prozessionen und ähnliche Anlässe abzusagen, bei denen größere Menschenmengen zusammenkamen. Fließendes Wasser erleichterte vielerorts die persönliche Körperpflege, und die Gewänder der Toten wurden verbrannt. Diese Maßnahmen hatten Erfolg, und viele Menschen konnten gerettet werden. Die fünfhundert Todesfälle in Salon waren fast ausschließlich in den Vierteln zu verzeichnen, wo diese hygienischen Vorsichtsmaßnahmen noch wenig Beachtung fanden. Wer in der Stadt lebte, blickte zwar zum Himmel, in der Hoffnung, dass von dort Rettung kommen würde. Aber nicht durch ein Nachlassen des göttlichen Zorns, sondern durch starke Regenfälle, die den Unrat und den Dreck, und damit die Pest, aus der Stadt spülen würden. Eine Panik war daher nicht ausgebrochen.

Vor Michels Haus verströmten zwei metallene Kohlebecken Wohlgerüche. Jumelle kam öffnen.

»Ich habe Angst um die Kinder«, murmelte sie mit banger Miene, während die beiden Männer eintraten. »Wir sollten sie vielleicht doch aus der Stadt bringen.«

»Und wohin? Fast überall in Frankreich gibt es jetzt Seuchen. Im Krieg sind zu viele Leichen unbegraben oder nur mit wenig Erde bedeckt liegen geblieben. Hier sind wir jedenfalls sicherer als in Arles oder in Aix.«

Jetzt blickte Jumelle ihren Gatten an. »Aber Michel, was ist denn passiert? Du siehst so mitgenommen aus!«, rief sie aus, indem sie die Hände auf die Brust legte.

»Ach, mach dir keine Sorgen. Ich hatte bloß eine unangenehme Begegnung, aber die Sache hat sich auf bestmögliche Art und Weise erledigt. Allerdings habe ich wieder starke Schmerzen und immer noch keinen Harndrang. Meine Beine werden mittlerweile Furcht erregend aussehen.«

»Für mich werden sie niemals Furcht erregend aussehen.« Es sollte beruhigend klingen, aber die Tränen standen ihr in den Augen. Freundlich, aber bestimmt schob sie Chevigny zur Seite und führte ihren Gemahl in den kleinen Salon. »Komm, setz dich. Wir haben Besuch, aber ich schicke ihn gleich weg.«

»Besuch? Vielleicht ein Kurier des Prinzen Rudolph von Habsburg? Ich habe ihm ein Horoskop gestellt, aber anscheinend ist ihm der Preis zu hoch.«

»Nein, nein. Es ist ein junger Franzose. Er hat sich als Sohn eines alten Freundes von dir vorgestellt. Anscheinend hat er dir einiges mitzuteilen.«

»Dann will ich ihn sofort sehen. Ausruhen kann ich mich auch später noch.«

Im Salon war tatsächlich ein junger Mann. Er stand vor dem kalten Kamin und betrachtete einen Goldpokal auf dem Sims. Michel blickte ihn an und schien überrascht.

»Na so was! Ich kenne Euch zwar nicht, Monsieur, aber Euer Gesicht kommt mir sehr bekannt vor. Es erinnert mich an jemanden, den ich kannte, aber im Moment komme ich nicht darauf, an wen.«

Der junge Mann lächelte und strich ein wenig die rabenschwarzen Haare zurück, um sich zu erkennen zu geben. Er hatte dunkle, eigenartig geschnittene Augen, ein scharfes Profil und eine Hakennase.

»Mein Name ist Joseph Juste Scaliger«, sagte er. »Ihr kanntet mich, als ich noch ein Kind war.«

»Scaliger!«, rief Michel erfreut aus. Für Chevigny und Jumelle, die noch auf der Schwelle stand, deutete er auf den Gast. »Das ist der Sohn von Jules-César Scaliger, einem großen Gelehrten, in dessen Haus ich vor vielen Jahren in Agen häufig verkehrte! Der vielleicht gebildetste Mann seiner Zeit!«

Chevigny schüttelte den Kopf.

»Unmöglich. Schon damals wart Ihr der Gebildetste.«

Michel schenkte ihm keine Beachtung.

»Jumelle, bring doch bitte Craux-Wein für alle. Ich trinke aus dem großen Pokal, jenem für die besonderen Gelegenheiten.«

»Vorsicht, Michel«, wandte Jumelle ein. »In letzter Zeit trinkst du wieder zu viel.«

»Aber heute ist ein ganz besonderer Tag. Komm, mach zwei Flaschen auf… oder besser drei. Der Wein ist leicht und bekömmlich. Ich setze mich erst mal hin, um diesen Moment in Ruhe zu genießen.«

Tatsächlich aber war es so, dass ihn seine Beine nicht mehr trugen. Er ließ sich schwer aufs Sofa fallen, winkte Scaliger zu sich und deutete für Chevigny auf einen Sessel. Dann ergriff er die Hände seines Gastes.

»Wie sehr Ihr ihm doch gleicht! Wisst Ihr eigentlich, dass ich sehr an Eurem Vater gehangen habe, fast wie ein Sohn? Er war ein großer Poet, ein großer Botaniker, und ein großer Astrologe. Kurzum, groß auf allen Gebieten.«

»O gewiss«, antwortete der junge Mann. »Einer der ganz Großen. Natürlich war er auch ein wenig verschroben und darüber hinaus der schlechteste Vater, den ich bekommen konnte. Aber seine wissenschaftliche Leistung ist über jede Kritik erhaben.«

Michel blickte ihn verblüfft an.

»Seltsam, das aus Eurem Munde zu hören. Mir gegenüber hat er sich jedenfalls immer fabelhaft verhalten. Solche Freunde wie ihn hatte ich nur ganz wenige im Leben.«

»Gewiss. Er hatte Euch auch wirklich ins Herz geschlossen. Allerdings habe ich in seinem Nachlass auch drei gegen Euch gerichtete Streitschriften gefunden. Dafür können aber nur momentane Verstimmungen Anlass gewesen sein. Ich würde sie niemals veröffentlichen. Nicht zuletzt, weil sich kein Verleger dafür interessieren würde.«

Durch diese Feststellung machte sich eine leichte Befangenheit in der Runde breit. Dem schaffte aber Jumelle rasch Abhilfe, indem sie mit einem Tablett in der Hand das Zimmer betrat, auf dem zwei Gläser und ein mit Gold und Silber verkleideter Pokal standen. Christine hinter ihr brachte auf einem anderen Tablett drei verstaubte Flaschen, von denen schon das Siegelwachs entfernt worden war. Wegen der Pest wurden dazu auch Schüsselchen mit Knoblauchzehen, Rosmarin und Säckchen mit duftenden Kräutern gereicht.

Michel schenkte zuerst dem Gast und Chevigny ein und füllte dann seinen eigenen Pokal bis zum Rand. In der Tat betrank er sich in letzter Zeit recht häufig, und er wusste auch, wie sehr das Jumelle missfiel. Doch manchmal war dies die einzige Möglichkeit, um die stechenden Schmerzen in den Beinen, die zunehmend auch auf die Finger übergriffen, auszuhalten. Ganz zu schweigen von seinem Verlangen, die vielen Albträume zu vergessen, die ihn verfolgten, und nicht zuletzt auch seine Probleme mit Jumelle, die ihre Ehe weiterhin belasteten.

»Seid Ihr eigentlich in die Fußstapfen Eures Vaters getreten, ich meine beruflich?«, fragte er Scaliger, nachdem sich Jumelle und Christine zurückgezogen hatten.

»Nun, bis jetzt noch nicht. Aber es ist vielleicht mein Ziel. Ich habe in Paris studiert, bis mich die religiösen Konflikte von dort vertrieben. Immer mehr Vorlesungen fielen aus. Dann fand ich eine Stelle als Hauslehrer bei dem Edelmann Louis Chasteigner de La Roche-Posay. Ein tüchtiger Mann, wenn auch ein wenig hinterhältig und verlogen. Mittlerweile studiere ich wieder, und zwar Hebräisch unter der Anleitung von Docteur Guillaume Postel.«

»Guillaume Postel!? Den kenne ich doch.«

»Ja, er erinnert sich auch an Euch. In seinem Auftrag habe ich auch, der Pest zum Trotz, diese Reise auf mich genommen. Ich habe Euch etwas von ihm mitzuteilen.«

Scaliger blickte zu Chevigny, der an einem Rosmarinzweig schnüffelte, hinüber und fügte hinzu: »Es ist sehr vertraulich.«

Michel hob beruhigend die Hand.

»Monsieur Chevigny ist mein persönlicher Sekretär. In seiner Gegenwart könnt Ihr ganz offen sprechen.« Er bemerkte, dass er seinen Pokal schon geleert hatte, und füllte ihn erneut, vielleicht auch in der Hoffnung, endlich Harndrang auszulösen, der aber ausblieb.

»Euer Sekretär? So so. Er scheint dazu noch Ausländer zu sein, denn seiner Miene nach versteht er rein gar nichts von dem, was wir hier sprechen.« Chevigny reckte sich empört in seinem Sessel auf, doch Scaliger schenkte ihm gar keine Beachtung. »Docteur Postel hat alle Eure *Prophezeiungen* gelesen, doch noch mehr beeindruckt haben ihn Eure Jahrbücher mit den Vorhersagen. Monat für Monat habt Ihr das vorhergesehen, was sich dann tatsächlich ereignete, angefangen vom Wetter bis hin zu den politischen Ereignissen. Für den Januar dieses Jahres sagtet Ihr *grands pluys, neiges und pestilence inopie* voraus. Und so kam es. Für den März *pluyes, grands vents* sowie *inonder fleuves, pestiferes actions*. Nun, dessen wurden wir alle Zeuge. Und im April *pulluler peste, maux mortels* und dergleichen, während das Klima milder werde. Ja, da kann man nur noch staunen.«

»Docteur Nostradamus weiß eben immer alles im Voraus«, warf Chevigny ein.

»Ach, Ihr sprecht ja unsere Sprache«, bemerkte Scaliger, ehrlich überrascht, und wandte sich dann wieder an Michel. »Aber eine Eurer Vorhersagen hat Guillaume mehr als alle anderen aufhorchen lassen. Sie bezieht sich auf diesen Monat, den August.« Er griff in eine Tasche seines abgetragenen Wamses und zog einen Zettel hervor, entfaltete ihn und las:

*Point ne sera le grain à suffisance.*
*La mort s'approche à neiger plus que blanc.*
*Sterilité, grain pourri, d'eau bondance,*
*le grand blessé, plusieurs de mort de flanc.*

Michel erbleichte. Erregt leerte er seinen Pokal und füllte ihn sogleich wieder auf. Die Stimme des sterbenden Pentadius klang ihm noch in den Ohren. Noch einmal nahm er einen Schluck, fasste sich ein wenig und murmelte dann:

»Was erstaunt Monsieur Postel denn so daran? Die Tatsache, dass meine Vorhersage zutrifft?«

»Nicht nur das. Offensichtlich beschreibt Ihr ja in dreien der vier Verse die heutigen Zustände. Den Mangel an Getreide, Unfruchtbarkeit, verderbender Weizen, Wassermangel. Ich weiß nicht, wen Ihr mit dem großen verwundeten Mann meint und den Toten, die sich um ihn scharen …«

»Mein Meister ist gesundheitlich nicht auf der Höhe«, bemühte sich Chevigny um eine Erklärung, »und wie Ihr gesehen habt, ist ganz Salon ein Friedhof.«

»... aber es ist nur ein Satz, der Postels besonderes Interesse geweckt hat: *La mort s'approche à neiger plus que blanc.* Er scheint sich über die Bedeutung vollkommen im Klaren zu sein. Und auf diesen Vers bezieht sich auch die Mitteilung, die er mich zu überbringen bat.«

Michel wurde schwindlig, und er wusste nicht, ob daran der Wein oder seine tiefe Verunsicherung schuld war. Wieder setzte er den Pokal an die Lippen und leerte ihn in einem Zug.

»So sprecht«, befahl er mit belegter Stimme. Er wandte sich wieder der Flasche zu, stellte fest, dass sie leer war, und griff zur anderen. Seinen Gast zu bedienen fiel ihm gar nicht ein.

Scaliger schob ihm sein Glas hin, wartete einige Augenblicke vergebens und zog es dann stirnrunzelnd zurück.

»Monsieur Postel bat mich, Euch auszurichten, dass er die Lage sehr genau verstanden hat. Er ist sich ganz sicher, dass ein Teil ›der anderen Dreifaltigkeit‹, die sich aus Adam, Eva und der Schlange zusammensetzt, in letzter Zeit Signale an Euch gesandt hat. Und zwar die Schlange. Diese ist Euer Problem. Es gibt aber Rituale, um ihre Macht zu brechen. Erst dann können Adam und Eva, die beiden Träger des Universums, wieder in Frieden zusammenleben, und die Gefahr des ›zu weißen Todes‹, die auf unseren Nachfahren lastet, wird gebannt sein.«

Chevigny lachte auf.

»Was für eine Botschaft! Etwas dermaßen Verworrenes habe ich selten gehört!«

Scaliger bedachte ihn mit einem bösen Blick.

»Egal wie er sich ausgedrückt hätte, Ihr hättet seine Worte ohnehin nicht verstanden. Ihr habt eine auffallend niedrige Stirn und glotzt wie eine Kuh. Vielleicht weil Ihr Euch beim Nachdenken zu sehr anstrengen müsst.« Er wandte sich wieder an Michel: »Das war es, was ich Euch mitzuteilen hatte. Und nun bitte ich Euch, mir etwas von dem Wein abzugeben, den Ihr bis jetzt ganz allein austrinkt.«

Michel gehorchte lachend und konnte gar nicht mehr aufhören. Er war ohne Zweifel angetrunken, aber auf diesen Umstand war seine Heiterkeit nur teilweise zurückzuführen. Er freute sich, weil ihm plötzlich eine wichtige Erleuchtung gekommen war.

»Das Schlangenritual«, rief er aus. »Ja, das ist die Lösung, nach der ich gesucht habe.« Er bremste sich ein wenig in seiner Begeisterung und wandte sich an Scaliger: »Sagt Monsieur Postel vielen Dank von mir. Ich habe ihn wohl immer unterschätzt. Heute weiß ich, wie sehr ich ihm damit Unrecht getan habe. Wisst Ihr eigentlich, was es mit dem Schlangenritual auf sich hat?«

»Nein, nur ganz vage. Es wird wohl eine Formel sein, mit der Hexenmeister Verbindung zu Verstorbenen aufnehmen können.«

»Ja, und eben das brauche ich jetzt. Richtet Postel bitte aus, dass ich versuchen werde, seinen Hinweis über den Tod hinaus zu beherzigen. Und dass ich alles tun werde, damit *Shekhina* weiterhin am Baum des Lebens teilhaben kann.«

Die fassungslosen Blicke der beiden anderen gaben Michel zu verstehen, dass sie ihn für betrunkener hielten, als er es tatsächlich war. Er machte sich nichts daraus und schenkte sich nach.

»Lasst mich doch ein wenig trinken, solange meine Frau nicht hier ist«, rechtfertigte er sich, ohne zu merken, dass ihm nur noch ein fast unverständliches Lallen über die Lippen kam. »Wenn ich nicht bald wieder regelmäßig pinkeln kann, bleibt mir höchstens noch ein Jahr zu leben. Da wird es wohl keine Sünde sein, wenn ich mich in dieser kurzen Spanne ab und zu dem einzigen Vergnügen hingebe, das mir noch geblieben ist.«

Scaliger nickte und hielt ihm wieder sein leeres Glas hin.

»Erlaubt, dass ich mit Euch sündige und in Eurer Gesellschaft die zweite Flasche niedermache. Dieser Craux-Wein ist in der Tat ein Genuss.« Endlich kam Michel seiner Bitte nach, Scaliger nahm einen kleinen Schluck und schlug sich dann plötzlich mit der flachen Hand gegen die Stirn. »Ach, das habe ich ja ganz vergessen. Ich stehe im Briefwechsel mit einem Freund in Italien, Sebastien Cybo, aus dem genuesischen Zweig der Familie Cybo. Er fragt mich, ob ich etwas über den Verbleib einer Verwandten von ihm wisse, einer gewissen Giulia Cybo-Varano. Wie er erfuhr, soll sie sich eine Zeit lang in Salon aufgehalten haben und dann an den Hof berufen worden sein, als Hofdame der Königinmutter. Wisst Ihr vielleicht Näheres über die Dame?«

Michel zuckte zusammen.

»O ich kenne Giulia sehr gut, habe aber schon Monate nichts mehr von ihr gehört.«

Chevigny, der von den dreien am nüchternsten geblieben war, ergänzte:

»Von ihr selbst weiß ich auch nichts Genaueres. Aber Simeoni, ihr Freund und Geliebter, soll nach Rom gefahren sein. Vielleicht ist sie ihm nachgereist.«

»Um Himmels willen! Hoffentlich nicht!«, rief Michel aus. »In Rom würde sie in größter Gefahr schweben.« Einer der unheilvollsten Vierzeiler, die Parpalus ihm je eingegeben hatte, kam ihm in den Sinn. Aber der Wein half ihm, ihn rasch zu verscheuchen. »Trinkt, Freunde! Die dritte Flasche ist noch unberührt und fleht darum, von uns entjungfert zu werden!«

Das Bild eines tödlichen, blendenden Weiß erschien vor seinem geistigen Auge. Er versuchte es zu ignorieren. Schließlich döste er auf dem Sofa ein und ging im Traum noch einmal das Schlangenritual durch.

# Santa Maria sopra la Minerva

Für Pater Michaelis war es ein großer Tag. War ganz Rom wegen der erneuten Verschlechterung des Gesundheitszustands von Papst Pius V. besorgt, so bedeutete die Nachricht für ihn die Krönung seiner Wünsche. Es galt schon als sicher, dass ihm Fra Michele Ghisleri auf den Heiligen Stuhl folgen würde. Der Dominikaner gefiel ihm zwar in keiner Hinsicht, aber er hatte ihm im Beisein eines mächtigen Kirchenfürsten wie Kardinal d'Altemps Versprechungen gemacht. Diese würde er nicht mehr zurücknehmen können, auch nicht von der Höhe des Thrones aus, den zu besteigen er sich anschickte.

Der römische Winter war sehr viel weniger streng als der im Norden Frankreichs. Michaelis genoss die gute Luft, die die üblichen intensiven Gerüche aus den Gassen vertrieb, und freute sich an den gemäßigten Temperaturen, die ihn an die milden Winter seiner heimatlichen Provence erinnerten. So ging er beschwingten Schritts in Richtung der Kirche Santa Maria sopra la Minerva, wo er mit Fra Ghisleri und dem General des Jesuitenordens verabredet war.

Für Padre Laínez hatte er gute Neuigkeiten: Der Prozess gegen die Nachfolger des Ignatius von Loyola, der einige Monate zuvor vor der Großen Kammer des Parlaments von Paris begonnen hatte, war ohne Ergebnis abgebrochen und auf *sine die* vertagt worden. Solch ein erfreulicher Ausgang war nicht ohne weiteres zu erwarten gewesen. Der kritischste Moment war gewesen, als der Abgeordnete Étienne Pasquier seine Anklagerede hielt. Michaelis meinte eine Anspielung auf sich selbst herauszuhören, als der Mann der Gesellschaft Jesu vorwarf, ihr sei eine Neigung zu intriganten Machenschaften eigen, die auch vor kriminellen Aktivitäten nicht Halt mache. Und noch tückischer war die Beschuldigung, dass die Jesuiten als Agenten für den spanischen König Philipp II. arbeiteten. Doch der französische König scheute sich, der Auflösung eines Ordens zuzustimmen, der so viele illustre Fürsprecher besaß, dazu noch in einer Zeit zumindest vordergründigen Friedens mit Spanien. Und so hatte die Krone Pasquiers Wünschen in keiner Hinsicht entsprochen.

Es war gewiss kein Zufall, das Fra Ghisleri Pater Michaelis ausgerechnet nach Santa Maria sopra la Minerva bestellt hatte. Die Kirche, auf dem nach der heidnischen Göttin benannten Platz errichtet, war eines der Bollwerke der Inquisition, und jeden Mittwoch versammelte sich in dem angeschlossenen Dominikanerkloster die Kongregation des heiligen Offiziums. Außerdem fanden auf dem Platz die Hinrichtungen der Ketzer und die Abschwörungszeremonien statt. Erst wenige Tage zuvor hatte man hier den Lutheraner Giulio di Giorgio Grifone aus Orte hingerichtet. Und ebenso Giulio Cesare Vanini, der aus Lecce stammte und sich als Pantheist bezeichnet hatte und dem man noch die Zunge herausgerissen hatte, bevor man ihn auf den Scheiterhaufen schickte. Der Pöbel Roms kam in Massen zu solchen Spektakeln zusammen und verhöhnte oder bemitleidete die Todeskandidaten, was weniger von ihren Verfehlungen als von ihrem Geschlecht, dem Alter und vor allem der äußeren Erscheinung abhing.

Aus diesem Grund standen vor der Kirche und dem Kloster Tag und Nacht Familiaren der Inquisition Wache, die mit Degen, seltener auch mit Arkebusen bewaffnet waren. Einer von ihnen trat nun Pater Michaelis in den Weg, als er diesen auf die heiligen Gebäude zuhalten sah.

»Wohin wollt Ihr, Pater?«, fragte der Familiare, nachdem er einen Blick auf die schwarze Kutte des Jesuiten geworfen hatte. »Die Kirche ist heute zumindest noch bis zum Abend geschlossen.«

Der Familiare war ein junger blonder Mann in eleganter Kleidung mit einem vollen Gesicht. Nicht wenige Söhne aus dem wohlhabenden Bürgertum, ebenso wie aus dem niederen Adel, widmeten der Inquisition Zeit und Kraft und hofften, dafür in

Zukunft einmal mit Titeln, Ämtern und Pfründen entschädigt zu werden, die tatsächlich auch nie ausblieben.

»Ich bin Pater Sebastien Michaelis von der Gesellschaft Jesu. Fra Michele Ghisleri erwartet mich. Ich weiß allerdings nicht, ob er mich im Kloster oder in der Kirche zu sehen wünscht.«

»In der Kirche, in der Kirche«, antwortete der junge Familiare, mit einem Mal sehr beflissen. »Folgt mir bitte. Die anderen Geladenen sind bereits alle versammelt. Seine Eminenz, der Kardinal Farnese, traf vor einer halben Stunde ein, und vor diesem einige weitere Jesuiten. Auch Bischof Simancas ist zugegen. Und was den Generalinquisitor betrifft, der ist schon seit einigen Stunden in der Sakristei.«

Pater Michaelis erschrak. Mit allem hatte er gerechnet, nur nicht damit, hier auf Alessandro Farnese zu treffen, dem er seit damals, als er ihm Giulia entführt hatte, nicht mehr begegnet war. Und dann noch Simancas – was hatte der hier zu suchen? Er hatte geglaubt, der Bischof sei nach einer kurzen Amtsperiode im Königreich Neapel schon längst wieder nach Spanien zurückgekehrt.

Am meisten irritierte ihn aber die Tatsache, dass diese Herrschaften anscheinend alle schon seit geraumer Zeit in der Kirche versammelt waren. Dabei hatte er noch geglaubt, selbst zu früh dran zu sein. Vielleicht hatte er da etwas missverstanden.

Er folgte dem Familiaren in die Kirche, in deren breiten gotischen Schiffen es der steten Dunkelheit wegen eiskalt war. Der Mann wandte sich jetzt nach rechts der Vorhalle der Sakristei zu, deren Boden mit Grabplatten bedeckt war. Das gesamte Gebäude war eine Art Denkmal der Inquisition: angefangen bei der der Familie Torquemada geweihten Kapelle über das Porträt Pauls IV. bis zu dem Fresko mit der Darstellung des heiligen Thomas, der die Ketzer auf den rechten Weg zurückbrachte. Auch die Grabplatten im Vestibül erinnerten an mehr oder weniger bekannte Inquisitoren. Doch Pater Michaelis wurde nicht in die Sakristei geführt, sondern in den gegenüberliegenden Saal der Päpste, der sich an den Kreuzgang anschloss.

Der Raum war kleiner, als es der Name vermuten ließ, und

wurde fast ganz von einem langen, schweren Eichentisch eingenommen. Direkt bei der Tür, die zum Kreuzgang hinausführte, saßen drei Dominikanermönche fortgeschrittenen Alters, die Pater Michaelis noch nie gesehen hatte. Doch seine Aufmerksamkeit richtete sich ganz auf die Männer, die hinter dem Tisch saßen.

Der in der Mitte war Fra Michele Ghisleri, dessen Augen in diesem Moment alles andere als lächelten. Zu seiner Linken hatten Bischof Simancas sowie Alessandro Farnese, wie immer in seinen purpurroten Kardinalsgewändern, Platz genommen. Die Köpfe zusammengesteckt, unterhielten sich die beiden auf Spanisch. Den Neuankömmling bedachten sie nur mit einem kühlen, distanzierten Blick.

Zur Rechten Fra Ghisleris saß hingegen mit recht düsterer Miene Pater Diego Laínez. Sein Anblick überraschte Michaelis weit weniger als der der anderen beiden Jesuiten, Pater Nadal und Pater Auger. Sie beide hatte er in Frankreich vermutet, und außerdem wunderte er sich, dass sie ihn, da sie doch von seinem Aufenthalt in Rom wussten, nicht zuvor aufgesucht hatten. Er unterdrückte seine innere Unruhe und begrüßte die Mitbrüder, indem er die Hand hob. Als Erwiderung drehten die beiden rasch den Kopf zur Seite.

Fra Ghisleri stand auf.

»Willkommen, Pater Michaelis. Nehmt bitte dort Platz.« Er deutete auf einen Stuhl mit einer hohen Rückenlehne, der genau vor dem großen Tisch aufgestellt war, und setzte sich erst wieder, als Michaelis der Aufforderung nachgekommen war. Dann fuhr er fort: »In diesen Tagen der Angst und Sorge für uns alle mag es unpassend erscheinen, eine solche Versammlung überhaupt abzuhalten. Wenn ich es mir dennoch erlaubt habe, Euch und die anderen hochrangigen Gäste zu bemühen, dann nur, weil ich eine erfreuliche Mitteilung zu machen habe, die vielleicht die Anspannung etwas mildern kann, die uns alle wegen des kritischen Gesundheitszustandes unseres Heiligen Vaters ergriffen hat. Denn während ein herausragender Christ krank darniederliegt, sieht nun ein herausragender Kranker, ein Ketzer, seiner schon lange verdienten gerechten Strafe entgegen.«

Michaelis überkam eine enorme Erleichterung. Für einen Augenblick hatte er befürchtet, hier so etwas wie ein Angeklagter zu sein, auch wenn er nicht wusste, was man ihm vorwerfen wollte. Mit fast fröhlicher Stimme fragte er: »Carnesecchi, nicht wahr?«

»Ja, Piero Carnesecchi. Bischof Simancas, würdet Ihr uns bitte die Umstände näher erläutern.«

Der Spanier räusperte sich, konnte aber nicht verhindern, dass sein Italienisch ein wenig kehlig klang.

»Das Amt, das mir mein König vorübergehend in Neapel übertragen hatte, konnte ich dazu nutzen, um endlich den Briefwechsel zwischen Carnesecchi und Giulia Gonzaga, der Schutzherrin der Waldenser, in die Hände zu bekommen. Die Frau ist zwar todkrank, aber es war nicht notwendig, auf ihr Ableben zu warten. Schon nächsten Monat kann der Prozess gegen den Ketzer Carnesecchi wieder aufgenommen werden. Und mit Sicherheit wird es sein letzter sein.«

»Darauf könnt Ihr Euch verlassen«, fügte ein nun zufrieden wirkender Michele Ghisleri hinzu. »Habt Dank, Bischof Simancas. Und was meinen Anteil an dem Fall betrifft, kann ich anfügen, dass Abschriften dieser Briefe dem Großherzog Cosimo de' Medici bereits vorliegen. Er persönlich hat mir versichert, dass er Carnesecchi die Unterstützung, die er ihm bisher angedeihen ließ, nun entziehen werde. Mehr noch, er brennt darauf, ihn endlich loszuwerden. Was sagt Ihr dazu, Pater Michaelis?«

Der Angesprochene frohlockte innerlich, behielt aber so weit einen kühlen Kopf, dass er noch zu einigen Überlegungen fähig war. Er wusste, dass das Papsttum nicht darauf verzichtet hatte, die Auslieferung des Erzbischofs Carranza di Toledo zu verlangen, den der Inquisitor Valdés auf Geheiß Philipps II. hatte einkerkern lassen. Und er wusste auch, dass im Vormonat eine vatikanische Delegation mit Kardinal Borromeo an der Spitze nach Spanien aufgebrochen war, mit dem Auftrag, den gefangenen Kirchenfürsten nach Rom zurückzubringen. Er fragte sich, ob Simancas beherztes Vorgehen gegen Carnesecchi nicht vielleicht der Hoffnung entsprang, sich bei dem vermutlich neuen Papst Fra

Ghisleri beliebt zu machen: eine Art Vorleistung, im Vertrauen auf eine spätere Vergütung. Doch in einem Moment wie diesem waren solche Spekulationen reine Zeitverschwendung.

Er beugte das Haupt und versuchte so gelassen wie möglich zu antworten:

»Hochverehrter Generalinquisitor, jedes aufrechte Christenherz muss frohlocken bei der Kunde von der Vernichtung eines gefährlichen Ketzers.«

»Wohl wahr. Ihr aber habt einen besonderen Grund, Euch zu freuen, habt Ihr doch mit unermesslichem Eifer zu unserem Erfolg beigetragen. Der ans Krankenlager gefesselte Heilige Vater hatte die Güte, mir einige seiner Aufgaben zu übertragen, darunter jene, neue Inquisitoren zu berufen. Ihr gehört einem Orden an, der gewöhnlich solche Ämter ablehnt, und daher war es mein Bestreben, heute auch die höchsten Vertreter der Gesellschaft Jesu hier zu versammeln. Kurzum, ich halte Euch für einen idealen Inquisitor mit einer langen Erfahrung auf diesem Gebiet. Und außerdem ist es wohl an der Zeit, dass sich auch die Jesuiten an der praktischen Ausrottung der ketzerischen Irrlehren beteiligen.«

Pater Michaelis bebte vor Freude, und er spürte, wie ihm das Blut vor Aufregung in die Schläfen schoss. Diese Euphorie hätte er gar nicht empfinden dürfen, das wusste er, aber es gelang ihm nicht, sie im Zaum zu halten, und so gab er sich ihr fast wollüstig hin.

Er war derart erregt, dass er kaum die Frage hörte, die Fra Ghisleri jetzt an die Versammlung richtete:

»Hat einer der Anwesenden noch etwas gegen die Erhebung Pater Michaelis' zum Großinquisitor Frankreichs einzuwenden?«

»Ja, ich!«

Es war die Stimme von Kardinal Farnese. Michaelis spürte, wie sein Blut absackte, und er erschauderte. Eigentlich hätte er sich denken können, dass der Kardinal, der dem heiligen Offizium gar nicht angehörte, nicht zufällig hier war. Aber er hatte sich eingeredet, seine Anwesenheit sei eben seiner starken Bindung an den Jesuitenorden geschuldet. Nun gut, so konzentrierte er jetzt seine Aufmerksamkeit ganz auf das, was der Kardinal vorbringen würde, jederzeit bereit, seine Einwände zu entkräften.

»Sprecht, Eminenz. Sind Euch Schatten bekannt, die die Vergangenheit von Pater Michaelis verdüstern?«

»Ja, leider. Ich weiß mit Sicherheit, dass sein nach außen hin tadelloses Leben einen schweren Makel trägt: den der Unzucht.«

Die Empörung überwältigte Pater Michaelis. Am liebsten hätte er sie hinausgeschrien, doch er wusste, wie wenig ratsam dies war. So versuchte er vielmehr, verächtlich die Miene zu verziehen und die Lippen zu einem höhnischen Lächeln zu kräuseln.

»Fahrt bitte fort, Eminenz«, bat Fra Ghisleri.

»Wie Ihr wisst, hatte ich Carnesecchi in Verwahrung, in den Monaten, da in Rom über dessen weiteres Schicksal beraten wurde. In demselben Kloster hielt sich auch die junge Herzogin Giulia Cybo-Varano auf, die, nach dem Kirchenbann für ihre Mutter und sie selbst, jeden Anspruch auf das Lehen von Camerino verlor und in der Folgezeit verarmt ist. Ihre Bekanntschaft mit Carnesecchi war mir hilfreich bei dem Versuch, dem Häretiker seine Verfehlungen nachzuweisen. Bischof Simancas kann das bezeugen.«

Der Spanier nickte.

»Mehr als jeder andere hat Kardinal Farnese Piero Carnesecchi bekämpft. Ihm verdanken wir die Zeugenaussage des früheren kaiserlichen Gesandten in Venedig, Don Diego Hurtada de Mendoza, gegen den Erzbischof Carranza. Don Diego hat über die Gruppe der Calvinisten in Venedig berichtet und über die Freundschaft Piero Carnesecchis mit anderen notorischen Ketzern wie Pietro Gelido oder eben auch Carranza.«

In diesem Kreis den Fall Carranza zu erwähnen war alles andere als angebracht. Fra Ghisleri stoppte Simancas mit einer entschlossenen Geste und wandte sich wieder an Kardinal Farnese:

»Eure Verdienste sind uns allen bekannt, Eminenz. Darf ich Euch nun bitten, zum Thema zurückzukehren.«

»Sofort. Seinem dem Augenschein nach heiligen Leben zum Trotz hat Pater Michaelis niemals den Verlockungen des Fleisches widerstehen können. Ein kurzer Aufenthalt in Frankreich machte mir klar, das Giulia Cybo-Varano für ihn das stete Objekt seiner Begierde war. Es gelang mir, die Frau der Zuständigkeit der französischen Inquisition zu entziehen, und der Kardinal von Lothringen kann bezeugen, welchen Druck ich damals deswegen auf ihn ausgeübt habe. Doch als ob das noch nicht gereicht hätte, hat Pater Michaelis vor noch gar nicht langer Zeit mit falschen Beschuldigungen dafür gesorgt, dass sich die römische Inquisition mit ihrem Geliebten, einem Astrologen namens Gabriele Simeoni, beschäftigen musste.«

Fra Ghisleri nickte.

»Der Fall ist mir bekannt. Der arme Mann wurde vor einigen Tagen von allen Vorwürfen freigesprochen und wird eben heute von unseren Schreibern das entsprechende Dokument entgegennehmen können. Leider ist er von den Verhören schwer gezeichnet. Er kann fast nicht mehr sprechen und ist praktisch blind.«

Kardinal Farnese zeigte auf Pater Michaelis.

»Das hat er nur dieser Viper in Menschengestalt dort zu verdanken.«

Michaelis hatte die Anschuldigungen mit wachsendem Schrecken vernommen. Es gelang ihm, das Zittern seiner Hände so weit in den Griff zu bekommen, dass er sich das Kollar aufknöpfen konnte, in der vergeblichen Hoffnung, dadurch wieder zu Atem zu kommen. Doch sogleich übermannten ihn Verzweiflung und Zorn.

»Das sind Lügen«, schrie er. »Dieser Mann ist ein Lügner.« Doch seine Stimme klang zögerlich und brüchig.

»Ihr könnt Euch später verteidigen. Aber ich untersage Euch schon jetzt, einen Kardinal der Lüge zu bezichtigen«, wies ihn Fra Ghisleri zurecht. Er gab Farnese ein Zeichen. »Fahrt fort, Eminenz.«

»Wie gesagt, hatte ich sowohl Carnesecchi als auch Giulia Cybo-Varano in Verwahrung. Nun, Monsignore Simancas war ebenfalls anwesend, als sich Pater Michaelis erdreistete, die Frau kurzerhand aus dem Konvent zu entführen. Und das gewiss nicht lauteren Herzens. Denn er vergewaltigte die Entführte noch in der Kutsche, in der sie entkamen. Eine solch entsetzliche Tat...«

»Lüge!«, schrie Pater Michaelis, indem er aufsprang. »Dieser Mann verdreht die Tatsachen! Denn er war es, der sich an Giulia verging. Ich befreite sie von den Qualen, die dieser…« Er hatte zu laut geschrien, und ein Hustenanfall erstickte seine Stimme. Nur noch ganz leise und schwach konnte er hinzufügen: »Die Frau befindet sich in Rom. Hört dazu ihre Aussage!« Dann hustete er wieder.

Alessandro Farnese zeigte ein freudloses Lächeln.

»Wenn es nur das ist, was Ihr wollt, bitte, Ihr sollt Euren Willen haben.«

Wie auf Kommando stand einer der betagten Dominikaner auf und schob eine der mit Tuch bespannten Holzwände zur Seite, die den Saal vom Kreuzgang trennten. Dahinter stand Giulia, bleich wie der Tod. Michaelis starrte sie an wie ein Gespenst, während sie auf die Versammlung zutrat. Sie trug ein einfaches Kleid aus blauem Leinen und sah immer noch schön, aber auch sehr mitgenommen aus. Sie hatte tiefe Ränder unter ihren blauen Augen und zahlreiche Falten um die Mundwinkel und auf der Stirn. Unverkennbar hatte sie in letzter Zeit fast unablässig geweint.

»Kommt, meine Liebe«, sprach Kardinal Farnese sie in fast väterlichem Ton an. »Seid unbesorgt, wir möchten nur einige wenige Dinge von Euch wissen. Kennt Ihr diesen Mann?« Er zeigte auf Pater Michaelis.

»Ja«, antwortete Giulia ganz leise.

»Ihr erinnert Euch doch sicher, wie er Euch aus dem Konvent entführt hat, wo Ihr mein Gast wart. Was geschah danach?«

Die Frau schlug die Augen nieder und murmelte dann:

»Ich musste ihm zu Willen sein.«

»Wiederholt das bitte. Meint Ihr damit, er hat Euch vergewaltigt?«

Giulia traten die Tränen in die Augen.

»Ja. Und immer wieder in den nächsten Tagen, bis wir in Frankreich waren.«

»Danke, Herzogin. Nun könnt Ihr zu Eurem Verlobten Simeoni zurückkehren, der seine Freiheit wiedererlangt hat.« Die

Stimme des Kardinals war nun voller Mitgefühl. »Ich will den Entscheidungen des neuen Papstes nicht vorgreifen, aber ich an seiner Stelle würde in Anbetracht all dessen, was Ihr erdulden musstet, den Bann aufheben, der auf Eurem Geschlecht lastet. Was meint Ihr dazu, Fra Ghisleri?«

Der Inquisitor nickte.

»Das würde ich an seiner Stelle auch.«

»Seht Ihr, meine liebe Freundin.« Der Kardinal lächelte nun übers ganze Gesicht. »Geht nun, geht zu Eurem geliebten Simeoni. Niemand wird Euch mehr ein Leid antun.«

Schweigend zog sie sich in den Kreuzgang zurück, von dem aus ein schneidend kalter Luftzug in den Raum drang, den Pater Michaelis aber gar nicht wahrnahm. Er hatte einen Kloß im Hals, und zum ersten Mal seit Jahrzehnten spürte er wieder, wie ihm die Tränen in Strömen übers Gesicht liefen. Er versuchte, sich aufzulehnen, aber es gelang ihm nicht. Er hätte diese Frau niemals anklagen können. Dazu liebte er sie zu sehr. Er hatte sie immer geliebt. So beugte er nur das Haupt, um die Tränen zu verbergen.

Fra Ghisleri schien auf eine Erwiderung zu warten. Er schwieg lange und meinte dann seufzend:

»Nun, von einem Inquisitor wird zwar ein völlig untadeliger Lebenswandel verlangt. Dennoch ist die Kirche stets bereit, die Sünden des Fleisches zu vergeben, wenn der Sünder ehrliche Reue erkennen lässt. Eure Tränen, Pater Michaelis, zeigen mir, dass Ihr Eure Taten bereut. Bevor ich meine Entscheidung öffentlich mache, muss ich diesen Umstand überdenken. Wenn nun keine weiteren Vorwürfe mehr laut werden …«

»Doch, leider.« Wieder war es Kardinal Farnese, der das Wort ergriffen hatte. »Sowohl Giulia Cybo-Varano als auch Simeoni haben zu Protokoll gegeben, dass sie in der Provence einen einflussreichen Anführer der katholischen Partei getötet haben. Und Pater Michaelis habe sie dazu angestiftet.«

»Das kann ich nicht glauben!«, rief Fra Ghisleri aus. Er wandte sich an den Jesuiten. »Sagt, ist das wahr?«

Michaelis war verwirrt, aber nicht in dem Maße, dass er den

Schlag dieser zweiten Beschuldigung nicht schmerzhaft verspürt hätte. Fast wütend wischte er sich über die Augen, bereit zu reagieren. Dann wurde ihm jedoch klar, dass er nicht würde lügen können, ohne damit eine Todsünde zu begehen. Eine Sünde, die erlaubt war, wenn das Schicksal der Kirche auf dem Spiel stand, verboten aber, wenn es wie hier nur darum ging, selbst den Kopf aus der Schlinge zu ziehen.

»Ja, es ist wahr«, sagte er leise. Jetzt, nach diesem Geständnis, würden ihn nur noch seine Vorgesetzten retten können. »Pater Nadal war über alles unterrichtet. Er hat mir sogar die Absolution erteilt…«

»Das stimmt nicht«, setzte sich der Angesprochene heftig zur Wehr. »Ich habe Euch die Absolution in Aussicht gestellt, aber nie wirklich erteilt. Ihr habt mir etwas von einer kriminellen Tat zum Segen unserer Sache erzählt, und natürlich habe ich geglaubt, es ginge dabei um den Tod eines Hugenotten. Nie im Leben hätte ich vermutet, dass es sich um die Ermordung eines Katholiken handeln könnte.«

Michaelis warf Pater Laínez einen bangen Blick zu. Mit wahrem Entsetzen beobachtete er, wie dieser sich erhob und den Zeigefinger anklagend gegen ihn ausstreckte.

»Nun reicht es, Pater Michaelis. Das Maß ist jetzt voll!«, herrschte er ihn an. »Es ist Eure Schuld, dass das Parlament in Paris einen Prozess gegen uns angestrengt hat, bei dem wir nur wie durch ein Wunder einer Verurteilung entgangen sind. Euer ungeschicktes Verhalten hätte um ein Haar unseren Untergang herbeigeführt. Ihr wisst nicht zu unterscheiden zwischen List und Betrug, zwischen Entschlossenheit und Verbrechen. Ich habe keinen Grund, an Euren guten Absichten zu zweifeln, aber Ihr habt gewiss nicht das Format, um ein Amt wie das eines Provinzialen von Frankreich zu bekleiden. Und auch nicht, um Mitglied unserer Gesellschaft zu sein.«

Pater Auger nickte.

»Ganz meine Meinung. Pater Michaelis bedient sich Mittel, die wir in unserem Orden nicht kennen, nämlich der rohen Gewalt von…« Es lag ihm auf der Zunge, »von Dominikanern« zu sagen, doch er korrigierte sich gerade noch rechtzeitig, »…von Straßenräubern. Er mag ein ehrlicher Mann sein, für verantwortliche Aufgaben aber völlig ungeeignet. Man bedenke nur, dass er die sozialen Konflikte in Frankreich noch angeheizt hat, in einer Situation, in der nichts wichtiger war als Eintracht.«

Pater Michaelis reagierte gar nicht mehr. Er fühlte sich so ungeheuer machtlos und war wie gelähmt davon. Offenbar gedachte sein Orden, ihn auf dem Altar eines Waffenstillstands mit dem Pariser Parlament zu opfern. Das hieß, der Prozess, den man ihm hier machte, war von langer Hand geplant, und das Urteil stand bereits fest. Was hätte er da noch zu seiner Rechtfertigung vorbringen können?

Er spürte, wie ihm wieder Tränen in die Augen traten, und er schämte sich dafür. Den Kopf gesenkt saß er teilnahmslos sich in sein Schicksal ergebend auf seinem Stuhl, auf alles gefasst, nur nicht auf die Worte, die der Bischof Simancas nun sprach.

»Es gibt da noch einen weiteren Schatten, der auf Pater Michaelis' Vergangenheit lastet. Die ketzerischen Briefe an Carnesecchi, die diesen über Giulia Gonzaga erreichten, waren zwar von einer Frau unterzeichnet, aber die Handschrift selbst war eindeutig von einem Mann. Über meinen Freund Kardinal Farnese erfuhr ich, dass es die Unterschrift der Herzogin Cybo-Varano war. Die Frau gab aber an, dass Pater Michaelis die Briefe geschrieben hatte. Mit anderen Worten – er fungierte als Mittler zwischen Carnesecchi und den so genannten Reformierten Frankreichs.«

Diese ungeheure Anschuldigung setzte bei Pater Michaelis noch einmal Kräfte frei. »Das ist nicht wahr«, rief er. »Ich bin kein Ketzer. Alles könnt Ihr mir vorwerfen, nur das nicht!«

Fra Ghisleri hob eine Hand.

»Pater Michaelis ein Ketzer? Nein, das kann ich mir auch nicht vorstellen. Trotz seiner Fehler halte ich ihn sogar für einen guten Katholiken.« Er wartete, bis sich Michaelis ein wenig beruhigt hatte, und fuhr dann fort: »Ich bin sogar so sehr davon überzeugt, dass ich mein Versprechen einhalten und ihn zum Inquisitor ernennen will. Und dies erkläre ich hiermit öffentlich. Allerdings halte ich es für angebracht, dass Ihr dazu die Kutte wechselt. Was meint Ihr, Kardinal Farnese? Wäre das möglich?«

Der Prälat zuckte die Achseln.

»Ich habe ohnehin stets das Verfahren für unzulässig gehalten, durch das Pater Michaelis vom Dominikanerorden zur Gesellschaft Jesu übertrat. In meinen Augen liegen alle Voraussetzungen für eine Annullierung dieses Übertritts vor.«

Fra Ghisleri blickte zu Diego Laínez hinüber.

»Möchtet Ihr Einwände dagegen vorbringen?«

»Nein. Im Grund hat er nie richtig zu uns gehört.«

Der Generalinquisitor ließ lächelnd seinen Blick auf dem mit gesenktem Haupt dasitzenden Pater Michaelis ruhen.

»Nun gut. Es ist also beschlossene Sache. Ihr könnt Euch freuen, Pater Michaelis. Ihr werdet die Kutte des heiligen Dominikus wieder anlegen und darüber hinaus nicht weiter zur Rechenschaft gezogen werden. In diesem Gewand könnt Ihr dann einen untergeordneten Sitz des heiligen Offiziums etwa in Eurer heimatlichen Provence leiten. Ihr habt ein Spiel gewagt, das zu kompliziert war für Eure begrenzten Fähigkeiten. Aber Ihr werdet sicher einen guten Provinzinquisitor abgeben… Nun, was sagt Ihr dazu?«

Die Demütigung hatte Pater Michaelis die Sprache verschlagen. Er schluckte ein paar Mal und murmelte dann:

»Ich will gehorchen.«

»Sehr gut.«

Alle standen auf. Fra Ghisleri gab den drei Dominikanern ein Zeichen.

»Führt ihn durch den Kreuzgang hinaus. Hinter dem Kloster steht eine Kutsche, die ihn noch heute nach Frankreich zurückbringen wird. Unter einem der Sitze liegt eine Kutte eures Ordens. Sorgt dafür, dass er sie anlegt, bevor er losfährt.«

Am Boden zerstört vor Scham ließ Pater Michaelis sich willenlos in Richtung der Bogengänge schieben. Nur undeutlich nahm er Kardinal Farnese wahr, der lächelnd auf ihn zutrat und ihm eine Schriftrolle reichte.

»Hier, nehmt Eure Ernennungsurkunde zum Inquisitor.«

Ohne zu überlegen nahm er das Schriftstück entgegen und trat in die Kälte des Kreuzgangs.

Er war, eskortiert von den drei Dominikanern, schon fast bei dem gegenüberliegenden Portikus angekommen, als er plötzlich Giulia erblickte, die aus einer kleinen Tür des Klosters trat. Eine Gefühlswallung aus Zuneigung, Groll und Trauer übermannte ihn. Mittlerweile machte er vor sich selbst keinen Hehl mehr aus seinen Gefühlen. Und er wusste, dass alles, was er für sie empfand, einen Namen hatte: Liebe. Er streckte die Arme zu ihr aus.

»Giulia ...«, rief er weinend. »Wir ... Ich ... kann dir alles erklären ...« Er brach ab. Neben ihr war ein Mann, dem sie jetzt liebevoll besorgt dabei half, die einzige Stufe auf dem Weg in den Kreuzgang zu nehmen. Der Mann sah so entsetzlich aus, dass man bei seinem Anblick erschrecken musste. Eine Augenhöhle war leer, das andere Auge trüb. Der zahnlose Mund war nur noch ein aufgerissenes Loch. Wenige dunkelblonde Haare konnten die unzähligen Narben auf seinem Schädel nicht verdecken. An den Händen fehlten ihm fast alle Finger. Er humpelte schrecklich und verdrehte bei jedem Schritt mühevoll die Beine.

Pater Michaelis erkannte Simeoni, und alles, was er zu sagen hatte, blieb ihm in der Kehle stecken. Er beobachtete, wie sich Giulia an diesen verunstalteten Menschen drückte, so als wolle sie ihn beschützen. Da sah sie plötzlich zu ihm auf, und diesen Blick ihrer blauen Augen würde er nie mehr vergessen.

Wie vom Blitz getroffen, stürmte Michaelis davon, die drei Dominikaner hinter ihm her. Erst nach vielen Stunden erholte er sich ein wenig von dem Schrecken. Da fuhr die Kutsche schon an schneebedeckten Feldern vorbei durch eine Ebene in Savoyen. Er richtete sich ein wenig auf, streckte die erstarrten Hände aus den weißen Ärmeln der Kutte vor und entrollte endlich das Schriftstück, das er immer noch in Händen hielt. Er las:

*Priapus Sextus Episcopus, servus servorum Dei,*
*bestätigt, dass der Inhaber dieses Dokuments, der sich als Inquisitor ausgibt, ein schamloser, untreuer Halunke ist,*

*und befiehlt allen Gläubigen, ihn mit Arschtritten zu empfangen, denn es ist eine Sache, heimtückisch zu sein, eine ganz andere aber, dreckig wie eine Ratte. Und Ratten ist das Himmelreich bekanntlich verschlossen.*

*Datum in Roma apud lupanarem Mariae Bononiensis.*

*M.D.LXV.*

# Der Sprung in den Abgrund

Ein Skarabäus, der dem Lauf der Sonne folgend im Kreis flog. Dieses Bild quälte Michel, wenn sich seine Sinne wieder einmal eintrübten und die Halluzinationen die Oberhand gewannen. Dann brach ihm der Schweiß aus, und er musste sich an der Bettdecke festklammern. Manchmal schrie er auch. Dann kam Jumelle herbeigelaufen, gefolgt von Chevigny oder einem der zahlreichen Besucher, die sich jetzt täglich am Sterbelager des Propheten einfanden. Fast immer schloss er dann die Augen und stellte sich schlafend, bis die anderen ihn allein ließen und nur noch Jumelle bei ihm blieb. Die leichte Berührung ihrer Hände auf den seinen war das einzige Mittel, das ihm in diesen letzten Tagen seines Leidens Linderung verschaffen konnte.

Der Juni des Jahres 1566 war sehr warm gewesen, und auch dieser Morgen des 1. Juli versprach wieder einen schwülen Tag. Michel wachte aus seinem Halbschlaf auf, in dem es keinen Unterschied zwischen Tag und Nacht mehr gab, und sein verschleierter Blick ging zu Jumelle, die neben ihm auf dem Bett saß. Er lächelte sie an.

»Welch seltsames Schicksal. Manch einer fleht in den Stunden seines Todes nach einem Schwertstreich, der ihn von seinem Leiden erlöst, oder nach spätem Ruhm für seine Leistungen auf Erden. Ich aber, der ich so ehrgeizig war, flehe nur darum, endlich Wasser lassen zu können.«

Sie drückte seine fast steifen Finger.

»Du wirst nicht sterben, mein Schatz. Heute wird der Arzt eintreffen, den du aus Lyon kommen lässt, Doktor Jean Liparin. Ganz gewiss ist er besser als unsere Ärzte hier in der Stadt.«

»Ach ja, Liparin! Auf den bin ich gespannt«, murmelte Michel. »Ich habe ihn nie persönlich kennen gelernt, nur mit ihm im Briefwechsel gestanden, als er noch in Bourges praktizierte. Ich dachte, er sei vor zwei Jahren gestorben, denn jemand hat mir erzählt, seine Witwe habe wieder geheiratet. Dann erhielt ich auf einmal seinen Brief aus Lyon, in dem er mir seine Dienste anbot. Ich möchte wissen, wie das zu erklären ist.«

»Denk nicht so viel an den Arzt, denk lieber an deine Gesundheit. Wie geht's dir denn heute Morgen? Hast du Schmerzen?«

»Nein. Ich spüre ja schon seit Tagen nichts mehr. Vermutlich ist mein Körper schon teilweise gelähmt. Und natürlich spüre ich auch keinen Harndrang.« Michel seufzte. »Anne, in Kürze bis du Herrin über einen Teil des Hauses und meines Vermögens. Hast du mein Testament gelesen?«

»Ja. Ich habe gesehen, dass du mir ein Drittel des Hauses vermachst, das einmal mir gehört hat. Und das machst du noch von der Bedingung abhängig, dass ich nach deinem Tod nicht wieder heirate. Wieso ist dir das eigentlich so wichtig?«

Michel nahm den tadelnden Unterton in Jumelles Stimme sehr wohl wahr.

»Ach, du sollst nur mir allein gehören, für immer«, flüsterte er.

»Und für deine Töchter hast du bestimmt, dass sie ihr Erbe erst nach ihrer Eheschließung antreten dürfen. Nicht so aber deine Söhne. Wieso eigentlich?«

Michel wusste nicht, was er antworten sollte.

»So ist es Brauch«, murmelte er verlegen.

Jumelle schüttelte den Kopf.

»Michel, Michel… Ein Mann wie du, der fähig ist, über die Grenzen der Zeit hinauszublicken, schafft es einfach nicht, sich von den Konventionen seiner Zeit freizumachen. Verstehst du, was ich damit meine?«

Michel richtete sich ein wenig auf, soweit ihm das seine lahmen Glieder gestatteten.

»Du hast Recht, das war falsch von mir. Bitte verzeih mir. Ich habe mir nichts dabei gedacht. Sobald ich wieder besser bei Kräften bin, werde ich den Notar und die Zeugen kommen lassen, um die Sache zu ändern. Ich verspreche es dir.«

Jumelle legte ihm den Zeigefinger auf die Lippen.

»Lass nur, Michel, du musst überhaupt nichts ändern. Ich liebe dich auch so. Ich habe dich immer geliebt, auch wenn es manchmal nicht so aussah. Und ich bin sicher, dass du wieder gesund wirst. Auf jeden Fall werde ich darüber wachen, dass dein letzter Wille respektiert wird.«

In diesem Moment erschien Christine in der Tür.

»Madame, Doktor Liparin aus Lyon wartet unten.«

»Bitte ihn sogleich hinauf.«

Während die Magd der Aufforderung nachkam, beugte sich Jumelle zu Michel hinunter und gab ihm einen sanften Kuss auf die blutleeren Lippen.

»Werd bald wieder gesund, mein Schatz. Ich sterbe vor Verlangen, noch jahrelang mit dir zu streiten.«

Sie richtete sich auf, als der Arzt, gefolgt von Chevigny, das Zimmer betrat.

»Braucht Ihr mich?«

»Nein, danke. Und auch Euch, Monsieur Chevigny, möchte ich bitten hinauszugehen. Wenn ich Hilfe brauche, gebe ich Bescheid.«

Doktor Liparin trat ans Krankenlager heran. Michel hatte Schwierigkeiten, ihn klar zu erkennen. Mit seinen verschleierten Augen nahm er nur das Bild eines durchschnittlich großen, grauhaarigen Mannes mit Bart wahr. Seine Gesichtszüge waren auffallend regelmäßig, ja schön, aber die Einzelheiten blieben Michel verborgen, da das Gesicht von einer undeutlichen Aureole umgeben war, so als sehe er durch den Boden eines Glases.

»Mir ist so, als würde ich Euch kennen«, sagte er schließlich.

»So ist es auch. Ihr kennt mich.« Liparin beugte sich zu dem Kranken hinab und lächelte. »Kommt, strengt Euer Gedächtnis ein wenig an. Wir waren einmal eng befreundet und sind sogar dann noch Freunde geblieben, als ich gezwungen war, meine Identität zu ändern.«

Michel bemühte sich, mehr zu erkennen, doch sein Blick blieb unscharf. Er schüttelte den Kopf.

»Nein, es geht nicht. Ich weiß nicht, wer Ihr seid.«

»Gut, dann will ich es Euch sagen. Als ich vor zwanzig Jahren in Saint-Rémy wohnte, hieß ich Joseph Turel Mercurin. Dann kannte man mich unter dem Namen Denis Zacharie. Ich weiß nicht, wie viele Namen ich danach noch annehmen musste. Der letzte ist jedenfalls Jean Liparin.«

Michel war zutiefst bewegt. Er versuchte die Arme auszustrecken, schaffte es aber kaum, auch nur die Hände ein wenig anzuheben. Seine Augen wurden feucht.

»Mercurin! Und ich habe Euch geschrieben, ohne zu wissen, wer Ihr seid.«

»Ich wollte Euch nicht kompromittieren. Daher gab ich mich nicht zu erkennen. Schließlich werde ich in Frankreich vielerorts gesucht. Als Ihr mir geschrieben habt, war ich gerade in Deutschland. Ich hatte in der Mine von Hans Rosenberg zu tun. Er ist, glaube ich, auch ein Kunde von Euch. Wie hat Euch denn der Goldpokal gefallen, den ich für Euch hergestellt habe?«

»Dann stimmt es also? Ihr habt einen Weg gefunden, selbst Gold herzustellen?«

Liparins Stimme nahm nun eine traurige Färbung an.

»Selbst wenn es so wäre – das zählt heute nicht mehr. All unsere Rezepte, unsere Formeln, unsere Erfindungen werden in Kürze wirkungslos werden.« Während er sprach, hatte der Arzt die Decke angehoben und musterte Michels grauenhaft angeschwollene Beine. »Eine historische Epoche neigt sich dem Ende zu, und wie alle Epochen in der Geschichte der Menschheit wird sie blutig enden. Die neue Wissenschaft, die an die Stelle der unseren tritt, wird nicht mehr in der Lage sein, Gold herzustellen. Da bin ich mir sicher. Man wird dazu übergehen, Geist und Materie für unvereinbar zu erklären und sie von nun an trennen. Es gibt heute schon Gelehrte, die das befürworten.«

Michel unterdrückte ein Stöhnen, während Liparin seine Waden abtastete.

»Das Ende einer Epoche, sagt Ihr. Meint Ihr damit das Ende der Herrschaft des Mars und den Beginn der Herrschaft des Mondes?«

»Ja, und damit wird auch die Magie aussterben. Wir gehören zu den Letzten, die ihrem Geheimnis nahe kommen. Keiner von denen, die versuchen werden, es uns nachzutun, wird unser Können und unser Wissen erreichen. Keiner, denn der Himmel über ihren Köpfen wird kalt und leer sein.« Liparin zog die Decke wieder hoch und breitete dann die Arme aus. »Michel, wir erleben die Folgen unseres Glaubens an ein vom Denken der Lebenden geformtes Universum. Da sich dieses Denken verändert, verändert sich auch das Universum. Und genau dies ist das Ende einer historischen Epoche: eine gewaltige Umwälzung des allgemeinen Bewusstseins, und daraus folgend eine Veränderung des Kosmos.«

»Ich weiß, Ihr seid nicht der Erste, der mir das sagt«, murmelte Michel. »Dennoch bin ich überzeugt davon, dass unsere Regeln die richtigen sind.«

»Im Moment noch, aber auch die werden sich ändern.« Liparin richtete sich auf. »Michel, Ärzte sollten offen zueinander sein. Darum ganz ehrlich: Nach dem, was ich sehen konnte, gibt es kein Mittel gegen Eure Krankheit. Ihr habt nur noch wenige Stunden auf dieser Erde.«

Michel lächelte schwach.

»Ihr, Joseph oder Denis oder Jean, habt es ja selbst gerade gesagt: Auch ich bin Arzt und bin auf den Tod vorbereitet. Ich verlasse die Erde ohne besondere Trauer. Was mir Sorge macht, ist eher das, was mich danach erwartet.«

»Ich verstehe, aber wisset, dass die Welt, die Euch erwartet, immer noch den alten Regeln gehorcht. Sie wird mit dem übereinstimmen, was wir glauben, und daher formbar sein durch den Meißel des Willens und der Vorstellung. Die Zeiten auf Erden ändern sich, nicht aber die unserer Träume.«

»Eben das ist es, was mich schreckt. Im Jenseits erwartet mich ein bösartiges Wesen, das sich mühelos im Astrallicht bewegt und die 365 Sphären von Abraxas seinem Willen unterwirft. Seit Jahren sendet es mir schon Zeichen, um mich an unseren bevorstehenden Kampf zu gemahnen.«

Liparin runzelte die Stirn, rückte sich dann einen Stuhl ans Bett und nahm darauf Platz.

»Vielleicht kann ich Euch doch helfen«, sagte er, indem er Michels Hand ergriff, »wenn auch nicht als Arzt, sondern als Eingeweihter. Was waren das für Zeichen, die Euch dieses Wesen sandte?«

»Skarabäen vor allem.« Michel überkam ein Zittern. »Scharen von Skarabäen. Von überall krabbelten sie hervor, an der Tafel der Königin, in meiner Küche, aus dem Maul meiner Katze.«

Liparin überlegte einen Moment und sagte dann:

»Nun, ich ahne, was diese Botschaft bedeuten könnte. Plutarch schon hat die Lebensgewohnheiten dieser Insekten beschrieben: Sie kennen kein weibliches Geschlecht, sondern formen aus ihrem Samen Kügelchen, die sie, dem Lauf der Sonne folgend, von Ost nach West rollen. Und aus diesen Kügelchen entstehen neue Skarabäen, ohne dass dazu ein Weibchen nötig wäre.« Er hielt inne und fragte dann: »Versteht Ihr, was das heißen könnte?«

Michel spürte, wie seine Stirn glühend heiß wurde. Er war dermaßen betroffen, dass er nicht mehr unterscheiden konnte, ob seine Verwirrung durch die Krankheit oder die Worte, die er gerade gehört hatte, hervorgerufen wurde:

»Er will…, er will ein Universum schaffen«, stieß er stammelnd hervor, »aus dem das weibliche Element getilgt ist. Ein Universum mit einer Sonne, aber ohne Mond… mit Macht, aber ohne Gnade…«

»Ja, das denke ich auch. Darum die Skarabäen«, stimmte ihm Liparin, jetzt ebenfalls erregt, zu. »Sagt, Michel, habt Ihr noch weitere Zeichen erhalten? Wenn ja, so beschreibt sie mir bitte!«

»Ja, viele… Mein schlangenförmiger Ring nahm die Gestalt einer echten Schlange an und schlängelte sich tatsächlich über die Tischplatte… Aber damals war ich bereits krank…, vielleicht war es nur eine Halluzination.«

»Aber nein, keineswegs!«, ereiferte sich Liparin und beeilte sich zu erklären: »Ouroboros, die Schlange, die sich in den Schwanz beißt, war schon immer das Symbol der Verbindung von Mann und Frau. Der Name Eva, Hawwah, entstand aus den Worten *hayah* für ›Leben‹ und *hivyah* für ›Schlange‹. Die kreisförmige Schlange ist eine wohlmeinende Entität, in der Mann und Frau sich vereinen, in der der Gegensatz zwischen den beiden Seiten des Kosmos aufgehoben wird. Die gestreckte Schlange hingegen ist ein rein männliches Symbol: das Phallussymbol.«

»Ach, ich weiß nicht, das mag ja alles stimmen«, murmelte Michel gleichermaßen verwirrt und erschöpft. »Sicher weiß ich nur, dass mich nach meinem Tod jemand erwartet, der auf die Gewalt als absolutes Gesetz des Universums baut. Und ich glaube, mir fehlt die Kraft, ihm entgegenzutreten.«

Liparin stand plötzlich auf.

»Verzeiht, Michel. Ich habe für einen Moment vergessen, in welchem Zustand Ihr Euch befindet, und Euch unnötig erschöpft. Aber auf jeden Fall wisst Ihr, über welche Kräfte Ihr verfügt. Ihr seid ein *Magus*, nicht wahr?«

»Das glaubte ich einmal, aber nun stelle ich fest, dass ich zu viele Schwächen habe.«

»Ihr seid eben ein Mensch.« Liparin senkte die Stimme. »Ein *Magus* besitzt die Schlüssel zu den eigenen Träumen und zu denen der gesamten Menschheit. Er hat Zugang zur fünften Essenz, das heißt zur gemeinsamen Seele alles Lebenden. Aber vor allem hat er die Macht, in den Lauf der Dinge einzugreifen. Über diese Macht verfügt Ihr.«

»Das bezweifle ich.«

»Ich nicht. Euch ist es gegeben, über die Grenzen der Zeit hinauszublicken, und darauf kommt es an. Wisst Ihr, wann Euer Feind seine Pläne in die Tat umsetzen will?«

Liparins Frage blieb unbeantwortet, weil Jumelle auf der Schwelle erschienen war. Ihre Augen glänzten.

»Braucht Ihr noch lange, Monsieur Liparin? Ich frage nur, weil Pater Vidal de Vidal, bei dem Michel beichten wollte, eingetroffen ist. Oder kann ich ihn wegschicken?« In Jumelles letzter Frage schwang unüberhörbar Hoffnung mit.

Liparin schüttelte den Kopf.

»Nein, schickt ihn nicht fort. Aber lasst mir noch ein paar Minuten.«

Jumelle entfernte sich leise, während sie ein Taschentuch an die Augen führte. Der Arzt beugte sich wieder zu Michel hinab.

»Ich frage Euch noch einmal, und bitte antwortet mir. Wisst Ihr, wann jener, den Ihr fürchtet, die Sonne dazu bringen will, den Mond auszulöschen? Ich meine, nach irdischer Zeitrechnung.«

»Ein Dämon namens Parpalus hat mir einen Zeitpunkt genannt: das Jahr 1999. An der Grenzlinie zwischen zwei Epochen, wenn Saturn herrscht. Zeitgleich mit einer Sonnenfinsternis wird ein Schreckenskönig vom Himmel herabkommen.«

»Ja, ich erinnere mich an Euren entsprechenden Quartain. Finsternis wird sich auf die Erde legen, und das wird der Beginn einer Zeit grauenvoller Kriege sein, die vorgeblich zu einem guten Zweck ausgetragen werden. Ich erinnere mich sogar noch wortwörtlich an den ergänzenden Quartain:

*Quand le defaut du ciel lors sera,*
*sus le plan jour le monstre sera veu:*
*tout autrement on l'interpretera.*
*Cherté n'a garde: nul ny aura pourveu.*

»Mit anderen Worten, wenn die Dunkelheit der Sonnenfinsternis über die Erde kommt, wird der *Roy d'effrayeur*, das wahre Ungeheuer, zu sehen sein. Doch man wird sein Erscheinen falsch interpretieren, und niemand erkennt, welche Katastrophe sich anbahnt.«

In einer Geste der Machtlosigkeit bewegte Michel seine steifen Finger. Immer schwerer fiel es ihm zu sprechen.

»Ich habe die Verse, die ich schrieb, niemals voll und ganz zu deuten gewusst. Sie kamen aus den Tiefen meines Geistes, als seien sie mir von einem Dämon eingegeben.«

»Aber in diesem Fall kann ich Euch helfen. Was wird im Dunkeln sichtbar? Ein Licht. Und wenn sich, damit man es sieht, die Sonne verfinstern muss, muss es ein Licht von gleicher Strahlkraft sein. Und dieses ist, meiner Ansicht nach, das Ungeheuer, das unser Feind auf die Menschheit loslassen will. Etwas, das so hell ist wie die Sonne, die er anbetet.«

Nun fiel Michel der entsetzliche Vers wieder ein, der machtvoll in seinem Geist widerhallte: *La mort s'approche à neiger plus que blanc.* Und plötzlich verstand er, was dieser Tod, der weißer war als der Schnee, sein mochte: ein Tod, der auf eine Hitze zurückging, die viel stärker war als die Glut des Feuers, mit einem Licht, das kein menschliches Auge schauen konnte, ohne daran zu Grunde zu gehen.

In seiner vom Fieber gezeichneten Phantasie tauchte eine Reihe von Bildern auf: Er sah gewaltige Explosionen, von denen ein immer heller werdendes Licht ausging; einsame Inseln, die zu experimentellen Zwecken in weiße Flammenmeere getaucht wurden; Flammen, die keine Flammen waren, aber sehr viel stärker brannten und ihr Gift zwischen den Kriegsparteien verströmten. Schließlich den Versuch, das Auge Gottes – oder Mythras, Abraxas, Helios, Apollon, die Sonne … – auf die Erde zu bringen, um damit die Voraussetzung für die Auslöschung der gesamten Menschheit zu schaffen. Dies alles zur vollen Zufriedenheit desjenigen, der den Triumph des brutalen, raubtierhaften männlichen Prinzips herbeigesehnt hatte und dazu bereit war, sich selbst im Namen des Chaos und des Endes der Zeit zu opfern.

Michel schreckte aus seinen Phantasien auf.

»Ich weiß nicht, ob es tatsächlich in meiner Macht liegt, doch jener, den ich bekämpfe, hat mir seinerzeit verraten, dass ich seine Pläne stören könnte. Dazu müsste ich mich im Achten Himmel mit meinen erbittertsten Feinden treffen, um mit ihnen eine Kette der Liebe zu bilden und dem gesamten Kosmos auf diese Weise ein anderes Gesetz als das des Hasses aufzuerlegen.«

»Ihr habt einen großzügigen Gegenspieler. Ich glaube, er hat Euch die richtige Lösung verraten, auch wenn es schwierig sein dürfte, sie in die Tat umzusetzen.«

»Ja, es ist nicht leicht zu erreichen, von seinen Feinden geliebt zu werden, und sei es auch nur für einen Moment.«

»Das ist nicht der Punkt. Die größere Schwierigkeit ist es herauszufinden, wer Eure wahren Feinde sind.«

»Ich hatte in meinem Leben viele Feinde, aber drei taten sich besonders hervor.«

»Zu viert, aber auch schon zu dritt, kann die Kette der Liebe gebildet werden. Seid Ihr wirklich sicher, dass jene, an die Ihr denkt, Eure erbittertsten Feinde sind?«

»Ja…, ich glaube ja.«

»Dann liegt es in Eurer Macht als *Magus,* sie im Achten Himmel zu neuem Leben zu erwecken. Der andere *Magus* scheint sich dem ja nicht zu widersetzen. Es ist sogar wahrscheinlich, dass sie in jener unerhörten Welt bereits zu Eurer Verabredung zusammengekommen sind, da dort die Zeit nicht zählt und die Schlacht schon in vollem Gange ist… Doch zu welcher Waffe gedenkt Ihr zu greifen?«

Michel runzelte die schweißnasse Stirn.

»Guillaume Postel hat mir zum Schlangenritual geraten…«

»Postel! Na ja, der ist zwar vollkommen verrückt, aber immerhin auch ein Eingeweihter unseres Wissens«, bemerkte Liparin leicht amüsiert. »Ja, und er hat Recht: Es muss das Schlangenritual sein. Sorgt dafür, dass sich das Reptil in den Schwanz beißt und dadurch das Feuchte und das Trockene zusammenkommen, Selene und Helios, das männliche und das weibliche Prinzip. Ich glaube nicht, dass Euer Widersacher darauf vorbereitet ist. Wer steht Ihm zur Seite?«

»Niemand, glaube ich. Abgesehen von den Dämonen, den planetarischen Geistern und den Archonten der 365 Sphären.«

»Keine allzu starken Verbündeten. Und ihnen fehlt der göttliche Funke… Ja, Ihr könnt es schaffen. Vorausgesetzt Ihr findet Eure wahren Feinde und könnt sie dazu bringen, Euch zu helfen.«

Liparin drückte noch einmal Michels Hand und stand auf.

»Ihr braucht mich jetzt nicht mehr. In Kürze werdet Ihr sterben. Habt Ihr Angst?«

»Nein, nicht so sehr. Was ich fürchte, ist der Abgrund, in den ich stürzen werde.«

»Ein Magier ist ein Schöpfer von Welten. Das Universum, in das Ihr eintreten werdet, wird Euch fremd vorkommen, aber es wird auf Eure Berührung reagieren. Seine Materie ist wie Ton und lässt sich formen. Tut dies, und möge Gott Euch dabei beschützen. Die Zeit wird kommen, da er Euch berufen wird, an

Ihm teilzuhaben. Das Astrallicht ist bloß die Aureole Seines Glanzes.«

Liparin ging zur Tür. Michel hätte sich gewünscht, dass er noch bei ihm bliebe, aber er wagte es nicht, ihn darum zu bitten. So fragte er nur:

»Was werdet Ihr jetzt tun?«

»Ich denke, ich werde ein weiteres Mal meinen Namen und meine Identität ändern. Ich werde überall dort zu finden sein, wo unsere Wissenschaft noch lebt, um dabei zu helfen, ihren Todeskampf würdig zu gestalten.« Der Arzt knöpfte sich den Hemdkragen auf und entblößte eine Schulter, auf der eine bräunliche Narbe in Form eines Kreuzes zu erkennen war. »Wie Ihr seht, haben wir viele Dinge gemeinsam. Grüßt Ulrich von mir – und tötet ihn.«

Als Michel sich von seiner Überraschung erholt hatte, war Liparin bereits verschwunden. Dann hörte er hastige Schritte auf der Treppe. Einen Augenblick später stand Jumelle neben seinem Bett, die Augen voller Tränen.

»O mein liebster Michel! Der Arzt hat mir gesagt…« Sie war nicht mehr im Stande, den Satz zu beenden, und deutete auf den betagten, ganz in Schwarz gekleideten Mann hinter ihr. »Pater Vidal ist da. Bei ihm wolltest du doch die Beichte ablegen.«

»Ja, sofort. Aber zuvor muss ich dich noch etwas fragen, Jumelle. Pater, würdet Ihr bitte draußen warten? Es wird nicht lange dauern.«

»Gern.«

Der Geistliche hielt etwas in der Hand, was Michel nicht genau erkennen konnte. Wahrscheinlich die Utensilien zur Letzten Ölung. Er zog sich zur Schwelle zurück, wo ein in Weiß gekleideter Junge stand.

Jumelle trocknete sich die Tränen und kniete neben dem Lager nieder.

»Was möchtest du mich fragen, Liebster?«

Michels Hals war wie zugeschnürt, und es dauerte etwas, bis er seine Frage stellen konnte:

»Jumelle, was war es, das ich nie von dir verstanden habe? Was war es, das uns trennte, auch wenn wir uns so nahe schienen?«

»Mach dir jetzt darüber keine Gedanken, Geliebter. Das ist nicht der richtige Zeitpunkt.«

»Doch, ich muss es wissen. Hast du mich geliebt?«

»O ja, sehr.«

»Hast du mich auch gehasst?«

Jumelle brach in Schluchzen aus, während Michel den Kopf auf dem Kissen ein wenig anhob.

»Antworte mir! Ich will die Wahrheit wissen.«

Jumelle verbarg ihre Augen hinter einem Taschentuch, und ihre Lippen bewegten sich kaum, als sie flüsterte:

»Ja, auch gehasst habe ich dich. Ich habe einen Feind in dir gesehen.«

»Aber warum? Warum?«

Jumelle schluchzte jetzt so heftig, dass sie nicht mehr antworten konnte. Sie stand auf und lief hinaus. Erschüttert trat Vidal zur Seite, um sie vorbeizulassen, und setzte dann zögerlich wieder einen Fuß in den Raum.

»Seid Ihr bereit zur Beichte?«

Michel seufzte. Dann schloss er die Augen und sagte:

»Ich bin bereit.«

Als der Geistliche das Haus verließ, schien er äußerst verblüfft. Der Nachmittag verlief ohne besondere Ereignisse, abgesehen vom Besuch aller Kinder an seinem Totenlager, begleitet von Chevigny und von Christine. Jumelle, die seit Stunden ununterbrochen weinte, wollte nicht mehr hinaufkommen.

Der Abend kam, und Michel verstand, dass es sein letzter auf Erden sein würde. Entspannt lehnte er sich auf seinem Lager zurück und ließ es geschehen, dass sein Geist in eine süße Bewusstlosigkeit abglitt. Er hatte weder Schmerzen noch andere unangenehme Empfindungen. Von der Last seines Körpers befreit, wanderte er zwischen den undeutlichen Gestalten umher, die das Schattenreich bewohnen. Es kam ihm so vor, als löse sich jetzt der Faden, der ihn mit seiner physischen Erscheinung verband. Er sah sich selbst matt und hilflos auf dem Bett liegen, verspürte dabei aber den Rausch einer grenzenlosen Freiheit, die der Gegenpol zu dieser Hilflosigkeit war. Und in diesem weder materiellen noch spirituellen Zustand konnte er für einen kurzen Moment schon in den Abgrund blicken, der ihn erwartete. Er sah seltsame Geometrien, durchscheinende Gestirne, Stollen und Höhlen, die ins Nichts geschlagen waren, blickte in ein verwirrendes, unbegreifliches Universum, das aber, wie die ihm bekannte Welt, voller Leben war: seine neue Heimstatt.

Es war wohl im Morgengrauen des folgenden Tages, als der Faden riss und Michels irdische Existenz erlosch. Er erkannte es daran, dass alles, was zuvor im Schatten lag, von einem strahlenden Licht erfüllt wurde, und alles, was zuvor verschwommen und undeutlich war, nun klare und scharfe Konturen bekam. Er warf einen letzten Blick auf seinen Leib, jenes unbeseelte Fleisch, das Familie und trauernde Freunde umstanden. Dann sah er von oben, oder auch einfach aus einer anderen Perspektive, Salon, die Stadt, die er so geliebt hatte: eine Ansammlung von Häusern, die sich rings um das Château d'Empéri drängten, eingebettet in eine der schönsten Landschaften der Welt, die der Craponne-Kanal zu neuem Leben erweckt hatte. Schon bald aber erweiterte sich sein Blick, fiel auf ganz Frankreich, das angrenzende Italien, auf Deutschland, Spanien, England. Dann erblickte er die Schatten der vier gigantischen Reiter, die mit den Hufen ihrer Pferde eine Welt zertraten und verwüsteten, die eine glückliche hätte sein können.

Aber das war noch gar nichts verglichen mit dem, was geschehen würde, wenn das »Auge Gottes« auf der Erde eingekerkert würde, um ein für alle Mal die weibliche Seele des Kosmos zu zerstören. Dieser Gedanke riss ihn aus seinem ruhigen Dahingleiten und aus der fortschreitenden Auflösung seiner Selbsterkenntnis. Im Achten Himmel erwartete ihn eine Herausforderung, der er sich stellen musste, und so sammelte er noch einmal all seine sich auflösenden Kräfte und stürzte sich in den Abgrund.

Er verspürte weder Furcht noch sonst etwas.

Abgesehen von der unumstößlichen Gewissheit, ein *Magus* zu sein, ein Schöpfer neuer Welten und ihr Herrscher.

# *Abraxas. Das Schlangenritual*

*Die kleine dunkle Gestalt bewegte sich mühevoll, bei jedem Schritt ausgleitend über das Eis. Dennoch kam sie zügig voran und achtete dabei weder auf den gewaltigen Fötus, der zu ihren Füßen schlief, noch auf seine 365 Refraktionen.*

*Kaum hatte Michel die dichten roten, vom Wind zerzausten Haare erblickt, überkam ihn eine Beklemmung, die ihm die Kehle zuschnürte. Bisher hatte er in dieser Welt nur unterschwellige Ängste verspürt. Jetzt erst ergriff ihn wirkliche Angst, Angst vor der bevorstehenden Begegnung. Bis zur Raserei hatte er sie herbeigesehnt und mit ebensolcher Inbrunst gefürchtet.*

*Als die Gestalt bei ihm war, begann Michels Herz so schnell zu schlagen, wie es auf Erden wahrscheinlich nicht möglich gewesen wäre. Er versuchte etwas zu sagen, doch es gelang ihm nicht. Der Schrei, der ihm schließlich aus der Kehle drang, kam von einer spontanen Kraft, explosiv und unbezwingbar: »Magdelène!«*

*»Willkommen, Michel. Wie geht es dir?«*

*Nostradamus war versucht, sich in Magdelènes Arme zu werfen, doch die Furcht, vor Ulrich schwach zu erscheinen, hielt ihn davon ab. So blickte er sie nur aus liebevollen, tränenverhangenen Augen an. Die Magdelène, die zu ihm gekommen war, war das junge Mädchen aus dem Wirtshaus La Soche seiner Studentenzeit. Sie hatte noch die Sommersprossen, die strahlend grünen Augen und ihre niedliche Stupsnase. Das Kleid, das sie trug, war schlicht und leicht, eigentlich wenig passend in dieser vereisten Welt. Doch dieses Eis war ein Seelenzustand, keine Realität.*

*Nostradamus verspürte das heftige Verlangen, sie um Verzeihung zu bitten. Doch unerwartete Skrupel veranlassten ihn, Jumelles dunkle Augen zu suchen. Sie blickten ihn wohlwollend, fast lächelnd an.*

*»Nur zu«, sagte die Frau zu ihm. »Ich weiß ja, dass du schwere Schuld auf dich geladen hast. Hier in dieser Welt kann ich nicht eifersüchtig sein.«*

*»Danke, Jumelle«, murmelte Magdelène freundlich. Sie trat noch näher auf Nostradamus zu und ergriff seine Hand, ließ es auch zu, dass er sie mit Küssen bedeckte, und fügte dann hinzu: »Du brauchst dich nicht mehr schuldig zu fühlen. Seit damals ist so viel Zeit vergangen. Du bist kein schlechter Mensch. Du wusstest es nur nicht besser. Verletzt hast du mich, weil du, wie so viele Männer, unbewusst die Ansichten jenes Satans dort geteilt hast.«*

*Sie zeigte auf Ulrich. Doch dieser wirkte geistesabwesend. Vielleicht dachte er darüber nach, welche Konsequenzen das, was er sah, haben würde.*

*Nostradamus weinte nun, drückte noch einmal Magdelènes Hand an sein Herz und ließ sie dann sanft los.*

*»Ach, Magdelène. Nicht nur dich habe ich getötet, sondern auch unsere Kinder.«*

*»Aber nein. Sie sind ja dort oben.« Magdelène zeigte auf drei weiß strahlende Sterne am Firmament. »Der in der Mitte bin ich. Jeder Stern hat eine Seele. Keine Seele, die nicht zum Stern geworden wäre.«*

*Nostradamus brach in heftiges Schluchzen aus. Er nahm Magdelène in den Arm und drückte sie fest, ganz fest, für eine unendlich lange Zeit. Erst als er sich ein wenig beruhigt hatte, erinnerte er sich wieder an Jumelle.*

*»Verzeih«, sagte er zu seiner zweiten Frau. »Aber ich glaube, du kannst mich verstehen.«*

*Die Frau seufzte.*

*»Und ob. Einmal habe ich zu dir gesagt, Magdelène war immer stärker als ich. Und im Grunde ist sie das heute noch. Sie ist die fehlende Achse der Trinität, die du schaffen willst. Aber mach dir um mich keine Sorgen. Ich habe immer selbst auf mich aufpassen können. Und auch in dieser Hölle hier wird mir das gelingen.«*

*In diesem Moment schien Ulrich aus seiner Trägheit zu erwachen.*

*»Ach, was für ein nettes Familienbild. Sollen dies etwa die Feinde sein, mit denen du mich überwinden willst? Zwei Weiber, zwei ehemalige Huren?«*

*Nostradamus machte sich von Magdelène los und verschränkte die Arme.*

*»Du weißt sehr gut, dass sie es sind, Ulrich, und du beginnst sie zu fürchten. Sie haben mich geliebt, aber auch gehasst. Mit ihnen werde ich den Kreis bilden, der dem Universum ein anderes Gepräge gibt. Nur ein* Magus, *der innerlich rein ist, kann ein wahrer* Magus *sein. Und das bist du nicht.«*

*»Du aber schon?«*

*»Ja. Ein ganzes Leben habe ich gebraucht, um das Böse in mir zu überwinden. Erst am Ende habe ich verstanden, dass es darum geht, sich sowohl die weiblichen als auch die männlichen Anteile der Schöpfung zu Eigen zu machen, um sich so dem eigentlichen Wesen Gottes zu nähern. Ja, ich denke, jetzt zum Schluss habe ich es geschafft.«*

*»Ja, das hast du, und deshalb liebe ich dich«, flüsterte Magdelène.*

*»Und ich liebe dich aus dem gleichen Grund«, ergänzte Jumelle.*

*»Es ist zu spät!«, rief Ulrich und brach in ein falsches Lachen aus. »Während du dich mit deinen Huren abgegeben hast, Michel, habe ich alles in die Wege geleitet, um* Shekhina *zu töten. Sieh doch, du kannst Zeuge des gewaltigsten Todeskampfes werden, den es je gegeben hat: der Verstümmelung des Kosmos.«*

*Ein heftiger Sturm erhob sich, unter dem das gesamte Himmelsgewölbe zu beben schien, begleitet von einem anfangs leisen Geprassel, das immer lauter und lauter wurde. Dort, wo Leere und Finsternis waren, begann eine üppige Vegetation zu wuchern, Blätter mit menschlichen Eigenschaften, pulsierenden Adern und bizarren Blütenkelchen. Unter diesem abartigen Firmament tauchten immer wieder durchscheinende Gestalten auf. Es waren winzige Frauen, die mit aufgerissenen Mündern an Adern, Gedärmen, deformierten Gebeinen entlangliefen. Fast alle erbrachen Blut, stürzten zu mehreren aufeinander und fielen ins Nichts. Ihre stummen Schreie ließen Organe und Laubwerk erbeben.*

*»Siehst du, Michel? Auf der Erde schreiben wir den 11. August 1999. Der König des Schreckens kommt hernieder.«*

*Vor Schreck wie gelähmt, erblickte Michel einen anderen, ihm aber vertrauten Kosmos, in dem sich der Mond vor die Sonne schob. Doch diese schien weiter, wenn auch im Verborgenen, während der Mond nur noch eine schwarze, tote, ihres Glanzes beraubte Scheibe war.*

*Durch die Verdunkelung der Gestirne brach sich ein Licht Bahn, das aus dem Innern einer Welt kam, die er als Erde erkannte. Es war ein weißes, blendendes Licht, heller als tausend Sonnen, das die Erdoberfläche durchdrang und die Finsternis besiegte. Mit Entsetzen wurde sich Nostradamus bewusst, dass das »Auge Gottes« geraubt worden war und nun gefangen gehalten wurde, ungeachtet der Folgen und der verheerenden Feuersbrunst, die jeden Augenblick daraus entstehen konnte. In ihrem Glanz erkannte er verzerrte Labyrinthe und künstliche Höhlen, durch die Bruchstücke der Materie schossen, mit voller Wucht aufeinander prallten und eine wahnwitzige Hitze produzierten. Vielleicht suchte man die Quintessenz oder das Cagaster von Paracelsus. Aber das »Auge Gottes«, gefesselt und vom sanften Schein des Mondes getrennt, erbebte, um sich zu befreien und jenen Teil der Schöpfung zu vernichten.*

*Doch dies war nicht das einzige Vorzeichen der Apokalypse. Vielleicht erregt durch das Verschwinden des Mondes – nicht des echten, sondern des symbolischen – warfen sich die Heere mit unbekannten Wappen in die Schlacht. Kleine Sonnen entflammten hier und dort, andere lösten sich vom Himmel, wieder andere schossen aus den Wassern hervor. Kleine Lichtsplitter verteilten sich über den Erdboden und bereiteten weitere, künftige Todeskämpfe vor. König Gottfried von Boullion war vielerorts erschienen: Hatte er jedoch, ebenso wie Franz I., der Graf von Angoulême, früher noch Gründe gehabt, in die Schlacht zu ziehen, so schien es jetzt gar keinen mehr zu geben, auch wenn jede*

*Kriegspartei gar zu viele davon geltend machte. Der einzig wahre Kriegsgrund war vielleicht jener des gelbsüchtigen vierten Reiters, der unsichtbar und höhnisch grinsend zwischen den zahllosen Ruinen umherstreifte, ein Reiter männlichen Geschlechts, der es genoss, dass die Finsternis den weiblichen Halbschatten bezwungen hatte und nun Gewalt das einzig gültige Gesetz war.*

*»Es reicht, es reicht!«, schrie Nostradamus. Doch es war kein Schrei der Schwäche, sondern vielmehr ein Befehl. Und tatsächlich verschwand die Halluzination und ließ den Achten Himmel kalt und leer zurück. Bis auf die Sterne, die sich zum Sternbild des Bären geordnet hatten und sich nun schwer taten, zu ihrer ursprünglichen Konfiguration zurückzufinden. Dazu noch die drei Sonnen, die allerdings mittlerweile ziemlich verblasst waren.*

*Ulrich lachte nicht mehr, sondern gab sich wieder so liebenswürdig wie in früheren Tagen.*

*»Siehst du, Michel? Das, was du verhindern wolltest, ist längst eingetroffen. Im Jahr 1999 ist nicht bloß ein Schreckenskönig heruntergekommen, sondern derer viele, an vielen verschiedenen Orten. Es ist zwecklos, gib dir keine Mühe mehr. Befreie dich von deinen Frauen oder mach sie zu deinen Sklavinnen. Aber verbünde dich mit mir, damit wir gemeinsam das neue Zeitalter beherrschen.«*

*Nostradamus spürte, wie Magdelène und Jumelle sich bei ihm unterhakten, die eine links, die andere rechts. Obwohl sie nichts sagten, gab ihm diese Geste neue Kraft und seinem Geist eine ungeheure Klarheit. Er bedachte Ulrich mit einem ironischen Blick.*

*»Meister, du unterschätzt mich ganz erheblich. Wie könnte ich auf diese Täuschung hereinfallen? Hier im Achten Himmel gibt es keine Zeit. Das Jahr 1999 kann schon vergangen sein, oder es wird noch kommen. Du hast mir keine Wirklichkeit gezeigt, sondern eine Möglichkeit. Alles ist veränderbar, und die* Shekhina *kann noch gerettet werden.« Er blickte die Frauen an seiner Seite an. »Glaubt ihr das auch?«*

»Ja«, antwortete Jumelle und gab ihm einen Kuss auf die Lippen.

»Ja, Liebster«, bestätigte Magdelène und küsste ihn ihrerseits.

Eine absolute Gewissheit bemächtigte sich Nostradamus'.

»Der Kreis der Liebe hat sich geschlossen«, rief er jubilierend aus. »Nun geht es nur noch darum, das Universum dem Gesetz der Schlange anzugleichen!«

Ulrich stieß einen wütenden Schrei aus, doch Nostradamus hatte schon begonnen, eine Formel zu sprechen, die fast so alt war wie die Menschheit:

»Unverkennbarer Gott, ich rufe dich mit der Stimme der männlichen Götter: IÇÕ OYE OÇI YE AÕ EY ÕY AOÇ ÕY AOÇ OYÇ EÕA YÇI OEA OÇÕ IEOU AÕ.

Ich rufe dich mit der Stimme der weiblichen Gottheiten:

IAÇ EÕO IOY EÇI ÕA EÇ IÇ AI YO ÇIAY EÕO OYÇE IAÕ ÕAI EOYÇ YÕEI IÕA.

Ich rufe dich als die Winde, ich rufe dich als das Morgengrauen. Ich rufe dich als der Süden, der Westen, der Osten und der Norden. Ich rufe dich als die Erde, der Himmel, der Kosmos …«

Ulrich schien zu schrumpfen. Er hob seine mageren Arme zum Himmel, wo die wenigen Sterne des Großen Bären ein leichtes Beben erfasst hatte. So laut es seine Stimme hergab, rief er:

»Beachte ihn nicht, du Sonne! Im Namen des großen Abraxas, der deine Strahlen in Händen hält, erleuchte mein Herz! Ich sage dir Dank, Seth Thioth Barbarioth! Ich sage dir Dank, o mein Gott Deiodendea Yaoth! Danke, o Vater! Danke, o Sohn! Danke, o Heiliger Geist! Ihr habt einst die Schlange zertreten und ihr stets verwehrt, sich wieder zu erheben! Du, o Iaõ! Du, o Sabaoth! Du, große Zahl Abraxas! Euch bitte ich um den Ruhm der Sonne und das Licht der sieben Sterne, die des Nachts die unterirdische Welt erhellen und des Tags die Erdoberfläche. Chabarach Rinischir Phunero Phontel, Asoumar, Asoumar!«

Furcht erregende missgestaltete Dämonengesichter erschienen am dunklen Gewölbe des Achten Himmels. Da war Parpalus mit dem Säuglingsgesicht, Raucahehil, der Beherrscher des Mars; Gana und Baruth, Lytim und Foliath, Enedil und Sebro-

*noy. Auch der unter dem Eis begrabene Fötus erhob nun sein Gesicht, das so lang wie das eines Krokodils war.*

*Und doch wirkte diese Versammlung kosmischer Schreckensgestalten unsicher und hilflos. In einer Ecke des Firmaments, außerhalb ihrer Reichweite, hatten sich die Sterne des Großen Bären wieder im Kreis angeordnet und zu rotieren begonnen.*

*In höchster Erregung drückte Michel Jumelle und Magdelène noch fester an sich. Wie von selbst kamen ihm die Worte über die Lippen, so als gehorchten sie einem göttlichen Willen:*

*»Ich rufe dich bei deinem Namen, du Gott aller Götter. Spräche ich ihn aus, würde die Erde beben, die Sonne in ihrem Lauf innehalten und die Meere verdunsten. Daher nenne ich dich nur IAÕ und bitte dich, für mich Luchs und Adler zu sein, Phönix und Leben, Macht und Notwendigkeit, Bild Gottes und Schlange. Durch dich erwachse neu die Schlange Ouroboros; sie beiße sich in den Schwanz und verbinde so Isis mit Horus, Hekate mit Zeus, Selene mit Apollon, Christus mit Barbelo; die Ruhe mit der Kraft, die Liebe mit der Vernunft, die Nacht mit dem Tag! Und so sei es in alle Ewigkeit!«*

*Alle Dämonen in der Höhe des Kosmos stießen einen markerschütternden Klagelaut aus. Die Sterne des Großen Bären begannen, eine immense, leuchtende, sich in den Schwanz beißende Schlange zu bilden. Gleichzeitig erschienen wieder die durchscheinenden verschwommenen Bilder, zeichneten nun aber ein neues Bild. Die Frauengestalten flüchteten nicht mehr; nein, es sah so aus, als liefen sie sich jetzt, fröhlich lachend, auf den Lebensbahnen des Universums nach. Das Blut floss nicht mehr von einem Becken ins andere über, sondern stieg zu der Urmutter mit dem Kreuz in Händen vor dem Baldachin auf. Das Cagaster verwandelte sich in Iliaster und wurde zum Lebenselixier, in dessen Fluss schwere Materie leicht wurde.*

*Ulrich hustete, und die Missgeburten und Dämonen am Himmel verschwanden mit einem letzten heiseren Klageruf. Nostradamus war, als sehe er nun noch einmal die Sonnenfinsternis von 1999, nur löste sich jetzt der Mond von der Sonne, ließ sie erstrahlen und verschwand dann. Die beiden Himmelskörper wür-*

*den nun wieder gemeinsam über den Lauf der Zeit bestimmen. Auch das auf der Erde gefangene »Auge Gottes« schien zu erlöschen, obwohl die grausamen Kriege allerorten nicht aufhörten. Vielleicht hatte der König des Schreckens eine seiner Waffen verloren.*

*Es entstand ein langes Schweigen, sodass Nostradamus schon fürchtete, in eine irreale Dimension gestürzt zu sein. Dann brachte ihn die Wärme, die von Jumelle und Magdelène ausging, in die Gegenwart zurück. Er war in seiner Welt, die nicht mehr aus Eis bestand, sondern aus Erde, Bäumen und Steinen. Ulrich war zu einem winzigen Kreis geschrumpft und stand wenige Schritte von ihm entfernt. Es war Nacht, jedoch eine schöne Nacht, die vom Bild der kreisrunden Schlange über ihren Köpfen erhellt wurde.*

*Ulrich hustete erneut, und dieses Mal krümmte er sich dabei, so als suche er seinen Stock, fand ihn aber nicht und spreizte ein wenig die Beine, um sich aufrecht halten zu können.*

*»Du glaubst, du hättest gesiegt, Michel. Aber da täuschst du dich. Sieh doch, in den irdischen Sphären regiert immer noch Mars, der Kriegsgott. Sonnenfinsternis hin oder her. Es ist der Krieg, der den Lauf der Zeit umkehrt. Du wirst sehen, das Zeitalter der rohen Gewalt wird wiederkommen. Und ich mit ihm.«*

*»Vielleicht hast du Recht«, antwortete Nostradamus, »aber wie du gesehen hast, bricht sich jede Macht irgendwann an einer noch stärkeren. Das Band der Liebe war stärker und hat deine Pläne vereitelt. Ich hoffe, es wird immer so sein.«*

*»Das hoffe ich nicht.«*

*Ohne ein weiteres Wort hob Ulrich mühevoll einen dicken trockenen Ast vom Boden auf, stützte sich darauf und entfernte sich. Er war erst wenige Schritte weit gekommen, als Nostradamus ihm nachrief:*

*»Warte! Hast du vergessen, wie man bei solcher Gelegenheit sagt?«*

*»Was meinst du?«*

*»Wie verabschiedet man sich von einem* Magus*?«*

*Ulrichs Miene verfinsterte sich. Der Zorn schien ihn wieder zu überkommen, doch die Erschöpfung zwang ihn zur Mäßigung, und er neigte das Haupt.*

*»Auf Wiedersehen, Meister.«*

*»Leb wohl.«*

*Nostradamus wartete, bis Ulrich an einem unbestimmten Horizont verschwunden war, und wandte sich dann den beiden Frauen zu:*

*»Er hat Recht. Besiegt ist er noch nicht.«*

*»Du aber auch nicht«, erwiderte Jumelle. »Du wirst darüber wachen, dass er nie wieder sein Haupt erhebt.«*

*»Ich weiß nicht, ob ich das kann. Schließlich bin ich tot, und diese Welt hier ist mir vollkommen fremd.«*

*Magdelène lächelte traurig.*

*»Das gilt auch für uns.«*

*Jumelle blickte sich um.*

*»Ihr habt Recht. Ich weiß auch nicht, wo wir hier sind und was uns hier erwartet. Aber es sieht jetzt ein wenig so aus wie auf der Erde. Wir könnten doch versuchen, uns hier ein neues Leben aufzubauen. Michel, du bist doch Herr über die Träume. Vielleicht gelingt es dir, alles so zu verändern, dass wir hier leben können.«*

*»Ich fürchte, nein, mein Schatz. Der Achte Himmel ist instabil. Gott hat es so gewollt. Wir können nicht so tun, als ließe sich hier ein zweites Leben leben. Diese Täuschung hätte nicht lange Bestand.«*

*»Aber im Moment leben wir doch. Wir müssten nur einen Weg finden, diesen Zustand zu erhalten. Wenn die Dämonen das können, warum sollte uns das nicht gelingen?«*

*Nostradamus wusste nicht, was er antworten sollte. Er hätte nur noch einmal seine Machtlosigkeit betonen können, aber Magdelène kam ihm zuvor, indem sie mit leiser Stimme sagte:*

*»So viele Sterne an unserem Himmel haben einmal auf der Erde gelebt. Vielleicht ist das in allen Himmeln möglich, auch im Achten hier?«*

*Jumelle lachte leise auf.*

*»Verstehe ich dich richtig? Du meinst, wir sollten Sterne werden?«*

*»Warum nicht?« Magdelène blickte Nostradamus an. »Michel, hältst du das für Unsinn?«*

*»Nein, nein …, das Problem ist bloß, die richtige Formel zu finden.«* Der Magus *dachte angestrengt nach. »Nun, ich kenne da eine …«, sagte er schließlich.*

*Die drei blickten sich lächelnd an, hoben dann den Blick und betrachteten das Firmament. Ihre neue Heimat.*

# Epilog 1999
## *Das gefangene Auge*

Die englische Wochenzeitung *The Sunday Times* verbreitete am 18. Juli 1999 eine Nachricht, die ich an dieser Stelle zusammenfassen will.

Das Brookhaven National Laboratory in Long Island (USA) plante für den Juni 1999 ein Experiment, das im *Relativistic Heavy Ion Collider*, kurz RHIC, einem unterirdischen Beschleuniger für subatomare Teilchen, insbesondere schwerer Ionen, durchgeführt werden sollte. Das Experiment hatte zum Ziel, die Bedingungen zu reproduzieren, unter denen es zum *Big Bang* kommen konnte (ein Ereignis, das die bisher gemachten Beobachtungen zu widerlegen scheinen, das aber in Ermangelung von Alternativen weiterhin diskutiert wird). Es ging also darum, mikroskopisch verkleinert, den Urknall zu wiederholen, indem Kerne von Goldionen bis zur äußersten Lichtgeschwindigkeit beschleunigt werden sollten, um auf diese Weise eine Wärme 100 000-mal stärker als die Sonne zu entwickeln. Unter diesen Bedingungen hoffte man, eine Spaltung von Protonen und Neutronen zu erreichen, wobei ein aus Gluonen und Quarks bestehendes Plasma entstehen würde.

Eines der mit größter Spannung erwarteten Ergebnisse des Experiments sollte aber das Auftreten von so genannten *strangelets* sein, das heißt von Quarksplittern mit unvorhersehbaren Eigenschaften. Denn wie die mit dem RHIC arbeitenden Wissenschaftler einräumen müssen, ist die Theorie nicht in der Lage, mit hinreichender Exaktheit dieses mögliche Phänomen im Voraus zu beschreiben (vgl. M. Mukerjee, Un piccolo Big Bang, »Le Scienze«, Nr. 369, Mai 1999). Eine der Hypothesen zu den *strangelets* besagt, dass sie, zum ersten Mal seit der Entstehung des Universums freigesetzt, kollabieren und zu schwarzen Löchern werden könnten: mit anderen Worten, sie könnten dermaßen dicht sein, dass sie das Raum-Zeit-Gewebe um sich herum zerreißen und alle umliegende Materie verschlingen würden.

In diesem Fall würde die Geschichte der Menschheit mit einem Schlag enden.

Zunächst für Anfang Juni geplant, wurde das Experiment Monat für Monat verschoben, und zwar auf Grund der Befürchtungen, die der Direktor des *Brookhaven National Laboratory* persönlich zum Ausdruck brachte. Dieser beschloss, eine Expertenkommission zu bilden, die eine Wertung aller mit der Erzeugung des »Urknalls« und seiner möglichen Auswirkungen verbundenen Gefahren vornehmen sollte. Bis dahin wurden alle Entscheidungen ausgesetzt.

Das Energieministerium der Vereinigten Staaten hat für den Bau des RHIC 365 Millionen Dollar zur Verfügung gestellt.

*(Dokumentation zusammengetragen von Giovanni und M. Rosaria Secondulfo).*

# *Kurze Bibliografie*

Während dieser Roman noch in Vorbereitung war, sind vor allem zwei wichtige Bücher zu Nostradamus erschienen. Das erste ist eine kritische Gesamtausgabe der Vorhersagen, in Versen und in Prosa, die Nostradamus jährlich veröffentlichte: B. Chevignard (Hrsg.), *Présages de Nostradamus*, Paris, Seuill 1999. Der Band enthält daneben auch anastatische Nachdrucke einiger sehr seltener Nostradamus-Werke.

Das zweite Buch ist von R. Prévost: *Nostradamus, le mythe et la réalité*, Paris, Robert Laffont, 1999. Mit großem Fachwissen ausgestattet, stellt der Autor den Prophezeiungen von Nostradamus Ereignisse gegenüber, die sich zeitgleich oder vor dem Leben des »Propheten« zutrugen (ähnlich wie L. Schlosser bereits vor ihm), wobei er zu einer Reihe überzeugender, teilweise auch überraschender Einsichten gelangt. In diesem dritten *Magus*-Band habe ich mich in gewisser Hinsicht an die Deutungen von Prévost angelehnt. In meinen Augen macht der Autor, der den prophetischen Fähigkeiten von Nostradamus äußerst skeptisch gegenübersteht, nur einen Fehler: Er geht davon aus, dass die ersten Ausgaben der Centurien alle zurückdatiert wurden. Da nun aber die Forschung das Gegenteil zu belegen scheint, kommt es zu einem paradoxen Ergebnis: Nostradamus hätte danach in vielen Fällen tatsächlich die Zukunft vorhergesehen, allerdings immer nur wenige Jahre im Voraus. Ich nehme an, dies ist nicht die Schlussfolgerung, die der hochgelehrte Roger Prévost im Sinn hatte.

Was mich betrifft, habe ich schon im Anschluss an die ersten beiden Bände erklärt, dass es nicht meine Absicht war, der Flut von Nostradamus-Interpretationen eine weitere hinzuzufügen. Häufig, ja sehr häufig sogar, habe ich die Lesart der Quartains dem Romanverlauf angepasst. Das gebe ich offen zu und bitte um

Nachsicht bei den zahlreichen Interpreten der Centurien. Es lag nicht in meiner Absicht, mich in ihre Arbeit einzumischen.

Was den geschichtlichen Hintergrund betrifft, würde es den Rahmen sprengen, wollte ich hier alle konsultierten Quellen und Darstellungen auflisten. Besonders hilfreich waren mir aber folgende Werke: Michelet, *Renaissance et Réforme*, Paris, Robert Laffont, 1998; J. Cornette, *Chronique de la France moderne. Le XVI siècle*, Paris, SEDES, 1995; A. Jouanna, J. Boucher, D. Biloghi, G. Le Thiec, *Histoire et dictionnaire des guerres de religion*, Paris, Robert Laffont, 1998. Zu Weissagungen und Magie der Renaissance habe ich mich vor allem auf folgende Darstellungen gestützt: P. Zambelli, *L'ambigua natura della magia*, Mailand, Il Saggiatore, 1991; P. Béhar, *Les langues occultes de la Renaissance*, Paris, Editions Desjonquères, 1996; AA.VV., *Prophètes e prophéties aus XVI siècle*, Paris, Presses de l'Ecole Normale Supérieure, 1998.

Hinsichtlich einiger Nebenfiguren meiner Geschichte muss ich zumindest R. Cantagalli (*Cosimo I de' Medici, granduca di Toscana*, Mailand, Mursia, 1985) erwähnen. Ebenso M. Vannucci, *Lorenzaccio. Lorenzino de' Medici: un ribelle in famiglia*, Rom, Newton Compton, 1984.

Zum Hintergrund der Inquisition in der Renaissance habe ich vor allem folgende Werke zu Rate gezogen: H. C. Lea, *A History of the Inquisition of Spain*, 4 Bd., New York, AMS Press 1988; J. A. Llorente, *Historia crítica de la Inquisición en España*, 4 Bd., Madrid, Ediciones Hiperión, 1981; L. Sala-Molins (Hrsg.), *Le dictionnaire des inquisiteurs*, Paris, Éditions Galilée, 1981; V. La Mantia, *Origine e vicende dell'Inquisizione in Sicilia*, Palermo, Sellerio, 1977.

Kommen wir nun zur esoterischen Seite meines Romans. Ich war so frei, aus Nostradamus und dem völlig fiktiven Ulrich von Mainz Anhänger der alexandrinischen Magie gnostischer Ausrichtung zu machen. Anlass gaben mir dazu lediglich die Hinweise, die Nostradamus in seinen Schriften, vor allem aber in seinen Briefen, auf die magischen Praktiken ägyptischen Ursprungs gibt. Alle von mir beschriebenen, fast immer zusammengefassten oder veränderten Rituale und Formeln gehen auf drei Hauptquellen zurück: H. D. Betz (Hrsg.), *The Greek Magical Papyri in Translation. Volume one: texts*, Chicago-London, The University of Chicago Press, 1992; M. Meyer, R. Smith, *Ancient Christian Magic. Coptic Texts of Ritual Power*, San Francisco, Harper, 1994; J. Doresse, *The Secret Books of Egyptian Gnostics*, New York, MGF Books, 1986. Für die »Spiegelmagie« nehme ich Bezug auf R. Kieckhefer, *Forbidden Rites. A Necromancer's Manual of the Fifteenth Century, s. l.*, The Pennsylvania State University Press, 1997.

Zuletzt noch eine Anmerkung zur »Voynich-Handschrift«, die ich ganz einseitig zur *Arbor Mirabilis* gemacht habe, jenem Geheimbuch also, das der Autor Michel De Roisin geschrieben und Ulrich von Mainz gewidmet hat. Man glaube nicht, dass meine Interpretation der höchst mysteriösen Handschrift in irgendeiner Weise wissenschaftlich zu belegen sei (auch wenn vielleicht manch ein Körnchen Wahrheit darin stecken mag: So hat sie zum Beispiel eine ganz ähnliche Syntax wie viele gnostisch-ägyptische Rituale in koptischer Sprache). Ich habe mich vor allem auf zwei Werke gestützt: M. D'Imperio, *The Voynich Manuscript: an Elegant Enigma*, Laguna Hills, Aegean Park Press, s. d.; sowie L. Levitov, *Solution of the Voynich Manuskript*, Laguna Hills, Aegean Park Press, 1987 (dieses zweite Buch war mir fast ausschließlich für die Zeichnungen hilfreich. Zur sagenumwobenen Entstehungs- und Rezeptionsgeschichte dieses Buches lese man J. Bergier, *Les livres maudits*, Paris, J'ai Lu, 1971.

Zur Wiedergabe einzelner Seiten des Textes, die zurzeit in der Beinecke Bibliothek der Yale University, Colorado, aufbewahrt werden, habe ich mich des EVA Hand 1 Fonts bedient, den Mario Landini geschaffen hat.

Zum Schluss meiner langen Arbeit möchte ich zwei sehr engen Freundinnen danken, Tiziana Marchesi und Luisa Maria Fusconi nämlich, die alle drei Manuskripte vor der Abgabe gelesen und mir wertvolle Hinweise gegeben haben.

Dieses Buch ist neben Tiziana und Luisa auch einem berühmten französischen Kollegen gewidmet, und zwar Pierre Alexis Ponson du Terrail (1829–1871).

# *Inhalt*